Jonas Jonasson

Die Analphabetin, die rechnen konnte

Jonas Jonasson

Die Analphabetin, die rechnen konnte

Roman

Aus dem Schwedischen
von Wibke Kuhn

carl's books

Die Originalausgabe erschien 2013
unter dem Titel *Analfabeten som kunde räkna*
im Piratförlaget, Stockholm.

Verlagsgruppe Random House FSC® N001967
Das für dieses Buch verwendete FSC® -zertifizierte Papier
Munken Premium Cream liefert Arctic Paper Munkedals AB, Schweden.

3. Auflage
Copyright © 2013 Jonas Jonasson
First published by Piratförlaget, Sweden
Published by arrangement with Pontas Literary & Film Agency, Spain
Copyright © der deutschsprachigen Ausgabe 2013
bei carl's books, München,
in der Verlagsgruppe Random House GmbH
Umschlaggestaltung: semper smile, München
nach einem Motiv von Pepin van Roojen
Satz: Uhl + Massopust, Aalen
Druck und Bindung: CPI – Ebner & Spiegel, Ulm
Printed in Germany
ISBN 978-3-570-58512-2

www.carlsbooks.de

Die statistische Wahrscheinlichkeit, dass eine Analphabetin im Soweto der Siebzigerjahre aufwächst und eines Tages mit dem schwedischen König und dem Ministerpräsidenten des Landes in einem Lieferwagen sitzt, liegt bei eins zu fünfundvierzig Milliarden siebenhundertsechsundsechzig Millionen zweihundertzwölftausendachthundertzehn.

Und zwar nach den Berechnungen eben dieser Analphabetin.

1. TEIL

Der Unterschied zwischen Genialität und Dummheit ist der, dass die Genialität ihre Grenzen hat.

Unbekannter Denker

1. KAPITEL

Von einem Mädchen in einer Hütte und dem Mann, der sie nach seinem Tod da rausholte

Im Grunde hatten sie ja noch ein glückliches Los gezogen, die Latrinentonnenträger in Südafrikas größtem Slum. Sie hatten nämlich sowohl eine Arbeit als auch ein Dach über dem Kopf.

Eine Zukunft hatten sie statistisch gesehen jedoch nicht. Die meisten von ihnen sollten relativ früh an Tuberkulose, Lungenentzündung, Durchfallerkrankungen, Tabletten, Alkohol oder einer Kombination aus alldem sterben. Vereinzelte Exemplare hatten Aussichten, ihren fünfzigsten Geburtstag zu erleben. Zum Beispiel der Chef eines der Latrinenbüros von Soweto. Doch er war sowohl abgearbeitet als auch kränklich. Er hatte allzu viele Schmerztabletten mit allzu vielen Bierchen heruntergespült, und das Ganze immer allzu früh am Morgen. Infolgedessen hatte er einen Repräsentanten des Amts für sanitäre Einrichtungen von Johannesburg angefaucht. Ein Kaffer, der sich Freiheiten herausnahm! Die Sache wurde dem Abteilungsleiter in Johannesburg berichtet, der seine Mitarbeiter in der Kaffeepause am nächsten Vormittag davon unterrichtete, dass es wohl an der Zeit war, den Analphabeten in Sektor B auszutauschen.

Übrigens eine ungewöhnlich gemütliche Kaffeepause. Es gab nämlich Torte anlässlich der Willkommensfeier für den neuen Assistenten im Sanitätsamt. Er hieß Piet du Toit, war dreiundzwanzig Jahre alt und trat hier seinen ersten Job nach dem Studium an.

Der Neue musste sich auch um das Problem in Soweto kümmern, denn so handhabe man das in der Stadtverwaltung Johannesburg:

9

Wer als Neuling anfing, wurde den Analphabeten zugeteilt, zur Abhärtung gewissermaßen.

Ob die Latrinentonnenträger von Soweto wirklich alle Analphabeten waren, wusste zwar niemand, aber man nannte sie trotzdem so. Zur Schule war jedenfalls keiner von ihnen gegangen. Und sie wohnten samt und sonders in Hütten. Und taten sich entsetzlich schwer, zu verstehen, was man ihnen sagen wollte.

* * * *

Piet du Toit war gar nicht wohl in seiner Haut. Sein erster Besuch bei den Wilden. Sein Vater, der Kunsthändler, hatte zur Sicherheit einen Leibwächter mitgeschickt.

Der Dreiundzwanzigjährige betrat das Latrinenbüro und konnte sich einen entnervten Kommentar zum Geruch nicht verkneifen. Dort, auf der anderen Seite des Schreibtischs, saß der Latrinenchef, der jetzt gegangen werden sollte. Und neben ihm ein kleines Mädchen, das zur Überraschung des Assistenten den Mund auftat und erwiderte, Scheiße habe nun mal die lästige Eigenschaft, dass sie stinke.

Piet du Toit überlegte eine Sekunde, ob das Mädchen respektlos gewesen war, aber das konnte doch eigentlich nicht sein.

Also ging er darüber hinweg. Stattdessen erklärte er dem Latrinenchef, dass er – so sei es nun mal an höherer Stelle beschlossen worden – seinen Job zwar nicht behalten, dafür aber mit drei Monatslöhnen rechnen könne, falls er im Gegenzug bis nächste Woche ebenso viele Kandidaten für seine Nachfolge präsentieren konnte.

»Kann ich nicht meine alte Stelle als Latrinentonnenträger wiederhaben und mir so ein wenig Geld verdienen?«, fragte der soeben abgesetzte Chef.

»Nein«, sagte Piet du Toit, »das kannst du nicht.«

Eine Woche später war Assistent du Toit nebst Leibwächter wieder zurück. Der abgesetzte Chef saß hinter seinem Schreibtisch, zum letzten Mal, wie man wohl annehmen durfte. Neben ihm stand dasselbe Mädchen wie zuvor.

»Wo sind Ihre drei Kandidaten?«, wollte der Assistent wissen.

Der Abgesetzte bedauerte, dass zwei von ihnen nicht anwesend sein konnten. Dem einen war am Vorabend bei einer Messerstecherei die Kehle durchgeschnitten worden. Wo sich Nummer zwei aufhielt, wusste niemand. Eventuell handelte es sich um einen Rückfall.

Piet du Toit wollte gar nicht wissen, welcher Art dieser Rückfall sein könnte. Er wollte nur so schnell wie möglich wieder hier weg.

»Und wer ist der dritte Kandidat?«, fragte er ärgerlich.

»Tja, das ist dieses Mädchen. Sie geht mir schon seit ein paar Jahren zur Hand und hilft hier aus. Und ich muss sagen, sie ist wirklich gut.«

»Ich kann doch wohl keine Zwölfjährige zur Chefin der Latrinenverwaltung machen?«, meinte Piet du Toit.

»Vierzehn«, sagte das Mädchen. »Und ich hab neun Jahre Berufserfahrung.«

Der Gestank setzte ihm von Minute zu Minute mehr zu. Piet du Toit hatte Angst, dass er sich in seinem Anzug festsetzen könnte.

»Hast du schon angefangen, Drogen zu nehmen?«, fragte er.

»Nein«, sagte das Mädchen.

»Bist du schwanger?«

»Nein«, sagte das Mädchen.

Der Assistent schwieg ein paar Sekunden. Im Grunde wollte er wirklich nicht öfter als unbedingt nötig hierherkommen.

»Wie heißt du?«, fragte er.

»Nombeko«, sagte das Mädchen.

»Nombeko und wie weiter?«

»Mayeki, glaub ich.«

Mein Gott, die kannten nicht mal ihren eigenen Namen.

»Dann kriegst du eben den Job. Wenn du es schaffst, nüchtern zu bleiben«, sagte der Assistent.

»Das schaffe ich«, sagte das Mädchen.

»Gut.«

Und damit wandte sich der Assistent an den Abgesetzten. »Vereinbart waren drei Monatslöhne für drei Kandidaten. Macht dann also einen Monatslohn für einen Kandidaten. Abzüglich einen Monatslohn dafür, dass du es nicht fertiggebracht hast, mir etwas Besseres zu präsentieren als eine Zwölfjährige.«

»Vierzehn«, sagte das Mädchen.

Piet du Toit ging grußlos von dannen, seinen Leibwächter immer zwei Schritt hinter sich.

Das Mädchen, das gerade Chefin ihres eigenen Chefs geworden war, dankte ihm für seine Hilfe und erklärte, dass er mit sofortiger Wirkung wiedereingestellt war, als ihre rechte Hand.

»Und was ist mit Piet du Toit?«, fragte ihr ehemaliger Chef.

»Wir ändern einfach deinen Namen. Ich bin ziemlich sicher, dass der Assistent einen Neger nicht vom anderen unterscheiden kann.«

Sagte die Vierzehnjährige, die aussah wie zwölf.

* * * *

Die neu ernannte Chefin der Latrinenleerungstruppe von Sektor B in Soweto hatte nie eine Schule besucht. Das lag zum einen daran, dass ihre Mutter andere Prioritäten gesetzt hatte, zum andern aber auch an dem Umstand, dass das Mädchen ausgerechnet in Südafrika zur Welt gekommen war, und das auch noch in den frühen Sechzigern, als die politischen Machthaber die Meinung vertraten, dass Kinder von Nombekos Sorte nicht zählten. Der damalige Premierminister war berühmt für seine rhetorische Frage, warum Schwarze denn in die Schule gehen sollten, wenn sie doch sowieso nur dazu da waren, Brennholz und Wasser zu tragen.

Rein sachlich gesehen irrte er, denn Nombeko trug weder Brennholz noch Wasser, sondern Scheiße. Trotzdem gab es keinen Grund zu der Annahme, dass dieses schmächtige Mädchen eines schönen

Tages mit Königen und Präsidenten verkehren würde. Oder ganze Nationen in Angst und Schrecken versetzen. Oder die Entwicklung der Weltpolitik im Allgemeinen beeinflussen. Wenn sie nicht die gewesen wäre, die sie war. Doch die war sie nun mal.

Unter vielem anderen war sie ein fleißiges Kind. Schon als Fünfjährige schleppte sie Latrinentonnen, die so groß waren wie sie selbst. Beim Latrinentonnenleeren verdiente sie genau so viel, wie ihre Mutter brauchte, um ihre Tochter jeden Tag bitten zu können, ihr eine Flasche Lösungsmittel zu kaufen. Ihre Mutter nahm die Flasche mit den Worten »Danke, mein liebes Mädchen« entgegen, schraubte sie auf und begann, den ewigen Schmerz zu betäuben, der darin wurzelte, dass sie weder sich selbst noch ihrem Kind eine Zukunft bieten konnte. Nombekos Vater war zwanzig Minuten nach der Befruchtung zum letzten Mal in der Nähe seiner Tochter gewesen.

Je älter Nombeko wurde, desto mehr Latrinentonnen konnte sie pro Tag leeren, und so reichte das Geld für mehr als nur Lösungsmittel. Daher konnte ihre Mutter das Lösungsmittel mit Tabletten und Alkohol ergänzen. Doch das Mädchen sah, dass es so nicht weitergehen konnte, und erklärte seiner Mutter, sie müsse sich entscheiden: entweder aufhören oder sterben.

Ihre Mutter nickte und verstand.

Die Beerdigung war gut besucht. In Soweto gab es zu dieser Zeit jede Menge Leute, die sich hauptsächlich zweierlei Beschäftigungen widmeten: sich selbst nach und nach ins Grab zu bringen oder aber denjenigen das letzte Geleit zu geben, denen das bereits gelungen war. Nombekos Mutter starb, als ihre Tochter zehn Jahre alt war, und ein Vater war, wie gesagt, nicht greifbar. Das Mädchen erwog, dort weiterzumachen, wo seine Mutter aufgehört hatte, und sich auf chemischem Wege einen permanenten Schutz vor der Wirklichkeit aufzubauen. Doch als der erste Lohn nach dem Tod der Mutter eintraf, beschloss sie, sich stattdessen etwas zu essen zu kaufen. Und als sie ihren Hunger gestillt hatte, sah sie sich um und sagte:

»Was tue ich hier?«

Gleichzeitig wurde ihr aber klar, dass sie keine unmittelbare Alternative hatte. In erster Linie verlangte der südafrikanische Arbeitsmarkt nicht nach zehnjährigen Analphabeten. In zweiter Linie eigentlich auch nicht. Außerdem gab es in diesem Teil von Soweto überhaupt keinen Arbeitsmarkt, und besonders viele Arbeitsfähige im Grunde auch nicht.

Doch die Darmentleerung funktioniert im Allgemeinen auch bei den elendesten Menschengestalten auf unserer Erde, so dass Nombeko etwas hatte, womit sie ein wenig Geld verdienen konnte. Und als ihre Mutter tot und begraben war, konnte sie den Lohn ganz für sich behalten.

Um die Zeit totzuschlagen, während sie ihre Lasten schleppte, hatte sie schon als Fünfjährige angefangen, die Tonnen zu zählen:

»Eins, zwei, drei, vier, fünf…«

Je älter sie wurde, desto schwieriger gestaltete sie ihre Übungen, damit es auch eine Herausforderung blieb:

»Fünfzehn Tonnen mal drei Touren mal sieben Träger plus einer, der rumsitzt und nichts tut, weil er zu besoffen ist… das macht… dreihundertfünfzehn.«

Nombekos Mutter hatte außerhalb des Dunstkreises ihrer Lösungsmittelflasche nicht mehr viel wahrgenommen, aber sie merkte doch, dass ihre Tochter addieren und subtrahieren konnte. Deswegen begann sie während ihres letzten Lebensjahres, sie jedes Mal zu rufen, wenn eine Lieferung Tabletten in verschiedenen Farben und Wirkstoffgraden zwischen den Hütten aufgeteilt werden musste. Eine Flasche Lösungsmittel ist eine Flasche Lösungsmittel, aber wenn Tabletten mit fünfzig, hundert, zweihundertfünfzig und fünfhundert Milligramm je nach Wunsch und Finanzkraft verteilt werden sollen – da muss man die Grundrechenarten schon ein bisschen auseinanderhalten können. Und das konnte die Zehnjährige. Und wie!

Zum Beispiel kam es vor, dass sie in der Nähe ihres Chefs war, wenn er mit seinem monatlichen Gewichts- und Mengenbericht kämpfte.

»Also fünfundneunzig mal zweiundneunzig«, murmelte er. »Wo ist der Taschenrechner?«

»Achttausendsiebenhundertvierzig«, sagte Nombeko.

»Hilf mir lieber suchen, meine Kleine.«

»Achttausendsiebenhundertvierzig«, beharrte Nombeko.

»Was redest du da?«

»Fünfundneunzig mal zweiundneunzig sind achttausendsiebenhundert...«

»Und woher willst du das wissen?«

»Tja, ich denk mir das so: fünfundneunzig sind fünf weniger als hundert, und zweiundneunzig acht weniger als hundert, und wenn man das jetzt umdreht und die Differenz jeweils von der anderen Zahl abzieht, kommt man beide Male auf siebenundachtzig. Und fünf mal acht ist vierzig. Siebenundachtzig vierzig. Achttausendsiebenhundertvierzig.«

»Warum denkst du so?«, fragte ihr verblüffter Chef.

»Weiß ich nicht«, erwiderte Nombeko. »Können wir jetzt mit unserer Arbeit weitermachen?«

An diesem Tag wurde sie zur Assistentin des Chefs befördert.

Doch die Analphabetin, die rechnen konnte, war zunehmend frustriert, weil sie nicht verstand, was die Machthaber in Johannesburg in den ganzen Dekreten schrieben, die auf dem Schreibtisch ihres Chefs landeten. Und der hatte selbst Schwierigkeiten genug mit den Buchstaben. Er buchstabierte sich durch die auf Afrikaans abgefassten Texte und blätterte parallel in einem Englischlexikon, um sich dieses Kauderwelsch wenigstens in eine Sprache zu übersetzen, die ein Mensch verstehen konnte.

»Was wollen sie denn diesmal?«, fragte Nombeko ihn manchmal.

»Dass wir die Säcke besser füllen«, antwortete ihr Chef. »Glaub ich jedenfalls. Oder dass sie vorhaben, die Waschhäuser zu schließen. Das ist ein bisschen unklar.«

15

Der Chef seufzte. Und seine Assistentin konnte ihm nicht helfen. Deswegen seufzte sie auch.

Doch dann geschah es zufällig, dass die dreizehnjährige Nombeko in der Umkleide der Latrinenleerer von einem schmierigen alten Mann begrapscht wurde. Der alte Schmierlappen kam allerdings nicht weit, denn das Mädchen brachte ihn flugs auf andere Gedanken, indem sie ihm eine Schere in den Oberschenkel rammte. Am nächsten Tag suchte sie den alten Mann auf der anderen Seite der Latrinenreihe von Sektor B auf. Er saß mit einem Verband am Oberschenkel auf einem Campingstuhl vor seiner grün gestrichenen Hütte. Auf dem Schoß hatte er ... Bücher?

»Was willst du hier?«, fragte er.

»Ich glaube, ich hab gestern meine Schere in Onkel Thabos Oberschenkel vergessen, und die hätte ich gern zurück.«

»Die hab ich weggeworfen«, behauptete der alte Mann.

»Dann schuldest du mir eine Schere«, sagte das Mädchen. »Wie kommt es eigentlich, dass du lesen kannst?«

Der alte Schmierlappen Thabo war halb zahnlos. Sein Oberschenkel tat ihm mächtig weh, und er verspürte wenig Lust, mit diesem bösartigen Mädchen Konversation zu betreiben. Andererseits war es das erste Mal, seit er nach Soweto gekommen war, dass sich jemand für seine Bücher zu interessieren schien. Seine ganze Hütte war voll mit Büchern, weswegen ihn seine Umgebung den Verrückten Thabo nannte. Doch das Mädchen hier hörte sich eher neidisch als höhnisch an. Vielleicht konnte er sich das ja zunutze machen?

»Wenn du ein bisschen entgegenkommend wärst und nicht so über die Maßen gewalttätig, könnte es sein, dass Onkel Thabo dir dafür seine Geschichte erzählt. Er würde dir vielleicht sogar beibringen, wie man Buchstaben und ganze Wörter entziffert. Wenn du eben, wie gesagt, ein bisschen entgegenkommend wärst.«

Nombeko hatte mitnichten vor, entgegenkommender zu dem alten Schmierlappen zu sein, als sie es tags zuvor in der Dusche gewesen war. Daher antwortete sie, dass sie glücklicherweise noch eine Schere besaß, die sie aber lieber behalten würde, als sie in Onkel Thabos anderem Oberschenkel zu versenken. Doch wenn der liebe Onkel sich gut benahm – und ihr das Lesen beibrachte –, konnte Oberschenkel Nummer zwei unversehrt bleiben. Thabo konnte nicht so recht folgen. Hatte das Mädchen ihm gerade gedroht?

* * * *

Man sah es ihm nicht an, aber Thabo war reich. Er wurde unter einer Plane im Hafen von Port Elizabeth in der Provinz Ostkap geboren. Als er sechs war, nahm die Polizei seine Mutter mit und brachte sie nie zurück. Sein Vater fand, dass der Junge alt genug war, um auf eigenen Beinen zu stehen, obwohl er selbst so seine Probleme damit hatte.

»Pass gut auf dich auf«, lautete die Quintessenz väterlicher Lebensweisheit. Er klopfte seinem Sohn auf die Schulter und fuhr nach Durban, um sich bei einem schlecht geplanten Bankraub erschießen zu lassen.

Der Sechsjährige stahl sich im Hafen zusammen, was er zum Überleben brauchte. Im besten Fall würde er heranwachsen und im Laufe der Jahre entweder im Gefängnis landen oder erschossen werden, wie seine Eltern.

Doch in seinem Slum wohnte seit ein paar Wochen auch ein spanischer Seemann, Koch und Dichter, der einstmals von zwölf hungrigen Matrosen über Bord geworfen worden war, die fanden, dass sie zum Mittagessen etwas zwischen die Kiefer brauchten und keine Sonette.

Der Spanier schwamm an Land, fand eine Hütte, in der er sich verkriechen konnte, und lebte seitdem für Gedichte aus eigener und fremder Feder. Als er mit der Zeit immer schlechter sah, fing er sich stracks den jungen Thabo ein und zwangsalphabetisierte ihn, wofür er ihn mit Brot entschädigte. Für noch ein bisschen mehr Brot musste der Junge dem alten Mann dann bald regelmäßig vorlesen, weil dieser inzwischen nicht nur ganz blind war, sondern auch noch halb senil und selbst nichts anderes mehr zu sich nahm als Pablo Neruda zum Frühstück, zum Mittagessen und zum Abendbrot. Die Matrosen hatten recht gehabt, als sie behaupteten, der Mensch könne nicht von Gedichten allein leben. Der alte Mann verhungerte nämlich, und Thabo beschloss, sämtliche Bücher von ihm zu erben. Einen anderen Anwärter gab es sowieso nicht.

Seine Lesekenntnisse ermöglichten es dem Jungen, sich mit diversen Gelegenheitsjobs im Hafen durchzuschlagen. Am Abend las er Gedichte, Romane und – vor allem Reisebeschreibungen. Als Sechzehnjähriger entdeckte er das andere Geschlecht, das zwei Jahre später auch ihn entdeckte. Denn erst als Thabo achtzehn war, fand er eine funktionierende Taktik. Sie bestand aus einem Drittel unschlagbarem Lächeln, einem Drittel erfundenen Geschichten von irgendwelchen Reiseerlebnissen, obwohl er den Kontinent bis dato nur in seiner Fantasie bereist hatte, und dazu noch einem Drittel dreisten Lügen, wie ewig seine und ihre Liebe währen würde.

Richtigen Erfolg erzielte er jedoch erst, wenn er seinem Lächeln, seinen Erzählungen und den Lügen etwas Literatur beimischte. Unter den geerbten Büchern fand er eine Übersetzung, die der spanische Seemann von Pablo Nerudas *20 Liebesgedichte und ein Lied der Verzweiflung* angefertigt hatte. Das Lied der Verzweiflung riss Thabo heraus, aber die zwanzig Liebesgedichte probierte er an zwanzig verschiedenen jungen Frauen im Hafenviertel aus und konnte so neunzehn Mal Gelegenheitsliebe mitnehmen. Und es hätte auch noch ein zwanzigstes Mal geben können, wenn dieser Idiot Neruda nicht ganz am Schluss diese eine Zeile hineingemogelt hätte: »Ja, ich liebe sie nicht mehr.« Thabo merkte es erst, als es zu spät war.

Ein paar Jahre später wussten die meisten im Viertel über Thabo Bescheid, somit waren die Möglichkeiten, sich weitere literarische Erlebnisse zu verschaffen, eher begrenzt. Da half es auch nichts, dass er immer wildere Lügen von seinen angeblichen Reisen erzählte, so wilde Lügen wie seinerzeit König Leopold II. von Belgien, der behauptete, den Eingeborenen in Belgisch-Kongo ginge es gut, während er allen, die sich weigerten, kostenlos für ihn zu arbeiten, Hände und Füße abhacken ließ.

Nun ja, Thabo sollte seine Strafe bekommen (genau wie der belgische König übrigens, der erst seine Kolonie loswurde, dann sein ganzes Geld mit seinem französisch-rumänischen Lieblingsfreudenmädchen verjubelte und schließlich starb). Doch zuerst verließ er Port Elizabeth, reiste nach Norden und landete in Basutoland, wo es angeblich die Frauen mit den tollsten Kurven gab.

Dort fand er Gründe, mehrere Jahre zu bleiben, wechselte nur die Stadt, wenn die Umstände es erforderten, fand dank seiner Lese- und Schreibkenntnisse immer Arbeit und wurde schließlich sogar Chefunterhändler für alle europäischen Missionare, die Zugang zu diesem Land und seiner unaufgeklärten Bevölkerung suchten.

Der Häuptling des Basutovolkes, Seine Exzellenz Seeiso, sah nicht ein, was für einen Wert die Taufe für sein Volk haben sollte, doch er begriff durchaus, dass das Land sich von den Buren befreien musste. Als ihm die Missionare – auf Thabos Initiative – den Vorschlag machten, mit Waffen für die Erlaubnis zu bezahlen, ihre Bibeln zu verteilen, biss der Häuptling sofort an.

So kam es, dass Priester und Diakone einfielen, um das Basutovolk vom Bösen zu erlösen. Im Gepäck hatten sie Bibeln, automatische Waffen und die eine oder andere Tretmine.

Die Waffen hielten die Feinde auf Abstand, während die Bibeln von den verfrorenen Bergbewohnern verheizt wurden. Sie konnten ja doch nicht lesen. Als das den Missionaren klar wurde, änderten sie ihre Taktik und bauten innerhalb kürzester Zeit eine ganze Reihe von christlichen Tempeln.

Thabo arbeitete verschiedentlich als Pfarrersassistent und entwickelte eine eigene Form des Handauflegens, die er selektiv und im Verborgenen praktizierte.

Doch dann ereilte ihn eine weitere Panne an der Liebesfront. Als nämlich in einem Bergdorf aufflog, dass das einzige männliche Mitglied des Kirchenchors mindestens fünf der neun jungen Mädchen ewige Treue geschworen hatte. Der englische Pastor vor Ort hatte die ganze Zeit schon geargwöhnt, dass Thabo ein falsches Spiel trieb. Singen konnte er nämlich gar nicht.

Der Pastor verständigte die Väter der fünf Mädchen, die ein traditionelles Verhör des Verdächtigen beschlossen: Thabo sollte bei Vollmond aus fünf verschiedenen Richtungen mit Speeren durchbohrt werden, während er mit nacktem Hintern in einem Ameisenhaufen saß.

Beim Warten auf den richtigen Stand des Mondes wurde Thabo in eine Hütte gesperrt, die der Pastor so lange im Auge behielt, bis er einen Sonnenstich bekam. Da ging er stattdessen an den Fluss, um ein Nilpferd zu bekehren. Vorsichtig legte der Mann dem Tier eine Hand auf das Maul und verkündete, Jesus sei bereit, ihm …

Weiter kam er nicht, denn das Nilpferd riss das Maul auf und biss ihn in der Mitte durch.

Nun, da der Pfarrer und Gefängniswärter weg war, gelang es Thabo mit Pablo Nerudas Hilfe, die weibliche Wache zu überreden, ihm aufzusperren, damit er fliehen konnte.

»Und was wird jetzt aus dir und mir?«, rief sie ihm nach, während er in die Savanne hinausrannte, so schnell ihn seine Füße trugen.

»Ja, ich liebe dich nicht mehr«, rief Thabo zurück.

Hätte man es nicht besser gewusst, man hätte meinen können, dass Thabo unter dem Schutze des Herrn stand, denn auf seinem zwanzig Kilometer langen Nachtspaziergang in die Hauptstadt Maseru begegnete er weder Löwen, Geparden oder Nashörnern noch anderem Getier. Als er am Ziel war, besorgte er sich einen Job als Berater bei Häuptling Seeiso, der ihn noch von früher kannte und wieder bei sich willkommen hieß. Der Häuptling verhandelte gerade die nationale Unabhängigkeit mit den hochnäsigen Briten, erzielte aber keine Erfolge, bis sich Thabo einschaltete und ihnen erklärte, wenn die Herrschaften weiter solche Fisimatenten machen wollten, könne Basutoland in Erwägung ziehen, sich an Joseph Mobuto in Kongo-Kinshasa zu wenden.

Die Briten erstarrten. Joseph Mobuto? Der Mann, der die Welt gerade hatte wissen lassen, dass er seinen Namen ändern wollte – in »Der Allmächtige Krieger, Der Dank Seiner Ausdauer Und Seinem Unbändigen Siegeswillen Von Sieg Zu Sieg Eilt Und Dabei Eine Feurige Spur Hinterlässt«?

»Genau der«, sagte Thabo. »Das ist sogar einer meiner engsten Freunde. Der Zeitersparnis halber sage ich Joe zu ihm.«

Die britische Delegation bat darum, sich ungestört beraten zu dürfen. Dabei einigten sie sich darauf, dass die Region eher Ruhe und Frieden brauchte als irgendeinen allmächtigen Krieger, der seinen Namen seinem völlig übersteigerten Selbstbild anpassen wollte. Die Briten kehrten an den Verhandlungstisch zurück und sagten:

»Dann nehmt das Land.«

Aus Basutoland wurde Lesotho, aus Häuptling Seeiso wurde König Moshoeshoe II., und Thabo wurde der unumstrittene Günstling des neuen Königs. Er wurde wie ein Familienmitglied behandelt und bekam eine Tüte Rohdiamanten aus der größten Mine des Landes, die ein Vermögen wert waren.

Eines Tages war er einfach verschwunden. Und er hatte bereits einen uneinholbaren Vorsprung von vierundzwanzig Stunden, als dem König dämmerte, dass sein Augenstern, seine kleine Schwester, die zierliche Prinzessin Maseeiso, schwanger war.

Wer in den Sechzigern in Südafrika schwarz, dreckig und mittlerweile fast zahnlos war, passte nicht in die Welt der Weißen. Nach dem misslichen Vorfall im ehemaligen Basutoland eilte Thabo daher weiter nach Soweto, nachdem er seinen kleinsten Diamanten beim nächstbesten Juwelier zu Geld gemacht hatte.

Dort fand er eine leere Hütte in Sektor B. Er zog ein, stopfte sich die Geldscheine in die Schuhe und vergrub ungefähr die Hälfte der Diamanten im Boden aus gestampftem Lehm. Die andere Hälfte brachte er in diversen Hohlräumen in seinem Mund unter.

Bevor er wieder anfing, so vielen Frauen wie möglich allzu viel zu versprechen, strich er seine Hütte in einem schönen Grün, denn so was imponierte den Damen. Und er kaufte Linoleum, um den Lehmboden zu bedecken.

Der Verführer war in sämtlichen Sektoren von Soweto aktiv, aber mit der Zeit ließ Thabo seinen eigenen lieber weg, denn so konnte er in den Zwischenpausen gemütlich vor seiner Hütte sitzen und lesen, ohne mehr als nötig belästigt zu werden.

Abgesehen vom Lesen und Verführen widmete er sich dem Reisen. Kreuz und quer durch Afrika, zweimal im Jahr. Das brachte ihm sowohl Lebenserfahrung ein als auch neue Bücher.

Aber er kam immer wieder zu seiner Hütte zurück, auch wenn er finanziell unabhängig war. Nicht zuletzt, weil die Hälfte seines Vermögens immer noch drei Dezimeter unter dem Linoleumboden lag. Thabos untere Zahnreihe war noch in einem zu guten Zustand, um weiterer Diamanten Platz zu bieten.

Es dauerte ein paar Jahre, bevor das Getuschel in den Hütten von Soweto begann. Wo hatte dieser Verrückte mit den Büchern eigentlich das ganze Geld her?

Um den Gerüchten nicht gar so viel Nahrung zu geben, beschloss Thabo, einen Job anzunehmen. Am nächstliegenden war es, ein paar Stunden pro Woche Latrinentonnen zu schleppen.

Unter seinen Kollegen befanden sich fast nur junge, alkoholisierte Männer ohne Zukunft. Aber auch vereinzelte Kinder. Darunter eine Dreizehnjährige, die Thabo eine Schere in den Oberschenkel rammte, bloß weil er die falsche Tür genommen hatte, als er duschen ging. Beziehungsweise eigentlich die richtige Tür. Nur das Mädchen war falsch. Viel zu jung, keine Kurven. Nichts für Thabo, außer im Notfall.

Das mit der Schere hatte ganz schön wehgetan. Und jetzt stand sie hier vor seiner Hütte und wollte, dass er ihr das Lesen beibrachte.

»Ich würde dir ja zu gerne helfen, aber leider verreise ich morgen«, sagte Thabo und dachte sich, dass es vielleicht das Klügste wäre, seine Behauptung tatsächlich wahrzumachen.

»Verreisen?« Nombeko war in den ganzen dreizehn Jahren ihres Lebens nicht aus Soweto herausgekommen. »Wohin willst du denn?«

»Nach Norden«, sagte Thabo. »Dann sehe ich weiter.«

* * * *

Während Thabos Abwesenheit wurde Nombeko ein Jahr älter und befördert. Und sie machte sich als Chefin. Dank eines sinnvollen Systems, das ihren Sektor auf der Grundlage demografischer Daten und nicht nach geografischer Größe oder Gerüchten in Bereiche einteilte, konnte die Aufstellung der Plumpsklos viel effektiver vorgenommen werden.

»Eine dreißigprozentige Verbesserung«, lobte ihr Vorgänger.

»Dreißig Komma zwei«, sagte Nombeko.

Das Angebot richtete sich nach der Nachfrage und umgekehrt, und so blieb im Budget Geld übrig für neue Waschhäuser.

Die Vierzehnjährige war unglaublich eloquent, wenn man dagegen die Sprache betrachtete, derer sich die Männer in ihrer alltäglichen Umgebung bedienten (jeder, der schon einmal ein Gespräch mit einem Latrinentonnenträger in Soweto geführt hat, weiß, dass die Hälfte seines Vokabulars nicht gedruckt und die andere Hälfte nicht mal gedacht werden dürfte). Aber es gab auch ein Radio in einer Ecke des Latrinenbüros, und von Kindesbeinen an hatte Nombeko das Gerät angestellt, sobald sie in der Nähe war. Sie stellte immer den Nachrichtensender ein und lauschte interessiert, nicht nur auf das, was da gesagt wurde, sondern auch, wie es gesagt wurde.

Das Wochenmagazin *Ausblick Afrika* verschaffte ihr erstmals die Erkenntnis, dass es eine Welt außerhalb von Soweto gab. Sie war nicht unbedingt schöner oder vielversprechender. Aber sie war außerhalb von Soweto.

Wie damals, als Angola gerade die Unabhängigkeit erlangt hatte. Die Freiheitspartei PLUA hatte sich mit der Freiheitspartei PCA zusammengetan, um die Freiheitspartei MPLA zu bilden, die zusammen mit den Freiheitsparteien FNLA und UNITA dafür sorgte, dass die portugiesische Regierung es bereute, diesen Teil des Kontinents überhaupt entdeckt zu haben. Eine Regierung, die es im Übrigen in den vierhundert Jahren ihrer Herrschaft nicht fertig bekommen hatte, eine einzige Universität zu bauen.

Die Analphabetin Nombeko durchblickte nicht ganz, welche Buchstabenkombination was bewirkt hatte, aber das Resultat schien doch eine *Veränderung* zu sein, und das war zusammen mit *Essen* das schönste Wort, das Nombeko kannte.

Einmal äußerte sie vor ihren Mitarbeitern laut den Gedanken, dass so eine Veränderung auch etwas für sie alle sein könnte. Doch die nörgelten nur, dass die Chefin sich jetzt auch noch hinstellte und über Politik reden wollte. Reichte es nicht, dass sie tagein, tagaus Scheiße schleppen mussten, sollten sie sich jetzt auch noch Scheiße anhören?

Als Chefin der Latrinenleerung kam Nombeko nicht darum herum, sich zum einen mit all ihren hoffnungslosen Fällen von Latrinenkollegen zu befassen, zum andern aber auch mit Assistent Piet du Toit von der Gesundheitsbehörde in Johannesburg. Als er nach ihrer Ernennung zur Chefin zum ersten Mal wieder vor Ort war, richtete er ihr aus, dass es keine vier neuen Waschhäuser geben werde, sondern bloß eines, aufgrund der schwierigen Budgetsituation. Nombeko rächte sich auf ihre eigene Weise:

»Ach, was ganz anderes: Wie beurteilt der Herr Assistent eigentlich die Entwicklung in Tansania? Steht das sozialistische Experiment von Julius Nyerere nicht kurz vorm Scheitern? Oder was meint der Herr Assistent?«

»Tansania?«

»Ja. Die Getreideunterproduktion nähert sich inzwischen fast einer Million Tonnen. Die Frage ist, was Nyerere überhaupt angefangen hätte, wenn es den internationalen Währungsfonds nicht gegeben hätte. Oder betrachtet der Herr Assistent schon den Währungsfonds an und für sich als Problem?«

Sagte das Mädchen, das nie in die Schule gegangen und niemals aus Soweto herausgekommen war. Zum Assistenten, der auf der

Seite der Machthaber stand. Der eine Universität besucht hatte. Und keine Ahnung von der politischen Situation in Tansania hatte.

Der Assistent war von Natur aus weiß, aber als das Mädchen nun mit dem Politisieren anfangen wollte, wurde er kreideweiß.

Piet du Toit fühlte sich von einer vierzehnjährigen Analphabetin erniedrigt. Die jetzt außerdem sein Dokument bezüglich der Sanitätsanlagen bemängelte.

»Was hat der Herr Assistent sich hierbei eigentlich gedacht?«, erkundigte sich Nombeko, die sich selbst die Zahlen beigebracht hatte. »Warum hat er die Zielvorgaben denn miteinander multipliziert?«

Eine Analphabetin, die rechnen konnte.

Er hasste sie.

Er hasste sie alle miteinander.

* * * *

Ein paar Monate später war Thabo zurück. Als Erstes musste er feststellen, dass das Mädchen mit der Schere seine Chefin geworden war. Und dass sie kein ganz so kleines Mädchen mehr war. Langsam, aber sicher bekam sie doch Kurven.

In dem fast zahnlosen alten Mann bahnte sich ein innerer Konflikt an. Einerseits meldete sich der Instinkt, sich auf sein mittlerweile ziemlich lückenhaftes Lächeln, seine Erzählkünste und Pablo Neruda zu verlassen. Andererseits war sie eben doch seine Chefin. Und dann war da ja noch die Geschichte mit der Schere.

Thabo beschloss abzuwarten, aber in Position zu gehen.

»Jetzt wird es wohl doch höchste Zeit, dass ich dir das Lesen beibringe«, meinte er.

»Super!«, sagte Nombeko. »Lass uns sofort heute nach der Arbeit anfangen. Meine Schere und ich kommen dann zu deiner Hütte.«

Thabo war als Lehrer richtig fähig. Und Nombeko eine gelehrige Schülerin. Schon am dritten Tag konnte sie das Alphabet mit einem

Stöckchen in den Lehm vor Thabos Hütte malen. Ab dem fünften Tag begann sie ganze Wörter und Sätze zu buchstabieren. Erst gerieten sie ihr hauptsächlich fehlerhaft. Nach zwei Monaten hauptsächlich richtig.

In den Pausen zwischen ihren Lektionen erzählte Thabo von den Dingen, die er auf seinen Reisen erlebt hatte. Nombeko durchschaute sofort, dass er dabei zwei Teile Dichtung mit höchstens einem Teil Wahrheit mischte, aber das war ihr egal. Ihre eigene Realität war elend genug, von der Sorte brauchte sie nicht unbedingt noch mehr.

Seine letzte Reise hatte ihn nach Äthiopien geführt, um Seine Kaiserliche Majestät, den Löwen von Juda, Gottes Auserwählten, den König der Könige abzusetzen.

»Haile Selassie«, sagte Nombeko.

Thabo antwortete nicht. Er erzählte lieber, als dass er zuhörte.

Die Geschichte von diesem Kaiser, der zu Anfang noch Res Tefari hieß, woraus Rastafari wurde und daraus dann eine ganze Religion, nicht zuletzt auf den Westindischen Inseln, war so deftig, dass Thabo sie sich für den Tag aufgespart hatte, an dem er endlich einmal einen Vorstoß wagen wollte.

Der Gründer war also von seinem kaiserlichen Thron verjagt worden, und rund um den Erdball saßen verwirrte Jünger, kifften und überlegten sich dabei, wie es möglich war, dass der Messias, die Inkarnation Gottes, plötzlich abgesetzt worden war. Konnte man Gott denn absetzen?

Nombeko fragte bewusst nicht nach dem politischen Hintergrund dieser dramatischen Ereignisse. Sie war nämlich ziemlich sicher, dass Thabo keine Ahnung hatte, und wenn sie zu viele Fragen stellte, kam die Unterhaltung zum Erliegen.

»Erzähl weiter!«, bat sie stattdessen.

Thabo fand, dass sich die Sache gut anließ (so kann man sich irren). Er kam einen Schritt näher an das Mädchen heran und erzählte, wie er auf dem Heimweg in Kinshasa vorbeigefahren war, wo er Muhammad Ali vor seinem »Rumble in the Jungle« unterstützt hatte – das Schwergewichtsgipfeltreffen mit dem unbesiegbaren George Foreman.

»Mein Gott, wie spannend«, sagte Nombeko und fand, dass die Geschichte an sich es ja auch war.

Thabo lächelte sein breitestes Lächeln, und zwischen seinen verbliebenen Zähnen glitzerte es.

»Ja, eigentlich wollte ja der Unbesiegbare meine Unterstützung, aber ich spürte, dass…« Thabo hörte erst auf, als Foreman in der achten Runde k.o. war und Ali seinem lieben Freund Thabo für die unschätzbar wertvolle Hilfe gedankt hatte.

Übrigens war Alis Frau ganz entzückend.

»Alis Frau?«, fragte Nombeko. »Du willst mir doch wohl nicht erzählen, dass…«

Thabo lachte, dass es in seinem Mund nur so klirrte, doch dann wurde er wieder ganz ernst und rutschte noch ein Stück näher an sie heran.

»Du bist sehr schön, Nombeko«, sagte er. »Viel schöner als Alis Frau. Was hältst du davon, wenn wir uns zusammentun? Wir könnten doch irgendwo anders hinziehen.«

Und dann legte er ihr den Arm um die Schulter.

Nombeko fand, dass sich »irgendwo anders hinziehen« wirklich wunderhübsch anhörte. Tatsächlich wäre ihr jeder Ort recht gewesen. Aber nicht mit dem alten Schmierlappen. Für heute schien die Lektion beendet zu sein. Nombeko rammte Thabo eine Schere in seinen anderen Oberschenkel und ging.

Am nächsten Tag kam sie zu Thabos Hütte und sprach ihn darauf an, dass er ohne Krankmeldung seiner Arbeit ferngeblieben war.

Thabo antwortete, er habe zu starke Schmerzen in beiden Oberschenkeln, vor allem in dem einen, und Fräulein Nombeko wisse ja sicher, worauf das zurückzuführen sei.

Ja, und es könne auch noch schlimmer wehtun, denn nächstes Mal gedenke sie die Schere weder in den einen noch in den anderen Oberschenkel zu rammen, sondern irgendwo dazwischen, wenn Onkel Thabo nicht bald mal anfing, sich anständig zu benehmen.

»Außerdem habe ich sowohl gesehen als auch gehört, was du in deinem hässlichen Mund hast. Du kannst dich drauf verlassen, dass ich es Hinz und Kunz auf die Nase binden werde, wenn du dich nicht ab sofort benimmst.«

Thabo war zu Tode erschrocken. Er wusste nur zu gut, dass er seine verbleibende Lebenszeit in Minuten zählen konnte, wenn sein Diamantenvermögen erst einmal allgemein bekannt war.

»Was willst du eigentlich von mir?«, fragte er kleinlaut.

»Ich möchte herkommen und mich durch deine Bücher buchstabieren können, ohne jeden Tag eine neue Schere mitbringen zu müssen. Für unsereinen, der ausschließlich Zähne im Mund hat und sonst gar nichts, sind Scheren nämlich teuer.«

»Kannst du nicht einfach gehen?«, fragte Thabo. »Du kriegst einen von meinen Diamanten, wenn du mich in Frieden lässt.«

Das war nicht sein erster Bestechungsversuch, aber diesmal blieb er erfolglos. Nombeko erklärte, sie erhebe keinen Anspruch auf irgendwelche Diamanten. Was ihr nicht gehörte, gehörte ihr nicht.

Viel später, in einer anderen Weltengegend, sollte sich herausstellen, dass das Leben wesentlich komplizierter war, als sie in diesem Moment dachte.

✳ ✳ ✳ ✳

Es war schon Ironie des Schicksals, dass Thabos Leben von zwei Frauen ein Ende gesetzt wurde. Sie waren in Portugiesisch-Ostafrika aufgewachsen und hatten ihren Lebensunterhalt damit verdient, dass sie weiße Siedler erschlugen und deren Geld stahlen. Damit kamen sie so lange durch, wie der Bürgerkrieg anhielt.

Doch als das Land seine Unabhängigkeit erklärte und seinen Namen in Mosambik änderte, bekamen die Siedler, die immer noch im Lande waren, achtundvierzig Stunden, um das Land zu verlassen. Danach blieb den Frauen nichts anderes übrig, als sich aufs

Erschlagen wohlhabender Schwarzer zu verlegen. Eine wesentlich schlechtere Geschäftsidee, denn alle Schwarzen, die überhaupt etwas Stehlenswertes besaßen, gehörten zur nun regierenden marxistisch-leninistischen Partei. Daher dauerte es nicht lange und die Frauen waren zur Fahndung ausgeschrieben und wurden von der gefürchteten Polizei des neuen Staates gejagt.

Deswegen waren sie Richtung Süden gezogen und hatten ihren Weg in das wunderbare Versteck Soweto in der Nähe von Johannesburg gefunden.

Der Vorteil von Südafrikas größtem Elendsviertel war, dass man in der Masse untertauchte (wenn man denn schwarz war), der Nachteil jedoch der, dass noch der schlichteste weiße Bauer in Portugiesisch-Ostafrika mehr besaß als sämtliche achthunderttausend Einwohner von Soweto zusammengenommen (Thabo mal nicht mitgerechnet). Die Frauen warfen trotzdem ein paar bunte Pillen ein und gingen auf Mordtour. Nach einer Weile fanden sie den Sektor B, und dort, hinter der Latrinenreihe, erspähten sie eine grün gestrichene Hütte zwischen den übrigen rostbraungrauen. Wer seine Hütte grün anmalt (oder in irgendeiner anderen beliebigen Farbe), hat doch garantiert mehr Geld, als ihm guttut, dachten die Frauen, brachen mitten in der Nacht ein, rammten Thabo ein Messer in die Brust und drehten es um. So wurde dem Mann, der so viele Herzen gebrochen hatte, sein eigenes in Stücke geschnitten.

Als er tot war, stöberten die Frauen zwischen all den verfluchten Bücherstapeln nach seinem Geld. Was hatten sie da denn für einen Trottel umgebracht?

Am Ende fanden sie auf jeden Fall ein Bündel Geldscheine im einen Schuh des Opfers, und noch eins im anderen. Unvernünftigerweise setzten sie sich vor die Hütte, um es aufzuteilen. Doch der Tablettencocktail, den die Frauen mit einem halben Glas Rum runtergespült hatten, bewirkte, dass sie jeden Begriff von Zeit und Raum verloren. Und so saßen sie immer noch dort, beide mit einem Grinsen auf den Lippen, als überraschenderweise tatsächlich mal die Polizei auftauchte.

Sie verhaftete die beiden Frauen, die daraufhin zu einem drei-
ßigjährigen Kostenfaktor im südafrikanischen Justizvollzug wurden. Die Geldscheine, die sie zu zählen versucht hatten, lösten sich
gleich zu Anfang der polizeilichen Ermittlungen in Luft auf. Thabos Leiche blieb bis zum nächsten Tag liegen. Im südafrikanischen
Polizeikorps war es ein beliebter Sport, es möglichst der nächsten
Schicht zu überlassen, sich um einen toten Neger zu kümmern.

Nombeko war schon in der Nacht vom Lärm auf der anderen
Seite der Latrinenreihe wach geworden. Sie zog sich an, ging hi-
nüber und erfasste in etwa, was geschehen war.

Als die Polizei mit den Mörderinnen und Thabos ganzem Geld
verschwunden war, ging Nombeko in seine Hütte.

»Du warst ein grässlicher Mensch, aber du konntest unterhalt-
same Lügen erzählen. Du wirst mir fehlen. Oder zumindest deine
Bücher.«

Daraufhin machte sie Thabo den Mund auf und holte vierzehn
ungeschliffene Diamanten heraus, genau die Anzahl, die in seinen
Zahnlücken Platz gefunden hatte.

»Vierzehn Lücken, vierzehn Diamanten«, sagte Nombeko. »Ging
genau auf, was?«

Thabo antwortete nicht. Doch Nombeko entfernte das Linoleum
und begann zu graben.

»Hab ich's mir doch gedacht«, sagte sie, als sie fand, was sie gesucht hatte.

Dann holte sie Wasser und einen Lappen und wusch Thabo, zog
ihn aus der Hütte und opferte ihr einziges weißes Laken, um seinen Leichnam zu bedecken. Ein bisschen Würde verdiente er trotz
allem. Viel nicht. Aber ein bisschen.

Nombeko nähte Thabos sämtliche Diamanten sofort in den
Saum ihrer einzigen Jacke ein, ehe sie nach Hause ging und sich
wieder schlafen legte.

Die Latrinenchefin erteilte sich selbst die Erlaubnis, am nächsten Morgen auszuschlafen. Als sie das Büro zu später Stunde betrat, waren schon alle Latrinentonnenträger da. In Abwesenheit der

Chefin waren sie inzwischen bei ihrem dritten Vormittagsbierchen und hatten seit dem zweiten die Arbeit ruhen lassen, zugunsten einer Diskussion der Frage, warum die Inder eine unterlegene Rasse waren. Der großmäuligste von ihnen erzählte gerade die Geschichte von dem Inder, der versucht hatte, ein Leck in seinem Hüttendach mit Wellpappe zu flicken.

Nombeko unterbrach die Männer, sammelte alle noch nicht geleerten Bierflaschen ein und erklärte, sie habe den Verdacht, dass ihre Kollegen nichts anderes im Kopf hatten als den Inhalt der Latrinentonnen, die zu leeren ihre Aufgabe war. Waren sie wirklich zu dumm, um zu begreifen, dass Dummheit ein rassenübergreifendes Phänomen war?

Das Großmaul erwiderte, die Chefin könne wohl nicht verstehen, dass man nach den ersten fünfundsiebzig Tonnen am Morgen in aller Ruhe ein Bierchen trinken wolle, ohne sich dabei irgendwelches Gefasel anhören zu müssen, wie wahnsinnig gleich und gleichberechtigt die Menschen doch sind.

Nombeko erwog, ihm zur Antwort eine Klopapierrolle an den Schädel zu werfen, kam jedoch zu dem Schluss, dass es schade um die Rolle gewesen wäre. Stattdessen befahl sie, die Arbeit wieder aufzunehmen.

Dann ging sie nach Hause in ihre Hütte. Und sagte sich einmal wieder:

»Was tue ich hier?«

Am nächsten Tag war ihr fünfzehnter Geburtstag.

* * * *

An ihrem fünfzehnten Geburtstag hatte Nombeko ein seit Langem angesetztes Budgetgespräch mit Piet du Toit vom Sanitätsamt der Stadtverwaltung von Johannesburg. Diesmal war er besser vorbereitet und war die Zahlen genau durchgegangen. Jetzt würde er es dieser Zwölfjährigen aber zeigen.

»Sektor B hat das Budget um elf Prozent überschritten«, sagte

Piet du Toit und sah Nombeko über den Rand seiner Brille an, die er eigentlich nicht brauchte, die ihn aber ein bisschen älter aussehen ließ.

»Das hat Sektor B ganz bestimmt nicht«, sagte Nombeko.

»Wenn ich sage, dass Sektor B das Budget um elf Prozent überschritten hat, dann ist das so«, sagte Piet du Toit.

»Und wenn ich sage, dass Piet du Toit so rechnet, wie es seinem Verstand entspricht, dann ist das auch so. Geben Sie mir ein paar Sekunden«, sagte Nombeko, riss Piet du Toit seine Kalkulation aus der Hand, überflog die Zahlen, zeigte auf Zeile zwanzig und sagte:

»Den Rabatt, den ich ausgehandelt hatte, haben wir in Form von Bonuslieferungen bekommen. Wenn Sie den somit herabgesetzten De-facto-Preis berechnen und nicht einen fiktiven Listenpreis, werden Sie feststellen, dass Ihre elf Phantomprozent nicht mehr existieren. Außerdem hat er plus und minus verwechselt. Wenn wir rechnen würden, wie es der Herr Assistent will, dann hätten wir das Budget um elf Prozent *unterschritten*. Was übrigens genauso falsch wäre.«

Piet du Toit wurde rot. Kapierte dieses Mädchen nicht, wo ihr Platz war? Wo käme man denn da hin, wenn jeder x-Beliebige entscheiden könnte, was richtig und was falsch ist? Also sagte er:

»Wir haben im Büro schon mehrfach über dich gesprochen.«

»Aha«, sagte Nombeko.

»Wir finden die Zusammenarbeit mit dir sehr anstrengend.«

Nombeko begriff, dass sie auf dem besten Wege war, hinausgeworfen zu werden wie ihr Vorgänger.

»Aha«, sagte sie.

»Ich befürchte, wir müssen dich versetzen. Zurück in die normale Truppe.«

Das war ja tatsächlich noch besser als das, was ihrem Vorgänger angeboten worden war. Nombeko dachte sich, dass der Assistent heute wohl richtig gut gelaunt sein musste.

»Aha«, sagte sie.

»Ist ›aha‹ das Einzige, was du zu sagen hast?«, fragte Piet du Toit verärgert.

»Na ja, ich könnte natürlich versuchen, Herrn du Toit zu erklären, was für ein Idiot Herr du Toit ist, aber es wäre wohl vergebliche Liebesmüh, das habe ich in meinen Jahren unter den Latrinentonnenträgern gelernt. Denn hier gibt es auch Idioten, müssen Sie wissen. Am besten geh ich einfach, dann muss ich den Herrn du Toit nicht mehr sehen«, sagte Nombeko und ließ ihren Worten Taten folgen.

Das alles hatte sie in so einem Tempo vorgebracht, dass Piet du Toit erst reagieren konnte, als das Mädchen schon entwischt war. Und der Gedanke, ihr zwischen die Hütten nachzulaufen, verbot sich von selbst. Wenn es nach ihm ging, konnte sie sich dort im Müll verstecken, bis Tuberkulose, Drogen oder einer der anderen Analphabeten ihrem Leben ein Ende machten.

»Pfui«, sagte Piet du Toit und nickte der Leibwache zu, die ihm sein Vater bezahlte.

Höchste Zeit, wieder in die Zivilisation zurückzukehren.

Mit diesem Gespräch war sie natürlich nicht nur ihre Chefposition los, sondern auch den Job, mit dem sie ihren Lebensunterhalt verdiente. Und ihr letztes Gehalt würde sie auch nicht mehr bekommen.

Der Rucksack mit ihren unbedeutenden Habseligkeiten war gepackt. Einmal Kleider zum Wechseln, drei von Thabos Büchern und die zwanzig Stangen Antilopen-Trockenfleisch, die sie gerade von ihrem letzten Geld gekauft hatte.

Die Bücher hatte sie schon gelesen, und sie kannte sie auswendig. Doch Bücher hatten einfach etwas Sympathisches, ihre bloße Existenz war erfreulich. Es war fast wie mit den Latrinentonnenträgern. Bloß umgekehrt.

Es war Abend, die Luft war kühl. Nombeko zog ihre einzige Jacke an. Legte sich auf ihre einzige Matratze und deckte sich mit ihrer einzigen Decke zu (ihr einziges Laken war gerade als Leichentuch draufgegangen). Am nächsten Morgen würde sie von hier fortgehen.

Und plötzlich wusste sie auch, wohin.

Am Vortag hatte sie davon in der Zeitung gelesen. Sie würde in die Andries Street 75 in Pretoria fahren.

In die Nationalbibliothek.

Soweit sie wusste, war Schwarzen der Zutritt nicht verboten, mit etwas Glück würde sie also hineinkommen. Was sie dann machen konnte, außer zu atmen und die Aussicht zu genießen, wusste sie nicht. Aber das reichte ja schon mal für den Anfang. Und sie spürte, dass die Literatur ihr dann schon den weiteren Weg weisen würde.

Mit dieser Gewissheit schlief sie zum letzten Mal in der Hütte ein, die sie fünf Jahre zuvor von ihrer Mutter geerbt hatte. Und sie tat es mit einem Lächeln.

Und das war etwas ganz Neues.

Als der Morgen dämmerte, brach sie auf. Es war nicht gerade eine kurze Strecke, die vor ihr lag. Der erste Spaziergang ihres Lebens außerhalb von Soweto sollte ein neunzig Kilometer langer werden.

Nach knapp sechs Stunden – und sechsundzwanzig der neunzig Kilometer – war Nombeko im Zentrum von Johannesburg angekommen. Das war eine ganz andere Welt! Allein die Tatsache, dass die meisten rundherum weiß waren und eine schlagende Ähnlichkeit mit Piet du Toit besaßen, war bemerkenswert. Interessiert sah Nombeko sich um. Neonschilder, Ampeln und allgemeiner Lärm. Und blitzblanke neue Autos, Modelle, die sie noch nie gesehen hatte.

Als sie sich halb umdrehte, um mehr zu sehen, sah sie, dass eines dieser Autos mit vollem Tempo auf dem Gehweg auf sie zufuhr.

Nomeko konnte noch denken, dass es wirklich ein sehr schönes Auto war.

Aber ausweichen konnte sie nicht mehr.

* * * *

Ingenieur Engelbrecht van der Westhuizen hatte den Nachmittag in der Bar des Hilton Plaza Hotel in der Quartz Street verbracht. Jetzt setzte er sich in seinen neuen Opel Admiral und fuhr Richtung Norden.

Aber es ist und war noch nie leicht, mit einem Liter Kognak im Leib Auto zu fahren. Der Ingenieur kam nur bis zur nächsten Kreuzung, dann schlingerte er mit seinem Opel aufs Trottoir, und – verdammich aber auch! – hatte er da gerade einen Kaffer überfahren?

Das Mädchen unter dem Auto des Ingenieurs hieß Nombeko und war ehemalige Latrinentonnenträgerin. Fünfzehn Jahre und einen Tag zuvor war sie in einer Blechhütte im größten Slum Südafrikas zur Welt gekommen. Umgeben von Alkohol, Lösungsmittel und Tabletten bestanden ihre Aussichten darin, eine Weile im Lehm zwischen den Latrinen von Sowetos Sektor B zu leben und dann zu sterben.

Ausgerechnet Nombeko war ausgebrochen. Sie hatte ihre Hütte zum ersten und letzten Mal verlassen.

Und dann kam sie nur bis ins Zentrum von Johannesburg, wo sie völlig kaputt unter einem Opel Admiral liegen blieb.

»War das etwa schon alles?«, dachte sie, bevor sie in die Bewusstlosigkeit sank.

Aber das war noch nicht alles.

2. KAPITEL

Davon, wie es in einem anderen Teil der Welt zuging, als alles quasi ins Gegenteil umschlug

Nombeko wurde einen Tag nach ihrem fünfzehnten Geburtstag überfahren. Doch sie überlebte. Es sollte besser für sie kommen. Und schlechter. Vor allem aber anders.

Zu den Männern, die später noch ihren Weg kreuzen sollten, gehörte Ingmar Qvist aus Södertälje, Schweden, neuntausendfünfhundert Kilometer entfernt, definitiv nicht. Aber sein Schicksal sollte sie dennoch mit voller Wucht treffen.

Es ist schwierig, genau zu bestimmen, wann Ingmar den Verstand verlor, denn das war ein schleichender Prozess. Sicher ist, dass das Ganze im Herbst 1947 schon gut ins Rollen gekommen war. Und dass weder er noch seine Frau verstehen wollten, was los war.

Ingmar und Henrietta heirateten, als fast auf der ganzen Welt noch Krieg herrschte, und bezogen ein Pächterhäuschen in den Wäldern bei Södertälje knapp dreißig Kilometer südlich von Stockholm.

Er war im niederen Staatsdienst, sie eine strebsame Schneiderin, die ihr Gewerbe zu Hause ausübte.

Zum ersten Mal begegneten sie sich vor Saal 2 des Gerichts Södertälje, wo ein Streit zwischen Ingmar und Henriettas Vater verhandelt wurde, weil Erstgenannter eines Nachts auf eine Wand des Parteilokals der Kommunisten in meterhohen Buchstaben die Parole »Lang lebe der König!« gemalt hatte. Kommunismus und Königshäuser vertragen sich im Allgemeinen ja nicht so gut, daher gab es natürlich schon im Morgengrauen ein Riesengeschrei, als der starke Mann der Kommunisten in Södertälje – Henriettas Vater – die Bescherung entdeckte.

Ingmar wurde rasch gefasst, sogar sehr rasch, weil er sich nämlich nach vollbrachter Tat auf eine Parkbank in unmittelbarer Nähe des Polizeigebäudes schlafen gelegt hatte, Farbe und Pinsel im Arm.

Im Gericht hatte sich Elektrizität zwischen dem Angeklagten Ingmar und der Zuschauerin Henrietta aufgebaut. Wahrscheinlich lag es auch ein bisschen daran, dass sie sich zur verbotenen Frucht hingezogen fühlte, aber vor allem daran, dass Ingmar so... voller Leben war. Im Gegensatz zu ihrem Vater, der nur herumlief und darauf wartete, dass alles endgültig in die Binsen ging, damit er und der Kommunismus endlich ans Ruder kamen, zumindest in Södertälje. Ihr Vater war schon immer von revolutionärer Gesinnung gewesen, war aber obendrein verbittert und finster geworden, nachdem er am 7. April 1937 die schwedische Radiolizenz Nummer neunhundertneunundneunzigtausendneunhundertneunundneunzig gezeichnet hatte. Tags darauf feierte man einen Schneider in Hudiksvall, dreihundertdreißig Kilometer entfernt, weil er die millionste Lizenz gezeichnet hatte. Der Schneider wurde nicht nur berühmt (er durfte im Radio auftreten!), sondern erhielt zur Erinnerung auch noch einen Silberpokal im Wert von sechshundert Kronen. Und Henriettas Vater guckte in die Röhre.

Dieses Erlebnis konnte er nie verwinden. Er verlor seine (immer schon begrenzte) Fähigkeit, die Dinge mit einem gewissen Humor zu nehmen, was ihm am allerwenigsten glückte, als er die Huldigung an König Gustaf V. an der Wand des kommunistischen Parteilokals sah. Er vertrat die Partei höchstpersönlich vor Gericht und forderte achtzehn Jahre Gefängnis für Ingmar Qvist, welcher aber nur zu einem Bußgeld von fünfzehn Kronen verurteilt wurde.

Es waren der Widrigkeiten so viele im Leben von Henriettas Vater. Erst das mit der Radiolizenz. Dann die relative Fehlkalkulation im Gericht Södertälje. Obendrein seine Tochter, die sich diesem Königstreuen prompt in die Arme warf. Und dann auch noch der verdammte Kapitalismus, der ja wohl grundsätzlich auf die Füße zu fallen schien.

Als Henrietta außerdem beschloss, Ingmar *kirchlich* zu heiraten, brach der Kommunistenführer von Södertälje für immer mit seiner Tochter, woraufhin Henriettas Mutter mit Henriettas Vater brach und auf dem Bahnhof von Södertälje einen neuen Mann kennenlernte, einen deutschen Militärattaché, mit dem sie kurz vor Kriegsende nach Berlin zog. Man hat nie wieder von ihr gehört.

Henrietta wollte Kinder, am liebsten so viele wie möglich. Das hielt Ingmar prinzipiell auch für eine gute Idee, nicht zuletzt, weil er den Produktionsprozess an sich sehr schätzte. Zum Beispiel ihr allererstes Mal, im Auto von Henriettas Vater, zwei Tage nach der Gerichtsverhandlung. Das war vielleicht ein Ding, auch wenn Ingmar das Abenteuer damit bezahlte, dass er sich im Keller seiner Tante verstecken musste, während sein zukünftiger Schwiegervater ganz Södertälje nach ihm absuchte. Ingmar hätte das benutzte Kondom eben nicht im Auto vergessen dürfen.

Tja, aber passiert war passiert, und es war doch immerhin ein Segen, dass er diesen Karton mit amerikanischen Militärkondomen gefunden hatte, denn die Dinge mussten ja in der richtigen Reihenfolge geschehen, damit nichts Falsches dabei herauskam.

Womit Ingmar nicht meinte, dass er zuerst Karriere machen und ein solides Familieneinkommen sichern wollte. Er arbeitete in der Post von Södertälje, oder bei der Königlich Schwedischen Post, wie er selbst immer sagte. Sein Lohn war durchschnittlich und es sah ganz so aus, als würde das auch so bleiben.

Henrietta verdiente fast doppelt so viel wie ihr Mann, denn sie war geschickt und flink mit Nadel und Faden und hatte einen großen, treuen Kundenkreis. Die Familie hätte gut leben können, wäre da nicht Ingmar gewesen mit seinem Talent, Henriettas Ersparnisse immer schneller durchzubringen.

Kinder gern, wie gesagt, aber zuerst musste Ingmar seine Lebensaufgabe erfüllen, und die erforderte seine volle Konzentration.

Bis diese Aufgabe erfüllt war, durfte es keine Nebenprojekte geben, die mit der Sache nichts zu tun hatten.

Henrietta protestierte gegen den Sprachgebrauch ihres Mannes. Kinder waren das Leben und die Zukunft, keine Nebenprojekte.

»Wenn das so ist, dann kannst du deinen Karton mit den Soldatenkondomen mitnehmen und auf dem Küchensofa schlafen«, erklärte sie.

Ingmar wand sich. Natürlich hatte er nicht gemeint, dass Kinder nebensächlich waren, es war eben nur so, dass … ach, Henrietta wusste doch Bescheid. Die Sache mit Seiner Majestät dem König. Ingmar *musste* diese Sache einfach zuerst erledigen. Es würde ja auch nicht ewig dauern.

»Bitte, liebste, beste Henrietta. Können wir nicht auch heute Nacht zusammen schlafen? Und vielleicht ein bisschen für die Zukunft üben?«

Und natürlich schmolz Henriettas Herz. Wie schon so oft in der Vergangenheit und wie noch so oft in der Zukunft.

Was Ingmar seine Lebensaufgabe nannte, war das Projekt, dem König die Hand zu schütteln. Es hatte mit dem Wunsch angefangen, sich dann aber zu einem unverrückbaren Ziel entwickelt. Wann genau es in reine Besessenheit umschlug, war wie gesagt nicht leicht zu bestimmen. Da war es leichter zu erklären, wann und wo das Ganze begonnen hatte.

Am Samstag, dem 16. Juni 1928, wurde Seine Majestät der König Gustaf V. siebzig Jahre alt. Der damals vierzehnjährige Ingmar Qvist fuhr mit seinen Eltern nach Stockholm, um erst vor dem königlichen Schloss ein Fähnchen zu schwenken und anschließend in den Skansen zu gehen – wo man Bären und Wölfe hielt!

Doch die Pläne mussten ein wenig abgeändert werden. Wie sich herausstellte, herrschte am Schloss viel zu großes Gedränge, also stellte sich die Familie in ein paar hundert Meter Entfernung an die Straße, über die angeblich die königliche Kutsche kommen sollte, der offene Landauer mit dem König und seiner Victoria.

Und so war es auch. Worauf sich alles viel schöner entwickelte, als Ingmars Eltern es sich hätten ausmalen können. Denn direkt neben der Familie Qvist standen ungefähr zwanzig Schüler des Internats Lundsberg, die hier warteten, um Seiner Majestät einen Blumenstrauß zu überreichen und für die Unterstützung zu danken, die die Schule nicht zuletzt dem Engagement von Kronprinz Gustaf Adolf zu verdanken hatte. Es war so vereinbart, dass der Landauer hier kurz anhalten und der König aussteigen, den Strauß entgegennehmen und sich bei den Kindern bedanken sollte.

Alles lief wie geplant, der König bekam seine Blumen, aber als er sich umdrehte, um wieder einzusteigen, fiel sein Blick auf Ingmar. Und er blieb stehen.

»Was für ein hübsches Kerlchen«, sagte er, machte zwei Schritte auf den Jungen zu und zauste ihm das Haar. »Warte, hier hab ich was für dich«, sagte er und zog aus der Innentasche seiner Jacke eine Karte mit Jubiläumsbriefmarken, die gerade zum Ehrentag des Königs erschienen waren.

Er reichte dem jungen Ingmar die Briefmarken, lächelte und meinte: »Du bist mir ja wirklich ein Zuckerstückchen!« Dann zauste er ihm noch einmal die Haare, bevor er wieder in die Kutsche zu seiner Königin stieg, die ihn schon wütend anfunkelte.

»Hast du dich auch ordentlich bedankt, Ingmar?«, fragte seine Mutter, als sie sich davon erholt hatte, dass Seine Majestät der König ihren Sohn berührt – und ihm auch noch ein Geschenk gemacht hatte.

»Äh ... nee«, stotterte Ingmar, der wie vom Donner gerührt mit seinen Briefmarken dastand. »Nee, ich hab gar nix gesagt. Er war irgendwie ... zu fein.«

Die Briefmarken wurden natürlich Ingmars allerliebster Besitz. Und zwei Jahre später fing er in der Post von Södertälje an. Zunächst auf dem rangniedrigsten Posten in der Buchhaltung – um sechzehn Jahre später auch nicht einen Schritt weitergekommen zu sein.

Ingmar war unendlich stolz auf den großen, stattlichen Monarchen. Jeden Tag schaute Gustaf V. majestätisch haarscharf an ihm vorbei von all den Briefmarken, die sein Untertan bei seiner Tätigkeit in der Hand hatte. Ingmar schaute untertänig und liebevoll zurück. Er saß in der königlichen Uniform der Königlich Schwedischen Post am Schreibtisch, auch wenn man die in dieser Abteilung eigentlich gar nicht tragen musste.

Leider schaute der König aber immer nur an Ingmar *vorbei*. Als würde er seinen Untertan nicht sehen und könnte daher auch seine Liebe nicht empfangen. Ingmar wäre so unendlich gern dem Blick des Königs begegnet. Er hätte sich so gern dafür entschuldigt, dass er sich damals als Vierzehnjähriger nicht bedankt hatte. Hätte ihn so gern seiner Treue bis in den Tod versichert.

Unendlich gern war der richtige Ausdruck. Er wurde immer wichtiger und wichtiger ... der Wunsch nach einem Blick, einem Wort, einem Händedruck.

Wichtiger und wichtiger.

Und wichtiger.

Seine Majestät wurde ja die ganze Zeit älter. Bald war es zu spät. Ingmar Qvist konnte nicht mehr einfach abwarten, dass der König eines Tages das Postamt Södertälje betrat. Das war jahrelang sein Traum gewesen, aber aus dem erwachte er jetzt langsam, aber sicher.

Der König würde niemals zu Ingmar kommen.

Blieb nur eines: Ingmar musste zum König kommen.

Danach würden Henrietta und er Kinder machen, versprochen.

* * * *

Die von vornherein dürftige Existenz der Familie Qvist wurde im Laufe der Jahre immer dürftiger. Das Geld ging vor allem für Ingmars Versuche drauf, den König persönlich zu treffen. Er schrieb die reinsten Liebesbriefe (frankiert mit unnötig vielen Briefmarken), er rief ihn an (ohne freilich weiter zu kommen als bis zu einem bedauernswerten Hofsekretär), er schickte Geschenke in Form schwedischer Silberschmiedearbeiten, die der König über alles schätzte (und versorgte auf diese Art den nicht ganz ehrlichen Vater von fünf Kindern, dem es oblag, sämtliche Geschenke zu registrieren, die dem König geschickt wurden). Des Weiteren besuchte er Tennisturniere und im Grunde sämtliche Veranstaltungen, bei denen es denkbar war, dass der König zugegen sein könnte. Das bedeutete viele teure Reisen und Eintrittskarten, aber irgendwie kam Ingmar Seiner Majestät doch nie so wirklich nahe.

Die finanzielle Situation der Familie wurde nicht besser dadurch, dass Henrietta vor lauter Kummer und Sorgen mit dem anfing, was damals fast alle taten – nämlich eine oder ein paar Schachteln John Silver am Tag zu rauchen.

Ingmars Chef in der Buchhaltung der Post hatte das ganze Gerede über den verdammten Monarchen und seine Vorzüge derart satt, dass er jeden Urlaubsantrag seines niederen Angestellten Qvist genehmigte, bevor er auch nur fertig formuliert war.

»Ach, Herr Oberbuchhalter, glaubt der Herr Oberbuchhalter, dass er sich vorstellen könnte, mir demnächst zwei Wochen freizugeben? Ich möchte nämlich ...«

»Bewilligt.«

Irgendwann hatten sie in der Arbeit angefangen, Ingmar nicht bei seinem Namen zu nennen, sondern seine Initialen zu benutzen. Für Vorgesetzte wie Kollegen hieß er nur noch »IQ«.

»Ich wünsche IQ viel Glück bei dem Unfug, den er diesmal vorhat«, sagte der Herr Oberbuchhalter.

Ingmar war es egal, dass man sich über ihn lustig machte. Im Gegensatz zu den anderen im Hauptbüro der Post in Södertälje hatte er schließlich ein Ziel im Leben.

Von Ingmars Seite wurden noch drei große Anstrengungen unternommen, bevor alles quasi ins Gegenteil umschlug.

Als Erstes begab er sich zum Schloss Drottningholm, baute sich in seiner Postleruniform vor dem Tor auf und klingelte.

»Guten Tag. Mein Name ist Ingmar Qvist, ich komme von der

Königlich Schwedischen Post und hätte eine Angelegenheit mit Seiner Majestät persönlich zu besprechen. Wären Sie wohl so freundlich, mich bei ihm zu melden? Ich warte so lange hier«, sagte Ingmar zur Torwache.

»Ist bei dir 'ne Schraube locker, oder was soll das hier werden?«, erwiderte die Wache.

Es entspann sich ein fruchtloser Dialog, an dessen Ende Ingmar ersucht wurde, sofort zu verschwinden, sonst würde die Wache dafür sorgen, dass der Herr Postmann zu einem Paket geschnürt und an die Poststelle zurückgeschickt wurde, von der er herkam.

Ingmar war beleidigt und äußerte sich in aller Kürze zur mutmaßlichen Größe des Geschlechtsorgans der Torwache, woraufhin er Fersengeld geben musste, die Wache selbst auf den Fersen.

Er entkam, teils weil er ein bisschen schneller war als sein Verfolger, vor allem aber, weil Letzterer angewiesen war, sein Tor nie zu verlassen, und daher umkehren musste.

Danach drückte sich Ingmar noch zwei geschlagene Tage vor dem drei Meter hohen Zaun herum, außer Sichtweite dieses Bauerntölpels, der nicht wusste, was das Beste für den König war. Dann gab er es auf und kehrte in das Hotel zurück, das bei dieser Operation seine Basis gewesen war.

»Soll ich die Rechnung fertig machen?«, fragte die Rezeptionistin, die schon lange den Verdacht hatte, dass dieser Gast nicht vorhatte, seine Rechnung zu begleichen.

»Ja, bitte«, sagte Ingmar, ging auf sein Zimmer, packte den Koffer und checkte durchs Fenster aus.

Die zweite große Anstrengung, bevor alles quasi ins Gegenteil umschlug, begann damit, dass Ingmar in der Arbeit einen Artikel in der *Dagens Nyheter* las (als er zwecks Arbeitsvermeidung auf der Toilette saß). Darin stand, dass sich der König auf Schloss Tullgarn aufhielt, um ein paar Tage bei der Elchjagd zu entspannen. Ingmar stellte sich die rhetorische Frage, wo es denn Elche geben soll, wenn nicht in Gottes freier Natur, und wer Zugang zu Gottes freier Natur

hatte, wenn nicht… alle! Sowohl Könige als auch einfache Postbeamte der Königlich Schwedischen Post.

Ingmar zog die Spülung, um den Schein zu wahren, und ging zu
seinem Chef, um neuerlichen Urlaub zu ersuchen. Der Oberbuchhalter bewilligte dies mit der aufrichtigen Bemerkung, ihm sei gar
nicht aufgefallen, dass der Herr Qvist schon von seinem letzten
Urlaub zurückgekehrt sei.

Da man Ingmar in Södertälje schon lange kein Auto mehr lieh,
musste er zunächst mit dem Bus bis zur Mietwagenfirma in Nyköping, wo sein ehrliches Gesicht für einen gebrauchten Fiat 518
reichte. Daraufhin begab er sich zu Schloss Tullgarn, mit der
schnellsten Geschwindigkeit, die die achtundvierzig Pferdestärken
zulassen wollten.

Doch er hatte kaum die Hälfte des Weges zurückgelegt, da begegnete ihm ein schwarzer Cadillac V8, Baujahr 1938. Der König natürlich. Hatte schon fertig gejagt. Und war auf bestem Wege, Ingmar
schon wieder durch die Finger zu schlüpfen.

Ingmar wendete blitzschnell den geliehenen Fiat, hatte das
Glück, dass es von da an mehrfach bergab ging, und holte das hundert PS stärkere Fahrzeug des Königs ein. Nun musste er den Wagen
nur noch überholen und dann vielleicht mitten auf der Straße eine
Panne vortäuschen.

Doch der nervöse Chauffeur des Königs beschleunigte, weil er
den Zorn des Königs fürchtete, wenn er sich von einem Fiat überholen ließ. Leider schaute er mehr in den Rückspiegel als nach vorne
auf die Straße, und in der nächsten Kurve fuhr der Chauffeur mit
Cadillac, König und Gefolge geradeaus weiter, direkt in einen Was-
sergraben.

Gustaf V. und die anderen waren unverletzt geblieben, aber das
konnte Ingmar hinter seinem Lenkrad nicht wissen. Sein erster Gedanke war natürlich, auszusteigen, zu helfen und dem König dabei
die Hand zu drücken. Doch sein zweiter Gedanke war: Was, wenn
ich den alten Mann jetzt umgebracht habe? Und sein dritter: Dreißig Jahre Zwangsarbeit waren vielleicht doch ein etwas zu hoher

Preis für einen Händedruck. Vor allem, wenn die betreffende Hand einer Leiche gehörte. Ingmar vermutete auch, dass er sich im Lande nicht gerade beliebt machen würde. Königsmörder waren selten beliebt.

Also wendete er.

Den Leihwagen stellte er vor dem Parteilokal der Kommunisten in Södertälje ab, in der Hoffnung, dass man seinem Schwiegervater die Schuld geben würde. Von dort ging er den ganzen Weg nach Hause zu Henrietta zu Fuß und erzählte, es könnte sein, dass er gerade den König umgebracht habe, den er doch so sehr liebte.

Henrietta tröstete ihn mit den Worten, dass der König die Kurve sicher überlebt habe, doch wenn sie sich täusche, sei es durchaus von Vorteil für die Familienfinanzen.

Am nächsten Tag teilte die Presse mit, dass König Gustaf V. bei einer schnellen Autofahrt im Graben gelandet, jedoch unverletzt davongekommen sei. Henrietta nahm die Nachricht mit gemischten Gefühlen auf, dachte aber, dass ihr Mann vielleicht doch mal etwas gelernt haben könnte, und fragte ihn hoffnungsvoll, ob er nun fertig gejagt habe.

Nein. Hatte er nicht.

Die dritte große Anstrengung, bevor alles quasi ins Gegenteil umschlug, bestand darin, dass er an die französische Riviera reiste, nach Nizza, wo der achtundachtzigjährige Gustaf V. immer den Spätherbst zubrachte, um seinen chronischen Luftröhrenkatarrh zu lindern. Der König hatte in einem Interview erzählt, dass er tagsüber gern auf der Terrasse seiner Suite im Hôtel d'Angleterre saß, wenn er nicht gerade seinen täglichen gemächlichen Spaziergang auf der Promenade des Anglais unternahm.

Diese Information reichte Ingmar. Er würde hinfahren, den König bei seinem Spaziergang treffen, vortreten und sich vorstellen.

Wie sich die Situation dann weiterentwickeln würde, war völlig offen. Vielleicht würden die beiden stehen bleiben und ein Weilchen plaudern, und wenn die Stimmung gut war, konnte Ingmar den König ja für den Abend auf einen Drink ins Hotel einladen. Und vielleicht sogar zu einer Partie Tennis am nächsten Tag?

»Diesmal kann nichts schiefgehen«, sagte Ingmar zu Henrietta.

»Ja dann«, meinte seine Frau. »Hast du meine Zigaretten gesehen?«

Ingmar durchquerte Europa per Anhalter. Es dauerte eine ganze Woche, aber als er in Nizza angekommen war, musste er nur zwei Stunden auf einer Bank an der Promenade des Anglais sitzen, als er auch schon den großen, stattlichen Gentleman mit silbernem Gehstock und Monokel erblickte. Mein Gott, war das ein feiner Mann! Er näherte sich langsam. Und er war allein.

Was dann geschah, konnte Henrietta noch Jahre später detailliert wiedergeben, denn Ingmar erzählte es ihr für den Rest ihres Lebens immer und immer wieder.

Ingmar war von seiner Bank aufgestanden, war zu Seiner Majestät gegangen, hatte sich als treuer Untertan in der Königlich Schwedischen Post vorgestellt und die Möglichkeit angedeutet, man könne doch zusammen einen Drink nehmen oder eine Partie Tennis spielen – um damit zu schließen, einen Handschlag unter Männern vorzuschlagen.

Die Reaktion des Königs fiel jedoch völlig anders aus, als Ingmar erwartet hatte. Erstens weigerte er sich, dem Unbekannten die Hand zu geben. Zweitens würdigte er ihn keines Blickes. Stattdessen schaute er haarscharf an Ingmar vorbei in die Ferne, wie er es schon auf den Zehntausenden von Briefmarken getan hatte, die Ingmar im Dienst in der Hand gehabt hatte. Und dann verkündete er, dass er keinesfalls gedenke, sich mit irgendeinem Laufburschen von der Post abzugeben.

Eigentlich war der König ja zu majestätisch, um zu sagen, was er von seinen Untertanen hielt. Von Kindesbeinen an hatte man ihn in der Kunst gedrillt, seinem Volk den Respekt zu erweisen, den das Volk im Allgemeinen natürlich überhaupt nicht verdiente. Doch zum einen war es ganz schön anstrengend gewesen, das ein

Leben lang durchzuhalten, zum anderen tat ihm mittlerweile alles weh.

»Aber Eure Majestät, Ihr versteht nicht...«, nahm Ingmar noch einen Anlauf.

»Wenn ich nicht allein wäre, hätte ich meine Begleitung gebeten, diesem Flegel hier klarzumachen, dass ich sehr wohl verstanden habe«, sagte der König und vermied es auf diese Weise sogar noch, den unglücklichen Untertan direkt anzusprechen.

»Aber...« Doch weiter kam Ingmar nicht, denn der König schlug ihm mit seinem silbernen Stock auf die Stirn und rief: »Da!«

Ingmar fiel auf den Hintern und gab Seiner Majestät auch noch den Weg frei. Und während sein Untertan immer noch auf dem Boden saß, spazierte der König davon.

Ingmar war zerschmettert.

Ganze fünfundzwanzig Sekunden lang.

Dann stand er langsam auf und schaute seinem König nach. Und schaute und schaute.

»*Laufbursche*? *Flegel*? Dir geb ich Laufbursche und Flegel.«

Und damit schlug quasi alles ins Gegenteil um.

3. KAPITEL

Von einer strengen Strafe, einem missverstandenen Land und drei vielseitigen Mädchen aus China

Engelbrecht van der Westhuizens Anwalt zufolge war die junge Schwarze urplötzlich auf die Straße hinausgetreten, so dass seinem Mandanten gar nichts anderes übrig blieb, als auszuweichen. Und daher sei eben das Mädchen an dem Unfall schuld, nicht der Autofahrer. Ingenieur Westhuizen war ein Opfer, ganz eindeutig. Außerdem hatte sie ja einen Gehsteig benutzt, der Weißen vorbehalten war.

Der Pflichtverteidiger des Mädchens blieb seine Einlassung schuldig, denn er hatte vergessen, zur Hauptverhandlung aufzutauchen. Und das Mädchen selbst sagte überhaupt nichts, vor allem deswegen, weil sie eine Kieferfraktur hatte, die nicht gerade zum Plaudern ermunterte.

Stattdessen begann der Richter, Nombeko zu verteidigen. Er hielt Herrn van der Westhuizen vor, dass er mindestens fünfmal so viel Alkohol im Blut gehabt hatte, als für einen Verkehrsteilnehmer zulässig war, und außerdem durften Schwarze sehr wohl den Gehweg benutzen, obgleich es natürlich nicht wirklich als passend galt. Doch wenn das Mädchen tatsächlich auf die Straße abgeschwenkt sei – und es gab keinen Grund, diesen Punkt anzuzweifeln, da Herr van der Westhuizen es ja unter Eid bestätigt hatte –, lag der größere Teil der Schuld letztlich doch bei ihr.

Das Urteil lautete: Fünftausend Rand Schmerzensgeld für seelisches Leid an Herrn van der Westhuizen sowie weitere zweitausend Rand für die Beulen, die sie an seinem Auto verursacht hatte.

Nombeko hätte sich sowohl das Bußgeld als auch die Reparatur-kosten für beliebig viele Beulen leisten können. Sie hätte sich sogar ein neues Auto leisten können. Oder auch zehn. Sie war nämlich äußerst wohlhabend – eine Tatsache, die niemand im Gerichtssaal oder anderswo vermutet hätte. Dass die Diamanten sich immer noch im Saum ihrer Jacke befanden, hatte sie im Krankenhaus mit-hilfe ihres unverletzt gebliebenen Arms sofort kontrolliert.

Aber es lag nicht in erster Linie an ihrem gebrochenen Kiefer, dass sie den Mund hielt. Sondern vielmehr an den Diamanten, denn die waren ja gewissermaßen gestohlen. Von einem toten Mann zwar, aber trotzdem. Und es waren bloß Diamanten, kein Bargeld. Wenn sie einen davon hervorholte, würde man ihr die restlichen auch noch abknöpfen und sie bestenfalls wegen Diebstahls einsper-ren, schlimmstenfalls aber wegen Beihilfe zu Raub und Mord. Kurz und gut – die Situation war keine einfache.

Der Richter musterte Nombeko und interpretierte ihre beküm-merte Miene anders. Er sagte, das Mädchen sehe ja nicht so aus, als verfüge es über ein nennenswertes Vermögen, und er könne es dazu verurteilen, die Schuld abzuzahlen, indem es bei Herrn van der Westhuizen in Dienst trat, wenn dem Ingenieur ein derartiges Arrangement zusagte? Ein ähnliches Modell hatten der Richter und der Ingenieur ja schon einmal praktiziert, und das funktionierte doch zufriedenstellend, nicht wahr?

Engelbrecht van der Westhuizen schauderte bei der Erinnerung daran, wie es dazu gekommen war, dass er drei Gelbhäute in Dienst nahm. Aber sie waren ihm ja letztlich doch von Nutzen, und wenn er jetzt noch eine Schwarze dazunahm, das konnte die Sache doch mal wieder ein bisschen auflockern. Andererseits hegte er die Be-fürchtung, dass dieses elende Exemplar mit gebrochenem Bein, gebrochenem Arm und kaputtem Kiefer vor allem im Weg sein würde.

»Wenn überhaupt, dann nur zum halben Lohn«, verlangte er. »Euer Ehren sehen doch, wie sie aussieht.«

Ingenieur van der Westhuizen legte die Bezahlung auf fünfhundert Rand im Monat fest, abzüglich vierhundertzwanzig Rand für Kost und Logis. Der Richter nickte beifällig.

Nombeko hätte beinahe laut losgelacht. Aber nur beinahe, denn ihr tat alles weh. Dieser Fettsack von Richter und dieser verlogene Ingenieur hatten gerade vorgeschlagen, dass sie über sieben Jahre gratis für den Ingenieur arbeiten sollte. Statt ein Bußgeld zu bezahlen, das trotz seiner Unverhältnismäßigkeit kaum einen Bruchteil ihres gesamten Vermögens ausgemacht hätte.

Doch vielleicht lag in diesem Arrangement ja die Lösung für Nombekos Dilemma? Sie konnte doch bei diesem Ingenieur einziehen, ihre Wunden heilen lassen und einfach gehen, sobald der Tag gekommen war, an dem sie spürte, dass die Nationalbibliothek in Pretoria nicht länger warten konnte. Schließlich sollte sie zu Haushaltsdiensten verurteilt werden, nicht zu einer Gefängnisstrafe.

Sie erwog, den Vorschlag des Richters anzunehmen, erkaufte sich aber trotz ihres schmerzenden Kiefers ein paar Sekunden Bedenkzeit, indem sie sich ein bisschen querstellte:

»Das macht also achtzig Rand netto im Monat. Bis ich alles zurückgezahlt habe, muss ich sieben Jahre, drei Monate und zwanzig Tage beim Herrn Ingenieur arbeiten. Finden Euer Ehren nicht, dass das eine etwas strenge Strafe ist für eine, die auf einem Gehweg von jemand überfahren wurde, der aufgrund seines Alkoholkonsums überhaupt nicht hätte fahren dürfen?«

Der Richter war völlig verblüfft. Nicht genug damit, dass das Mädchen sich äußerte. Und sich gut ausdrücken konnte. Und die unter Eid abgegebene Aussage des Ingenieurs anzweifelte. Sie hatte außerdem den Umfang der Strafe ausgerechnet, bevor irgendjemand anders im Saal auch nur annähernd dasselbe hätte tun können. Er hätte das Mädchen rügen müssen, aber... er war zu neugierig, ob sie wirklich richtig gerechnet hatte. Deswegen wandte er sich an den Gerichtsassistenten, der nach ein paar Minuten bekräftigte: »Ja, es könnte sich – wie gesagt – um sieben Jahre, drei Monate und... ja, vielleicht zwanzig Tage oder so handeln.«

Engelbrecht van der Westhuizen nahm einen Schluck aus seiner kleinen braunen Hustensaftflasche, die er immer dabeihatte, wenn er sich in Situationen befand, in denen man nicht einfach so einen Kognak kippen konnte. Den Schluck erklärte er damit, dass der Schock über diesen schrecklichen Unfall sein Asthma verschlimmert haben müsse.

Doch die Medizin tat ihm gut:

»Ich würde sagen, dann runden wir nach unten ab«, schlug er vor. »Genau sieben Jahre reichen auch. Die Karosserie kann man ja wieder ausbeulen lassen.«

Nombeko kam zu dem Schluss, dass ein paar Wochen oder so bei diesem Westhuizen immer noch besser waren als dreißig Jahre in einer Anstalt. Natürlich war es schade, dass die Bibliothek jetzt warten musste, aber bis dahin war es ja auch noch ein ordentliches Stück zu laufen, und so was nahm man doch eher ungern mit einem gebrochenen Bein in Angriff. Abgesehen von allem anderen. Inklusive der Blasen, die sie sich auf den ersten sechsundzwanzig Kilometern schon gelaufen hatte.

Eine kleine Pause konnte also nicht schaden, vorausgesetzt, dass der Herr Ingenieur sie nicht noch einmal über den Haufen fuhr.

»Danke, das ist sehr großzügig von Ihnen, Ingenieur van der Westhuizen«, sagte sie und bestätigte damit das Urteil des Richters.

»Ingenieur van der Westhuizen« musste reichen. Sie hatte ganz bestimmt nicht vor, ihn auch noch »baas« zu nennen.

* * * *

Direkt nach der Verhandlung landete Nombeko auf dem Beifahrersitz neben Ingenieur van der Westhuizen, der mit einer Hand das Auto Richtung Norden lenkte und mit der anderen die Flasche Klipdrift-Kognak zum Munde führte. Der Kognak war in Geruch und Farbe identisch mit dem Hustensaft, den Nombeko ihn während der Verhandlung hatte kippen sehen. All das geschah am 16. Juni 1976.

Am selben Tag regte sich eine Menge Schüler in Soweto über die neueste Idee der Regierung auf, dass der bereits unzulängliche Unterricht in Zukunft auch noch auf Afrikaans abgehalten werden sollte. Daher gingen die Jugendlichen auf die Straße und verliehen ihrem Missfallen Ausdruck. Sie fanden, dass es doch wesentlich leichter war, etwas zu lernen, wenn man verstand, was der Lehrer sagte. Und dass ein Text gleich viel verständlicher für den Leser wird, wenn er die Sprache versteht, in der der Text abgefasst ist. Und deswegen – so die Schüler – sollte der Unterricht auch künftig auf Englisch abgehalten werden.

Die Polizei vor Ort lauschte mit Interesse den Ausführungen der Jugendlichen und argumentierte dann für die Sache der Regierung, auf eine Weise, die typisch für die südafrikanische Ordnungsmacht war:

Sie eröffnete das Feuer.

Direkt auf den Demonstrationszug.

Dreiundzwanzig Demonstranten starben mehr oder weniger sofort. Am nächsten Tag hob die Polizei den Austausch der Argumente auf ein ganz neues Niveau, indem sie Helikopter und Panzer mitbrachte. Noch bevor der Rauch verflogen war, waren mehrere hundert Menschenleben ausgelöscht. Das Schulamt von Johannesburg konnte daraufhin den Budgetplan für Soweto revidieren, alldieweil die Schülerzahlen plötzlich stark zurückgegangen waren.

All das musste Nombeko nicht miterleben. Sie war ja vom Staat versklavt worden und nun unterwegs zum Haus ihres neuen Herrn.

»Ist es noch weit, Herr Ingenieur?«, fragte sie, vor allem, um überhaupt etwas zu sagen.

»Nein, nicht besonders«, sagte Ingenieur van der Westhuizen. »Aber du sollst nicht ungefragt den Mund aufmachen. Es reicht völlig, zu antworten, wenn ich dich anspreche.«

Ingenieur van der Westhuizen war so einiges. Dass er ein Lügner war, hatte Nombeko schon im Gerichtssaal gemerkt. Dass er alkoholisiert war, wurde ihr klar, als sie mit ihm im Auto von dort wegfuhr. Außerdem war er in seinem Beruf einfach ein Blender. Er beherrschte sein Metier nicht im Geringsten, hielt sich aber oben auf der Karriereleiter, indem er log, dass sich die Balken bogen, und die Leute ausnützte, die wirklich Ahnung hatten.

Diese Tatsache hätte in Anbetracht des großen Ganzen als Fußnote durchgehen können, hätte der Ingenieur nicht einen der geheimsten und dramatischsten Aufträge der Welt gehabt. Er sollte Südafrika nämlich zur Atommacht machen. An diesem Unternehmen wurde in der Forschungsanlage Pelindaba gearbeitet, eine knappe Stunde nördlich von Johannesburg.

Davon wusste Nombeko freilich nichts, auch wenn ihr allmählich schwante, als sie sich dem Büro des Ingenieurs näherten, dass die Dinge nicht ganz so unkompliziert lagen, wie sie sich das anfangs vorgestellt hatte.

Genau in dem Moment, als der Kognak alle war, erreichten der Ingenieur und sie den äußersten Wachposten der Anlage. Nachdem er sich ausgewiesen hatte, durften sie das Tor passieren, vorbei an einem drei Meter hohen Zaun, der unter zwölftausend Volt Strom stand. Es folgte ein fünfzehn Meter langer Abschnitt, der von jeweils zwei Wachen mit Hund bewacht wurde, dann erreichte man das innere Tor und den nächsten drei Meter hohen Zaun mit ebenso viel Volt. Außerdem war jemand darauf verfallen, rund um die ganze Anlage, auf dem Gelände zwischen den Dreimeterzäunen, ein Minenfeld zu legen.

»Hier wirst du dein Verbrechen sühnen«, sagte der Ingenieur. »Und hier wirst du wohnen, damit du nicht abhauen kannst.«

Elektrozaun, Wachen mit Hund und Minenfelder waren Parameter, die Nombeko ein paar Stunden zuvor im Gericht nun wirklich nicht in Betracht gezogen hatte.

»Sieht ja gemütlich aus«, sagte sie.

»Jetzt machst du schon wieder unnötig den Mund auf«, sagte der Ingenieur.

* * * *

Das südafrikanische Kernwaffenprogramm begann 1975, ein Jahr bevor Ingenieur van der Westhuizen volltrunken ein schwarzes Mädchen überfuhr. Es gab zwei Gründe, warum er an diesem Tag im Hilton Hotel gesessen und Kognak in sich hineingeschüttet hatte, bis man ihn höflich hinauskomplimentierte. Der eine Grund war sein Alkoholismus. Der Ingenieur brauchte mindestens eine Flasche Klipdrift am Tag, um das System am Laufen zu halten. Der andere Grund war seine schlechte Laune. Und sein Frust. Der Ingenieur war nämlich gerade vom Premierminister Vorster unter Druck gesetzt worden, der sich beschwerte, dass nach einem ganzen Jahr noch keine Fortschritte zu sehen waren.

Der Ingenieur versuchte, das Gegenteil zu behaupten. Auf der geschäftlichen Ebene etwa hatte man einen Austausch mit Israel angeregt. Freilich auf Initiative des Premierministers selbst, aber nun ging ja tatsächlich Uran Richtung Jerusalem, und zurück kam Tritium. Zwei israelische Agenten waren im Rahmen des Projekts sogar dauerhaft in Pelindaba stationiert.

Nein, der Premierminister hatte auch gar keine Klage zu führen, was die Zusammenarbeit mit Israel, Taiwan und anderen betraf. Wo es haperte, war das Handwerkliche. Oder wie der Premierminister sich ausdrückte:

»Wir brauchen keine ellenlangen Erklärungen von Ihnen. Wir brauchen nicht noch mehr Kooperationspartner von Ihnen. Verdammt noch mal, wir brauchen eine Atombombe von Ihnen, Herr van der Westhuizen. Und dann gleich noch mal fünf.«

* * * *

Während Nombeko sich hinter dem doppelten Zaun auf Pelindaba einlebte, saß Premierminister Balthazar Johannes Vorster seufzend in seinem Palast. Er musste von frühmorgens bis spätabends schuften. Was auf seinem Schreibtisch mehr brannte als alles andere, war die Angelegenheit mit den sechs beschlossenen Atombomben. Was, wenn dieser kriecherische Westhuizen nun doch nicht der richtige Mann für die Aufgabe war? Der redete und redete, lieferte aber nie Leistung ab.

Vorster grummelte grimmig in seinen Bart und schimpfte auf die verdammte UNO, die Kommunisten in Angola, die Sowjets, Kuba, das Horden von Revolutionären nach Südafrika schickte, und die Marxisten, die in Mosambik das Ruder schon an sich gerissen hatten. Nicht zu vergessen die verdammte CIA, die irgendwie immer mitkriegte, was los war, und dann nicht für sich behalten konnte, was sie wusste.

»Nee, nee, Gottverdammich«, kommentierte B. J. Vorster den Zustand der Welt im Allgemeinen.

Die Nation war *jetzt* bedroht, nicht erst, wenn der Ingenieur geruhte, endlich mal aus dem Quark zu kommen!

Der Premierminister war über Umwege an die Macht gekommen. Ende der Dreißigerjahre, als junger Mann, interessierte er sich für den Nationalsozialismus. Vorster fand, dass die deutschen Nazis sehr interessante Verfahren entwickelt hatten, um Leute von Leuten zu unterscheiden. Das vermittelte er auch allen, die ihm zuhören wollten.

Dann brach der Weltkrieg aus. Pech für Vorster, dass Südafrika sich hinter die Alliierten stellte (schließlich war man ja Teil des Britischen Imperiums). Nazis wie er wurden ein paar Jahre eingesperrt, bis der Krieg vorüber war. Als er wieder draußen war, trat er etwas vorsichtiger auf. Nationalsozialistischem Gedankengut hat es noch nie gutgetan, wenn man es als das bezeichnete, was es war.

In den Fünfzigerjahren galt Vorster dann wieder als gesellschaftsfähig. Im Frühjahr 1961, im selben Jahr, in dem Nombeko in einer Hütte in Soweto zur Welt kam, stieg er zum Justizminister auf. Ein Jahr später gelang es ihm und seiner Polizei, den übelsten Vogel von allen zu fassen – den ANC-Terroristen Nelson Rolihlahla Mandela.

Mandela bekam selbstverständlich lebenslänglich und wurde auf eine Gefängnisinsel bei Kapstadt geschickt, wo er sitzen konnte, bis er verfaulte. Vorster dachte, dass das durchaus flott gehen könnte.

Während Mandela das Verfaulen in Angriff nahm, erklomm Vorster selbst schön die Karriereleiter. Beim letzten entscheidenden Schritt bekam er Hilfe von einem Afrikaner mit einem ganz speziellen Problem, dem die Sicherung durchbrannte. Der Mann galt im Apartheidsystem nämlich als Weißer, aber das war vielleicht doch ein Irrtum, denn eigentlich sah er eher farbig aus, weshalb er nirgendwo hinpasste. Er befreite sich von seinen inneren Qualen, indem er B. J. Vorsters Vorgänger ein Messer in den Bauch stieß – ganze fünfzehn Mal.

Der Mann, der sowohl weiß war als auch etwas anderes, wurde in eine psychiatrische Klinik gesperrt, wo er dreiunddreißig Jahre saß, ohne jemals herauszufinden, welcher Rasse er denn nun angehörte. Dann starb er. Im Unterschied zum Premierminister mit den fünfzehn Stichwunden: Der war nämlich erstens ganz sicher, weiß zu sein, und starb zweitens sofort.

Die Nation brauchte also einen neuen Premier. Am besten jemand, der durchzugreifen wusste. Und ehe man sichs versah, saß Altnazi Vorster auf diesem Posten.

Innenpolitisch war er zufrieden mit dem, was er und sein Land erreicht hatten. Mit Berufung auf das neue Terroristengesetz konnte die Regierung im Prinzip jeden beliebigen Menschen als Terroristen bezeichnen, ihn oder sie beliebig lange einsperren und dafür einen beliebigen Grund angeben. Oder auch gar keinen.

Ein weiteres geglücktes Projekt bestand darin, dass für die verschiedenen Stämme sogenannte Homelands geschaffen wurden – für jede Sorte ein Land, außer für die Xhosa, das waren so viele, dass sie gleich zwei kriegten. Dann musste man nur noch alle Schwarzen von einer Sorte einsammeln, sie mit dem Bus in das für sie vorgesehene Homeland karren, ihnen die südafrikanische Staatsbürgerschaft entziehen und ihnen die Staatsbürgerschaft ihres Homelands verpassen. Wer kein Südafrikaner mehr ist, kann sich ja auch nicht mehr auf südafrikanisches Recht berufen. Ganz einfache Rechnung.

Außenpolitisch sah es in vielerlei Hinsicht schwieriger aus. Die

Welt da draußen missverstand die Absichten dieses Landes am laufenden Band. So hielt Südafrika etwa an der schlichten Wahrheit fest, dass aus jemandem, der kein Weißer ist, ganz bestimmt niemals ein Weißer werden kann – und um so etwas erhob die Welt dann ein Riesengeschrei!

Der ehemalige Nazi Vorster verspürte jedoch eine gewisse Befriedigung über seine Zusammenarbeit mit Israel. Das waren zwar Juden, aber die wurden häufig genauso missverstanden wie Vorster selbst.

»Nee, nee, Gottverdammich«, wiederholte B. J. Vorster.

Was trieb dieser Pfuscher Westhuizen eigentlich?

* * * *

Engelbrecht van der Westhuizen war zufrieden mit seiner neuen Hilfskraft, die ihm die Vorsehung da in die Hände gespielt hatte. Obwohl sie noch immer mit geschientem linken Bein herumhumpelte und den rechten Arm im Dreieckstuch trug, bekam sie trotzdem so einiges erledigt. Wie hieß sie noch mal?

Zu Anfang nannte er sie »Kaffer zwei«, um sie von der anderen Schwarzen zu unterscheiden, die im äußeren Wachbereich putzte. Doch als diese Anrede dem Bischof der örtlichen reformierten Kirche zu Ohren kam, stauchte er den Ingenieur gehörig zusammen. Die Schwarzen hatten wahrlich mehr Respekt verdient.

Die Kirche hatte schon vor knapp hundert Jahren Schwarze in ihre Abendmahlsgemeinschaft aufgenommen. Allerdings mussten sie immer so lange ganz hinten warten, bis sie an der Reihe waren, dass man ihnen genauso gut gleich eine eigene Kirche bauen konnte. Der Bischof war der Ansicht, man könne nicht der reformierten Kirche die Schuld geben, wenn sich die Schwarzen vermehrten wie die Karnickel.

»Respekt«, wiederholte er. »Denken Sie daran, Herr Ingenieur.«

Engelbrecht van der Westhuizen nahm sich den Tadel seines Bischofs zu Herzen, aber Nombekos Namen konnte man sich einfach unmöglich merken. Deswegen nannte er sie jetzt »Wieheißtdunochgleich«, wenn er sie direkt anredete, und ansonsten ... gab es eigentlich gar keinen Grund, auf ihre Person Bezug zu nehmen.

Premierminister Vorster hatte ihm schon zwei Besuche abgestattet und dabei die ganze Zeit freundlich gelächelt. Die unterschwellige Botschaft war jedoch unmissverständlich: Wenn Ingenieur van der Westhuizen nicht demnächst sechs Atombomben vorweisen konnte, war es gut möglich, dass er demnächst auch keine Stellung mehr vorweisen konnte.

Vor dem ersten Treffen mit dem Premierminister hatte der Ingenieur Wieheißsienochgleich eigentlich in die Putzkammer sperren wollen. Es war zwar zulässig, schwarze und farbige Hilfen auf dem Gelände zu beschäftigen, solange sie nie Ausgang hatten, aber der Ingenieur fand, das mache irgendwie einen schmutzigen Eindruck.

Doch wenn er sie in die Kammer sperrte, hatte das den Nachteil, dass sie nicht in seiner Nähe sein konnte, und ihm war schon bald klar geworden, dass es gar nicht so dumm war, wenn er sie in seiner Nähe hatte. Aus ihm unverständlichen Gründen ging in diesem Mädchenhirn so einiges vor. Wieheißsienochgleich war freilich viel zu naseweis, und sie verstieß gegen jede Regel, gegen die sich irgendwie verstoßen ließ. Mit das Frechste, was sie sich je herausgenommen hatte, war, dass sie sich ohne Genehmigung in der Bibliothek der Forschungsanlage herumgetrieben und sogar Bücher von dort mitgenommen hatte. Im ersten Moment wollte der Ingenieur schon jegliche Tätigkeit in der Anlage stoppen und die Sicherheitsabteilung einschalten, damit sie der Sache auf den Grund gingen. Denn was sollte eine Analphabetin aus Soweto schon mit Büchern anfangen?

Doch dann stellte er fest, dass sie tatsächlich in diesen Büchern las. Das machte die Sache noch bemerkenswerter – Lesekenntnisse waren ja nicht unbedingt ein hervorstechender Zug unter den Analphabeten der Nation. Dann sah der Ingenieur, was sie da las, und zwar so ziemlich *alles*, inklusive höhere Mathematik, Chemie, Elektrotechnik und Metallurgie (also genau die Bereiche, in die sich eigentlich der Ingenieur selbst hätte vertiefen sollen). Als er sie einmal auf frischer Tat ertappte, wie sie die Nase in ein Buch steckte, statt den Boden zu scheuern, sah er, wie das Mädchen lächelnd vor mathematischen Formeln saß.

Sie las, nickte und *lächelte*.

Wirklich eine Provokation. Der Ingenieur selbst hatte niemals Freude daran gehabt, Mathematik zu lernen. Oder irgendetwas anderes. Glücklicherweise bekam er trotzdem Spitzennoten an der Universität, deren größter Gönner sein Vater war.

Der Ingenieur wusste, dass man gar nicht alles können und wissen musste. Es war leicht, mit guten Noten, dem richtigen Vater und hemmungslosem Ausnutzen der Kompetenz anderer Leute ganz an die Spitze zu kommen. Doch um sich dort halten zu können, musste der Ingenieur in diesem Fall tatsächlich etwas vorweisen. Nun ja, nicht wirklich er selbst, aber die Forscher und Techniker, die er angestellt hatte und die sich nun Tag und Nacht in seinem Namen abrackerten.

Und das Team erzielte wirklich Fortschritte. Der Ingenieur war sicher, dass sie in nicht allzu ferner Zukunft die wenigen technischen Probleme gelöst haben würden, die den Atomtests im Moment noch im Wege standen. Der Teamleiter der Forscher war kein Dummkopf. Auch wenn er ungemein lästig war, weil er dem Ingenieur ständig jeden noch so kleinen Fortschritt in ihrer Arbeit berichtete und sich dann eine Reaktion erwartete.

Und da kam Wiehießsienochgleich ins Bild. Indem er sie nicht daran hinderte, in den Bibliotheksbüchern zu blättern, hatte der Ingenieur ihr die Tür zur Mathematik weit aufgestoßen, und sie nahm alles in sich auf: algebraische, transzendente, imaginäre und komplexe Zahlen, die Eulersche Konstante, Differential- und diophantische Gleichungen und unendlich viele (∞) andere komplexe Bereiche, die für den Ingenieur mehr oder weniger böhmische Dörfer waren.

Man hätte Nombeko im Laufe der Zeit die rechte Hand des Chefs genannt, wenn sie nicht eine Sie gewesen wäre und vor allem nicht die falsche Hautfarbe gehabt hätte. Stattdessen blieb ihr der vage Titel »Hilfskraft«, auch wenn sie parallel zu ihrer Putztätigkeit die dicken Ordner durchackerte, in denen der Leiter der Forschungsabteilung Problembeschreibungen, Testresultate und Analysen zusammengestellt hatte. Natürlich las sie nur das, was der Ingenieur selbst zeitlich einfach nicht mehr schaffte.

»Wovon handelt dieser Scheiß hier eigentlich?«, fragte Ingenieur van der Westhuizen eines Tages und drückte seiner Putzfrau den nächsten Stapel Papier in die Hand.

Nombeko las es durch und erstattete ihm dann Bericht.

»Das ist eine Analyse der Konsequenzen des statischen und dynamischen Überdrucks bei Bomben von unterschiedlichen Kilotonnen Sprengkraft.«

»Würdest du dich bitte verständlich ausdrücken?«, sagte der Ingenieur.

»Je stärker die Bombe, desto mehr Gebäude fliegen in die Luft«, präzisierte Nombeko.

»Also bitte, das kapiert doch wohl jeder Berggorilla, oder nicht? Bin ich denn bloß von *Trotteln* umgeben?« Der Ingenieur goss sich einen Kognak ein und bat seine Putzfrau zu verschwinden.

* * * *

Nombeko fand, dass Pelindaba als Gefängnis so gut wie einzigartig war. Eigenes Bett, Zugang zu einem WC statt Verantwortung für viertausend Plumpsklos, zwei Mahlzeiten täglich und Obst zum Mittagessen. Und eine eigene Bibliothek. Das heißt, ihre eigene Bibliothek war es zwar nicht, aber außer Nombeko interessierte sich keiner dafür. Und sie war auch nicht besonders umfangreich und sicher weit entfernt von dem, was sich Nombekos Meinung nach in

Pretoria befinden musste. Und manches, was hier in den Regalen stand, war veraltet oder irrelevant oder beides. Trotzdem.

Daher diente sie ziemlich unbekümmert ihre Strafe ab, die sie dafür bekommen hatte, sich dummerweise an jenem Wintertag 1976 von einem volltrunkenen Mann auf dem Gehweg überfahren zu lassen. Was sie hier erlebte, war in jeder Hinsicht besser als Latrinentonnenschleppen auf der größten menschlichen Mülldeponie der Welt.

Nachdem genug Monate vergangen waren, fing sie an, in Jahren zu rechnen. Natürlich dachte sie ab und zu mal daran, wie sie vorzeitig aus Pelindaba entkommen könnte. Es war schon eine Herausforderung, die Zäune, das Minenfeld, die Wachhunde und die Alarmanlage zu überwinden.

Vielleicht einen Tunnel graben?

Nein, die Idee war so dumm, dass sie sie gleich wieder fallen ließ.

Sich als blinder Passagier in irgendeinem Auto rausschleusen lassen?

Nein, jeder blinde Passagier wäre sofort von den Schäferhunden der Wachen entdeckt worden, und da blieb dann nur zu hoffen, dass sie einen gleich an der Kehle erwischten, damit man sich weiteren Ärger ersparte.

Bestechung?

Na ja, vielleicht ... aber dann hätte sie genau eine einzige Chance, und der Bestochene würde wohl ganz im südafrikanischen Stil die Diamanten einstecken und sie anschließend anzeigen.

Vielleicht die Identität von jemand anders annehmen?

Nun, das könnte im Prinzip funktionieren. Jemand anderem die Hautfarbe zu stehlen wäre allerdings schon erheblich schwieriger.

Nombeko beschloss, die Gedanken an die Flucht eine Weile zurückzustellen. Vielleicht bestand ihre einzige Chance ja doch darin, sich unsichtbar zu machen und sich Flügel wachsen zu lassen. Flügel allein würden ja nicht reichen, da würde sie von einer der acht Wachen auf den vier Türmen abgeschossen werden.

Sie war fünfzehn Jahre alt, als sie hinter dem zweifachen Zaun und dem Minenfeld verschwand, und ging schon auf ihren siebzehnten Geburtstag zu, als der Ingenieur ihr feierlich mitteilte, dass er ihr einen gültigen südafrikanischen Pass besorgt hatte, obwohl sie schwarz war. Ohne einen solchen hätte sie nämlich keinen Zutritt zu all den Fluren mehr gehabt, zu denen sie nach Meinung des bequemen Ingenieurs Zutritt haben sollte. Diese Regel stammte vom südafrikanischen Sicherheitsdienst, und Ingenieur van der Westhuizen wusste sehr wohl, mit wem man sich anlegen konnte und mit wem nicht.

Er bewahrte den Pass in seiner Schreibtischschublade auf, und da er ein schier unerschöpfliches Bedürfnis hatte, Leute zu drangsalieren, ließ er sich immer wieder darüber aus, wie lästig es doch war, dass er diesen Pass unter Verschluss halten musste.

»Damit du nicht auf den Gedanken kommst, von hier abzuhauen, Wieheißtdunochgleich. Ohne Pass kannst du das Land nämlich nicht verlassen, und dann finden wir dich früher oder später auf jeden Fall«, erklärte der Ingenieur und setzte ein hässliches Grinsen auf.

Nombeko erwiderte, Wiesienochgleichhieß stehe ja in ihrem Pass zu lesen, falls es den Ingenieur interessieren sollte, und außerdem sei sie schon seit einer geraumen Weile und mit seiner ausdrücklichen Genehmigung für den Schlüsselschrank verantwortlich, in dem selbstverständlich auch der Schlüssel für seine Schreibtischschublade hing.

»Und abgehauen bin ich trotzdem nicht«, sagte Nombeko und dachte im Stillen, dass dieser Umstand freilich eher den Wachen, den Hunden, den Alarmanlagen, dem Minenfeld und den zwölftausend Volt auf dem Elektrozaun zuzuschreiben war.

Wütend starrte der Ingenieur seine Putzfrau an. Jetzt war die schon wieder so vorlaut. Die konnte einen manchmal echt wahnsinnig machen. Und dann hatte sie auch noch ständig recht.

Verdammtes Weibsstück.

Zweihundertfünfzig Personen arbeiteten auf verschiedenen Positionen am geheimsten aller geheimen Projekte. Nombeko hatte schon bald festgestellt, dass der oberste Chef so gut wie keine Talente besaß, abgesehen von der Kunst, sich zu bereichern. Und dann hatte er eben auch noch Glück (bis zu dem bewussten Tag, an dem es ihn verließ).

In einer Phase der technischen Entwicklung bestand eines der hartnäckigsten Probleme in der Leckage bei den Versuchen mit dem Uranhexafluorid. Ingenieur van der Westhuizen hatte an der Wand seines Büros eine schwarze Tafel hängen, auf die er Striche zeichnete und Pfeile malte und mit Formeln herumhantierte, damit es für seine Umwelt so aussah, als würde er nachdenken. Dann saß er in seinem Sessel und murmelte »Wasserstoffgas«, »Uranhexafluorid« und »Leckage«, und darunter mengte er allerlei Flüche auf Englisch und Afrikaans. Nombeko hätte ihn vielleicht einfach murmeln lassen sollen, sie war schließlich zum Putzen da. Doch am Ende machte sie doch den Mund auf und sagte:

»Ich weiß ja nicht so viel über Wasserstoffgas, und von Uranhexafluorid hab ich auch so gut wie noch nie was gehört. Aber an diesem etwas kryptischen Versuch des Herrn Ingenieur hier an der Tafel kann ich doch sehen, dass er ein autokatalytisches Problem hat.«

Der Ingenieur sagte nichts, sondern schaute an Wiehießsienochgleich vorbei zur Flurtür, um sich zu vergewissern, dass dort keiner stand und Zeuge wurde, wie ihn dieses merkwürdige Geschöpf zum soundsovielten Mal völlig sprachlos machte.

»Darf ich das Schweigen des Herrn Ingenieur so deuten, dass ich seine Erlaubnis zum Weitersprechen habe? Sonst wünscht er ja immer, dass ich nur rede, wenn ich angesprochen werde.«

»Ja, ja, red schon weiter!«, sagte der Ingenieur.

Nombeko lächelte freundlich und meinte, was sie betraf, ihr wäre es egal, wie die unterschiedlichen Bestandteile des Problems aussahen, sie ließen sich auf jeden Fall zu Mathematik machen.

»Nennen wir das Wasserstoffgas A, das Uranhexafluorid B«, begann Nombeko.

Mit diesen Worten trat sie an die Wandtafel, wischte den Unfug des Ingenieurs weg und malte die Geschwindigkeitsgleichung für eine autokatalytische Reaktion erster Ordnung hin.

Da der Ingenieur nur mit leerem Blick auf die Tafel starrte, verdeutlichte sie ihre weitere Argumentation, indem sie eine sigmoidale Kurve dazuzeichnete.

Als sie fertig war, begriff sie, dass Ingenieur van der Westhuizen von ihren Ausführungen nicht mehr verstand als der durchschnittliche Latrinentonnenträger oder auch ein Assistent vom Sanitätsamt von Johannesburg.

»Verstehen Sie das bitte, Herr Ingenieur«, sagte sie, »ich muss jetzt noch ein paar Böden schrubben. Aber wie gesagt, das Gas und das Fluorid können nicht miteinander, und dann überschlagen sich die Dinge.«

»Und wie sieht die Lösung aus?«, wollte der Ingenieur wissen.

»Das weiß ich nicht«, sagte Nombeko. »Darüber konnte ich noch nicht nachdenken. Wie gesagt, ich bin hier ja nur die Putzfrau.«

In diesem Augenblick trat einer von Ingenieur van der Westhuizens qualifizierten Mitarbeitern ein. Er war vom Leiter der Forschungsabteilung geschickt worden, um die frohe Botschaft zu überbringen, die Arbeitsgruppe sei nun darauf gekommen, dass das Problem ein autokatalytisches war, daher gebe es chemische Verunreinigungen in den Filtern, und demnächst werde man eine Lösung dafür gefunden haben.

Doch der Mitarbeiter brauchte nichts davon zu sagen, denn direkt hinter dem Kaffer mit dem Mopp sah er, was der Ingenieur an seine Tafel gemalt hatte.

»Ach, der Chef hat schon selbst ausgerechnet, was ich erzählen wollte. Da will ich nicht weiter stören«, sagte der Mitarbeiter und machte auf dem Absatz kehrt.

Ingenieur van der Westhuizen saß schweigend hinter seinem Schreibtisch und schenkte sich das nächste Glas Klipdrift ein.

Nombeko meinte, das sei ja wirklich Glück gewesen, nicht wahr? Jetzt werde sie ihn auch gleich in Frieden lassen, sie habe nur noch zwei Fragen. Erstens, ob der Herr Ingenieur es für passend erachte, wenn sie eine mathematische Beschreibung dafür lieferte, wie die Arbeitsgruppe die Kapazität von zwölftausend SWU pro Jahr auf zwanzigtausend steigern konnte, bei einem gleichbleibenden Urananteil von 0,46 Prozent?

Er erachtete es für passend.

Zweitens, ob der Herr Ingenieur wohl so nett sein könnte, ihr eine neue Scheuerbürste fürs Büro zu bestellen, denn sein Hund habe die alte zerkaut.

Der Ingenieur antwortete, er könne ihr nichts versprechen, werde aber sehen, was sich machen ließ.

Da sie nun mal eingesperrt war und nichts anderes anfangen konnte, fand Nombeko, dass sie genauso gut die Lichtblicke ihres Daseins genießen konnte. Zum Beispiel war es doch eine spannende Angelegenheit zu beobachten, wie lange Westhuizen mit seinem Bluff durchkommen würde.

Und im Großen und Ganzen ging es ihr ja durchaus gut. Sie las ihre Bücher, wenn es keiner sah, schrubbte hie und da ein paar Flure, leerte ein paar Aschenbecher, las die Analysen des Forschungsteams und gab sie in möglichst vereinfachter Form an den Ingenieur weiter.

Ihre Freizeit verbrachte sie mit den anderen Hilfskräften. Die gehörten zu einer Minderheit, die das Apartheidregime nicht so recht einordnen konnte – laut Regelwerk waren sie als »sonstige Asiaten« zu klassifizieren. Genauer gesagt: Chinesen.

Die Chinesen als Rasse waren vor knapp hundert Jahren in Südafrika gelandet, zu einer Zeit, als das Land billige Arbeitskräfte (die bitte schön auch nicht so viel rumjammerten) für die Goldminen bei Johannesburg brauchte. Das war Geschichte, aber die chinesische Kolonie bestand weiterhin, und ihre Muttersprache gedieh.

Die drei Chinesenmädchen (Kleine Schwester, Mittlere Schwester und Große Schwester) waren abends zusammen mit Nombeko eingesperrt. Anfangs verhielten sie sich abwartend, aber da man zu viert viel besser Mah-Jongg spielen kann als zu dritt, fanden sie, dass es einen Versuch wert war, vor allem weil dieses Mädchen aus Soweto anscheinend gar nicht mal so dumm war, wie man meinen konnte (immerhin war sie ja nicht gelb).

Nombeko schloss sich ihnen gerne an, und schon bald wusste sie fast alles über Pong, Kong, Chow und alle möglichen Winde aus allen erdenklichen Richtungen. Sie war jedoch im Vorteil, da sie alle hundertvierundvierzig Steine memorieren konnte, so dass sie drei von vier Partien gewann und eines der Mädchen die vierte gewinnen ließ.

Die Chinesenmädchen ließen sich auch jede Woche einmal von Nombeko erzählen, was in der Zwischenzeit so in der Welt passiert war, auf Grundlage dessen, was sie auf den Fluren und durch die Wände hatte aufschnappen können. Die Nachrichten waren zwar bruchstückhaft, aber das Publikum war auch nicht allzu anspruchsvoll. Wie zum Beispiel damals, als Nombeko erzählte, China habe soeben beschlossen, dass Aristoteles und Shakespeare nicht mehr verboten sein sollten, und die Mädchen bemerkten, da würden sich die zwei sicher sehr freuen.

Durch diese Nachrichtenabende und das Mah-Jongg-Spielen wurden die Schwestern im Unglück zu Freundinnen. Die Zeichen und Symbole auf den Spielsteinen regten die Mädchen außerdem dazu an, Nombeko ihren chinesischen Dialekt beizubringen, woraufhin sich alle über ihre Gelehrigkeit amüsierten, wie auch über die nicht ganz so glanzvollen Versuche der Schwestern, das isiXhosa zu lernen, das Nombekos Mutter an ihre Tochter weitergegeben hatte.

Die drei Chinesenmädchen hatten rückblickend betrachtet einen etwas zwielichtigeren Lebenswandel geführt als Nombeko. Sie waren ungefähr auf dieselbe Art in der Welt des Ingenieurs gelandet wie sie, wenngleich sie zu fünfzehn statt sieben Jahren verurteilt worden waren. Es hatte damit begonnen, dass sie den Ingenieur in einer Bar in Johannesburg trafen, wo er alle drei zusammen anbaggerte, dann aber erfuhr, dass sie Geld für eine kranke Verwandte benötigten und daher ... nicht ihren Körper, sondern ein wertvolles Familienerbstück verkaufen wollten.

Der Ingenieur war in erster Linie geil, doch da er in zweiter Linie witterte, dass er hier ein Schnäppchen machen konnte, folgte er den drei Mädchen nach Hause, wo man ihm eine gemusterte tönerne Gans zeigte, die aus der Han-Dynastie stammte, ungefähr ein Jahrhundert vor Christus. Die Mädchen wollten zwanzigtausend Rand für die Gans, und dem Ingenieur war klar, dass das Objekt mindestens zehnmal, wenn nicht hundertmal so viel wert sein musste! Doch die Mädchen waren nicht nur Mädchen, sondern obendrein Chinesinnen, also bot er ihnen fünfzehntausend bar auf die Hand. Sie sollten am nächsten Morgen vor der Bank erscheinen (»fünftausend pro Kopf, sonst könnt ihr die Sache vergessen!«), um das Geld entgegenzunehmen, und diese Dummbratzen ließen sich auf das Geschäft ein.

Die einzigartige Gans bekam einen Ehrenplatz auf einem Sockel im Büro des Ingenieurs, bis sich ein Jahr später ein Agent des israelischen Mossad, der zugleich am Kernwaffenprojekt mitarbeitete, das Stück näher ansah und innerhalb von zehn Sekunden als Schrott entlarvte. Bei der folgenden Untersuchung, die der fuchsteufelswilde Ingenieur durchführen ließ, stellte sich heraus, dass die Gans definitiv nicht während der Han-Dynastie hundert Jahre vor Christus von einem Handwerker der Zhejiang-Provinz hergestellt worden war, sondern vielmehr während gar keiner Dynastie, circa eintausendneunhundertfünfundsiebzig Jahre *nach* Christus von drei jungen Chinesinnen in einem Vorort von Johannesburg.

Doch die Mädchen waren so unvorsichtig gewesen, ihm die Gans in ihrem eigenen Zuhause zu zeigen. Daher konnten der Ingenieur und das Justizsystem die drei fassen. Von den fünfzehntausend Rand waren nur noch zwei übrig, so dass die Mädchen nun noch mindestens weitere zehn Jahre auf Pelindaba eingesperrt waren.

»Unter uns nennen wir den Ingenieur 鵝«, sagte eines der Mädchen.

»Die Gans«, übersetzte Nombeko.

Was sich die Chinesinnen am allermeisten wünschten, war die Rückkehr ins Chinesenviertel von Johannesburg, um dort die Produktion von Gänsen aus der Zeit vor Christi Geburt wiederaufzunehmen, nur dass sie die Sache diesmal etwas eleganter aufziehen wollten.

Während sie darauf warteten, hatten sie aber genauso wenig zu leiden wie Nombeko. Zu ihren Arbeitsaufgaben gehörte es, dem Ingenieur und dem Wachpersonal das Essen zu servieren und sich um die Ein- und Ausgangspost zu kümmern. Nicht zuletzt die Ausgangspost. Alles, was man stehlen konnte, ohne dass es jemand vermisste, wurde einfach an die Mutter der Mädchen umadressiert und in den Postausgangskorb gelegt. Ihre Mutter nahm die Sendungen dankbar entgegen, verkaufte sie weiter und freute sich, dass sie damals die Investition nicht gescheut hatte, ihre Töchter Englisch lesen und schreiben lernen zu lassen.

Dass sie dabei schludrig und allzu risikofreudig vorgingen, wurde ihnen jedoch in regelmäßigen Abständen zum Verhängnis. Wie damals, als eine von ihnen die Adressaufkleber verwechselte, so dass der Außenminister höchstpersönlich bei Ingenieur Westhuizen anrief und nachfragte, warum er ein Paket mit acht Kerzen, zwei Lochern und vier leeren Ordnern bekommen habe – während die Mutter der Chinesenmädchen einen vierhundert Seiten dicken technischen Bericht entgegennahm und sofort verbrannte, in dem es um die Schwierigkeiten bei der Verwendung von Neptunium als Basis einer Kernspaltung ging.

* * * *

Es ärgerte Nombeko, dass sie so lange gebraucht hatte, bis ihr klar wurde, wie ungut ihre Lage war. So wie sich die Dinge entwickelt hatten, war sie überhaupt nicht zu sieben Jahren im Dienste des Ingenieurs verurteilt worden, sondern zu lebenslänglich. Im Gegensatz zu den drei Chinesenmädchen hatte sie vollen Einblick in das geheimste Projekt der Welt. Solange ein Zaun mit zwölftausend

Volt zwischen ihr und irgendwelchen Menschen lag, denen sie sonst etwas hätte verraten können, bestand gar kein Problem. Aber wenn sie freigelassen wurde? Wie lange würde sie dann überleben? Zehn Sekunden. Vielleicht zwanzig. Mit etwas Glück.

Ihre Situation ließ sich als mathematisches Problem ohne Lösung beschreiben. Denn wenn sie dem Ingenieur half, seinen Auftrag zu erfüllen, würde er den ganzen Ruhm absahnen, sich zurückziehen und eine großzügige Pension vom Staat kassieren. Nombeko hingegen, die alles Mögliche wusste, was sie gar nicht wissen durfte, würde einen Genickschuss kassieren.

Tat sie jedoch alles, um ihn scheitern zu lassen – würde der Ingenieur in Ungnade fallen, entlassen werden und eine wesentlich bescheidenere Pension kassieren. Sie hingegen würde auch in diesem Fall einen Genickschuss kassieren.

Kurz und gut: Diese Gleichung konnte sie einfach nicht lösen. Das Einzige, was ihr blieb, war ein Balanceakt, das heißt, sie tat ihr Bestes, damit der Bluff des Ingenieurs nicht aufflog, sich das Projekt aber gleichzeitig so lang wie möglich verzögerte. Das würde sie zwar nicht vor bewusstem Genickschuss bewahren, aber je später er kam, desto größer ihre Chance, dass doch noch etwas dazwischenkam, so was wie eine Revolution, ein Aufstand des Personals oder irgendetwas anderes völlig Unglaubliches.

Jedenfalls, solange sie keinen anderen Weg aus Pelindaba heraus fand.

In Ermangelung anderer Ideen setzte sie sich ans Fenster der Bibliothek, so oft es ging, um die Aktivitäten an den Toren zu beobachten. Sie hielt sich zu verschiedenen Tageszeiten dort auf und prägte sich die Abläufe bei der Bewachung ein.

Unter anderem entdeckte sie bald, dass sämtliche Fahrzeuge, die hinein- und hinausfuhren, von Wachen und Hunden durchsucht wurden – es sei denn, der Ingenieur selbst saß im Wagen. Oder der Leiter der Forschungsabteilung. Oder einer der beiden Mossadagenten. Diese vier waren offenbar über jeden Verdacht erhaben. Leider hatten sie aber auch bessere Garagenplätze als die anderen. Nombeko hätte selbstverständlich in die große Garage gehen und sich in einem Kofferraum verstecken können – nur um dann von einer Wache nebst diensthabendem Hund entdeckt zu werden. Letzterer war angewiesen, zuerst zuzubeißen und dann sein Herrchen zu fragen. Aber zu der kleinen Garage, in der die feinen Leute parkten und wo es auch Kofferräume gab, in denen man überleben konnte, hatte sie keinen Zugang. Der Garagenschlüssel war einer der wenigen Schlüssel des Ingenieurs, die nicht in dem Schränkchen verwahrt wurden, für das Nombeko verantwortlich war. Den brauchte er ja jeden Tag, und deswegen trug er ihn immer bei sich.

Eine weitere Beobachtung, die Nombeko machen konnte, war die, dass die schwarze Putzfrau im äußeren Bereich tatsächlich den Fuß über die Grenze nach Pelindaba setzte, wenn sie die grüne Mülltonne direkt hinter dem inneren der zwei Zwölftausendvoltzäune ausleerte. Das geschah jeden zweiten Tag, und Nombeko war fasziniert, denn sie war ziemlich sicher, dass die Putzfrau dort offiziell gar keinen Zutritt hatte, die Wachen es aber trotzdem durchgehen ließen, damit sie ihren Dreck nicht selbst wegmachen mussten.

Da keimte in ihrem Kopf ein tollkühner Gedanke auf. Nombeko konnte sich ja durch die große Garage ungesehen zur Mülltonne schleichen, hineinkriechen und mit der Schwarzen an den Toren vorbei bis zu den Containern in Freiheit gelangen. Die Frau leerte die Tonne nach einem strengen Zeitplan jeden zweiten Tag um 16.05 Uhr und überlebte dieses Manöver nur deswegen, weil die Wachhunde gelernt hatten, dass man diese Negerin nicht in Stücke reißen durfte, ohne Herrchen vorher zu fragen. Allerdings beschnupperten sie jedes Mal wieder misstrauisch die Tonne.

Man musste die Hunde also für einen Nachmittag oder so außer Gefecht setzen. Dann, und nur dann, hatte die blinde Passagierin eine Chance, ihre Flucht zu überleben. Wie wäre es wohl mit einer klitzekleinen Lebensmittelvergiftung?

Nombeko weihte die drei Chinesenmädchen in ihren Plan ein, weil sie für die Verköstigung der gesamten Wachmannschaft samt

Sektor G verantwortlich waren, und dazu gehörten Mensch und Tier.

»Selbstverständlich!«, sagte Große Schwester, als Nombeko die Sache ansprach. »Zufällig sind wir alle drei Expertinnen im Hundevergiften. Oder zumindest zwei von uns.«

Eigentlich hatte Nombeko aufgehört, sich über das Tun und Lassen der Chinesenmädchen zu wundern, aber das war nun wirklich bemerkenswert. Sie sagte also, Große Schwester könne ihr diese Aussage gern näher erläutern, damit Nombeko sich nicht für den Rest ihres Lebens den Kopf darüber zerbrechen musste. Wie lang dieser Rest auch immer sein mochte.

Tja, bevor die Chinesenmädchen und ihre Mutter in die lukrative Fälschungsbranche einstiegen, hatte die Mutter einen Hundefriedhof in Parktown West betrieben, einem weißen Vorort von Johannesburg. Das Geschäft lief schlecht, denn die Hunde waren genauso gesund und wohlgenährt wie die Menschen in dieser Gegend allgemein und lebten daher viel zu lange. Doch dann verfiel ihre Mutter darauf, dass Große Schwester und Mittlere Schwester den Umsatz steigern konnten, indem sie vergiftetes Hundefutter in den Parks auslegten, in denen die Pudel und Pekinesen der Langnasen Auslauf hatten. Kleine Schwester war damals noch zu klein und hätte leicht auf die Idee kommen können, das Hundefutter selbst zu kosten, wenn sie welches in die Finger gekriegt hätte.

Innerhalb kürzester Zeit hatte die Besitzerin des Hundefriedhofs doppelt so viel zu tun, und die Familie hätte bis zum heutigen Tage gut davon leben können, doch dann wurden sie ehrlich gesagt etwas zu gierig. Denn als es mehr tote als lebendige Hunde in den Parks gab, richteten die weißen Rassisten die Blicke natürlich zuerst auf das einzige Schlitzauge der Gegend und ihre drei Töchter.

»Mann, die haben wirklich solche Vorurteile«, meinte Nombeko.

Die Mutter musste in aller Eile ihre Koffer packen, versteckte sich mit den Kindern im Zentrum von Johannesburg und wechselte die Branche.

Das lag nun schon einige Jahre zurück, aber die Mädchen wussten immer noch, wie man Hundefutter auf verschiedenste Art dosieren konnte.

»Na ja, das wären hier acht Hunde – und sie sollen bloß ein bisschen vergiftet werden«, sagte Nombeko, »so dass sie ein, zwei Tage etwas kränkeln. Mehr nicht.«

»Klingt nach einer typischen Ethylenglykolvergiftung«, meinte Mittlere Schwester.

»Hab ich mir auch grad gedacht«, meinte Große Schwester.

Und dann diskutierten sie über die passende Dosis. Mittlere Schwester war der Ansicht, drei Deziliter dürften genügen, während Große Schwester zu bedenken gab, dass es hier ja um gestandene Schäferhunde ging, nicht um irgendeinen kleinen Chihuahua.

Am Ende einigten sich die Mädchen darauf, dass fünf Deziliter reichen müssten, um die Hunde bis zum nächsten Tag in einen leidlich schlechten Zustand zu versetzen.

Die Mädchen waren das Problem derart sorglos angegangen, dass Nombeko es schon wieder bereute. Begriffen sie nicht, wie übel es für sie aussah, wenn das vergiftete Hundefutter zu ihnen zurückverfolgt wurde?

»Ach Quatsch«, sagte Kleine Schwester. »Das wird schon werden. Wir müssen erst mal einen Eimer Ethylenglykol bestellen, sonst wird das nämlich nichts mit dem Vergiften.«

Jetzt bereute es Nombeko schon doppelt und dreifach. Ging ihnen denn nicht in den Kopf, dass das Sicherheitspersonal sie nach wenigen Minuten als Schuldige identifizieren würde, wenn man entdeckte, was da für ein Artikel zu einer ganz gewöhnlichen Einkaufsliste hinzugefügt worden war?

Doch da fiel ihr etwas ein.

»Wartet mal«, sagte sie. »Unternehmt nichts, bis ich wieder da bin. Gar nichts!«

Die Mädchen sahen Nombeko verblüfft nach. Was wollte sie denn nun?

Doch Nombeko war etwas eingefallen, was sie in einem der unzähligen Berichte des Leiters der Forschungsabteilung an den Ingenieur gelesen hatte. Es ging nicht um Ethylenglykol, sondern um ein anderes Ethandiol. Im Bericht stand, dass die Forscher mit Flüssigkeiten experimentierten, deren Siedepunkt bei über hundert Grad lag, um einen um ein paar Zehntelsekunden verzögerten Temperaturanstieg in der kritischen Masse zu erzielen. Da kam das Ethandiol ins Spiel. Hatten Ethandiol und Ethylenglykol nicht ungefähr dieselben Eigenschaften?

Während die Bibliothek der Forschungsanlage schlichtweg mies war, wenn es um die neuesten wissenschaftlichen Erkenntnisse ging, bot sie umso bessere Informationen allgemeiner Art. Zum Beispiel die Bestätigung, dass Ethandiol und Ethylenglykol nicht nur ungefähr dieselben Eigenschaften hatte. Sie waren *identisch*.

Nombeko lieh sich zwei Schlüssel aus dem Schlüsselschrank des Ingenieurs aus und schlich sich in die große Garage und ins Chemielager neben der Schaltzentrale. Dort fand sie einen fast vollen 25-Liter-Eimer Ethandiol. Sie goss fünf Liter davon in ihren mitgebrachten Eimer und kehrte zu den Mädchen zurück.

»Hier, das dürfte locker reichen«, sagte sie.

Nombeko und die Mädchen beschlossen, zuerst nur eine ganz schwache Dosis unters Hundefutter zu mischen, um zu sehen, was passierte. Dann konnten sie die Menge steigern, bis irgendwann der Zustand erreicht war, in dem alle acht Hunde krankgeschrieben waren, ohne dass das Wachpersonal einen Anschlag vermutete.

Daher senkten die Chinesenmädchen auf Nombekos Warnungen hin die Dosis von fünf Dezilitern auf vier, begingen jedoch den Fehler, Kleine Schwester dosieren zu lassen, also ausgerechnet diejenige von den dreien, die damals noch zu klein zum Hundevergiften gewesen war. Und so mengte sie schon beim ersten, vorsichtigen Versuch vier Deziliter Ethylenglykol *pro Hund* unters Futter. Zwölf Stunden später waren alle acht Hunde so mausetot wie diejenigen in Parktown West ein paar Jahre zuvor. Außerdem befand sich die Katze des Chefs der Wachmannschaft, die heimlich aus den Hundeschüsseln mitnaschte, in einem kritischen Zustand.

Ethylenglykol hat die Eigenschaft, sehr schnell aus dem Darm in den Blutkreislauf überzugehen. In der Leber wird es dann in Glykolaldehyd, Glykolsäure und Oxalat umgewandelt. Wenn die Menge groß genug ist, führt das zu Nierenversagen, bevor anschließend auch Lungen und Herz in Mitleidenschaft gezogen werden. Die direkte Todesursache bei den acht Hunden lautete Herzstillstand.

Die Fehlberechnung des kleinen Chinesenmädchens hatte zur Folge, dass sofort die Sirenen losheulten und die Wachmannschaft in höchste Alarmbereitschaft versetzt wurde, was es Nombeko natürlich unmöglich machte, sich in einer Mülltonne hinausschmuggeln zu lassen.

Die Mädchen wurden schon am zweiten Tag zum Verhör bestellt, aber während sie noch hartnäckig leugneten, fand das Sicherheitspersonal einen fast leeren Eimer mit Ethylenglykol im Kofferraum des Autos eines der zweihundertfünfzig Angestellten. Nombeko hatte ja Zugriff auf den Schlüsselschrank des Ingenieurs und damit Zutritt zur Garage, und der betreffende Kofferraum war einfach der gewesen, der zufällig nicht abgeschlossen war, als sie den Eimer irgendwo verstecken musste. Der Besitzer des Wagens war ein Mitarbeiter von der halbmoralischen Sorte: Einerseits würde er sein Land nie verraten, andererseits hatte er unseligerweise ausgerechnet an diesem Tag die Aktentasche seines Abteilungsleiters samt Geld und Scheckheft gemopst. Die Tasche wurde prompt neben dem Eimer gefunden, man zählte eins und eins zusammen, und der Mann wurde gefasst, verhört und gefeuert – und zu sechs Monaten Gefängnis wegen Diebstahls plus zweiunddreißig Jahren wegen Terrorismus verurteilt.

»Das war ja haarscharf«, sagte Kleine Schwester, als jeder Verdacht gegen die drei Schwestern fallen gelassen wurde.

»Wollen wir einen neuen Versuch starten?«, fragte Mittlere Schwester.

»Dann müssen wir allerdings warten, bis sie neue Hunde besorgt haben«, sagte Große Schwester. »Die alten sind ihnen ja ausgegangen.«

Nombeko sagte gar nichts. Aber sie dachte bei sich, dass ihre Zukunftsaussichten nicht viel rosiger waren als die der Katze des Chefs der Wachmannschaft, die gerade zu krampfen begann.

4. KAPITEL

Von einem barmherzigen Samariter, einem Fahrraddieb und einer immer nikotinsüchtigeren Hausfrau

Nachdem er Henriettas Geld ausgegeben hatte, bekam Ingmar fast den ganzen Rückweg von Nizza nach Södertälje nichts in den Magen. Doch in Malmö traf der schmutzige, ausgehungerte Postbeamte auf einen Soldaten der Heilsarmee, der nach einem langen Tag im Dienste des Herrn auf dem Nachhauseweg war. Ingmar fragte ihn, ob er ein Stückchen Brot entbehren könnte.

Der Heilsarmist ließ sich sofort vom Geist der Liebe und des Mitleids ergreifen, und das so gründlich, dass er Ingmar mit zu sich nach Hause nahm.

Dort lud er seinen Gast zu Rübenmus mit Speck ein und richtete ihm anschließend das eigene Bett, um selbst auf dem Boden vor dem Herd zu schlafen. Ingmar gähnte und meinte, die Freundlichkeit des Soldaten beeindrucke ihn zutiefst. Woraufhin der Mann erwiderte, die Erklärung für seine Taten finde sich in der Bibel, nicht zuletzt im Lukasevangelium, in dem die Geschichte vom barmherzigen Samariter zu lesen stand. Er fragte Ingmar, ob er ihm ein paar Zeilen aus der Heiligen Schrift vorlesen dürfe.

»Natürlich darf er das«, sagte Ingmar, »aber bitte leise, denn ich muss schlafen.«

Und dann schlummerte er ein. Und wachte am nächsten Morgen vom Geruch frischer Brötchen auf.

Nach dem Frühstück bedankte er sich beim barmherzigen Soldaten, verabschiedete sich und stahl ihm dann das Fahrrad. Während er davonstrampelte, überlegte er, ob nicht auch in der Bibel stand, dass Not kein Gebot kennt. Ganz sicher war er sich allerdings nicht.

Das Diebesgut veräußerte er jedenfalls in Lund und kaufte sich vom Erlös eine Zugfahrkarte bis nach Hause.

Im Haus traf er auf Henrietta. Bevor sie den Mund aufmachen konnte, um ihn willkommen zu heißen, teilte er ihr mit, dass jetzt der Zeitpunkt zum Kindermachen gekommen sei.

Henrietta hatte eigentlich eine ganze Reihe Fragen, nicht zuletzt die, warum Ingmar plötzlich ohne den verdammten Karton mit amerikanischen Soldatenkondomen mit ihr zwischen die Laken schlüpfen wollte. Aber sie war natürlich nicht dumm und ergriff die Gelegenheit. Sie bat ihren Mann nur, vorher zu duschen, denn er roch fast genauso übel, wie er aussah.

Das allererste kondomlose Abenteuer des Paares dauerte vier Minuten. Dann war Ingmar fertig. Doch Henrietta war trotzdem zufrieden. Ihr geliebter Trottel war wieder zu Hause, und er hatte tatsächlich die Kondome in den Mülleimer geworfen, bevor sie miteinander ins Bett gingen. Sollte das etwa gar bedeuten, dass der ganze Unfug jetzt endlich ein Ende haben würde? Und dass sie vielleicht bald mit einem kleinen Baby gesegnet sein würden?

Fünfzehn Stunden später wachte Ingmar wieder auf. Zunächst erzählte er, dass er den König unten in Nizza tatsächlich getroffen hatte. Beziehungsweise eigentlich umgekehrt. Der König hatte ihn getroffen. Mit einem Spazierstock am Kopf.

»Na so was aber auch!«, sagte Henrietta.

Ja, das konnte man wohl sagen. Aber trotzdem war Ingmar dem König nur dankbar. Denn der hatte ihm die Augen geöffnet. Und ihm klargemacht, dass die Monarchie eine Erfindung des Teufels war, die ausgerottet werden musste.

»Eine Erfindung des Teufels?«, wiederholte seine Frau verblüfft.

»Die ausgerottet werden muss.« Doch dazu waren sowohl Geduld als auch List vonnöten. Dass Ingmar und Henrietta ein Kind bekamen, gehörte auch zum Plan. Übrigens würde er Holger heißen.

»Wer?«, fragte Henrietta.

»Unser Sohn, wer denn sonst?«

Henrietta, die sich ihr ganzes Leben lang insgeheim eine Elsa gewünscht hatte, gab zu bedenken, dass es genauso gut eine Tochter werden konnte, wenn sie denn überhaupt ein Kind kriegten. Doch darauf bekam sie nur zu hören, sie solle gefälligst nicht so negativ sein. Wenn sie Ingmar stattdessen ein bisschen Essen machte, versprach er ihr zu erzählen, wie die Zukunft aussehen sollte.

Henrietta fügte sich seinem Wunsch. Sie briet Fleischreste mit Kartoffeln und servierte dazu rote Bete und Ei.

Während er aß, berichtete Ingmar detaillierter von seiner Begegnung mit Gustaf V. Zum ersten – aber bei Weitem nicht letzten – Mal erzählte er vom »Laufburschen« und »Flegel«. Und zum zweiten – aber bei Weitem nicht letzten – Mal von dem silbernen Spazierstock, der ihn an der Stirn getroffen hatte.

»Und deswegen soll jetzt die Monarchie ausgerottet werden?«, fragte Henrietta. »Mit Geduld und List? Und wie genau soll das deiner Meinung nach aussehen?«

Was sie nicht aussprach, sich aber im Stillen dachte, war, dass Geduld und List rückblickend betrachtet keine besonders ausgeprägten Eigenschaften ihres Ehegatten waren.

Ja, Geduld sei eben erforderlich, weil Henrietta und er zwar am Vortag ein Kind gemacht hatten, es aber doch noch ein paar Monate dauerte, bis es endlich da war, wenn er da richtig informiert war. Und dann noch mal mehrere Jahre, bis Holger alt genug war, um die Nachfolge seines Vaters anzutreten.

»Was denn für eine Nachfolge?«, fragte Henrietta.

»In meinem Kampf, liebe Henrietta. In meinem Kampf.«

Ingmar hatte bei seiner Fahrt per Anhalter quer durch Europa genug Zeit zum Nachdenken gehabt. Die Monarchie auszulöschen würde nicht einfach werden. Das war wohl eher ein Projekt auf Lebenszeit. Und da kam eben Holger ins Spiel, denn wenn Ingmar abtreten musste, bevor der Kampf gewonnen war, musste sein Sohn in seine Fußstapfen treten.

»Warum eigentlich ausgerechnet Holger?«, fragte Henrietta, die in diesem Moment noch viel mehr hätte fragen können.

Tja, eigentlich konnte der Junge heißen, wie er wollte, denn wichtig war nicht der Name, sondern der Kampf. Doch es wäre unpraktisch, ihm keinen Namen zu geben. Erst hatte Ingmar an Wilhelm gedacht, nach dem berühmten Schriftsteller und Republikaner Vilhelm Moberg, aber dann war ihm eingefallen, dass einer der Söhne des Königs genauso hieß, der Prinz und Herzog von Södermanland.

Stattdessen war er, beginnend bei A, alle Namen durchgegangen, die ihm so einfielen, und als er auf seiner Fahrradtour von Malmö nach Lund bei H angekommen war, musste er an den Soldaten der Heilsarmee denken, den er tags zuvor getroffen hatte. Der hieß eben Holger und hatte wahrlich ein gutes Herz, auch wenn er seine Reifen wirklich nachlässig aufgepumpt hatte. Die Ehrenhaftigkeit und Großzügigkeit, die Holger ihm gegenüber an den Tag gelegt hatte, war wirklich bemerkenswert gewesen. Außerdem konnte sich Ingmar nicht entsinnen, dass es auf der Welt einen einzigen Adligen dieses Namens gab. Holger war so weit entfernt vom Adelskalender, wie es die Situation verlangte.

Damit war Henrietta also so ungefähr im Bilde. Der flammendste Monarchist Schwedens wollte sein Leben nun also dem Vorhaben weihen, das Königshaus in den Staub zu stürzen. Er wollte seiner Berufung bis in den Tod folgen und vorher dafür Sorge tragen, dass seine Nachkommen bereit waren, wenn ihm die Stunde schlug. Alles das zusammengenommen machte ihn zu einem sowohl listigen als auch geduldigen Menschen.

»Nicht meine Nachkomm*en*«, korrigierte Ingmar. »Mein Nachkomm*e*. Er soll Holger heißen.«

* * * *

Wie sich herausstellte, war Holger nicht annähernd so eifrig wie sein Vater. In den nächsten vierzehn Jahren widmete Ingmar sich im Wesentlichen zwei Dingen:

1. Alles über Unfruchtbarkeit zu lesen, was er in die Finger bekam, und
2. den König als Staatsmann und Person umfassend und unkonventionell zu schmähen.

Daneben vernachlässigte er seine Arbeit als Beamter auf dem rangniedrigsten Posten in der Post von Södertälje nicht mehr, als sein Vorgesetzter zur Not noch tolerieren konnte, und entging auf diese Art einer Kündigung.

Nachdem er die ganze Stadtbibliothek von Södertälje durchgeackert hatte, fuhr Ingmar regelmäßig nach Stockholm in die Königliche Bibliothek. Ein verabscheuungswürdiger Name, aber dort hatten sie Bücher bis zum Horizont.

Ingmar lernte alles, was es über Störungen des Eisprungs, Chromosomenabweichungen und gestörte Spermienproduktion zu wissen gab. Als er tiefer im Archiv grub, fand er auch Informationen, deren wissenschaftlicher Wert eher fragwürdig war.

So kam es zum Beispiel, dass er an manchen Tagen mit nacktem Unterkörper herumlief, von seiner Heimkehr von der Arbeit (gewöhnlich eine Viertelstunde vor Dienstschluss) bis zu dem Moment, wo es Zeit wurde, ins Bett zu gehen. Auf diese Art hielt er seine Hoden kühl, und das konnte der Schwimmfähigkeit der Spermien nur zugutekommen, wie Ingmar gelesen hatte.

»Könntest du wohl die Suppe umrühren, während ich die Wäsche aufhänge, Ingmar?«, sagte Henrietta vielleicht einmal.

»Nein, da kommen meine Hoden zu nahe an den Herd«, antwortete Ingmar.

Henrietta liebte ihren Mann noch immer, weil er so voller Leben war, aber zum Ausgleich brauchte sie hie und da eine John Silver mehr. Und noch eine. Übrigens brauchte sie noch eine Zigarette mehr an dem Tag, als Ingmar sich nützlich machen wollte und Sahne kaufen ging. Aus purer Vergesslichkeit unten ohne.

Ansonsten war er eher verrückt als vergesslich. Zum Beispiel hatte er gelernt, wann mit Henriettas Monatsblutung zu rechnen war. So konnte er an aussichtslosen Tagen wegfahren, um seinem

Staatsoberhaupt das Leben schwer zu machen. Und das tat er dann auch. Im Großen wie im Kleinen.

Unter anderem gelang es ihm, Seine Majestät an dessen neunzigstem Geburtstag, dem 16. Juni 1948, zu ehren, indem er genau im richtigen Augenblick ein dreizehn Meter breites Transparent direkt über der Kungsgatan und dem königlichen Gefolge entrollte, auf dem stand: »Verrecke, alter Bock, verrecke!« Gustaf V. sah zu diesem Zeitpunkt schon ziemlich schlecht, aber diese Aufschrift hätte ein Blinder lesen können. Wie *Dagens Nyheter* am nächsten Tag berichtete, hatte der König gesagt: »Der Schuldige soll gefasst und mir vorgeführt werden!«

Jetzt auf einmal.

Nach seinem Erfolg auf der Kungsgatan hielt sich Ingmar bis zum Oktober 1950 relativ bedeckt. Da heuerte er einen ahnungslosen jungen Tenor der Stockholmer Oper an, damit er sich vor Schloss Drottningholm stellte und unter dem Fenster des Zimmers, in dem der König im Sterben lag, das Lied »Bye-bye, Baby« sang. Der Tenor wurde von den Leuten verprügelt, die sich ebenfalls dort versammelt hatten, während Ingmar, der sich in den Gebüschen der Umgebung von früheren Gelegenheiten her gut auskannte, entkommen konnte. Der misshandelte Tenor schrieb ihm einen erbosten Brief und verlangte nicht nur die vereinbarte Bezahlung von zweihundert Kronen, sondern weitere fünfhundert Schmerzensgeld. Doch da Ingmar ihm einen falschen Namen und eine noch falschere Adresse gegeben hatte, verhallte diese Forderung ungehört, alldieweil der Chef der Müllabfuhr von Lövsta den Brief las, zusammenknüllte und in Verbrennungsofen 2 warf.

1955 folgte Ingmar dem neuen König durchs Land, ohne dass ihm irgendein neuer Coup gelingen wollte. Fast wäre er verzweifelt, und er dachte sich, dass gröbere Maßnahmen gefragt waren als bloße Meinungsbildung. Der König saß ja fester denn je auf dem Thron mit seinem fetten Arsch.

»Kannst du es denn nicht gut sein lassen?«, fragte Henrietta.

»Jetzt bist du schon wieder so negativ, meine Liebe. Ich habe gehört, dass man positiv denken muss, wenn man Kinder kriegen will. Außerdem habe ich gelesen, dass du kein Quecksilber trinken solltest, weil das einer entstehenden Schwangerschaft schadet.«

»Quecksilber?«, wunderte sich Henrietta. »Warum um Himmels willen sollte ich denn plötzlich Quecksilber trinken?«

»Aber das sag ich doch die ganze Zeit! Und du solltest auch kein Soja essen.«

»Soja? Was ist das denn?«

»Keine Ahnung. Aber iss es nicht.«

Im August 1960 hatte Ingmar wieder eine neue Idee, wie sie schwanger werden könnte, und wieder war es etwas, was er gelesen hatte.

»Also, wenn du Kopfstand machst, während wir ... es tun ... dann können die Spermien leichter ...«

»Kopfstand?«

Henrietta fragte ihren Mann, ob er noch alle Tassen im Schrank habe, und noch während sie es aussprach, ging ihr auf, dass ihr genau dieser Verdacht durchaus schon vorher gekommen war. Aber egal. Es würde ja doch nichts draus werden. Sie hatte resigniert.

Umso überraschender war, dass die bizarre Stellung die Sache unterhaltsamer machte, als sie seit Langem gewesen war. Beide begleiteten das Abenteuer mit freudigen Ausrufen. Henrietta machte sogar einen Vorschlag, als sie entdeckte, dass Ingmar nicht sofort eingeschlafen war:

»Das war gar nicht so blöd, mein Schatz. Wollen wir es noch mal versuchen?«

Ingmar, der sich selbst wunderte, dass er noch wach war, erwog Henriettas Worte und antwortete:

»Verdammt – ja!«

Ob es beim ersten oder beim zweiten Durchgang geschah, war im Nachhinein nicht festzustellen, aber nach dreizehn Jahren fruchtloser Bemühungen wurde Henrietta endlich schwanger.

»Holger, mein Holger, endlich bist du unterwegs!«, jubelte Ingmar den Bauch an, als er es erfuhr.

Henrietta, die genug über Blumen und Bienen wusste, um eine Elsa nicht ganz auszuschließen, ging daraufhin in die Küche, um sich eine Zigarette anzuzünden.

* * * *

In den folgenden Monaten schaltete Ingmar einen Gang hoch. Jeden Abend las er vor Henriettas wachsendem Bauch laut aus Vilhelm Mobergs *Deswegen bin ich Republikaner* vor. Beim Frühstück plauderte er jeden Morgen durch den Nabel seiner Frau mit Holger über die republikanischen Gedanken, die ihn gerade erfüllten. Nicht selten wurde Martin Luther angegriffen, der die Meinung vertreten hatte, »wir sollen Gott fürchten und lieben, dass wir unsere Eltern und Herren nicht verachten noch erzürnen«.

Es steckten mindestens zwei Fehler in Luthers Argumentation. Erstens war Gott nicht vom Volk gewählt. Und man konnte ihn auch nicht absetzen. Natürlich konnte man konvertieren, wenn man wollte, aber die Götter schienen letztlich ja doch alle vom selben Schrot und Korn zu sein.

Zweitens musste man sich fragen, wer diese Herren denn wohl sein sollten und warum wir sie nicht erzürnen sollten.

Henrietta mischte sich selten in Ingmars Monologe vor ihrem Bauch, doch ab und zu musste sie ihn unterbrechen, weil sonst das Essen auf dem Herd angebrannt wäre.

»Warte, ich bin noch nicht fertig«, sagte Ingmar dann manchmal.

»Die Grütze aber schon«, antwortete Henrietta. »Du und mein Nabel müsst euch morgen weiter unterhalten, wenn du nicht willst, dass das Haus in Flammen aufgeht.«

Dann war es so weit. Einen ganzen Monat zu früh. Als das Fruchtwasser abging, war Ingmar glücklicherweise gerade von seiner Arbeit im verfluchten viel zu königlichen Postamt heimgekommen, wo er sich unter Androhung von Repressalien zu guter Letzt doch das Versprechen hatte abringen lassen, Gustav VI. Adolfs Konterfei nicht mehr auf sämtlichen Briefmarken, die ihm in die Finger kamen, mit Hörnern zu versehen. Und dann ging es ganz schnell. Henrietta schleppte sich zum Bett, während sich Ingmar beim Versuch, die Hebamme anzurufen, derart in der Telefonschnur verhedderte, dass er die ganze Buchse aus der Wand riss. Er stand immer noch fluchend auf der Schwelle zur Küche, als Henrietta nebenan ihr gemeinsames Kind gebar.

»Wenn du fertig geflucht hast, kannst du gern reinkommen«, keuchte sie. »Aber nimm eine Schere mit, du musst hier nämlich eine Nabelschnur durchschneiden.«

Eine Schere fand Ingmar zwar nicht (in der Küche kannte er sich nicht so gut aus), aber dafür eine Kneifzange aus dem Werkzeugkasten.

»Junge oder Mädchen?«, fragte die Mutter.

Der Form halber warf Ingmar einen Blick auf die Stelle, wo die Antwort auf diese Frage zu finden war, dann sagte er:

»Klar ist das ein Holger.«

Gerade wollte er seine Frau auf den Mund küssen, da sagte sie:

»Au! Ich glaube, da kommt noch eins.«

Der frischgebackene Vater war verwirrt. Erst hätte er beinahe die Geburt seines Sohnes miterlebt, wenn er sich nicht im Flur im Kabel verheddert hätte. Und wenige Minuten später kam – noch ein Sohn!

Ingmar konnte es nicht gleich verarbeiten, denn Henrietta erteilte ihm nun mit schwacher, aber bestimmter Stimme eine ganze Reihe von Anweisungen, was er zu tun hatte, um das Leben von Mutter und Kind nicht zu gefährden.

Aber dann hatten sich die Dinge beruhigt, alles war gut gegangen, abgesehen davon, dass Ingmar nun plötzlich mit zwei Söhnen auf dem Schoß dasaß, wo er doch ganz klar gesagt hatte, dass es nur einer werden sollte. Sie hätten es an jenem Abend eben nicht zweimal machen sollen – jetzt hatten sie den Salat.

Henrietta bat ihren Mann, keinen Blödsinn zu reden, und betrachtete ihre zwei Söhne, erst den einen, dann den anderen. Und dann sagte sie:

»Ich finde, es sieht so aus, als wäre der Linke Holger.«

»Ja«, murmelte Ingmar. »Oder der Rechte.«

Man hätte die Frage so entscheiden können, dass es natürlich der Erstgeborene sein musste, doch in der allgemeinen Aufregung mit dem Mutterkuchen und dem ganzen Drum und Dran hatte Ingmar Nummer eins und Nummer zwei verwechselt, und jetzt wusste er gar nicht mehr, wer wer war.

»Verdammich!«, sagte er und wurde sofort von seiner Frau zurechtgewiesen.

Schimpfwörter sollten nicht das Erste sein, was ihre Söhne zu hören bekamen, nur weil es zufällig einer zuviel geworden war.

Ingmar verstummte. Er überdachte die Situation noch einmal und fasste einen Entschluss.

»Das ist Holger«, sagte er und deutete auf das rechte Kind.

»Aha«, sagte Henrietta. »Und wer ist dann der andere?«

»Das ist auch Holger.«

»Holger und Holger?« Henrietta überkam die jähe Lust auf eine Zigarette. »Bist du ganz sicher, Ingmar?«

Und ob er das war.

2. TEIL

Je mehr ich von den Menschen sehe, um so mehr schätze ich Hunde.

Friedrich der Große

5. *KAPITEL*

Von einem anonymen Brief, Frieden auf Erden
und einem hungrigen Skorpion

Ingenieur van der Westhuizens Hilfskraft klammerte sich nun wieder an die abwegige Hoffnung, dass eine Veränderung der Gesellschaft sie retten würde. Aber es war nicht leicht für sie, die Chancen auf irgendwelche Ereignisse vorauszusehen, die ihr überhaupt erst eine Zukunft verschaffen könnten, ganz zu schweigen von der Qualität dieser Zukunft.

Die Bücher in der Bibliothek der Forschungsanlage erhellten natürlich gewisse Zusammenhänge, doch das meiste, was hier in den Regalen stand, war zehn Jahre alt oder älter. Unter anderem hatte Nombeko in einer Schrift von 1924 geblättert, in der ein Professor aus London auf zweihundert Seiten überzeugend darzulegen glaubte, warum es nie wieder Krieg geben würde, nämlich aufgrund der Kombination von Völkerbund und Verbreitung der immer beliebteren Jazzmusik.

Da war es schon leichter zu verfolgen, was innerhalb der Zäune und Mauern der Anlage geschah. Leider ging aus den letzten Berichten hervor, dass die fleißigen Mitarbeiter des Ingenieurs das autokatalytische Problem gelöst hatten (und auch noch ein paar andere) und jetzt zu einem Atomtest bereit waren. Ein erfolgreicher Test würde das ganze Projekt gefährlich nahe an seinen Abschluss bringen, zu nahe für Nombekos Geschmack, denn sie hätte gern noch eine Weile weitergelebt.

Sie konnte nur eines tun: hie und da versuchen, die Entwicklung ein wenig zu bremsen. Möglichst ohne dass die Regierung in Pretoria den Verdacht schöpfte, van der Westhuizen sei so unfähig, wie er es tatsächlich war. Es reichte schon, wenn sie die gerade begonnenen Bohrungen in der Kalahari-Wüste vorübergehend zum Stillstand brachte.

Obwohl es mit dem Ethylenglykol nun mal so gelaufen war, wie es gelaufen war, entschied sich Nombeko, die Chinesenmädchen noch einmal um Hilfe zu bitten. Sie fragte, ob es wohl möglich sei, über sie einen Brief zu verschicken, beziehungsweise über die Mutter der Mädchen. Wie funktionierte das überhaupt? Wurde die Ausgangspost denn gar nicht kontrolliert?

Doch, schon. Es gab eine Langnase in der Wache, die nichts anderes zu tun hatte, als alles zu kontrollieren, was nicht an hochgestellte Empfänger adressiert war, die ohnehin offiziell Zugang zu geheimen Dokumenten hatten. Beim geringsten Verdacht öffnete er den Brief und verhörte den Absender ohne Ansehen der Person.

Das wäre natürlich ein unüberwindliches Hindernis gewesen, wenn der Sicherheitschef nicht vor ein paar Jahren die Postarbeiterinnen eingewiesen hätte. Nachdem er den Chinesenmädchen bis ins kleinste Detail erklärt hatte, wie die Sicherheitsmaßnahmen aufgebaut waren, und hinzugefügt hatte, dass diese Maßnahmen notwendig waren, weil man keinem Menschen auf der Welt trauen konnte, entschuldigte er sich, weil er auf die Toilette musste. Woraufhin die Mädchen den Beweis antraten, dass er recht hatte. Sowie sie allein im Zimmer waren, trippelten sie nämlich hinter seinen Schreibtisch, spannten das richtige Papier in die Schreibmaschine und fügten der Liste der hundertvierzehn Personen, die geheime Dokumente bekommen durften, noch einen Empfänger hinzu.

»Eure Mutter«, riet Nombeko.

Die Mädchen nickten lächelnd. Sicherheitshalber hatten sie ihrer Mutter einen hübschen Titel vor den Namen gesetzt: Cheng Lian sah verdächtig aus. *Professor* Cheng Lian flößte Vertrauen ein. So einfach funktionierte die rassistische Logik.

Nombeko dachte, dass jemand auf einen chinesischen Namen hätte reagieren müssen, Professorentitel hin oder her, aber es schien nun mal im Wesen der Mädchen zu liegen, Risiken einzugehen und ungeschoren davonzukommen. Abgesehen von dieser einen Panne, wegen der sie ebenso wie Nombeko hier eingesperrt waren. Und mit dem Namen ging es schon seit Jahren gut, also würde es wohl auch noch einen Tag länger damit klappen. Konnte Nombeko also tatsächlich einen Brief in einem Brief an Professor Cheng Lian schicken, den die Mutter der Mädchen weiterleitete?

»Absolut«, sagten die Mädchen, ohne die geringste Neugier zu zeigen, wem Nombeko eine Botschaft schicken wollte.

An:
Präsident James Earl Carter Jr.
Weißes Haus, Washington

Guten Tag, Herr Präsident. Vielleicht könnte es Sie interessieren, dass Südafrika vorhat, binnen drei Monaten unter der Leitung eines durchgängig betrunkenen Vollidioten ein Stück Atombombe mit einer Sprengkraft von circa drei Megatonnen zu zünden. Das soll Anfang 1978 in der Kalahari-Wüste geschehen, genauer gesagt an dieser exakten Position: 26° 44' 26" S, 22° 11' 32" O. Danach will Südafrika sich mit sechs Bomben derselben Sorte eindecken, um diese nach eigenem Gutdünken einzusetzen.

Mit freundlichen Grüßen
Ein Freund

Nombeko, die sich Gummihandschuhe übergezogen hatte, klebte das Kuvert zu, schrieb Namen und Adresse darauf und kritzelte in eine Ecke noch: »Amerika verrecke!« Dann steckte sie alles in ein zweites Kuvert, das schon am nächsten Tag nach Johannesburg geschickt wurde, an eine Professorin mit chinesisch klingendem Namen und der Berechtigung, geheime Dokumente zu lesen.

* * * *

Das Weiße Haus in Washington war einst von schwarzen Sklaven gebaut worden, die man aus Nombekos Afrika importiert hatte. Es war von Anfang an ein imposantes Gebäude gewesen, und hundertsiebenundsiebzig Jahre später erst recht. Das Haus hatte hundertzweiunddreißig Räume, fünfunddreißig Badezimmer, sechs Stockwerke, eine Bowlingbahn und ein Kino. Und ein Heer von Angestellten, die alles in allem über dreiunddreißigtausend Sendungen pro Monat entgegennahmen.

Diese wurden samt und sonders geröntgt, speziell dafür ausgebildeten Hunden unter die empfindlichen Nasen gehalten und von den Mitarbeitern inspiziert, bevor sie zum eigentlichen Empfänger weiterbefördert wurden.

Nombekos Brief schaffte es sowohl durch die Röntgen- als auch durch die Hundekontrolle, doch als ein träger, nichtsdestoweniger aber aufmerksamer Kontrolleur den Vermerk »Amerika verrecke!« auf einem Kuvert entdeckte, das direkt an den Präsidenten adressiert war, wurde natürlich Alarm ausgelöst. Zwölf Stunden später war der Brief nach Langley, Virginia, geflogen worden, wo er dem CIA-Chef Stansfield M. Turner vorgelegt wurde. Der Agent berichtete, wie das Kuvert ausgesehen hatte, dass die Fingerabdrücke nicht sonderlich zahlreich waren und an solchen Stellen saßen, dass man sie wahrscheinlich nur diversen Postbeamten zuordnen konnte, dass der Brief keine radioaktive Strahlung verbreitete, dass der Stempel authentisch wirkte, dass das Ganze vor acht Tagen von Postdistrikt Nummer neun in Johannesburg, Südafrika, verschickt worden war und eine Analyse ergeben hatte, dass der Text aus ausgeschnittenen Wörtern des Buches *Frieden auf Erden* zusammengeklebt war. Letzteres war von einem britischen Professor verfasst worden, der die These verfochten hatte, der Völkerbund und der Jazz könnten die Welt gemeinsam glücklich machen. (Derselbige Professor setzte im Übrigen kurz nach der Veröffentlichung seines Werkes, im Jahre 1939, seinem Leben ein Ende.)

»Der Jazz sollte Frieden auf Erden schaffen?«, war das Erste, was dem CIA-Chef dazu einfiel.

»Wie gesagt, Sir, er hat sich das Leben genommen«, antwortete der Agent.

Der CIA-Chef bedankte sich bei seinem Agenten und blieb mit dem Brief allein. Drei Telefongespräche und zwanzig Minuten später stand fest, dass der Inhalt des Briefes vollauf mit den Informationen übereinstimmte, die er peinlicherweise vor drei Wochen von den Sowjets bekommen hatte, aber nicht so recht hatte glauben wollen. Der einzige Unterschied bestand darin, dass in dem anonymen Brief die exakten Koordinaten angegeben waren. Insgesamt schien die Information extrem glaubwürdig. Dem CIA-Chef gingen nun hauptsächlich zwei Gedanken durch den Kopf:

1. Wer zum Teufel war der Absender?
2. Höchste Zeit, den Präsidenten zu informieren. Der Brief war ja immerhin an ihn gerichtet.

Stansfield M. Turner war unbeliebt, weil er versuchte, so viele Mitarbeiter wie möglich durch Computer zu ersetzen. Einem solchen, nicht etwa einem Menschen, war es auch gelungen, die ausgeschnittenen Worte dem Buch *Frieden auf Erden* zuzuordnen.

»Der Jazz sollte Frieden auf Erden schaffen?«, fragte Präsident Carter seinen alten Kommilitonen Turner, als sie sich am nächsten Tag im Oval Office trafen.

»Der Verfasser hat sich ein paar Jahre später das Leben genommen, Herr Präsident«, sagte der CIA-Chef.

Der Gedanke ging Präsident Carter – der Jazz liebte – aber trotzdem nicht aus dem Kopf. Wenn dieser arme Professor nun doch recht gehabt hatte? Vielleicht hatten die Beatles – und danach die Rolling Stones – alles kaputtgemacht?

Der CIA-Chef meinte, man könne den Beatles ja vieles anlasten, aber ganz sicher hätten sie nicht den Vietnamkrieg angefangen. Und er fügte noch hinzu, er habe seine Zweifel an dieser Theorie, denn wenn die Beatles und die Stones den Weltfrieden noch nicht zerstört hatten, boten sich ja mittlerweile die Sex Pistols an.

»Die Sex Pistols?«, fragte der Präsident.

»God save the Queen, she ain't no human being«, zitierte der CIA-Chef.

»Ah, verstehe«, sagte der Präsident.

Zurück zur eigentlichen Frage. Waren diese Trottel in Südafrika tatsächlich dabei, eine Atombombe zu zünden? Und wurde diese Arbeit von einem Vollidioten geleitet?

»Das mit dem Vollidioten weiß ich nicht, Sir. Wir haben Hinweise darauf, dass die Tätigkeit von einem gewissen Ingenieur van der Westhuizen überwacht wird, der sein Studium an einer der besten Universitäten Südafrikas mit Bestnote abgeschlossen hat. Ganz bestimmt wissenschaftliche Elite.«

Aber trotzdem deutete vieles darauf hin, dass die übrigen Informationen korrekt waren. Der KGB war so freundlich gewesen, ihnen einen Tipp zu geben, was da vor sich ging. Und nun eben dieser Brief. So wie der formuliert war, hätte der CIA-Chef Stein und Bein geschworen, dass nicht der KGB dahintersteckte. Außerdem wiesen die Satellitenfotos der CIA auf Aktivität in der Wüste hin, und zwar exakt an der Stelle, die der geheimnisvolle Briefschreiber angegeben hatte.

»Aber warum denn dann dieses ›Amerika verrecke!‹ auf dem Kuvert?«, wunderte sich Präsident Carter.

»Das hatte zur Folge, dass der Brief unverzüglich auf meinem Schreibtisch landete, und ich glaube, das war auch der Hintergedanke des Verfassers. Der scheint sehr gut zu wissen, wie der Sicherheitsdienst tickt, der einen Präsidenten zu bewachen hat. Umso mehr rätseln wir, wer das sein könnte. Wie auch immer, er hat es wirklich schlau angestellt.«

»Hm«, machte der Präsident. Er kapierte nicht so ganz, was an diesem »Amerika verrecke!« so schlau sein sollte. Oder auch an der Behauptung, Elizabeth II. gehöre einer anderen Rasse an als der menschlichen.

Aber er bedankte sich bei seinem alten Freund – und bat seine Sekretärin, Premierminister Vorster in Pretoria anzurufen. Präsident Carter war verantwortlich für zweiunddreißig Atomraketen, die in alle möglichen Richtungen ausgerichtet waren. Bei Breschnjew in Moskau sah es ungefähr genauso aus. Was die Welt in dieser Situation nicht brauchte, waren weitere sechs Waffen derselben Sprengkraft. Diesem Vorster würde er jetzt was erzählen!

* * * *

Vorster schäumte vor Wut. Der amerikanische Präsident, dieser Erdnusszüchter und Baptist, hatte sich erdreistet, ihn anzurufen und zu behaupten, dass Vorbereitungen für einen Atomtest in der Kalahari-Wüste getroffen wurden. Außerdem hatte er die Koordinaten der exakten Position heruntergerasselt. Diese Anschuldigung entbehrte jeder Grundlage und war ungeheuer beleidigend! Vorster knallte erbost den Hörer auf die Gabel, war aber klug genug, es dabei bewenden zu lassen. Stattdessen rief er sofort in Pelindaba an, um Ingenieur van der Westhuizen aufzufordern, seinen Test anderswo durchzuführen.

»Wo denn?«, fragte Ingenieur van der Westhuizen, während seine Putzfrau den Boden rund um seine Füße scheuerte.

»Egal, wo, aber nicht in der Kalahari«, sagte Premierminister Vorster.

»Das wirft uns um Monate zurück, wenn nicht gar um ein Jahr oder mehr«, wandte der Ingenieur ein.

»Verdammt noch mal, tun Sie gefälligst, was ich Ihnen sage.«

* * * *

Die Hilfskraft des Ingenieurs ließ ihn zwei ganze Jahre darüber nachgrübeln, wo der Atomtest durchgeführt werden konnte, wenn die Kalahari-Wüste nicht mehr zur Verfügung stand. Die beste Idee, die van der Westhuizen hatte, bestand darin, das Scheißding in einem der Homelands abzufackeln, aber das überzeugte nicht mal ihn selbst so richtig.

Nombeko merkte, dass der Aktienwert des Ingenieurs sich einem neuerlichen Tiefststand näherte und dass es Zeit wurde, den Kurs wieder steigen zu lassen. Aber da kam ihr das Glück zu Hilfe, ein äußerer Umstand, der dem Ingenieur und damit seiner Putzfrau ein weiteres halbes Jahr Aufschub verschaffte.

Wie sich herausstellte, hatte Premierminister B. J. Vorster es satt, dass ihm im eigenen Lande ständig nur Genörgel und Undankbarkeit entgegenschlugen. Deswegen hatte er mit ein bisschen Unterstützung fünfundsiebzig Millionen Rand aus der Staatskasse herausgezaubert und die Zeitung *Der Bürger* ins Leben gerufen, welche im Gegensatz zum Bürger im Allgemeinen rückhaltlos positiv gegenüber der südafrikanischen Regierung eingestellt war und ihre Fähigkeit schätzte, die Eingeborenen und den Rest der Welt an der kurzen Leine zu halten.

Dummerweise machte ein besonders hinterhältiger Bürger die Sache allgemein bekannt. Unterdessen bezeichnete das verdammte Weltgewissen einen geglückten Militäreinsatz in Angola als Abschlachten von sechshundert Zivilisten. Da wurde es für Vorster Zeit zu gehen.

»Nee, nee, Gottverdammich«, sagte er ein letztes Mal und zog sich 1979 aus der Politik zurück. Nun musste er nur noch nach Kapstadt heimfahren und sich mit einem Drink auf die Terrasse seiner Luxusvilla setzen, mit Aussicht bis nach Robben Island, wo der Terrorist Mandela einsaß.

»Eigentlich sollte doch Mandela verfaulen, nicht ich«, dachte Vorster, während er verfaulte.

Der Nachfolger auf dem Posten des Premierministers, P. W. Botha, wurde »Die Groot Krokodil« genannt, das große Krokodil, und hatte dem Ingenieur in Pelindaba schon beim ersten Gespräch furchtbar Dampf gemacht. Nombeko sah ein, dass der Atomtest jetzt nicht noch länger aufgeschoben werden konnte. Daher ergriff sie eines späten Vormittags, als der Ingenieur noch ansprechbar war, das Wort.

»Ähm, Herr Ingenieur…?«, sagte sie, während sie sich seinen Aschenbecher vom Schreibtisch angelte.

»Was gibt es denn nun schon wieder?«, fragte der Ingenieur.

»Ähm, ich hab mir bloß gedacht…«, begann Nombeko. Da sie nicht unterbrochen wurde, fuhr sie fort: »Ich hab mir bloß gedacht, wenn es in ganz Südafrika zu eng ist und in der Kalahari jetzt Sprengverbot herrscht, warum testen Sie die Bombe dann nicht auf See?«

Südafrika war in drei Himmelsrichtungen von unendlich viel Meer umgeben. Nombeko hatte sich schon lange gedacht, dass doch eigentlich jedes Kind begreifen musste, wo der beste Ort für den Test war, nachdem die Wüste nicht mehr zur Verfügung stand. Wie erwartet, hellte sich die Miene des Kindes van der Westhuizen schlagartig auf. Eine Sekunde lang. Bis ihm wieder einfiel, dass ihn die Sicherheitspolizei davor gewarnt hatte, mit der Flotte zusammenzuarbeiten. Bei der gründlichen Ermittlung, die man angestellt hatte, nachdem Präsident Carter offensichtlich Kenntnis von dem geplanten Atomtest in der Kalahari erhalten hatte, war Vizeadmiral Johan Charl Walters als Hauptverdächtiger übrig geblieben. Admiral Walters hatte Pelindaba nur drei Wochen vor Carters Anruf besucht und vollen Einblick in das laufende Projekt erhalten. Außerdem war er mindestens sieben Minuten allein in van der Westhuizens Büro gewesen, als sich nämlich der Ingenieur eines Morgens aufgrund des dichten Verkehrs verspätete. (So lautete bei van der Westhuizens Vernehmung seine Umschreibung dafür, dass er etwas zu lange in der Bar hängen geblieben war, wo er sein flüssiges Frühstück einzunehmen pflegte). Die Theorie lautete, dass Walters sauer geworden war, als klar war, dass er seine U-Boote nicht mit Kernwaffen bestücken durfte, und dass er daraufhin das Geheimnis an die USA ausgeplaudert hatte.

»Ich trau der Flotte nicht«, murmelte der Ingenieur seiner Putzfrau zu.

»Dann bitten Sie doch die Israelis um Hilfe«, riet Nombeko.

In diesem Moment klingelte das Telefon.

»Ja, Herr Premierminister ... selbstverständlich ist mir die Bedeutung des ... ja, Herr Premierminister ... nein, Herr Premierminister ... da kann ich Ihnen nicht ganz zustimmen, wenn der Herr Premierminister entschuldigen. Auf meinem Schreibtisch liegt ein detaillierter Plan, wie wir zusammen mit den Israelis einen Test im Indischen Ozean durchführen können. Binnen drei Monaten, Herr Premierminister. Danke, Herr Premierminister, zu gütig. Nochmals danke. Ja, auf Wiederhören.«

Ingenieur van der Westhuizen legte auf und kippte in einem Zug das ganze Glas Kognak, das er sich frisch eingeschenkt hatte. Und sagte dann zu Nombeko:

»Jetzt steh da nicht so blöd rum, hol mir die beiden Israelis.«

Der Test wurde tatsächlich gemeinsam mit den Israelis durchgeführt. Ingenieur van der Westhuizen fühlte sich dem ehemaligen Premierminister und Exnazi Vorster sehr verbunden für den Geniestreich, eine Zusammenarbeit mit Jerusalem zu etablieren. Im Krieg, in der Liebe und in der Politik war schließlich alles erlaubt. Die Vertreter Israels vor Ort waren zwei ebenso aufgeblasene wie beschränkte Mossadagenten. Leider begegnete der Ingenieur den beiden öfter als nötig, und er konnte beim besten Willen dieses überlegene Lächeln nicht ab, das ihm sagte: »Wie konntest du so bescheuert sein, eine Gans aus noch nicht mal richtig getrocknetem Ton zu kaufen und zu glauben, sie wäre zweitausend Jahre alt?«

Wenn der mutmaßliche Verräter Vizeadmiral Walters außen vor gelassen wurde, bekam Amerika von dem ganzen Vorhaben auch nichts mit. Ha! Die Sprengung würde zwar von einem amerikanischen Vela-Satellit registriert werden, aber dann war es schon zu spät.

Der neue Premierminister P. W. Botha war so begeistert vom Ergebnis des Atomtests, dass er auf einen Besuch in die Forschungsanlage kam und drei Flaschen Schaumwein aus Constantia mitbrachte. Dann veranstaltete er eine Dankesfeier im Büro des Ingenieurs, zusammen mit van der Westhuizen, den beiden Mossadagenten und einer Negerin, die sie bediente. Premierminister Botha hätte sich nie erlaubt, eine Negerin als Negerin zu bezeichnen, das ließ seine Position nicht zu. Aber denken durfte man ja noch, was man wollte.

Sie bediente die Herren auf jeden Fall so, wie es sich gehörte, und sorgte im Übrigen dafür, dass sie mit dem Hintergrund – einer weißen Tapete – verschmolz, so gut es eben ging.

»Prost, Herr Ingenieur!«, sagte Premierminister Botha und hob das Glas. »Auf Sie!«

Ingenieur van der Westhuizen wirkte ein wenig verlegen in seiner Heldenrolle und bat Wiehießsienochgleich diskret, ihm nachzuschenken, während der Premierminister höfliche Konversation mit den Mossadagenten betrieb.

Doch dann schlug die relativ gemütliche Situation von einer Sekunde auf die andere ins Gegenteil um. Als sich nämlich der Premierminister erneut an van der Westhuizen wandte, mit den Worten:

»Wie beurteilt der Herr Ingenieur eigentlich die Tritiumproblematik?«

* * * *

Premierminister P. W. Bothas Hintergrund war dem seines Vorgängers nicht ganz unähnlich. Das neue Oberhaupt des Landes war vielleicht einen Tick schlauer, weil er sich vom Nationalsozialismus lossagte, als er sah, wohin die Reise ging. Stattdessen begann er, seine Überzeugungen als »christlichen Nationalismus« zu etikettieren. Auf diese Art entging er einer Internierung, als die Alliierten im Weltkrieg die Oberhand gewannen, und konnte anschließend ohne Karenzzeit politische Karriere machen.

Botha und seine reformierte Kirche wussten, dass die Wahrheit in der Bibel zu lesen stand, wenn man sie denn sorgfältig genug las. Schon das Erste Buch Mose erzählte ja vom Turmbau zu Babel, dem Versuch der Menschen, ein Gebäude bis zum Himmel zu errichten. Das hielt Gott für Übermut, er zürnte ihnen und verstreute die Menschen über die ganze Welt, nicht ohne die Sprachverwirrung als zusätzliche Strafe über sie zu verhängen.

Verschiedene Völker, verschiedene Sprachen. Das hatte Gott so gewollt, um die Völker voneinander zu scheiden. Grünes Licht von allerhöchster Stelle also, um die Völker nach Hautfarbe zu trennen.

Das große Krokodil hatte das Gefühl, dass er seinen Aufstieg auch der Hilfe des Herrn zu verdanken hatte. Bald schon war er Verteidigungsminister in Vorsters Regierung. Auf dieser Stelle orchestrierte er den erfolgreichen Fliegerangriff auf die Terroristen in Angola, den die begriffsstutzige Umwelt als Abschlachten unschuldiger Opfer bezeichnete. »Wir haben Beweisfotos!«, sagte die Welt. »Am wichtigsten ist das, was man nicht sieht«, meinte das Krokodil, ein Ausspruch, mit dem er zumindest seine Mutter überzeugen konnte.

Nun, das Problem für Ingenieur van der Westhuizen war, dass P. W. Bothas Vater Befehlshaber im zweiten Burenkrieg gewesen war und dass Botha selbst militärische Taktiken und strategische Fragen sozusagen im Blut hatte. Deswegen besaß er auch bruchstückhafte Kenntnisse von den technischen Hintergründen des Kernwaffenprogramms, dessen oberster Vertreter Ingenieur van der Westhuizen war. Botha hatte keinerlei Grund zu der Annahme, dass der Ingenieur nur bluffte, seine Frage hatte er einfach nur in neugierigem Plauderton gestellt.

* * * *

Ingenieur van der Westhuizen schwieg zehn Sekunden. Die Situation drohte, äußerst peinlich für ihn zu werden – und geradezu lebensgefährlich für Nombeko, die sich dachte, wenn dieser Idiot nicht gleich die einfachste Frage der Welt beantwortet, ist er geliefert. Und ich gleich mit ihm. Auch wenn sie es leid war, ihn schon wieder retten zu müssen, zog sie doch ihre neutrale braune Reserveflasche Klipdrift aus der Tasche, trat neben ihn und sagte, wie sie sehe, habe der Herr Ingenieur gerade wieder Probleme mit seinem Asthma.

»Hier, nehmen Sie einen tüchtigen Schluck, dann können Sie gleich wieder sprechen und dem Herrn Premierminister sagen, dass die kurze Halbwertszeit des Tritiums kein Problem darstellt, weil sie keinerlei Einfluss auf die Sprengkraft der Bombe hat.«

Der Ingenieur leerte die ganze Medizinflasche und fühlte sich sofort besser. Unterdessen starrte Premierminister Botha mit aufgerissenen Augen die Hilfskraft an.

»Kennen Sie sich mit der Tritiumproblematik aus?«, fragte er

»Ach nein, du liebe Güte«, lachte Nombeko. »Wissen Sie, ich bin nur jeden Tag hier im Zimmer und putze, und der Herr Ingenieur murmelt die ganze Zeit Formeln und seltsames Zeug vor sich hin. Da ist wahrscheinlich einfach mal was in meinem kleinen Köpfchen hängen geblieben. Darf ich dem Herrn Premierminister nachschenken?«

Premierminister Botha ließ sich noch etwas Schaumwein eingießen und sah Nombeko lange nach, während sie zu ihrer Tapete zurückging. Unterdessen räusperte sich der Ingenieur und entschuldigte sich für seinen Asthmaanfall und dafür, dass seine Hilfskraft die Frechheit besessen hatte, den Mund aufzumachen.

»Es ist einfach so, dass die Halbwertszeit des Tritiums für die Sprengkraft der Bombe nicht relevant ist«, sagte der Ingenieur.

»Ja, das habe ich gerade auch schon vom Servicepersonal gehört«, erwiderte der Premierminister säuerlich.

Botha stellte dann keine weiteren schwierigen Fragen, sondern gewann rasch wieder seine gute Laune zurück, da Nombeko eifrig Blubberwasser nachschenkte. Ingenieur van der Westhuizen hatte auch diese Krise überstanden. Und mit ihm seine Putzfrau.

Als die erste Bombe fertiggestellt war, wurde die weitere Produktion so organisiert, dass zwei hochqualifizierte Arbeitsgruppen unabhängig voneinander jeweils eine Bombe bauten, nach dem Modell der ersten. Die Teams waren gehalten, extrem sorgfältig zu dokumentieren, wie sie beim Bau vorgegangen waren. Auf diese Weise konnte die Produktion von Bombe zwei und drei bis ins kleinste Detail abgeglichen werden – erst miteinander und dann mit Nummer eins. Dieser Vergleich wurde vom Ingenieur höchstpersönlich durchgeführt und von niemand anders (außer von der, die ja sowieso nicht zählte).

Wenn die Bomben identisch waren, waren sie auch korrekt gebaut worden. Zwei unabhängig voneinander arbeitende Gruppen konnten kaum dieselben Fehler begehen. Nach Angaben von Wiehießsienochgleich lag das statistische Risiko dafür bei 0,0054 Prozent.

* * * *

Nombeko suchte immer noch nach etwas, was ihr Hoffnung geben konnte. Die drei Chinesinnen wussten eine ganze Menge, zum Beispiel, dass die ägyptischen Pyramiden in Ägypten standen, wie man Hunde vergiftet und was man beachten muss, wenn man Brieftaschen aus der Innentasche eines Jacketts klaut. Das war es dann so ungefähr.

Der Ingenieur murmelte oft irgendwelche Kommentare vor sich hin, zur Entwicklung in Südafrika und der ganzen Welt, doch Informationen aus dieser Quelle gehörten gefiltert und interpretiert, weil in groben Zügen alle Politiker auf dieser Erde Idioten oder Kommunisten waren und ihre Entscheidungen samt und sonders entweder idiotisch oder kommunistisch. Wenn sie kommunistisch waren, waren sie auf jeden Fall idiotisch.

Als das Volk in den USA einen ehemaligen Hollywoodschauspieler zum Präsidenten wählte, hielt der Ingenieur nicht nur diesen Präsidenten, sondern auch dessen ganzes Volk für unfähig. Immerhin musste Ronald Reagan sich aber nicht Kommunist schimpfen lassen. Der Ingenieur stellte jedoch Vermutungen zur sexuellen Orientierung des Präsidenten an, da er die These vertrat, sämtliche Männer, die andere Meinungen vertraten als er selbst, seien homosexuell.

Die Chinesinnen und der Ingenieur in allen Ehren, aber als Nachrichtenquelle konnten sie dem Fernseher im Wartezimmer vor van der Westhuizens Büro nicht das Wasser reichen. Nombeko schaltete ihn oftmals heimlich ein und verfolgte die Nachrichten oder Diskussionssendungen, während sie so tat, als scheuerte sie den Boden. Dieser Korridor hatte den bei Weitem am gründlichsten geputzten Boden in der ganzen Forschungsanlage.

»Bist du schon wieder am Feudeln hier?«, fragte der Ingenieur einmal gereizt, als er gegen halb elf am Vormittag in die Arbeit geschlendert kam, mindestens eine Viertelstunde früher, als Nombeko ihn erwartet hätte. »Und wer hat den Fernseher angemacht?«

Das hätte im Hinblick auf die zukünftige Informationsbeschaffung ganz schön übel ausgehen können, doch Nombeko kannte ihren Ingenieur. Statt seine Frage zu beantworten, wechselte sie einfach das Thema.

»Beim Aufräumen hab ich eine halb volle Flasche Klipdrift auf dem Schreibtisch des Ingenieurs gefunden. Ich dachte, der ist bestimmt schon alt und muss weggegossen werden, aber ich war nicht ganz sicher und wollte vorher lieber noch mal den Herrn Ingenieur fragen.«

»Weggießen? Bist du noch ganz richtig im Kopf?« Der Ingenieur eilte in sein Büro, um sich zu vergewissern, dass die Leben spendenden Tropfen noch da waren. Um zu verhindern, dass Wiehießsienochgleich auf dumme Ideen kam, überführte er die Tropfen sofort von der Flasche in den eigenen Blutkreislauf. Und hatte schon bald Fernseher, Boden und Putzfrau vergessen.

* * * *

Und dann kam sie endlich.

Die Chance.

Wenn Nombeko alles richtig machte und sich ein bisschen vom Glück des Ingenieurs leihen konnte, würde sie bald eine freie Frau sein. Frei und verfolgt, aber trotzdem. Der Zufall hatte – ohne dass

Nombeko etwas davon ahnte – seinen Ursprung auf der anderen Seite des Erdballs.

Chinas faktisches Staatsoberhaupt, Deng Xiaoping, bewies schon früh sein Talent, Konkurrenten aus der Bahn zu manövrieren, und das bereits, bevor der senile Mao Tse-tung gestorben war. Am spektakulärsten war vielleicht das Gerücht, dass er die Krebsbehandlung von Maos rechter Hand Tschou En-lai verhinderte. Wenn man Krebspatient ist und keine Krebstherapie bekommt, geht das selten gut aus. Je nachdem, wie man es betrachtet. Jedenfalls starb Zhou Enlai zwanzig Jahre nach dem misslungenen Versuch der CIA, ihn in die Luft zu sprengen.

Danach stand die »Viererbande« mit Maos Frau an der Spitze schon kurz davor, ihm in die Quere zu kommen. Doch sobald der Alte endlich seinen letzten Seufzer getan hatte, wurden die vier verhaftet und eingesperrt, woraufhin Deng mit voller Absicht vergaß, wo er den Schlüssel hingelegt hatte.

In puncto Außenpolitik war er ziemlich sauer auf diese Trantüte von Breschnjew in Moskau. Dem die Trantüte Andropow folgte. Dessen Nachfolger Tschernenko sich als die größte Trantüte von allen herausstellte. Doch Tschernenko konnte glücklicherweise nicht mehr viel tun, nachdem er sein Amt angetreten hatte, denn dann musste er auch schon für immer abtreten. Es hieß, dass Ronald Reagan ihn mit seinem Krieg der Sterne zu Tode erschreckt hatte. Jetzt hatte irgend so ein Gorbatschow die Macht übernommen, und ... tja, von der Trantüte zum Grünschnabel. Der Neue wollte sich so allerlei beweisen.

Neben vielen anderen Problemen war Chinas Position in Afrika ein ewiger Grund zum Kummer. Die Sowjets hatten jahrzehntelang bei diversen afrikanischen Befreiungskämpfen mitgemischt. Vor allem mit dem Engagement in Angola hatten sie ein Exempel statuiert. Die MPLA bekam sowjetische Waffen und musste im Austausch nur Resultate in der richtigen ideologischen Richtung präsentieren. Und selbstverständlich den *sowjetischen* Weg einschlagen. Verdammt!

Die Sowjets beeinflussten Angola und andere Länder im Süden

Afrikas in eine Richtung, die sich so gar nicht mit den Vorstellungen der USA und Südafrikas vereinbaren ließ. Und was nahm China für eine Position in diesem allgemeinen Chaos ein? Lernten sie von den kommunistischen Abtrünnigen im Kreml? Oder gingen sie Hand in Hand mit den US-amerikanischen Imperialisten und dem Apartheidregime in Pretoria?

Noch mal verdammt!

Es wäre ja auch möglich gewesen, überhaupt keine Position einzunehmen und »walk-over« zu geben, wie die verfluchten Amerikaner es nannten. Wäre da eben nicht der Verdacht gewesen, dass Südafrika Kontakte zu Taiwan unterhielt.

Es war ein offenes Geheimnis, dass die USA einen Atomtest in der Kalahari-Wüste verhindert hatten. Also ahnten alle, was Südafrika gerade so trieb. Mit »alle« waren in diesem Zusammenhang sämtliche Nachrichtendienste gemeint, die ihren Namen verdienten.

Das entscheidende Problem bei der Sache war, dass nicht nur die Kalahari-Information auf Dengs Schreibtisch lag, sondern auch Berichte des Geheimdienstes, die behaupteten, dass Südafrika mit Taipeh über Kernwaffen verhandelte. Dass sich die Taiwanesen Missiles besorgten, die sie dann auf Festlandchina richten konnten, war völlig unakzeptabel. Wenn das geschah, würde es zu einer Zuspitzung der Lage im Südchinesischen Meer kommen, deren Ende nicht abzusehen war. Wo doch auch die amerikanische Pazifikflotte gleich nebendran lag.

Deng musste sich also auf die eine oder andere Weise mit dem widerwärtigen Apartheidregime verständigen. Sein Geheimdienstchef hatte zwar vorgeschlagen, nichts zu unternehmen und einfach abzuwarten, bis das südafrikanische Regime von selbst zusammenbrach. Daher war sein Geheimdienstchef nun auch nicht mehr Geheimdienstchef – denn wäre China sicherer, wenn Taiwan mit einer Atommacht im freien Fall Geschäfte machte? Darüber konnte sich der ehemalige Geheimdienstchef während der Arbeit in seinem neuen Job als Wachmann in der Pekinger U-Bahn Gedanken machen.

Mit der Situation umgehen, lautete die Devise. So oder so.

Deng konnte unmöglich selbst hinfahren und sich neben dem alten Nazi Botha ablichten lassen (obwohl der Gedanke auch etwas Verlockendes hatte, denn in der richtigen Dosis genossen, hatte der dekadente Westen durchaus seinen Charme). Und er konnte auch keinen seiner engsten Vertrauten hinschicken. Nach außen hin durfte es keinesfalls so aussehen, als würden Peking und Pretoria auf freundschaftlichem Fuß miteinander verkehren.

Andererseits war auch keinem damit gedient, wenn er einen rangniederen Bürokraten entsandte, der weder die rechte Beobachtungsgabe noch politisches Fingerspitzengefühl besaß. Außerdem musste der chinesische Gesandte ja auch einigermaßen hohe amtliche Würden bekleiden, um überhaupt eine Audienz bei Botha zu bekommen.

Es musste also irgendjemand sein, der tatsächlich etwas bewirken konnte – der aber trotzdem dem ständigen Ausschuss des Politbüros nicht so nahestand, dass man ihn sofort als Vertreter Pekings identifizieren konnte. Deng Xiaoping fand die Lösung in Gestalt des jungen Parteisekretärs der Guizhou-Provinz. Dort gab es fast mehr Völkergruppen als Menschen, aber der junge Mann hatte erst kürzlich unter Beweis gestellt, dass man auch anstrengende Minderheiten wie die Yao, Miao, Yi, Qiang, Dong, Zhuang, Buyi, Bai, Tujia, Gelao und Shui zusammenhalten konnte.

Wer auf diese Art elf Bälle in der Luft zu halten vermochte, der dürfte auch mit dem Exnazi Botha zurechtkommen, dachte sich Deng und sorgte dafür, dass der betreffende junge Mann nach Pretoria geschickt wurde.

Sein Auftrag: Südafrika durch die Blume mitteilen, dass eine Zusammenarbeit mit Taiwan in puncto Kernwaffen nicht akzeptabel war, und den Südafrikanern zu verstehen geben, mit wem man es hier zu tun bekam, wenn man Streit suchte.

* * * *

P. W. Botha war überhaupt nicht scharf drauf, einen chinesischen Provinzchef zu empfangen, das war unter seiner Würde. Im Übrigen war Botha gerade noch würdevoller geworden, weil der Titel Premierminister durch Präsident ersetzt worden war. Wie würde denn das aussehen, wenn er – der Präsident! – irgend so einen dahergelaufenen Chinesen empfing? Wenn er die alle empfangen wollte und jedem auch nur ein paar Sekunden widmete, würde er über dreizehntausend Jahre brauchen. Und Botha glaubte nicht, dass er so lange leben würde. Im Gegenteil, er fühlte sich schon ganz schön verbraucht, trotz seines neuen Titels.

Gleichzeitig verstand er, was für eine Taktik dahintersteckte, wenn China ihm einen solchen Handlanger schickte. Peking wollte sich nicht der Anschuldigung aussetzen, sich mit der Regierung in Pretoria zu verbrüdern. Was umgekehrt genauso galt.

Blieb nur die Frage, was sie von ihm wollten. Hatte es mit Taiwan zu tun? Das wäre komisch, weil die Zusammenarbeit mit den Taiwanesen beendet worden war, ohne dass jemals etwas dabei herausgekommen wäre.

Na, es war wohl das Beste, wenn Botha diesen Boten trotzdem empfing.

»Ich bin ja neugierig wie ein Kleinkind«, sagte er zu sich selbst und lächelte, obwohl er im Grunde genommen nichts zu lächeln hatte.

Um den Verstoß gegen die Etikette zu umgehen, dass ein Präsident einen Botenjungen empfängt, kam Botha auf die Idee, ein Treffen und ein gemeinsames Abendessen mit dem Chinesen so einzurichten, wie es dessen Rang entsprach. Er würde einfach zufällig vorbeikommen, und dann ... Ach, Sie hier? Darf man sich dazusetzen? So in der Art.

Daher rief Botha den Chef des streng geheimen Kernwaffenprogramms an und befahl ihm, einen chinesischen Gast zu empfangen, der ein Treffen mit dem Präsidenten wünschte. Der Ingenieur sollte mit dem Gast auf Safari gehen und danach am Abend noch was Feines essen. Beim Abendessen sollte der Ingenieur dem Chinesen zu verstehen geben, dass man mit der Kompetenz südafrikanischer

Militäringenieurskunst rechnen musste, ohne direkt die Wahrheit über die Kernwaffen zu sagen.

Es war wichtig, dass diese Botschaft ankam. Man musste Stärke zeigen, ohne etwas Konkretes zu sagen. Und dann würde zufällig Präsident Botha vorbeikommen, und essen muss der Mensch ja schließlich, daher würde er dem Ingenieur und dem Chinesen an ihrer Tafel gerne Gesellschaft leisten.

»Vorausgesetzt, dass Ingenieur van der Westhuizen nichts dagegen hat?«

Dem Ingenieur schwirrte der Kopf. Er sollte also einen Gast empfangen, den der Präsident nicht selbst treffen wollte. Er sollte dem Gast erklären, wie sich die Dinge verhielten, ohne die Dinge dabei beim Namen zu nennen, und mittendrin würde dann der Präsident, der den Gast nicht treffen wollte, doch noch auftauchen, um den Gast zu treffen.

Dem Ingenieur war klar, dass er akute Gefahr lief, sich bis auf die Knochen zu blamieren. Im Übrigen wusste er nur, dass er den Präsidenten nun sofort zu dem Abendessen einladen musste, das der Präsident ihm selbst auszurichten befohlen hatte.

»Der Herr Präsident ist mir selbstverständlich herzlich willkommen zum Abendessen!«, sagte Ingenieur van der Westhuizen. »Das versteht sich doch von selbst! Wann soll das Essen denn stattfinden? Und wo?«

Und so wurde das, was ursprünglich Deng Xiaoping in Peking Kopfzerbrechen bereitet hatte, das Problem von Ingenieur van der Westhuizen in Pelindaba. Er verstand nämlich überhaupt nichts von dem Projekt, das er hier leitete. Small Talk betreiben und schlau wirken, wenn man es mitnichten ist, ist gar nicht so einfach. Die Lösung musste so aussehen, dass er Wiehießsienochgleich als Gehilfin und Gepäckträgerin mitnahm. Dann konnte sie dem Ingenieur diskret kluge Bemerkungen zu seinem Projekt einflüstern, natürlich sorgfältig abgewogene, damit nicht zu viel verraten wurde. Oder zu wenig.

Dieses Abwägen würde Wiehießsienochgleich bestimmt ganz galant hinbekommen.

Wie alles andere, was dieses verdammte Weibsstück anfasste.

❊ ❊ ❊ ❊

Vor der Chinesensafari mit anschließendem Abendessen, zu dem auch der Präsident dazustoßen sollte, war die Putzfrau des Ingenieurs genau instruiert worden. Zur Sicherheit half Nombeko dem Ingenieur auch noch mit diesen Instruktionen, damit er sich nicht vertat.

Sie sollte sich nie weiter als eine Armeslänge vom Ingenieur entfernen, und wann immer es die Konversation erforderte, sollte sie ihm kluge Kommentare ins Ohr flüstern. Ansonsten sollte sie schön den Mund halten und sich wie die Nichtexistenz benehmen, die sie ja im Grunde auch war.

Neun Jahre zuvor war Nombeko zu sieben Jahren im Dienste des Ingenieurs verurteilt worden. Als ihre Strafe abgelaufen war, unterließ sie es jedoch, ihn daran zu erinnern, denn sie war zu dem Schluss gekommen, dass sie lieber gefangen und am Leben war als frei und tot.

Doch schon bald sollte sie auf der anderen Seite des Zauns und des Minenfelds stehen, meilenweit entfernt von den Wachen und ihren neuen Schäferhunden. Wenn es ihr gelang, von diesem streng überwachten Ort zu fliehen, würde sie auf einen Schlag eine der meistgesuchten Personen Südafrikas werden. Polizei, Sicherheitspolizei und Militär würden sie überall suchen. Außer in der Nationalbibliothek in Pretoria vielleicht. Und da wollte sie als allererstes hin.

Vorausgesetzt, die Flucht gelang.

Der Ingenieur hatte sie netterweise informiert, dass der Chauffeur, der zugleich den Safariguide abgab, ein Gewehr dabeihatte und angewiesen war, nicht nur aggressive Löwen zu erschießen, sondern im Fall des Falles auch flüchtende Putzfrauen. Aus Sicherheitsgründen hatte der Ingenieur vor, selbst eine Pistole im Halfter zu tragen. Eine Glock 17, neunmal neunzehn Millimeter mit siebzehn Patronen im Magazin. Nichts, womit man Elefanten oder Nashörner zur Strecke bringen könnte, aber fünfundfünfzig Kilo schwere Gehilfinnen durchaus.

»Dreiundfünfzig, wenn ich bitten darf«, sagte Nombeko.

Sie zog in Erwägung, bei der nächsten sich bietenden Gelegenheit die Schublade im Büro des Ingenieurs aufzuschließen, in der er seine Pistole verwahrte, und die siebzehn Patronen herauszunehmen, ließ es aber bleiben. Wenn der Suffkopp wider Erwarten dahinterkam, würde er ihr die Schuld geben, und dann war die Flucht zu Ende, bevor sie auch nur angefangen hatte.

Stattdessen beschloss sie, den Ball flach zu halten und eine günstige Gelegenheit abzuwarten, sich dann aber mit höchstmöglicher Geschwindigkeit im Busch zu verdrücken. Ohne sich von Chauffeur oder Ingenieur in den Rücken schießen zu lassen. Und am besten auch, ohne sich unterwegs mit Tieren anzulegen, die zu erlegen der eigentliche Zweck einer Safari war.

Wann war also die Gelegenheit günstig? Am Vormittag nicht, denn da war der Chauffeur noch wachsam und der Ingenieur auch noch nüchtern genug, um etwas anderes zu schießen als sich selbst in den Fuß. Vielleicht ja direkt nach der Safari, kurz vor dem Abendessen, wenn van der Westhuizen schon einigermaßen angeschickert, aber auch nervös wegen des Treffens mit dem Präsidenten war? Und wenn der Chauffeur nach vielen Stunden Dienst fertig geguidet hatte.

Ja, dann war der richtige Zeitpunkt da. Nun galt es nur noch, diese Gelegenheit zu erkennen und beim Schopf zu packen.

* * * *

Die Safari konnte beginnen. Der Chinese hatte seinen eigenen Dolmetscher mitgebracht. Der Ausflug nahm jedoch den schlimmstmöglichen Anfang, als dieser Dolmetscher zum Pinkeln dummerweise ins hohe Gras ging. Noch dümmer war, dass er es in Sandalen tat.

»Hilfe, ich sterbe«, sagte er, als er einen Stich im linken großen Zeh spürte und einen Skorpion durchs Gras davonhuschen sah.

»Sie hätten nicht ohne ordentliches Schuhwerk in so hohes Gras gehen dürfen. Eigentlich überhaupt nicht, vor allem nicht, wenn der Wind weht«, erklärte Nombeko.

»Hilfe, ich sterbe«, wiederholte der Dolmetscher.

»Warum nicht, wenn der Wind weht?«, wollte der Ingenieur wissen, nicht aus Sorge um die Gesundheit des Dolmetschers, sondern aus reiner Neugier.

Nombeko erläuterte, dass die Insekten bei starkem Wind im Gras Schutz suchen, woraufhin die Skorpione aus ihren Löchern gekrochen kommen, um Beute zu machen. Und heute stand ihnen dabei ein großer Zeh im Wege.

»Hilfe, ich sterbe«, wiederholte der Übersetzer schon wieder.

Nombeko wurde klar, dass der wimmernde Dolmetscher wirklich glaubte, was er sagte.

»Nein, ich bin ganz sicher, dass Sie nicht sterben werden«, sagte sie. »Der Skorpion war klein, und Sie sind groß. Aber wir können Sie auch gern ins Krankenhaus schicken, damit die Wunde ordentlich versorgt wird. Ihr Zeh wird demnächst auf seine dreifache Größe anschwellen und sich blau verfärben, und dann wird er scheißwehtun, wenn Sie den Ausdruck verzeihen wollen. Dolmetschen werden Sie vorerst jedenfalls nicht können.«

»Hilfe, ich sterbe«, sagte der Dolmetscher zum vierten Mal.

»Langsam wünschte ich, Sie hätten recht«, sagte Nombeko. »Statt hier rumzufaseln, dass Sie sterben, wenn Sie gar nicht sterben müssen, sollten Sie positiv denken: Es war ein Skorpion, keine Kobra. Und jetzt haben Sie gelernt, dass man in Afrika nicht ungestraft in der Gegend herumpinkeln kann. Es gibt schließlich überall sanitäre Einrichtungen. Da, wo ich herkomme, sogar reihenweise.«

Der Dolmetscher verstummte vor Schreck bei dem Gedanken, dass der Skorpion, an dessen Biss er sterben würde, auch eine Kobra hätte sein können, an deren Biss er unter Garantie gestorben wäre. In der Zwischenzeit besorgte der Guide ein Auto mit Chauffeur, das den Mann ins Krankenhaus bringen sollte.

Der vom Skorpion Gestochene wurde auf den Rücksitz eines Landrover verfrachtet und fing wieder damit an, seine Vorahnungen, die eigene Gesundheit betreffend, kundzutun. Der Chauffeur verdrehte nur die Augen und verschwand.

Da standen der Ingenieur und der Chinese nun und sahen sich an.

»Wie soll das denn jetzt gehen?«, murmelte der Ingenieur auf Afrikaans.

»Wie soll das denn jetzt gehen?«, murmelte der Chinese in seinem Wu-chinesischen Dialekt.

»Ist der Herr Chinese etwa aus Jiangsu?«, erkundigte sich Nombeko in ebendiesem Dialekt. »Vielleicht sogar aus Jiangyan?«

Der Chinese, der in Jiangyan in der Provinz Jiangsu aufgewachsen war, traute seinen Ohren nicht.

Unfassbar, wie diese verdammte Wiehießsienochgleich Ingenieur van der Westhuizen pausenlos ärgerte. Nun stand sie doch tatsächlich hier und unterhielt sich in einer völlig unmöglichen Sprache mit dem chinesischen Gast, und der Ingenieur hatte überhaupt keine Kontrolle darüber, was da gesagt wurde.

»Entschuldigung, aber was geht hier eigentlich vor?«, fragte er.

Nombeko erklärte, zufälligerweise sprächen der Gast und sie dieselbe Sprache, und deswegen sei es gar nicht weiter schlimm, dass der Dolmetscher mit einem blauen Zeh im Krankenhaus lag und sich selbst bedauerte, statt seine Arbeit zu tun. Natürlich nur, wenn der Herr Ingenieur nichts dagegen hatte, dass sie diesen Job übernahm. Oder zog er es vielleicht vor, dass sie sich einen Tag und einen Abend lang anschwiegen?

Nein, das zog der Herr Ingenieur nicht vor. Aber er wolle Wiehießsienochgleich doch bitten, sich aufs Dolmetschen zu beschränken. Small Talk mit dem Chinesen wäre höchst unangebracht.

Nombeko versprach, so wenig Small Talk wie möglich zu treiben. Sie hoffte nur, dass der Ingenieur Verständnis hatte, wenn sie dem Herrn Chinesen antwortete, sobald er sie ansprach? Der Ingenieur selbst predigte ihr ja immer, dass sie es so halten solle. Außerdem könne man doch auch sagen, dass sich die Dinge optimal entwickelt hatten:

»Jetzt kann der Herr Ingenieur über moderne Waffentechnologie und andere Dinge, von denen er nicht besonders viel versteht, sagen, was er will. Sollte er die falschen Worte wählen – und das können wir ja nicht völlig ausschließen, gell? – na, dann korrigiere ich das einfach beim Dolmetschen.«

In der Sache hatte Wiehießsienochgleich recht. Und da sie im Grunde tief unter ihm stand, brauchte er auch nicht missmutig zu werden. Leben heißt Überleben, dachte der Ingenieur. Er spürte, dass der Zufall seine Chancen wesentlich verbessert hatte, das Abendessen mit dem Chinesen und dem Präsidenten zu überstehen.

»Wenn du das hier hinkriegst, dann werde ich zusehen, ob ich dir nicht doch mal eine neue Scheuerbürste besorgen kann«, sagte er.

Die Safari wurde ein voller Erfolg: Die Teilnehmer bekamen »die Großen Fünf« aus nächster Nähe zu sehen. Dazwischen war Zeit für Kaffeepausen und Small Talk. Nombeko erzählte dem Chinesen, dass Präsident Botha in fünf Stunden zufällig vorbeikommen würde. Der Chinese bedankte sich für diese Information und versprach, so überrascht wie möglich auszusehen. Nombeko sagte nicht, dass sie alle wohl genauso überrascht sein würden, wenn die Dolmetscherin mitten unterm Abendessen in der Safarilodge plötzlich verschwand. Da konnten sie dann hübsch beisammensitzen und einander dumm anglotzen.

Nombeko stieg aus dem Landrover, um den Ingenieur ins Restaurant zu begleiten. Sie war total auf ihre baldige Flucht konzentriert. Konnte sie wohl durch die Küche und von dort durch die Hintertür fliehen? Irgendwann zwischen Hauptgericht und Dessert?

Sie wurde aus ihren Überlegungen gerissen, als der Ingenieur stehen blieb und auf sie zeigte.

»Was ist das da?«, fragte er.

»Das da?«, wiederholte Nombeko. »Das bin ich. Wie heiß ich noch gleich.«

»Nein, du dumme Nuss. Was du da anhast, meine ich.«

»Eine Jacke.«

»Und warum hast du die an?«

»Weil es meine ist. Hat der Herr Ingenieur heute ein bisschen zu viel am Kognak genippt, wenn ich fragen darf?«

Der Ingenieur schaffte es nicht mehr, seine Putzfrau für ihren Ton zurechtzuweisen.

»Worauf ich hinauswill – falls du zumindest so viel Grips hast, dass du mir zuhören kannst –, ist, dass diese Jacke einfach grässlich aussieht.«

»Eine andere Jacke hab ich nun mal nicht, Herr Ingenieur.«

»Egal. Wenn du den Präsidenten unseres Landes treffen sollst, kannst du nicht aussehen, als kämst du direkt aus dem Slum.«

»Obwohl das ja genau genommen zutrifft«, sagte Nombeko.

»Zieh sofort die Jacke aus und lass sie im Auto! Und beeil dich, der Präsident wartet.«

Nombeko wurde klar, dass sich die geplante Flucht gerade erledigt hatte. Der Saum ihrer einzigen Jacke war voller Diamanten, von denen sie den Rest ihres Lebens zehren wollte – wenn ihr die Umstände denn ein Leben gewährten. Ohne die Steine, auf der Flucht vor dem südafrikanischen Unrechtswesen … nein, da konnte sie genauso gut gleich bleiben, wo sie war. Bei Präsidenten, Chinesen, Bomben und Ingenieuren. Und ihr Schicksal abwarten.

* * * *

Das Abendessen begann damit, dass Ingenieur van der Westhuizen seinem Präsidenten den Vorfall mit dem Skorpion erläuterte. Das sei aber alles gar nicht so schlimm, denn der Ingenieur sei so vorausschauend gewesen, die Bedienstete mitzunehmen, die zufällig Chinesisch sprach.

Eine schwarze Südafrikanerin, die Chinesisch sprach? Und – Moment mal, war das denn nicht dieselbe Frau, die beim letzten Besuch des Präsidenten auf Pelindaba bedient und sich dabei zur Tritiumproblematik geäußert hatte? P. W. Botha beschloss, nicht weiter nachzuhaken, weil ihm sowieso schon der Kopf wehtat. Stattdessen begnügte er sich mit der Auskunft des Ingenieurs, dass die Dolmetscherin kein Sicherheitsrisiko darstellte, aus dem einfachen Grund, dass sie die Anlage nie verließ.

Wie es sich für einen Präsidenten gehört, übernahm P. W. Botha das Ruder beim Tischgespräch. Er begann damit, dass er von der stolzen Geschichte Südafrikas erzählte. Die Dolmetscherin Nombeko hatte sich inzwischen mit dem Gedanken abgefunden, dass aus den neun Jahren Gefangenschaft noch mehr werden würden. In Ermangelung neuer Ideen, wie sie diesem Zustand abhelfen könnte, übersetzte sie daher wortwörtlich.

Der Präsident erzählte noch mehr von der stolzen Geschichte Südafrikas. Nombeko dolmetschte wortwörtlich.

Der Präsident erzählte noch ein bisschen mehr von der stolzen Geschichte Südafrikas. Da wurde Nombeko es leid, dem Chinesen noch mehr Dinge zu dolmetschen, auf die er gut und gerne verzichten konnte. Stattdessen wandte sie sich an ihn und sagte:

»Wenn der Herr Chinese möchte, kann ich ihm noch ein bisschen mehr von dem selbstgefälligen Gefasel des Präsidenten übersetzen. Ansonsten könnte ich Ihnen erzählen, dass sich herausstellen wird, wie gut sie in der Produktion moderner Waffen sind, und dass die Chinesen deswegen Respekt vor ihnen haben sollten.«

»Ich danke dem Fräulein für seine Aufrichtigkeit«, sagte der Chinese. »Und Sie haben ganz recht, ich muss tatsächlich nicht noch mehr über die Vortrefflichkeit Ihres Landes erfahren. Aber dolmetschen Sie jetzt doch bitte, und sagen Sie, dass ich sehr dankbar bin für diese lebendige Geschichtsschilderung.«

Das Abendessen nahm seinen Fortgang. Beim Hauptgericht war es Zeit für Ingenieur van der Westhuizen, einen Kommentar zu seinen großen Talenten abzugeben. Was er am Ende vorbrachte, war ein erstunkenes und erlogenes Wirrwarr das hinten und vorne nicht zusammenpasste. Doch van der Westhuizens Darstellung war derart verwickelt, dass sogar der Präsident den Faden verlor (das gehörte auch zu dem Glück, das der Ingenieur immer wieder im Leben hatte, bis es ihn eines Tages verließ). Nombeko hätte sich schwergetan, dieses Kuddelmuddel zu übersetzen, selbst wenn sie es versucht hätte. Stattdessen sagte sie einfach:

»Ich werde dem Herrn Chinesen den Nonsense ersparen, den der Herr Ingenieur gerade von sich gegeben hat. Die Tatsachen sehen folgendermaßen aus: Die Südafrikaner wissen inzwischen, wie man Kernwaffen baut, und haben bereits ein paar fertig – trotz des Ingenieurs. Aber ich habe weder Taiwanesen hier rumschleichen sehen, noch habe ich gehört, dass eine der Bomben für den Export bestimmt wäre. Darf ich wohl empfehlen, dass Sie jetzt etwas Höfliches antworten und anschließend vorschlagen, dass auch die Dolmetscherin einen Happen zu essen bekommt, weil ich nämlich am Verhungern bin.«

Der chinesische Bote fand Nombeko absolut hinreißend. Er lächelte freundlich und sagte, dass Herrn van der Westhuizens Kenntnisse ihm wahrlich imponierten. Des Weiteren wolle er zwar die südafrikanischen Traditionen nicht verachten, nichts liege ihm ferner, aber die chinesischen welchen verlangten, dass Menschen, die mit am Tisch saßen, auch Essen vorgesetzt bekamen. Der Chinese meinte, ihm sei nicht wohl dabei, dass die großartige Dolmetscherin nichts zu essen bekäme, und fragte, ob der Herr Präsident wohl gestatte, dass er ihr etwas von seinem Essen abgab.

Präsident Botha schnipste mit den Fingern und bestellte noch eine Portion für die Eingeborene. War ja nicht so schlimm, wenn sie etwas in den Magen bekam, wenn es den Gast denn glücklich machte. Außerdem schien sich das Gespräch ja bestens zu entwickeln, der Chinese sah schon ganz zahm aus.

Als das Abendessen vorüber war, war Folgendes geschehen:

1. China wusste, dass Südafrika eine Atommacht war.

2. Nombeko hatte mit dem Generalsekretär der chinesischen Guizhou-Provinz einen Freund fürs Leben gewonnen.

3. Ingenieur van der Westhuizen hatte wieder mal eine Krise überstanden, weil

4. P. W. Botha in groben Zügen mit der Entwicklung zufrieden war, denn er durchblickte die Lage eben nicht.

Und last, but not least:

5. Die fünfundzwanzigjährige Nombeko Mayeki war immer noch in Pelindaba gefangen, hatte sich aber zum ersten Mal im Leben so richtig satt essen können.

6. KAPITEL

Von Holger und Holger
und einem gebrochenen Herzen

Es hatte schon immer zu Ingmars Plan gehört, dass Holger von Geburt an im republikanischen Geist erzogen werden sollte. An die eine Wand des Kinderzimmers hängte er nebeneinander zwei lebensgroße Porträts von Charles de Gaulle und Franklin D. Roosevelt, ohne darüber nachzudenken, dass die beiden sich nicht hatten leiden können. An die andere Wand kam Finnlands Urho Kekkonen. Diese drei Herren verdienten ihren Ehrenplatz, alldieweil sie vom Volke gewählt waren. Sie waren Präsidenten.

Ingmar schauderte bei der grässlichen Vorstellung, dass jemand qua Geburt dazu bestimmt sein sollte, Repräsentant und Oberhaupt einer ganzen Nation zu werden, ganz abgesehen von der persönlichen Tragödie, vom ersten Tag seines Lebens an in vorgefertigte Wertvorstellungen gepresst zu werden, ohne sich wehren zu können. So was sollte als Kindesmisshandlung geahndet werden, dachte er sich und hängte zur Sicherheit auch noch den ehemaligen argentinischen Präsidenten Juan Perón an die Wand im Kinderzimmer des noch ungeborenen Holger.

Ingmar mit seiner Ungeduld war es ein Dorn im Auge, dass Holger gesetzlich zum Schulbesuch verpflichtet war. Natürlich musste der Junge Lesen und Schreiben lernen, aber abgesehen davon trichterten sie den Kindern ja auch noch Religion, Erdkunde und anderen Unfug ein, Dinge, die nur auf Kosten der einzig wahren Ausbildung gingen, der wichtigen Ausbildung zu Hause, die sich darum drehte, dass der König, eventuell auch auf demokratischem Wege, abgesetzt und durch einen vom Volk gewählten Repräsentanten ersetzt werden musste.

»*Eventuell* auch auf demokratischem Wege?«, fragte Henrietta.

»Nun wollen wir doch nicht jedes Wort auf die Goldwaage legen, meine Liebe«, antwortete Ingmar.

Zu Anfang gab es ein logistisches Problem, als Holger nämlich nicht nur einmal, sondern zweimal innerhalb weniger Minuten zur Welt kam. Aber wie schon so oft gelang es Ingmar, eine Widrigkeit des Schicksals ins Gegenteil zu verkehren. Er hatte eine Idee, die so revolutionär war, dass er sie vierzig Sekunden lang abwägen und den Beschluss dann seiner Frau mitteilen musste.

Er hatte sich nämlich ausgerechnet, dass Holger und Holger sich den Schulbesuch ja teilen konnten. Da es eine Hausgeburt gewesen war, musste man einfach nur den einen melden, egal, welchen, und den anderen verheimlichen. In diesem Zusammenhang war es durchaus ein glücklicher Zufall zu nennen, dass Ingmar vor Aufregung die Telefonbuchse aus der Wand gerissen hatte, so dass die Hebamme, die sonst die einzige Zeugin gewesen wäre, gar nicht hinzugerufen werden konnte.

Ingmar hatte nun den Einfall, dass Holger 1 am Montag in die Schule gehen könnte, während Holger 2 zu Hause blieb, um von seinem Vater in Republiklehre gedrillt zu werden. Am Dienstag tauschten die Jungen den Platz, und so sollte es immer weitergehen. Als Resultat stellte sich Ingmar vor, dass seine Söhne einigermaßen ausreichende Kenntnisse in den schulischen Fächern erwarben, dazu aber auch ausreichende Mengen von wirklich wichtigem Wissen.

Henrietta hoffte, sich verhört zu haben. Meinte Ingmar etwa, sie sollten den einen Jungen sein ganzes Leben lang verheimlichen? Vor der Schule? Vor den Nachbarn? Vor der Welt?

So ungefähr, nickte Ingmar. Im Namen der Republik.

Mit der Schule musste man sowieso vorsichtig sein, von zu vielen Büchern konnte man nämlich auch blöd werden. Er selbst war ja auch Buchhalter geworden, ohne allzu viel gelesen zu haben.

»Buchhaltungsassistent«, korrigierte Henrietta, woraufhin sie zu hören bekam, dass sie nun schon wieder jedes Wort auf die Goldwaage legte.

Worüber hatte sie sich noch gleich Sorgen gemacht? Was die Nachbarn und die Welt sagen würden? Aber bitte. Nennenswerte Nachbarn hatten sie ja gar nicht hier draußen im Wald. Außer Johan auf dem Hügel, aber was machte der schon groß, außer Elche wildern? Ohne was abzugeben. Und die Welt im Allgemeinen war doch nichts, was man sonderlich respektieren müsste, oder? Überall bloß Monarchien und Dynastien.

»Und was ist mit dir?«, fragte Henrietta. »Willst du deine Arbeit in der Post kündigen, damit du die ganze Zeit mit einem der Jungen zu Hause sein kannst? Hattest du dir das etwa so vorgestellt, dass ich ganz alleine jede einzelne Krone für diese Familie verdienen soll?«

Ingmar fand es schade, dass Henrietta so engstirnig war. Natürlich musste er bei der Post aufhören, er konnte ja schlecht zwei Vollzeitjobs haben. Aber er würde schon seine Verantwortung für die Familie übernehmen. Zum Beispiel wollte er ihr gerne in der Küche helfen. Schließlich war es jetzt nicht mehr wichtig, seine Hoden kühl zu halten.

Henrietta antwortete, der einzige Grund, warum Ingmar überhaupt in die Küche fand, seien ihre beengten Wohnverhältnisse. Sie würde es schon schaffen, ihren Schneiderinnenjob, das Kochen und das Windelwechseln unter einen Hut zu bekommen, solange Ingmar und seine Hoden ihrem Herd fernblieben.

Und dann lächelte sie trotz allem. Dass ihr Mann voller Leben war, war noch untertrieben.

Ingmar kündigte schon am nächsten Tag. Er durfte noch am selben Tag gehen, bekam volle drei Monatslöhne und löste an diesem Abend ein spontanes Freudenfest bei den sonst so stillen, grauen Männern und Frauen in der Postbuchhaltung aus.

Man schrieb das Jahr 1961. Dasselbe Jahr, in dem ein außergewöhnlich kluges Mädchen in einer Hütte in Soweto geboren wurde, eine halbe Ewigkeit entfernt.

❄ ❄ ❄ ❄

In den ersten Lebensjahren von Holger und Holger verbrachte Ingmar seine Tage damit, abwechselnd seiner Frau im Weg zu stehen und hinauszuziehen, um Lausbubenstreiche verschiedenster republikanischer Qualität zu spielen.

Auch wurde er Mitglied des republikanischen Klubs unter der moralischen Leitung des großen Vilhelm Moberg. Die Schriftstellerlegende Moberg war wütend auf alle verräterischen Sozialisten und Liberalen, die sich die Republik zwar ins Parteiprogramm geschrieben hatten, aber nichts für ihre Verwirklichung taten.

Doch da Ingmar nicht aufdringlich erscheinen wollte, wartete er bis zum zweiten Treffen des Klubs, bevor er vorschlug, dass er selbst ja die ansehnliche Kasse des Klubs verwalten könnte, und zwar zu dem Zweck, den Kronprinzen zu kidnappen und zu verstecken, um damit den ständigen Nachschub an Thronfolgern abzuschneiden.

Nach ein paar Sekunden verblüfften Schweigens am republikanischen Tisch geleitete Moberg höchstpersönlich Ingmar zur Tür und gab ihm zum Abschied einem wohlgezielten Tritt in den Hintern.

Mobergs rechter Fuß plus der folgende Sturz die Treppe hinunter hatten ihm wehgetan, aber ansonsten war eigentlich nichts Schlimmes passiert, dachte Ingmar, während er davonhinkte. Ihren republikanischen Klub, in dem sie sich sowieso nur gegenseitig beweihräucherten, konnten sie sich an den Hut stecken. Ingmar hatte andere Ideen.

Zum Beispiel schloss er sich der rückgratlosen Sozialistischen Partei an. Die Sozialdemokraten waren in Schweden an der Macht, seit Per Albin Hansson die Nation mithilfe von Horoskopen durch die Schrecken des Zweiten Weltkriegs gelenkt hatte. Hansson selbst hatte vor dem Krieg Karriere gemacht, indem er sich in erster Linie die Republik auf die Fahnen schrieb, doch als der alte Abstinenzler auf einem Posten war, auf dem er dahingehend etwas hätte bewegen können, votierte er doch lieber für Poker und Schnaps mit den Jungs, statt seiner Überzeugung zu folgen. Das war besonders traurig, weil Hansson nachweislich ein wirklich geschickter Mann war, sonst hätte er es wohl kaum geschafft, jahrelang Ehefrau und Geliebte bei Laune zu halten, und das mit zwei Kindern pro Haushalt.

Ingmars Plan bestand darin, so weit in der sozialdemokratischen Hierarchie aufzusteigen, dass er eines Tages die Macht hatte, auf parlamentarischem Wege den verdammten König dort hinzuschicken, wo der Pfeffer wuchs. Den Sowjets war es bereits gelungen, einen Hund ins Weltall zu schießen, beim nächsten Mal konnten sie dann ja gerne das schwedische Staatsoberhaupt mitnehmen, dachte er auf dem Weg zum Parteibüro. Allerdings ging er nach Eskilstuna, weil die Sozialdemokraten in Södertälje nämlich Wand an Wand mit den Kommunisten seines Schwiegervaters residierten.

Ingmars politische Karriere war jedoch noch kürzer als diejenige im republikanischen Klub. Er wurde an einem Donnerstag in die Partei aufgenommen und bekam gleich einen Stapel Flugblätter, die er am Samstag darauf vor dem Spirituosengeschäft verteilen sollte.

Das Problem war nur, dass der international orientierte Eskilstuna-Distrikt die Forderung vertrat, Ngo Dinh Diem in Saigon müsse abtreten. Aber Diem war doch ein gewählter Präsident! Nach tausend Jahren kaiserlicher Dynastie!

Natürlich war es dabei nicht so ganz mit rechten Dingen zugegangen. So hieß es zum Beispiel, dass sich sein Bruder erst das Hirn mit Opium weggeraucht und dann in seiner Eigenschaft als verantwortlicher Stimmenzähler bei der vietnamesischen Präsidentenwahl zwei Millionen Extra-Wähler für Diem dazuhalluziniert hatte.

Ganz so durfte es natürlich auch nicht laufen, aber deswegen gleich zu verlangen, dass der Präsident abtrat, das ging denn doch zu weit.

Also warf Ingmar die Flugblätter in den Eskilstuna-Fluss, um stattdessen eigene zu drucken, auf denen er im Namen der Sozialdemokratie Diem und das tatkräftige amerikanische Militär pries. Der Schaden für die Sozialdemokratische Partei hielt sich jedoch in Grenzen, da drei von vier führenden Mitgliedern zufällig schon am Samstagmorgen etwas im Spirituosengeschäft zu erledigen hatten. Ingmars Flugblätter landeten im Papierkorb statt in den Händen potenzieller Wähler, während Ingmar selbst gebeten wurde, sein Parteibuch, das er noch nicht mal erhalten hatte, unverzüglich wieder abzugeben.

* * * *

Die Jahre gingen ins Land. Holger und Holger wuchsen heran und ähnelten sich, ganz wie von Ingmar geplant, wie ein Ei dem anderen.

Mama Henrietta verbrachte ihre Tage damit, Kleider zu nähen, ihre Nerven mit John Silver zu beruhigen und Liebe über ihre drei Kinder auszuschütten. Das älteste von ihnen verbrachte den Großteil seiner Tage damit, vor den Jungen das Loblied der Republik zu singen, und den Rest der Zeit damit, zu sporadischen Überraschungsangriffen nach Stockholm auszurücken, um die monarchistischen Reihen zu stören. Jedes Mal, wenn Letzteres angesagt war, musste Henrietta von vorne anfangen, Geld in der Zuckerdose zu sammeln, die sie einfach nie gut genug verstecken konnte.

Trotz gewisser persönlicher Rückschläge waren die Sechzigerjahre doch ein einigermaßen befriedigendes Jahrzehnt für Ingmar und seinen Kampf. Beispielsweise übernahm in Griechenland eine Militärjunta die Macht und verjagte König Konstantin II. und seinen Hof bis nach Rom. Alles deutete darauf hin, dass die griechische Monarchie Geschichte war und das Land wirtschaftlich gesehen einer rosigen Zukunft entgegenging.

Die Erfahrungen aus Vietnam und Griechenland zeigten Ingmar, dass man Veränderungen eben doch mit Gewalt erzwingen musste.

Er hatte also recht gehabt und Vilhelm Moberg unrecht. Den Tritt in den Hintern spürte er noch Jahre später. Scheißschriftsteller.

Wenn der schwedische König schon nicht Laika im Weltraum Gesellschaft leisten wollte, konnte er ja gerne auch nach Rom ziehen. Da hatte er dann auch ein paar Leute, mit denen er sich abends treffen konnte. Diese verdammten königlichen Hoheiten waren ja alle untereinander verwandt.

Und wieder stand ein neues Jahr vor der Tür. 1968 sollte Ingmars Jahr werden, verkündete er seiner Familie zu Weihnachten. Und das der Republik.

»Na prima«, sagte Henrietta und öffnete das Weihnachtsgeschenk ihres geliebten Mannes. Sie hatte sich nichts Großes erwartet, aber trotzdem:

Ein gerahmtes Porträt des isländischen Präsidenten Ásgeir Ásgeirsson.

Für Henrietta, die eigentlich vorgehabt hatte, mit dem Rauchen aufzuhören.

Im Herbst 1968 traten Holger und Holger ins schwedische Schulwesen ein, nach dem Schema des täglichen Wechsels, wie es Ingmar an dem Tag beschlossen hatte, an dem sich herausstellte, dass er mehr als einen Sohn bekommen hatte.

In der Schule wunderte sich der Lehrer, dass das, was Holger am Montag gelernt hatte, schon tags darauf wieder vergessen war, und dass die am Dienstag erworbenen Kenntnisse einen Tag später verloren, dafür aber diejenigen vom Montag wieder da waren.

Nun, im Großen und Ganzen kam der Junge ja zurecht und schien trotz seiner jungen Jahre politisch sehr interessiert, also musste man sich wohl keine allzu großen Sorgen machen.

In den nächsten Jahren lief der generelle Wahnsinn insofern auf Sparflamme, als Ingmar das größere Gewicht auf den häuslichen Unterricht legte, statt draußen rumzurennen und Unfug zu treiben. Wenn doch, nahm er jedes Mal die Kinder mit. Vor allem der eine brauchte besondere Aufsicht, denn bei dem Knaben, den man von Anfang an Holger 2 genannt hatte, zeigten sich deutliche Anzeichen, dass er im Glauben nicht ganz fest war. Ganz anders als beim ersten.

Der Zufall hatte es so gewollt, dass Holger 1 beim Einwohnermeldeamt gemeldet wurde. Somit hatte er zum Beispiel einen eigenen Ausweis, während Nummer zwei in legaler Hinsicht überhaupt nicht existierte. Er war quasi in Reserve. Das Einzige, was Nummer zwei im Unterschied zu Nummer eins besaß, war ganz offensichtlich ein helles Köpfchen. Da er sich mit dem Lernen so leichttat, ging auch immer Holger 2 in die Schule, wenn Prüfungen anstanden, egal, wer laut Plan an der Reihe war. Außer einmal, als Nummer zwei Fieber hatte. Da nahm ihn ein paar Tage später sein Erdkundelehrer beiseite und bat ihn zu erklären, wie er darauf verfallen war, die Pyrenäen in Norwegen anzusiedeln.

Henrietta sah, dass Nummer zwei ziemlich unglücklich war, und wurde dadurch selbst noch unglücklicher. War es möglich, dass ihr geliebter Dussel tatsächlich keine Grenzen kannte?

»Natürlich habe ich Grenzen, liebe Henrietta«, sagte Ingmar. »Über genau dieses Thema habe ich ein bisschen nachgedacht. Ich bin mittlerweile gar nicht mehr so sicher, dass man die ganze Nation auf einen Schlag erobern kann.«

»Nicht die ganze Nation?«, sagte Henrietta.

»Auf einen Schlag«, sagte Ingmar.

Schweden war ja exemplarisch langgezogen von der Form her. Ingmar hatte sich schon lange mit dem Gedanken getragen, das Land Stück für Stück zu bekehren, ganz unten im Süden anzufangen und sich dann allmählich nach oben vorzuarbeiten. Natürlich ginge es auch andersrum, aber da oben im Norden war es so verdammt kalt. Wer konnte schon bei vierzig Grad unter Null die Staatsform verändern?

Noch schlimmer war es für Henrietta, dass Nummer eins überhaupt keine Zweifel zu haben schien. Seine Augen leuchteten nur.

Je wilder Ingmar sich ausdrückte, umso mehr leuchteten sie. Sie beschloss, kein Jota mehr von diesem ganzen Wahnsinn zu akzeptieren, weil sie sonst selbst wahnsinnig werden würde.

»Jetzt bleibst du zu Hause, sonst schmeiß ich dich raus!«, sagte sie zu Ingmar.

Ingmar liebte seine Henrietta und respektierte ihr Ultimatum. Der Schulbesuch im Zwei-Tages-Wechsel wurde zwar so fortgesetzt, ebenso die niemals erlöschenden Bezugnahmen auf verschiedenste Präsidenten von damals und heute. Der Wahnsinn war eben nicht auszurotten und quälte Henrietta weiter. Doch Ingmars diverse Ausflüge unterblieben ganz, bis die Kinder sich dem Abitur näherten.

Da erlitt er einen Rückfall und zog wieder los, um vor dem Stockholmer Schloss zu demonstrieren, in dessen Mauern gerade ein Kronprinz zur Welt gekommen war.

Damit war es genug. Henrietta rief Holger und Holger zu sich und bat sie, sich mit ihr in die Küche zu setzen.

»Ich werde euch jetzt alles erzählen, meine geliebten Kinder«, begann sie.

Und dann erzählte sie.

Ihre Erzählung dauerte zwanzig Zigarettenlängen. Von ihrer allerersten Begegnung mit Ingmar 1943 im Gericht von Södertälje bis in die Gegenwart.

Sie vermied es, Ingmars Lebensführung zu beurteilen, und beschrieb einfach nur, was bis zu diesem Tag alles passiert war. Auch, wie er die Neugeborenen vertauscht hatte, so dass er am Ende gar nicht mehr sagen konnte, wer als erstes gekommen war.

»Es ist möglich, dass du Nummer zwei bist, Nummer eins, aber das weiß ich nicht. Keiner weiß das«, sagte Henrietta.

Sie fand die ganze Geschichte selbsterklärend und erwartete, dass ihre Söhne schon die richtigen Schlüsse ziehen würden, wenn sie fertig war.

Damit hatte sie genau zur Hälfte recht.

Die beiden Holgers lauschten. Für den einen hörte es sich an wie eine Heldensage, die Beschreibung eines von Pathos beseelten

Mannes, der unermüdlich gegen ständigen Gegenwind ankämpfte. Für den anderen hörte es sich eher nach der Chronik eines angekündigten Todes an.

»Das war alles, was ich zu sagen hatte«, schloss Henrietta. »Für mich war es wichtig, das einmal loszuwerden. Denkt darüber nach, was ich euch gesagt habe, und darüber, wo ihr eigentlich im Leben hinwollt – und dann können wir uns ja vielleicht morgen beim Frühstück noch mal darüber unterhalten, ja?«

Henrietta betete in dieser Nacht zu Gott, auch wenn sie die Tochter eines lokalen Kommunistenführers war. Sie betete, dass ihre beiden Söhne ihr und ebenso Ingmar vergeben konnten. Sie betete, dass die Kinder es verstehen würden, dass man die Dinge noch in Ordnung bringen konnte, dass nun ein normales Leben beginnen konnte. Sie betete um Gottes Hilfe bei der Aufgabe, zu den Behörden zu gehen und die Staatsbürgerschaft für einen fast achtzehnjährigen neugeborenen Mann zu beantragen. Sie betete darum, dass alles gut wurde.

»Bitte, bitte, lieber Gott«, sagte Henrietta.

Und schlief ein.

Am nächsten Morgen war Ingmar immer noch weg. Henrietta rührte müde in der Grütze für sich und die Kinder. Sie war erst neunundfünfzig, wirkte aber älter.

Es war schwer für sie. In jeder Hinsicht. Sie machte sich um alles Sorgen, aber jetzt hatten die Kinder immerhin ihre Version der Geschichte gehört. Blieb nur abzuwarten, wie ihr Urteil lauten würde. Und Gottes Urteil.

Die Mutter und ihre Söhne setzten sich wieder an den Küchentisch. Holger 2 sah, fühlte und verstand. Holger 1 sah nichts und verstand nichts. Aber er fühlte. Er fühlte das Bedürfnis, Henrietta zu trösten.

»Mach dir keine Sorgen, Mama«, sagte er. »Ich verspreche dir, dass ich niemals aufgeben werde! Solange ich lebe und atme, werde ich den Kampf in Papas Namen weiterführen. *Solange ich lebe und atme!* Hörst du, Mama?«

Henrietta hörte. Und was sie hörte, war einfach zu viel. Ihr Herz zerbrach. Am Kummer. An den Schuldgefühlen. An den unterdrückten Träumen, Visionen und Fantasien. Daran, dass fast nichts in ihrem Leben so gekommen war, wie sie es sich gewünscht hätte. Daran, dass sie zweiunddreißig Jahre in ständiger Sorge gelebt hatte. Und an der Aussage ihres einen Sohnes, dass der Wahnsinn weitergehen würde bis ans Ende aller Zeiten.

Doch vor allem waren die vierhundertsiebenundsechzigtausendzweihundert John Silver schuld, die sie seit dem Herbst 1947 geraucht hatte.

Henrietta war eine unheimlich starke Frau. Sie liebte ihre Kinder. Doch wenn ein Herz bricht, dann bricht es eben. Der massive Herzanfall setzte ihrem Leben innerhalb weniger Sekunden ein Ende.

* * * *

Holger 1 begriff nie, dass er – zusammen mit den Zigaretten – seine Mutter umgebracht hatte. Nummer zwei zog in Erwägung, es ihm zu sagen, dachte sich aber, dass davon wahrscheinlich nichts besser würde, also ließ er es. Durch die Todesanzeige in der Provinzzeitung von Södertälje wurde Nummer zwei zum ersten Mal bewusst, wie sehr es ihn nicht gab:

Unsere geliebte Frau
und Mutter
Henrietta Qvist
hinterlässt uns
in unendlicher Trauer
Södertälje, den 15. Mai 1979
INGMAR
Holger
–

Vive la République

7. *KAPITEL*

Von einer Bombe, die es nicht gab, und einem Ingenieur, den ziemlich bald dasselbe Schicksal ereilte

Nombeko saß wieder hinter ihrem Zwölftausendvolt-Zaun, und die Zeit verging. Die Erkenntnis, dass ihre Strafe im Endeffekt keine Obergrenze hatte, ärgerte sie immer noch weniger als die Tatsache, dass ihr das nicht von Anfang an klar gewesen war.

Ein paar Jahre nach Bombe Nummer eins waren die Bomben Nummer zwei und drei fertig geworden. Nach weiteren zwanzig Monaten auch die Bomben Nummer vier und fünf.

Die beiden Teams arbeiteten inzwischen völlig getrennt voneinander, sie wussten nicht einmal von der Existenz des jeweils anderen. Und immer noch kontrollierte allein der Ingenieur am Ende jedes fertige Exemplar. Da die Waffen in einem der gepanzerten Lagerräumen im Bürotrakt des Ingenieurs lagerten, konnte er diese Kontrollen ganz ungestört durchführen. Und sich auch von seiner Putzfrau assistieren lassen, ohne dass jemand deswegen die Augenbrauen hochgezogen hätte. Wer auch immer da nun wem assistierte.

Der beschlossene und budgetierte Bedarf lag wie gesagt bei sechs Bomben zu jeweils drei Megatonnen. Doch der oberste Projektleiter, Engelbrecht van der Westhuizen, hatte keine Kontrolle mehr über das, was hier vor sich ging – wenn er die denn überhaupt jemals gehabt hatte –, denn er war regelmäßig schon morgens um zehn sternhagelvoll. Und seine Hilfskraft war zu sehr mit Putzen und heimlicher Lektüre beschäftigt, um immer alle Pannen für ihn aufzufangen. Außerdem bekam sie nie ihre neue Scheuerbürste, deswegen dauerte es so viel länger, bis der Boden sauber war.

129

Und so kam es, dass nach Nummer vier und fünf das nächste Bombenpaar produziert wurde, also die Bomben Nummer sechs – *und sieben*!

Versehentlich war also eine Atombombe zu viel gebaut worden, eine Bombe jenseits aller Protokolle.

Es gab eine Bombe, die es gar nicht gab.

Als die Putzfrau des Ingenieurs die Bescherung entdeckte, unterrichtete sie ihren Chef, der darüber so bekümmert war, wie es sich gehörte. Bomben, die es nicht gab, taten gut daran, nicht zu existieren, sonst machten sie nichts als Ärger. Der Ingenieur konnte sie ja schlecht hinter dem Rücken des Präsidenten und der Regierung wieder zerstören. Im Übrigen wusste er sowieso nicht, wie das ging. Und den Rechenfehler vor den Forschungsteams aufzudecken, hatte er auch nicht vor.

Nombeko tröstete Ingenieur van der Westhuizen damit, dass mit der Zeit vielleicht noch mehr Bomben bestellt werden würden, und die Bombe, die es gar nicht geben durfte, konnte in ihrem Versteck einfach weiterhin nicht existieren, bis sie es eines Tages doch durfte.

»Genau, was ich mir gerade gedacht habe«, sagte der Ingenieur, obwohl er sich in Wirklichkeit gedacht hatte, dass die Putzfrau zu einer richtig appetitlichen Frau herangewachsen war.

Die Bombe, die es nicht gab, wurde daher in den verbliebenen leeren Lagerraum neben dem Raum mit den sechs anderen Bomben gesperrt. Dort hatte nur der Ingenieur selbst Zutritt. Abgesehen von Wiehießsienochgleich natürlich.

Nach über zehn Jahren innerhalb des Doppelzauns der Forschungsanlage hatte Nombeko alles gelesen, was in der überschaubaren Bibliothek von Pelindaba lesenswert war. Und anschließend auch noch den Großteil von dem, was nicht lesenswert war.

Die Dinge wurden nicht besser dadurch, dass sie inzwischen eine richtige Frau von bald sechsundzwanzig Jahren geworden war. Während sich Schwarze und Weiße immer noch nicht mischen durften, wenn sie richtig informiert war, denn das hatte Gott so bestimmt, behauptete das Erste Buch Mose beziehungsweise die Reformierte Kirche. Nicht dass sie irgendein interessantes Objekt auf der Anlage gefunden hätte, mit dem sie sich gerne gemischt hätte, aber trotzdem. Sie träumte davon, dass es irgendwo einen Mann für sie gab, und von dem, was sie zusammen machen könnten. Nicht zuletzt aus gewissen Perspektiven. Sie hatte Bilder davon gesehen, in Literatur von unwesentlich höherer Qualität als der, die der britische Friede-auf-Erden-Professor 1924 fabriziert hatte.

Nun, lieber war sie ohne so etwas wie Liebe hinter dem Zaun der Forschungsanlage am Leben, als jenseits dieses Zauns nicht mehr am Leben zu sein. Denn dann würde sie nur den Maden näherkommen, in der Erde, in der man sie begrub.

Daher hörte Nombeko auf sich selbst und erinnerte den Ingenieur immer noch nicht daran, dass aus den sieben Jahren mittlerweile elf geworden waren. Sondern blieb, wo sie blieb.

Noch ein Weilchen.

* * * *

Den südafrikanischen Streitkräften wurde laufend der Etat von einer Wirtschaft erhöht, die sich diese Ausgaben nicht leisten konnte. Immerhin ging ein Fünftel des hoffnungslos unausgeglichenen Staatshaushalts ans Militär, während sich das Ausland ständig neue Embargos ausdachte. Was die südafrikanische Volksseele am meisten schmerzte, war die Tatsache, dass sie Fußball und Rugby mit sich selbst spielen mussten, weil sonst keiner mehr mit ihnen spielen wollte.

Doch die Nation kam trotzdem noch irgendwie zurecht, weil das Handelsembargo ja auch alles andere als weltweit galt. Es gab noch genügend Politiker, die sich *gegen* weitere Sanktionen aussprachen. Premierministerin Thatcher in London und Präsident Reagan in Washington verliehen ungefähr der gleichen Meinung Ausdruck, dass nämlich jedes weitere Embargo den ärmsten Teil der Bevölkerung am schlimmsten traf. Oder wie es der Vorsitzende der Schwedischen Liberalen Ulf Adelsohn so elegant ausdrückte:

»Wenn wir Waren aus Südafrika boykottieren, werden die armen Neger da unten doch arbeitslos.«

Gleichzeitig drückte der Schuh aber noch woanders. Das Unangenehmste für Thatcher, Reagan (und auch Adelsohn) war nicht die Ablehnung der Apartheid an sich – Rassismus war schon seit mehreren Jahrzehnten politisch nicht mehr tragbar. Nein, das Problem war vielmehr die Frage, was an die Stelle dieses Systems treten sollte. Wenn man die Wahl hatte zwischen, sagen wir mal, Kommunismus und Apartheid, fiel die Entscheidung gar nicht mehr so leicht. Besser gesagt: Leicht war sie schon, nicht zuletzt für Reagan, der schon in seiner Zeit als Präsident der Schauspielergewerkschaft dafür gekämpft hatte, dass man keine Kommunisten nach Hollywood lassen sollte. Wie würde es aussehen, wenn er Milliarden und Abermilliarden von Dollars fürs Wettrüsten mit dem Sowjetkommunismus ausgab, gleichzeitig aber zuließ, dass eine Variante desselben in Südafrika ans Ruder kam? Außerdem hatten die Südafrikaner inzwischen Kernwaffen, diese Saftsäcke, auch wenn sie es abstritten.

Zu denen, die sich Thatchers und Reagans Rumgeeiere vor der Apartheidspolitik überhaupt nicht anschließen konnten, gehörten auch der schwedische Ministerpräsident Olof Palme und Libyens sozialistischer Führer Muammar al-Gaddafi. Palme tönte: »Die Apartheit kann nicht reformiert werden, die Apartheid muss eliminiert werden!« Wenig später wurde er selbst eliminiert, von einem Irren, der nicht ganz wusste, wo er war oder warum er tat, was er da tat. Oder von einer Person, auf die das genaue Gegenteil zutraf, das wurde nie so richtig ermittelt.

Gaddafi hingegen sollte sich noch viele Jahre bester Gesundheit erfreuen. Er ließ tonnenweise Waffen an die südafrikanische Widerstandsbewegung ANC liefern und brüstete sich lautstark mit dem hehren Kampf gegen das Regime der weißen Unterdrücker in Pretoria, während er selbst den Massenmörder Idi Amin in seinem Palast versteckte.

Ungefähr so lagen die Dinge, als die Welt wieder einmal zeigte, wie seltsam sie sein kann, wenn sie sich von dieser Seite zeigen will. Denn in den USA taten sich Demokraten und Republikaner zusammen und machten gemeinsame Sache mit Palme und Gaddafi und gegen ihren eigenen Präsidenten. Der Kongress drückte ein Gesetz durch, das jede Form von Handel und jede Art von Investitionen in Südafrika verbot. Es gab nicht mal mehr Direktflüge von Johannesburg in die USA. Wenn ein Pilot es trotzdem versuchte, hatte er die Wahl, entweder in der Luft umzudrehen oder sich abschießen zu lassen.

Thatcher und andere politische Führer in Europa und der Welt begriffen, woher der Wind wehte. Und da keiner im Lager der Verlierer stehen will, schlossen sich immer mehr Nationen den USA, Schweden und Libyen an.

Das Südafrika, wie man es kannte, bekam tiefe Risse.

Nombeko hatte aufgrund ihres Hausarrests in der Forschungsanlage nur begrenzte Möglichkeiten, die weltweiten Entwicklungen zu verfolgen. Ihre drei chinesischen Freundinnen wussten immer noch nicht viel mehr, als dass die Pyramiden in Ägypten standen, und das schon seit einer ganzen Weile. Vom Ingenieur bekam sie auch keine Hilfe. Seine Analysen begrenzten sich immer mehr auf hervorgeknurrte Kommentare wie:

»Jetzt haben diese Schwulen im amerikanischen Kongress also auch ein Embargo angezettelt.«

Außerdem konnte Nombeko ja nicht pausenlos im Wartezimmer mit dem Fernseher den mittlerweile schon dünn gescheuerten Boden schrubben.

Doch abgesehen von dem, was sie dennoch aus den Fernsehnachrichten aufschnappen konnte, hatte sie auch noch eine gute Beobachtungsgabe. Sie merkte, dass sich da draußen gewisse Dinge taten. Nicht zuletzt deswegen, weil es so aussah, als würde sich gar nichts mehr tun. Niemand rannte mehr über die Korridore, es kam auch kein Premierminister oder Präsident mehr zu Besuch. Dass der Alkoholkonsum des Ingenieurs von viel auf noch mehr angestiegen war, war ebenfalls ein Signal.

Nombeko befürchtete, dass der Ingenieur sich bald Vollzeit der Kognakflasche widmen und sich dabei in die Zeiten zurückträumen würde, als er seiner Umgebung noch weismachen konnte, dass er überhaupt von irgendwas eine Ahnung hatte. Und im Sessel daneben konnte dann ja der Präsident sitzen und sich in den Bart murmeln, dass die Schwarzen dran schuld waren, wenn dieses Land jetzt vor die Hunde ging. Was mit ihr passieren würde, wenn es dazu kommen sollte, verdrängte sie lieber.

»Ich frage mich, ob die Wirklichkeit nicht langsam die Gans und ihre Genossen einholt?«, sagte Nombeko eines Abends zu ihren drei chinesischen Freundinnen.

Und das in fließendem Wu-chinesischen Dialekt.

»Zeit wäre es«, antworteten die Chinesinnen.

In gar nicht mal so unebenen isiXhosa.

∗ ∗ ∗ ∗

Die Zeiten wurden immer schwerer für P. W. Botha. Aber als das große Krokodil, das er nun mal war, hielt er es eben auch in tiefem Wasser aus und sorgte nur dafür, dass die Nasenlöcher und die Augen immer schön über der Oberfläche blieben.

Freilich konnte er sich Reformen vorstellen, man musste schließlich auch mit der Zeit gehen. Zum Beispiel bei der althergebrachten Einteilung des Volkes in Schwarze, Weiße, Farbige und Inder. Jetzt sorgte er erst mal dafür, dass die beiden Letzteren Stimmrecht bekamen. Die Schwarzen übrigens auch, aber nicht in Südafrika, sondern in ihren jeweiligen Homelands.

Botha lockerte auch die Restriktionen im allgemeinen Umgang zwischen den Rassen. Schwarze und Weiße durften nun auf derselben Parkbank sitzen – zumindest theoretisch. Sie konnten auch ins selbe Kino gehen und sich denselben Film ansehen – zumindest theoretisch. Und sie konnten auch Körperflüssigkeiten miteinander austauschen – zumindest theoretisch (na gut, das vielleicht auch praktisch, aber da waren dann entweder Geld oder Gewalt im Spiel).

Im Übrigen konzentrierte der Präsident alle Macht auf sich, mistete noch ein paar Menschenrechte aus und führte die Pressezensur ein. Die Zeitungen waren doch selber schuld, wenn sie nicht gescheit genug waren, etwas Gescheites zu schreiben. Wenn ein Land ins Schlingern kommt, ist handfeste Führung gefragt, kein Wir-haben-uns-alle-lieb-Kuscheljournalismus von der ersten bis zur letzten Seite.

Doch wie Botha es auch anfasste, es wollte nicht gelingen. Die Wirtschaft des Landes war erst ganz leicht in Fahrt gekommen, um kurz darauf jedoch ins Stocken zu geraten und dann abzusacken. Und es war auch nicht kostenlos einzurichten, das Militär jede Unruhe in so gut wie jedem Slum niederschlagen zu lassen. Die Schwarzen waren ja mit nichts zufrieden. Man denke nur daran, wie Botha dem verdammten Nelson Mandela angeboten hatte, ihn freizulassen, wenn er im Gegenzug versprach, sich in Zukunft etwas fügsamer gegenüber der Regierung zu verhalten. »Hör auf, Ärger zu machen«, war Bothas einzige Forderung. »Nein, dann bleib ich lieber, wo ich bin«, sagte dieser Mistkerl nach zwanzig Jahren auf seiner Gefängnisinsel, und das tat er dann auch.

Mit der Zeit stand fest, dass die größte Veränderung, die P.W. Botha mit seiner neuen Verfassung auf den Weg gebracht hatte, darin bestand, sich vom Premierminister zum Präsidenten gemacht zu haben. Und Mandela zu einer größeren Ikone denn je.

Im Übrigen war alles gleich geblieben. Nein, falsch. Im Übrigen war alles schlimmer geworden.

Botha bekam die Dinge langsam satt. Er begriff, dass eine Machtübernahme durch den ANC tatsächlich denkbar war. Und dann ... tja, wer legte schon einer kommunistischen Negerorganisation freiwillig sechs Atomwaffen in die Hand? Da war es doch besser, die Waffen abzubauen und eine PR-Nummer daraus zu machen! »Wir übernehmen unsere Verantwortung« und der ganze Schmus, und das Ganze unter den Augen der internationalen Atomenergie-Organisation IAEA.

Ja, so konnte man das doch tatsächlich machen. Der Präsident war noch nicht so weit, eine Entscheidung in dieser Frage zu treffen, aber er rief den verantwortlichen Ingenieur in Pelindaba persönlich an, um ihn in Standby-Position zu versetzen. (Hatte der wirklich schon um neun Uhr morgens gelallt? Nein, unmöglich.)

* * * *

Ingenieur van der Westhuizens kleiner Rechenfehler (der aus sechs Bomben sieben werden ließ) wurde plötzlich zu einem sehr ungemütlichen Geheimnis. Der Präsident hatte von der Möglichkeit gesprochen, dass man die sechs Atombomben zerstören musste. Die sechs Bomben. Die siebte nicht. Denn die gab es ja gar nicht.

Nun musste der Ingenieur also entweder seinen Fehler zugeben und damit auch bekennen, dass er ihn jahrelang verheimlicht hatte – und einen unehrenhaften Abschied samt minimaler Pension dafür in Kauf nehmen.

Oder die ganze Sache zu seinem Vorteil wenden. Und sich dadurch finanziell unabhängig machen.

Der Ingenieur hatte Angst. Aber nur, bis er den letzten halben Liter Klipdrift im Blut hatte. Dann fiel ihm die Wahl plötzlich ganz leicht.

Er konnte die Uhr lesen. Und er wusste, dass seine Stunde geschlagen hatte. Es wurde Zeit, sich mal ernsthaft mit den Mossadagenten A und B zu unterhalten.

»He, du, Wieheißtdunochgleich!«, lallte er. »Kannst du mal die beiden Juden herholen? Ich will mit ihnen ins Geschäft kommen!«

Engelbrecht van der Westhuizen hatte sich bereits ausgerechnet, dass sein Auftrag früher oder später auslaufen würde, dass der ANC bald das Land übernehmen könnte und er sich keine Karriere mehr zu erwarten brauchte. Also galt es, seine Schäfchen ins Trockene zu bringen, solange man noch Schäfchen hatte.

Wiehießsienochgleich ging die Agenten holen, die den ganzen Prozess ab und an für den Kooperationspartner Israel überwacht hatten. Während sie durch die Flure wanderte, dachte sie sich, dass der Ingenieur nun mindestens einen Schritt zu weit ging. Wenn nicht gar zwei.

Die Mossadagenten A und B wurden in das Büro des Ingenieurs geführt. Nombeko stellte sich in die Ecke, wo der Ingenieur sie immer haben wollte, wenn es brenzlig wurde.

Ingenieur van der Westhuizen meinte, in dieser Unterredung den Ton angeben zu können.

»Ah, Jude Nummer eins und Jude Nummer zwei, Schalom miteinander! Setzt euch doch. Kann ich Sie mit einem kleinen Vormittagskognäckchen locken? Hey du, Wieheißtdunochgleich, gieß meinen Freunden hier doch mal was ein!«

Nombeko flüsterte den Agenten zu, dass sie auch Wasser anzubieten hatte, sollten sie das vorziehen. Sie zogen es in der Tat vor.

Ingenieur van der Westhuizen nahm kein Blatt vor den Mund: Er hatte schon immer Glück im Leben gehabt, und eben dieses Glück hatte ihm prompt eine Atomwaffe in den Schoß gelegt, von deren Existenz niemand wusste und die daher auch niemand vermissen würde. Eigentlich sollte er sie selbst behalten, meinte der Ingenieur, und sie direkt in den Präsidentenpalast schicken, sobald dort dieser Terrorist Mandela hockte. Aber er fühlte sich doch ein wenig zu alt, um auf eigene Faust Krieg zu führen.

»Deswegen wüsste ich gern, Jude A und Jude B, ob ihr nicht mal euren Chefjuden in Jerusalem anrufen wollt, um ihn zu fragen, ob er eine Bombe von der besonders durchschlagenden Sorte kaufen möchte. Ihr bekommt sie auch zum Freundschaftspreis. Nein, eigentlich doch nicht. Dreißig Millionen will ich dafür. Zehn Millionen pro Megatonne. Prost! Auf euch.« Der Ingenieur leerte sein Glas und bedachte die Flasche, die jetzt leer war, mit einem strafenden Blick.

Die Mossadagenten A und B bedankten sich höflich für das Angebot und versprachen, mit der Regierung in Jerusalem dahingehend

Rücksprache zu halten, ob man sich vorstellen konnte, ein derartiges Geschäft mit Herrn van der Westhuizen zu machen.

»Na ja, also nachlaufen muss ich hier keinem«, sagte der Ingenieur. »Wenn es euch nicht passt, verkaufe ich das Ding eben an jemand anders. Und im Übrigen habe ich jetzt keine Zeit mehr, um mit euch hier rumzusitzen und zu quasseln.«

Damit verließ der Ingenieur sein Büro und die ganze Anlage, auf der Suche nach neuem Kognak. Die beiden Mossadagenten blieben mit Nombeko zurück. Sie wusste, was für die Israelis auf dem Spiel stand.

»Entschuldigen Sie, wenn ich das so sage, aber ich frage mich gerade, ob das Glück des Herrn Ingenieur wohl in diesem Moment zu Ende gegangen ist.«

Sie fügte nicht hinzu »und meines gleich mit«. Aber sie dachte es.

»Ich habe Ihre Klugheit schon immer bewundert, Fräulein Nombeko«, sagte Mossadagent A. »Deswegen danke ich Ihnen im Voraus für Ihr Verständnis.«

Er fügte nicht hinzu: »Sie befinden sich selbst in einer reichlich unguten Lage.« Aber er dachte es.

Es war nicht so, dass Israel gar nicht haben wollte, was der Ingenieur da anbot. Ganz im Gegenteil. Das Problem war nur, dass der Verkäufer schwer alkoholisiert und völlig unberechenbar war. Es wäre lebensgefährlich, wenn er nach Abschluss ihrer Geschäfte lallend durch die Straßen lief und jedem auf die Nase band, woher er das ganze Geld hatte. Andererseits konnte man nicht einfach mit einem »Nein, danke« auf sein Angebot antworten, denn was würde dann mit der Bombe geschehen? Der Ingenieur brachte es fertig und verhökerte sie am Ende an irgendeinen x-Beliebigen.

Deswegen musste es auch so kommen, wie es dann kam. Mossadagent A heuerte einen armen Teufel im Slum von Pretoria an, der ihm für die folgende Nacht ein Auto stehlen sollte, einen Datsun Laurel, 1983er Baujahr. Zum Dank bekam der arme Teufel fünfzig Rand (wie abgesprochen) sowie einen Schuss in die Stirn (auf Eigeninitiative des Agenten).

Mit dem Auto setzte Agent A der Glückssträhne des Ingenieurs kurzerhand ein Ende, indem er ihn ein paar Tage später überfuhr, als van der Westhuizen auf dem Heimweg von der Bar war, die er immer aufsuchte, wenn seine eigenen Klipdriftvorräte aufgebraucht waren.

Der plötzliche Verlust seines Glücks fiel gleich so drastisch aus, dass er noch ein zweites Mal überfahren wurde, als A stehen blieb und den Rückwärtsgang einlegte, und ein drittes Mal, als der Agent sich eiligst davonmachte.

Ironie des Schicksals, dass der Ingenieur auf dem Bürgersteig dahinging, als es geschah.

»War das etwa schon alles?«, dachte er zwischen dem zweiten und dem dritten Mal, genau wie Nombeko elf Jahre zuvor in ähnlicher Lage.

Und das war tatsächlich alles.

* * * *

Mossadagent B suchte Nombeko auf, sowie die Nachricht vom Tod ihres Vorgesetzten die Forschungsanlage erreicht hatte. Noch wurde der Vorfall als Unfall eingestuft, aber das sollte sich ändern, sobald Zeugen und diverse Techniker vor Ort ihre Aussagen gemacht hatten.

»Wir hätten da vielleicht das eine oder andere zu besprechen, Fräulein Nombeko«, sagte er. »Und leider eilt es.«

Nombeko sagte erst gar nichts, dachte aber umso mehr. Sie dachte, dass der Garant für ihr physisches Wohlbefinden, der unverbesserliche Suffkopp van der Westhuizen, jetzt tot war. Sie dachte, dass es ihr in nicht allzu ferner Zukunft ähnlich ergehen würde. Wenn sie jetzt nicht ganz schnell dachte.

Aber das tat sie. Und dann sagte sie:

»Ja, allerdings. Dürfte ich Sie daher bitten, Herr Agent, Ihren Kollegen zu einem Treffen im Büro des Ingenieurs mitzubringen, in exakt dreißig Minuten?«

Agent B hatte schon vor langer Zeit bemerkt, dass Fräulein Nombeko ein helles Köpfchen war. Ihm war klar, dass sie um ihre prekäre Situation wusste. Das versetzte seinen Kollegen und ihn in eine überlegene Position.

Fräulein Nombeko besaß die Schlüssel zu den verbotensten Fluren und die Möglichkeit, sich darin zu bewegen. Sie würde dafür sorgen, dass die Agenten ihre Bombe bekamen. Im Gegenzug würden sie ihr eine Notlüge auftischen.

Das Versprechen, dass sie weiterleben durfte.

Aber nun hatte sie sich eine halbe Stunde erkauft. Warum wohl? Der Agent kapierte fast alles, aber das nicht. Na gut, eine halbe Stunde war ja bloß eine halbe Stunde, auch wenn die Dinge inzwischen etwas eilten. Die südafrikanische Sicherheitspolizei konnte jeden Augenblick dahinterkommen, dass der Ingenieur ermordet worden war. Danach würde es sich wesentlich schwieriger gestalten, eine Bombe von drei Megatonnen aus der Anlage herauszuschaffen, selbst für den Geheimagenten eines kooperierenden Geheimdienstes.

Na gut, eine halbe Stunde war immer noch bloß eine halbe Stunde. Agent B nickte.

»Dann sehen wir uns um 12.05 Uhr.«

»12.06 Uhr«, sagte Nombeko.

In diesen dreißig Minuten tat sie nichts anderes, als abzuwarten, dass die Zeit ablief.

Die Agenten waren genau zum verabredeten Zeitpunkt zurück. Nombeko saß auf dem Sessel des Ingenieurs und lud sie freundlich ein, auf der anderen Seite des Schreibtischs Platz zu nehmen. Das Bild war mal ein ganz anderes. Eine junge Schwarze auf einem Chefsessel im Herzen des südafrikanischen Apartheidsystems.

Nombeko sprach die einführenden Worte. Sie sagte, ihr sei klar, dass die Herren Mossadagenten hinter der siebten Atombombe her waren, die es nicht gab. Oder irrte sie sich da?

Die Agenten schwiegen, weil sie die Wahrheit ungern so offen aussprechen wollten.

»Lassen Sie uns bei diesem Treffen doch alle aufrichtig sein«, forderte Nombeko sie auf. »Sonst kommen wir keinen Schritt weiter, und dann ist es auf einmal zu spät.«

Agent A nickte und meinte, Fräulein Nombeko habe die Dinge ganz richtig erfasst. Wenn Israel mit ihrer Hilfe an die Bombe käme, würden sie ihr im Gegenzug helfen, aus Pelindaba herauszukommen.

»Ohne dass ich hinterher so überfahren werde wie der Ingenieur?«, fragte Nombeko. »Oder erschossen und in der nächsten Steppe verbuddelt?«

»Aber nicht doch, Fräulein Nombeko«, log Agent A. »Wir haben nicht die Absicht, Ihnen auch nur ein Haar zu krümmen. Was denken Sie denn eigentlich von uns?«

Nombeko schien sich mit dem Versprechen des Agenten zu begnügen. Sie fügte hinzu, im Übrigen sei sie schon einmal im Leben überfahren worden, und das reiche.

»Wie wollen Sie die Bombe überhaupt hier rauskriegen, wenn ich fragen darf? Vorausgesetzt, ich verschaffe Ihnen Zugang zum Lagerraum.«

Agent B antwortete, das dürfte ganz leicht sein, wenn sie sich nur beeilten. Die Kiste mit der Bombe konnte ans israelische Außenministerium in Jerusalem adressiert und noch in der Anlage mit entsprechenden Dokumenten als Diplomatenpost aufgegeben werden. Diplomatenbriefe wurden mindestens einmal pro Woche über die Botschaft in Pretoria verschickt, und es machte keinen Unterschied, wenn eine größere Kiste darunter war. Zumindest, solange der südafrikanische Sicherheitsdienst nicht die Sicherheitsstufe erhöhte und die Kiste öffnete – worauf Nombeko und die Agenten Gift nehmen konnten, sobald denen aufging, wie der Ingenieur ums Leben gekommen war.

»Tja, für diese Maßnahme darf ich den Herren Agenten noch einmal ganz besonders danken«, sagte Nombeko aufrichtig und versöhnlich. »Wer von Ihnen hatte denn die Ehre?«

»Das spielt doch keine Rolle«, sagte Agent A, der den Ingenieur auf dem Gewissen hatte. »Passiert ist passiert, und wir wissen, dass Fräulein Nombeko die Notwendigkeit dieser Maßnahme einsieht.«

Aber ja doch, das sah Nombeko natürlich ein. Sie sah aber auch, dass die Agenten ihr soeben in die Falle gegangen waren.

»Und wie gedenken Sie die Sicherheitsfrage für meine Wenigkeit zu lösen?«

Die Agenten hatten sich vorgestellt, dass sie Nombeko einfach in den Kofferraum ihres eigenen Autos luden, weil kein Risiko bestand, entdeckt zu werden, solange die Sicherheitsstufe nicht erhöht wurde. In Pelindaba war der israelische Geheimdienst all die Jahre über jeden Verdacht erhaben gewesen.

Sobald sie draußen waren, wollten sie direkt in den Busch fahren, die Frau aus dem Kofferraum holen – und ihr einen Schuss in die Stirn verpassen, oder auch in die Schläfe oder ins Genick, je nachdem, wie stark sie zappelte.

Durchaus ein bisschen bedauerlich, denn Fräulein Nombeko war in vielerlei Hinsicht eine einzigartige Frau und hatte ebenso wie die Agenten van der Westhuizens kaum verhohlene Verachtung zu spüren bekommen, die nur auf der wirren Überzeugung des Ingenieurs basierte, eine überlegene Rasse zu repräsentieren. Schade um die junge Frau, aber in dieser Angelegenheit mussten eben Rücksichten auf höhere Interessen genommen werden.

»Wir hatten uns vorgestellt, Sie im Kofferraum hier rauszuschmuggeln«, sagte Agent A und ließ Teil zwei des Unternehmens wohlweislich unter den Tisch fallen.

»Gut«, sagte Nombeko. »Aber das reicht nicht.«

Sie fuhr fort, dass sie nicht vorhabe, auch nur einen Finger für die Herren Agenten zu krümmen, ehe sie ihr ein Flugticket von Johannesburg nach Tripoli in die Hand gedrückt hatten.

»Nach Tripoli?«, echoten Agent A und Agent B. »Was wollen Sie denn da?«

Darauf hatte Nombeko keine befriedigende Antwort parat. All die Jahre hatte ihr immer die Nationalbibliothek in Pretoria als Ziel vorgeschwebt, aber da konnte sie jetzt ja nicht mehr hingehen. Sie musste ins Ausland. Und Gaddafi in Libyen war jedenfalls auf der Seite des ANC.

Nombeko meinte, dass sie zur Abwechslung mal in ein Land fahren wollte, in dem man ihr freundlich gesinnt war, und da klang Libyen doch ganz gut. Aber bitte, wenn die Herren Agenten da einen besseren Vorschlag für sie hatten, nur raus damit.

»Versuchen Sie es bloß nicht mit Tel Aviv oder Jerusalem. Zu meinem Plan gehört nämlich, dass ich mindestens noch eine Woche am Leben bleibe.«

Mossadagent A war immer entzückter von der Frau im Chefsessel. Hier musste man wirklich aufpassen, dass sie am Ende nicht doch noch ihren Willen durchsetzte. Sie musste doch merken, dass ihre Verhandlungsposition schwach war – dass sie schon beim Herausschmuggeln aus der Anlage keine andere Wahl hatte, als den Agenten zu vertrauen, denen sie nicht vertrauen konnte. Dass sie aber die Umstände der folgenden Abläufe zumindest zu ihrem Vorteil beeinflussen konnte. Das Problem bestand bloß darin, dass es niemals eine Phase zwei oder drei für sie geben würde. Sowie der Kofferraumdeckel zuschlug, war sie auf dem Weg zu ihrem eigenen Grab. Und dann war es ganz egal, was auf dem Ticket stand. Tripoli? Oh, aber sicher doch. Oder gleich der Mond?

Doch zuerst musste das Spiel zu Ende gespielt werden.

»Ja, Libyen dürfte sich anbieten«, sagte Agent A. »Zusammen mit Schweden ist es das Land, das am energischsten gegen das Apartheidsystem protestiert. Da würden Sie innerhalb von zehn Sekunden Asyl bekommen, Fräulein Nombeko.«

»Na bitte!«, sagte Nombeko.

»Aber Gaddafi hat natürlich auch so gewisse Seiten«, fuhr der Agent fort.

»Was für Seiten?«

Agent A erzählte gern von diesem Idioten in Tripoli, der einmal Granaten über Ägypten abgeworfen hatte, nur weil dessen Präsident Israel auf eine Anfrage geantwortet hatte. Es konnte nicht schaden, bei Fräulein Nombeko den Eindruck zu erwecken, dass man sich um sie sorgte. Und Vertrauen aufzubauen, bis zum unvermeidlichen Genickschuss.

»Ja, Gaddafi ist genauso hinter Kernwaffen her wie Südafrika, er hat es bis jetzt bloß noch nicht ganz so gut hingekriegt.«

»Hoppla«, sagte Nombeko.

»Na ja, dafür hat er zum Trost mindestens zwanzig Tonnen Senfgas auf Lager, und dazu die weltweit größte Fabrik für chemische Waffen.«

»Auweia«, sagte Nombeko.

»Außerdem hat er die gesamte Opposition verbieten lassen, ebenso wie jegliche Streiks und Demonstrationen.«

»Ach, komm«, sagte Nombeko.

»Und er tötet alle, die ihm widersprechen.«

»Hat der denn überhaupt keine menschliche Seite?«, fragte Nombeko.

»Doch, schon«, meinte der Agent. »Er hat sich rührend um den Exdiktator Idi Amin gekümmert, als der aus Uganda fliehen musste.«

»Ja, davon hab ich gelesen«, sagte Nombeko.

»Da gibt es noch mehr zu erzählen«, sagte Agent A.

»Oder auch nicht«, sagte Nombeko.

»Verstehen Sie mich recht, Fräulein Nombeko. Wir sind um Ihr Wohlergehen besorgt, auch wenn Sie vorhin durchblicken ließen, dass man uns nicht vertrauen könnte. Ich muss sagen, dass diese Andeutung uns beide gekränkt hat. Aber wenn Sie unbedingt nach Tripoli wollen, werden wir selbstverständlich alles Nötige veranlassen.«

Das saß, dachte Agent A.

Das saß, dachte Agent B.

Das war ja wohl das Dümmste, was ich in meinem ganzen Leben gehört habe, dachte Nombeko. Und das, wo ich es schon mit Assistenten des Sanitätsamtes von Johannesburg sowie alkoholisierten Ingenieuren mit verzerrtem Selbstbild zu tun hatte.

Die Agenten sollten um ihr Wohlergehen besorgt sein? Sie war zwar in Soweto geboren, aber nicht hinter dem Mond.

Trotzdem, Libyen klang doch nicht mehr so lustig.

»Dann vielleicht doch Schweden?«, meinte sie.

Ja, das wäre sicherlich vorzuziehen, fanden die Agenten. Da hatte man zwar gerade erst den Ministerpräsidenten umgebracht, aber normale Menschen konnten sich dort sicher auf den Straßen bewegen. Und wie gesagt, die Schweden waren schnell bei der Hand mit Asyl für Südafrikaner, solange sie sich als Gegner des Apartheidregimes ausgaben, und die Agenten hatten Grund zu der Annahme, dass das auf Nombeko zutraf.

Nombeko nickte. Dann schwieg sie kurz. Sie wusste, wo Schweden lag. Fast ganz oben am Nordpol. Weit weg von Soweto, was ja im Grunde ganz gut war. Weit weg von allem, was bis jetzt ihr Leben ausgemacht hatte. Ob ihr wohl irgendetwas fehlen würde?

»Wenn Sie gerne etwas nach Schweden mitnehmen würden, Fräulein Nombeko, werden wir keine Mühe scheuen, Ihnen jeden Gefallen zu tun«, sagte Agent B, um weiteres Vertrauen aufzubauen, das jeder Grundlage entbehrte.

Wenn ihr so weitermacht, glaub ich euch fast noch, dachte Nombeko. Aber nur fast. Es wäre äußerst unprofessionell von euch, wenn ihr nicht versuchen würdet, mich zu töten, sobald ihr bekommen habt, was ihr wollt.

»Eine Kiste Antilopen-Trockenfleisch wäre schön«, sagte sie. »Ich kann mir nicht vorstellen, dass es in Schweden Antilopen gibt.«

Nein, das glaubten A und B auch nicht. Die Agenten wollten sofort Adressaufkleber für ein großes und ein kleines Paket organisieren. Die Bombe in der Kiste ans Außenministerium in Jerusalem, via Botschaft in Pretoria. Und das Antilopenfleisch konnte Fräulein Nombeko dann ja in ein paar Tagen in der israelischen Botschaft in Stockholm abholen.

»Dann sind wir uns also einig?«, fragte Agent A und fand, dass sich alles ganz trefflich gefügt hatte.

»Ja«, sagte Nombeko, »wir sind uns einig. Aber da ist noch was.«

Noch was? Agent A hatte in seinem Beruf ein ausgeprägtes Gespür und jetzt spürte er, dass sein Kollege und er sich zu früh über ihren Sieg gefreut hatten.

»Ich sehe ja ein, dass es eilt«, sagte Nombeko. »Aber ich muss noch etwas erledigen, bevor wir loskönnen.«

»Etwas erledigen?«

»In einer Stunde sehen wir uns wieder hier, also um 13.20 Uhr. Am besten halten Sie sich ran, um bis dahin sowohl das Flugticket als auch das Antilopenfleisch zu organisieren«, sagte sie und verließ den Raum durch die Tür hinter dem Schreibtisch des Ingenieurs, die die Agenten nicht durchschreiten durften.

Die Agenten blieben allein zurück.

»Haben wir sie unterschätzt?«, sagte A zu B.

B schaute bekümmert drein.

»Wenn du das Ticket besorgst, kümmer ich mich um das Fleisch«, sagte er.

* * * *

»Wissen Sie, was das hier ist?«, fragte Nombeko, als die Besprechung fortgesetzt wurde, und legte einen Rohdiamanten auf den Schreibtisch des Ingenieurs.

Agent A verstand sich auf allerlei. Er konnte zum Beispiel problemlos erkennen, ob eine tönerne Gans aus der Han-Dynastie stammte oder in den Siebzigerjahren in Südafrika angefertigt worden war. Und er konnte sofort erkennen, dass dieses Objekt hier wahrscheinlich einen Wert von ungefähr einer Million Schekel hatte.

»Ja, das weiß ich«, sagte er. »Worauf wollen Sie hinaus, Fräulein Nombeko?«

»Worauf ich hinauswill? Ich will nach Schweden. Und nicht in die nächste Grube hinter einem Gestrüpp in der Savanne.«

»Und zu diesem Zweck wollen Sie uns einen Diamanten geben?«, fragte Agent B, der im Gegensatz zu Agent A womöglich immer noch den Fehler beging, Nombeko zu unterschätzen.

»Aber was denken Sie von mir, Herr Agent?«, erwiderte sie. »Nein, mit dem Diamanten will ich nur untermauern, dass ich kurz nach unserem letzten Treffen ein kleines Päckchen aus der Anlage schicken konnte. Und jetzt müssen Sie sagen, ob Sie glauben, dass mir das gelungen ist, mithilfe eines solchen Diamanten zum Beispiel. Und ob ich im Anschluss – wieder mithilfe eines solchen Diamanten – eine Bestätigung vom Empfänger erhalten habe, dass das Paket sicher bei ihm angekommen ist. Und ob Sie glauben, dass einer der stolzen und durch die Bank unterbezahlten Mitarbeiter von Pelindaba sich auf ein solches Arrangement eingelassen haben könnte. Oder ob Sie das nicht glauben.«

»Ich verstehe nicht ganz«, sagte Agent B.

»Aber ich befürchte das Schlimmste«, murmelte A.

»Genau«, sagte Nombeko lächelnd. »Ich habe unser Gespräch vorhin aufgenommen, in dem Sie den Mord an einem südafrikanischen Bürger zugeben sowie den Versuch, eine südafrikanische Teufelswaffe zu stehlen. Mit Sicherheit ist Ihnen beiden klar, was für Konsequenzen es für Sie und Ihre Nation hätte, wenn dieses Band abgespielt werden würde von ... tja, sagen Sie es mir ... Wohin ich es habe schicken lassen, behalte ich für mich. Aber der Empfänger hat mir über meinen bestochenen Kurier mitteilen lassen, dass das Band da ist, wo es sein soll. Das heißt, außerhalb dieser Anlage. Wenn es innerhalb der nächsten vierundzwanzig, nein, Entschuldigung, dreiundzwanzig Stunden und achtunddreißig Minuten von mir abgeholt wird – Kinder, wie die Zeit doch immer verfliegt, wenn man sich gut amüsiert –, haben Sie mein Wort, dass es in Vergessenheit gerät.«

»Und wenn Sie es nicht abholen, wird es publik?«, ergänzte A.

Nombeko hielt eine Antwort für überflüssig.

»Dann ist diese Besprechung wohl beendet. Mal sehen, ob ich die Tour im Kofferraum überlebe. Aber ich hab nur schon mal das Gefühl, dass meine Chancen gestiegen sind. Sie liegen jetzt bei über null.«

Dann stand sie auf, gab Bescheid, dass das Paket mit dem Anti-

lopenfleisch innerhalb der nächsten dreißig Minuten an die Poststelle geliefert werden sollte und dass sie selbst für die größere Kiste
nebenan Sorge tragen würde. Außerdem freue sie sich auf die vor-
schriftsmäßige Dokumentation mit allen nötigen Stempeln und
Formularen, die garantierte, dass das Paket von keinem geöffnet
werden durfte, der sich nicht eine diplomatische Krise ans Bein binden wolle.

A und B nickten griesgrämig.

* * * *

Die israelischen Agenten analysierten die neue Situation. Sie hielten es für glaubhaft, dass die verdammte Putzfrau ein Band mit
ihrem letzten Gespräch hatte, aber sie waren sich nicht ganz so
sicher, ob es ihr tatsächlich gelungen war, es aus Pelindaba hinaus-
zuschmuggeln. Ein Diamant befand sich nachweislich in ihrem Besitz, und wenn sie einen hatte, konnten sie durchaus auch mehrere
haben. Und wenn sie mehrere hatte, wäre es möglich, dass einer
der Mitarbeiter auf der Anlage, der Zugang zu geheimen Dokumenten hatte, der Versuchung erlegen war, sich und seine Familie für
den Rest seines Lebens finanziell abzusichern. Möglich, aber nicht
sicher. Einerseits lebte die Putzfrau (ihren Namen benutzten sie
nicht mehr, dafür waren sie viel zu wütend auf sie) seit elf Jahren in
der Forschungsanlage, andererseits hatten die Agenten niemals beobachtet, dass sie auch nur mit einem einzigen Weißen Umgang gehabt hätte, abgesehen von ihnen. Sollte einer der zweihundertfünfzig Mitarbeiter wirklich seine Seele an die Frau verkauft haben, die
alle hinter ihrem Rücken Kaffer nannten?

Doch wenn die Agenten die sexuelle Dimension hinzurechneten,
also die Möglichkeit – beziehungsweise das Risiko –, dass die Putzfrau auch ihren Körper eingesetzt hatte, verschob sich die Quote
zuungunsten der Agenten. Wer unmoralisch genug war, für einen
Diamanten etwas für sie zu tun, hatte vielleicht nicht so viel Moral,
um sie hinterher nicht auch anzuzeigen. Aber wenn derjenige oben-

drein auf ein sexuelles Abenteuer spekulierte, würde er sich sehr wohl auf die Zunge beißen. Oder in einen anderen Körperteil, wenn er gelenkig genug war.

Unterm Strich kamen die Agenten A und B auf ein sechzigprozentiges Risiko, dass Nombeko die genannten Trümpfe wirklich in der Hand hielt, während die Wahrscheinlichkeit, dass sie nichts hatte, bei vierzig Prozent lag. Und diese Quote war zu schlecht. Der Schaden, den sie ihnen und – vor allem! – der israelischen Nation zufügen konnte, war nicht abzusehen.

Deswegen lautete der Beschluss, dass die Putzfrau wie geplant im Kofferraum mitfahren sollte, dass sie wie geplant ihr Ticket nach Schweden bekam, dass ihre zehn Kilo Antilopenfleisch wie geplant nach Stockholm geschickt wurden – und dass ihr *nicht* wie geplant ins Genick geschossen werden sollte. Oder in die Stirn. Oder woanders hin. Sie war immer noch ein wandelnder Risikofaktor. Aber wenn sie tot war, war das Risiko nun noch größer.

Neunundzwanzig Minuten später bekam Nombeko von Agent A Flugtickets und das versprochene Antilopenfleisch sowie die vorschriftsmäßig ausgefüllten Formulare für die Diplomatenpost in zweifacher Ausfertigung. Sie bedankte sich und erklärte, sie sei in einer Viertelstunde reisefertig und wolle sich bloß noch vergewissern, dass die beiden Pakete korrekt für den Versand vorbereitet wurden. Damit meinte sie – auch wenn sie es nicht sagte –, dass sie mit den drei Chinesenmädchen noch ein ernstes Wörtchen reden musste.

»Ein großes und ein kleines Paket?«, wiederholte Kleine Schwester, die kreativste von allen. »Hättest du etwas dagegen einzuwenden, Nombeko, wenn wir ...«

»Das ist es ja gerade«, sagte Nombeko. »Diese Pakete dürfen *nicht* an eure Mutter in Johannesburg gehen. Das kleine Paket muss nach Stockholm, das ist für mich; allein das ist ja wohl Grund genug, dass ihr es nicht anrührt, hoffe ich. Und das große soll nach Jerusalem.«

»Jerusalem?«, fragte Mittlere Schwester.

»Ägypten«, erklärte Große Schwester.

»Gehst du weg?«, fragte Kleine Schwester.

Nombeko fragte sich, wie der Ingenieur jemals auf den Gedanken verfallen konnte, diesen drei Mädchen die Post anzuvertrauen.

»Ja, aber sagt keinem was. Ich werde bald hier rausgeschmuggelt, dann fahre ich nach Schweden. Jetzt müssen wir Abschied nehmen. Ihr wart tolle Freundinnen.«

Und sie umarmten einander.

»Pass auf dich auf, Nombeko«, sagten die Chinesenmädchen auf isiXhosa.

»再见«, antwortete Nombeko. »Lebt wohl!«

Dann ging sie ins Büro des Ingenieurs, sperrte seine Schreibtischschublade auf und nahm sich ihren Pass.

»Market Theatre bitte, Marktplatz, Downtown Johannesburg«, sagte Nombeko zu Agent A, als sie in den Kofferraum des Autos mit dem Diplomatenkennzeichen kroch.

Sie klang wie ein ganz normaler Fahrgast eines ganz normalen Taxifahrers. Es sah auch so aus, als würde sie Johannesburg in- und auswendig kennen – und als ob sie wüsste, wohin sie unterwegs war. In Wirklichkeit hatte sie noch vor ein paar Minuten ein letztes Mal in einem Buch der Bibliothek von Pelindaba geblättert und sich den Ort herausgesucht, der wahrscheinlich der überlaufenste des ganzen Landes war.

»Alles klar«, sagte Agent A. »Wird gemacht.«

Und dann machte er den Kofferraum zu.

Jetzt war ihm klar, dass Nombeko nicht vorhatte, sie zu der Person zu führen, in deren Besitz sich das Band befand, so dass sie beide auf einmal hätten umnieten können. Ihm war auch klar, dass Nombeko im Gewimmel am Marktplatz in nicht mal zwei Minuten untertauchen konnte. Ihm war klar, dass Nombeko gewonnen hatte.

Die erste Runde.

Doch sobald die Bombe in Jerusalem angekommen war, gab es keine Beweise mehr, die auf Abwege geraten und sie in Schwierigkeiten bringen könnten. Dann konnten sie das Band abspielen, so viel sie lustig waren und wo sie lustig waren. Die Agenten konnten einfach alles abstreiten. Es waren sowieso alle gegen Israel, da war es ja klar, dass Bänder dieser Art im Umlauf waren. Aber so was für bare Münze zu nehmen, war doch einfach nur lächerlich.

Und damit war die zweite Runde eingeläutet.

Niemand legte sich ungestraft mit dem Mossad an.

* * * *

Das Auto mit den Agenten verließ Pelindaba am Donnerstag, dem 12. November 1978, um 14.10 Uhr. Um 15.01 Uhr desselben Tages rollte der Wagen mit der Ausgangspost des Tages durch dieselben Tore. Mit einer Verspätung von elf Minuten, weil man aufgrund einer Sperrgutsendung das Fahrzeug hatte wechseln müssen.

Um 15.15 Uhr stellte der Leiter der Ermittlungen im Fall van der Westhuizen fest, dass der Mann ermordet worden war. Drei voneinander unabhängige Zeugen gaben ganz ähnliche Aussagen ab. Und zwei von ihnen waren Weiße.

Diese Aussagen wurden auch von den Beobachtungen bestätigt, die der Chefermittler vor Ort gemacht hatte. Auf dem zerquetschten Gesicht des Ingenieurs fanden sich an drei Stellen Spuren von Gummi. Er musste von mindestens drei Reifen überfahren worden sein, einem mehr, als jedes normal gebaute Auto pro Seite hat. Folglich war der Ingenieur entweder von mehr als einem Auto überfahren worden oder – wie die Zeugen übereinstimmend behaupteten – mehrmals von ein und demselben.

Es dauerte weitere fünfzehn Minuten, doch um 15.30 Uhr wurde das Niveau der Sicherheitsstufe in der Forschungsanlage heraufgesetzt. Der schwarzen Putzfrau in der äußeren Wache sollte sofort gekündigt werden, ebenso der schwarzen Putzfrau im zentralen G-Flügel und den drei Asiatinnen in der Küche. Bevor sie eventuell freigelassen wurden, sollten alle fünf einer Risikoanalyse durch die Sicherheitspolizei unterzogen werden. Sämtliche ein- und ausfahrenden Fahrzeuge waren zu kontrollieren, und wenn der Oberbefehlshaber der südafrikanischen Streitkräfte höchstpersönlich am Steuer saß!

* * * *

Am Flugplatz fragte Nombeko sich durch, folgte dem Menschenstrom und hatte die Sicherheitskontrolle passiert, bevor sie überhaupt gemerkt hatte, dass es eine gab. Im Nachhinein war ihr natürlich klar, dass Diamanten in einem Jackenfutter den Metalldetektor nicht ausschlagen lassen.

Da die Mossadagenten gezwungen waren, das Ticket so kurzfristig zu besorgen, waren nur noch die teuersten Plätze frei gewesen. Entsprechend fiel auch ihr Platz aus. Das Personal brauchte eine ganze Weile, bis es Nombeko klargemacht hatte, dass das angebotene Glas Champagne de Pompadour Extra Brut im Ticketpreis inbegriffen war. Ebenso das folgende Essen. Sie wurde auch freundlich, aber bestimmt wieder an ihren Platz zurückgebracht, als sie versuchen wollte, den Stewardessen beim Abräumen zu helfen.

Doch bis zum Dessert hatte sie es endgültig kapiert. Es gab mit Mandeln gratinierte Himbeeren, die sie mit einer Tasse Kaffee hinunterspülte.

»Darf ich Ihnen einen Kognak zum Kaffee anbieten?«, fragte die Stewardess freundlich.

»Ja, bitte«, sagte Nombeko. »Haben Sie Klipdrift?«

Kurz darauf schlummerte sie ein und schlief sanft und gut – und lange.

Als sie am Flugplatz Stockholm–Arlanda angekommen war, folgte sie den Anweisungen der so elegant ausgetricksten Mossadagenten. Sie ging zum erstbesten Grenzpolizisten und bat um politisches Asyl. Als Grund gab sie ihre Mitgliedschaft in der verbotenen Organisation ANC an, was sich besser anhörte, als dass sie dem

Geheimdienst einer anderen Nation gerade geholfen hatte, eine südafrikanische Atomwaffe zu stehlen.

Die erste Befragung durch die schwedische Grenzpolizei wurde in einem hellen Zimmer vorgenommen, dessen Fenster zur Start- und Landebahn hinausging. Dort draußen tat sich gerade etwas, was Nombeko noch nie zuvor erlebt hatte. Es schneite. Der erste Schnee des Winters, mitten im südafrikanischen Frühsommer.

8. KAPITEL

**Von einem Match, das unentschieden ausging,
und einem Unternehmer, der sein Leben nicht leben durfte**

Ingmar und Holger 1 waren sich einig, dass man Mamas Andenken am besten ehrte, indem man den Kampf weiterführte. Nummer zwei war ganz sicher, dass sich Papa und Brüderchen da irrten, begnügte sich aber mit der Frage, wer ihrer Meinung nach denn nun das Geld verdienen sollte?

Ingmar runzelte die Stirn und gab zu, dass er dieses Detail nicht mit der nötigen Aufmerksamkeit bedacht hatte, bei all den anderen Dingen, die er in letzter Zeit zu bedenken hatte. In Henriettas Zuckerdose steckten immer noch ein paar Hunderter, aber die würden bald genauso verschwunden sein wie Henrietta selbst.

In Ermangelung anderer Ideen beschloss der ehemalige Postbeamte, sich erneut um seinen Job als Assistent des Oberbuchhalters zu bewerben, der nur noch zwei Jahre bis zur Pensionierung warten musste. Und der ihm ins Gesicht sagte, dass er unter gar keinen Umständen vorhatte, sich diese zwei Jahre von Herrn Qvist verderben zu lassen.

Der wütende Kommunist, der seine Enkel nie kennenlernte (und auch Ingmar nie zu fassen bekam), verstarb völlig verbittert im Alter von einundachtzig Jahren, nachdem er seine Tochter verloren hatte, seine Frau verschwunden war und der Kapitalismus um ihn her blühte und gedieh. Da er nicht mehr lebte, musste er zumindest nicht mit ansehen, wie sein gesamter Besitz von den Holgers und Ingmar übernommen wurde. Holger 1, den es wirklich gab, war der Erbe.

Der Anführer der Kommunisten in Södertälje hatte neben seiner politischen Tätigkeit mit dem Import und Verkauf von Produkten aus der Sowjetunion zu tun gehabt. In letzter Zeit war er in Schweden über die Marktplätze gezogen, um seine Waren zusammen mit der Größe der Sowjetunion anzupreisen. Ab und zu funktionierte beides ganz leidlich, aber der Gewinn reichte gerade zur Deckung der nötigsten Grundbedürfnisse, inklusive eines Farbfernsehers, zweier wöchentlicher Besuche im Spirituosengeschäft und dreitausend Kronen Parteispende pro Monat.

Zu den Dingen, die Nummer eins von seinem Großvater erbte, gehörten ein gut erhaltener Lkw und eine Garage, die zugleich als Lager diente und mit Krimskrams vollgestellt war. Der alte Mann hatte in all den Jahren etwas schneller eingekauft, als er verkaufen konnte.

Zu den Waren gehörten schwarzer und roter Kaviar, saure Gurken und geräucherter Krill. Es gab georgischen Tee, weißrussisches Leinen, russische Filzstiefel und Robbenfelle von den Inuit. Da gab es Emaillegefäße aller Art, inklusive dem typischen grünen Abfalleimer mit Pedal zum Öffnen. Da gab es *furashki*, die russischen Militärmützen, und *ushanki*, Pelzmützen, in denen man unmöglich frieren konnte. Da gab es Wärmflaschen aus Gummi und Schnapsgläser mit aufgemalten Vogelbeeren. Und geflochtene Strohschuhe in Größe siebenundvierzig.

Da gab es fünfhundert Exemplare des Kommunistischen Manifests auf Russisch und zweihundert Ziegenhaarschals vom Ural. Und vier Felle von Sibirischen Tigern.

Das alles und noch viel mehr fanden Ingmar und die Jungen in der Garage. Und last, but not least:

Eine zweieinhalb Meter hohe Leninstatue aus karelischem Granit.

Wenn Ingmars Schwiegervater noch am Leben gewesen wäre und Lust bekommen hätte, sich mit seinem Schwiegersohn zu unterhalten, statt ihn zu erwürgen, hätte er ihm erzählt, dass er die Statue billig von einem Künstler in Petrozavodsk gekauft hatte, der den Fehler begangen hatte, dem Großen Führer der sozialistischen Revolution menschliche Züge zu verleihen. Der stahlgraue Leninblick wirkte eher verlegen, und die Hand, die geradewegs in die Zukunft weisen sollte, schien dem Volk, das Lenin doch führen sollte, eher *zuzuwinken*. Der Bürgermeister der Stadt, der die Statue bestellt hatte, regte sich schrecklich auf, als er das Ergebnis sah, und er machte dem Künstler klar, dass das Ding sofort verschwinden müsse, wenn der Bürgermeister nicht dafür sorgen solle, dass der Künstler selbst verschwand.

Ausgerechnet in diesem Augenblick war Ingmars Schwiegervater des Weges gekommen, mal wieder auf einer seiner Shoppingtouren. Zwei Wochen später lag die Statue in Södertälje und winkte einer Garagenwand zu.

Ingmar und Nummer eins stöberten in den Reichtümern und lachten dabei fröhlich. Dieses Zeug würde die Familie ja jahrelang ernähren!

Nummer zwei war von der Entwicklung der Dinge nicht ganz so begeistert. Er hatte gehofft, dass der Tod seiner Mutter nicht vergebens gewesen war, dass sich danach wirklich etwas ändern würde.

»Vielleicht hat Lenin nicht unbedingt überall den höchsten Marktwert«, versuchte er es und wurde sofort zum Schweigen gebracht.

»Mein Gott, bist du negativ«, sagte Papa Ingmar.

»Aber echt. Mein Gott, bist du negativ«, sagte Holger 1.

»Genauso wenig wie das Kommunistische Manifest auf Russisch«, fügte Nummer 2 noch hinzu.

* * * *

Die Waren in der Garage ernährten die Familie volle acht Jahre. Papa Ingmar und die Zwillinge traten in die Fußstapfen von Ingmars Schwiegervater, von Marktplatz zu Marktplatz, und konnten sich mit einer gewissen Gewinnmarge einen erträglichen Lebensstandard sichern, vor allem deswegen, weil die Kommunisten in

Södertälje keinen Anteil mehr von den Einnahmen bekamen. Genauso wenig wie das Finanzamt übrigens.

Nummer zwei wünschte sich dabei die ganze Zeit weit weg, tröstete sich aber mit dem Gedanken, dass während der Marktjahre zumindest keine Zeit für republikanische Schnapsideen blieb.

Nach diesen acht Jahren war nur noch die zweieinhalb Meter hohe Leninstatue übrig sowie vierhundertachtundneunzig von den fünfhundert Exemplaren des Kommunistischen Manifests auf Russisch. Ein Exemplar hatte Ingmar auf dem Markt in Mariestad einem Blinden verkaufen können. Das zweite war auf dem Weg nach Malma Marken draufgegangen, als Ingmar Magen-Darm-Grippe bekam und das Auto anhalten musste, um sich in einen Straßengraben zu hocken.

Insofern hatte Holger zwei doch recht behalten.

»Was machen wir jetzt?«, fragte Holger 1, der in seinem ganzen Leben noch keine eigene Idee gehabt hatte.

»Egal, was. Solange es bloß nichts mit dem Königshaus zu tun hat«, sagte Holger 2.

»Das hat es aber«, sagte Ingmar. »Davon hatten wir in letzter Zeit viel zu wenig.«

Ingmar hatte einen Einfall, wie sie durch eine Umarbeitung der Leninstatue doch noch mal etwas Geld zum Leben verdienen konnten. Ihm war nämlich aufgefallen, dass genau dieser Lenin eine verblüffende Ähnlichkeit mit dem schwedischen König hatte. Sie mussten ihm bloß den Bart abhacken, ein bisschen was von der Nase wegklopfen und aus dem Käppi einfach Locken machen – und schwupps, war Wladimir Iljitsch kaum mehr von Seiner Majestät zu unterscheiden!

»Hast du tatsächlich vor, eine zweieinhalb Meter hohe Königsstatue zu verkaufen?«, fragte Holger 2 seinen Vater. »Hast du denn überhaupt keine Prinzipien?«

»Jetzt werd mal nicht unverschämt, mein lieber abtrünniger Sohn. Not kennt kein Gebot, das habe ich schon gelernt, als ich noch jung war und so übel dran, dass ich das neue Fahrrad eines Soldaten von der Heilsarmee beschlagnahmen musste. Der hieß übrigens auch Holger.«

Und dann fuhr er fort, dass die Holgers ja gar nicht ahnen konnten, wie viele begüterte Königsanhänger es in diesem Lande gab. Eine Königsstatue konnte zwanzig- bis dreißigtausend einbringen. Vielleicht sogar vierzig. Und dann mussten sie nur noch den Lkw verkaufen.

Ingmar legte los. Er klopfte und feilte und polierte eine ganze Woche lang. Und es gelang ihm besser als erwartet. Als Holger 2 das Resultat sah, dachte er, dass man von seinem Vater ja denken konnte, was man wollte, aber um einen Ausweg war er so schnell nicht verlegen. Und er war auch nicht ganz ohne eine gewisse künstlerische Ader.

Blieb nur noch der Verkauf. Ingmar stellte sich vor, dass sie die Statue einfach in den Laderaum ihres Lkws hievten, um dann sämtliche Grafen und Barone auf den Gütern rund um Stockholm abzuklappern, bis einer von ihnen einsah, dass er ohne einen schwedisch-karelischen Granitkönig im Garten nicht leben konnte.

Doch es war gar nicht so einfach, die Statue da hochzubefördern, schließlich durfte der König auch nicht hinten runterpurzeln. Holger 1 war mit Feuereifer dabei, seinem Vater zu helfen, wenn der ihm nur sagte, was er machen solle. Nummer zwei stand mit den Händen in den Hosentaschen daneben und sagte gar nichts.

Ingmar betrachtete seine zwei Söhne und entschied, dass es besser war, wenn keiner der beiden ihm hier reinpfuschte. Papa würde das Ganze allein in die Hand nehmen.

»Jetzt geht mal ein paar Schritte zurück und stört mich nicht«, sagte er und befestigte nach einem ausgeklügelten System Halteseile kreuz und quer an der Statue.

Und dann fing er an zu kurbeln. Und bugsierte die Königsstatue tatsächlich ohne jede Hilfe bis an die Kante des Lkws.

»So, jetzt nur noch das letzte Stückchen«, sagte der Königshasser befriedigt, eine Sekunde, bevor ein Halteseil riss.

Damit fand Ingmar Qvists langer Lebenskampf sein Ende.

Der König neigte sich nämlich demütig zu ihm vor, sah ihm zum ersten Mal in die Augen und fiel dann langsam, aber unerbittlich direkt auf seinen Schöpfer.

Ingmar hauchte unter dem Gewicht des Königs sofort sein Leben aus, während dieser selbst in vier Teile zerbrach.

Holger 1 war völlig verzweifelt. Direkt neben ihm stand Nummer zwei und schämte sich, weil er rein gar nichts empfinden konnte. Er betrachtete seinen toten Vater und neben ihm den zerbrochenen König.

Wie es aussah, war dieses Match unentschieden ausgegangen.

In der Provinzzeitung von Södertälje stand ein paar Tage später zu lesen:

> Mein geliebter Vater
> Ingmar Qvist
> hat mich verlassen.
> In unendlicher Trauer
> Södertälje, den 4. Juni 1987
> HOLGER
> –
>
> *Vive la République*

* * * *

Holger 1 und 2 waren identische Kopien voneinander. Und gleichzeitig so gegensätzlich wie nur was.

Nummer eins hatte nicht eine Sekunde lang die Berufung seines Vaters infrage gestellt. Nummer zwei kamen als Siebenjährigem erste Zweifel, die in den folgenden Jahren immer stärker wurden. Als Nummer zwei zwölf war, wusste er, dass Papa einfach nicht ganz richtig im Kopf war. Seit dem Tod seiner Mutter stellte er Ingmars Ideen immer öfter infrage.

Aber er ging nie fort. Im Laufe der Jahre hatte er ein immer größeres Verantwortungsgefühl für seinen Vater und seinen Bruder entwickelt. Und außerdem waren Nummer eins und zwei ja Zwillinge. Das war ein Band, das man nicht so leicht durchtrennte.

Warum die Brüder so ungleich waren, war schwer zu sagen. Vielleicht hatte es damit zu tun, dass Holger 2 – der, den es eigentlich gar nicht richtig gab – eine allgemeine Begabung hatte, die dem ersten völlig abging.

Deswegen ergab es sich ganz selbstverständlich, dass Nummer zwei während ihrer Schullaufbahn die schriftlichen und mündlichen Prüfungen ablegte und seinem Bruder das Autofahren beibrachte, nachdem er selbst den Führerschein gemacht hatte. Auch den Lkw-Führerschein. Großvaters Volvo F406 war der einzige nennenswerte Besitz der Brüder. Soll heißen: Holger 1 besaß ihn. Denn um etwas zu besitzen, musste man ja existieren.

Als ihr Vater weg war, spielte Nummer zwei mit dem Gedanken, zu den Behörden zu gehen und sie von seiner Existenz in Kenntnis zu setzen, um dann ein Studium zu beginnen. Und ein Mädchen zu finden, das er lieben konnte. Und mit dem er Liebe machen konnte. Wie sich das wohl anfühlte?

Aber als er genauer darüber nachdachte, wurde ihm klar, dass das alles gar nicht so einfach war. Durfte er denn überhaupt das gute Abiturzeugnis nutzen? Gehörte das nicht seinem Bruder? Per definitionem hatte Holger 2 ja nicht mal eine Grundschulausbildung, oder?

Außerdem gab es dringlichere Fragen zu klären. Zum Beispiel, wie die Brüder das Geld verdienen sollten, um sich satt zu essen. Holger 1 gab es schließlich richtig, er hatte sowohl Pass als auch Führerschein und sollte sich daher wohl einen Job suchen können.

»Einen Job?«, sagte Nummer eins, als die Sache zur Sprache kam.

»Ja, eine Arbeit. Ist ja nicht ungewöhnlich, dass Leute im Alter von sechsundzwanzig Jahren so was haben.«

Holger 1 schlug vor, dass sich doch lieber Nummer zwei darum kümmern solle, im Namen von Nummer eins. Ungefähr so, wie sie es all die Jahre auch in der Schule gehandhabt hatten. Aber Nummer zwei meinte, jetzt, nachdem der König Papa erschlagen hatte, werde es Zeit, die Jugend hinter sich zu lassen. Holger 2 hatte nicht vor, die Arbeit für seinen Bruder zu tun – und ganz bestimmt auch nicht für Papa Ingmar.

»Das war nicht der König, das war Lenin«, sagte Holger 1 trotzig.

Nummer zwei meinte, es sei völlig egal, wer auf Ingmar gefallen sei, das hätte genauso gut Mahatma Gandhi sein können. Aber das war jetzt Geschichte. Jetzt wurde es Zeit, sich eine Zukunft aufzubauen. Gerne zusammen mit seinem lieben Bruder, doch nur, wenn Nummer eins versprach, alle Ideen von Staatsstreichen auf den Müll zu werfen. Nummer eins murmelte, dass er doch sowieso nie Ideen hatte.

Damit gab sich Holger 2 zufrieden und dachte in den nächsten Tagen darüber nach, wie der nächste Schritt in ihrem Leben aussehen könnte.

Am dringendsten war das Geld, das sie brauchten, um Essen auf den Tisch zu bringen.

Die Lösung sah so aus, dass sie den Tisch verkauften. Beziehungsweise gleich das ganze Haus.

Das Häuschen der Familie in der Nähe von Södertälje wechselte den Besitzer, und die Brüder zogen in den Laderaum ihres Volvo F406-Lkws.

Doch es war ein Häuschen, das sie da verkauft hatten, kein Schloss, und im Großen und Ganzen war es nicht in Schuss gehalten worden, seit Papa Ingmar irgendwann vor vierzig Jahren durchgedreht war. Der offizielle Besitzer Holger 1 bekam nur hundertfünfzigtausend Kronen für das elterliche Heim. Wenn die Brüder nichts unternahmen, würde dieses Geld bald wieder aufgebraucht sein.

Nummer eins fragte Nummer zwei, was seiner Meinung nach das oberste Viertel von Papas Statue wert sein könnte. Da holte Nummer zwei ein Stemmeisen und zertrümmerte das Ding nach allen Regeln der Kunst, damit dieses Thema ein für alle Mal vom Tisch war. Als er fertig war, versprach er, dass er auch die vierhundert-achtundneunzig verbliebenen Exemplare des Kommunistischen Manifests auf Russisch verbrennen würde, aber vorher wollte er eine Runde spazieren gehen, denn er musste ein Weilchen alleine sein.

»Bitte denk nicht zu viel nach, während ich weg bin.«

* * * *

Aktiengesellschaft Holger & Holger? Konnte das wohl funktionieren? Ein Fuhrunternehmen? Denn das zumindest hatten sie ja im Leben: einen Lkw.

Holger 2 setzte eine Annonce in die Provinzzeitung: »Kleines Fuhrunternehmen sucht Aufträge« und bekam sofort Antwort von einem Kissengroßhändler in Gnesta, der Hilfe brauchte, weil sein bisheriger Auslieferer nicht nur jeden fünften Transport vergessen hatte, sondern auch jede zweite Überweisung ans Finanzamt und dafür jetzt in die Justizvollzugsanstalt Arnö gewandert war. Der Staat glaubte, dass der Auslieferer achtzehn Monate brauchen würde, bis er sich wieder an die Gesellschaft angepasst hatte. Der Kissengroßhändler, der den wahren Charakter seines Auslieferers kannte, dachte sich, dass sich das wohl durchaus länger hinziehen könnte. Auf jeden Fall saß der Auslieferer jetzt eben dort, wo er saß, und der Unternehmer brauchte sofort Ersatz.

Das Unternehmen Gnesta Daunen & Inletts AG stellte seit unzähligen Jahren Kopfkissen für Hotels, diverse Landgerichte und Behörden her. Erst ging es gut, dann schlechter, am Ende gar nicht mehr. Da feuerte der Unternehmer seine vier Mitarbeiter und fing stattdessen an, Kissen aus China zu importieren. Das machte ihm das Leben zwar einerseits leichter, aber es war auch anstrengend, und langsam, aber sicher begann er sich alt zu fühlen. Der überarbeitete Mann hatte alles satt und machte nur weiter, weil er schon lange vergessen hatte, dass das Leben noch etwas anderes zu bieten haben konnte.

Holger 1 und 2 trafen ihn in seinem Büro mit angeschlossenem

Lager am Stadtrand von Gnesta. Die Gegend sah heruntergekommen aus, ein Lager und ein abbruchreifes Haus mit einem gemeinsamen Hof und eine seit vielen Jahren ungenutzte Töpferwerkstatt auf der anderen Straßenseite. Der nächste Nachbar war ein Schrottplatz, ansonsten war das Gelände völlig verlassen.

Da Holger 2 reden konnte und Holger 1 auf Geheiß seines Bruders den Mund hielt, fasste der Unternehmer Vertrauen zu der potenziellen neuen Auslieferungslösung. Die Wohnungen in dem Abbruchhaus waren nicht gerade die schönsten der Welt, aber wenn die Brüder eine von ihnen beziehen wollten, oder auch zwei, ginge das in Ordnung. Der Unternehmer selbst wohnte im Zentrum der kleinen Ortschaft.

Es sah so aus, als würde sich alles zum Besten ordnen, aber da teilte die Schwedische Rentenanstalt dem Unternehmer brieflich mit, dass er demnächst ja fünfundsechzig Jahre alt war und daher das Recht hatte, in Pension zu gehen. Daran hatte er gar nicht gedacht. Was für ein Glück! Jetzt war es also an der Zeit, das Rentenalter zu genießen. Nichtstun als Vollzeitbeschäftigung, genau danach sehnte sich der Unternehmer. Vielleicht sogar ein bisschen Remmidemmi? Seit dem Spätsommer '67 hatte er nicht mehr versucht, einen draufzumachen. Damals war er nach Stockholm gefahren, um in den Nalen zu gehen, nur um herauszufinden, dass der berühmte Tanzpalast zugemacht hatte und jetzt eine Freikirche war.

Der Pensionsbescheid war für den Unternehmer ein Grund zur Freude. Für Holger und Holger war er eher problematisch.

Tja, da die Brüder nichts zu verlieren hatten, beschloss Nummer zwei, in die Offensive zu gehen. Er schlug vor, dass Holger & Holger doch die gesamte Firma des Kissengroßhändlers übernehmen könnten, inklusive Lager, Abbruchhaus und Töpferei. Zum Ausgleich sollte er von den Brüdern fünfunddreißigtausend Kronen pro Monat auf die Hand bekommen, solange er lebte.

»Als Extrapension«, meinte Holger 2. »Wir haben nur nicht so richtig Bargeld, mit dem wir den Herrn Unternehmer rauskaufen könnten.«

Der frisch gebackene Rentner überdachte die Sache. Dann überdachte er sie noch ein bisschen. Und sagte zum Schluss:

»Abgemacht! Aber sagen wir doch dreißigtausend, nicht fünfunddreißig. Und unter einer Bedingung!«

»Was für eine Bedingung?«, sagte Holger 2.

»Na ja, also das ist so …«, begann der Unternehmer.

Der Preisnachlass war an die Bedingung geknüpft, dass Holger und Holger ihm versprachen, die Verantwortung für den amerikanischen Ingenieur zu übernehmen, den der Unternehmer vor vierzehn Jahren in einem Versteck in der Töpferwerkstatt entdeckt hatte. Der Amerikaner hatte im Vietnamkrieg Tunnels für das Militär gebaut, war ständig von den Vietkong angegriffen worden, schwer verletzt und in einem Krankenhaus in Japan behandelt worden, hatte sich erholt, sich durch den Boden des Krankenzimmers nach draußen gegraben, war nach Hokkaido geflohen, mit einem Fischtrawler bis an die sowjetische Grenze gefahren, dort auf ein Schiff der sowjetischen Küstenwache umgestiegen, in Moskau gelandet, dann in Helsingfors und zum Schluss nach Stockholm und Schweden weitergefahren. Dort gewährte man ihm politisches Asyl.

Doch in Stockholm hatte der Vietnamdeserteur geglaubt, überall die CIA zu sehen. Er war völlig runter mit den Nerven und felsenfest davon überzeugt, dass sie ihn finden und wieder in den Krieg schicken würden. Und so war er aufs Land geirrt und in Gnesta gelandet, hatte eine stillgelegte Töpferwerkstatt entdeckt, sich hineingeschlichen und unter einer Plane zum Schlafen hingelegt. Es war mehr als Zufall, dass er dort gelandet war, denn im Grunde seines Herzens war der Amerikaner nämlich Töpfer. Ingenieur und Offizier war er nur auf Befehl seines Vaters geworden.

In der Töpferei hatte der Kissengroßhändler nicht allzu viele getöpferte Waren, sondern vielmehr den Teil seiner Buchführung, der das Tageslicht scheute. Und deswegen suchte er jede Woche ein paarmal diese Räume auf. Dort, zwischen den Ordnern, schaute eines Tages ein verschrecktes Gesicht hervor – der Amerikaner, dessen sich der Unternehmer prompt erbarmte. Der Mann durfte bleiben, aber nur wenn er in eine der Wohnungen im Abbruchhaus in der Fredsgatan 5 zog. Wenn der Amerikaner die Töpferwerkstatt wieder zum Leben erwecken wollte, bitte sehr, aber die Tür zu dem fensterlosen Raum dort hinten sollte auf jeden Fall geschlossen bleiben.

Der im ersten Moment etwas erschrockene Amerikaner hatte das Angebot angenommen, woraufhin er sofort und ohne Erlaubnis anfing, einen Tunnel von der Erdgeschosswohnung in der Fredsgatan 5 bis hin zur Töpferwerkstatt auf der anderen Seite zu graben. Als der Unternehmer ihn darauf ansprach, antwortete er, dass er einen Fluchtweg brauche, sollte eines Tages die CIA an die Tür klopfen. Der Tunnelbau dauerte mehrere Jahre, und als er endlich fertig war, war der Vietnamkrieg schon lange vorbei.

»Ganz richtig ist er nicht im Kopf, das kann man nicht anders sagen, aber er gehört zu unserer Abmachung«, sagte der abgearbeitete Unternehmer. »Im Übrigen fällt er ja niemandem zur Last. Soviel ich weiß, lebt er davon, dass er selbst getöpferte Waren auf den Märkten in der Gegend verkauft. Verrückt, aber er schadet keinem, außer vielleicht sich selbst.«

Holger 2 zögerte. Er hatte das Gefühl, dass er nicht noch mehr Wahnwitz in seinem Leben brauchen konnte. Mit seinem Bruder und dem Erbe seines Vaters hatte er schon genug am Hals. Andererseits würde dieses Arrangement es den Brüdern ermöglichen, genau wie der Amerikaner in das Abbruchhaus zu ziehen. Ein richtiges Dach über dem Kopf, statt der Matratze im Lkw.

Die Entscheidung fiel so aus, dass sie sich bereit erklärten, die Verantwortung für den amerikanischen Töpfer mit den kaputten Nerven zu übernehmen. Daraufhin wurde alles, was der ehemalige Unternehmer besaß, auf die neu gegründete Aktiengesellschaft von Nummer eins überschrieben.

Endlich konnte der Abgearbeitete einfach mal ausspannen! Gleich am nächsten Tag fuhr er nach Stockholm, um erst dem

Sture-Bad einen Besuch abzustatten und anschließend Hering und einen Schnaps im Sture-Hof zu genießen!

Doch er dachte nicht daran, dass seit seinem letzten Besuch in der quirligen Großstadt der Rechtsverkehr eingeführt worden war. Dass eben dies auch in Gnesta galt, hatte er nicht mal gemerkt. Also schaute er beim Aussteigen in der Birger Jarlsgatan genau in die falsche Richtung.

»Leben, hier komme ich!«, sagte er.

Und wurde im nächsten Augenblick von einem Bus überfahren.

»Das ist aber traurig«, sagte Holger 1, als die Brüder davon erfuhren.

»Ja. Und billig«, meinte Holger 2.

Holger und Holger besuchten den amerikanischen Töpfer, um ihm von ihrer Abmachung mit dem so tragisch verunglückten Kissengroßhändler zu erzählen und ihm mitzuteilen, dass der Herr Töpfer gern weiter hier wohnen durfte, weil das zur Absprache mit dem Verstorbenen gehörte und man Absprachen schließlich einhielt.

Holger 2 klopfte an.

Stille.

Holger 1 klopfte auch an.

»Kommt ihr von der CIA?«, hörte man eine Stimme.

»Nein, von Södertälje«, sagte Holger 2.

Noch ein paar Sekunden Stille. Dann wurde die Tür vorsichtig aufgemacht.

Die Begegnung der Männer verlief positiv. Es begann abwartend, aber als Holger und Holger andeuteten, dass mindestens einer von ihnen ebenfalls kein ganz unkompliziertes Verhältnis zur Gesellschaft hatte, wurde es besser. Man hatte dem Amerikaner zwar Asyl gewährt, doch er hatte sich seither nicht mehr bei den schwedischen Behörden gemeldet, daher konnte er nur raten, wie viel der Entscheid von damals noch wert war.

Der Töpfer fand sich damit ab, dass das Abbruchhaus einen neuen Besitzer hatte, und beschloss zu bleiben, weil, wie er sich selbst sagte, die Wahrscheinlichkeit äußerst gering war, dass die Herren Holger und Holger für den amerikanischen Geheimdienst arbeiteten. Eigentlich ging sie sogar gegen null, denn so verschlagen die von der CIA auch sein mochten, sie wären wohl kaum darauf verfallen, zwei identisch aussehende Agenten zu schicken, die obendrein auch noch denselben Namen trugen.

Der Amerikaner zog sogar das Angebot von Holger 2 in Erwägung, ab und zu beim Kissenausliefern einzuspringen. Allerdings nur, wenn das Auto dann mit falschen Kennzeichen ausgestattet wurde, damit die CIA ihn nicht ausfindig machen konnte, für den Fall, dass eine ihrer Tausende von Überwachungskameras in diesem Land ein Foto von ihm machte.

Holger 2 schüttelte den Kopf, gab Nummer eins jedoch den Auftrag, nachts ein Paar Nummernschilder zu stehlen. Als der Töpfer dann auch noch verlangte, dass der Lkw schwarz umlackiert werden müsste, damit er den amerikanischen Geheimdienst auf einem dunklen Waldweg besser abschütteln konnte, wenn sie ihn eines Tages doch aufspürten – da fand Nummer zwei, dass es nun aber genug war.

»Ich glaube, wenn ich's mir recht überlege, liefern wir unsere Kissen doch lieber selbst aus. Aber trotzdem danke.«

Der Töpfer sah ihm lange nach. Warum hatte der denn so plötzlich seine Meinung geändert?

* * * *

Holger 2 hatte den Eindruck, dass sich das Leben im Großen und Ganzen gar nicht gut entwickelte, trotz des Arrangements mit dem Kissenunternehmen und dem Abbruchhaus. Außerdem musste er eifersüchtig feststellen, dass es Nummer eins gelungen war, eine Freundin zu finden. Seiner Ansicht nach war die zwar auch nicht ganz richtig im Kopf, aber Gleich und Gleich gesellte sich ja bekanntlich gern. Es war ein junges Mädchen von vielleicht siebzehn Jahren, das auf alles wütend zu sein schien, außer vielleicht auf

Holger 1. Die beiden hatten sich im Zentrum von Gnesta kennengelernt, als die junge Zornige eine Ein-Mann-Demonstration gegen das korrupte Bankensystem veranstaltete. Sie hatte als selbst ernannte Repräsentantin des nicaraguanischen Präsidenten Daniel Ortega einen Kredit über eine halbe Million Kronen beantragt, doch der Bankdirektor – zufällig auch der Vater der jungen Zornigen – hatte erwidert, der Kredit werde nicht auf Antrag eines Vertreters bewilligt, vielmehr müsse Präsident Ortega schon höchstpersönlich in Gnesta vorstellig werden, sich legitimieren und seine Kreditwürdigkeit nachweisen.

Kreditwürdigkeit? Wie würdig war wohl der Bankdirektor selbst, der seiner einzigen Tochter auf diese Art die kalte Schulter zeigte?

Daher die Demonstration. Die jedoch nur begrenzten Erfolg hatte, weil das Publikum einzig aus dem Vater des Mädchens bestand, der in der Tür zu seiner Bank stand, zwei abgerissenen Männern auf einer Parkbank, die darauf warteten, dass es endlich zehn Uhr schlug und das Spirituosengeschäft aufmachte – und Holger 1, der ins Zentrum musste, um Pflaster und Desinfektionsmittel zu kaufen. Er hatte sich nämlich bei dem Versuch, ein Loch im Boden der Wohnung zu reparieren, mit dem Hammer auf den Daumen gehauen.

Was der Vater des Mädchens dachte, war leicht zu erraten. Die zwei abgerissenen Männer fantasierten vor allem darüber, was man für eine halbe Million im Spirituosengeschäft bekommen könnte (der kühnere der beiden tippte auf hundert Flaschen Explorer-Wodka) – während Holger 1 von der Erscheinung des Mädchens schier geblendet war. Sie kämpfte für einen *Präsidenten*, der seinerseits heftigen Wind von vorn hatte, um es mal milde auszudrücken, denn er hatte sich mit den USA und dem größten Teil der Welt überworfen.

Als das Mädchen fertig demonstriert hatte, stellte er sich vor und erzählte von seinem Traum, den schwedischen König abzusetzen. Innerhalb von fünf Minuten war ihnen klar, dass sie füreinander geschaffen waren. Das Mädchen ging zu seinem unglückseligen Vater, der immer noch in der Tür zur Bank stand, und erklärte ihm, er könne sich zum Teufel scheren, denn sie ziehe jetzt ein bei … äh, wie hieß er überhaupt? Holger!

Nummer zwei wurde aus der gemeinsamen Wohnung geworfen und musste sich eine eigene Bleibe in der noch heruntergekommeneren Wohnung gegenüber einrichten. Und unterdessen ging das Leben weiter seinen unguten Gang.

Eines Tages musste er mit einer Lieferung zum Flüchtlingslager in Upplands Väsby, nördlich von Stockholm. Holger 2 fuhr aufs Gelände, parkte vor dem Lager des Heims, sah eine Schwarze, die offenbar ganz neu angekommen war, allein auf einer Bank sitzen, dachte sich weiter nichts dabei und begann, die bestellten Kissen hineinzutragen. Als er wieder herauskam, wurde er von der Frau angesprochen. Er gab ihr eine höfliche Antwort, woraufhin sie spontan ihrer Verwunderung darüber Ausdruck verlieh, dass es Männer wie ihn überhaupt gab.

Dieser Kommentar traf ihn mitten ins Herz, und er konnte sich seine Antwort nicht verkneifen, die da lautete:

»*Das Problem ist, dass es mich ja gar nicht gibt.*«

Wenn er gewusst hätte, was danach kam, wäre er vielleicht eher davongelaufen.

3. TEIL

Gegenwart: jener Teil der Ewigkeit, der die Domäne der Enttäuschung vom Reich der Hoffnung trennt.

Ambrose Bierce

9. KAPITEL

Von einer Begegnung, einer Verwechslung und einem unerwarteten Auftauchen

Nombeko hatte sich als südafrikanische Freiheitskämpferin ausgegeben, auf deren Kopf eine Prämie ausgesetzt war. Solche Leute
mochte Schweden, und wie erwartet wurde sie sofort ins Land gelassen. Erster Halt: Flüchtlingslager Carlslund in Upplands Väsby,
ein Stückchen nördlich von Stockholm.

Nun saß sie den vierten Tag in der Kälte auf einer Bank vor Gebäude Nummer 7, in eine braune Decke mit der Aufschrift »Einwanderungsbehörde« gewickelt, und dachte darüber nach, was sie mit
dem Übermaß an Freiheit anfangen sollte, das sie sich von einem
Tag auf den anderen verschafft hatte.

Mittlerweile hatte sie es auf sechsundzwanzig Jahre gebracht.
Nette Menschen kennenzulernen, wäre sicher ganz schön. *Normale*
Menschen. Oder zumindest einen normalen Menschen. Der ihr
Schweden erklären konnte.

Und weiter? Tja, man konnte wohl davon ausgehen, dass es
selbst in diesem Land eine Nationalbibliothek gab. Auch wenn die
meisten Bücher in den Regalen wohl in einer Sprache abgefasst waren, die sie nicht verstand. Der normale Mensch, der ihr Schweden
erklärte, musste ihr dann wohl auch noch Schwedisch beibringen.

Nombeko hatte schon immer am besten nachdenken können,
wenn sie auf einem Stückchen Antilopen-Trockenfleisch herum-
kaute. So etwas hatte es in Pelindaba nicht gegeben. Was vielleicht
erklärte, warum sie elf Jahre gebraucht hatte, um sich auszurech-
nen, wie sie da rauskam.

Vielleicht war das Antilopenfleisch inzwischen ja schon bei der israelischen Botschaft eingetroffen? Sollte sie sich dort überhaupt hintrauen? Warum eigentlich nicht? Das Tonband, mit dem sie gedroht hatte, erfüllte ja immer noch seinen Zweck, obwohl es zur Stunde genauso wenig existierte wie in der Woche zuvor.

In diesem Moment kam ein Lastwagen mit rotem Laderaum auf den Hof gefahren. Er fuhr rückwärts an ein Lagergebäude, und ein Mann in Nombekos Alter sprang heraus und fing an, Kissen in Plastikhüllen auszuladen und ins Lager zu tragen. Bis der Lkw leer war und er eine Unterschrift von der Frau erhalten hatte, die offenbar Chefin dieser Lagerhalle war. Eine *Frau* war hier die Chefin. Eine Weiße zwar, aber trotzdem.

Nombeko ging auf den Mann zu und sagte, dass sie ihn gerne etwas fragen würde. Aber es müsse auf Englisch sein, denn Schwedisch könne sie noch nicht. Es sei denn, der Herr sprach zufällig isiXhosa oder Wu-Chinesisch?

Der Mann sah Nombeko an und erwiderte, Englisch sei schon okay. Von den anderen Sprachen habe er noch nie gehört. Wie er ihr denn behilflich sein könne?

»Guten Tag überhaupt«, sagte er und streckte ihr die Hand hin. »Ich heiße Holger.«

Verblüfft ergriff Nombeko seine Hand. Ein weißer Mann mit Manieren.

»Nombeko«, sagte Nombeko. »Ich komme aus Südafrika. Ich bin politischer Flüchtling.«

Holger drückte sein Bedauern über Nombekos Schicksal aus, hieß sie aber trotzdem herzlich willkommen in Schweden. Sie fror doch nicht etwa? Wenn sie wollte, könnte er im Lager gerne nach einer zweiten Decke für sie fragen?

Ob sie fror? Ob er ihr noch eine Decke holen sollte? Was war das denn? Hatte Nombeko am Ende schon den normalen Menschen getroffen, der ihr bis jetzt noch nie untergekommen war, wenige Sekunden, nachdem sie sich diesen Wunsch eingestanden hatte? Sie konnte sich ein paar anerkennende Worte nicht verkneifen.

»Unglaublich, dass es solche Männer doch gibt.«

Holger sah sie wehmütig an.

»Das Problem ist, dass es mich ja gar nicht gibt.«

Wie – »nicht geben«?, dachte Nombeko. Und das sagte sie dann auch laut:

»Wie – es gibt dich nicht?«

»Ich existiere eigentlich gar nicht«, sagte Holger. »Es gibt mich nicht.«

Nombeko musterte ihn von oben bis unten und von unten bis oben. Und dachte dabei, dass es doch mal wieder typisch war: Da tauchte endlich jemand in ihrem Leben auf, der ihren Respekt verdiente – und prompt gab es ihn nicht.

Nombeko ließ Holgers Behauptung so stehen und fragte stattdessen, ob er vielleicht wisse, wo die israelische Botschaft sei.

Der Mann, den es nicht gab, sah zwar keine direkte Verbindung zwischen einem südafrikanischen Flüchtling und der israelischen Botschaft, fand aber, dass ihn das nichts anging.

»Die liegt mitten in der Stadt, wenn ich mich recht erinnere. Ich muss sowieso in die Richtung, kann ich Sie vielleicht mitnehmen, Fräulein Nombeko? Wenn Sie mich nicht für zu aufdringlich halten?«

Jetzt war er wieder ganz normal. Er bat fast um Entschuldigung dafür, dass er existierte. Was ja eigentlich im Widerspruch dazu stand, dass er angeblich nicht existierte.

Nombeko wurde vorsichtig. Sie musterte den Mann. Er sah nett aus. Und drückte sich ebenso klug wie freundlich aus.

»Ja, danke«, sagte sie schließlich. »Wenn Sie einen Augenblick warten könnten, ich muss bloß kurz hoch in mein Zimmer und meine Schere holen.«

Sie fuhren nach Süden, Richtung Stockholmer Innenstadt. Wie sich herausstellte, konnte man sich prima mit dem Mann unterhalten – Holger hieß er, oder? Er erzählte von Schweden, von schwedischen Erfindungen, dem Nobelpreis, Björn Borg…

Nombeko hatte viele Fragen. Hatte Björn Borg wirklich fünfmal hintereinander Wimbledon gewonnen? Fantastisch! Was war denn dieses Wimbledon?

Der rote Lkw hielt vor der Storgatan 31, Nombeko stieg aus, ging zur Torwache der Botschaft, stellte sich vor und fragte, ob wohl ein an sie adressiertes Paket aus Südafrika aufgetaucht sei.

Ja, das sei gerade gekommen, und es sei ganz toll, dass das Fräulein schon da sei, denn die Botschaft könne Sendungen dieser Größe ganz schlecht lagern. Dann wandte sich der Wachmann an Nombekos Fahrer und bat ihn, einmal um die Ecke zu fahren und rückwärts an die Laderampe zu setzen, während das Fräulein vielleicht lieber hier wartete, denn es seien noch ein, zwei Unterschriften auf den Papieren zu leisten. Wo hatte er die denn bloß?

Nombeko versuchte zu protestieren. Das Paket sollte nicht in den Lkw, sie wollte es unter den Arm klemmen und selbst mitnehmen. Irgendwie würde sie den Weg zurück zum Flüchtlingslager schon finden. Doch der Wachmann grinste nur, während er Holger hineinwinkte, und vergrub die Nase wieder in seinen Papieren.

»Mal sehen ... Wissen Sie, Fräulein, der Ordentlichste bin ich nicht gerade ... Hier auch nicht ... Die hier vielleicht?«

Es dauerte eine ganze Weile. Als die Formalitäten erledigt waren, war das Paket bereits im Laderaum des Lkws verstaut und Holger bereit zur Abfahrt. Nombeko verabschiedete sich von der Wache und kletterte wieder ins Fahrerhäuschen.

»Du kannst mich dann ja einfach an der nächsten Bushaltestelle rauslassen«, sagte sie.

»Ich verstehe nicht ganz ...«, sagte Holger.

»Was?«

»Du hattest doch gesagt, in deinem Paket sind zehn Kilo Antilopenfleisch, oder?«

»Ja, und?« Nombeko fasste heimlich nach der Schere in ihrer Tasche.

»Ich würde sagen, das Ding wiegt eher eine Tonne.«

»Eine Tonne?«

»Ein Glück, dass ich einen Lkw habe.«

Nombeko schwieg eine Weile und ließ die Worte auf sich wirken. Dann sagte sie:

»Das ist jetzt aber gar nicht gut.«

»Was ist gar nicht gut?«, wollte Holger wissen

»Alles, ehrlich gesagt«, sagte Nombeko.

* * * *

Mossadagent A war bester Laune. Es war Morgen, und er saß in einem Hotelzimmer in Johannesburg. Sein Kollege aus den Jahren in Pelindaba war bereits auf dem Weg zu seiner neuen Dienststelle in Buenos Aires. A selbst gedachte, sich nach dem Hotelfrühstück direkt zum Jan-Smuts-International-Flughafen zu begeben, um nach Hause zu fliegen und sich ein paar Wochen wohlverdienten Urlaub zu gönnen, bevor er diese Putzfrau in Schweden ausfindig machte und mit ihr tat, was er tun musste. Und das mit Vergnügen.

Das Zimmertelefon klingelte. A war überrascht, nahm aber trotzdem ab. Es war kein Geringerer als Außenminister Peres, der dafür bekannt war, nicht lange um den heißen Brei herumzureden.

»Warum um Himmels willen haben Sie mir zehn Kilo Pferdefleisch geschickt?«, fragte der Außenminister seinen Agenten.

Mossadagent A brauchte nicht lange, um eins und eins zusammenzuzählen. Er begriff sofort, was geschehen war.

»Ich bitte vielmals um Entschuldigung, Herr Minister, aber hier liegt eine schreckliche Verwechslung vor. Ich werde mich sofort um die Angelegenheit kümmern!«

»Wie zum Teufel ist es möglich, das, was ich bekommen sollte, mit zehn Kilo Pferdefleisch zu verwechseln?«, fragte Shimon Peres, der das Wort »Atombombe« am Telefon nicht in den Mund nehmen wollte.

»Antilopenfleisch, um genau zu sein«, sagte Agent A und bereute schon im nächsten Augenblick seine Worte.

Zu guter Letzt gelang es dem Mossadagenten A, seinen erbosten Außenminister abzuwimmeln und die israelische Botschaft in Stockholm anzurufen. Dort wurde er zur Torwache durchgestellt und sagte:

»Die Achthundert-Kilo-Lieferung aus Südafrika darf auf keinen Fall die Botschaft verlassen. *Rühren Sie sie nicht mal an*, bis ich bei Ihnen bin!«

»Bedaure vielmals«, sagte der Wachmann. »Eine nette Schwarze war gerade mit einem Lkw hier und hat die Lieferung abgeholt. Leider kann ich Ihnen ihren Namen nicht sagen, weil ich in dieser Hektik hier die Quittung garantiert nicht finde.«

Mossadagent A fluchte nie. Er war zutiefst religiös und hatte schon als Kind gelernt, was man sagen durfte und was nicht. Jetzt legte er den Hörer auf, setzte sich auf die Bettkante und sagte:

»Gottverfluchte Scheiße!«

Agent A malte sich im Geiste aus, wie er Nombeko Mayeki umbringen würde. Die langsamsten Varianten gefielen ihm am besten.

* * * *

»Eine Atombombe?«, sagte Holger.

»Eine Atombombe«, sagte Nombeko.

»Eine Kernwaffe?«

»Auch das.«

Nombeko fand, dass Holger es verdiente, die ganze Geschichte zu hören, nachdem die Dinge nun mal so standen, wie sie standen. Also erzählte sie ihm von Pelindaba, von dem geheimen Kernwaffenprojekt, von den sechs Bomben, aus denen sieben geworden waren, von Ingenieur Westhuizen, von seinem Glück, von seinem Klipdrift, seinem unglücklichen Abtreten, den beiden Mossadagenten, der Kiste mit Antilopenfleisch, die nach Stockholm sollte, und dem wesentlich größeren Paket, das nach Jerusalem sollte. Sie ging zwar nicht bis ins letzte Detail, aber Holger konnte sich rasch ein ungefähres Bild der Lage machen.

Er verstand alles, nur nicht, wie es zu so einem Irrtum kommen konnte. Nombeko und die Agenten hatten doch nur zwei Pakete verschicken müssen, ein kleines und ein gigantisches, das konnte doch wohl so schwer nicht sein?

Nombeko war sich nicht sicher, hatte da aber so ihren Verdacht. Die Sache war nämlich die, dass sich in der Forschungsanlage drei nette, aber etwas schusselige chinesische Mädchen mit mittelprächtigem Urteilsvermögen um die Post kümmerten. Nombeko nahm an, zwei Etiketten waren einfach eines zu viel gewesen. Und da war es eben dumm gelaufen.

»Ja, das kann man wohl sagen«, meinte Holger und merkte, wie ihm innerlich ganz kalt wurde.

Eine Weile sagte Nombeko gar nichts, dann fuhr Holger fort:

»Die Vertreter eines der besten Geheimdienste der Welt und du, ihr habt diese Adressaufkleber also drei schusseligen Mädchen mit mittelprächtigem Urteilsvermögen in die Hand gedrückt?«

»Das ist korrekt«, sagte Nombeko. »Wenn man die Dinge zugespitzt ausdrücken will, und das muss man hier vielleicht auch, in Anbetracht der Situation.«

»Wer setzt denn bitte unzuverlässige Mitarbeiter auf die Stelle, die die Ausgangspost bearbeitet?«

»Und die Eingangspost«, sagte Nombeko. »Tja, das war wohl der Ingenieur. Einer der dümmsten Menschen, die mir je begegnet sind. Lesen konnte er, aber sehr viel mehr auch nicht. Er erinnerte mich an einen erschreckend beschränkten Assistenten des Sanitätsamtes Johannesburg, mit dem ich in jungen Jahren öfter zu tun hatte.«

Holger sagte nichts, sondern ließ sein Hirn auf Hochtouren arbeiten.

»Sollen wir umdrehen und die Bombe an die Israelis zurückgeben?«, fragte Nombeko.

Da erwachte Holger aus seiner geistigen Lähmung.

»Niemals!«, rief er.

Er hatte auch eine Lebensgeschichte, die ihresgleichen suchte, es war nämlich so, wenn Fräulein Nombeko das richtig verstehen wollte, dass er gewissermaßen gar nicht existierte, das hatte er ja schon angedeutet. Aber sein Land liebte er trotzdem. Und es kam überhaupt nicht infrage, dass er dem israelischen oder irgendeinem anderen Geheimdienst freiwillig eine Nuklearwaffe überließ – *auf schwedischem Boden.*

»Niemals!«, wiederholte er. »Und du kannst auch nicht im Flüchtlingsheim bleiben. Ich bin sicher, dass die Israelis sowohl dich als auch die Bombe suchen werden.«

Nombeko ließ sich Holgers Worte durch den Kopf gehen. Aber was ihr so gar nicht aus dem Sinn gehen wollte, war seine wiederholte Behauptung, er existiere gar nicht.

»Das ist eine lange Geschichte«, murmelte Holger.

Nombeko überlegte. Das Einzige, was ihr im Hinblick auf ihre Zukunft als freie Frau bisher gelungen war, war die Begegnung mit normalen Menschen, denn damit hatte sie überhaupt keine Erfahrung. Da tauchte ein offenbar ganz normaler Schwede auf. Nett. Rücksichtsvoll. Belesen. Und dann behauptete er, er existiere gar nicht.

Weiter kam sie nicht, denn Holger sagte:

»Ich wohne in einem Abbruchhaus in Gnesta.«

»Hübsch«, meinte Nombeko.

»Wie wär's, wenn du da mit einziehst?«

Nombeko hatte beschlossen, dass die Schere bei Holger nicht nötig war. Ein Abbruchhaus in ... wie hieß das noch gleich? Gnesta?

Tja, dachte sie. Sie hatte ihr halbes Leben in einer Hütte gewohnt und die andere Hälfte hinter einem Zaun eingesperrt verbracht. Da war ein Abbruchhaus doch direkt mal ein Aufstieg.

Aber war der Herr Holger denn wirklich sicher, dass er sich einen Flüchtling und eine Nuklearwaffe ans Bein binden wollte? Und dazu den Geheimdienst einer anderen Nation auf den Fersen haben?

Holger wusste gar nichts sicher. Aber er merkte, dass er diese Frau mochte. Es war ihm unvorstellbar, sie einfach so den Klauen des Mossad auszuliefern.

»Nein«, sagte er. »Ich bin nicht sicher. Aber ich halte das Angebot aufrecht.«

Nombeko wiederum mochte Holger auch. Wenn es denn etwas zu mögen gab.

»Du bist also nicht böse auf mich wegen dieser Geschichte mit der Atombombe?«

»Ach wo«, sagte Holger. »So was kann schon mal passieren.«

Die Fahrt von der israelischen Botschaft auf Östermalm auf die E4 und weiter in südlicher Richtung ging über Norrmalm und Kungsholmen. Durch die Windschutzscheibe konnten Holger und Nombeko Schwedens höchstes Hochhaus sehen, den vierundachtzig Meter hohen *Dagens-Nyheter*-Wolkenkratzer. Holger konnte den Gedanken nicht unterdrücken, was wohl damit passieren würde, wenn die Bombe explodierte. Am Ende musste er seine Frage einfach loswerden:

»Wie übel würde es denn aussehen, wenn es übel ausgehen würde?«, fragte er.

»Was meinst du damit?«, fragte Nombeko.

»Na ja, wenn ich hier gegen einen Laternenpfahl donnere und die Bombe losgeht ... was genau passiert denn da? Ich vermute, du und ich, wir hätten auf jeden Fall schlechte Karten, aber das Hochhaus da hinten zum Beispiel, würde das auch einstürzen?«

Nombeko antwortete, Holger habe richtig geraten, sie beide würden es wohl nicht überleben. Das Hochhaus aber auch nicht. Die Bombe würde so gut wie alles in einem Radius von ... achtundfünfzig Kilometern zerstören.

»So gut wie alles in einem Radius von achtundfünfzig Kilometern?«, wiederholte Holger 2.

»Ja. Beziehungsweise eigentlich alles.«

»Achtundfünfzig Kilometer? Ganz Stockholm und Umgebung?«

»Ich weiß ja jetzt nicht, wie groß Stockholm und Umgebung ist, aber dem Namen nach zu urteilen, wohl recht groß. Dann gibt es aber noch weitere Aspekte, die eine Rolle spielen ...«

»Aspekte?«

»Na ja, abgesehen vom Feuerball selbst. Also, die Druckwelle, die unmittelbare Radioaktivität, die Windrichtung. Und Dinge wie ... also, gesetzt den Fall, du fährst hier jetzt gegen einen Laternenpfahl, und die Bombe geht hoch ...«

»Wenn ich genauer drüber nachdenke – sagen wir doch lieber, ich fahre *nicht* gegen einen Laternenpfahl.« Holger umklammerte das Lenkrad mit beiden Händen.

»Doch, nur so als Beispiel. Ich schätze mal, sämtliche Großkrankenhäuser in Stockholm und Umgebung würden sofort niederbrennen. Dann stellt sich die Frage: Wer soll sich nun um mehrere hunderttausend Schwerverletzte aus den Randgebieten der Detonation kümmern?«

»Ja, wer sollte sich um die kümmern?«, sinnierte Holger.

»Du und ich jedenfalls nicht«, sagte Nombeko.

Holger spürte, dass er diesen Achtundfünfzig-Kilometer-Radius so rasch wie möglich verlassen wollte. Er fuhr auf die E4 und gab Gas. Nombeko musste ihn daran erinnern, dass sie im Fall des Falles grundsätzlich erst in achtundfünfzig Kilometer Entfernung sicher wären, egal, wie schnell und wie weit er fuhr. Denn das Ding lag nun mal im Laderaum seines Lkws.

Da ging er wieder vom Gas, überlegte ein wenig und fragte, ob Fräulein Nombeko die Bombe denn nicht entschärfen könne, nachdem sie doch auch beim Bau mitgewirkt habe. Sie antwortete, es gebe zwei Arten von Atombomben: Die operativen und die nichtoperativen. Die Bombe, die sie hier spazieren fuhren, gehörte unglücklicherweise zu den operativen, daher würde es vier bis fünf Stunden dauern, sie zu entschärfen. Die Zeit hatte sie nicht gehabt, als die Dinge da unten in Südafrika plötzlich brenzlig wurden. Und nun befand sich der leider einzige Entschärfungsplan in israelischem Besitz. Wie Holger sich sicher vorstellen könne, war es nicht unbedingt angezeigt, in Jerusalem anzurufen und das Außenministerium zu bitten, ihnen die Pläne durchzufaxen.

Holger nickte und sah ganz unglücklich aus. Nombeko tröstete ihn damit, dass die Bombe ihrer Meinung nach so manchen Rums aushielt. Selbst wenn Holger von der Straße abkommen sollte, bestünden also gute Chancen, dass sowohl er und sie als auch Stockholm und Umgebung davonkommen würden.

»Glaubst du?«, fragte Holger.

»Am besten wäre freilich, wenn wir es nicht ausprobieren«, sagte Nombeko. »Was sagtest du noch mal, wohin fahren wir? Nach Gnesta?«

»Ja. Und wenn wir dort sind, wird es das Wichtigste sein, meinem Bruder verständlich zu machen, dass er das, was wir da hinten im Laderaum haben, nicht für einen Staatsstreich verwenden darf.«

* * * *

Holger wohnte tatsächlich in einem Abbruchhaus. Richtig hübsch, dachte Nombeko. Es war ein verwinkeltes Haus mit vier Stockwerken, das sich direkt an ein Lager anschloss, welches wiederum verwinkelt war, und das Ganze bildete einen Hof mit einem schmalen Tor zur Straße.

Nombeko fand, dass es Verschwendung wäre, diese Hütte abzureißen. Natürlich war hie und da ein Loch in der Holztreppe, die in das Stockwerk führte, wo sie wohnen sollte. Und Holger hatte sie darauf hingewiesen, dass das eine oder andere Fenster in der ihr zugedachten Wohnung mit Brettern vernagelt war, weil die Scheibe fehlte. Und dass es durch die Ritzen der Holzfassade zog. Doch unterm Strich war es doch eine enorme Verbesserung, verglichen mit ihrer alten Hütte in Soweto. Allein schon, dass der Boden aus richtigen Holzdielen bestand statt aus gestampftem Lehm!

Holger und Nombeko schafften es mit Köpfchen, vereinten Kräften und Schienen, die Atombombe aus dem Laderaum in eine Ecke des Lagers zu bugsieren, das ansonsten Unmengen von Kissen beherbergte. Holger und sie hatten noch nicht darüber gesprochen, aber man musste nicht mal so hochbegabt sein, wie es Nombeko eventuell war, um zu dem Schluss zu kommen, dass Holger eben diese Kissen verkaufte und auslieferte.

Nun stand die Bombe also in einer Ecke des Warenlagers aufgebockt und stellte keine unmittelbare Bedrohung mehr dar. Wenn nicht eines der Tausende von leicht entflammbaren Kissen anfing zu brennen, durfte man sich berechtigte Hoffnungen machen, dass Nyköping, Södertälje, Flen, Eskilstuna, Strängnäs und Stockholm samt Umgebung vorerst stehen bleiben würden. Von Gnesta ganz zu schweigen.

Sobald die Bombe im Lager verstaut war, wollte Nombeko noch das eine oder andere von Holger wissen. In erster Linie natürlich diesen Quatsch mit seiner Nichtexistenz. Dann das mit Holgers Bruder. Warum glaubte Holger, dass sein Bruder scharf auf die Bombe sein könnte und damit einen Staatsstreich durchführen wollte? Wer war er überhaupt? Wo war er? Und wie hieß er?

»Er heißt Holger«, sagte Holger. »Und er ist wahrscheinlich ganz in der Nähe. Wir hatten Glück, dass er nicht vorbeigekommen ist, als wir gerade mit der Kiste zugange waren.«

»Holger?«, sagte Nombeko. »Holger und Holger?«

»Ja. Er ist ich, könnte man sagen.«

Jetzt musste Holger aber wirklich ein paar Dinge aufklären, sonst würde Nombeko kurzerhand wieder fahren. Und die Bombe konnte er dann gern behalten, die stand ihr nämlich bis hier oben.

Sie türmte Kissen auf die Kiste, kletterte hinauf und setzte sich in die eine Ecke. Dann forderte sie Holger, der immer noch unten stand, zum Weitererzählen auf.

Sie wusste nicht, was sie sich erwarten sollte, aber als Holger nach vierzig Minuten fertig war, verspürte sie Erleichterung.

»Das ist doch gar nichts. Wenn du nicht existierst, bloß weil du keine Papiere hast, ahnst du ja gar nicht, wie vielen Südafrikanern es genauso geht. Mich selbst gibt es übrigens auch bloß, weil dieser Trottel von Ingenieur, für den ich schuften musste, meine Papiere für seine eigene Bequemlichkeit brauchte.«

Holger 2 nahm Nombekos Trostworte an und kletterte dann auch auf die Kiste, wo er sich in der anderen Ecke auf die Kissen legte und einfach nur atmete. Das war alles ein bisschen zu viel gewesen – erst die Bombe in der Kiste unter ihnen und dann seine Lebensgeschichte. Zum ersten Mal hatte jemand Fremdes die ganze Wahrheit zu hören bekommen.

»Bleibst du, oder fährst du?«, fragte Holger 2.

»Ich bleibe«, sagte Nombeko. »Wenn ich darf.«

»Du darfst«, sagte Holger 2. »Aber ich glaube, jetzt brauche ich ein wenig Ruhe.«

»Ich auch«, sagte Nombeko.

Und sie legte sich gegenüber von ihrem neuen Freund hin, um ebenfalls einfach nur zu atmen.

In diesem Augenblick knarzte es laut, als sich ein Brett an der Kiste mit der Bombe löste.

»Was war das?«, fragte Holger 2, als das nächste Brett zu Boden fiel und ein Frauenarm zum Vorschein kam.

»Mir schwant da so was«, sagte Nombeko und sah ihre Ahnungen im nächsten Moment bestätigt, als drei chinesische Mädchen hervorkrochen und ins Licht blinzelten.

»Hallo«, sagte Kleine Schwester, als sie Nombeko sah.

»Hast du was zu essen?«, fragte Mittlere Schwester.

»Und zu trinken«, schlug Große Schwester vor.

10. KAPITEL

Von einem unbestechlichen Ministerpräsidenten und dem brennenden Wunsch eines Untertanen, seinen König zu kidnappen

Sollte dieser absurde Tag denn niemals ein Ende nehmen? Nummer zwei setzte sich auf seinem Kissenberg auf und sah die drei jungen Frauen an, die soeben aus der Kiste gekrochen waren.

»Was passiert denn bitte noch alles?«, fragte er.

Nombeko hatte sich schon einige Sorgen um die drei gemacht, weil nicht abzusehen war, was mit ihnen passieren würde, wenn die Sicherheitsvorkehrungen in Pelindaba verschärft wurden. Sie hatte schon befürchtet, dass ihre Freundinnen das Schicksal ereilt hatte, das ihr selbst zugedacht gewesen war.

»Was noch alles passiert, weiß ich nicht«, sagte sie, »denn so ist das nun mal im Leben. Aber ich kann dir sagen, was gerade passiert ist: Jetzt wissen wir nämlich, warum das große und das kleine Paket vertauscht wurden. Gratuliere, Mädels, grandioser Fluchtplan!«

Die Chinesenmädchen waren sehr hungrig, nachdem sie vier Tage und vier Nächte mit der Bombe in der Kiste verbracht hatten, mit nichts als zwei Kilo kaltem Reis und fünf Litern Wasser als Proviant. Sie wurden in Holgers Wohnung geführt, wo sie zum ersten Mal im Leben Blutwurst mit Preiselbeeren vorgesetzt bekamen.

»Erinnert mich an den Ton, aus dem wir früher Gänse gemacht haben«, sagte Mittlere Schwester kauend. »Darf man wohl um einen Nachschlag bitten?«

Als sie satt waren, wurden die drei in Holgers breites Bett gelegt.

Er teilte ihnen mit, dass sie die einzig verbliebene, einigermaßen passable Wohnung im Haus bekommen sollten, die im obersten Stockwerk, aber die würde erst bewohnbar sein, wenn das große Loch in der Wohnzimmerwand geschlossen war.

»Tut mir leid, dass ihr heute Nacht so beengt schlafen müsst«, sagte Holger 2 zu den Mädchen, aber die waren bereits eingeschlummert.

* * * *

Ein Abbruchhaus heißt so, weil es abgerissen werden sollte. In Abbruchhäusern halten sich also nur in Ausnahmefällen Menschen auf.

Daher muss man es bemerkenswert nennen, dass in dem Abbruchhaus im sörmländischen Gnesta nun ein amerikanischer Töpfer, zwei sehr gleiche und ungleiche Brüder, eine zornige junge Frau, eine untergetauchte südafrikanische Asylantin sowie drei junge Chinesinnen mit mittelprächtigem Urteilsvermögen wohnten.

Alle befanden sie sich im kernwaffenfreien Schweden. Wand an Wand mit einer Atombombe von drei Megatonnen.

Bis dahin umfasste die Liste der Atommächte die USA, die Sowjetunion, Großbritannien, Frankreich, China und Indien. Die Gesamtzahl an Sprengköpfen wurde von Experten auf ungefähr fünfundsechzigtausend geschätzt. Dieselben Experten waren sich nicht ganz so einig in der Frage, wie oft man die Erde damit in die Luft jagen könnte, denn die Sprengkraft der Atomwaffen war ja unterschiedlich. Pessimisten tippten auf vierzehn bis sechzehn Mal. Optimisten neigten zu zwei Mal.

Zu den oben Genannten musste auch Südafrika gezählt werden. Und Israel, obwohl keine der beiden Nationen Auskunft geben wollte. Vielleicht auch noch Pakistan, das versprochen hatte, seine eigenen Kernwaffen zu entwickeln, seit Indien testweise ein Exemplar gezündet hatte.

Und jetzt auch noch Schweden. Wenn auch unfreiwillig. Und ohne es selbst zu wissen.

* * * *

Holger und Nombeko ließen die Chinesenmädchen, wo sie waren, und gingen zurück ins Lager, um sich in aller Ruhe weiter zu unterhalten. Da stand die Bombe in ihrer Kiste, auf der ein Kissenberg lag, der richtig kuschelig aussah. Wenngleich die Gesamtsituation keine übertrieben kuschelige war.

Die beiden kletterten wieder auf die Kiste und setzten sich jeweils in ihre Ecke.

»Die Bombe«, sagte Holger 2.

»Die können wir ja schlecht hier stehen lassen, bis sie keine Gefahr für die Allgemeinheit mehr darstellt«, meinte Nombeko.

Nummer zwei spürte, wie die Hoffnung in ihm aufkeimte. Wie lange würde das denn dauern?

»Sechsundzwanzigtausendzweihundert Jahre«, sagte Nombeko. »Plus minus drei Monate.«

Nummer zwei und Nombeko waren sich darüber einig, dass sechsundzwanzigtausendzweihundert Jahre zum Warten zu lang waren, selbst wenn sie bei der Fehlermarge Glück haben sollten. Nummer zwei erklärte daraufhin, was für politisches Dynamit diese Bombe darstellte. Schweden war ein neutrales Land und – nach eigener Auffassung – der vorderste Vertreter der höchsten Moral. Das Land glaubte, in höchstem Grade kernwaffenfrei zu sein, und hatte sich seit 1809 an keinem Krieg mehr beteiligt.

Holger 2 zufolge galt es nun, erstens die Bombe der Regierung zu übergeben und das Ganze zweitens so geschickt anzustellen, dass es kein Gerede gab. Außerdem musste das Manöver drittens so schnell über die Bühne gehen, dass der Bruder von Nummer zwei nebst Anhang gar nicht erst Gelegenheit bekam, irgendetwas anzustellen.

»Machen wir«, sagte Nombeko. »Wer ist euer Staatschef?«

»Der König«, sagte Holger. »Obwohl er nicht derjenige ist, der die Entscheidungen trifft.«

Ein Chef, der keine Entscheidungen traf. Ungefähr wie in Pelindaba. Da hatte der Ingenieur im Grunde alles gemacht, was Nombeko ihm gesagt hatte, ohne ein Jota davon zu verstehen.

»Wer trifft die Entscheidungen dann?«

»Tja, das macht wohl der Ministerpräsident.«

Holger 2 erzählte, dass der schwedische Ministerpräsident Ingvar Carlsson hieß. Und der war von einem Tag auf den anderen auf diesem Posten gelandet, nachdem sein Vorgänger Olof Palme mitten in Stockholm ermordet worden war.

»Dann ruf diesen Carlsson doch an«, schlug Nombeko vor.

Das machte Holger dann auch. Zumindest die Regierungskanzlei rief er an, fragte nach dem Ministerpräsidenten und wurde zu seiner Assistentin durchgestellt.

»Guten Tag, ich heiße Holger«, sagte Holger. »Ich würde gern mit Ingvar Carlsson über eine dringende Angelegenheit sprechen.«

»Aha. Worum geht es denn?«

»Das kann ich Ihnen leider nicht verraten, das ist geheim.«

Olof Palme hatte seinerzeit im Telefonbuch gestanden. Wenn ein Bürger etwas von seinem Ministerpräsidenten wollte, konnte er ihn einfach zu Hause anrufen. Wenn er nicht gerade seine Kinder ins Bett brachte oder beim Abendbrot saß, nahm Palme sogar ab.

Aber das waren eben noch die guten alten Zeiten gewesen. Und die endeten am 28. Februar 1986, als der leibwachenlose Palme nach einem Kinobesuch hinterrücks erschossen wurde.

Sein Nachfolger wurde vom gemeinen Volk abgeschirmt. Seine Assistentin antwortete, der Herr Holger müsse schon verstehen, dass sie keine unbekannten Anrufer zum Ministerpräsidenten durchstellen konnte, nicht wahr?

»Aber es ist wichtig.«

»Das kann ja jeder behaupten.«

»Superwichtig.«

»Nein, tut mir leid. Wenn Sie wollen, können Sie einen Brief an…«

»Es geht um eine Atombombe«, sagte Holger.

»Was? Soll das eine Drohung sein?«

»Nein, verdammt! Ganz im Gegenteil. Das heißt, ja, die Bombe an sich stellt eine Bedrohung dar, deswegen will ich sie ja auch loswerden.«

»Sie wollen Ihre Atombombe loswerden? Und rufen den Ministerpräsidenten an, weil Sie sie ihm schenken wollen?«

»Ja, aber…«

»Ich kann Ihnen sagen, es passiert ziemlich häufig, dass die Leute versuchen, dem Ministerpräsidenten etwas zu schenken. Letzte Woche hatte ich da zum Beispiel so einen hartnäckigen Herrn von einer Generalvertretung, der eine neue Waschmaschine schicken wollte. Aber der Ministerpräsident nimmt auf diesem Wege keine Geschenke entgegen, das gilt auch für… Atombomben? Steht auch wirklich fest, dass es sich hier nicht um eine Drohung handelt?«

Holger versicherte nochmals, dass er keine bösen Absichten hege. Da ihm klar war, dass er nicht weiterkam, bedankte er sich, ohne dass es etwas zu danken gegeben hätte, und verabschiedete sich.

Dann rief er auf Nombekos Anraten den König an und wurde mit einem Hofsekretär verbunden, der ungefähr dieselben Antworten gab wie die Assistentin des Ministerpräsidenten, bloß arroganter.

In der besten aller Welten hätte der Ministerpräsident (oder zumindest der König) das Telefon abgenommen, hätte sich die Information angehört, sich sofort nach Gnesta begeben und dort die Bombe mitsamt Verpackung abgeholt. Und zwar, bevor Holgers potenziell umstürzlerischer Bruder die Kiste auch nur entdecken, Fragen stellen und – Gott bewahre – selbst anfangen konnte zu denken.

Na ja… in der besten aller Welten eben.

In der wirklichen Welt lief es stattdessen so, dass Nummer eins und die junge Zornige durch die Lagertür traten. Sie waren gekommen, um sich zu erkundigen, warum die Blutwurst, die sie gerade aus Nummer zwei Kühlschrank nehmen wollten, verschwunden und die ganze Wohnung voll schlafender Chinesen war. Nun kamen noch ein paar Fragen hinzu: Etwa, wer die Schwarze auf der Kiste in der Ecke war. Und auf was für einer Kiste die da überhaupt saß.

Nombeko entnahm der Körpersprache der Neuankömmlinge, dass sie selbst und die Kiste sich im Zentrum der Aufmerksamkeit befanden, und sagte, sie würde sich gerne am Gespräch beteiligen, wenn man es auf Englisch führen könnte.

»Sind Sie Amerikanerin?«, fragte die junge Zornige, gefolgt von der Aussage, sie hasse Amerikaner.

Nombeko erklärte, sie sei Südafrikanerin und halte es ansonsten für ziemlich anstrengend, alle Amerikaner zu hassen, denn das seien ja doch ganz schön viele.

»Was ist in der Kiste?«, fragte Holger 1.

Holger 2 antwortete, indem er nicht antwortete. Stattdessen erzählte er, dass die drei Chinesenmädchen in der Wohnung und diese Frau hier alle politische Flüchtlinge seien und eine Weile mit im Abbruchhaus wohnen würden. Bei der Gelegenheit drückte Nummer zwei sein Bedauern aus, dass die Blutwurst verzehrt worden war, bevor Nummer eins sie klauen konnte.

Ja, das fand sein Bruder auch ärgerlich. Aber was war mit der Kiste? Was war da drin?

»Meine persönliche Habe«, sagte Nombeko.

»Deine persönliche Habe?«, wiederholte die junge Zornige in einem Ton, der verriet, dass sie nähere Erklärungen erwartete.

Nombeko merkte, dass die Neugier bei Nummer eins und seiner Freundin von Minute zu Minute wuchs. Also war es vielleicht doch angebracht, ein bisschen zu bluffen.

»Meine persönliche Habe«, sagte sie noch einmal, »die den ganzen weiten Weg aus Afrika herkommt. Genau wie ich. Ich bin gleichzeitig nett und unberechenbar. Einem alten Mann habe ich tatsächlich mal eine Schere in den Oberschenkel gerammt, weil er sich nicht benehmen konnte. Und bei anderer Gelegenheit ... ist es wieder passiert. Demselben alten Mann, bloß mit einer neuen Schere und in den anderen Oberschenkel.«

Die Situation überforderte Holger 1 und seine Freundin. Die Frau auf der Kiste hatte ganz freundlich geklungen, deutete aber zugleich an, dass sie mit einer Schere angreifen könnte, wenn man ihre Kiste nicht in Frieden ließ.

Nummer eins fasste also die junge Zornige unter, murmelte den beiden anderen ein Tschüss zu und zog ab.

»Ich glaube, ganz unten im Kühlschrank hab ich noch Fleischwurst«, rief Nummer zwei ihm nach. »Ihr könntet natürlich auch in Erwägung ziehen, euch mal eigenes Essen zu kaufen.«

Holger 2, Nombeko und die Bombe blieben allein im Lager zurück. Nummer zwei sagte zu Nombeko, sie habe sicher begriffen, dass sie gerade seinen republikanischen Bruder und dessen zornige Freundin kennengelernt habe.

Nombeko nickte. Diese beiden und eine Atombombe auf demselben Kontinent zu wissen, konnte einen schon nervös machen. Geschweige denn im selben Land. Und jetzt wohnten sie auch noch im selben Haus. Dieses Problem mussten sie wirklich so schnell wie möglich in Angriff nehmen, aber jetzt war erst mal ein bisschen Ruhe angesagt. Es war schließlich ein langer und ereignisreicher Tag gewesen.

Holger 2 stimmte ihr zu. Lang und ereignisreich, weiß Gott.

Nombeko bekam von Nummer zwei Decke und Kissen, dann ging er mit der Matratze unterm Arm voran, um ihr den Weg zu ihrer Wohnung zu zeigen. Er öffnete die Tür, stellte seine Last ab und sagte, ein Schloss sei es zwar nicht gerade, aber er hoffe, sie werde sich hier trotzdem wohlfühlen.

Nombeko bedankte sich, verabschiedete sich für diesmal und blieb alleine auf der Schwelle stehen. Dort verharrte sie eine Weile und philosophierte.

Auf der Schwelle zu einem eigenen Leben, dachte sie. Aber zu einem Leben mit Hindernissen, wenn man sich vor Augen hielt, dass sie eine Atombombe im Gepäck und sicher ein, zwei zielstrebige Mossadagenten auf den Fersen hatte.

Trotzdem. Hier hatte sie nun eine eigene Wohnung, statt einer Hütte in Soweto. Sie brauchte nie wieder Scheiße zu verwalten, und sie war nicht mehr hinter einem Doppelzaun eingesperrt, mit einem Ingenieur, der eine ganze Kognakindustrie im Alleingang am Leben halten konnte.

Die Nationalbibliothek in Pretoria war gestorben. Dafür gab es aber eine Entsprechung in Gnesta. Und zwar eine ziemlich umfangreiche, wie Holger 2 behauptete.

Und sonst?

Am liebsten hätte sie diese verdammte Atombombe ja genommen und geradewegs zurück zur israelischen Botschaft gebracht. Sie hätte sie vielleicht einfach auf die Straße gestellt, die Torwache zugequatscht und wäre dann weggerannt. Dann hätte sie sich wieder in den schwedischen Integrationsprozess einfädeln, eine Aufenthaltsgenehmigung bekommen, an der Universität studieren und mit der Zeit schwedische Bürgerin werden können.

Und dann? Tja, schwedische Botschafterin in Pretoria werden, das wäre gar nicht blöd. Dann hätte sie gleich als Erstes Präsident Botha zum Abendessen eingeladen, ohne ihm etwas zu essen zu servieren.

Nombeko lächelte über ihre Fantasien.

Die Wirklichkeit sah jedoch so aus, dass Holger sich weigerte, die Bombe irgendjemand anders zu überlassen als dem schwedischen Ministerpräsidenten. Eventuell noch dem König. Und dass beide sich weigerten, mit ihm zu sprechen.

Holger war das Normalste, was ihr in ihrem ganzen Leben über den Weg gelaufen war. Sehr angenehm. Nombeko spürte, dass sie seinen Beschluss respektieren wollte.

Doch ansonsten schien es ja ihr Schicksal zu sein, ausschließlich von Volltrotteln umgeben zu sein. Lohnte es sich überhaupt, dagegen anzukämpfen? Andererseits war die Frage, wie man konstruktiv mit einem Volltrottel umgehen soll.

Der amerikanische Töpfer zum Beispiel, von dem Holger erzählt hatte. Sollte sie ihn seinem Wahnsinn überlassen? Oder sollte sie ihn aufsuchen und ihm klarmachen, dass sie nicht automatisch und zwangsläufig von der CIA geschickt war, bloß weil sie Englisch sprach?

Und die Chinesenmädchen, die schon lange erwachsene Frauen waren, sich aber einfach nicht so benahmen. Sie würden sich sicher bald von der Reise, der Blutwurst und dem Schlaf berappeln und anfangen sich umzusehen. Inwiefern war Nombeko für ihre Zukunft verantwortlich?

Da war es schon leichter mit Holgers Bruder, der genauso hieß. Dieser Bruder musste von der Bombe ferngehalten werden. Ebenso seine Freundin. Das war eine Aufgabe, die man nicht delegieren konnte.

Die Putzfrau aus Pelindaba begriff, dass es auch hier das eine oder andere aufzuräumen gab, bevor das Leben so richtig beginnen konnte. Schwedischlernen stand schon mal ganz oben auf ihrer Liste, denn Nombeko hielt den Gedanken nicht aus, dass sie zwei Kilometer von einer Bibliothek entfernt wohnte, ohne sie nutzen zu können. Die Bombe sicher zu verwahren, war aber mindestens ebenso wichtig. Und ansonsten konnte sie nicht anders, sie würde keinen Seelenfrieden finden, solange sie sich nicht um den verrückten amerikanischen Töpfer und die drei sorg- und vernunftlosen Schwestern kümmerte. Im Übrigen hoffte sie jedoch, dass Zeit übrig blieb für den einzigen Umgang, den sie wirklich schätzte, nämlich den mit Holger 2.

Aber jetzt erst mal schlafen. Nombeko betrat ihre Wohnung und zog die Tür hinter sich zu.

* * * *

Als sie am nächsten Morgen die Lage sondierte, stellte sich heraus, dass Holger 1 frühzeitig losgefahren war, um Kissen in Göteborg auszuliefern, und dass er die junge Zornige mitgenommen hatte. Die drei Chinesenmädchen waren aufgewacht, hatten die Fleischwurst aufgegessen und waren wieder eingeschlafen. Holger 2 saß mit administrativen Tätigkeiten auf der neu eingerichteten Kuschelecke im Lager (wobei er gleichzeitig die Bombe bewachte), und da die meisten Schriftstücke, die er bearbeiten musste, auf Schwedisch abgefasst waren, konnte Nombeko ihm nicht helfen.

»Wie wäre es, wenn ich mich in der Zwischenzeit mit dem Töpfer bekannt mache?«, sagte sie.

»Da wünsche ich dir viel Glück«, sagte Holger 2.

»Wer ist da?«, fragte der Töpfer durch die Tür.

»Ich heiße Nombeko«, sagte Nombeko. »Ich bin nicht von der CIA. Dafür ist mir der Mossad auf den Fersen, also lass mich doch bitte rein.«

Da die Neurose des Töpfers nur den amerikanischen Geheimdienst betraf, nicht aber den israelischen, tat er, worum sie ihn gebeten hatte.

Dass seine Besucherin nicht nur eine Frau, sondern auch noch schwarz war, bedeutete in seinen Augen mildernde Umstände. Die amerikanischen Agenten nahmen weltweit sicher alle möglichen Farben und Formen an, aber Archetyp war und blieb der weiße Mann zwischen dreißig und vierzig.

Die Frau konnte ihm auch eine Probe ihrer Kenntnisse in einer afrikanischen Stammessprache geben. Und nachdem sie so viele Details von ihrer angeblichen Kindheit in Soweto erzählen konnte, war nicht auszuschließen, dass sie tatsächlich dort gelebt hatte.

Nombeko ihrerseits war fast schon fasziniert, wie gründlich das Nervenkostüm des Töpfers ruiniert war. Ihre Taktik musste so aussehen, dass sie ihn oft, aber immer nur kurz besuchen kam, um im Laufe der Zeit Vertrauen aufzubauen.

»Bis morgen«, sagte sie beim Abschied.

Ein Stockwerk höher waren die Chinesenmädchen wieder aufgewacht und hatten Knäckebrot in der Speisekammer gefunden, an dem sie gerade herumknusperten, als Nombeko zu ihnen stieß.

Nombeko fragte, was sie als Nächstes geplant hatten, und bekam zur Antwort, dass sie noch nicht so viel zum Nachdenken gekommen waren. Aber vielleicht konnten sie ja zu Onkel Cheng Tāo fahren, der wohnte nämlich in der Nähe. In Basel. Oder war es Bern? Oder Bonn? Vielleicht auch Berlin. Ihr Onkel war Experte auf dem Gebiet nachgebildeter Antiquitäten und würde sicher nicht Nein sagen, wenn seine Nichten ihm ihre Hilfe anboten.

Zu den Kenntnissen, die Nombeko sich in der Bibliothek in Pelindaba angeeignet hatte, gehörte auch ein gewisser Überblick über den europäischen Kontinent und seine Städte. Daher glaubte sie Grund zur Annahme zu haben, dass weder Basel, Bern, Bonn noch Berlin sonderlich nahe gelegen waren. Und dass es wahrscheinlich keine leichte Aufgabe werden würde, diesen Onkel ausfindig zu machen, selbst wenn es ihnen gelang herauszufinden, in welcher Stadt er denn nun wohnte. Oder zumindest in welchem Land.

Doch die Mädchen erwiderten, dass sie nur ein Auto und ein bisschen Geld brauchten, der Rest würde sich dann schon finden. Ob Bonn oder Berlin, war unerheblich, man konnte sich schließlich immer durchfragen. In der Schweiz war es auf jeden Fall.

Geld für die Chinesenmädchen hatte Nombeko ja im Überfluss. Zumindest in indirekter Form. Der Saum der einzigen Jacke, die sie seit ihrer Jugend in Soweto besessen hatte, enthielt immer noch ein Vermögen in Diamanten. Sie fummelte einen davon heraus und ging zum örtlichen Juwelier, um den Stein schätzen zu lassen. Doch dieser war schon einmal von einem Mitarbeiter ausländischer Herkunft aufs Kreuz gelegt worden und hatte sich daher der weltweit verbreiteten Auffassung angeschlossen, dass man Ausländern nicht über den Weg trauen durfte.

Als eine schwarze Frau in seinen Laden kam und Englisch redete, während sie einen ungeschliffenen Diamanten auf seinen Tresen legte, bat er sie daher zu gehen, sonst würde er die Polizei rufen.

Nombeko hatte kein gesteigertes Verlangen, in näheren Kontakt mit einem schwedischen Gesetzeshüter zu treten, also nahm sie ihren Diamanten zurück, entschuldigte sich, den Juwelier belästigt zu haben, und ging wieder.

Nein, die Mädchen mussten sich ihr Geld wohl selbst verdienen und sich ein eigenes Auto anschaffen. Wenn Nombeko ihnen im Kleinen behilflich sein konnte, immer gern, aber mehr nicht.

Noch am selben Nachmittag kamen Holger 1 und die junge Zornige zurück. Nummer eins hatte festgestellt, dass die Essensvorräte seines Bruders geplündert worden waren, was ihm keine andere Wahl ließ, als einkaufen zu gehen. Das gab Nombeko Gelegenheit, ein erstes richtiges Gespräch unter vier Augen mit der jungen Zornigen zu führen.

Ihr Plan hatte zwei Teile. Den Feind zuerst kennenlernen – also die junge Zornige und Holger 1 –, um ihn dann, bildlich wie buchstäblich gesprochen, aus der Gefahrenzone zu lotsen.

»Sieh an, die Amerikanerin«, sagte die junge Zornige, als sie sah, wer bei ihr geklopft hatte.

»Ich bin Südafrikanerin, hab ich doch schon gesagt«, gab Nombeko zurück. »Aus welchem Land, das allen anderen überlegen ist, kommst du denn?«

»Ich bin natürlich Schwedin.«

»Dann kannst du mir doch sicher eine Tasse Kaffee anbieten. Oder noch lieber einen Tee.«

Tee ließ sich einrichten, obwohl Kaffee eigentlich vorzuziehen war, denn angeblich herrschten auf den südamerikanischen Kaffeeplantagen bessere Arbeitsbedingungen als in den indischen Teepflanzungen. Vielleicht war das aber auch alles gelogen. Die Leute logen einfach so verdammt viel in diesem Land.

Nombeko setzte sich in die Küche der jungen Zornigen und bemerkte, dass wahrscheinlich in allen Ländern fleißig gelogen wird. Und dann begann sie mit der einfachen, allgemein gehaltenen Frage:

»Wie geht es dir denn so?«

Worauf sie eine zehnminütige Antwort bekam. Denn der jungen Zornigen ging es gar nicht gut.

Wie sich herausstellte, war sie zornig auf alles. Sie war zornig, dass die Nation sich weiterhin von der Kernkraft abhängig machte. Und vom Öl. Sie war zornig über alle für Kraftwerke ausgebauten Flüsse. Über die lauten und hässlichen Schnellläufer, die Windenergie lieferten. Über die Tatsache, dass man eine Brücke nach Dänemark bauen wollte. Auf alle Dänen, weil sie Dänen waren. Auf die Nerzzüchter, weil sie Nerzzüchter waren. Auf die Tierzüchter im Allgemeinen. Auf alle, die Fleisch aßen. Auf alle, die das nicht taten (an dieser Stelle verlor Nombeko einen Augenblick den Faden). Auf alle Kapitalisten. Auf fast alle Kommunisten. Auf ihren Vater, weil er in der Bank arbeitete. Auf ihre Mutter, weil sie überhaupt nicht arbeitete. Auf ihre Großmutter, weil sie gräfliche Vorfahren hatte. Auf sich selbst, weil sie sich zur Lohnsklavin machen ließ, statt die Welt zu verändern. Und auf die Welt, die keine vernünftige Lohnsklaverei zu bieten hatte.

Zornig war sie auch über den Umstand, dass Holger und sie gratis in diesem Abbruchhaus wohnten, weil es auf diese Art keine Miete gab, deren Zahlung sie hätte verweigern können. O Gott, wie sie sich danach sehnte, auf die Barrikaden zu gehen! Was sie jedoch am zornigsten machte, war die Tatsache, dass sie keine einzige vernünftige Barrikade fand, auf die sie hätte gehen können.

Nombeko dachte sich, dass die junge Zornige eine Weile als Schwarze in Südafrika arbeiten und vielleicht ein, zwei Latrinentonnen leeren sollte, um mal eine gesunde Perspektive aufs Leben zu gewinnen.

»Und wie heißt du?«

Kaum zu glauben, aber die junge Zornige konnte tatsächlich noch ein bisschen zorniger werden. Sie hatte nämlich einen so grässlichen Namen, dass man ihn gar nicht sagen konnte.

Doch Nombeko insistierte und bekam den Namen am Ende doch zu hören.

»Celestine.«

»Oh, aber das ist doch wunderschön«, meinte Nombeko.

»Das war Papas Idee. Ein Bankdirektor. Pfui Teufel!«

»Wie soll man dich denn nennen, wenn man seine Gesundheit nicht gefährden will?«, fragte Nombeko.

»Alles, nur nicht Celestine«, sagte Celestine. »Wie heißt du denn eigentlich?«

»Nombeko.«

»Na, sag mal, das ist aber auch ein dämlicher Name.«

»Danke«, sagte Nombeko. »Ist wohl noch etwas Tee da?«

Da Nombeko nun mal so hieß, wie sie hieß, bekam sie nach der zweiten Tasse Tee auch die Erlaubnis, Celestine Celestine zu nennen. Und ihr am Ende die Hand zu geben, um sich für den Tee und das Plauderstündchen zu bedanken. Auf der Treppe beschloss sie, sich Holger 1 erst am nächsten Tag vorzunehmen. Den Feind kennenzulernen, war ganz schön kräftezehrend.

Das Beste, was Nombeko von der Begegnung mit der Frau mitnahm, die nicht so heißen wollte, wie sie hieß, war die Erlaubnis, ihren Leihausweis für die Bibliothek in Gnesta zu benutzen. So einen brauchte ein politischer Flüchtling, der aus seinem Lager weggelaufen war. Außerdem fand die junge Zornige, dass alles, was man sich dort ausleihen konnte, auf die eine oder andere Art doch nur bürgerliche Propaganda war. Abgesehen vom *Kapital* von Karl Marx, das war nur halb bürgerlich, aber das gab es bloß auf Deutsch.

Bei ihrem ersten Besuch in der Bibliothek lieh sich Nombeko einen schwedischen Sprachkurs mit den dazugehörigen Kassetten aus.

Holger 2 hatte einen Kassettenrekorder, und auf dem hörten sie sich die ersten drei Lektionen gemeinsam an, während sie auf den Kissen auf der Kiste im Lager saßen.

»*Hallo. Wie geht's? Mir geht es gut*«, sagte der Kassettenrekorder.

»Mir auch«, sagte Nombeko, die sehr schnell lernte.

Irgendwann am Nachmittag hatte sie das Gefühl, dass es jetzt an der Zeit war, sich Holger 1 zu widmen. Sie ging zu ihm und kam ohne Umschweife zum Thema.

»Es heißt, dass du republikanische Gedanken hegst?«

O ja, die hege er, bestätigte Holger 1. Das sollten überhaupt alle. Die Monarchie sei das absolute Verderben. Das Problem sei nur, dass er so gar keine Ideen hatte.

Nombeko gab zu bedenken, dass auch eine Republik gewisse ungute Seiten haben konnte, zum Beispiel die südafrikanische, aber sei's drum. Sie war hier, weil sie gern versuchen wollte, ihm zu helfen.

Natürlich meinte sie damit, dass sie versuchen wollte, Nummer eins von der Bombe fernzuhalten, aber sie ließ ganz bewusst Raum für andere Deutungsmöglichkeiten.

»Wenn Sie mir helfen würden, Fräulein Nombeko, das wäre wirklich ganz furchtbar nett«, sagte er.

Nach dem Plan, den sie in groben Zügen gedanklich ausgearbeitet hatte, bat sie Holger, ihr zu erzählen, wie sich seine republikanischen Gedanken weiterentwickelt hatten, seitdem der König auf seinen Vater gefallen war.

»Nicht der König! Lenin.«

Holger 1 musste zugeben, dass er nicht so schlau war wie sein Bruder, aber er hatte trotzdem eine Idee. Und zwar die, den König mit dem Hubschrauber zu kidnappen, ihn ohne seine Leibwachen an Bord zu holen, ihn irgendwo hinzubringen und ihn dort zur Abdankung zu zwingen.

Nombeko musterte Nummer eins. Das war also die Idee, die er mühsam ausgebrütet hatte?

»Ja, genau. Was meinen Sie dazu, Fräulein Nombeko?«

Was Nombeko meinte, konnte sie unmöglich laut aussprechen. Also sagte sie:

»Die Idee ist vielleicht noch nicht ganz ausgereift, oder?«

»Wieso?«

Tja, wo wollte er zum Beispiel einen Helikopter hernehmen, wer sollte den fliegen, wo sollte der König entführt, wohin sollte er dann gebracht werden und wie sollte das Argument für seine Abdankung lauten? Unter anderem.

Holger 1 blickte betreten zu Boden.

Nombeko wurde immer klarer, dass Nummer zwei nicht den Kürzeren gezogen hatte, als der gesamte gesunde Menschenverstand zwischen den Brüdern aufgeteilt worden war. Doch auch das sagte sie nicht laut.

»Lass mich ein, zwei Wochen darüber nachdenken, dann wird bestimmt alles gut. Aber jetzt muss ich zu deinem Bruder. Zur Abwechslung.«

»Danke, liebes Fräulein Nombeko«, sagte Holger 1. »Vielen lieben Dank.«

Nombeko schloss sich wieder Nummer zwei an und erklärte, dass sie den Dialog mit seinem Bruder eröffnet hatte und sich jetzt ausdenken wollte, wie sie ihn dazu bringen konnte, an ganz andere Dinge als an Kisten mit geheimem Inhalt zu denken. Ihre halb fertige Idee bestand darin, dass er sich einbilden sollte, seinem Ziel eines Staatsstreiches näher zu kommen, während er tatsächlich nur weiter weg von der Bombe kam.

Holger 2 nickte anerkennend und meinte, das höre sich doch ganz so an, als würde alles gut werden.

11. KAPITEL

Davon, wie alles rein zufällig
gut wurde

Die Chinesenmädchen, die schon in Pelindaba für die Küche verantwortlich gewesen waren, hatten Blutwurst, Fleischwurst und Knäckebrot bald über und eröffneten für sich und alle Bewohner der Fredsgatan eine Kantine. Da sie wirklich kochen konnten, finanzierte Holger 2 dieses Unternehmen mit Freuden vom Überschuss aus dem Kissenverkauf.

Zugleich war es Nummer zwei auf Nombekos Initiative gelungen, die junge Zornige dazu zu bewegen, die Hauptverantwortung für die Auslieferung zu übernehmen, obwohl die Verhandlungen anfangs nicht recht vorankamen. Erst als sie kapierte, dass sie dabei illegalerweise einen Lkw mit falschem Kennzeichen fahren musste, wurde ihre Neugier geweckt, und sie hörte sich den Vorschlag an.

Es gab ja drei Megatonnen Gründe, warum die junge Zornige keine Polizei in die Fredsgatan locken sollte (auch wenn sie das selbst nicht kapierte). Die Kennzeichen für den ansonsten neutralen Lkw waren schon gestohlen, es war also unmöglich, das Fahrzeug nach Gnesta zurückverfolgen.

Doch die designierte Fahrerin war nun mal eben erst siebzehn und ohne Führerschein. Daher wurde sie instruiert, keinen Mucks zu sagen, vor allem nicht ihren Namen, wenn sie tatsächlich einmal in eine Kontrolle geraten sollte.

Die junge Zornige glaubte nicht, dass sie es schaffen würde, Polizisten gegenüber den Mund zu halten. Dafür hasste sie sie viel zu sehr.

Da schlug Holger 2 vor, sie könne doch irgendein Liedchen trällern; auf diese Art sagte sie zwar nichts, würde die Beamten aber trotzdem ärgern.

Zu guter Letzt hatten sich Nummer zwei und die junge Zornige darauf geeinigt, dass sich Celestine bei einer eventuellen Verhaftung Édith Piaf nennen, verrückt gucken (Nummer zwei fand, dass sie dafür prädestiniert war) und *Non, je ne regrette rien* anstimmen sollte. Und dabei sollte sie bleiben, bis sie Holger anrufen konnte. Das Gespräch sollte übrigens aus demselben Song bestehen, Nummer zwei würde dann schon die richtigen Schlüsse ziehen.

Letzteres führte Holger 2 nicht weiter aus, und die junge Zornige interpretierte es so, als würde er dann sofort zu ihrer Rettung eilen, während er nichts anderes wollte, als diese Bombe aus dem Lager zu zaubern, während sie sicher weggesperrt war.

Was die junge Zornige da hörte, gefiel ihr ganz außerordentlich.

»O Mann, das wird der absolute Hit, die Bullen so zu verarschen. Wie ich diese Faschisten hasse.« Und sie versprach, den Text des französischen Klassikers auswendig zu lernen.

Angesichts ihrer Begeisterung musste Holger 2 noch einmal betonen, dass es nicht das Ziel war, von der Polizei verhaftet zu werden. Im Gegenteil, zur Aufgabe des Kissenlieferanten gehörte es, dass man versuchte, *nicht* im Gefängnis zu landen.

Die junge Zornige nickte. Und war schon nicht mehr so glücklich.

Ob sie das verstanden hatte?

»Ja, verdammt. Ich hab's verstanden.«

Ungefähr zur selben Zeit gelang es Nombeko besser als erwartet, die Gedanken von Holger 1 von der Kiste abzulenken, indem sie ihn auf die Schulbank kommandierte, damit er seinen Hubschrauberführerschein machte. Eine Gefahr sah sie darin nicht. Das Risiko, dass er mit seiner sogenannten Idee eines Tages Erfolg haben könnte, ging gegen null.

Der Weg zum Helikopterschein kostete schon einen normalen Schüler mindestens ein Jahr, was bei diesem Schüler ungefähr aufs

Vierfache hinauslaufen dürfte. Das war eine Zeitspanne, die Nombeko, Nummer zwei und der Bombe locker reichte.

Bei näherer Betrachtung stellte sich jedoch heraus, dass Nummer eins Prüfungen in Luftfahrttechnik, Flugsicherung, Flight Performance, Routenplanung, Meteorologie, Navigation, Operational Procedures und Aerodynamik ablegen musste. Acht Hindernisse, die er nach Nombekos Einschätzung nicht bewältigen würde. Vielmehr würde er es nach ein paar Monaten satt haben, wenn es ihm nicht sogar gelang, schon vorher aus dem Kurs geschmissen zu werden.

Nombeko dachte um. Und ließ sich von Nummer zwei helfen. Sie lasen tagelang Stellenanzeigen in den Zeitungen, bis sie etwas fanden, was vielleicht funktionieren könnte.

Blieb nur noch eine kleine Schönheitsoperation. Oder »Urkundenfälschung«, wie es auf Schwedisch hieß. Sie mussten den durch und durch unqualifizierten Bruder von Nummer zwei so aussehen lassen, als wäre er etwas ganz anderes.

Nummer zwei formulierte, schnippelte und klebte nach Nombekos Anweisungen. Als sie zufrieden war, bedankte sie sich für seine Hilfe, nahm das Ergebnis unter den Arm und ging Holger 1 suchen.

»Wie wär's, wenn du dir einen Job suchen würdest?«, fragte sie.

»Igitt«, sagte Nummer eins.

Doch Nombeko hatte nicht irgendeinen beliebigen Job im Auge gehabt. Sie erklärte, dass die Helikoptertaxi AG in Bromma jemand für den Empfang suchte, der daneben noch das Mädchen für alles spielte. Wenn Nummer eins die Stelle bekam, konnte er zum einen Kontakte knüpfen, zum anderen gewisse Kenntnisse über die Funktionsweise von Hubschraubern erlangen. Wenn der große Tag da war, würde er bereit sein.

Sagte sie, ohne ein Wort von dem zu glauben, was sie da sagte.

»Spitzenmäßig!«, fand Holger 1.

Doch wie sollte er ihrer Meinung nach diese Stelle bekommen?

Also, die Bibliothek in Gnesta hatte sich gerade einen neuen Kopierer angeschafft, der ganz tolle vierfarbige Kopien machte, von allem, was man nur wollte.

Und sie zückte perfekt redigierte Arbeitszeugnisse und andere hervorragende Referenzen, die auf den Namen von Nummer eins (und damit auch den von Nummer zwei) ausgestellt waren. Sie hatte ganz schöne Fummelarbeit geleistet und mehrere Seiten aus Publikationen der Königlichen Technischen Hochschule in Stockholm herausgerissen. Doch alles in allem sah es wirklich beeindruckend aus.

»Die *Königliche* Technische Hochschule?«, fragte Holger 1.

Nombeko sprach nichts von dem aus, was sie dachte, sondern fuhr fort:

»Hier hast du ein abgeschlossenes Studium von der Fakultät für Maschinenbau der Königlichen Technischen Hochschule. Du bist Ingenieur und weißt furchtbar viel über Flugzeuge im Allgemeinen.«

»Ich?«

»Hier hast du vier Jahre als Assistent der Flugleitung auf dem Flugplatz Styrup bei Malmö gearbeitet. Und hier vier Jahre als Rezeptionist in der Taxifunkzentrale Skåne.«

»Aber ich habe doch nie …«, begann Nummer eins, wurde jedoch sofort unterbrochen.

»Jetzt bewirb dich um diese Stelle«, befahl Nombeko. »Denk nicht. Bewirb dich.«

Das tat er dann auch. Und bekam wie erwartet den Job.

Holger war zufrieden. Er hatte den König nicht mit dem Hubschrauber gekidnappt, er hatte auch immer noch weder einen Hubschrauberführerschein noch ein Luftfahrzeug oder eine Idee. Aber er arbeitete direkt neben einem Helikopter (beziehungsweise deren drei), er lernte, bekam hie und da eine Gratisstunde von den Piloten und nährte weiter seinen wirren Traum – ganz nach Nombekos Plan.

Mit seinem Dienstantritt zog er außerdem in eine geräumige Einzimmerwohnung in Blackeberg, ein paar Steinwürfe von Bromma entfernt. Der einfältige Bruder von Holger 2 war für überschaubare Zeit aus der unmittelbaren Nähe der Bombe entfernt worden. Optimal wäre es natürlich gewesen, wenn seine eventuell noch einfältigere Freundin mitgegangen wäre, aber sie hatte die Energiefrage (die darauf hinauslief, dass alle bekannten Energieformen von Übel waren) inzwischen gegen die Befreiung der Frau eingetauscht. Dazu gehörte ihrer Meinung nach auch das Recht, als Frau mit siebzehn Jahren Lkw zu fahren und mehr Kissen auf einmal zu tragen als jeder Mann. Daher blieb sie auch im Abbruchhaus und in ihrer Lohnsklaverei. Ihr Freund Holger und sie führten eine Fernbeziehung.

Zu den Dingen, die sich mit der Zeit zu finden schienen, gehörte auch der Allgemeinzustand des amerikanischen Töpfers. Nombeko merkte, dass er bei jedem ihrer Treffen entspannter wirkte. Und dass es ihm half, jemanden zu haben, mit dem er über die Bedrohung CIA sprechen konnte. Sie stand ihm diesbezüglich gerne zur Verfügung, weil es genauso interessant war, ihm zuzuhören, wie damals Thabo, wenn er ihr von seinen Großtaten in ganz Afrika erzählte. Wenn man dem Töpfer glauben wollte, war der amerikanische Geheimdienst überall. Die neuen vollautomatischen Taxizentralen, die jetzt überall im Lande üblich waren, wurden in San Francisco produziert, erfuhr Nombeko. Der Töpfer fand, mehr müsse man dazu überhaupt nicht sagen. Doch als er alle Taxiunternehmen von einer Telefonzelle aus durchtelefonierte, stellte er fest, dass zumindest ein Unternehmen sich geweigert hatte, sich der Führung des amerikanischen Geheimdienstes unterzuordnen: Borlänge Taxi blieb beim manuellen Betrieb.

»Das ist sicher gut für Sie zu wissen, Fräulein Nombeko, wenn Sie in nächster Zukunft mal irgendwohin müssen.«

Da Nombeko nicht wusste, wie weit Borlänge überhaupt von Gnesta entfernt war, war dies – im Gegensatz zu vielen anderen – eine Dummheit des Töpfers, die nicht weiter auffiel.

Der alte Vietnamdeserteur war psychisch zutiefst instabil und litt an zahlreichen Wahnvorstellungen. Aber er war auch wirklich einsame Klasse, wenn es darum ging, Schönheit in Ton und Porzellanerde zu fassen, mit Glasuren in verschiedenen Nuancen von Napalmgelb. Seine Produkte verkaufte er auf verschiedensten Märkten. Jedes Mal, wenn er Geld brauchte, fuhr er mit dem Bus oder Borlänge Taxi zu einem Markt. (Mit dem Zug allerdings nie, denn die CIA und die Staatliche Schwedische Eisenbahn arbeiteten ja, wie allgemein bekannt war, Hand in Hand.) Sein Gepäck bestand aus zwei bleischweren Taschen, gefüllt mit seiner neuesten Kollektion. Und dann war alles innerhalb weniger Stunden ausverkauft, weil er lächerlich niedrige Preise verlangte. Wenn Borlänge Taxi involviert war, schlug die Reise ausnahmslos mit Verlust zu Buche. Anfahrten von zweihundertzwanzig Kilometern waren nämlich nicht gratis. Zu den vielen Dingen, die dem Töpfer nicht in den Schädel wollten, gehörte auch die Sache mit Einnahmen und Ausgaben sowie die Erkenntnis, was für ein großes Talent er war.

* * * *

Nombeko hatte nach einer Weile mit Unterstützung der beiden Holgers und Celestines ein ganz annehmbares Schwedisch gelernt. Mit den Mädchen sprach sie weiterhin Wu-Chinesisch, mit dem amerikanischen Töpfer Englisch. Und sie lieh sich solche Unmengen von Büchern aus der Bibliothek von Gnesta aus, dass sie in Celestines Namen einen leitenden Posten im Literaturverein Gnesta (LVG) ablehnen musste.

Ansonsten verbrachte sie so viel Zeit wie möglich mit dem normalen Holger 2. Sie half ihm bei der Buchführung der Kissenfirma und schlug Rationalisierungen bei Einkauf, Verkauf und Auslieferung vor. Nummer zwei freute sich über die Hilfe, aber erst im Frühsommer 1988 wurde ihm klar, dass sie rechnen konnte. Soll heißen: so *richtig* rechnen.

Es geschah eines schönen Junimorgens. Als Holger ins Lager kam, begrüßte Nombeko ihn mit den Worten:

»Vierundachtzigtausendvierhundertachtzig.«

»Dir auch einen guten Morgen«, erwiderte Holger. »Was redest du da?«

Die Sache war die, dass er die ganze Zeit darüber gejammert hatte, keine ordentliche Übergabe mit dem überarbeiteten Vorgänger im Unternehmen gemacht zu haben, weil der es mit dem Sterben gar so eilig gehabt hatte. So war es zum Beispiel unmöglich, den genauen Bestand des Kissenlagers anzugeben.

Doch nun drückte Nombeko ihm vier Blätter in die Hand. Während Holger im Bett lag und faulenzte, hatte sie das Lager abgeschritten, das Volumen eines Kissens ermittelt und auf Grundlage dieser Zahlen den Gesamtbestand errechnet.

$$\frac{\left(\left[20\cdot7\cdot6\cdot\frac{1,6}{2}\right]+\left[7\cdot12\cdot6\cdot\frac{1,6}{2}\right]+\left[\left(\frac{\left(9\cdot\frac{1,6}{2}\right)+\left(6\cdot\frac{1,6}{2}\right)}{2}\right)\cdot7\cdot(20+12)\right]-3\cdot3\cdot9\cdot\frac{1,6}{2}-2\cdot3\cdot2\right)}{0,5\cdot0,6\cdot0,05} =$$

$$\frac{\left(672+403,2+1,2\cdot7\cdot32-3\cdot3\cdot9\cdot\frac{1,6}{2}-2\cdot3\cdot2\right)}{0,5\cdot0,6\cdot0,05} =$$

$$\frac{(672+403,2+268,8-64,8-12)}{0,15} =$$

$$\frac{1\,267,2}{0,015}=84480$$

Holger betrachtete die erste Seite und verstand bloß Bahnhof. Nombeko meinte, das sei nicht weiter überraschend, denn man müsse die Gleichung als Ganzes sehen.

»Hier, schau her«, sagte sie und blätterte um.

$$\text{Lagervolumen} = (A \cdot C + B \cdot D) \cdot E + \left(\frac{(F-E) \cdot C}{2}\right) \cdot (A+D)$$

$$(A \cdot C + B \cdot D) \cdot \text{Schatten E} \cdot \frac{G}{H} + \left(\frac{\left(\left(\text{Schatten F} + \frac{G}{H}\right) + \left(\text{Schatten E} + \frac{G}{H}\right)\right) \cdot C}{2}\right) \cdot (A+D) =$$

$$\left[A \cdot C \ \text{Schatten E} \cdot \frac{G}{H}\right] +$$

$$\left[B \cdot D \ \text{Schatten E} \cdot \frac{G}{H}\right] +$$

$$\left[\left(\frac{\left(\text{Schatten F} \cdot \frac{G}{H}\right) - \left(\text{Schatten E} \cdot \frac{G}{H}\right)}{2}\right) \cdot C \cdot (A+D)\right]$$

»Schatten E?«, fragte Holger, weil ihm nichts Besseres einfiel.

»Ja, ich hab das Volumen des Lagers ausgemessen, als die Sonne reinschien.«

Woraufhin sie noch einmal umblätterte.

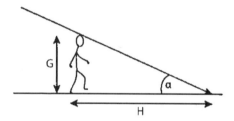

»Wer ist denn das Strichmännchen?«, fragte Holger, dem immer noch nichts Besseres einfiel.

»Das bin ich«, sagte Nombeko. »Vielleicht ein bisschen zu weiß im Gesicht, aber ansonsten finde ich, ich hab mich ganz gut getroffen, wenn ich das mal so sagen darf. Da der Ingenieur die Freundlichkeit hatte, mich mit einem Pass auszustatten, weiß ich, wie groß ich bin. Da musste ich nur noch meinen Schatten im Verhältnis zum Lager messen. Die Sonne steht in diesem Land ja vorbildlich tief, weiß der Teufel, was ich am Äquator gemacht hätte. Oder wenn es geregnet hätte.«

Als Holger immer noch nichts kapierte, versuchte Nombeko es noch einmal anders.

»Das ist total simpel«, sagte sie und wollte gerade wieder umblättern, als Holger ihr ins Wort fiel.

»Nein, ist es nicht. Hast du die Kissen auf der Kiste auch mitgezählt?«

»Ja. Alle fünfzehn.«

»Und das auf dem Bett in deinem Zimmer?«

»Das hab ich vergessen.«

12. KAPITEL

Von Liebe auf einer Atombombe
und differenzierter Preisgestaltung

Für Holger 2 und Nombeko war das Dasein einigermaßen kompliziert. Aber sie waren damals nicht die Einzigen, die sich mit Problemen herumschlagen mussten. Ganze Länder ebenso wie Fernsehsender zerbrachen sich weltweit die Köpfe, wie man sich zu der Tatsache stellen sollte, dass am 70. Geburtstag von Nelson Mandela, im Juni 1988, ein Geburtstagskonzert für ihn stattfand. Immerhin war Mandela ja ein Terrorist, und das hätte er auch weiterhin bleiben können, hätte nicht ein Weltstar nach dem anderen die gegenteilige Meinung kundgetan und seine Teilnahme an dem Konzert im Londoner Wembley-Stadion zugesagt.

Die Lösung des Dilemmas musste für viele so aussehen, dass sie sich einerseits positiv zu diesem Konzert stellten, andererseits aber auch nicht. So erzählte man sich zum Beispiel, dass der amerikanische Sender Fox Television, der das Konzert nicht live übertrug, sondern aufzeichnete, erst alles wegschnitt, was irgendwie politisch klang – sowohl Gesprochenes als auch Gesungenes –, um Coca-Cola nicht zu verärgern, die die Werbepausen vor, während und nach dem Konzertmitschnitt gekauft hatten.

Trotzdem sahen über sechshundert Millionen Menschen in siebenundsechzig Ländern dieses Konzert. Es gab eigentlich nur ein Land, das die Ereignisse völlig totschwieg.

Südafrika.

* * * *

Ein paar Monate später gelang es den Sozialdemokraten und Ingvar Carlsson, bei den schwedischen Reichstagswahlen an der Regierung zu bleiben.

Leider.

Nicht dass es Holger 2 und Nombeko um den ideologischen Aspekt dieses Wahlergebnisses zu tun gewesen wäre, doch wenn Carlsson auf seinem Posten blieb, war es völlig zwecklos, sich erneut in seiner Regierungskanzlei zu melden. Und so blieb die Bombe, wo sie war.

Am bemerkenswertesten an diesen Wahlen war ansonsten sicher die Tatsache, dass die Umweltpartei als neue politische Bewegung in den Reichstag einzog. Weniger Aufmerksamkeit erregte es, dass die nicht existierende »Nieder mit dem ganzen Scheiß«-Partei eine für ungültig erklärte Stimme bekam, abgegeben von einem Mädchen in Gnesta, das gerade achtzehn Jahre alt geworden war.

Am 17. November 1988 jährte sich der Tag, an dem Nombeko in die Abrissbude eingezogen war. Daher wurde sie mit einer Torte auf der Kiste im Lager überrascht. Die drei Chinesenmädchen waren zwar am selben Tag angekommen, wurden aber nicht eingeladen. Nur Nombeko und Holger, so wollte er es. Sie auch.

Der war schon wirklich furchtbar süß, der Holger, dachte sie und gab ihm ein Küsschen auf die Wange.

Holger 2 hatte sein ganzes Erwachsenenleben lang davon geträumt, dass es ihn gab und zwar in einem sozialen Zusammenhang. Er sehnte sich nach einem normalen Leben mit Frau und Kindern und einer anständigen Arbeit, egal, was für einer, solange sie bloß nichts mit Kopfkissen zu tun hatte. Oder Königshäusern.

Mama-Papa-Kind – das wäre was. Er selbst hatte ja nie eine Kindheit gehabt. Wo seine Klassenkameraden Batman und Sweet an die Wände ihrer Kinderzimmer hängten, hatte Holger ein Porträt des finnischen Präsidenten.

Aber würde es ihm jemals gelingen, eine potenzielle Mutter für die eventuellen Kinder seiner hypothetischen Familie zu finden?

Eine, die sich damit zufriedengab, dass er für sie und die Kinder existierte, nicht aber für den Rest der Gesellschaft. Und dass die Familie deswegen in einem Abbruchhaus leben musste. Und dass das nächstliegende Spiel für die Kinder darin bestand, sich Kissenschlachten neben einer Atombombe zu liefern.

Nein, das ging natürlich nicht.

Das Einzige, was ging, war die Zeit.

Aber im Laufe derselben war ihm ein Gedanke gekommen, die schleichende Erkenntnis, dass ... Nombeko ... gewissermaßen genauso wenig existierte wie er selbst. Und dass sie in Sachen Atombombe sogar noch tiefer drinsteckte als er. Und sie war im Großen und Ganzen ziemlich ... wundervoll.

Und nun dieses Küsschen auf die Wange.

Nummer zwei fasste einen Entschluss. Sie war nicht nur die Frau, die er mehr als alle anderen wollte, sondern auch die Einzige, die für ihn erreichbar war. Wenn er der Sache da keine Chance gab, dann hatte er es nicht besser verdient.

»Tja, Nombeko ...«, begann er.

»Ja, lieber Holger?«

Lieber? Es gab also Hoffnung!

»Wenn ich ... wenn ich jetzt ein wenig näher an dich heranrücken würde ...«

»Ja?«

»Kommt dann die Schere zum Einsatz?«

Nombeko meinte, die Schere liege in einer Küchenschublade, und sie finde, da liege sie ganz gut. Sie hatte sich schon lange gewünscht, sagte sie, dass Holger genau das endlich mal machte. Also, näher heranrücken. Nicht mehr lange, und sie waren alle beide achtundzwanzig Jahre alt, und Nombeko gestand, dass sie noch nie mit einem Mann zusammen gewesen war. In Soweto war sie ein Kind gewesen, danach elf Jahre lang eingesperrt und dabei fast ausschließlich von widerlichen Männern einer verbotenen Rasse umgeben. Aber jetzt traf es sich ja so glücklich, dass hier nicht verboten war, was in Südafrika verboten gewesen wäre. Und Nombeko fühlte schon länger, dass Holger das genaue Gegenteil seines Bruders war. Wenn er also wollte ... dann wollte sie auch.

Holger verschlug es fast den Atem. Dass er das genaue Gegenteil seines Bruders war, war das Schönste, was je ein Mensch zu ihm gesagt hatte. Er gab zu, dass er auch überhaupt keine Erfahrung ... damit hatte. Irgendwie hatte es sich nie ... also, wegen dieser Geschichte mit Papa ... meinte Nombeko wirklich, dass ...

»Kannst du nicht einfach den Mund halten und zu mir herrücken?«, fragte Nombeko.

Natürlich passt jemand, der gar nicht existiert, am besten zu jemand, der auch nicht existiert. Nombeko war ja schon nach ein paar Tagen aus dem Flüchtlingsheim in Upplands Väsby geflohen und seither wie vom Erdboden verschluckt, so dass sie seit einem Jahr als vermisst geführt wurde. Eine Leerstelle im schwedischen Einwohnermeldeamt sozusagen. Für eine offizielle Aufenthaltsgenehmigung hatte die Zeit nicht gereicht.

Holger wiederum hatte immer noch nichts wegen seiner anhaltenden Nichtexistenz unternommen. Die Sache war einfach so umständlich. Und noch mehr im Hinblick auf Nombeko. Wenn die Behörden anfingen, Nachforschungen zu seiner Person anzustellen, mit dem Ziel, seine Erzählung zu bestätigen, konnte ja alles Mögliche passieren. Zum Beispiel auch, dass sie Nombeko und die Bombe fanden. In beiden Fällen riskierte er sein Familienglück, bevor es so richtig beginnen konnte.

Vor diesem Hintergrund mag es widersprüchlich erscheinen, dass sich Holger und Nombeko ziemlich früh über die Kinderfrage einig waren: Wenn sie ein Kind bekämen, dann bekämen sie eben eines. Und wenn nicht, dann wünschten sie sich eines.

Nombeko hätte gern eine Tochter gehabt, die nicht schon als Fünfjährige anfangen musste, Scheiße zu schleppen, und deren Mutter nicht von Lösungsmitteln lebte, bis sie irgendwann nicht mehr lebte. Holger war egal, was es wurde, Hauptsache, das Kind durfte ohne Gehirnwäsche aufwachsen.

»Ein Mädchen, das über den König denken kann, wie es will?«, fasste Nombeko zusammen und kuschelte sich zwischen den Kissen auf der Kiste näher an ihren Holger.

»Mit einem Vater, der nicht existiert, und einer Mutter, die auf der Flucht ist. Ein toller Start ins Leben«, meinte Holger.

Nombeko kuschelte sich noch näher an ihn.

»Noch mal?«, fragte Holger. »Gerne.«

Aber auf der Kiste? Ihm war ein bisschen unwohl dabei, bis Nombeko ihm versicherte, dass die Bombe nicht explodieren würde, egal, wie oft er selbst es tat.

* * * *

Die Kochkünste der Chinesenmädchen waren wirklich außerordentlich. Doch der Esstisch im Wohnzimmer in der Wohnung im dritten Stock war selten komplett besetzt. Holger 1 arbeitete in Bromma. Celestine war oft unterwegs, Kissen ausliefern. Der amerikanische Töpfer hielt sich an seinen Konservenvorrat, um keine unnötigen Risiken einzugehen (worin diese Risiken bestanden, wusste nur er allein). Gelegentlich konnte es vorkommen, dass Nummer zwei und Nombeko in ein Lokal im Zentrum von Gnesta gingen, um es ein bisschen romantisch zu haben.

Wenn es den Ausdruck »für die Katz« auf Wu-Chinesisch gäbe, hätte er ungefähr beschrieben, was die Mädchen ab und zu empfanden. Und bezahlt wurde ihnen die Arbeit auch nicht. So kamen sie ihrem Onkel in der Schweiz kein Stück näher.

In ihrer Ahnungslosigkeit beschlossen die Mädchen, ein richtiges Restaurant aufzumachen. Dass das einzige Chinarestaurant in Gnesta von einem Schweden betrieben wurde, der zwei Thailänderinnen in der Küche beschäftigte, um die Glaubwürdigkeit seines Lokals zu erhöhen, bestärkte sie in ihrem Entschluss. Thailänderinnen chinesisches Essen kochen zu lassen, sollte gesetzlich verboten werden, fanden die Mädchen und setzten eine Annonce ins Anzeigenblättchen von Gnesta, in der sie kundtaten, dass das Restaurant Klein Peking in der Fredsgatan hiermit seine Pforten geöffnet habe.

»Schau mal, was wir gemacht haben«, verkündeten sie ganz stolz und hielten Holger 2 die Annonce unter die Nase.

Nachdem Nummer zwei sich von seinem Schock erholt hatte, erklärte er ihnen, dass sie mit diesem Restaurant eine ungenehmigte Tätigkeit aufnehmen würden, und das in einer Abbruchbude, in der sie gar nicht wohnen durften, und in einem Land, in dem sie sich gar nicht aufhalten durften. Obendrein waren sie auf dem besten Wege, gegen mindestens acht der strengsten Verordnungen des Gewerbeaufsichtsamtes zu verstoßen.

Die Mädchen sahen ihn ganz komisch an. Wieso sollten die Behörden denn Einwände dagegen erheben, wo und wie man sein Essen kochte und wem man es verkaufte?

»Willkommen in Schweden«, sagte Nummer zwei, der das Land, das ihn nicht kannte, selbst nur zu gut kannte.

Gott sei Dank war die Anzeige ganz klein gewesen und außerdem auf Englisch verfasst. Der einzige Mensch, der im Laufe des Abends auftauchte, war die Leiterin des örtlichen Gewerbeaufsichtsamtes, die nicht essen, sondern das offenbar gerade eröffnete Restaurant wieder schließen wollte. Sie wurde jedoch schon am Eingang von Holger 2 abgefangen, der sie mit der Erklärung beruhigte, es habe sich bei der Anzeige nur um einen Schulbubenstreich gehandelt. Natürlich wurde in diesem Abbruchhaus kein Essen verkauft, und selbstverständlich wohnte hier auch niemand. Hier wurden einfach nur Kopfkissen gelagert und ausgeliefert, sonst nichts.

Die Leiterin des Gewerbeaufsichtsamtes wolle nicht zufällig zweihundert Kissen kaufen? Das klang vielleicht nach viel für so ein Gewerbeaufsichtsamt, aber Holger achte streng darauf, dass die Mindestabnahme eingehalten wurde, und eine geringere Anzahl komme leider nicht in Frage.

Nein, die Beamtin der Stadtverwaltung wollte keine Kissen. Im Gewerbeaufsichtsamt von Gnesta erachte man es als Ehrensache, während der Arbeitszeit wach zu bleiben, und auch kurz danach noch, wie man sah. Doch sie schluckte die Schulbubenstreich-Erklärung von Nummer zwei und machte sich auf den Heimweg.

Damit war die akute Gefahr abgewendet. Doch Holger 2 und Nombeko sahen ein, dass sie etwas für die Chinesenmädchen tun mussten, die darauf brannten, endlich mal wieder einen Schritt voranzukommen in ihrem Leben.

»Wir haben inzwischen doch Erfahrung mit Ablenkungsmanövern«, sagte Nummer zwei und spielte damit sowohl auf den Helikopterjob von Nummer eins an als auch auf Celestines Freude, einen Lastwagen mit falschem Kennzeichen fahren zu dürfen. »Könnten wir es nicht noch mal mit so was versuchen?«

»Lass mich mal überlegen«, sagte Nombeko.

* * * *

Am nächsten Tag besuchte sie den amerikanischen Töpfer, um mal wieder ein Plauderstündchen mit ihm zu halten. An diesem Morgen musste sie sich anhören, dass sämtliche Telefongespräche in Schweden aufgenommen und analysiert wurden. Das erforderliche Personal belegte ein ganzes Stockwerk im Hauptquartier des amerikanischen Geheimdienstes in Virginia.

»Hört sich nach einem ganz schön großen Stockwerk an«, meinte Nombeko.

Während der Töpfer die Sache in aller Breite ausführte, wanderten Nombekos Gedanken wieder zu den Chinesenmädchen. Was konnten sie anfangen, wenn sie kein Restaurant aufmachen durften? Worin waren sie noch gut?

Tja, da wäre wohl Hundevergiften zu nennen. Allerdings konnten sie das ein bisschen zu gut. Und Nombeko sah keinen unmittelbaren finanziellen Vorteil darin, dieses Talent in Gnesta und Umgebung einzusetzen.

Außerdem konnten sie Gänse aus der Han-Dynastie nachmachen. Vielleicht wäre das ja was? Auf der anderen Straßenseite gab es schließlich eine Töpferwerkstatt. Und einen verrückten Töpfer. Konnte man die Mädchen vielleicht irgendwie mit ihm zusammenspannen?

Eine Idee begann in ihr zu wachsen.

»Besprechung heute Nachmittag um drei Uhr«, sagte sie, während der Töpfer immer noch dabei war, ihr seine Lauschangrifftheorie darzulegen.

»Was wollen wir denn besprechen?«, fragte der Töpfer.

»Drei Uhr«, antwortete Nombeko.

Exakt zur vereinbarten Zeit klopfte sie wieder bei dem Amerikaner mit dem lädierten Nervenkostüm. Im Schlepptau hatte sie drei südafrikanische Chinesenmädchen.

»Wer ist da?«, fragte der Töpfer durch die Tür.

»Der Mossad«, sagte Nombeko.

Der Töpfer hatte zwar keinen Humor, erkannte aber ihre Stimme und machte auf.

Der Amerikaner und die Chinesenmädchen waren einander fast noch nie begegnet, weil Ersterer seine Konserven zum Mittag- und Abendessen aus Sicherheitsgründen den Leckereien der Mädchen vorzog. Um ihnen den bestmöglichen Start zu geben, machte Nombeko dem Töpfer weis, dass die Mädchen zu einer Minderheit aus Cao Bằng in Nordvietnam gehörten, wo sie sich dem friedlichen Opiumanbau gewidmet hatten, bevor die gemeinen Amerikaner sie verjagten.

»Das tut mir wirklich leid«, sagte der Töpfer. Er schien die Geschichte tatsächlich zu glauben.

Nombeko überließ Großer Schwester das Wort, die nun wiederum berichtete, wie gut sie früher immer zweitausend Jahre alte Tonwaren nachgemacht hatten, aber erstens hätten sie ja keine Produktionsstätte mehr, und zweitens war ihre Mutter, die Chefdesignerin, immer noch in Südafrika.

»In Südafrika?«, wunderte sich der Töpfer.

»In Vietnam.«

Große Schwester beeilte sich weiterzureden. Wenn der Herr Töpfer sich vorstellen konnte, den Mädchen Zutritt zu seiner Töpferei zu gewähren und die Stücke aus der Han-Dynastie nachzubilden, versprachen die Mädchen, ihm mit Rat zur äußerlichen Ausgestaltung zur Seite zu stehen. Außerdem wussten sie alles darüber, wie man die Oberfläche der Stücke in der letzten Arbeitsphase so bearbeitete, dass man am Ende wirklich eine echte Gans aus der Han-Dynastie hatte. Oder eine halb echte.

Na gut. Darauf konnte sich der Töpfer schon einlassen. Doch das folgende Gespräch über die Preisgestaltung kam ziemlich mühsam voran. Der Töpfer hielt neununddreißig Kronen für angemessen, während die Mädchen eher an neununddreißigtausend gedacht hatten. Dollar.

Nombeko wollte sich eigentlich nicht einmischen, aber am Ende sagte sie trotzdem:

»Wollt ihr euch nicht vielleicht irgendwo in der Mitte treffen?«

Die Zusammenarbeit kam tatsächlich zustande. Der Amerikaner lernte rasch, wie die Gänse aussehen mussten, und wurde obendrein so gut in der Herstellung von Han-Dynastie-Pferden, dass man jedem Pferd ein Ohr abschlagen musste, damit es authentischer aussah.

Anschließend wurden jede fertige Gans und jedes Pferd hinter der Töpferwerkstatt vergraben und von den Mädchen mit Hühnermist und Urin übergossen, so dass die Stücke innerhalb von drei Wochen um zweitausend Jahre alterten. Was die Preisgestaltung anging, hatte sich die Gruppe am Ende auf zwei verschiedene Kategorien geeinigt. Eine für neununddreißig Kronen, die auf den Märkten in ganz Schweden angeboten werden sollte, und eine für neununddreißigtausend Dollar, mit dem Echtheitszertifikat, das Große Schwester erstellte, die diese Kunst von ihrer Mutter gelernt hatte, welche sie wiederum von ihrem Bruder gelernt hatte, dem Meister aller Meister: Cheng Tāo.

Das hielten alle für einen guten Kompromiss. Der erste Verkauf lief auch ganz großartig. Schon im ersten Monat hatten die Mädchen und der Töpfer Käufer für neunzehn Stücke gefunden. Achtzehn davon wechselten auf dem Markt in Kivik den Besitzer, das neunzehnte bei Bukowskis.

Doch es war nicht ganz unkompliziert, die Stücke dem traditionsreichen Auktionshaus in Stockholm anzubieten, jedenfalls nicht, wenn man nicht eingesperrt werden wollte, und das hatten Nombeko und die Mädchen ja schon mal ausprobieren dürfen. Deswegen suchten sie sich über den Chinesischen Verein in Stockholm einen alten Herrn, einen pensionierten Gärtner, der nach dreißig Jahren in Schweden kurz vor seiner Rückkehr in die Heimat nach Shenzhen stand. Er erhielt zehn Prozent Provision vom Erlös dafür, dass er seinen Namen für die Verkaufspapiere zur Verfügung stellte. Obwohl das Echtheitszertifikat von Großer Schwester wirklich gut war, bestand doch immer das Risiko, dass nach ein, zwei Jahren die Wahrheit ans Licht kam. Aber wenn das geschah, würde der lange Arm des Gesetzes wohl kaum bis nach Shenzhen reichen. Außerdem wohnten dort elf Millionen Menschen – ein Traumwohnort für jeden Chinesen, der sich mit gutem Grund nicht von der schwedischen Polizei finden lassen wollte.

Nombeko besorgte die Buchführung. Außerdem saß sie bei diesem inoffiziellen Unternehmen in der noch inoffizielleren Unternehmensführung.

»Zusammengerechnet haben wir im ersten Rechenschaftsmonat siebenhundertundzwei Kronen aus dem Marktverkauf eingenommen und zweihundertdreiundsiebzigtausend minus Kommission durch Auktion«, sagte sie. »Die Kosten belaufen sich auf keine sechshundertfünfzig Kronen für die Hin- und Rückreise zum Markt von Kivik.«

Der finanzielle Beitrag des Töpfers in diesem ersten Monat betrug also zweiundfünfzig Kronen netto. Sogar ihm war klar, dass der eine Verkaufsweg sich eher rechnete als der andere. Andererseits konnte man Bukowskis auch nicht allzu oft in Anspruch nehmen. Wenn sofort eine neue Han-Dynastie-Gans auftauchte, sobald die vorherige unter den Hammer gekommen war, würde das Auktionshaus schnell misstrauisch werden, ungeachtet der Qualität des Echtheitszertifikats. Eine im Jahr musste also reichen. Und das auch nur, wenn sie einen neuen Strohmann fanden, der kurz vor der Heimkehr nach China stand.

Die Chinesenmädchen und der Amerikaner kauften sich vom Gewinn des ersten Monats einen gebrauchten VW-Bus und korrigierten den Preis für den Marktverkauf nach oben, auf neunundneunzig Kronen. Zu mehr wollte sich der Amerikaner dann aber wirklich nicht mehr überreden lassen. Doch er brachte auch seine napalmgelbe Saigon-Kollektion in die gemeinsame Firma ein, und unterm Strich nahmen die Mädchen und der Töpfer rund zehntausend Kronen im Monat ein, während sie darauf warteten, dass Bukowskis wieder bereit war. Das reichte locker für alle Beteiligten. Man wohnte ja billig.

13. KAPITEL

Von einem herzlichen Wiedersehen und von dem Mann, der seinem Namen letztlich alle Ehre machte

Es war noch eine Weile hin, bis einer der Mieter der Fredsgatan 5 sterben sollte.

Holger 1 fühlte sich bei der Helikoptertaxi AG sehr wohl. Er nahm Telefongespräche entgegen und kochte Kaffee, und das machte er alles ganz prima. Nebenbei bekam er ab und zu einen Übungsflug in einem der drei Hubschrauber, und jedes Mal bildete er sich ein, dass er auf diese Weise der Entführung des Königs wieder einen Schritt näher gekommen war.

Seine zornige junge Freundin fuhr unterdessen in einem Lastwagen mit falschem Kennzeichen durch ganz Schweden und hielt sich ihrerseits mit der Hoffnung bei Laune, dass sie eines Tages schon noch in eine Routinekontrolle geraten würde.

Die drei Chinesenmädchen und der Amerikaner fuhren von Markt zu Markt und verkauften Antiquitäten für neunundneunzig Kronen das Stück. Zu Anfang war Nombeko noch dabei, um das Ganze zu überwachen, aber als sich herausstellte, dass alles wie am Schnürchen lief, blieb sie immer öfter zu Hause. Als Ergänzung zu den Marktverkäufen landete ungefähr einmal im Jahr eine neue Han-Dynastie-Gans bei Bukowskis, die jedes Mal wegging wie nichts.

Der Plan der Chinesenmädchen sah so aus, dass sie den VW-Bus mit Töpferwaren füllen und dann zu ihrem Onkel in die Schweiz fahren wollten, sobald sie ein wenig Geld beiseitegelegt hatten. Oder auch viel Geld. Aber sie hatten es nicht mehr eilig damit. Ihre

Geschäfte waren ja ganz einträglich, und auch sonst war es recht nett in diesem Land (wie hieß es noch gleich?).

Ihr Mitstreiter, der Töpfer, kämpfte nur mit der einen oder anderen heftigen Neurose, und das auch nur ab und zu. Zum Beispiel machte er sich in der Töpferwerkstatt einmal im Monat auf die Jagd nach versteckten Mikrofonen. Er fand keine. Kein einziges. Nicht ein einziges Mal. Es war ihm ein Rätsel.

Bei der Reichstagswahl 1991 bekam die »Nieder mit dem ganzen Scheiß«-Partei wieder eine ungültige Stimme. Umso mehr gingen an die liberale Partei der Moderaten. Schweden wechselte den Ministerpräsidenten, und Holger 2 hatte einen Grund, den neuen Mann auf diesem Posten zu kontaktieren und ihm etwas anzubieten, was er sicher nicht haben wollte, aber trotzdem annehmen sollte. Leider bekam Ministerpräsident Bildt nie die Chance, mit Ja oder Nein zu antworten, weil nämlich seine Assistentin in der Frage, welche Gespräche sie durchstellte und welche nicht, dieselben Ansichten vertrat wie ihre Vorgängerin. Und als Holger es beim selben König versuchte wie vor vier Jahren, erteilte ihm derselbe Hofsekretär die gleiche Antwort wie beim letzten Mal. Nur vielleicht noch ein bisschen arroganter.

Nombeko hatte Verständnis für die Forderung von Nummer zwei, dass die Bombe dem Ministerpräsidenten übergeben werden sollte und niemand sonst. Es sei denn, der König kreuzte zufällig ihren Weg.

Doch nach fast vier Jahren und einem Regierungswechsel wurde ihr klar, dass es wichtig war, jemand zu *sein*, wenn man dem schwedischen Ministerpräsidenten näher kommen wollte, ohne Großalarm auszulösen. Am besten gleich Präsident eines anderen Landes oder zumindest Chef eines Unternehmens mit dreißig-, vierzigtausend Angestellten.

Oder Bühnenkünstler. In diesem Jahr hatte ein Mädchen namens Carola davon gesungen, dass ein Sturmwind sie gefangen hatte, und damit einen Gesangswettbewerb gewonnen, der offenbar weltweit im Fernsehen ausgestrahlt wurde. Ob sie danach den Ministerpräsidenten kennengelernt hatte, wusste Nombeko nicht, aber er hatte ihr immerhin ein Telegramm geschickt.

Oder ein erfolgreicher Sportler. Dieser Björn Borg hätte damals sicher jederzeit eine Audienz bekommen. Bekäme er vielleicht sogar heute noch.

Man musste jemand sein. Also genau das, was Holger 2 nicht war. Während sie selbst illegal war.

Hingegen war sie seit vier Jahren nicht mehr hinter einem Elektrozaun eingesperrt. Und sie wollte auch gern, dass das so blieb. Deswegen konnte sie sich damit arrangieren, dass die Bombe, wenn es denn unbedingt nötig war, noch ein Weilchen dort stand, wo sie nun eben stand, während Nombeko jede Woche ein neues Regal der örtlichen Bibliothek abgraste.

In der Zwischenzeit baute Holger 2 das Importgeschäft dahingehend aus, dass er auch Handtücher und Hotelseifen ins Sortiment aufnahm.

Er hatte zwar nicht an Kissen, Handtücher und Seife gedacht, wenn er sich als Junge von seinem Vater Ingmar wegträumte, aber es war schon irgendwie okay.

* * * *

Anfang 1993 verbreitete sich die Genügsamkeit im Weißen Haus ebenso wie im Kreml. Die USA und Russland waren in ihrer Zusammenarbeit gerade wieder einen Schritt vorangekommen, was die Kontrolle des Kernwaffenarsenals der jeweils anderen Supermacht anging. Außerdem hatte man im neuen Start-II-Abkommen die weitere Abrüstung beschlossen.

Sowohl George Bush als auch Boris Jelzin fanden, dass die Welt ein sicherer Ort geworden war.

Freilich war keiner von beiden jemals in Gnesta gewesen.

Im selben Sommer verschlechterten sich die Möglichkeiten der Chinesenmädchen zur Fortsetzung ihrer lukrativen Tätigkeit in Schweden. Ein Kunsthändler in Söderköping entdeckte nämlich, dass auf den Märkten im ganzen Lande echte Han-Dynastie-Gänse verkauft wurden. Er kaufte zwölf Stück und ging mit ihnen zu Bukowskis in Stockholm. Statt der erhofften zweihundertfünfundzwanzigtausend Kronen pro Stück bekam er dafür Handschellen und Untersuchungshaft. Zwölf Han-Dynastie-Gänse, zusätzlich zu den fünf, die die Firma in ebenso vielen Jahren bereits verkauft hatte – das war nicht glaubwürdig.

Der Betrugsversuch landete in den Zeitungen, wo er Nombeko ins Auge fiel. Sie erzählte den Mädchen, was passiert war, und schärfte ihnen ein, auf keinen Fall je wieder auf Bukowskis zuzugehen, mit oder ohne Strohmann.

»Warum denn nicht?«, fragte Kleine Schwester, der jegliches Gefühl für Gefahren abging.

Nombeko erwiderte, wenn jemand das jetzt noch nicht begriffen habe, seien Erklärungen zwecklos, aber es müsse auf jeden Fall so geschehen, wie sie gesagt habe.

Da kamen die Mädchen überein, dass es jetzt reichte mit ihrem Abenteuer. Sie hatten schon ein nettes Sümmchen zusammengespart, und viel mehr würde es ja auch nicht mehr werden, wenn sie ab jetzt ausschließlich auf die Preisvorstellungen des amerikanischen Töpfers angewiesen waren.

Also füllten sie ihren VW-Bus mit zweihundertsechzig frisch produzierten Tonskulpturen aus vorchristlicher Zeit, umarmten Nombeko zum Abschied und machten sich auf den Weg in die Schweiz, zu Onkel Cheng Tāo und seinem Antiquitätenladen. Die Waren, die sie mit sich führten, waren zum einen Gänse, die für neunundvierzigtausend Dollar pro Stück verkauft werden sollten, zum anderen Pferde für neunundsiebzigtausend pro Stück und dann noch eine Handvoll anderer Objekte, die so missraten waren, dass sie mehr als Einzelstücke und daher mit Preisen zwischen hundertsechzig- und dreihunderttausend Dollar ausgezeichnet waren. Der amerikanische Töpfer hingegen reiste wieder von Markt zu Markt und verkaufte seine eigenen Exemplare für neununddreißig Kronen. Und war glücklich, weil er endlich keine Kompromisse bei der Preisgestaltung mehr eingehen musste.

Nombeko hatte beim Abschied gemeint, dass die Schwestern sicher ein passendes Preisniveau gewählt hatten, wenn man bedachte, wie alt und schön die Stücke waren, vor allem für das Auge des Laien. Aber für den Fall, dass sich die Schweizer nicht so leicht hinters Licht führen ließen wie die Schweden, wollte sie den Mädchen doch den Rat mit auf den Weg geben, nicht schlampig zu werden mit ihren Echtheitszertifikaten.

Darauf antwortete Große Schwester, dass Nombeko sich keine Sorgen zu machen brauche. Wie jeder Mensch hatte auch ihr Onkel bestimmt seine Fehler, aber in der Kunst, falsche Echtheitszertifikate herzustellen, konnte ihm keiner das Wasser reichen. Er hatte zwar mal vier Jahre in England gesessen, aber daran war in erster Linie dieser Pfuscher in London schuld, der so ein schlampiges echtes Echtheitszertifikat ausgefertigt hatte, dass die Fälschung des Onkels daneben viel zu gut ausgesehen hatte. Der Pfuscher war sogar drei Monate im Gefängnis gewesen, bis Scotland Yard dahinterkam, wie es sich wirklich verhielt: dass nämlich die Fälschung im Gegensatz zum Original keine Fälschung war.

Aus diesem Fehler hatte Cheng Tāo gelernt. Nun achtete er darauf, nicht zu perfekt zu arbeiten. So wie die Mädchen, wenn sie den Han-Dynastie-Pferden ein Ohr abschlugen, um den Preis in die Höhe zu treiben. Es würde alles gutgehen, versprachen sie Nombeko.

»In England?«, fragte Nombeko, vor allem, weil sie sich nicht sicher war, ob die Mädchen den Unterschied zwischen Großbritannien und der Schweiz kannten.

Nein, das war Geschichte. Während seines Gefängnisaufenthalts hatte sich der Onkel die Zelle mit einem Schweizer Heiratsschwindler geteilt, der seine Arbeit so verdammt gut gemacht hatte, dass er doppelt so viele Jahre absitzen musste. Daher brauchte der Schweizer seine Identität erst mal eine Weile nicht und lieh sie dem Onkel, vielleicht auch, ohne dass Letzterer vorher gefragt hätte. Als er freikam, stand die Polizei vor den Gefängnistoren und erwartete ihn.

Sie wollten ihn nach Liberia ausweisen, weil er von dort gekommen war. Doch dann stellte sich heraus, dass der Chinese kein Afrikaner, sondern Schweizer war, also schickten sie ihn stattdessen nach Basel. Oder war es Bern? Oder Bonn? Vielleicht auch Berlin. Auf jeden Fall in die Schweiz, wie gesagt.

»Auf Wiedersehen, liebe Nombeko«, sagten die Mädchen auf isiXhosa, der Sprache, von der sie immer noch ein paar Brocken beherrschten, und dann fuhren sie los.

»祝你好运!«, sagte Nombeko dem VW-Bus hinterher. »Viel Glück!«

Während sie den Mädchen hinterhersah, berechnete sie in Sekundenschnelle die statistische Wahrscheinlichkeit, dass drei illegale chinesische Flüchtlinge, die Basel nicht von Berlin unterscheiden konnten, es in einem unversicherten VW-Bus quer durch Europa schafften, die Schweiz fanden, einreisten und dort auf ihren Onkel stießen. Ohne aufzufliegen.

Da Nombeko die Mädchen nicht wiedersah, erfuhr sie nie, dass sie schon früh beschlossen, geradeaus durch Europa zu fahren, bis sie auf das Land stießen, das sie suchten. Geradeaus war das einzig Richtige, dachten sich die Mädchen, denn es wimmelte nur so von Schildern, die kein Mensch deuten konnte. Nombeko erfuhr auch nicht, dass der VW-Bus mit dem schwedischen Nummernschild, der einfach nur nach Vergnügungstouristen aussah, durch sämtliche Grenzkontrollen gewinkt wurde, so auch an der österreichisch-schweizerischen Grenze. Ebenso wenig erfuhr sie, dass die Mädchen daraufhin ins erstbeste Chinarestaurant gingen, um zu fragen, ob der Besitzer möglicherweise Herrn Cheng Tāo kannte. Natürlich kannte der Besitzer ihn nicht, aber er kannte jemand, der vielleicht denjenigen kennen könnte, der wiederum jemand kannte, der behauptete, dass er einen Bruder hatte, der eventuell einen Mieter dieses Namens hatte. Tatsächlich fanden die Mädchen ihren Onkel in einem Vorort von Basel. Das Wiedersehen war sehr herzlich.

Aber wie gesagt, all das sollte Nombeko nie erfahren.

Sämtliche verbliebenen Mieter der Fredsgatan waren noch am Leben. Holger 2 und Nombeko blieben am liebsten unter sich. Letztere merkte, dass es sie schon glücklich machte, wenn sie einfach nur mit ihrem Holger zusammen war, und er wiederum war jedes Mal so grenzenlos stolz, wenn sie den Mund aufmachte. Sie war der klügste Mensch, den er kannte. Und der schönste.

Bei ihren Bemühungen, ein Kind zu zeugen, hielten sie zwischen den Kissen im Lager ein ehrgeiziges Niveau. Trotz der Komplikationen, die es bedeuten würde, wenn es denn wirklich gelang, wurden die beiden immer frustrierter, als es eben nicht gelang. Es kam ihnen vor, als hätten sie sich im Leben festgefahren, und das Einzige, was sie wieder flottmachen konnte, wäre ein Baby.

Als Nächstes redeten sie sich ein, dass die Bombe schuld war. Wenn sie die nur loswerden konnten, würde es sicher auch mit dem Kind was werden. Rein rational wussten sie natürlich, dass zwischen Bombe und Kind kein unmittelbarer Zusammenhang bestand, aber es ging immer mehr um Gefühl und nicht um Vernunft. Dazu gehörte auch, dass sie ihre erotischen Aktivitäten einmal die Woche in die Töpferwerkstatt verlegten. Neuer Ort, neue Möglichkeiten. Oder auch nicht.

Nombeko hatte immer noch achtundzwanzig Rohdiamanten im Futter der Jacke, die sie nicht mehr anzog. Nach ihrem ersten misslungenen Versuch vor ein paar Jahren hatte sie die Gruppe und sich selbst nicht dem Risiko aussetzen wollen, herumzufahren und zu versuchen, die Steine zu Geld zu machen. Doch jetzt trug sie sich doch wieder mit dem Gedanken. Denn wenn Holger und sie richtig viel Geld hatten, würden sich ihnen auch neue Wege zum lästigen Ministerpräsidenten eröffnen. Schade, dass Schweden so hoffnungslos unbestechlich war, sonst hätte man sich den Weg mit Bakschisch bahnen können.

Holger nickte nachdenklich. Das mit dem Bestechungsgeld wäre vielleicht gar nicht so blöd gewesen. Er beschloss, es sofort zu versuchen, suchte sich die Nummer der Parteizentrale der Liberalen heraus, rief an, stellte sich als Holger vor und erklärte, er könnte sich vorstellen, der Partei zwei Millionen Kronen zu spenden, wenn er dafür den Parteivorsitzenden (der eben zugleich der Ministerpräsident war) unter vier Augen sprechen durfte.

In der Parteizentrale zeigte man sich mehr als interessiert. Ein Treffen mit Carl Bildt würde sich sicher einrichten lassen, wenn der Herr Holger erst mal erzählte, wer er war, was für ein Anliegen er hatte, wie er genau hieß und wo er genau wohnte.

»Ich würde es vorziehen, meine Privatsphäre zu schützen«, versuchte es Holger. Man antwortete ihm, das dürfe er natürlich, aber bei einem Parteivorsitzenden, der noch dazu Ministerpräsident des Landes war, sei schon ein gewisses Maß an Sicherheitsmaßnahmen erforderlich.

Holger überlegte kurz, ob er sich als sein Bruder ausgeben sollte, der eine Anschrift in Blackeberg und eine Arbeit bei der Helikoptertaxi AG in Bromma hatte.

»Darf ich den Ministerpräsidenten dann auch garantiert sprechen?«, vergewisserte er sich.

Das konnte man ihm nicht versprechen, aber man wollte versuchen, es möglich zu machen.

»Ich soll Ihnen also zwei Millionen schenken, damit ich ihn *vielleicht* sprechen darf?«

Ja, so ungefähr. Das verstünde der Herr Holger doch sicher.

Nein, das verstand der Herr Holger nicht. In seinem Frust darüber, dass es so verdammt schwer war, mit so einem simplen Ministerpräsidenten zu sprechen, sagte er, die Moderaten sollten sich doch jemand anders suchen, dem sie das Geld aus der Tasche ziehen konnten, und er wünsche ihnen möglichst viel Pech bei den nächsten Wahlen. Dann legte er auf.

In der Zwischenzeit hatte Nombeko weiter nachgedacht. Es war ja nun nicht so, dass der Ministerpräsident bis zu seinem Abtritt jeden Tag vierundzwanzig Stunden ausschließlich in der Regierungskanzlei saß. Der traf sich ja wirklich mit Menschen. Mit allen möglichen Menschen, von den Staatschefs anderer Nationen bis zu seinem eigenen Mitarbeiterstab. Außerdem war er ab und zu auch im Fernsehen. Und setzte seine Ansichten den Journalisten zur Rechten und zur Linken auseinander. Meistens zur Rechten.

Dass Holger oder Nombeko sich in Staatschefs anderer Nationen verwandeln würden, war nicht sehr wahrscheinlich. Da klang es schon machbarer, einen Job in der Regierungskanzlei oder in der Nähe zu ergattern, auch wenn das noch schwer genug war. Nummer zwei konnte einen Anfang machen, indem er sich an der Universität einschrieb. Er musste nur noch schnell die Aufnahmeprüfung für die Hochschule runterreißen, dann konnte er unter dem Namen seines Bruders studieren, was er wollte. Allerdings mussten es Fächer sein, die ihn in die Nähe des Ministerpräsidenten bringen würden. Der Kissengroßhandel war nicht mehr nötig, wenn es ihnen erst gelungen war, die Diamanten aus Nombekos Jacke zu veräußern.

Nummer zwei ließ sich Nombekos Vorschlag durch den Kopf gehen. Staatswissenschaftler? Oder Volkswirtschaftler? Das würde ein mehrjähriges Studium bedeuten. Das am Ende doch wieder nirgendwohin führte. Aber die Alternative schien so auszusehen, dass sie hier hängen blieben bis ans Ende aller Tage, oder zumindest bis Nummer eins auffiel, dass er nie im Leben lernen würde, wie man einen Hubschrauber fliegt, oder bis die junge Zornige die Geduld verlor, weil die Bullen sie einfach nie erwischten. Es sei denn, der gestörte Amerikaner stellte noch vorher wer weiß was an.

Außerdem hatte Nummer zwei immer schon mit dem Gedanken an ein Hochschulstudium gespielt.

Nombeko umarmte ihren Holger, um zu besiegeln, dass sie jetzt so etwas wie einen Plan hatten, wenn sie schon keine Kinder hatten. Das fühlte sich gut an.

Nun mussten sie nur noch eine sichere Methode finden, die Diamanten zu veräußern.

* * * *

Während Nombeko immer noch überlegte, wie und wo sie welchen Diamantenhändler ansprechen könnte, spazierte sie direkt in die Lösung. Und zwar auf dem Gehweg vor der Bibliothek Gnesta.

Eigentlich hieß er Antonio Suárez – ein Chilene, der nach dem Staatsstreich 1973 mit seinen Eltern nach Schweden geflohen war. Aber seinen wahren Namen kannte kaum jemand in seinem Bekanntenkreis. Vielmehr nannte man ihn kurz und bündig »den Juwelier«, obwohl er eigentlich alles andere als das war. Doch er hatte früher einmal als Verkäufer im einzigen Juweliergeschäft in Gnesta gearbeitet und dafür gesorgt, dass sein eigener Bruder ihm den gesamten Inhalt des Juweliergeschäfts rauben konnte.

Der Coup gelang, aber sein Bruder feierte ihn tags darauf allzu ausführlich, setzte sich dann heillos betrunken ans Steuer und wurde von einem Streifenwagen angehalten, dem aufgefallen war, dass hier jemand zu schnell und noch dazu in Schlangenlinien fuhr.

Sein romantisch veranlagter Bruder eröffnete das Gespräch, indem er die Busenform der Polizeiinspektorin lobte, womit er sich eine Ohrfeige einhandelte. Da verliebte er sich sofort Hals über Kopf in sie, denn er fand nichts so unwiderstehlich wie beherzte, energische Frauen. Er legte den Alkomaten aus der Hand, den ihm die beleidigte Polizistin mit der Aufforderung gegeben hatte, hineinzupusten, zog einen Diamantring im Werte von zweihunderttausend Kronen aus der Tasche und machte ihr einen Antrag.

Doch statt des erwarteten Ja bekam er Handschellen und eine Freifahrt in die nächste Arrestzelle.

Dann führte eines zum andern, und flugs saß auch der Bruder des Schnellfahrers hinter Gittern. Obwohl er alles hartnäckig leugnete.

»Ich hab den Mann noch nie im Leben gesehen«, erklärte er dem Staatsanwalt im Gericht von Katrineholm.

»Aber wieso – das ist doch Ihr Bruder?«, sagte der Staatsanwalt.

»Ja, aber ich hab ihn trotzdem noch nie gesehen.«

Der Staatsanwalt hatte jedoch einiges in der Hand. Unter anderem gemeinsame Fotos der Brüder von Kindesbeinen an. Der Umstand, dass sie unter derselben Adresse in Gnesta gemeldet waren, kam ebenfalls erschwerend hinzu, sowie die Tatsache, dass der Großteil der Beute in ihrem gemeinsamen Kleiderschrank gefunden worden war. Außerdem sagten die ehrlichen Eltern der Brüder zu ihren Ungunsten aus.

Der Mann, der seitdem der Juwelier hieß, bekam vier Jahre in Hall, genauso viele wie sein Bruder. Danach flog der Bruder zurück nach Chile, während der Juwelier sein Geld damit verdiente, billigen Schmuck zu verkaufen, den er aus Bolivien importierte. Er hatte vor, so lange zu sparen, bis er eine Million beisammen hatte, und dann wollte er sich in Thailand zur Ruhe setzen. Auf den Märkten lernte er Nombeko kennen, nicht unbedingt näher, aber doch so weit, dass sie sich zunickten, wenn sie sich über den Weg liefen.

Das Problem war nur, dass die schwedischen Marktbesucher die Schönheit so eines bolivianischen Silberherzens aus Plastik anscheinend nie so recht zu schätzen wussten. Nachdem er sich zwei Jahre lang abgestrampelt hatte, wurde er von einer Depression befallen und fand, dass einfach alles nur noch Scheiße war (womit er ja im Grunde gar nicht so falsch lag). Auf der Jagd nach seiner Million war er bis hundertfünfundzwanzigtausend gekommen, aber jetzt konnte er einfach nicht mehr. Stattdessen fuhr er eines Samstagnachmittags in depressivem Zustand zur Trabrennbahn Solvalla und setzte sein gesamtes Vermögen auf eine Siebener-Einlauf-Systemwette, in der Absicht, alles zu verlieren und sich anschließend auf eine Parkbank im Humlegården zum Sterben hinzulegen.

Da geschah es tatsächlich, dass ein Pferd nach dem anderen genau das tat, was es sollte (obwohl es das noch nie zuvor getan hatte), und als die Rennen gelaufen waren, bekam ein einsamer Gewinner mit sieben Richtigen sechsunddreißig Komma sieben Millionen Kronen quittiert, von denen man ihm zweihunderttausend bar auf die Hand auszahlte.

Der Juwelier beschloss, dass er das mit dem Sterben auf einer Parkbank im Humlegården jetzt mal hübsch bleiben lassen würde. Stattdessen fuhr er ins Café Opera, um sich so richtig volllaufen zu lassen.

Das gelang ihm besser als erwartet. Am nächsten Nachmittag wachte er in der Suite des Hilton Hotel am Slussen auf, nackt bis auf Socken und Unterhose. Da er die Unterhose noch anhatte, war sein erster Gedanke, dass er letzte Nacht vielleicht doch nicht so viel Spaß gehabt hatte, wie es der Situation angemessen gewesen wäre, aber das konnte er nicht mit Bestimmtheit sagen, denn er hatte einen Filmriss.

Er ließ sich Frühstück aufs Zimmer bringen. Bei Rührei und Champagner entschied er, was er mit seinem Leben anfangen wollte. Die Idee mit Thailand verwarf er. Lieber wollte er in Schweden bleiben und noch einmal ein Geschäft in großem Stil aufziehen.

Der Juwelier wurde – Juwelier.

Aus reiner Bosheit kaufte er sich Geschäftsräume direkt neben dem Laden in Gnesta, in dem er damals gelernt hatte und dann überfallen worden war. Da Gnesta eben Gnesta ist und mit einem Juweliergeschäft im Grunde mehr als bedient, hatte der Juwelier nach nicht einmal einem halben Jahr seinen ehemaligen Chef aus dem Feld geschlagen. Das war übrigens derselbe, der beinahe die Polizei angerufen hätte, als Nombeko seinen Laden besucht hatte.

Eines schönen Tages im Mai 1994 traf der Juwelier auf seinem Weg ins Geschäft eine Schwarze vor der Bibliothek. Wo hatte er die bloß schon mal gesehen?

»Hallo, Juwelier!«, rief Nombeko. »Lange nicht gesehen. Wie geht's dir denn so mittlerweile?«

Natürlich, das war doch die junge Frau, die immer mit diesem spinnerten Amerikaner unterwegs gewesen war und diesen drei Chinesenmädchen, mit denen gar nichts anzufangen war.

»Ach ja, danke«, sagte er. »Ich habe die bolivianischen Silberherzen aus Plastik gegen richtigen Schmuck getauscht, könnte man sagen. Ich bin jetzt Juwelier hier in der Stadt.«

Das fand Nombeko wirklich großartig. Schwuppdiwupp hatte sie jetzt also einen Kontakt in schwedischen Juwelierkreisen. Noch dazu einen, der die Gesetze nachweislich großzügig auslegte beziehungsweise einen Hang zur totalen Gesetzlosigkeit hatte.

»Das ist ja super«, sagte sie. »Dann muss ich dich wohl ab heute *Herr* Juwelier nennen, oder? Besteht vielleicht Interesse, ein oder zwei Geschäfte mit mir zu machen? Ich habe nämlich zufällig ein paar Rohdiamanten auf Lager, und die würde ich gern zu Geld machen.«

Aus dem lieben Gott wurde man auch nie so wirklich schlau, dachte der Juwelier. Da hatte er immer zu ihm gebetet, aber fast nie etwas zurückbekommen. Und dieser unglückselige Raub hätte seine Beziehungen zum Himmel ja wohl eher verschlechtern müssen. Stattdessen sorgte der Herr jetzt dafür, dass ihm die gebratenen Tauben in den Mund flogen.

»Mein Interesse an Rohdiamanten ist sehr groß, Fräulein ... Nombeko, hießen Sie nicht so?«

Bislang waren die Geschäfte überhaupt nicht so gegangen, wie es sich der Juwelier gedacht hatte. Aber nun konnte er seine Pläne, sich noch einmal selbst zu überfallen, ad acta legen.

Drei Monate später waren alle achtundzwanzig Diamanten eingetauscht und weiterverkauft. Und Nombeko und Holger hatten einen ganzen Rucksack voll Geld. Neunzehn Komma sechs Millionen Kronen, bestimmt fünfzehn Prozent unter dem Preis, den sie hätten erzielen können, wenn das Geschäft nicht so diskret hätte abgewickelt werden müssen. Aber wie Holger 2 meinte:

»Neunzehn Komma sechs Millionen sind immerhin neunzehn Komma sechs Millionen.«

Er hatte sich in der Zwischenzeit zur Aufnahmeprüfung für die Universität angemeldet. Die Sonne schien, und die Vögel zwitscherten.

4. TEIL

Das Leben muss nicht leicht sein, wenn es nur inhaltsreich ist.

Lise Meitner

14. KAPITEL

Von einem unwillkommenen Besuch
und einem plötzlichen Todesfall

Im Frühjahr 1994 war Südafrika das erste und bis dahin einzige Land der Welt, das erst eigene Kernwaffen entwickelt und anschließend erklärt hatte, auf sie verzichten zu wollen. Ganz freiwillig ließ man das Atomprogramm einstellen, kurz bevor die weiße Minderheit gezwungen wurde, die Schwarzen an die Macht zu lassen. Dieser Prozess dauerte mehrere Jahre und geschah unter der Oberaufsicht der internationalen Atomenergieorganisation IAEA, die am Ende offiziell bestätigen konnte, dass die sechs südafrikanischen Atombomben nicht mehr existierten.

Die siebte hingegen, die es nie gegeben hatte, die existierte immer noch. Und demnächst sollte sie auch noch in Bewegung kommen.

Es begann damit, dass die junge Zornige es satt hatte, einfach nie von der Polizei gefasst zu werden. Was, zum Teufel, machten die eigentlich den ganzen Tag? Sie missachtete Geschwindigkeitsbegrenzungen, sie fuhr über durchgezogene Linien, und sie hupte alte Damen an, die die Straße überquerten. Nichtsdestoweniger verging ein Jahr nach dem anderen, ohne dass ein einziger Streifenpolizist sich für sie interessiert hätte. Da gab es nun Tausende von Polizisten in diesem Land, die von ihr aus allesamt zur Hölle fahren konnten, aber Celestine hatte noch nie Gelegenheit gehabt, es einem von ihnen ins Gesicht zu sagen.

Der Gedanke, eines Tages *Non, je ne regrette rien* singen zu dürfen, war immer noch zu reizvoll, als dass sie ihren Job hätte hinschmei-ßen wollen, aber jetzt musste langsam wirklich mal was passieren, sonst würde sie eines Tages erwachen und feststellen, dass sie auch schon zum Establishment gehörte. Und dann war Holger 2 vor ein paar Tagen tatsächlich mit dem Vorschlag angekommen, sie solle doch mal einen richtigen Lkw-Führerschein machen. O Mann, da-mit wäre doch alles im Arsch!

In ihrem Frust fuhr sie zu Holger 1 nach Bromma und erklärte, sie müssten *jetzt* ein Zeichen setzen.

»Ein Zeichen setzen?«

»Ja. Mal so richtig Staub aufwirbeln.«

»Und an was hast du da so gedacht?«

Das konnte die junge Zornige gar nicht so recht sagen. Aber sie ging in den nächsten Laden und kaufte sich ein Exemplar des bür-gerlichen Scheißblatts *Dagens Nyheter*, das nichts anderes tat, als die Interessen der Mächtigen zu bedienen. Verdammte Schweine!

Und dann blätterte sie. Und blätterte weiter. Sie fand vieles, was ihre zornige Grundhaltung noch verschlimmerte, aber es war vor allem ein kleiner Artikel auf Seite siebzehn, der sie so richtig auf hundertachtzig brachte.

»Hier!«, rief sie. »Das hier können wir einfach nicht so hinneh-men!«

In diesem Artikel stand, dass die ziemlich neue Partei der Sve-rigedemokrater vorhatte, auf dem Sergels torg, einem öffentlichen Platz mitten in Stockholm, am nächsten Tag eine Demonstration zu veranstalten. Die Partei hatte bei der Reichstagswahl vor knapp drei Jahren 0,09 Prozent der Stimmen bekommen, und das war nach Meinung der jungen Zornigen viel zu viel. Sie erklärte ihrem Freund, dass diese Partei aus verkappten Rassisten unter der Füh-rung eines Exnazis bestand, und alle miteinander hatten sie eine große Leidenschaft fürs Königshaus!

Die junge Zornige fand, diese Demonstration schrie geradezu nach einer Gegendemonstration!

Als Holger 1 hörte, wie diese Partei den Status des Königs und der Königin einschätzte, konnte er sich auch sofort für Celestines Idee begeistern. Nach all den Jahren meinungsbildend wirken zu können, ganz im Geiste von Papa Ingmar, fand er großartig.

»Ich hab morgen sowieso frei«, sagte er. »Komm, wir fahren nach Gnesta und bereiten uns vor!«

Nombeko traf Holger 1 und die junge Zornige zu Hause an, wie sie gerade Plakate für den nächsten Tag malten. Darauf stand: »Sverigedemokrater raus aus Schweden«, »Schafft das Königshaus ab«, »Schießt den König auf den Mond« und »Sverigedemokrater sind doof«.

Nombeko hatte auch schon so einiges über diese Partei gelesen und dabei vieles wiedererkannt. Ehemaliger Nazi zu sein, war selbstverständlich kein Hindernis, wenn man politische Karriere machen wollte. Fast alle südafrikanischen Premierminister gegen Ende des zwanzigsten Jahrhunderts hatten einen entsprechenden Hintergrund. Die Sverigedemokrater bekamen zwar nur ein Zehntelprozent der Stimmen bei der letzten Reichstagswahl, aber ihre Rhetorik zielte darauf ab, Ängste zu schüren, und Nombeko glaubte, dass den Ängsten die Zukunft gehörte, das war schon immer so gewesen.

Dem Ausspruch »Sverigedemokrater sind doof« konnte sie allerdings nicht so recht zustimmen. Wenn ein Nazi aufhört, sich als solcher zu bezeichnen, ist er nämlich eigentlich ganz schön schlau.

Daraufhin ließ die junge Zornige eine Tirade vom Stapel, in der sie dem Verdacht Ausdruck verlieh, dass Nombeko selbst Nazi sei.

Nombeko ließ die Plakatmaler allein und ging zu Nummer zwei, um ihm zu berichten, dass sie vielleicht ein Problem hatten, weil Nummer zwei Trottel von Bruder und dessen Freundin einen Ausflug nach Stockholm planten, um dort mal so richtig Dampf abzulassen.

»Ich hab dem Frieden ja nie getraut«, sagte Holger 2, ohne sich jedoch eine Vorstellung von dem Elend zu machen, das auf sie alle zurollte.

✳ ✳ ✳ ✳

Hauptredner auf der Demonstration der Sverigedemokrater war der Parteivorsitzende selbst. Er stand mit dem Mikro in der Hand auf dem zusammengezimmerten Podium und erzählte, wie die schwedischen Werte aussahen und wovon selbige bedroht wurden. Unter anderem forderte er einen Einwanderungsstopp und die Wiedereinführung der Todesstrafe, die Schweden seit November 1910 nicht mehr verhängt hatte.

Vor ihm standen ungefähr fünfzig Gleichgesinnte und applaudierten. Und direkt hinter diesen standen eine junge zornige Frau und ihr Freund mit ihren noch eingepackten Plakaten. Sie hatten vor, ihre Gegendemonstration zu beginnen, sobald der Parteivorsitzende ausgeredet hatte, damit sie nicht von ihm übertönt werden konnten.

Nachdem er eine Weile geredet hatte, merkte Celestine, dass sie nicht nur enorm jung und zornig war, sondern auch ganz enorm pinkeln musste. Sie flüsterte Holger ins Ohr, dass sie sich nur kurz nach nebenan ins Kulturhaus verziehen musste, aber gleich wieder zurückkommen würde.

»Und dann werden wir's diesen Typen so richtig besorgen«, sagte sie und küsste ihren Holger auf die Wange.

Leider war der Redner dann doch ziemlich schnell fertig mit dem, was er zu sagen hatte. Das Publikum begann sich in alle Windrichtungen zu zerstreuen. Holger 1 sah sich gezwungen, auf eigene Faust zu handeln, riss das Packpapier vom ersten Plakat und enthüllte die Aufschrift »Sverigedemokrater sind doof«. Eigentlich hätte er lieber »Schießt den König auf den Mond« gehabt, aber nun musste er sich eben mit dem begnügen, was er hatte. Außerdem war dieses Plakat ja Celestines Favorit.

Er hatte das Plakat noch keine fünf Sekunden hochgehalten, als es zwei jungen Anhängern der Sverigedemokrater ins Auge fiel. Erfreut waren sie nicht.

Obwohl beide Krankengeld bezogen, rannten sie auf Holger zu, rissen ihm das Plakat aus den Händen und versuchten es zu zerreißen. Als das nicht klappte, versuchte einer von ihnen, in das Plakat zu beißen, und trat damit den Beweis an, dass die Aussage auf dem Schild vielleicht doch nicht so weit von der Realität entfernt war.

Als auch das nicht zum gewünschten Erfolg führte, fing der zweite an, Holger mit eben diesem Plakat auf den Kopf zu dreschen, bis es in der Mitte durchbrach. Danach sprangen sie mit ihren schwarzen Stiefeln auf ihm herum, bis sie keine Lust mehr hatten. Der völlig kaputtgesprungene Holger blieb auf dem Boden liegen, hatte aber noch die Kraft, den Männern ein »Vive la République« zuzustöhnen. Die fühlten sich sofort wieder provoziert, auch wenn sie gar nicht verstanden hatten, was Holger gesagt hatte, aber irgendwas hatte der Kerl ja gesagt, und dafür verdiente er gleich noch eine Runde.

Als sie mit Misshandlung Nummer zwei fertig waren, beschlossen sie, das Wrack zu entsorgen. Sie schleiften Holger an den Haaren und an einem Arm einmal quer über den Platz und die Treppe zur U-Bahn-Station hinunter. Dort warfen sie ihn bei den Absperrungen vor dem Glashäuschen des Wächters auf den Boden und setzten gerade zu Misshandlung Nummer drei an – noch ein paar Tritte, kombiniert mit der Aufforderung, dass er zur U-Bahn kriechen und sich mit seiner hässlichen Fresse nicht mehr an der Oberfläche blicken lassen sollte.

»Vive la République«, rief der zerschlagene, aber tapfere Holger den Männern ein zweites Mal hinterher. Die murmelten nur »Scheißausländer« und zogen ab.

Holger blieb liegen, bis ihm ein Reporter von Sveriges Television auf die Füße half, der mit seinem Fotografen gekommen war, um einen Bericht über rechtsextreme Parteien im Aufwind zu machen.

Der Reporter fragte Holger, wer er war und welche Organisation er repräsentierte. Das völlig verstörte und verwirrte Opfer antwortete, er sei Holger Qvist aus Blackeberg und repräsentiere alle Bürger dieses Landes, die unter dem Joche der Monarchie stöhnten.

»Sie sind also Republikaner?«, fragte der Reporter.

»Vive la République«, sagte Holger zum dritten Mal innerhalb von vier Minuten.

Die junge Zornige hatte unterdessen ihr Geschäft erledigt, kam aus dem Kulturhaus und fand ihren Holger erst, als sie zum Menschenauflauf an der U-Bahn-Station ging. Sie drängelte sich durch die Menge, schubste den Reporter beiseite und zog ihren Freund in den Untergrund, um mit ihm den Pendelzug nach Gnesta zu besteigen.

Hier hätte die Geschichte ihr Ende nehmen können, wäre es dem Fotografen nicht gelungen, die Misshandlungen komplett auf Film zu bannen, gleich ab der ersten Attacke auf Holger, einschließlich des nutzlosen Bisses ins Plakat. Außerdem war es ihm genau im richtigen Moment gelungen, Holgers gequältes Gesicht heranzuzoomen, als er auf dem Boden lag und den zwei kerngesunden und langzeitkrankgeschriebenen Anhängern der Sverigedemokrater sein »Vive ... la ... République« nachflüsterte.

In der zusammengeschnittenen Fassung dauerte die Misshandlung zweiunddreißig Sekunden und wurde zusammen mit dem kurzen Interview noch am selben Abend in der Nachrichtensendung »Rapport« gesendet. Da die Dramaturgie dieser zweiunddreißig Sekunden absolut großartig war, konnte der Sender innerhalb von sechsundzwanzig Stunden die Ausstrahlungsrechte in dreiunddreißig Länder verkaufen. Und schon bald hatten über eine Milliarde Menschen auf der ganzen Welt gesehen, wie Holger 1 Prügel bezog.

* * * *

Am nächsten Morgen erwachte Holger davon, dass ihm der ganze Körper wehtat. Doch es schien nichts gebrochen zu sein, und so beschloss er, trotz allem zur Arbeit zu fahren. Am Vormittag waren nämlich zwei von den drei Hubschraubern für einen Auftrag gebucht, und das brachte immer eine ganze Menge Papierkram mit sich.

Er traf zehn Minuten nach offiziellem Beginn seiner Dienstzeit im Büro ein, wurde von seinem Chef sowie einem Piloten jedoch gleich wieder heimgeschickt.

»Ich hab dich gestern Abend im Fernsehen gesehen – wie kannst du nach der Dresche überhaupt aufrecht gehen? Ab nach Hause, mein Lieber, und ruh dich aus, nimm dir doch um Gottes willen frei«, sagte sein Chef und flog mit der einen Robinson 66 Richtung Karlstad.

»So wie du aussiehst, erschreckst du bloß die Leute zu Tode, du Wahnsinniger«, sagte der Pilot und flog mit der anderen Robinson 66 Richtung Göteborg.

Holger blieb allein mit der führerlosen Sikorsky 76 zurück.

Es fiel ihm überhaupt nicht ein, nach Hause zu fahren. Stattdessen hinkte er in die Küche, goss sich eine Tasse Kaffee ein und ging zurück in sein Büro. Er wusste nicht recht, was er von all dem halten sollte. Einerseits war er völlig zerknüppelt. Andererseits hatten die Bilder in »Rapport« eine enorme Durchschlagskraft gehabt! Vielleicht lösten sie ja eine republikanische Bewegung in ganz Europa aus?

Holger hatte gehört, dass so gut wie jeder Fernsehsender, der diesen Namen verdiente, gezeigt hatte, wie er Prügel bezog. Und was hatte er da für Prügel bezogen! Richtig gutes Fernsehen war das gewesen. Holger konnte nicht anders, er war stolz auf sich.

In diesem Augenblick betrat ein Mann das Büro. Unangemeldet.

Der Kunde sah Holger an, der sofort spürte, dass er mit diesem Mann und dieser Situation nichts zu schaffen haben wollte. Aber er konnte der Sache schlecht aus dem Weg gehen, und der Mann sah ihn so entschlossen an, dass Holger sitzen blieb.

»Wie kann ich Ihnen helfen?«, fragte er nervös.

»Darf ich mich vorstellen?«, sagte der Mann auf Englisch. »Wie ich heiße, geht dich nichts an, und ich arbeite für einen Geheimdienst, dessen Name dich auch nichts angeht. Wenn mir jemand was stiehlt, werde ich wütend. Wenn mir jemand eine Atombombe stiehlt, werde ich noch wütender. Im Übrigen hatte ich lange Zeit, so richtig Wut aufzubauen. Um es kurz zu machen: Ich bin *extrem* wütend.«

Holger Qvist kapierte überhaupt nichts. Kein ganz unbekanntes Gefühl für ihn, aber das hieß noch lange nicht, dass er sich in solchen Momenten wohlfühlte. Der Mann mit dem entschlossenen Blick (der eine ebenso entschlossene Stimme hatte) holte zwei vergrößerte Bilder aus seiner Aktentasche und legte sie auf den Schreibtisch. Das erste zeigte ganz deutlich Holger 2 auf einer Laderampe, das zweite, wie Nummer zwei und ein anderer Mann mithilfe eines Gabelstaplers eine große Kiste in den Lastwagen beförderten. *Die* Kiste. Die Bilder waren datiert vom 17. November 1987.

»Das bist du«, sagte der Agent und deutete auf Holgers Bruder. »Und das gehört mir«, sagte er und deutete auf die Kiste.

* * * *

Mossadagent A hatte aufgrund der verschwundenen Kernwaffe sieben Jahre gelitten. Doch die ganze Zeit über war er fest entschlossen, die Bombe wiederzufinden. Er begann sofort nach ihrem Verschwinden, zwei parallele Spuren zu verfolgen. Zum einen wollte er den Dieb finden und hoffte, dass Dieb und Diebesgut sich am selben Ort befanden. Zum andern hielt er die Ohren offen und horchte gespannt, ob irgendwo in Westeuropa oder anderswo plötzlich eine Atombombe zum Verkauf angeboten wurde. Wenn er die Bombe nicht über den Dieb fand, konnte er vielleicht beim Hehler fündig werden.

Zuerst fuhr A von Johannesburg nach Stockholm und begann seine Arbeit, indem er die Filme aus den Überwachungskameras der israelischen Botschaft durchging. Die Kamera am Eingangstor zeigte ganz deutlich, wie Nombeko Mayeki höchstpersönlich den Empfang ihres Paketes beim Wachmann quittierte.

Konnte es nicht einfach eine Verwechslung gewesen sein? Nein, warum hätte sie dann mit einem Lkw kommen sollen? Zehn Kilo Antilopenfleisch kann man ja fast in einem Fahrradkorb unterbringen.

Wäre es ein Irrtum gewesen, dann hätte sie zurückkehren müssen, nachdem sie die Verwechslung entdeckt hatte. Zu ihrer Verteidigung musste man ja sagen, dass sie nicht dabei war, als die Kiste in den Lastwagen geladen wurde, das belegten auch die Bilder aus sämtlichen Kameras. Da war sie immer noch um die Ecke beim Torwächter und unterschrieb die Dokumente.

Aber trotzdem, es konnte keinen Zweifel geben. Der mehrfach ausgezeichnete Geheimagent des Mossad war zum zweiten Mal in seiner Karriere hinters Licht geführt worden. Von einer Putzfrau. Von derselben Putzfrau wie beim ersten Mal.

Na, er war ja ein geduldiger Mensch. Eines Tages, früher oder später, würden sie sich wieder über den Weg laufen.

»Und dann, meine liebe Nombeko Mayeki, wirst du dir wünschen, du wärst jemand anders. Und anderswo.«

Die Kamera am Tor der Botschaft hatte auch das Kennzeichen des roten Lastwagens aufgezeichnet, der bei dem Waffendiebstahl zum Einsatz gekommen war. Eine zweite Kamera, die an der Laderampe der Botschaft, hatte mehrere deutliche Bilder von dem Weißen in Nombekos Alter gemacht, der ihr geholfen hatte. Agent A ließ sich einen Ausdruck machen und fertigte mehrere Kopien an.

Dann legte er los. Weitere Nachforschungen ergaben, dass Nombeko Mayeki am selben Tag aus dem Flüchtlingslager in Upplands Väsby geflohen war, an dem sie die Bombe aus der Botschaft gestohlen hatte. Seitdem war sie verschwunden.

Das Nummernschild führte ihn zu einer Agnes Salomonsson in Alingsås. Wie sich herausstellte, war ihr Auto zwar auch rot, aber es war kein Lkw, sondern ein Fiat Ritmo. Die Kennzeichen waren also gestohlen. Die Putzfrau agierte durchwegs professionell.

In der allerersten Phase seiner Arbeit blieb Agent A nur noch die Möglichkeit, Interpol die Bilder des Lkw-Fahrers weiterzuleiten.

Das führte auch zu nichts. Die Person war kein bekanntes Mitglied irgendeiner Gruppe aus illegalen Waffenhändlerkreisen. Aber das änderte nichts daran, dass er eine Atombombe spazieren fuhr.

Agent A zog die logische, wenn auch falsche Schlussfolgerung, dass er von jemandem aufs Kreuz gelegt worden war, der sehr genau wusste, was er tat, dass sich die Atombombe schon nicht mehr auf schwedischem Boden befand und dass er sich darauf konzentrieren musste, all die diffusen internationalen Spuren zu verfolgen, die es gab.

Seine Arbeit wurde nicht gerade erleichtert dadurch, dass die südafrikanische Bombe im Laufe der Jahre Gesellschaft von anderen weltenbummelnden Kernwaffen bekam. Nach der Auflösung der Sowjetunion tauchten an allen Ecken und Enden Atombomben auf – sowohl eingebildete als auch wirkliche. Schon 1991 wussten verschiedene Nachrichtendienste von einer verschwundenen Kernwaffe in Aserbaidschan zu berichten. Die Diebe hatten die Wahl zwischen zwei Missiles gehabt und sich für die leichtere entschieden. Was sie mitnahmen, war aber bloß die Hülle. Womit sie zugleich bewiesen, dass es bei Atombombendieben nicht unbedingt besser um den Verstand bestellt sein muss als beim Durchschnittsbürger.

1992 verfolgte Agent A die Spur des Usbeken Shavkat Abdujaparow, eines ehemaligen Obersten der Sowjetarmee, der Frau und Kinder in Taschkent verließ, verschwand und drei Monate später in Shanghai auftauchte, wo er eine Bombe für fünfzehn Millionen Dollar zum Kauf anbot. Der Preis legte die Vermutung nahe, dass es sich um eine Waffe handelte, die massiven Schaden anrichten konnte, aber bevor Agent A vor Ort eintraf, hatte man Oberst Abdujaparow mit einem Schraubenzieher im Genick in einem Hafenbecken gefunden. Seine Bombe war unauffindbar und sollte es auch bleiben.

Ab 1994 war Agent A in Tel Aviv zwangsstationiert. Nicht unbedingt auf einem ganz unwichtigen Posten, aber doch in wesentlich niedrigerer Position, als er zu erwarten gehabt hätte, wenn diese ganze Geschichte mit der südafrikanischen Atombombe nicht passiert wäre. Doch der Agent gab niemals auf, er verfolgte von zu Hause aus verschiedenste Spuren und hatte immerzu die Bilder von Nombeko und dem unbekannten Mann mit dem Lkw im Hinterkopf.

Und dann auf einmal, letzten Abend, bei einem sterbenslangweiligen Auftrag in Amsterdam – nach geschlagenen sieben Jahren! In den Fernsehnachrichten Bilder eines politischen Tumults auf einem Platz in Stockholm. Die Mitglieder der fremdenfeindlichen Sverigedemokrater tragen einen Gegendemonstranten davon. Schleifen ihn zur U-Bahn-Station. Treten mit ihren Springerstiefeln auf ihn ein. Und – da! Eine Nahaufnahme des Opfers.

Das ist er doch!

Der Mann mit dem roten Lkw!

Den Nachrichten zufolge: Holger Qvist, Blackeberg, Schweden.

* * * *

»Entschuldigen Sie«, sagte Holger, »aber von was für einer Atombombe reden Sie denn bitte?«

»Hast du gestern denn noch nicht genug Prügel kassiert?«, fragte Agent A. »Trink von mir aus deinen Kaffee aus, aber schnell, denn in fünf Sekunden sind wir zwei beide auf dem Weg zu Nombeko Mayeki, wo auch immer sie sich aufhalten mag.«

Holger 1 überlegte so angestrengt, dass ihm der Kopf noch heftiger wehtat als sowieso schon. Der Mann auf der anderen Seite des Schreibtischs arbeitete also für den Geheimdienst eines anderen Landes. Und hielt Holger 1 für Holger 2. Und suchte Nombeko. Die dem Mann ... eine *Atombombe* gestohlen hatte.

»Die Kiste!«, entfuhr es Holger 1 plötzlich.

»Ja, wo ist die?«, fragte Agent A. »Sag mir, wo die Kiste mit der Bombe ist!«

Holger ließ einen Moment die Wahrheit auf sich wirken, die ihm jetzt klar wurde. Seit sieben Jahren hatten sie Die Mutter Aller Revolutionären Träume in einem Lager in der Fredsgatan, und sie hatten keinen Schimmer gehabt. Seit sieben Jahren hätten sie Zugang zu dem Instrument gehabt, mit dem sie den König garantiert zum Abdanken hätten zwingen können.

»In der Hölle sollst du brennen«, murmelte Holger 1. Auf Englisch, weil er gerade so in Schwung war.

»Wie meinen?«, sagte Agent A.

»Ich habe nicht den Herrn gemeint«, entschuldigte sich Holger. »Sondern Fräulein Nombeko.«

»Dann schließe ich mich an«, sagte der Agent, »aber ich habe nicht vor, mich darauf zu verlassen, dass unser Wunsch in Erfüllung geht. Deswegen wirst du mich zu ihr bringen. Und zwar *jetzt gleich*! Wo ist sie? Antworte!«

Agent A vertraute auf seine entschlossene Stimme. Außerdem hielt er jetzt auch noch eine Pistole in der Hand.

Holger musste an seine Kindheit denken. An Papas Kampf. Wie er selbst ein Teil davon geworden war. Und wie unfähig er gewesen war, ihn auf eigene Faust weiterzuführen.

Und jetzt erkannte er, dass er die Lösung die ganze Zeit vor der Nase gehabt hatte.

In erster Linie quälte ihn nicht die Tatsache, dass hier ein Agent von einem unbekannten Geheimdienst vor ihm stand, bereit, auf ihn zu schießen, wenn er ihn nicht zu Nombeko und ihrer Kiste brachte. Viel aufgebrachter war er darüber, dass die südafrikanische Freundin seines Bruders ihn angeschmiert hatte. Und jetzt war alles zu spät. Sieben Jahre lang hätte er tagtäglich die Möglichkeit gehabt, die Lebensaufgabe seines Vaters zu erfüllen, aber er hatte es nicht mal geahnt.

»Vielleicht hast du meine Frage nicht gehört?«, sagte der Agent. »Hörst du mir vielleicht besser zu, wenn ich dir mal kurz ins Knie schieße?«

Ins Knie, nicht zwischen die Augen. Weil Nummer eins noch eine Funktion zu erfüllen hatte. Aber was würde hinterher mit ihm geschehen? Wenn er den Agenten in die Fredsgatan führte, würde sich der Mann mit der Pistole dann wohl die Kiste (die ungefähr eine

Tonne wiegen mochte) unter den Arm klemmen und ihm zum Abschied fröhlich zuwinken?

Nein, das ganz bestimmt nicht. Im Gegenteil, er würde sie alle töten. Aber erst nachdem sie ihm geholfen hatten, die Bombe in den roten Lkw zu verfrachten.

Er würde sie alle töten, wenn Holger nicht gleich das machte, was er jetzt machen musste, wie er erkannte. Denn jetzt konnte er nur noch um zweierlei kämpfen: das Lebensrecht seines Bruders und Celestines.

»Ich werde den Herrn Agenten zu Nombeko bringen«, sagte Holger 1 schließlich. »Aber wenn er sie nicht verpassen will, müssen wir den Helikopter nehmen. Sie und die Bombe sind nämlich schon auf dem Weg außer Landes.«

Die Lüge, dass es eilig war, war ihm aus heiterem Himmel zugeflogen. Vielleicht konnte man sie sogar als Idee bezeichnen. Das wäre dann die erste ihrer Art, dachte Holger. Und zugleich die letzte, denn jetzt würde er endlich etwas Vernünftiges mit seinem Leben anfangen.

Nämlich sterben.

Agent A hatte nicht vor, sich ein drittes Mal von der Putzfrau und ihrem Gefolge an der Nase herumführen zu lassen. Wo konnte hier der Haken sein?

Hatte Nombeko erkannt, dass sie mit Holger Qvists Fernsehauftritt in Gefahr geraten war? Packte sie deswegen ihre Sachen, um zu fliehen? Der Agent konnte eine tönerne Gans aus der Han-Dynastie von Trödel unterscheiden und einen ungeschliffenen Diamanten von billigem Glas. Und noch so einiges mehr.

Aber er konnte keinen Hubschrauber fliegen. Also musste er dem Piloten vertrauen, also diesem Mann, der ihm gegenübersaß. Zwei Personen würden in der Kabine sitzen: eine am Steuerknüppel und die andere daneben mit der Waffe in der Hand.

A entschied sich für den Helikopter, aber auch für ein kurzes Telefonat mit B, für den Fall, dass hier irgendetwas schiefgehen sollte.

»Gib mir die exakten Koordinaten des Ortes, an dem sich die Putzfrau aufhält«, sagte er.

»Die Putzfrau?«, fragte Holger 1.

»Fräulein Nombeko.«

Holger tat, was von ihm verlangt wurde. Über den PC im Büro beziehungsweise sein Kartenprogramm ging das innerhalb von Sekunden.

»Gut. Und jetzt sitz schön still, während ich meine Nachricht verschicke. Danach fliegen wir los.«

Agent A hatte ein hochmodernes Handy, mit dem er eine verschlüsselte SMS an Kollegen B senden konnte. Er berichtete, wo er sich befand, mit wem und wohin er unterwegs war und warum.

»Auf geht's«, sagte er dann.

Holger 1 hatte im Laufe der Jahre bestimmt neunzig Übungsstunden mit den Piloten der Helikoptertaxi AG in Bromma zusammenbekommen. Aber dies war das erste Mal, dass er den Hubschrauber allein fliegen sollte. Sein Leben war jetzt zu Ende, das wusste er. Die verdammte Nombeko hätte er gern mit in den Tod genommen – nannte der Agent sie eigentlich wirklich »Putzfrau«? –, aber nicht seinen Bruder. Und auch nicht seine wunderbare Celestine.

Sowie er den unbewachten Luftraum erreicht hatte, ging er auf zweitausend Fuß bei einer Geschwindigkeit von hundertzwanzig Knoten. Der Flug dauerte knappe zwanzig Minuten.

Als Nummer eins und der Agent fast schon in Gnesta waren, setzte Holger *nicht* zur Landung an. Stattdessen schaltete er auf Autopilot, Richtung Ost, Höhe gleichbleibend zweitausend Fuß, Geschwindigkeit gleichbleibend hundertzwanzig Knoten. Und dann machte er mit einem routinierten Handgriff seinen Sicherheitsgurt auf, nahm die Kopfhörer ab und kletterte nach hinten.

»Was tust du denn da?«, fragte der Agent, aber Holger sparte sich die Mühe, ihm zu antworten

Während Nummer eins die Hintertür aufschloss und aufschob, saß der Agent immer noch auf dem Vordersitz fest und konnte sich nicht richtig umdrehen, um nachzusehen, was Holger da trieb, es sei denn, er öffnete selbst seinen Vierpunktegurt. Aber wie funktionierte das? Er hatte es eilig, und es war ein fummeliger Verschluss, doch er versuchte es trotzdem. Dann drehte er sich so weit um, dass sich der Gurt straffte, und drohte:

»Wenn du rausspringst, schieße ich!«

Holger 1, der normalerweise nicht allzu schlagfertig war, überraschte sich selbst mit seiner Antwort:

»Wozu? Damit ich auch ganz sicher tot bin, wenn ich auf dem Boden aufschlage? Inwiefern glaubt der Herr Agent seine Situation damit zu verbessern?«

A war frustriert. Gleich würde er allein in einem Hubschrauber sitzen, den er nicht lenken konnte. Und der Pilot, der gerade dabei war, sich in den Tod zu stürzen, war ihm auch noch gepflegt übers Maul gefahren. Beinahe hätte er zum zweiten Mal in seinem Leben geflucht. Er drehte sich noch ein Stückchen um, versuchte, die Waffe von der rechten in die linke Hand zu nehmen und – ließ sie fallen!

Die Pistole landete auf dem Boden hinter dem Rücksitz und schlitterte bis zu Holger, der an der geöffneten Tür stand, bereit zum Aussteigen. Nummer eins hob die Pistole verwundert auf und steckte sie in die Innentasche seiner Jacke. Dann meinte er, er wünsche dem Herrn Agenten viel Glück dabei, herauszufinden, wie ein S-76-Helikopter funktioniert.

»Was für ein Pech, dass wir die Betriebsanleitung im Büro vergessen haben.«

Mehr hatte Holger nicht zu sagen. Also sprang er. Und eine Sekunde lang spürte er einen gewissen inneren Frieden.

Dann fiel ihm ein, dass er die Pistole ja auch auf den Agenten hätte abfeuern können.

Typisch, dachte Holger 1. Meistens habe ich den falschen Gedanken, und den dann auch immer noch einen Tick zu langsam.

Sein Körper beschleunigte auf zweihundertfünfundvierzig Stundenkilometer, während er seine sechshundertzehn Meter lange Reise zur steinharten Mutter Erde zurücklegte.

»Lebwohl, grausame Welt. Papa, ich komme«, sagte Holger, konnte sich im Brausen des Windes aber selbst nicht hören.

Und zurück blieb Agent A in einem auf Autopilot geschalteten Helikopter auf direktem Weg gen Osten, mit hundertzwanzig Knoten hinaus auf die Ostsee, ohne einen blassen Schimmer, wie man den Autopiloten wieder ausschaltete und was er – wenn ihm das gelang – anschließend tun sollte. Mit Brennstoff für ungefähr achtzig Minuten. Und mit hundertsechzig Minuten bis zur estnischen Grenze, und dazwischen nichts als Meer.

Agent A warf einen Blick auf das Chaos an Knöpfen, Lämpchen und Instrumenten. Dann drehte er sich um. Die Schiebetür stand immer noch offen. Es war niemand mehr da, der diesen Hubschrauber fliegen konnte. Dieser Idiot hatte die Pistole eingesteckt und war gesprungen. Unter ihm verschwand jetzt das Festland, und er sah nur noch Wasser. Und noch mehr Wasser.

Der Agent war nicht zum ersten Mal in seiner langen Karriere in Bedrängnis. Er war darauf trainiert, in solchen Situationen einen kühlen Kopf zu bewahren. Daher überdachte er seine Situation langsam und analytisch. Um am Ende zu sich selbst zu sagen:

»Mama.«

* * * *

Das Abbruchhaus in der Fredsgatan 5 in Gnesta war schon fast zwanzig Jahre Abbruchhaus, als es schließlich doch noch von der Wirklichkeit eingeholt wurde. Es fing damit an, dass die Leiterin des Gewerbeaufsichtsamts mit ihrem Hund Gassi ging. Sie hatte schlechte Laune, weil sie am Vortag mit guten Gründen ihren Freund aus der gemeinsamen Wohnung geschmissen hatte. Und es wurde noch schlimmer, als sich ihr Hund losriss und einer freilaufenden Hündin hinterherrannte. Die Kerle waren doch alle gleich, ob sie nun zwei oder vier Beine hatten.

Deswegen musste sie bei ihrem Morgenspaziergang einen ziemlichen Umweg machen, und bis sie ihren aufgegeilten Köter wieder eingefangen hatte, hatte die Leiterin des Gewerbeaufsichtsamtes entdeckt, dass in dem Abbruchhaus in der Fredsgatan 5 Leute zu wohnen schienen – in demselben Haus, in dem vor ein paar Jahren angeblich ein Restaurant hatte eröffnen sollen.

Hatte man sie verarscht? Wenn sie eines mehr hasste als alles andere, dann das: ihren Ex und Verarschtwerden. Die Kombination, von ihrem Ex verarscht worden zu sein, war natürlich die allerschlimmste. Aber das hier war auch schon schlimm genug.

Das Gelände war 1992 zum Industriegebiet bestimmt worden, als sich Gnesta von der Gemeinde Nyköping löste und selbstständig machte. Die Kommune hatte immer vorgehabt, etwas aus dem Gelände zu machen, aber dann kam regelmäßig was dazwischen. Doch die Leute durften nicht einfach wohnen, wo sie wollten. Außerdem schien man in der alten Töpferwerkstatt auf der anderen Straßenseite einer ungenehmigten gewerblichen Tätigkeit nachzugehen, denn warum sollte die Mülltonne vor der Tür sonst voller leerer Töpferton-Tüten sein?

Die Leiterin des Gewerbeaufsichtsamtes gehörte zu den Menschen, in deren Augen eine ungenehmigte gewerbliche Tätigkeit der erste Schritt zur Anarchie ist.

Erst ließ sie ihren Frust am Hund aus, dann ging sie nach Hause, schüttete Fleischstückchen in einen Napf in der Küche, verabschiedete sich von Akilles, der nach Stillung seiner sexuellen Gelüste jetzt so tief schlief wie jedes männliche Wesen, während Frauchen in die Arbeit ging, um mithilfe ihrer Kollegen den Wildwest-Tätigkeiten in der Fredsgatan ein Ende zu setzen.

Ein paar Monate später, als die Mühlen der Beamten und Politiker fertig gemahlen hatten, wurde den Eigentümern der Immobilie, Holger & Holger AG, mitgeteilt, dass gemäß § 2, Abs. 15, die Eigentümer zu enteignen waren und das Haus in der Fredsgatan 5 geräumt und abgerissen werden sollte. Nachdem dieser Umstand im Amtsblatt bekanntgemacht worden war, hatte die Kommune ihren Pflichten Genüge getan. Aber im Sinne einer menschlichen Geste sorgte die Gewerbeaufsichtsdame mit dem aufgegeilten Hund dafür, dass ein Brief an alle potenziellen Bewohner der Immobilie im Briefkasten landete.

Dieser Brief plumpste am Donnerstag, dem 14. August 1994, in den Kasten. Darin stand, neben dem Verweis auf diverse Paragrafen, dass alle eventuellen Mieter die Immobilie spätestens zum 1. Dezember geräumt haben mussten.

Wer den Brief als Erstes las, war die wie so oft schrecklich zornige Celestine. Sie hatte am selbigen Morgen ihrem grün und blau geschlagenen Freund zum Abschied zugewinkt, der darauf bestanden hatte, trotz der Misshandlungen des Vortags unbedingt in die Arbeit nach Bromma zu fahren.

Jetzt wurde sie gleich wieder zornig und rannte zu Nombeko, wobei sie mit dem grässlichen Brief in der Luft herumwedelte. Diese gefühlskalten Behörden, die ganz normale, ehrbare Menschen auf die Straße setzten!

»Na ja, wir sind ja wohl weder besonders normal noch besonders ehrbar«, meinte Nombeko. »Komm mit in unsere Kuschelecke im Lager, statt hier rumzustehen und dich wegen der kleinsten Kleinigkeit aufzuregen. Wir wollten gerade unseren Vormittagstee trinken, wenn du willst, kannst du dir aus politischen Gründen auch gern einen Kaffee machen. Diese Sache müssen wir wohl in aller Ruhe besprechen.«

In aller Ruhe? Jetzt? Wo endlich – *endlich!* – eine Barrikade aufgetaucht war, auf die man gehen konnte? Ihretwegen konnten Nombeko und Holger in ihrer Kuschelecke ja ihren verdammten Tee trinken, sie würde protestieren! Wacht auf, Verdammte dieser Erde!

Die junge Zornige knüllte den Brief der Gemeinde zusammen, bevor sie rauchend vor Zorn (was sonst?) auf den Hof ging, die gestohlenen Nummernschilder von Holger und Holgers rotem Lastwagen abschraubte, sich in die Fahrerkabine setzte und rückwärts so vor die Einfahrt zwischen Lager und dem Haus Fredsgatan 5 setzte, dass der Zugang zum Gelände blockiert war. Dann zog sie rabiat die Handbremse an, schlängelte sich durch das Seitenfenster hinaus und warf die Autoschlüssel in einen Gully. Zum Schluss zerstach sie noch alle vier Reifen, so dass der Lkw ganz bestimmt dort stehen blieb, wo er nun stand, und effektiv jeden Versuch vereitelte, den Hof zu befahren oder zu verlassen.

Nach dieser einleitenden Kriegsmaßnahme gegen die Gesellschaft ging sie mit den Nummernschildern unterm Arm zu Holger und Nombeko, um ihnen zu verkünden, dass jetzt Schicht war mit Tee in der Kuschelecke (oder auch Kaffee), denn jetzt war Hausbesetzen angesagt! Auf dem Weg zu ihnen nahm sie noch den Töpfer mit, weil sie so viele Leute wie möglich versammeln wollte. Schade, dass ihr Schatz Holger in der Arbeit war. Na ja, das half jetzt alles nichts. Wenn der Kampf nun ausgefochten werden musste, dann musste er eben ausgefochten werden.

Holger 2 und Nombeko saßen aneinandergekuschelt auf der Kiste mit der Bombe, als Celestine mit dem ahnungslosen Töpfer im Schlepptau hereinplatzte.

»Jetzt ist Krieg!«, sagte Celestine.

»Tatsächlich?«, fragte Nombeko.

»Mit der CIA?«, fragte der Töpfer.

»Warum hast du die Nummernschilder von meinem Auto unterm Arm?«, fragte Holger.

»Die sind doch gestohlen«, sagte die junge Zornige. »Ich dachte mir, dass ...«

In dieser Sekunde brach über ihren Köpfen ein Höllenlärm los. Das war Holger 1, der nach seinem knapp sechshundert Meter tiefen Fall mit zweihundert Stundenkilometern direktemang durch das marode Dach des Lagers krachte – und auf den fünfzigtausendsechshundertvierzig Kissen landete, die zufällig darin lagen.

»Ja ... hallo, Schatz!« Die Miene der jungen Zornigen hellte sich auf. »Ich dachte, du bist in Bromma?«

»Lebe ich noch?« Holger 1 fasste sich an die Schulter, die nach den Misshandlungen des Vortags der einzige Fleck an seinem ganzen Körper war, der ihm nicht wehtat, nun aber den ersten Schlag abgefangen hatte, als er die Dachziegel durchschlug, die seinem Gewicht und seinem Schwung nichts entgegenzusetzen hatten.

»Sieht ganz so aus«, meinte Nombeko. »Aber wieso bist du denn durchs Dach gekommen?«

Holger 1 gab seiner Celestine einen Kuss auf die Wange. Dann bat er seinen Bruder, ihm einen doppelten Whisky einzuschenken. Nein, lieber einen dreifachen. Den musste er erst mal kippen, dann in sich hineinhorchen, ob noch alle Organe an ihrem angestammten Platz saßen, und sich einen Moment sammeln. Danach wollte er ihnen gerne alles erzählen.

Holger 2 entsprach dem Wunsch seines Bruders, und sie ließen Nummer eins mit Whisky, Kissen und Bombe allein.

Die junge Zornige warf einen kurzen Blick nach draußen, ob angesichts der Hausbesetzung schon Tumult auf der Straße entstanden war. Fehlanzeige. Und das war auch nicht überraschend. Erstens wohnten sie an einer wenig befahrenen Straße am Rande eines Industriegebiets, wo sie als Nachbarn nur einen Schrottplatz hatten. Zweitens war es sicher nicht für jeden offensichtlich, dass hier ein Haus besetzt wurde, nur weil ein Lkw mit zerstochenen Reifen in der Einfahrt stand.

Eine Hausbesetzung, um die sich keiner schert, verdient freilich ihren Namen nicht. Da beschloss die junge Zornige, der Entwicklung einen Schubs in die richtige Richtung zu geben.

Sie telefonierte ein wenig herum.

Erst bei *Dagens Nyheter*, dann bei Radio Sörmland und zum Schluss noch bei *Södermanlands Nyheter*. Bei DN bekam sie nur ein Gähnen zu hören. Aus der Perspektive von Stockholm liegt Gnesta am Ende der Welt. Bei Radio Sörmland in Eskilstuna leitete man die Sache weiter nach Nyköping, wo man Celestine bat, sich nach der Mittagspause zurückzumelden. Am meisten Interesse zeigte man noch bei *Södermanlands Nyheter*. Bis man erfuhr, dass die Aktion der Polizei gar nicht bekannt war.

»Aber lässt sich Ihre Hausbesetzung denn überhaupt als Hausbesetzung definieren, wenn kein Außenstehender das Gebäude für besetzt hält?«, sagte der philosophisch veranlagte (und eventuell auch etwas bequeme) Redakteur.

Die junge Zornige erklärte allen dreien, sie könnten zur Hölle fahren. Woraufhin sie die Polizei anrief. Eine arme Telefonistin in der Notrufzentrale Sundsvall nahm das Gespräch an.

»Hier ist die Polizei, wie kann ich Ihnen helfen?«

»Tach auch, du Scheißbulle«, sagte die junge Zornige. »Wir werden jetzt die blutsaugerische kapitalistische Gesellschaft stürzen. Alle Macht zurück ans Volk!«

»Worum geht es denn bitte?«, fragte die verschreckte Telefonistin, die überhaupt keine Polizistin war.

»Das werd ich dir gleich erzählen, du dummes Weibsstück. Wir haben halb Gnesta besetzt. Und wenn wir unsere Forderungen nicht durchsetzen können…«

An dieser Stelle verlor die junge Zornige den Faden. Woher hatte sie bloß dieses »halb Gnesta«? Und was für Forderungen hatten sie überhaupt? Und was wollten sie tun, wenn sie sie nicht durchsetzen konnten?

»Halb Gnesta?«, wiederholte die Telefonistin. »Darf ich Sie weiterverbinden zu…«

»Die Fredsgatan 5«, sagte die junge Zornige. »Bist du taub?«

»Warum haben Sie halb… wer sind Sie überhaupt?«

»Das ist jetzt nicht wichtig, scheiß drauf. Wenn wir unsere Forderungen nicht durchsetzen können, springen wir einer nach dem anderen vom Dach, bis das Blut durch die ganze Gesellschaft fließt.«

Man hätte nicht mit Sicherheit sagen können, wer von diesen Worten überraschter war – die Telefonistin oder Celestine selbst.

»Bitte…«, sagte die Telefonistin. »Bitte bleiben Sie doch dran, dann verbinde ich Sie weiter zu…«

Weiter kam sie nicht, denn die junge Zornige legte auf. Damit war die Message ja wohl bei der Polizei angekommen. Auch wenn das Gespräch nicht ganz so verlaufen war, wie die junge Zornige es sich vorgestellt hatte.

Na ja, jetzt war es auf jeden Fall eine richtige Hausbesetzung, und das war ein gutes Gefühl.

In diesem Augenblick klopfte Nombeko an Celestines Tür. Holger 1 hatte seinen doppelten oder dreifachen Whisky gekippt und sich gesammelt, und jetzt hatte er ihnen etwas zu erzählen. Celestine war herzlich willkommen im Lager, und den Töpfer konnte sie auch gleich mitbringen.

»Ich weiß jetzt, was in der Kiste ist«, begann Holger 1.

Nombeko, die sonst fast alles verstand, verstand nicht ganz.

»Woher willst du das wissen?«, fragte sie. »Du fällst hier durchs Dach, und dann behauptest du, auf einmal etwas zu wissen, was du die letzten sieben Jahre nicht gewusst hast. Warst du schon im Himmel und bist wieder umgekehrt? Und wenn ja – mit wem hast du da gesprochen?«

»Halt die Klappe, du verdammte Putzfrau«, sagte Holger, woraufhin Nombeko sofort klar war, dass er direkten Kontakt mit dem Mossad gehabt haben musste – oder bei seinem Ausflug in den Himmel dem Ingenieur über den Weg gelaufen war. Gegen Letzteres sprach allerdings, dass der Ingenieur wahrscheinlich an einem anderen Ort weilte.

Holger 1 erzählte weiter, wie er allein im Büro gesessen hatte, obwohl man ihn eigentlich nach Hause beordert hatte, und wie dann ein Mann von einem ausländischen Geheimdienst durch die Tür gekommen war und verlangt hatte, zu Nombeko geführt zu werden.

»Beziehungsweise zur *Putzfrau*?«, ergänzte Nombeko.

Der Mann hatte Holger 1 mit vorgehaltener Waffe gezwungen, den einzigen leeren Hubschrauber zu besteigen, und ihm befohlen, sie nach Gnesta zu bringen.

»Soll das heißen, dass hier demnächst auch noch ein wütender Agent eines ausländischen Geheimdienstes durchs Dach bricht?«, erkundigte sich Holger 2.

Nein, das sollte es nicht heißen. Der fragliche Agent war gerade über dem offenen Meer unterwegs und würde demnächst in selbiges stürzen, sobald nämlich der Brennstoff alle war. Holger selbst war aus dem Hubschrauber gesprungen, in der Absicht, seinem Bruder und Celestine das Leben zu retten.

»Und mir auch«, sagte Nombeko. »Auch wenn das eher eine Art Nebenwirkung gewesen wäre.«

Holger 1 sah sie wütend an und meinte, er wäre lieber direkt auf Nombekos Schädel gelandet als auf den Kissen, aber er habe nun mal nie Glück im Leben.

»Also, ich finde ja schon, dass du gerade in letzter Zeit ein wenig Glück im Leben hattest«, sagte Holger 2, der von der Entwicklung der Dinge völlig geplättet war.

Celestine sprang ihrem Helden auf den Schoß, umarmte und küsste ihn und sagte, jetzt wollte sie nicht mehr länger warten.

»Sag mir, was in der Kiste ist! Sag, sag, sag!«

»Eine Atombombe«, sagte Holger 1.

Celestine ließ ihren Retter und Schatz los. Dann überlegte sie einen Moment, bevor sie die Lage zusammenfasste mit einem:

»Hoppla.«

Nombeko wandte sich an Celestine, den Töpfer und Holger 1 und meinte, in Anbetracht der Dinge, die sie eben gerade erfahren hatten, sei es äußerst wichtig, dass sie alle ihr Möglichstes taten, um bloß keine Aufmerksamkeit auf die Fredsgatan 5 zu lenken. Wenn hier erst mal Leute im Lager herumrannten, konnte mit dieser Bombe durchaus ein Unfall passieren. Und das war dann nicht einfach irgendein Unfall.

»Eine Atombombe?«, wiederholte der Töpfer, der zwar alles mit angehört, aber nicht recht verstanden hatte.

»Im Licht der Dinge, die ich jetzt weiß, könnte es sein, dass ich vorhin ein paar Maßnahmen eingeleitet habe, auf die wir vielleicht hätten verzichten können«, sagte Celestine.

»Wieso?«, fragte Nombeko.

Da hörte man von der Straße eine Stimme aus einem Megafon.

»Hier spricht die Polizei! Wenn sich jemand in diesem Gebäude befindet, geben Sie sich bitte zu erkennen!«

»Wie gesagt«, sagte die junge Zornige.

»Die CIA!«, sagte der Töpfer.

»Warum sollte die CIA kommen, bloß weil die Polizei da ist?«, fragte Holger 1.

»Die CIA!«, sagte der Töpfer noch einmal. Und dann gleich noch einmal.

»Ich glaube, bei dem hat sich gerade was aufgehängt«, sagte Nombeko. »Ich hab mal einen Dolmetscher getroffen, der hatte genau dasselbe, nachdem ihn ein Skorpion in den Zeh gebissen hatte.«

Der Töpfer wiederholte seine Worte noch ein paarmal, dann verstummte er. Er saß einfach auf seinem Stuhl und starrte mit halb offenem Mund ins Lager.

»Ich dachte, der wäre geheilt«, sagte Holger 2.

Wieder die Stimme aus dem Megafon.

»Hier spricht die Polizei! Wenn sich jemand in diesem Gebäude befindet, geben Sie sich zu erkennen! Die Einfahrt ist blockiert, wir ziehen in Erwägung, das Gebäude zu stürmen. Wir haben einen Anruf bekommen, den wir äußerst ernst nehmen!«

Die junge Zornige setzte der Gruppe auseinander, was sie gemacht hatte, nämlich im Namen der Demokratie eine Hausbesetzung und damit einen Krieg gegen die Gesellschaft begonnen, und der Lkw war eine ihrer Waffen. Zu Informationszwecken hatte sie auch die Polizei angerufen. Und denen ganz schön eingeheizt, wenn sie das mal so sagen durfte.

»Was hast du gesagt, was du mit meinem Auto gemacht hast?«, fragte Holger 2.

»Mit *deinem* Auto?«, fragte Holger 1.

Die junge Zornige meinte, dass Nummer zwei sich jetzt nicht in solchen Kleinkram verbeißen sollte, denn hier ging es immerhin um die Verteidigung wichtiger demokratischer Prinzipien, gegen die so ein lumpiger zerstochener Reifen kaum ins Gewicht fiel. Und sie habe ja wohl nicht ahnen können, dass ihre Nachbarn Atombomben im Lager herumstehen hatten, oder?

»Atombombe. Singular«, sagte Holger 2.

»Eine Atombombe mit einer Sprengkraft von drei Megatonnen«, sagte Nombeko, um zu vermeiden, dass Holger das Problem irgendwie kleinredete.

Der Töpfer zischelte etwas Unverständliches, wahrscheinlich den Namen des Geheimdienstes, mit dem er sich überworfen hatte.

»Geheilt war wohl nicht das richtige Wort«, sagte Nombeko.

Holger 2 wollte die Diskussion um den Lkw nicht fortsetzen, denn passiert war nun mal passiert, aber er fragte sich im Stillen trotzdem, auf welches demokratische Prinzip Celestine sich berief. Im Übrigen redeten sie hier von *vier* lumpigen zerstochenen Reifen, nicht bloß einem, aber dazu sagte er auch nichts mehr. Die Situation war auf jeden Fall brenzlig.

»Also, viel übler als jetzt kann es wohl kaum mehr kommen«, sagte er.

»Sag das nicht«, meinte Nombeko. »Schau dir mal den Töpfer an. Ich glaube, der ist tot.«

15. KAPITEL

Von der Ermordung eines Verstorbenen und
von zwei äußerst sparsamen Menschen

Erst blickten alle zum Töpfer und danach zu Nombeko. Nur der Töpfer nicht, der guckte stur geradeaus.

Nombeko begriff, dass hiermit ein richtiges Leben mit Nummer zwei bestenfalls aufgeschoben, wahrscheinlich aber endgültig unmöglich geworden war. Aber jetzt waren Sofortmaßnahmen angesagt. Die Trauer um Dinge, aus denen nie etwas werden würde, musste auf die eventuelle Zukunft verschoben werden.

Sie erklärte der Gruppe, dass es mindestens zwei Gründe gab, die Polizei noch ein wenig hinzuhalten. Zum einen bestand das Risiko, dass die sich durch die südliche Lagerwand gewaltsam Zutritt verschafften, wo sie ihre Bohrer und Schweißgeräte direkt auf eine Bombe von drei Megatonnen richteten.

»Da würden sie nicht schlecht staunen«, meinte Holger 2.

»Nein, bloß sterben«, korrigierte Nombeko. »Unser anderes Problem ist, dass wir hier eine Leiche auf einem Stuhl sitzen haben.«

»Wo wir gerade vom Töpfer reden«, sagte Holger 2, »hatte der nicht einen Tunnel gebaut, durch den er fliehen wollte, wenn die CIA kommt?«

»Warum ist er dann nicht geflohen, statt sich hier zum Sterben hinzusetzen?«, sagte Holger 1.

Nombeko lobte Nummer zwei dafür, dass ihm der Tunnel eingefallen war, und meinte zu Nummer eins, das würde er eines schönen Tages bestimmt auch verstehen. Dann erteilte sie sich selbst den Auftrag, bewussten Tunnel zu finden, wenn es ihn denn gab, herauszukriegen, wohin er führte, wenn er denn irgendwohin führte, und – nicht zuletzt – ob er so groß war, dass eine Atombombe hindurchpasste. Und eilig war es auch noch, denn man konnte ja nie wissen, wann die da draußen loslegten.

»In fünf Minuten stürmen wir das Gebäude!«, verkündete ein Polizeibeamter durch sein Megafon.

Fünf Minuten waren natürlich viel zu kurz, um

1. einen selbst gegrabenen Tunnel zu finden,
2. herauszufinden, wohin er führte,
3. Schienen, Seile und Fantasie aufzutreiben, um die Bombe auf ihrer Flucht mitnehmen zu können.

Wenn sie denn überhaupt da durchpasste. Durch den Tunnel, der vielleicht nicht mal existierte.

Die junge Zornige empfand etwas, was fast Schuldgefühlen nahegekommen wäre, wenn sie zu solchen Gefühlen denn überhaupt fähig gewesen wäre. Bei ihrem Telefonat mit der Polizei waren ihr die Worte einfach wie von selbst über die Lippen gekommen.

Aber dann fiel ihr ein, wie man das zu ihrem Vorteil wenden konnte.

»Ich glaube, ich weiß, wie wir uns ein bisschen Zeit kaufen können«, sagte sie.

Nombeko schlug vor, dass Celestine so schnell wie möglich erzählen sollte, denn eventuell begann die Polizei schon in viereinhalb Minuten, sich in die Bombe zu bohren.

Also, es sei so, sagte Celestine, dass sie im Gespräch mit der Bullerei vielleicht ein bisschen laut geworden war, obwohl im Grunde ja die damit angefangen hätten, die hatten sich nämlich mit »Hier ist die Polizei« gemeldet, als sie anrief, und das in einem ganz schön provozierenden Tonfall.

Nombeko bat Celestine, zur Sache zu kommen.

Zur Sache, ja. Die Sache war die: Wenn die Gruppe jetzt die Drohung wahr machte, die Celestine ausgesprochen hatte, würden die

Schweine da draußen ganz schön aus dem Konzept kommen. Garantiert. Und zwar nicht zu knapp. Es wäre natürlich ... wie nennt man so was noch mal? ... unethisch, aber der Töpfer hatte sicher keine Einwände.

Die junge Zornige unterbreitete ihnen ihre Idee. Was hielten die anderen davon?

»Noch vier Minuten«, sagte Nombeko. »Holger, du nimmst die Beine. Und du den Kopf, Holger. Ich helfe in der Mitte.«

Gerade als Nummer eins und zwei jeweils ein Ende der fünfundneunzig Kilo des ehemaligen Töpfers ergriffen hatten, klingelte das Handy, das Holger 1 vom Hubschrauberunternehmen bekommen hatte. Es war sein Chef, der ihm die traurige Mitteilung machte, dass einer der Helikopter entwendet worden war. Typisch – natürlich genau nachdem Holger heimgefahren war, um seine Verletzungen auszukurieren, sonst hätte er den Diebstahl ja verhindern können. Ob er wohl die polizeiliche Anzeige und den Schriftverkehr mit den Versicherungen regeln könnte? Nein? Ach, einem Bekannten beim Umzug ...? Okay, aber nicht so schwer heben, gell?

* * * *

Der Kommandant der Eingreiftruppe hatte beschlossen, mit Schweißgeräten einen neuen Eingang in die südliche Blechwand des Lagers schneiden zu lassen. Die Drohung war so dramatisch gewesen, und man konnte unmöglich sagen, wer da drinnen sein Unwesen trieb. Am leichtesten wäre man natürlich hineingekommen, wenn man mithilfe eines Traktors den Lkw abgeschleppt hätte. Doch das Auto konnte ja irgendwie mit Bombenzündern verkabelt sein, wie übrigens auch sämtliche Fenster des Hauses. Daher auch der Entschluss, durch die Wand zu gehen.

»Machen Sie das Aggregat an, Björkman«, befahl der Kommandant.

In diesem Augenblick erschien ein Mensch hinter der Gardine eines der kaputten Fenster im Dachgeschoss. Er war kaum zu sehen, aber man hörte seine Stimme.

»Ihr kriegt uns niemals! Wenn ihr mit Gewalt reinkommt, springen wir hier einer nach dem anderen aus dem Fenster! Habt ihr gehört?«, rief Holger 2 und bemühte sich, einen möglichst wilden und verzweifelten Ton in seine Stimme zu legen.

Der Kommandant hielt Björkman zurück. Wer schrie da oben rum? Und was wollte er?

»Wer seid ihr? Was wollt ihr?«, fragte er durch sein Megafon.

»Ihr kriegt uns niemals!«, rief die Stimme hinter der Gardine noch einmal.

Und dann sah man, wie der Mann sich über den Rand schob, es sah sogar fast so aus, als würde ihm jemand helfen ... oder? Wollte der etwa da runterspringen? Wollte der sich da etwa in den Tod stürzen, nur um ...

Verdammt!

Der Mann ließ sich fallen. Und segelte dem Asphalt entgegen. Es sah aus, als hätte er seinen Entschluss in aller Seelenruhe gefasst. Er gab keinen Laut von sich, während er fiel und fiel. Und streckte auch nicht instinktiv die Hände aus, um sich vor dem Aufprall zu schützen.

Dann landete er auf dem Kopf. Ein Krach und ein Rums. Jede Menge Blut. Keine Chance, dass der überlebt hatte.

Der Versuch, sich durch die Lagerwand Zutritt zum Gebäude zu verschaffen, wurde sofort abgebrochen.

»Verdammte Hacke«, sagte der Polizist mit dem Schweißaggregat, dem ganz schlecht wurde von dem, was er hier sah.

»Was sollen wir denn jetzt machen, Chef?«, fragte sein Kollege, dem es auch nicht viel besser ging.

»Wir brechen alles ab«, sagte der Kommandant, dem von allen wahrscheinlich am übelsten war. »Und dann rufen wir die Spezialeinheit in Stockholm an.«

* * * *

Der amerikanische Töpfer war nur zweiundfünfzig Jahre alt geworden, und die Erinnerungen an den Vietnamkrieg hatten ihn ein Leben lang verfolgt, wozu sich noch weitere eingebildete Verfolgungen gesellten. Doch seit Nombeko und die Chinesenmädchen in sein Leben getreten waren, schienen die Dinge endlich wieder in die richtige Richtung zu gehen. Er war seine paranoide Angst fast losgeworden, so dass sein permanent hoher Adrenalinspiegel endlich mal ein wenig absank. Daran hatte sich sein Körper nun auch wieder gewöhnt. Als dann, wie stets befürchtet, die CIA tatsächlich an die Tür zu klopfen schien, ging alles so schnell, dass sein Adrenalin nicht das frühere hohe Selbstverteidigungsniveau erreichte. Da bekam der Töpfer Kammerflimmern. Seine Pupillen weiteten sich, und sein Herz blieb stehen.

Wenn das passiert, wirkt man im ersten Moment wie tot, dann stirbt man wirklich. Wird man außerdem im Anschluss aus einem Fenster im dritten Stock geworfen, so dass man mit dem Kopf voran auf den Asphalt knallt, dann stirbt man gleich noch mal, wenn man es vorher noch nicht getan hat.

Holger 2 befahl Rückzug ins Lager, wo er einen dreißig Sekunden langen Gedenkmoment für den abhielt, der nun nicht mehr unter ihnen weilte, und sich für seine wichtige Hilfe unter den obwaltenden schwierigen Umständen bedankte.

Dann übergab er das Kommando wieder an Nombeko. Sie bedankte sich für das Vertrauen und begann ihre Ansprache mit der Erklärung, dass sie den vom Töpfer gegrabenen Tunnel gefunden und kurz besichtigt hatte. Wie es aussah, würde er der Gruppe nach seinem Tod nicht nur einmal, sondern gleich zweimal helfen.

»Er hat nicht nur einen hundertvierzig Meter langen Gang von der Töpferei auf der anderen Straßenseite gegraben, sondern ihn auch in Schuss gehalten, Stromleitungen verlegt und für den Notfall ausreichend Petroleumlampen besorgt. Außerdem gibt es noch einen Konservenvorrat für mehrere Monate und Wasser in Flaschen ... kurz und gut: Der Mann war wirklich, aber wirklich so richtig gestört.«

»Er ruhe in Frieden«, sagte Holger 1.

»Wie groß ist denn der Tunnel?«, fragte Holger 2.

»Die Kiste passt durch«, sagte Nombeko. »Bleibt nicht viel Platz an den Seiten, aber geht so grade eben.«

Dann delegierte Nombeko die Aufgaben. Celestine bekam den Auftrag, die Wohnungen durchzugehen und alles einzupacken, was Hinweise auf die Bewohner geben konnte. Der Rest musste dableiben.

»Abgesehen von einer Sache«, sagte sie. »In meinem Zimmer steht ein Rucksack, der mitmuss. Der enthält wichtige Dinge für die Zukunft.«

Neunzehn Komma sechs Millionen wichtige Dinge, dachte sie.

Holger 1 erhielt den Auftrag, den Tunnel zu durchqueren und den Karren zu holen, der in der Töpferwerkstatt stand, während Nummer zwei freundlichst gebeten wurde, die Verpackung der Bombe von einer Kuschelecke wieder in eine ganz normale Kiste zu verwandeln.

»Eine ganz normale?«, fragte Holger 2.

»Schatz, bitte sieh zu, dass du in die Gänge kommst.«

Die Aufgabenverteilung war klar, und alle machten sich an die Arbeit.

Der Tunnel war ein großartiges Beispiel paranoider Ingenieurskunst. Hohe Decke, gerade Wände und ein anscheinend ganz stabiles System aus Balken, die sich gegenseitig stützten und einen Einsturz verhinderten.

Der Gang führte bis in den Keller der Töpferwerkstatt und kam auf der Rückseite des Gebäudes heraus, außer Sichtweite der ständig wachsenden Menschenmenge vor der Fredsgatan 5.

Achthundert Kilo Atombombe auf einem Karren zu befördern, ist genauso schwer, wie es sich anhört. Aber nach einer knappen Stunde stand sie dann doch in einer Querstraße der Fredsgatan, keine zweihundert Meter entfernt von dem Riesenaufstand rund um das Abbruchhaus, wo gerade die Spezialeinheit der Polizei eingetroffen war.

»So, ich glaube, jetzt verziehen wir uns mal ganz schnell«, sagte Nombeko.

Die Holgers und Nombeko schoben hinten, während die junge Zornige vorne lenkte.

Die Fahrt ging langsam über ein kleines asphaltiertes Sträßchen, das direkt in die sörmländische Provinz führte. Einen Kilometer weg von der belagerten Fredsgatan. Zwei Kilometer. Und immer weiter.

Zwischenzeitlich war die Arbeit ganz schön schwer – für alle außer Celestine. Doch nach drei Kilometern, nachdem sie den Karren endlich glücklich über eine fürs bloße Auge fast unsichtbare Steigung bugsiert hatten, ging es wieder leichter. Und dann ging es zum ersten Mal ganz leicht bergab. Nummer eins, Nummer zwei und Nombeko kam die kurze Erholungspause sehr zupass.

Ein paar Sekunden lang.

Nombeko war die Erste, die begriff, was passieren würde. Sie befahl den Holgers, sich von vorne dagegenzustemmen. Der eine kapierte sofort und folgte ihrer Anweisung, der andere kapierte es eventuell auch, aber er war gerade stehen geblieben und zurückgefallen, weil er sich am Hintern kratzen musste.

Doch sein Fehlen fiel im Grunde auch nicht mehr ins Gewicht. Als die achthundert Kilo erst einmal ins Rollen gekommen waren, war alles zu spät.

Die Letzte, die aufgab, war Celestine. Sie rannte vor der Bombe her und versuchte, sie zumindest noch geradeaus zu lenken, aber dann wurde die rasende Fahrt auch für sie zu schnell. Da ließ sie los und sprang beiseite. Und dann konnten sie nur noch zusehen, wie drei Megatonnen Vernichtungswaffe die immer steiler bergab führende Landstraße hinabrollten. Neben der Kiste befand sich ein festgezurrter Rucksack, der neunzehn Komma sechs Millionen Kronen enthielt.

»Hat irgendjemand eine Idee, wie wir uns innerhalb der nächsten zehn Sekunden achtundfünfzig Kilometer von hier wegbeamen könnten?«, fragte Nombeko, während sie der durchgehenden Bombe nachsah.

»Ideen sind nicht meine starke Seite«, sagte Holger 1.

»Nein, aber dich am Arsch kratzen, das kannst du prima«, sagte sein Bruder und dachte sich im nächsten Moment, dass das wirklich bizarre letzte Worte waren.

Zweihundert Meter weiter beschrieb die Straße eine leichte Linkskurve. Im Gegensatz zu der Atombombe auf Rädern, die immer noch geradeaus fuhr.

* * * *

Herr und Frau Blomgren hatten zueinander gefunden, weil sie beide der Meinung waren, Sparsamkeit sei die größte aller Tugenden. Margareta hielt ihren Harry seit neunundvierzig Jahren fest, und der hielt das Geld des Paares noch fester. Sie selbst hätten sich als verantwortungsbewusst bezeichnet. Jeder unbeteiligte Beobachter hätte sie eher geizig genannt.

Harry war sein ganzes Berufsleben lang Schrotthändler gewesen, nachdem er als Fünfundzwanzigjähriger das Unternehmen von seinem Vater geerbt hatte. Letzte Amtshandlung seines Vaters – bevor ihn ein Chrysler New Yorker überfuhr – war es gewesen, ein junges Mädchen einzustellen, das die Buchhaltung besorgen sollte. Erbe Harry hielt das für eine unglaubliche Geldverschwendung, bis das Mädchen, Margareta, sich etwas ausdachte, was sie Fakturierungsgebühr und Verzugszinsen nannte. Daraufhin verliebte er sich Hals über Kopf, machte ihr einen Heiratsantrag und bekam ein Ja. Die Hochzeit fand auf dem Schrottplatz statt, ihre Gäste – die drei anderen Angestellten – wurden per Aushang am Schwarzen Brett eingeladen. Essen sollte jeder selbst mitbringen.

Kinder bekamen sie nie. Die wären ein Kostenfaktor gewesen, den Harry und Margareta immer wieder durchkalkulierten, bis sie eines Tages keinen Grund mehr zum Kalkulieren hatten.

Dahingegen löste sich das Problem mit der Behausung. In den

ersten zwanzig Jahren wohnten sie mit Margaretas Mutter in deren Haus in Ekbacke, bis die Alte glücklicherweise starb. Sie war endgültig erfroren, nachdem sie jahrelang gejammert hatte, dass Harry und Margareta im Winter so wenig heizten, dass sich auf der Innenseite der Fenster Raureif bildete. Jetzt hatte sie es besser – auf dem Friedhof in Herrljunga wurde sie in einem so tiefen Grab beigesetzt, dass der Frost sie nicht mehr erreichen konnte. Weder Harry noch Margareta sahen irgendeine Notwendigkeit, ihr Blumen aufs Grab zu legen.

Margaretas Mutter hatte drei Schafe gehalten, die immer auf einer kleinen Wiese an der Straße grasten. Die Gute war noch nicht mal ganz kalt – obwohl sie schon zu Lebzeiten beträchtlich heruntergekühlt war –, da schlachteten Harry und Margareta die Tiere und aßen sie auf. Nur der zugige Schafstall blieb übrig, und den ließ das Paar langsam verfallen.

Dann gingen die beiden in Rente, verkauften ihren Schrottplatz und waren schon gute siebzig beziehungsweise fünfundsiebzig, als sie eines Tages beschlossen, dass sie wirklich mal was aus dieser Hütte machen sollten. Harry riss sie ab, und Margareta stapelte die Bretter auf einen Haufen. Dann zündeten sie alles an, und der Haufen brannte munter vor sich hin, während Harry Blomgren mit dem Wasserschlauch danebenstand und aufpasste, dass das Feuer nicht außer Kontrolle geriet. An seiner Seite stand, wie immer, seine Frau Margareta.

In diesem Augenblick krachte es laut, als nämlich die achthundert Kilo schwere Bombe in ihrer Kiste auf Rädern geradewegs durch den Zaun brach, auf die ehemalige Schafweide der Blomgrens schoss und erst mitten in den Flammen zum Stillstand kam.

»Was um alles in der Welt ...?«, rief Frau Blomgren.

»Der Zaun!«, rief Herr Blomgren.

Dann verstummten sie und sahen der vierköpfigen Truppe entgegen, die dem Wagen und der Kiste folgte.

»Guten Tag«, sagte Nombeko. »Könnte der Herr wohl so freundlich sein, Wasser auf das Feuer zu spritzen, damit es ausgeht? Bitte! Umgehend!«

Harry Blomgren antwortete nicht. Und tat auch nichts.

»Wie gesagt, umgehend«, sagte Nombeko. »Soll heißen: JETZT SOFORT!«

Doch der alte Mann rührte sich immer noch nicht vom Fleck, und das Wasser blieb aus. Die Holzteile des Wagens begannen sich in der Hitze zu verfärben. Der Rucksack brannte bereits lichterloh.

Dann machte Harry Blomgren doch den Mund auf.

»Wasser ist nicht gratis«, sagte er.

Da knallte es.

Bei der ersten Explosion bekamen Nombeko, Celestine, Holger und Holger etwas, was dem Herzstillstand des Töpfers vor wenigen Stunden gar nicht so unähnlich war. Aber im Gegensatz zu ihm erholten sie sich wieder, sobald sie merkten, dass nur ein Reifen in die Luft geflogen war, nicht ein ganzer Landstrich.

Der zweite, dritte und vierte Reifen folgten dem ersten. Harry Blomgren weigerte sich immer noch, einen Wasserstrahl auf Kiste und Rucksack zu richten. Erst wollte er wissen, wer ihm den Zaun ersetzte. Und die Kosten für das Wasser.

»Ihnen scheint der Ernst der Lage nicht ganz klar zu sein, in der wir uns befinden«, sagte Nombeko. »Die Kiste enthält … leicht entflammbares Material. Wenn das zu heiß wird, geht das für uns alle übel aus. Verdammt übel, glauben Sie mir!«

Den Rucksack hatte sie bereits aufgegeben. Die neunzehn Komma sechs Millionen Kronen gab es nicht mehr.

»Warum sollte ich einer wildfremden Person und ihren Komplizen glauben? Beantworten Sie lieber meine Frage: Wer wird mir den Zaun ersetzen?«

Nombeko begriff, dass sie bei diesem Mann nicht durchdrang. Also bat sie Celestine, die Sache zu übernehmen.

Das machte die junge Zornige nur zu gern. Um das Gespräch nicht länger als unbedingt nötig hinzuziehen, sagte sie:

»Lösch das Feuer, sonst mach ich dich kalt!«

Harry Blomgren glaubte in ihren Augen zu lesen, dass sie es ernst meinte, woraufhin er sofort gehorchte.

»Gut gemacht, Celestine«, sagte Nombeko.

»Meine Freundin«, sagte Holger 1 stolz.

Holger 2 sagte nichts. Aber er fand es bezeichnend, dass die junge Zornige der Gruppe zum ersten Mal nützlich war, als sie eine Morddrohung aussprechen konnte.

Der Wagen war halb verbrannt, die Kiste außen angesengt, der Rucksack in Rauch aufgegangen. Aber das Feuer war gelöscht. Die Welt, wie die Welt sie kannte, drehte sich noch. Harry Blomgren wurde wieder munter.

»Können wir jetzt wohl endlich die Entschädigungsfrage klären?«

Nombeko und Holger 2 waren die Einzigen, die wussten, dass der Mann, der mit ihnen über Entschädigungen reden wollte, gerade neunzehn Komma sechs Millionen Kronen verheizt hatte, weil er Wasser sparen wollte. Aus seinem eigenen Brunnen.

»Fragt sich, wer hier wem was ersetzen müsste«, murmelte Nombeko.

Als der Tag anbrach, hatten Holger und sie noch eine konkrete Zukunftsvision gehabt. Ein paar Stunden später stand ihre gesamte Existenz auf dem Spiel – und das gleich zwei Mal hintereinander. Jetzt war die Situation irgendwo mittendrin. Aber behaupten zu wollen, dass das Leben ein Picknick war, wäre etwas zu hoch gegriffen, fand Nombeko.

* * * *

Harry und Margareta Blomgren wollten die ungebetenen Gäste nicht gehen lassen, bevor sie ihre Schulden beglichen hatten. Aber langsam wurde es spät, und Harry verstand auch das Argument der Gruppe, dass sie kein Bargeld dabeihatten (wenngleich sie ein wenig in dem gerade verbrannten Rucksack gehabt hätten) und nichts unternehmen konnten, bis am nächsten Tag die Bank aufmachte. Dann würden sie ihren Wagen reparieren und mitsamt ihrer Kiste davonrollen.

»Ja, die Kiste…«, sagte Harry Blomgren. »Was ist denn da überhaupt drin?«

»Geht dich einen Scheißdreck an, alter Wichser«, sagte die junge Zornige.

»Meine persönliche Habe«, präzisierte Nombeko.

Mit vereinten Kräften hievte die Gruppe die angesengte Kiste von den Überresten des Karrens auf Harrys und Margaretas Anhänger. Dann gelang es Nombeko mit viel Gezeter und ein bisschen Hilfe von Celestine, Harry zu überreden, dass der Anhänger den Platz seines Autos in der Garage einnehmen durfte. Sonst hätte man die Kiste von der Straße aus sehen können, und mit diesem Gedanken im Hinterkopf hätte Nombeko gar nicht gut schlafen können.

Auf Ekbacka gab es ein Gästehäuschen, das Herr und Frau Blomgren früher an deutsche Touristen vermietet hatten, bis die Vermittlungsfirma sie auf ihre schwarze Liste setzte, weil die beiden für so gut wie alles noch einmal Extragebühren von ihren Gästen verlangten, inklusive frisch eingebautem Münzklo.

Seitdem stand die Hütte leer, mit Münzklo (zehn Kronen pro Toilettenbesuch) und allem Drum und Dran. Doch jetzt konnte man ja die Eindringlinge dort einquartieren.

Holger 1 und Celestine fanden Platz im Wohnzimmer, während Nummer zwei und Nombeko das Schlafzimmer belegten. Margareta Blomgren zeigte ihnen mit einer gewissen Begeisterung, wie das Münzklo funktionierte, und fügte hinzu, sie wolle nicht sehen, dass auch nur einer in den Garten pinkelte.

»Können Sie mir das dann wohl in zehn Zehn-Kronen-Stücke wechseln?«, bat Holger 1, der schon ganz schön dringend pinkeln musste, und hielt Frau Blomgren einen Hundert-Kronen-Schein hin.

»Sag ruhig ›Wechselgebühr‹, wenn du dich traust«, grollte die junge Zornige.

Da Margareta Blomgren sich nicht traute, »Wechselgebühr« zu sagen, wurde es auch nichts mit dem Wechseln. Daher verrichtete Nummer eins sein Geschäft hinter einem Fliederbusch, sobald es so dunkel war, dass ihn niemand mehr sehen konnte. Leider wurde er aber doch beobachtet, denn Herr und Frau Blomgren standen mit jeweils einem Fernglas bei gelöschtem Licht in der Küche.

Dass die Eindringlinge einen Karren direkt durch den Zaun des Paars hatten rollen lassen, war natürlich nachlässig gewesen, aber das hatten sie ja nicht mit Absicht getan. Dass sie die beiden dann mittels Drohungen dazu gebracht hatten, Wasser zu verschwenden, damit ihre Habe nicht verbrannte, war eine kriminelle Handlung, konnte aber schlimmstenfalls mit der Verzweiflung erklärt werden, die sie in diesem Moment wahrscheinlich empfunden hatten.

Doch sich vorsätzlich und entgegen allen ausdrücklichen Anweisungen hinter einen Fliederbusch zu stellen und in den Garten des Paares zu urinieren – das war so empörend, dass es Harry und Margareta die Sprache verschlug. Das war Einbruch, das war Erregung öffentlichen Ärgernisses, das war vielleicht sogar das Schlimmste, was sie je erlebt hatten.

»Diese Hooligans werden noch unser finanzieller Ruin«, sagte Margareta Blomgren zu ihrem Mann.

Harry Blomgren nickte.

»Ja«, sagte er. »Es sei denn, wir unternehmen etwas, bevor es zu spät ist.«

Nombeko, Celestine und die Holgers legten sich schlafen. Unterdessen bereitete ein paar Kilometer entfernt die Eingreiftruppe die Erstürmung des Hauses in der Fredsgatan 5 vor. Eine schwedische Frau hatte die Polizei angerufen, und ein Schwedisch sprechender Mann war erst hinter der Gardine im dritten Stock aufgetaucht und dann aus dem Fenster gesprungen. Die Leiche musste selbstverständlich obduziert werden, aber zur Stunde wurde sie noch in einem Krankenwagen verwahrt, der auf der Straße parkte. Eine erste Inaugenscheinnahme des Toten hatte ergeben, dass er weiß und etwa Mitte fünfzig war.

Die Hausbesetzer waren also mindestens zu zweit gewesen. Die Polizisten, die die Ereignisse verfolgt hatten, nahmen an, dass sich hinter der Gardine noch mehr Personen versteckten, waren sich aber nicht sicher.

Am Donnerstag, dem 14. August 1994 wurde um 22.32 Uhr mit der Operation begonnen. Die Spezialeinheit stürmte das Gebäude von drei Seiten, mit Gas, Bulldozer und einem Helikopter. Die jungen Männer in der Truppe waren sehr angespannt. Zuvor hatte noch keiner von ihnen einen Ernstfall erlebt – so war es kein Wunder, dass sich in dem ganzen Chaos ein paar Schüsse lösten. Mindestens einer von ihnen ballerte so wild drauflos, dass das Kissenlager Feuer fing und die Rauchentwicklung den Einsatz fast unmöglich machte.

Am nächsten Morgen konnten die ehemaligen Bewohner der Fredsgatan 5 in der Küche von Herrn und Frau Blomgren im Radio mit anhören, wie das Drama ausgegangen war.

Laut Eko-Redaktion war es wohl zu gewissen Kampfhandlungen gekommen. Mindestens ein Mitglied des Spezialverbands war ins Bein geschossen worden, drei weitere hatten eine Gasvergiftung erlitten. Der zwölf Millionen teure Hubschrauber der Truppe hatte eine Bruchlandung hinter einer stillgelegten Töpferwerkstatt hingelegt, weil der Pilot im dichten Rauch die Orientierung verloren hatte. Der Bulldozer war zusammen mit dem Gebäude, dem Lager, vier Polizeiautos und dem Krankenwagen, in dem die Leiche des Selbstmörders lag und der Obduktion entgegensah, in Flammen aufgegangen.

Insgesamt wurde die Operation jedoch als Erfolg gewertet. Sämtliche Terroristen waren unschädlich gemacht worden. Wie viele es waren, musste jedoch erst noch ermittelt werden, weil ihre Leichen ebenfalls Opfer der Flammen geworden waren.

»Du liebe Güte«, sagte Holger 2. »Die Spezialeinheit der Polizei ist gegen sich selbst in den Krieg gezogen.«

»Aber gewonnen haben sie, das deutet ja auf eine gewisse Kompetenz hin«, meinte Nombeko.

Während des Frühstücks erwähnte das Ehepaar Blomgren mit keiner Silbe, dass sie die Kosten für diese Mahlzeit auch noch in Rechnung stellen würden. Vielmehr waren sie absolut schweigsam. Verbissen. Sie schienen sich fast ein wenig zu schämen. Das machte Nombeko misstrauisch, denn sie hatte in ihrem ganzen Leben noch keine so schamlosen Menschen wie diese beiden getroffen, obwohl ihr da durchaus das eine oder andere Exemplar über den Weg gelaufen war.

Die Millionen waren nun ja futsch, aber Holger 2 hatte achttausend Kronen auf der Bank (unter dem Namen seines Bruders). Außerdem lagen noch knapp vierhunderttausend Kronen auf dem Firmenkonto. Als Nächstes mussten sie sich also von diesen grässlichen Menschen freikaufen, ein Auto mit Anhänger mieten und die Bombe vom Blomgren'schen Anhänger auf den neuen bugsieren. Und dann nichts wie weg. Wohin sie fahren sollten, blieb noch zu klären – Hauptsache, erst mal weit genug weg von Gnesta und den Blomgrens.

»Wir haben gesehen, dass Sie gestern Abend in den Garten gepinkelt haben«, brach Frau Blomgren plötzlich das Schweigen.

Verdammter Holger 1, dachte Nombeko.

»Das wusste ich nicht«, sagte sie. »Ich bedaure den Vorfall und würde sagen, Sie schlagen einfach noch einmal zehn Kronen auf den Betrag auf, auf den wir uns jetzt gleich einigen werden.«

»Nicht nötig«, sagte Harry Blomgren. »Da man Ihnen sowieso nicht trauen kann, haben wir uns unsere Entschädigung einfach selbst genommen.«

»Wie das?«, fragte Nombeko.

»›Leicht entflammbares Material‹ – so ein Humbug! Ich hab mein Leben lang mit Schrott zu tun gehabt. Und Schrott brennt nicht, verdammt noch mal«, sagte Harry Blomgren.

»Haben Sie die Kiste aufgemacht?« Nombeko begann das Schlimmste zu ahnen.

»Jetzt beiß ich ihnen aber beiden die Kehle durch«, zischte die junge Zornige und musste von Holger 2 zurückgehalten werden.

Für Holger 1, der gerade die Küche verließ, war die Situation nicht so ganz transparent. Außerdem hatte er das dringende Bedürfnis, den Fliederbusch von gestern noch einmal aufzusuchen. Harry Blomgren wich einen Schritt vor der jungen Zornigen zurück. Eine äußerst unangenehme Frau, fand er.

Dann fuhr er fort, seinen in der Nacht einstudierten Text aufzusagen.

»Sie haben unsere Gastfreundschaft missbraucht, Sie haben uns Geld vorenthalten und in unseren Garten gepinkelt, also kann man Ihnen nicht trauen. Wir hatten keine andere Wahl, als uns unsere Entschädigung selbst zu nehmen, weil Sie sich garantiert um die Zahlung gedrückt hätten. Deswegen ist Ihre Schrottbombe beschlagnahmt und zerlegt worden.«

»Zerlegt?« Holger 2 sah vor seinem inneren Auge Bilder einer detonierten Atombombe.

»Zerlegt«, wiederholte Harry Blomgren. »Wir haben die alte Bombe heute Nacht zu einem Schrotthändler gefahren. Und eine Krone pro Kilo bekommen. Das ist zwar wenig, aber sei's drum. Damit wären wohl mit knapper Not die Kosten für die Schäden gedeckt, die Sie uns verursacht haben. Und da ist die Miete für das Gästehäuschen noch gar nicht eingerechnet. Und bilden Sie sich nicht ein, dass ich Ihnen verrate, wo dieser Schrotthändler zu finden ist. Sie haben schon genug angestellt.«

Während Holger 2 die junge Zornige immer noch davon abhalten musste, einen Doppelmord zu begehen, war Nombeko und ihm klar, dass die beiden Alten der Meinung gewesen waren, eine alte »Schrott«-Bombe vor sich zu haben, während es in Wirklichkeit eine ziemlich neue – und voll funktionstüchtige – war.

Harry Blomgren fügte hinzu, bei dem Geschäft sei aber immerhin so viel Überschuss herausgesprungen, dass die Angelegenheit mit dem Wasser, dem kaputten Zaun und dem Wildpinkeln im Garten hiermit als erledigt betrachtet werden konnte. Vorausgesetzt, dass die Gäste ab jetzt bis zu ihrer Abfahrt zum Pinkeln auf die Toilette gingen und nirgendwo anders hin. Und dass sie auch sonst nichts mehr beschädigten.

Holger 2 musste die junge Zornige hinaustragen. Im Garten konnte er sie ein wenig beruhigen. Sie meinte, irgendetwas am Anblick dieser beiden Alten könne sie offenbar nicht vertragen. Genauso wenig wie ihr ganzes Geschwätz.

Diesen Zorn hatten Harry und Margareta Blomgren nicht einkalkuliert, als sie nachts mit ihrer Fracht zu ihrem ehemaligen Schrottplatz gefahren waren, der mittlerweile von ihrem ehemaligen Mitarbeiter Rune Runesson betrieben wurde. Diese wahnsinnige Frau entzog sich ja jeder Logik. Kurz und gut, die beiden hatten einfach Angst. Gleichzeitig wurde jedoch Nombeko, die niemals richtig wütend wurde, nun doch so richtig wütend. Noch vor ein paar Tagen hatten Nummer zwei und sie einen Weg in die Zukunft gefunden. Zum ersten Mal hatten sie Glauben und Hoffnung gehabt und dazu neunzehn Komma sechs Millionen Kronen. Und von alldem war nun nichts mehr übrig als ... Herr und Frau Blomgren.

»Mein lieber Herr Blomgren«, sagte sie. »Darf ich vorschlagen, dass wir eine Abmachung treffen?«

»Eine Abmachung?«, sagte Harry Blomgren.

»Wissen Sie, Herr Blomgren, mein Schrott liegt mir sehr am Herzen. Und deswegen stelle ich mir das jetzt so vor, dass der Herr Blomgren mir in den nächsten zehn Sekunden verrät, wohin er ihn gebracht hat. Im Gegenzug verspreche ich zu verhindern, dass diese Frau im Garten Ihnen beiden die Kehle durchbeißt.«

Der bleiche Harry Blomgren sagte keinen Ton. Nombeko fuhr fort:

»Wenn er uns hinterher auf unbestimmte Zeit sein Auto leiht, hat er mein Wort, dass wir es vielleicht irgendwann mal zurückbringen und noch dazu Abstand davon nehmen, auf der Stelle sein Münzklo kurz und klein zu schlagen und sein Haus abzufackeln.«

Margareta Blomgren machte Anstalten zu antworten, doch ihr Mann brachte sie zum Schweigen.

»Sei still, Margareta, das regle ich.«

»Bis jetzt waren meine Vorschläge noch sehr sanft formuliert«, fuhr Nombeko fort. »Ob der Herr Blomgren wohl möchte, dass ich einen etwas härteren Ton anschlage?«

Harry Blomgren regelte die Dinge weiterhin schweigend. Seine Margareta nahm noch einen Anlauf, doch Nombeko kam ihr zuvor.

»Ach übrigens, hat die Frau Blomgren diese Tischdecke selbst genäht?«

Margareta war völlig überrumpelt vom Themawechsel.

»Ja?«, sagte sie.

»Die ist wirklich sehr hübsch«, sagte Nombeko. »Würde es der Frau Blomgren gefallen, wenn ich ihr die in den Hals stopfe?«

Holger 2 und die junge Zornige hörten den Dialog vom Garten mit.

»Meine Freundin«, sagte Holger 2.

Wenn erst mal der Wurm drin ist, dann ist er so richtig drin. Natürlich war die Bombe zum einzigen Schrottplatz auf der ganzen weiten Welt gebracht worden, zu dem sie nicht hätte gebracht werden dürfen: in die Fredsgatan 9. Harry Blomgren war inzwischen überzeugt, dass es ums nackte Überleben ging. Deswegen erzählte er, dass seine Frau und er mitten in der Nacht mit der Bombe auf dem Anhänger dorthin gefahren waren. Eigentlich hatten sie erwartet, dort von Rune Runesson empfangen zu werden, stattdessen erwartete sie das reine Chaos. Zwei Gebäude in nur fünfzig Meter Entfernung vom Schrottplatz brannten lichterloh, die Straße war zum Teil abgesperrt, und es war unmöglich, überhaupt nur bei Runesson auf den Hof zu fahren.

Runesson selbst war aufgestanden und zu seiner Firma gefahren, um die nächtliche Lieferung in Empfang zu nehmen, doch nun musste der Anhänger samt Ladung eben auf der Straße stehen bleiben. Runesson versprach, sie anzurufen, sobald die Absperrungen entfernt waren, dann konnten sie das Geschäft gern zum Abschluss bringen.

»Sehr gut«, sagte Nombeko, als Harry Blomgren alles erzählt hatte, was es zu erzählen gab. »Und jetzt können Sie von mir aus beide netterweise zur Hölle fahren.«

Mit diesen Worten verließ sie die Küche der Blomgrens, trommelte die Gruppe zusammen, setzte die junge Zornige ans Steuer von Harry Blomgrens Auto, Holger 1 auf den Beifahrersitz und sich selbst und Nummer zwei zu einem Strategiegespräch auf den Rücksitz.

»Abfahrt«, sagte Nombeko, woraufhin die junge Zornige losfuhr.

Und pfeilgerade durch die Stelle des Blomgren'schen Zaunes bretterte, die noch nicht in Stücke gegangen war.

16. KAPITEL

Von einem verblüfften Agenten
und einer Kartoffeln anbauenden Gräfin

Agent B hatte dem Mossad und Israel fast drei Jahrzehnte gedient. Er wurde im Krieg in New York geboren und zog 1949 als kleiner Junge mit seinen Eltern nach Jerusalem, kurz nach Gründung des Staates Israel.

Schon als Zwanzigjähriger wurde er auf seinen ersten Auslandseinsatz geschickt: Er sollte die studentische Linke an der Harvard University infiltrieren, um antiisraelische Stimmungen zu registrieren und zu analysieren.

Da seine Eltern in Deutschland aufgewachsen und erst 1936 geflohen waren, sprach Agent B auch fließend Deutsch. Damit war er prädestiniert für Operationen in der DDR der Siebzigerjahre. Fast sieben Jahre lang lebte und arbeitete er als Ostdeutscher; unter anderem musste er so tun, als wäre er Fan des FC Karl-Marx-Stadt.

Doch B musste nur ein paar Monate lang Begeisterung heucheln, denn schon bald war er ein ebenso eingeschworener Fan wie die Tausende von Beobachtungssubjekten rundum. Dass Stadt und Mannschaft den Namen wechselten, nachdem der Kapitalismus den Kommunismus endgültig ausgespielt hatte, änderte nichts an Bs Liebe zu seinem Klub. Als diskrete und leicht kindische Hommage an einen der unbekannten, aber vielversprechenden Juniorspieler der Mannschaft operierte B nun unter dem neutralen, aber wohlklingenden Namen Michael Ballack. Das Original war beidfüßig, kreativ und hatte einen guten Blick fürs Spiel. Und sah einer glorreichen Zukunft entgegen. Agent B fühlte sich seinem Alias in jeder Hinsicht verbunden.

B war gerade vorübergehend in Kopenhagen stationiert, als ihn As Bericht über seinen Durchbruch in Stockholm und Umgebung erreichte. Als A sich danach nicht mehr meldete, holte sich B grünes Licht aus Tel Aviv, sich auf die Suche nach seinem Kollegen zu machen.

Am Freitag, dem 15. August, nahm er den Frühflug und mietete sich ein Auto in Arlanda. Erster Halt: die Adresse, zu der A nach eigenen Angaben am Vortag unterwegs gewesen war. B achtete sorgfältig darauf, die Geschwindigkeitsbegrenzungen nicht zu überschreiten, denn er wollte den Namen des beidfüßigen Michael Ballack nicht in den Schmutz ziehen.

Sowie er in Gnesta war, bog er vorsichtig in die Fredsgatan und sah – eine Absperrung? Und einen völlig abgebrannten Häuserblock, jede Menge Polizei, Fahrzeuge von Nachrichtensendern und Scharen von Schaulustigen.

Und was sah er dort auf einem Autoanhänger stehen? War das …? Das konnte doch nicht sein. Das war ganz einfach unmöglich. Aber war das nicht doch …?

Plötzlich stand sie einfach da. Neben B.

»Hallihallo, Herr Agent«, sagte Nombeko. »Alles klar?«

Sie hatte sich nicht mal gewundert, als sie ihn direkt vor der Absperrung entdeckt hatte, wo er den Anhänger mit der Bombe anstarrte, die sie gerade abholen wollte. Warum sollte der Agent auch nicht hier stehen, nachdem schon so viele völlig absurde Dinge geschehen waren?

Agent B wandte den Blick von der Bombe, schaute sich um und sah – die Putzfrau! Erst die gestohlene Kiste auf dem Anhänger und jetzt auch noch die Diebin. Was hatte das eigentlich alles zu bedeuten?

Nombeko fühlte sich seltsam ruhig. Sie merkte, dass der Agent ebenso ratlos wie chancenlos war. In unmittelbarer Nähe liefen mindestens fünfzig Polizisten und bestimmt noch zweihundert andere Personen herum, und obendrein ein Querschnitt durch die schwedische Medienlandschaft.

»Hübscher Anblick, nicht wahr?«, sagte sie und deutete mit einem Nicken auf die angesengte Kiste.

B blieb ihr die Antwort schuldig.

In diesem Moment trat Holger 2 neben Nombeko.

»Holger«, sagte er und reichte dem Mann, einer plötzlichen Eingebung gehorchend, die Hand.

B sah sie an, nahm sie aber nicht. Stattdessen wandte er sich an Nombeko:

»Wo ist mein Kollege?«, fragte er. »Ist der da drin?«

»Nein. Soweit ich gehört habe, war der letzte Stand der Dinge, dass er nach Tallinn unterwegs ist. Aber ich weiß nicht, ob er dort angekommen ist.«

»Nach Tallinn?«

»Wenn er denn angekommen ist«, sagte Nombeko und gab der jungen Zornigen ein Zeichen, dass sie mit dem Auto rückwärts an den Anhänger heranfahren sollte.

Während Holger 2 die Anhängerkupplung befestigte, entschuldigte sich Nombeko, sie habe noch so einiges zu tun und müsse nun wirklich los mit ihren Freunden. Beim nächsten Mal hätten sie sicher Gelegenheit, ein paar mehr Worte zu wechseln. Falls sie das Pech haben sollten, sich noch einmal über den Weg zu laufen.

»Auf Wiedersehen, Herr Agent«, sagte Nombeko und setzte sich neben Nummer zwei auf den Rücksitz.

Agent B antwortete nicht, aber er dachte nach. Während Auto und Anhänger davonfuhren, dachte er:

Tallinn?

* * * *

B stand immer noch auf der Fredsgatan und überlegte, was gerade geschehen war, als Celestine Gnesta in nördlicher Richtung verließ, neben sich Nummer eins, auf dem Rücksitz Nummer zwei und Nombeko, die immer noch diskutierten, wie es jetzt weitergehen sollte. Die junge Zornige empörte sich darüber, dass dieser verflucht geizige alte Sack, dem sie das Auto gestohlen hatten, nicht daran gedacht hatte, es vorher vollzutanken. Also fuhr sie bei der nächsten Tankstelle raus.

Nach dem Tanken übernahm Nummer eins das Steuer, da es vorerst ja keine weiteren Zäune zu durchfahren galt. Nombeko hatte den Fahrerwechsel vorgeschlagen. Schlimm genug, wenn sie mit einer Atombombe auf einem überladenen Anhänger durch die Gegend fuhren. Dann sollte der Fahrer zumindest den Führerschein haben.

Holger 1 fuhr weiter Richtung Norden.

»Wo willst du eigentlich hin, Liebling?«, fragte die junge Zornige.

»Weiß ich nicht«, sagte Holger 1. »Das wusste ich noch nie.«

Celestine überlegte. Vielleicht sollten sie … trotz allem …?

»Nach Norrtälje?«, schlug sie vor.

Nombeko unterbrach die Besprechung im Fond. Sie hatte etwas in Celestines Stimme gehört, was ihr verriet, dass Norrtälje für sie mehr war als nur einer von vielen Orten.

»Warum nach Norrtälje?«

Celestine erklärte, dass ihre Großmutter dort wohnte. Klassenverräterin und schwer zu ertragen. Aber jetzt waren die Umstände nun mal so, wie sie waren, und eine Nacht in Gesellschaft ihrer Großmutter würde die junge Zornige schon aushalten, wenn die anderen es auch schafften. Außerdem baute ihre Großmutter Kartoffeln an, da war es ja wohl das Mindeste, dass sie ein paar davon ausbuddelte und die Gruppe zum Essen einlud.

Nombeko bat Celestine, mehr von der alten Dame zu erzählen, und bekam zu ihrer Überraschung eine ausführliche und relativ verständliche Antwort.

Celestine hatte ihre Großmutter über sieben Jahre nicht gesehen. Und sie hatten in der ganzen Zeit auch kein Wort mehr miteinander gewechselt. Trotzdem hatte sie als Kind die Sommer immer

auf Großmutters Gut Sjölida verbracht, und sie hatten es ... schön ...
zusammen gehabt (dieses »schön« kam Celestine schwer über die
Lippen, weil ihre Grundeinstellung besagte, dass nichts schön war).

Sie erzählte weiter, wie sie als Teenager begonnen hatte, sich für
Politik zu interessieren. Sie begriff, dass sie in einer Gesellschaft von
Dieben lebte, in der die Reichen immer reicher wurden und Celestine immer ärmer, weil ihr Vater ihr das Taschengeld strich, solange
sie sich weigerte zu tun, was ihre Eltern von ihr verlangten (zum
Beispiel sie nicht mehr jeden Morgen am Frühstückstisch als Kapitalisten zu beschimpfen).

Als Fünfzehnjährige trat sie der Kommunistischen Partei bei,
dem marxistisch-leninistischen Flügel (den Revolutionären), teils
wegen des Zusatzes in Klammern, denn das klang verlockend
für sie – obwohl sie nicht wusste, was für eine Revolution sie sich
eigentlich wünschte, wogegen und wofür. Aber auch, weil es mittlerweile so schrecklich out war, Marxist-Leninist zu sein. An die
Stelle der linken Achtundsechziger waren die rechten Achtziger getreten, die sogar ihren eigenen Ersten Mai erfunden hatten, obwohl
diese Feiglinge ihn lieber als Vierten Oktober bezeichneten.

Sowohl out als auch Rebellin zu sein, passte Celestine hervorra-
gend in den Kram, außerdem war diese Kombination das genaue
Gegenteil dessen, wofür ihr Vater stand. Er war Bankdirektor und
damit zwangsläufig Faschist. In ihren Tagträumen fantasierte Celestine, wie ihre Freunde und sie Papas Bank stürmten, die roten
Fahnen schwenkten und nicht nur Celestines Taschengeld für diese
Woche forderten, sondern auch die einbehaltenen Taschengelder
der letzten Wochen zuzüglich Zinsen.

Doch als sie auf einer Mitgliederversammlung der KPML(R) vorschlug, dass die Ortsgruppe aus oben genannten Gründen in die
Handelsbank von Gnesta marschieren sollte, wurde sie zuerst aus-
gebuht, dann gemobbt und zum Schluss sogar ausgeschlossen. Die
Partei hatte alle Hände voll damit zu tun, Genosse Robert Mugabe
in Zimbabwe zu unterstützen. Inzwischen hatte das Land die Unabhängigkeit errungen, nun musste nur noch der Einparteienstaat

durchgesetzt werden. Sich in dieser Situation damit abzugeben, schwedische Banken zu überfallen, um das Taschengeld gewisser Mitglieder einzufordern, war einfach nicht angesagt. Celestine wurde vom Präsidenten der Ortsgruppe als Lesbe beschimpft und hinausbegleitet (Homosexualität war damals das Zweitschlimmste, was ein Marxist-Leninist sich vorstellen konnte).

Die ausgeschlossene und sehr junge zornige Celestine musste sich darauf konzentrieren, die neunte Klasse mit den schlechtestmöglichen Noten in sämtlichen Fächern abzuschließen. Aus Protest gegen ihre Eltern arbeitete sie aktiv auf dieses Ziel hin. Zum Beispiel schrieb sie ihren Englischaufsatz auf Deutsch und behauptete in einer Geschichtsprüfung, dass die Bronzezeit am 14. Februar 1972 begonnen habe.

Gleich nach ihrem letzten Schultag legte sie ihr Abschlusszeugnis auf den Schreibtisch ihres Vaters, woraufhin sie sich verabschiedete und zu ihrer Großmutter nach Roslagen zog. Mama und Papa ließen sie gewähren. Wahrscheinlich dachten sie, dass sie schon zurückkommen würde, ein, zwei Monate konnte sie sich damit ruhig Zeit lassen. Das grottenschlechte Zeugnis reichte ja sowieso nicht für eine höhere Ausbildung. Oder irgendeine andere Laufbahn.

Ihre Großmutter war damals gerade sechzig geworden und führte fleißig den Kartoffelhof weiter, den sie von ihren Eltern geerbt hatte. Das Mädchen half ihr, so gut es konnte, und es mochte die alte Dame genauso gern wie damals, als es als Kind die Sommerferien hier verbracht hatte. Bis die Bombe hochging (wenn Nombeko den Ausdruck entschuldigen wollte): Eines Abends erzählte ihre Großmutter ihr am Kaminfeuer, dass sie eigentlich eine *Gräfin* sei. Das hatte Celestine nicht gewusst. Was für eine Enttäuschung!

»Wieso das denn?«, fragte Nombeko aufrichtig erstaunt.

»Na, du glaubst doch wohl nicht, dass ich mit der Klasse der Unterdrücker fraternisiere, oder?« Celestine war wieder in der Stimmung, die Nombeko so gut kannte.

»Aber sie war doch deine Großmutter! Und ist es doch immer noch, wenn ich mich nicht irre, oder?«

Celestine erwiderte, das verstünde Nombeko nicht. Sie jedenfalls habe nicht vor, sich noch weiter darüber auszulassen. Auf jeden Fall hatte sie damals am nächsten Tag ihren Koffer gepackt und war gegangen. Da sie nicht wusste, wohin, hatte sie ein paar Nächte in einem Heizungskeller geschlafen. Dann stellte sie sich vor Papas Bank, um zu demonstrieren, lernte Holger 1 kennen, Republikaner und Sohn eines gemeinen Postbeamten, der, vom Pathos getrieben, sein Leben im Kampf für die gerechte Sache gelassen hatte. Besser ging es ja kaum. Es war Liebe auf den ersten Blick.

»Jetzt bist du aber trotzdem bereit, zu deiner Großmutter zurückzukehren?«, erkundigte sich Nombeko.

»Ja, verdammt, hast du etwa eine bessere Idee? Dann raus damit! Wir haben hier immerhin deine verschissene Bombe im Schlepptau. Ich für meinen Teil würde damit lieber nach Drottningholm fahren und den Scheiß direkt vorm Schloss zünden. Das wäre zumindest ein ehrenvoller Tod.«

Nombeko wies sie darauf hin, dass sie sich nicht die Mühe machen müssten, die vierzig Kilometer zum königlichen Schloss zu fahren, um die Monarchie und noch so einiges mehr auszuradieren, das konnten sie jederzeit auch aus der Entfernung regeln. Aber empfehlen würde sie es trotzdem nicht. Vielmehr lobte sie Celestines Idee mit ihrer Großmutter.

»Also dann ab nach Norrtälje«, sagte sie und wandte sich wieder dem Gespräch mit Holger 2 zu.

Nummer zwei und Nombeko versuchten, die Spuren der Gruppe zu verwischen, um zu verhindern, dass Agent B sie erneut aufspürte, oder wer auch immer zuletzt wen aufgespürt hatte.

Nummer eins musste seinen Job in Bromma sofort aufgeben. Und durfte auch nie wieder zu der Adresse in Blackeberg zurückkehren, unter der er gemeldet war. Kurz und gut, er sollte dem Beispiel seines Bruders folgen und dafür sorgen, dass er so wenig wie möglich existierte.

Eigentlich hätte der Befehl, mit dem Existieren aufzuhören,

auch für Celestine gelten müssen, aber sie weigerte sich rundheraus. Im Herbst war wieder Reichstagswahl und danach die Abstimmung über die EU-Mitgliedschaft. Ohne eigene Adresse gab es keine Wahlbenachrichtigung, und ohne Wahlbenachrichtigung hätte sie ihr staatsbürgerliches Recht, für die nichtexistierende »Nieder mit dem ganzen Scheiß«-Partei zu stimmen, nicht ausüben können. Was den EU-Beitritt anging, wollte sie mit Ja stimmen. Sie rechnete nämlich fest damit, dass mit der EU alles vor die Hunde gehen würde, und da sollte Schweden auf jeden Fall mit von der Partie sein.

Nombeko dachte sich im Stillen, dass sie von einem Land, in dem der Großteil der Bevölkerung kein Stimmrecht hatte, in ein Land gezogen war, in dem einige kein Stimmrecht haben sollten. Am Ende lautete der Beschluss, dass die junge Zornige sich eine Postfachadresse irgendwo in der Gegend um Stockholm zulegen sollte. Wenn sie das Postfach leerte, musste sie eben darauf achten, dass sie nicht beobachtet wurde. Diese Maßnahme war vielleicht übertrieben, aber bisher war ja auch wirklich alles schiefgegangen, was irgendwie hätte schiefgehen können.

Weiter ließen sich die älteren Spuren nicht gut verwischen. Sie hatten nur noch die Möglichkeit, in nächster Zeit Kontakt mit der Polizei aufzunehmen und um ein Gespräch bezüglich der Terroristentruppe zu bitten, die kürzlich Holger & Holgers Kissengroßhandel abgefackelt hatte. Wahrscheinlich war es wirklich das Klügste, der Polizei zuvorzukommen. Aber alles zu seiner Zeit

Nombeko schloss die Augen, um sich ein wenig auszuruhen.

* * * *

In Norrtälje machte die Gruppe halt, um Essen zu kaufen, mit dem sie Celestines Großmutter bestechen wollten. Nombeko fand, dass es unnötig war, die Gastgeberin auf den Kartoffelacker zu schicken.

Dann ging die Fahrt weiter nach Bätö und auf einer Schotterstraße geradewegs Richtung Norden nach Nysättra.

Die Großmutter wohnte ein paar hundert Meter vom Ende dieser Straße entfernt. Sie war es seit Jahren gewöhnt, nie Besuch zu bekommen. Als sie nun eines Abends hörte und sah, wie ein fremdes Auto mit Anhänger auf ihr Grundstück gefahren kam, griff sie sicherheitshalber zur Flinte ihres verstorbenen Vaters, bevor sie auf die Terrasse trat.

Nombeko, Celestine und die Holgers kletterten aus dem Auto und wurden von einer alten Dame empfangen, die ihnen mit Gewehr im Anschlag erklärte, dass Diebe und Banditen hier nichts zu holen hatten. Nombeko, die schon über die Maßen müde war, wurde noch müder:

»Wenn die Dame des Hauses meint, absolut schießen zu müssen, dann bitte ich nur darum, dass sie auf die Menschen anlegt und keinesfalls auf den Anhänger.«

»Hallihallo, Großmutter!«, sagte die junge Zornige (und tatsächlich klang es ziemlich fröhlich).

Als die alte Dame ihre Enkelin erblickte, legte sie die Waffe weg und drückte Celestine fest an sich. Dann stellte sie sich als Gertrud vor und erkundigte sich, wer Celestines Freunde waren.

»Na ja, was sich so Freunde nennt«, meinte Celestine.

»Ich heiße Nombeko«, sagte Nombeko. »Wir sind in eine etwas missliche Lage geraten und wären sehr dankbar, wenn uns die Dame des Hauses gestatten würde, sie auf ein Abendessen einzuladen, und sie uns im Gegenzug irgendwo hier ein Nachtlager anbieten könnte.«

Die alte Dame auf der Treppe überlegte kurz.

»Na, ich weiß ja nicht«, sagte sie. »Aber wenn ich erfahren dürfte, was ihr für Filous seid und was ihr zum Abendessen mitgebracht habt, dann ließe sich drüber reden.«

Da entdeckte sie die beiden Holgers.

»Wer sind denn diese zwei, die sehen ja ganz gleich aus?«

»Ich heiße Holger«, sagte Holger 1.

»Ich auch«, sagte Holger 2.

»Hähnchenpfanne«, sagte Nombeko. »Wäre Ihnen das recht?«

Hähnchenpfanne war genau das richtige Codewort, wenn man Eintritt auf Sjölida begehrte. Um dieses Gericht zuzubereiten, drehte Gertrud ab und zu auch mal einem von ihren eigenen Hühnern den Hals um, aber es so ganz ohne eigene Mühen vorgesetzt zu bekommen, gefiel ihr natürlich noch besser.

Während Nombeko sich in die Küche stellte, um das Essen vorzubereiten, setzten sich die anderen an den Küchentisch. Gertrud schenkte allen – inklusive der Köchin – ein Glas von ihrem selbst gebrauten Bier ein. Davon wurde Nombeko auch gleich wieder munter.

Celestine begann damit, dass sie den Unterschied zwischen Holger und Holger erläuterte. Der eine war ihr wunderbarer Freund, der andere war überhaupt nicht wunderbar. Ohne sich umzudrehen, sagte Nombeko zu der jungen Zornigen, sie sei froh, dass Celestine die Dinge so sehe, denn somit würde ein Tausch ja niemals in Betracht kommen.

Aber als die Rede darauf kam, warum sie in Sjölida gelandet waren, wie lange sie bleiben wollten und warum sie mit einer Kiste auf einem Anhänger durch die Gegend fuhren, wurde es schon schwieriger. Gertrud schlug einen strengen Ton an und meinte, wenn sie irgendwelche krummen Dinger vorhätten, sollten sie sich lieber eine andere Bleibe suchen. Celestine war ihr immer willkommen, aber die anderen dann eben nicht.

»Darüber reden wir beim Essen«, schlug Nombeko vor.

Zwei Bier später war das Essen fertig und aufgetragen. Die alte Dame war aufgetaut und taute noch weiter auf, nachdem sie den ersten Bissen genommen hatte. Jetzt wurde es also Zeit, ihr auseinanderzusetzen, wie sich die Dinge verhielten.

»Lasst euch durchs Essen nicht vom Reden abhalten«, sagte Gertrud.

Nombeko überlegte, was wohl die beste Strategie war. Die nächstliegende Möglichkeit war natürlich die, der alten Dame die Hucke vollzulügen und die Lüge dann so lange wie möglich durchzuschleppen.

Aber mit Holger 1 und der jungen Zornigen an Bord ... wie lange würde es wohl dauern, bis sich einer von beiden verplapperte? Eine Woche? Einen Tag? Eine Viertelstunde? Und wenn die alte Dame am Ende genauso cholerisch veranlagt war wie ihre Enkelin, was würde sie dann machen? Mit oder ohne Flinte.

Holger 2 musterte seine Nombeko nervös. Sie hatte doch wohl nicht vor, der Gastgeberin die *Wahrheit* zu erzählen?

Nombeko lächelte ihn an. Es würde schon alles in Ordnung kommen. Rein statistisch standen die Chancen sogar ganz gut, wenn man sich vor Augen hielt, dass bis jetzt wirklich alles schiefgegangen war. Und zwar so gründlich, dass sie nun mit ihrer Atombombe auf einem Kartoffelhof saßen.

»Na?«, bohrte Gertrud nach.

Nombeko fragte, ob die Gastgeberin vielleicht für ein kleines Geschäft zu haben wäre.

»Ich erzähle ihr alles, von Anfang bis Ende, ohne Abstriche. Daraufhin wird sie uns rausschmeißen, das dürfte so gut wie sicher sein, obwohl wir gerne noch ein Weilchen hiergeblieben wären. Aber zum Dank für meine Ehrlichkeit lässt sie uns zumindest hier übernachten. Was sagt sie dazu? Ach, und hier wäre noch ein bisschen Hähnchen. Soll ich noch mal nachschenken?«

Gertrud nickte. Dann meinte sie, sie könnte sich durchaus auf dieses Arrangement einlassen, solange sie ihr versprachen, die Wahrheit zu sagen. Von Lügen wollte sie nichts wissen.

»Keine Lügen«, versprach Nombeko. »Gut, dann legen wir mal los.«

Und dann legte sie los.

Sie begann mit einer Kurzfassung der ganzen Geschichte von Pelindaba bis in die Gegenwart. Dazu die Erzählung, wie aus Holger und Holger die Holger & Holger AG geworden war. Und die Atombombe, die eigentlich dazu gedacht war, Südafrika vor den bösen Kommunisten zu schützen, die daraufhin ihren Weg nach Jerusalem antreten sollte, um das Land vor den ganzen bösen Arabern zu schützen, stattdessen aber in Schweden landete, zum Schutz vor eigentlich gar nichts (Norweger, Dänen und Finnen gelten im Allgemeinen nicht als böse genug), und weiter in einem Kissenlager in Gnesta, das aber leider abgebrannt war.

Und nun sah es unglücklicherweise so aus, dass die Bombe da draußen auf dem Anhänger stand und die Gruppe irgendein Quartier brauchte, bis der Ministerpräsident irgendwann einsah, dass er auf ihre Anfragen reagieren musste. Die Polizei war nicht hinter ihnen her, obwohl es genug Gründe dafür gäbe. Dafür hatten sie unterwegs aber den Nachrichtendienst eines anderen Landes gegen sich aufgebracht.

Als Nombeko fertig war, warteten alle auf den Urteilsspruch der Gastgeberin.

»Tja«, kam aus ihrem Mund, nachdem sie fertig überlegt hatte. »Ihr könnt die Bombe wohl schlecht da draußen rumstehen lassen. Seht mal zu, dass ihr sie in den Laderaum von meinem Kartoffellaster hinterm Haus bugsiert, und dann stellt ihr die ganze Chose wohl am besten in die Scheune, damit keiner von uns zu Schaden kommt, wenn das Ding doch noch hochgeht.«

»Das dürfte kaum was helfen...«, begann Holger 1, doch Nombeko fiel ihm ins Wort.

»Du warst ein Musterbeispiel an Schweigsamkeit, seit wir hier sind. Bitte, lass es doch dabei, ja?«

Was ein Nachrichtendienst ist, wusste Gertrud nicht, aber die Bezeichnung klang doch eigentlich ganz vertrauenerweckend. Und wenn die Polizei ihnen nicht auf den Fersen war, fand Gertrud, dass die Gruppe durchaus ein Weilchen bleiben konnte, oder auch zwei, wenn sie ihr ab und zu mal wieder eine Hähnchenpfanne machten. Oder Kaninchen aus dem Ofen.

Nombeko versprach Gertrud, sowohl Hähnchen als auch Kaninchen zuzubereiten, mindestens einmal pro Woche, wenn sie nur dem Rausschmiss entgingen. Holger 2, der im Gegensatz zu Nummer eins kein Sprechverbot hatte, hielt es für angebracht, das Gespräch von Bomben und Israelis wegzulenken, bevor die alte Dame es sich anders überlegen konnte.

»Was hat die Dame des Hauses für eine Geschichte, wenn ich fragen darf?«, erkundigte er sich.

»Ich?«, sagte Gertrud. »Ach, du liebe Zeit ...«

* * * *

Gertrud begann damit, dass sie tatsächlich eine Gräfin war, Enkelin des finnischen Freiherrn, Marschalls und Nationalhelden Carl Gustaf Emil Mannerheim.

»Pfui!«, rief Holger 1.

»Deine Hauptaufgabe heute Abend wird es wie gesagt sein, die Klappe zu halten«, sagte sein Bruder. »Bitte, Gertrud, fahren Sie fort.«

Nun, Gustaf Mannerheim zog früh nach Russland, wo er dem russischen Zaren ewige Treue schwor. Dieses Versprechen hielt er im Wesentlichen auch, bis es irrelevant wurde, weil nämlich die Bolschewiken im Juli 1918 den Zaren mitsamt seiner ganzen Familie umbrachten.

»Gut so«, sagte Holger 1.

»Klappe, hab ich gesagt!«, sagte sein Bruder. »Bitte, Gertrud, fahren Sie fort.«

Nun, um es kurz zu machen: Gustaf legte eine glänzende Militärkarriere hin. Und damit nicht genug. Er ritt als Spion des Zaren nach China und zurück, er schoss Tiger, die so große Mäuler hatten, dass sie einen Menschen am Stück hinunterschlingen konnten, er traf den Dalai Lama und wurde Befehlshaber eines ganzen Regiments.

In der Liebe lief es nicht ganz so gut für ihn. Er heiratete eine schöne russisch-serbische Frau von Rang und Namen und bekam mit ihr eine Tochter und dann noch eine zweite. Kurz vor der Jahrhundertwende kam auch noch ein Sohn, aber offiziell hieß es, dass der Junge tot geboren war. Als Gustafs Frau dann zum Katholizismus konvertierte und fortging, um Nonne in England zu werden, verringerte sich die Chance auf weitere gemeinsame Kinder erheblich.

Um auf andere Gedanken zu kommen, brach der deprimierte Gustaf auf, um am Russisch-Japanischen Krieg teilzunehmen, wo er selbstverständlich Kriegsheld wurde und mit dem Russischen Orden des heiligen Georg für außerordentliche Tapferkeit vor dem Feind belohnt wurde.

Aber die Sache war die, wusste Gertrud zu berichten, dass der tot geborene Junge gar nicht tot geboren war. Das hatte die zukünftige Nonne dem ständig abwesenden Ehemann nur so eingeredet. Der Kleine war nach Helsingfors geschickt worden, wo er mit einem Namensschild am Handgelenk in einem finnischen Waisenhaus landete.

»Čedomir?«, sagte der neue Vater des Babys. »Quatsch! Tapio soll er heißen.«

Tapio Mannerheim alias Virtanen hatte nicht viel vom Heldenmut seines biologischen Vaters geerbt. Dafür brachte ihm sein Adoptivvater alles bei, was er konnte, und das war vor allem das Fälschen von Wechseln.

Bereits als Siebzehnjähriger war der junge Tapio fast schon ein Meister seines Fachs, aber als Vater und Adoptivsohn mehrere Jahre lang halb Helsingfors an der Nase herumgeführt hatten, merkten sie, dass der Nachname Virtanen inzwischen einschlägig bekannt und somit in ihrem Tätigkeitsbereich nicht mehr verwendbar war.

Tapio wusste zu diesem Zeitpunkt schon über seine edle Abkunft Bescheid, und so kam er selbst auf die Idee, dass er aus geschäftlichen Gründen wieder ein Mannerheim werden wollte. Die Geschäfte blühten wie nie zuvor, bis Gustaf Mannerheim eines Tages von seiner Asienreise zurückkehrte, wo er mit dem König von Nepal wilde Tiere gejagt hatte, und als Erstes erfahren musste, dass ein falscher Mannerheim die Bank betrogen hatte, deren Präsident er selbst war.

Zu guter Letzt wurde Tapios Ziehvater gefasst und eingesperrt, während Tapio über Åland ins schwedische Roslagen fliehen konnte. In Schweden nannte er sich wieder Virtanen, außer wenn er schwedische Wechsel unterschrieb, denn da hatte Mannerheim immer noch den besseren Klang.

Tapio heiratete in kurzen Abständen vier Frauen. Die ersten drei heirateten einen Grafen und ließen sich von einem Flegel scheiden, während die vierte von Anfang an um Tapio Virtanens wahre Natur wusste. Und die brachte ihn auch dazu, die Finger von den Wechseln zu lassen, bevor es ihm so ergehen konnte wie in Finnland.

Herr und Frau Virtanen kauften sich einen kleinen Hof, Sjölida, nördlich von Norrtälje, und investierten das auf kriminellem Wege erwirtschaftete Familienvermögen in drei Hektar Kartoffelacker, zwei Kühe und vierzig Hühner. Woraufhin Frau Virtanen schwanger wurde und 1927 ihre Tochter Gertrud zur Welt brachte.

Die Jahre gingen ins Land, es gab wieder Krieg, und Gustaf Mannerheim gelang mal wieder alles, was er anfing (außer der Liebe), er wurde wieder Kriegs- und Nationalheld, dann auch noch Marschall von Finnland und Präsident des Landes. Und Briefmarke in den USA. Und unterdessen bewirtschaftete sein unbekannter Sohn mit mäßigem Erfolg seine schwedischen Kartoffeläcker.

Gertrud wuchs heran und hatte ungefähr genauso viel Glück in der Liebe wie ihr Großvater. Als Achtzehnjährige fuhr sie zu einem Volksfest in Norrtälje und wurde von einem Tankstellengehilfen mit Branntwein und Orangeade traktiert, um sich anschließend hinter einem Rhododendronbusch von ihm schwängern zu lassen. Die Romantik war nach nicht einmal zwei Minuten vorbei.

Dann klopfte sich der Gehilfe die Erde von den Knien, erklärte, er müsse sich jetzt wirklich beeilen, wenn er den letzten Bus nach Hause erwischen wolle, und schloss mit einem »Also, vielleicht sieht man sich mal wieder.«

Wie es der Zufall wollte, sah man sich nie wieder. Aber neun Monate später gebar Gertrud eine uneheliche Tochter, während ihre eigene Mutter dem Krebs erlag. Auf Sjölida lebten nur noch Papa Tapio, Gertrud und die neugeborene Kristina. Die Ersteren rackerten sich weiter auf ihren Kartoffeläckern ab, während das Mädchen heranwuchs. Als sie in Norrtälje aufs Gymnasium sollte, gab ihr ihre Mutter eine Warnung vor den bösen Männern mit auf den

Weg, doch Kristina lernte Gunnar kennen, der alles andere als böse war. Sie wurden ein Paar, heirateten und bekamen die kleine Celestine. Und Gunnar wurde sogar Bankdirektor.

»Zum Kotzen«, sagte die junge Zornige.

»Du kannst ruhig auch die Klappe halten«, sagte Holger 2, aber in etwas sanfterem Ton, um Gertrud nicht aus dem Konzept zu bringen.

»Na ja, es war nicht immer alles lustig im Leben«, fasste Gertrud zusammen und trank ihren letzten Schluck Bier aus. »Aber ich hab ja immer noch Celestine. Ich freu mich so schrecklich, dass du zurückgekommen bist, mein liebes Mädchen.«

Nombeko, die sich in den letzten sieben Jahren durch eine komplette Bibliothek gelesen hatte, wusste genug über die Geschichte Finnlands und des Marschalls Mannerheim, um zu dem Schluss zu kommen, dass diese Erzählung den einen oder anderen Schwachpunkt hatte. Sie fand es nicht ganz selbstverständlich, dass die Tochter eines Mannes, der sich ausgedacht hatte, dass er der Sohn eines Freiherrn war, ihrerseits Gräfin wurde. Dann sagte sie:

»Donnerwetter! Dann dinieren wir hier ja tatsächlich mit einer Gräfin!«

Die Gräfin Virtanen wurde rot und ging zur Speisekammer, um noch mehr Getränke zu holen. Holger 2 sah, dass Nummer eins schon gegen Gertruds Erzählung protestieren wollte. Deswegen kam Nummer zwei ihm zuvor und meinte, jetzt solle sein Bruder die Klappe noch fester halten als je zuvor. Hier ging es nicht um Ahnenforschung, sondern um ihre Herberge.

* * * *

Gertruds Kartoffeläcker lagen brach, seit sie vor ein paar Jahren in Rente gegangen war. Sie hatte einen kleinen Lkw, den Kartoffellaster, mit dem sie einmal im Monat nach Norrtälje fuhr, um Lebensmittel einzukaufen, und der ansonsten auf seinem Platz hinterm

Haus stand. Der wurde nun in ein nukleares Zwischenlager verwandelt und in die hundertfünfzig Meter entfernte Scheune verbracht. Zur Sicherheit beschlagnahmte Nombeko die Schlüssel. Lebensmitteleinkäufe würde man ab jetzt mithilfe des Toyota erledigen, den ihnen die Blomgrens freundlicherweise auf unbestimmte Zeit geliehen hatten. Gertrud brauchte ihr Sjölida überhaupt nicht mehr zu verlassen, und das gefiel ihr.

Im Haus war genug Platz. Holger 1 und Celestine bekamen ein eigenes Zimmer neben Gertruds Zimmer im ersten Stock, während Nummer zwei und Nombeko im Erdgeschoss neben der Küche einquartiert wurden.

Nombeko führte beizeiten noch ein ernsthaftes Gespräch mit Nummer eins und Celestine. Keine Demonstrationen mehr, keine plötzlichen Eingebungen, wo man die Kiste hinbringen könnte. Kurz und gut: keine Dummheiten. Denn ihrer aller Leben stand auf dem Spiel, Gertruds mit einbegriffen.

Am Ende musste Nummer eins seinem Bruder versprechen, keine revolutionären Umtriebe loszutreten und auch jeden Versuch zu unterlassen, Hand an die Bombe zu legen. Doch Nummer eins fügte hinzu, dass Nummer zwei sich inzwischen ja mal überlegen könnte, was er zu ihrem Vater sagen sollte, wenn sie sich eines Tages im Himmel begegneten.

»Wie wär's mit ›Danke, dass du mein Leben zerstört hast‹?«, schlug Holger 2 vor.

* * * *

Am folgenden Dienstag wurde es Zeit, sich mit der Polizei in Stockholm zu treffen. Nummer zwei hatte selbst um das Gespräch gebeten. Er ahnte, dass man ihm Fragen zu eventuellen Mietern im Abbruchhaus stellen würde, um irgendeine Spur für die Jagd auf die Terroristen zu bekommen, die es nie gegeben hatte und die noch viel weniger im Haus verbrannt waren.

Die Lösung sah so aus, dass man eine Geschichte zusammenbastelte, die zum einen glaubwürdig war und zum andern auch von der jungen Zornigen abgesegnet werden konnte. Das war zwar riskant, aber Nombeko erklärte ihr immer wieder, was für Unglück sie über die Gruppe bringen würde, wenn sie sich nicht an die Absprachen hielt. Celestine versprach, die Bullenschweine nicht mit dem Namen zu titulieren, den sie verdient hatten.

Holger 2 trat als sein Bruder auf und stellte dabei die einzige Angestellte von Holger & Holger vor, seine junge Begleiterin Celestine.

»Guten Tag, Celestine«, sagte der Polizist und hielt ihr die Hand hin.

Celestine schüttelte sie und antwortete mit etwas, was sich ungefähr wie »grmpf« anhörte, denn es lässt sich herzlich schlecht sprechen, wenn man sich dabei auf die Lippe beißt.

Der Polizist drückte zunächst sein Bedauern darüber aus, dass die ganze Firma ein Raub der Flammen geworden war, einschließlich Lager. Das war nun eine Versicherungsangelegenheit, wie Herrn Qvist sicherlich klar war. Es tat ihm natürlich auch leid, dass Fräulein Celestine durch diesen Vorfall arbeitslos geworden war.

Die Ermittlungen steckten immer noch im Frühstadium, daher konnte man zum Beispiel nichts über die Identität der Terroristen sagen. Erst hatte man angenommen, dass man sie in den verkohlten Resten des Gebäudes finden würde, doch bislang hatte man nur einen geheimen Tunnel entdeckt, durch den sie eventuell geflüchtet sein könnten. Das Ganze war unklar, da der Helikopter des Einsatzkommandos direkt auf den Tunnelausgang abgestürzt war.

Allerdings hatte eine Beamtin der Stadtverwaltung ausgesagt, dass man Bewohner in diesem Abbruchhaus vermutet habe. Was könne Herr Qvist dazu sagen?

Holger 2 zog eine bestürzte Miene – so hatte es die Gruppe nämlich abgesprochen. Die Holger & Holger AG hatte wie gesagt nur eine einzige Angestellte gehabt, die hier anwesende Celestine, die sich um Lagerhaltung, Verwaltung und anderes kümmerte, während Holger selbst in seiner freien Zeit die Auslieferung besorgte.

Ansonsten arbeitete er, wie der Herr Polizist sicher bereits wusste, bei der Helikoptertaxi AG in Bromma, obwohl er die Stelle dort nach einem traurigen Vorfall aufgegeben hatte. Dass überhaupt jemand in dieser Bruchbude gewohnt haben könnte, hielt Holger für ausgeschlossen.

Da brach die junge Zornige plangemäß in Tränen aus.

»Aber Celestine, ich bitte dich«, sagte Holger. »Hast du uns etwa etwas zu sagen?«

Schluchzend stieß sie hervor, dass sie sich mit Mama und Papa gestritten hatte (was ja der Wahrheit entsprach) und deshalb eine Weile in einer der elenden Wohnungen gelebt hatte, ohne Holger um Erlaubnis zu fragen (was gewissermaßen ja auch der Wahrheit entsprach).

»Und jetzt ... muss ich ... ins Gefängnis«, schniefte sie.

Holger 2 tröstete das Mädchen und meinte, das sei freilich eine Dummheit gewesen, denn jetzt hatte er dem Herrn Polizisten ja direkt ins Gesicht gelogen, weil er es nicht besser wusste – aber von Gefängnis konnte sicher nicht die Rede sein, höchstens von einer hohen Geldstrafe. Oder was meinte der Herr Polizist dazu?

Der Mann räusperte sich und meinte, dass das vorübergehende Bewohnen eines Gebäudes in einem Gewerbegebiet sicher nicht gestattet sei, aber es habe furchtbar wenig, um nicht zu sagen gar nichts mit den laufenden Ermittlungen gegen die Terroristen zu tun. Kurz und gut, das Fräulein Celestine konnte ruhig aufhören zu weinen, von dieser Sache musste ja keiner etwas erfahren. Hier, bitte, ein Papiertaschentuch für das junge Fräulein.

Die junge Zornige schnäuzte sich noch einmal und dachte bei sich, dass dieser Bulle ja obendrein auch noch korrupt war. Verdammt, ein Verbrechen musste schließlich geahndet werden, oder? Aber das sagte sie nicht.

Holger 2 fügte hinzu, dass der Kissengroßhandel hiermit ein für alle Mal eingestellt war und dass von weiteren inoffiziellen Mietern sowieso nicht mehr die Rede sein konnte. Damit war die ganze Geschichte dann ja vielleicht aus der Welt?

Ja. Der Polizist hatte zu der Angelegenheit nichts mehr zu sagen. Er bedankte sich bei Herrn Qvist und dem jungen Fräulein Celestine, dass sie sich aufs Revier bemüht hatten.

Holger bedankte sich ebenfalls, und Celestine grmpfte noch einmal zum Abschied.

* * * *

Nach den Misshandlungen auf dem Sergels torg, einem fallschirmlosen Sprung aus sechshundert Meter Höhe, der Ermordung eines frisch Verstorbenen, ihrer Flucht vor der Polizei und dem Kunststück, die Detonation einer Atombombe abzuwenden, brauchten die neuen Gäste auf Sjölida erst mal ein wenig Ruhe. Dahingegen stand Agent B der Sinn nach dem genauen Gegenteil.

Er hatte Nombeko und ihr Gefolge vor ein paar Tagen mit der Bombe aus der Fredsgatan in Gnesta davonfahren lassen. Nicht weil er das so gewollt hatte, sondern weil er keine andere Wahl gehabt hatte. Ein israelischer Geheimagent, der sich in Schweden auf offener Straße um eine Atombombe prügelt, und das vor fünfzig Polizisten als Zeugen – nee, auf die Art diente man dem Vaterland nicht am besten.

Doch die Situation war alles andere als aussichtslos. Immerhin wusste B nun ja, dass die Bombe und Nombeko Mayeki immer noch zusammen waren. In Schweden. Es war ebenso eindeutig wie unbegreiflich. Was hatte sie die letzten sieben Jahre getrieben? Wo befand sie sich jetzt? Und warum?

B hatte unter dem Namen Michael Ballack in einem Hotel in Stockholm eingecheckt, um erst einmal die Lage zu analysieren.

Am letzten Donnerstag hatte er eine verschlüsselte Mitteilung von seinem Kollegen, dem Agenten A, erhalten. Sie besagte, dass er einen gewissen Holger Qvist (bekannt aus dem Fernsehen) lokalisiert hatte, der ihn jetzt gleich zu Nombeko Mayeki bringen würde, der verdammten Putzfrau, die sie gleich zweimal ausgetrickst hatte.

Danach meldete sich A jedoch nicht wieder. Und antwortete auch nicht auf Bs Mitteilungen. Die Vermutung lag nahe, dass er tot war.

Doch zuvor hatte er jede Menge Spuren für B hinterlassen. Wie zum Beispiel die geografischen Koordinaten des Ortes, an dem sich die Putzfrau und die Bombe befinden sollten. Und die Adresse von Holger Qvists mutmaßlicher Wohnung in einem Ort, der sich Blackeberg schimpfte. Und seinen Arbeitsplatz in Bromma. Im schwedischen System schien überhaupt nichts geheim zu sein – ein Traum für jeden Geheimagenten.

B hatte damit angefangen, dass er in die Fredsgatan 5 fuhr – die es nicht mehr gab. Das Gebäude war in der Nacht zuvor bis auf die Grundmauern niedergebrannt.

Offenbar hatte jemand die Bombe in letzter Minute aus den Flammen geholt, denn sie stand in einer angesengten Kiste auf einem Anhänger direkt vor den Absperrungen. Ein unwirklicher Anblick. Noch unwirklicher wurde es dann, als die Putzfrau lautlos neben dem Agenten auftauchte, ihn fröhlich grüßte, sich die Bombe schnappte und davonfuhr.

Agent B fuhr ebenfalls. Er kaufte ein paar schwedische Zeitungen und buchstabierte sich leidlich durch die Artikel. Für jemand, der sowohl Deutsch als auch Englisch spricht, ist es schon möglich, hie und da ein Wort zu verstehen und auch den einen oder anderen Zusammenhang richtig zu deuten. Außerdem gab es in der Königlichen Bibliothek noch eine Reihe von Artikeln auf Englisch.

Offenbar war das Feuer bei einem Kampf gegen Terroristen ausgebrochen. Doch die Oberterroristin Nombeko hatte ja in aller Seelenruhe außerhalb der Absperrung gestanden. Warum verhaftete man sie nicht? Die schwedische Polizei konnte doch wohl nicht so inkompetent sein, dass sie erst eine achthundert Kilo schwere Kiste aus den Flammen zog, anschließend aber vergaß, den Inhalt zu überprüfen, und dann irgendwelche Leute damit verschwinden ließ. Oder doch?

Und Kollege A? Natürlich in den Flammen in der Fredsgatan 5 umgekommen. Etwas anderes war nicht vorstellbar. Es sei denn, er war in Tallinn. Aber was sollte er dort wollen? Und was wusste die Putzfrau schon davon?

Der Mann neben ihr hatte sich als Holger vorgestellt. Also derjenige, den A tags zuvor noch festgehalten hatte. War es Holger gelungen, den Kollegen zu überwältigen? Und ihn nach Tallinn zu schicken?

Nein, A war tot, das musste so sein. Jetzt hatte die Putzfrau sie also schon drei Mal ausgetrickst. Schade, dass sie dafür nur einmal sterben konnte.

Agent B hatte viele Spuren, die teils von A, teils aus seinen eigenen Ermittlungen stammten. Wie zum Beispiel das Kennzeichen des Anhängers, auf dem die Bombe davongerollt war. Der gehörte einem Harry Blomgren, der unweit von Gnesta wohnte. Der Agent beschloss, diesem Herrn mal einen Besuch abzustatten.

Harry und Margareta Blomgren sprachen sehr schlecht Englisch und nur unwesentlich besser Deutsch. Doch soweit der Agent verstand, versuchten sie ihn davon zu überzeugen, dass er Schadenersatz für einen zerstörten Zaun und ein gestohlenes Auto mit Anhänger leisten sollte. Sie glaubten wohl, dass er irgendwie mit der Putzfrau zu tun hatte.

Am Ende musste der Agent seine Pistole ziehen, um dem Verhör mal ein bisschen Struktur zu verleihen.

Offenbar war die Putzfrau nebst Gefolge direkt durch den Zaun gekracht und hatte hier übernachten müssen. Was dann geschehen war, konnte der Agent beim besten Willen nicht rekonstruieren. Die Sprachkenntnisse des Paares waren so schlecht, dass es sich anhörte, als hätte jemand versucht, ihnen die Kehle durchzubeißen.

Tja, im Grunde gab es keinen Hinweis darauf, dass die beiden mehr auf dem Gewissen hatten, als zufällig die Wege der Putzfrau gekreuzt zu haben. Der Hauptgrund dafür, den beiden dennoch einen Schuss in die Stirn zu verpassen, wäre der gewesen, dass er sie unausstehlich fand. Doch B hatte noch nie die Neigung gehabt, aus solchen unfundierten Motiven heraus zu töten. So zerschoss er stattdessen die zwei Porzellanschweine, die Frau Blomgren auf dem Kamin stehen hatte, und erklärte dem Paar, dasselbe Schicksal würde auch sie ereilen, wenn sie nicht sofort vergaßen, dass er hier gewesen war. Die Schweine hatten fünfzig Kronen pro Stück gekostet, entsprechend schmerzlich war es für das alte Ehepaar, sie in Scherben zu sehen. Doch der Gedanke, zu sterben und sich damit auf ewig von den fast drei Millionen Kronen zu trennen, die sie im Laufe der Jahre hatten zusammensparen können, war noch schlimmer. Daher nickten sie und versprachen aufrichtig, für immer zu schweigen.

Der Agent setzte seine Arbeit fort. Holger Qvist erwies sich als alleiniger Besitzer einer Holger & Holger AG mit der Anschrift Fredsgatan 5. Eine Firma, die nun also abgebrannt war. Terroristen? Äh... Natürlich hatte diese verdammte Putzfrau nicht nur den Mossad gelinkt, sondern auch die Spezialeinheit der Polizei. Eine außerordentlich irritierende Frau. Und eine würdige Gegnerin.

Des Weiteren war Qvist immer noch unter einer Anschrift in Blackeberg gemeldet. Der Agent observierte die Wohnung drei volle Tage und Nächte. Es wurden keine Lichter ein- oder ausgeschaltet. Durch den Briefschlitz sah man einen Haufen jungfräuliche Postwurfsendungen. Qvist war nicht da, war nicht mehr da gewesen seit dem Tag, an dem etwas passiert war.

Agent B nahm das Risiko in Kauf, mit seinen Nachforschungen Staub aufzuwirbeln, als er anschließend zur Helikoptertaxi AG ging, sich als der deutsche *Stern*-Journalist Michael Ballack vorstellte und fragte, ob Herr Holger Qvist wohl für ein Interview zu sprechen wäre.

Nein, Qvist hatte gekündigt, nachdem er ein paar Tage zuvor ziemlich schwer zusammengeschlagen worden war. Herr Ballack war natürlich über die aktuellen Ereignisse im Bilde, nicht wahr?

Wo er sich jetzt aufhielt? Tja, das wusste man nicht. Vielleicht in der Gegend um Gnesta, dort hatte er ja einen Kissengroßhandel, den er zwar nicht aktiv führte, aber soweit der Eigentümer der Helikoptertaxi AG wusste, hatte er dort trotzdem regelmäßig Dinge zu erledigen. Außerdem wohnte doch seine Freundin dort, oder?

»Seine Freundin? Weiß der Herr Direktor zufällig, wie sie heißt?«

Nein, das konnte er nicht sagen. Vielleicht Celestine? Auf jeden Fall irgendwas Außergewöhnliches.

Wie sich herausstellte, waren in ganz Schweden vierundzwanzig Celestines gemeldet. Aber nur eine von ihnen, Celestine Hedlund, war bis vor ein paar Tagen noch in der Fredsgatan 5 gemeldet gewesen.

»Ich frage mich, ob du am Ende nicht mit einem roten Toyota Corolla mit Anhänger herumgefahren bist, Celestine«, sagte der Agent zu sich selbst. »Mit Nombeko Mayeki und Holger Qvist auf dem Rücksitz. Und einem Mann, den ich nicht kenne, neben dir.«

Die Celestine-Spur verzweigte sich bald in vier Richtungen. Inzwischen war ihre gemeldete Adresse ein Postfach in Stockholm. Davor war es Fredsgatan 5 gewesen. Davor bei einer Gertrud Virtanen in der Nähe von Norrtälje. Davor im mutmaßlichen Elternhaus in Gnesta. Man konnte davon ausgehen, dass sie sich früher oder später wieder zu einer dieser Adressen begeben würde.

Aus der Perspektive eines Ermittlers war die Adresse, die nun nur noch ein Häufchen Asche war, die uninteressanteste. Die interessanteste das Postfach. Danach in absteigender Reihenfolge das Elternhaus und Gertrud Virtanen.

* * * *

Als Nombeko Celestine genauer befragte, fand sie heraus, dass das Mädchen schon einmal eine Weile in Sjölida gemeldet gewesen war. Das konnte einem Sorgen machen. Andererseits glaubte sie nicht, dass der Agent von ihrer Existenz wusste.

Die illegale südafrikanische Migrantin hatte bis jetzt nicht übermäßig viel Glück im Leben gehabt, angefangen bei dem Tag, an dem sie in Johannesburg von einem betrunkenen Ingenieur überfahren wurde. Doch von dem Glück, das Nombeko nun zuteilwurde, sollte sie nie erfahren.

Es war nämlich so, dass Agent B erst eine geschlagene Woche das Postfach in Stockholm überwachte, dann ebenso lange Celestines Elternhaus. In beiden Fällen ergebnislos.

Aber als er sich dem unwahrscheinlichsten Objekt widmen wollte, dem Gut bei Norrtälje, hatte der Chef des Agenten in Tel Aviv die Faxen dicke. Er meinte, es komme ihm so vor, als hätte sich die Sache zu einer persönlichen Vendetta ausgewachsen, wohingegen der Mossad bei seiner Tätigkeit andere, eher intellektuelle Kriterien anlegen müsse. Ein professioneller Atombombendieb würde sich ja wohl kaum mit seiner Bombe in einem schwedischen Wald verstecken. Der Agent sollte nach Hause kommen. Und zwar sofort. Nein, nicht »ganz bald«. Sofort.

5. TEIL

Hab Geduld, wenn dein Gesprächspartner nicht zuzuhören scheint. Vielleicht hat er einfach nur etwas Pelz im Ohr.

Pu der Bär

17. KAPITEL

Von dem Risiko,
eine exakte Kopie seiner selbst zu haben

In Südafrika trug es sich zu, dass ein Mann, der einst als Terrorist verurteilt worden war, nach siebenundzwanzig Jahren freikam, den Friedensnobelpreis erhielt und zum Präsidenten des Landes gewählt wurde.

Auf Sjölida geschah zu ungefähr derselben Zeit umso weniger.

Aus Tagen wurden Wochen, aus Wochen Monate. Der Sommer ging in den Herbst über, es wurde Winter und wieder Frühling.

Irgendwelche gefährlichen Agenten ausländischer Geheimdienste tauchten nicht mehr auf (einer von ihnen lag in zweihundert Meter Tiefe auf dem Grund der Ostsee, der andere saß einsam an einem Schreibtisch in Tel Aviv).

Nombeko und Holger 2 verdrängten die Bombe und alles andere Elend eine Weile aus ihrem Bewusstsein. Waldspaziergänge, Pilzesuchen, Angelausflüge im Fjord in Gertruds Boot – all das wirkte wunderbar beruhigend auf ihre Gemüter.

Als die Wärme in den Boden zurückkehrte, bekamen sie außerdem die Erlaubnis der alten Dame, die Kartoffeläcker wieder zum Leben zu erwecken.

Der Traktor und die landwirtschaftlichen Geräte waren nicht modern, aber Nombeko hatte die Sache durchgerechnet und war zu dem Ergebnis gekommen, dass man trotzdem noch einen Überschuss von ungefähr zweihundertfünfundzwanzigtausendsiebenhundertdreiundzwanzig Kronen pro Jahr erwirtschaften konnte. Außerdem war es wichtig, dass Nummer eins und Celestine beschäftigt waren (und zwar nicht mit dem Ausbrüten von Dummheiten). Bei aller ländlichen Ruhe konnten ein paar kleine Einnahmen nicht schaden, nachdem sowohl der Kissengroßhandel als auch die neunzehn Komma sechs Millionen in Rauch aufgegangen waren.

Erst als im November der erste Schnee fiel, warf Nombeko im Gespräch mit ihrer Nummer zwei mal wieder die ewig junge Frage nach der gemeinsamen Zukunft auf.

»Es geht uns doch ziemlich gut hier, findest du nicht?«, sagte sie, während sie gemeinsam ihren gemächlichen Sonntagsspaziergang absolvierten.

»Ja, hier geht es uns gut«, nickte Nummer zwei.

»Nur schade, dass wir nicht richtig existieren«, fuhr Nombeko fort.

»Und dass die Bombe in ihrer Kiste es umso mehr tut«, sagte Nummer zwei.

Sie diskutierten die Möglichkeiten, wie man diese Zustände dauerhaft verändern könnte, so lange, dass sie am Ende darüber diskutierten, wie oft sie dieses Thema schon besprochen hatten.

Wie sie es auch drehten und wendeten, sie kamen regelmäßig zur selben Schlussfolgerung: Man konnte die Bombe nicht einfach irgendeinem Gemeinderat in Norrtälje in die Hand drücken. Sie *mussten* direkten Kontakt zu höchster Stelle suchen.

»Soll ich den Ministerpräsidenten noch mal anrufen?«, fragte Holger 2.

»Was versprichst du dir davon?«, fragte Nombeko.

Sie hatten es ja schon drei Mal versucht, bei zwei verschiedenen Assistentinnen, und zweimal mit ein und demselben Hofmarschall – und hatten jedes Mal eine gleichlautende Antwort erhalten. Der Ministerpräsident und der König empfingen weder Mensch noch Tier. Vielleicht gäbe es bei Ersterem noch eher die Möglichkeit, wenn man ihm die Angelegenheit zuvor detailliert per Brief auseinandersetzte, doch das konnten sie sich beide nicht vorstellen.

Nombeko holte die alte Idee wieder hervor, dass Holger noch einmal unter dem Namen seines Bruders die Schulbank drücken sollte, um auf diesem Wege eine Stelle in der Nähe des Ministerpräsidenten zu ergattern.

Diesmal bestand die Alternative nicht darin, in einem Abbruchhaus zu wohnen, bis es eines Tages von selbst einstürzte, denn dieses Abbruchhaus gab es ja gar nicht mehr. Stattdessen bauten sie jetzt Kartoffeln auf Sjölida an. Und so gemütlich das auch war, als Zukunftsvision wollte es auch nicht so recht taugen.

»Aber man wird ja auch nicht einfach so im Handumdrehen Akademiker«, meinte Holger. »Du vielleicht, ich nicht. Das wird ein paar Jahre dauern. Bist du denn bereit, so lange zu warten?«

Aber ja doch. Es waren ja schon einige Jahre vergangen, Nombeko hatte sich ans Warten gewöhnt. Sie würde die Zeit auch fürderhin schon herumkriegen. So war die Bibliothek in Norrtälje zum Beispiel bei Weitem noch nicht ausgelesen. Die beiden Wirrköpfe und die alte Dame im Auge zu behalten, war allein schon ein Halbtagsjob. Und zu guter Letzt forderte natürlich auch der Kartoffelacker noch sein Recht.

»Also Volkswirtschaft oder Staatswissenschaften«, sagte Holger 2.

»Oder beides«, meinte Nombeko, »wenn du schon mal dabei bist. Ich helf dir gerne. Mit Zahlen kann ich ja ganz gut.«

* * * *

Nummer zwei legte im nächsten Frühjahr endlich die Aufnahmeprüfung für die Hochschule ab. Die Kombination aus Grips und Enthusiasmus bescherte ihm eine hohe Punktzahl, und im Herbst war er bereits an den Instituten für Volkswirtschaft beziehungsweise Staatswissenschaften eingeschrieben. Manchmal überschnitten sich die Vorlesungen, aber dann schlich sich Nombeko in den Hörsaal und nahm Holgers volkswirtschaftlichen Platz ein, um ihm dann am selben Abend die verpasste Vorlesung fast wortwörtlich wiederzugeben. Mit dem einen oder anderen Kommentar dazu, was Professor Bergman oder Dozent Järegård hier falsch verstanden hatten.

Holger 1 und Celestine halfen mit den Kartoffeln und fuhren regelmäßig nach Stockholm zu den Treffen der Anarchistischen Vereinigung Stockholm. Letzteres hatten Nummer zwei und Nombeko genehmigt, solange die beiden versprachen, nicht in öffentlichen Zusammenhängen aufzutreten. Außerdem war die Anarchistische Vereinigung anarchistisch genug, um überhaupt kein Mitgliedsregister zu führen. Nummer eins und Celestine konnten also so anonym bleiben, wie es die Umstände erforderten.

Die beiden genossen den Umgang mit Gleichgesinnten – die Stockholmer Anarchisten waren nämlich auch mit absolut allem unzufrieden.

Der Kapitalismus sollte gestürzt werden, und die meisten anderen Ismen gleich mit. Der Sozialismus. Und der Marxismus, so man denn noch welchen auftreiben konnte. Der Faschismus und der Darwinismus natürlich (beides galt mehr oder weniger als dasselbe). Der Kubismus hingegen durfte bleiben, vorausgesetzt, dass er nicht durch irgendwelche Regeln eingeengt wurde.

Außerdem sollte natürlich der König abgeschafft werden. Einige Mitglieder schlugen als Alternative vor, dass jeder König werden durfte, der Lust hatte, aber da protestierte nicht zuletzt Holger. *Ein König war doch wohl schon schlimm genug, oder?*

Und siehe da – als Holger sprach, hörte die ganze Versammlung zu. Genauso, wie sie Celestine lauschten, als sie erzählte, dass sie ihr ganzes Erwachsenenleben lang der selbst erfundenen »Nieder mit dem ganzen Scheiß«-Partei treu geblieben war.

Holger und Celestine fühlten sich endlich zu Hause.

* * * *

Nombeko fand, wenn sie schon Kartoffelbäuerin sein sollte, dann konnte sie es auch gleich so richtig anpacken. Gertrud und sie verstanden sich prächtig. Obwohl die alte Dame ob der Namenswahl nur schnauben konnte, hatte sie im Grunde nichts dagegen, dass Nombeko in ihrem Namen die Gräfin Virtanen AG gründete.

Gemeinsam begannen sie Grundstücke rund um die eigenen Kartoffeläcker zu kaufen, um den Umsatz zu steigern. Gertrud wusste genau, welcher ehemalige Bauer hier der älteste und müdeste war. Sie fuhr mit einem Apfelkuchen und einer Thermoskanne Kaffee bei ihm vorbei, und noch bevor die zweite Tasse eingeschenkt war, hatten Grund und Boden den Eigentümer gewechselt. Daraufhin beantragte Nombeko eine amtliche Schätzung des Wertes des erstandenen Grundstücks, malte ein erfundenes Haus dazu und fügte der Zahl auf dem amtlichen Dokument noch zwei Nullen hinzu.

So konnte sich die Gräfin Virtanen AG fast zehn Millionen auf einen Acker leihen, der auf hundertdreißigtausend geschätzt worden war. Von dem Darlehen kauften Nombeko und Gertrud noch mehr Land, mithilfe von noch mehr Apfelkuchen und Thermoskannen mit Kaffee. Nach zwei Jahren war Gertrud nach Grundbesitz bemessen die mit Abstand größte Kartoffelproduzentin der Region, auch wenn ihre Schulden den tatsächlichen Umsatz mindestens ums Fünffache überstiegen.

Nun musste nur noch die Ernte richtig in Gang kommen. Dank Nombekos Kreditmodell hatte das Unternehmen keine Cashprobleme, doch der Maschinenpark war sowohl veraltet als auch zu klein.

Um dem abzuhelfen, setzte sie Gertrud hinters Steuer und ließ sich von ihr nach Västerås zur Pontus Widén Maschinen AG fahren. Das Gespräch mit dem Verkäufer überließ sie der alten Dame.

»Guten Tag auch, junger Mann, ich bin Gertrud Virtanen aus Norrtälje und baue Kartoffeln an, die beackert, geerntet und so gut wie möglich verkauft werden müssen.«

»Aha«, sagte der Verkäufer und fragte sich, was er bitte sehr mit dem Kartoffelacker der ollen Virtanen am Hut haben sollte, denn seine Maschinen kosteten ab achthunderttausend Kronen aufwärts.

»Bin ich richtig informiert, dass Sie hier allerlei verschiedene Kartoffelmaschinen verkaufen?«, erkundigte sich Gertrud.

Der Verkäufer hatte das Gefühl, dass dieses Gespräch unnötig lange dauern könnte, daher fiel er ihr rasch ins Wort.

»Ja, ich habe Steinklauber, vier-, sechs- und achtreihige Kartoffelsetzer, vierreihige Kartoffelfräsen sowie ein- und zweireihige Kartoffelroder. Wenn die gnädige Frau von jedem ein Exemplar für ihren Kartoffelacker kauft, mache ich ihr gern einen Spezialpreis.«

»Einen Spezialpreis? Also, das ist ja schick. Was schwebte Ihnen denn da so vor?«

»Vier Komma neun Millionen«, sagte der Verkäufer giftig.

Gertrud rechnete mit den Fingern nach, während der Mann langsam die Geduld verlor.

»Hören Sie, Frau Virtanen, ehrlich gesagt habe ich wirklich keine Zeit, mich ...«

»Dann nehme ich von jeder Maschine zwei«, sagte Gertrud. »Wie sieht es denn mit Ihren Lieferzeiten aus?«

* * * *

In den nächsten sechs Jahren geschah einerseits sehr viel, andererseits aber auch sehr wenig. In der Welt da draußen schloss sich Pakistan der exklusiven Gruppe der Atommächte an, weil man sich gegen das Nachbarland Indien schützen musste, das sich vierundzwanzig Jahre zuvor mit derselben Maßnahme gegen Pakistan hatte schützen wollen. Das Verhältnis der beiden Länder war entsprechend.

Da ging es bei der Atommacht Schweden schon ruhiger zu.

Nummer eins und Celestine waren es zufrieden, unzufrieden zu sein. Jede Woche brachten sie den vollen Einsatz für die gerechte Sache. Keine Demonstrationen, aber umso mehr Aktionen im Verborgenen. Sie sprayten anarchistische Parolen auf so viele öffentliche Toilettentüren, wie sie nur finden konnten, und verteilten heimlich Flugblätter in Behörden und Museen. Die politische Kernbotschaft lautete, dass die ganze Politik doch Scheiße war, aber Holger sorgte dafür, dass auch der König regelmäßig sein Fett abbekam.

Parallel zu ihrer politischen Anti-Tätigkeit erfüllten Holger und Celestine auch ihre Aufgaben auf den Kartoffeläckern zur Zufriedenheit. So konnten sie auch einen begrenzten Lohn einstreichen, und Geld brauchten sie schließlich. Filzstifte, Spraydosen und Flugblätter gab es ja nicht gratis.

Nombeko versuchte, die beiden Bekloppten im Auge zu behalten, ohne Nummer zwei unnötig in Sorge zu versetzen. Der war bereits ohne ihre Hilfe ein tüchtiger, fleißiger Student. Und wenn Holger zufrieden war, war sie es auch.

Es war interessant zu beobachten, wie Gertrud richtig aufblühte, nachdem ihr Leben ja im Großen und Ganzen eher verkorkst gelaufen war. Immerhin war sie mit achtzehn schwanger geworden, von ihrer ersten und letzten Begegnung mit einem Schwein und seiner lauwarmen, mit Alkohol gespritzten Loranga-Orangeade. Sie war alleinerziehende Mutter und bald darauf noch mehr allein, nachdem erst ihre Mutter an Krebs gestorben war und dann auch noch Tapio eines Winterabends 1971 mit den Fingern im ersten Bankomat von Norrtälje hängen blieb und erst tags darauf gefunden wurde, als er längst erfroren war.

Mutter und Großmutter Kartoffelbäuerinnen. Die überhaupt nichts von der Welt zu sehen bekommen hatten. Sich aber immer ihre Träume bewahrt hatten, wie es auch anders hätte kommen können, wenn nur ihre eigene Großmutter, die edle Anastasia Arapowa, nicht so unchristlich gewesen wäre, Papa Tapio ins Waisenhaus zu stecken, damit sie selbst ihr Leben Gott weihen konnte.

Oder wie auch immer sich das nun zugetragen hatte. Nombeko merkte, dass Gertrud sich hütete, der Geschichte ihres Vaters ganz auf den Grund zu gehen. Das Risiko war einfach zu groß, dass sonst am Ende nichts übrig blieb. Außer den Kartoffeläckern.

Die Rückkehr ihrer Enkelin und die Anwesenheit von Nombeko hatte auf jeden Fall etwas in der alten Dame wieder zum Leben erweckt. Wenn sie gemeinsam beim Abendbrottisch saßen, strahlte es förmlich um sie herum. Meistens kümmerte sie sich selbst ums Essen, indem sie einem Huhn den Hals umdrehte und einen Eintopf machte. Oder sie legte Netze aus, um Hecht aus dem Ofen mit Meerrettichsauce zu machen. Einmal schoss sie im Garten sogar einen Fasan mit Papa Tapios Elchgewehr, wobei sie sich wunderte, dass das Ding überhaupt noch funktionierte. Und dass sie traf. So gut gleich, dass von dem Fasan nur ein paar verstreute Federn übrig blieben.

Die Erde drehte sich schön weiter um ihre Sonne, im selben gleichbleibenden Rhythmus und mit denselben Stimmungsschwankungen wie seit Anbeginn aller Tage. Nombeko las von großen und kleinen Ereignissen. Und verspürte eine gewisse intellektuelle Stimulation, wenn sie jeden Abend beim Essen die Nachrichten zusammenfasste. In diesen Jahren geschah es auch, dass Boris Jelzin in Russland seinen Rücktritt verkündete. In Schweden war er am berühmtesten für seinen Staatsbesuch, bei dem er derart einen im Tee hatte, dass er verlangte, das Land müsse endlich seine Kohlekraftwerke schließen, obwohl es weit und breit kein einziges Kohlekraftwerk gab.

Spannend war auch, wie das am höchsten entwickelte Land der Welt sich bei der Wahl des eigenen Präsidenten so anstellte, dass es mehrere Wochen dauerte, bis das Höchste Gericht feststellte, dass der Kandidat mit den meisten Stimmen verloren hatte. Und so wurde George W. Bush Präsident der USA, während Al Gore auf den hysterischen Umweltagitator reduziert wurde, dem nicht mal die Anarchisten in Stockholm allzu viel Gehör schenkten. Im Übrigen befahl Bush kurz darauf die Invasion des Irak, um sämtliche Waffen zu vernichten, die Saddam Hussein nicht hatte.

Zu den marginalen Nachrichten gehörte, dass ein ehemaliger Bodybuilder aus Österreich Gouverneur von Kalifornien wurde.

Als Nombeko in der Zeitung das Foto sah, auf dem er mit Frau und vier Kindern abgebildet war und mit weißen Zähnen in die Kamera strahlte, versetzte es ihr einen Stich. Sie fand, dass die Welt ganz schön ungerecht war – die einen bekamen alles im Überfluss, die anderen gar nichts. Allerdings wusste sie damals noch nicht, dass der betreffende Gouverneur es geschafft hatte, mit seiner Haushälterin noch ein fünftes Kind zu machen.

Insgesamt war es jedoch eine hoffnungsvolle und recht glückliche Zeit auf Sjölida, während sich die Welt ansonsten aufführte, wie sie es schon immer getan hatte.

Und die Bombe an ihrem angestammten Platz stand.

* * * *

Im Frühjahr 2004 sah das Dasein wahrscheinlich lichter aus denn je zuvor. Holger war fast fertig mit seinem Staatswissenschaftsstudium, während er in Volkswirtschaft kurz vor Erlangung der Doktorwürde stand. Was eher als Eigentherapie im Kopf von Nummer zwei entstanden war, hatte sich bald zu einer richtigen Abhandlung ausgewachsen. Er ertrug den Gedanken nur schwer, dass er mit der Bombe Tag für Tag riskierte, sich mitschuldig am Verderben eines halben Landstrichs und einer ganzen Nation zu machen. Um das aushalten zu können, hatte er eine alternative Seite der Angelegenheit betrachtet und war zu dem Schluss gekommen, dass Schweden und die Welt sich aus rein ökonomischer Perspektive wieder aus der Asche erheben würden. Daher der Titel seiner Dissertation: *Die Atombombe als Wachstumsfaktor. Dynamische Vorteile einer nuklearen Katastrophe.*

Die Nachteile, die auf der Hand lagen, hatten Holger 2 nächtelang wach gehalten, aber die waren schon mehrfach bis ins Letzte analysiert worden. Allein Indien und Pakistan konnten nach Ansicht der Wissenschaftler zwanzig Millionen Menschen töten, wenn es zwischen ihnen zu einem Atomkrieg kam. Dabei hatten sie zusammengenommen nicht so viele Megatonnen Sprengkraft wie das, was Nummer zwei und Nombeko auf Lager hatten. Computersimulationen zeigten: Binnen weniger Wochen würde so viel Rauch in die Stratosphäre steigen, dass es zehn Jahre dauern würde, bis die Sonne wieder ganz durchkam. Nicht nur über den beiden zerstrittenen Ländern, sondern über der ganzen Welt.

Aber hier – so Holger 2 – würde die Dynamik der Marktkräfte ihre Triumphe feiern. Dank der um zweihundert Prozent erhöhten Schilddrüsenkrebsrate würde die Arbeitslosenquote sinken. Enorme Völkerwanderungen aus den sonnigen Ferienparadiesen (die jetzt ja keine Sonne mehr zu bieten hatten) in die Großstädte der Welt würden eine breitere Streuung bei den Löhnen nach sich ziehen. Eine ganze Reihe gesättigter Märkte wäre auf einen Schlag wieder ungesättigt, was wiederum für eine neue Dynamik sorgen würde. So war zum Beispiel sonnenklar, dass das chinesische Monopol auf Solarzellen zusammenbrechen würde.

Indien und Pakistan konnten mit vereinten Kräften auch den galoppierenden Treibhauseffekt stoppen. Die Abholzung der Wälder und der Einsatz fossiler Brennstoffe konnten einfach weitergehen, weil mit der damit verbundenen Erwärmung nur die Abkühlung von zwei bis drei Grad aufgefangen wurde, die der Atomkrieg bewirkt hätte.

Mit derlei Gedanken hielt Holger 2 sich aufrecht. Unterdessen hatten Nombeko und Gertrud das Kartoffelunternehmen ganz entscheidend vorangebracht. Sie hatten das große Glück gehabt, dass es in Russland mehrere Jahre hintereinander Missernten gegeben hatte. Und dass einer der schwedischen Promis, über den die Presse am meisten schrieb (und über den es wohl am wenigsten zu sagen gab), seine neue schlanke Figur der AK-Diät (Ausschließlich Kartoffeln) zuschrieb.

Die Reaktion blieb nicht aus. Prompt aßen die Schweden Kartoffeln wie nie zuvor.

Die zuvor noch tief verschuldete Gräfin Virtanen AG war nun so gut wie schuldenfrei. Gleichzeitig war Holger nur noch Wochen von seinem doppelten Universitätsabschluss entfernt und mit seinen hervorragenden Noten auf dem besten Wege dazu, den schwedischen Ministerpräsidenten irgendwann unter vier Augen sprechen zu können. Den hatten sie neulich übrigens auch wieder ausgetauscht. Jetzt hieß er Göran Persson, war Telefongesprächen aber ganz genauso abgeneigt wie seine Vorgänger.

Kurz und gut: Der Acht-Jahres-Plan ging seiner Vollendung entgegen. Bis jetzt war alles gelaufen, wie es sollte. Und alles deutete darauf hin, dass es auch so weitergehen würde. Das Gefühl, dass nichts mehr schiefgehen konnte, war genau das gleiche, das Ingmar Qvist empfunden hatte, kurz bevor er nach Nizza aufbrach.

Um dort Dresche von Gustaf V. zu beziehen.

* * * *

Am Donnerstag, dem 6. Mai 2004, lagen die letzten fünfhundert Flugblätter in der Druckerei in Solna zur Abholung bereit. Holger und Celestine fanden, dass sie diesmal noch eine Schippe draufgepackt hatten. Auf dem Papier prangte ein Konterfei des Königs und neben ihm das Bild eines Wolfes. Der Text darunter zog Parallelen zwischen der schwedischen Wolfpopulation und den Königshäusern in Europa. Beide hätten ein Inzuchtproblem, hieß es.

Bei Ersteren hieß die Lösung Einführung von russischen Wölfen. Bei Letzteren wurde Abschießen als Alternative in Erwägung gezogen. Oder Deportation nach Russland. Die Verfasser schlugen sogar einen Tauschhandel vor: ein russischer Wolf pro deportierte königliche Majestät.

Als die Druckerei in Solna Bescheid gab, wollte Celestine sofort mit Nummer eins hinfahren und die Flugblätter abholen, um noch am selben Tag so viele Behörden wie möglich damit zu tapezieren. Holger 1 wollte auch nicht warten, meinte aber, dass Nummer zwei sich für diese Woche das Auto reserviert hatte. Das war ein Einwand, den Celestine kurzerhand vom Tisch wischte.

»Dem gehört das Auto doch auch nicht mehr als uns, oder? Komm, mein Schatz. Wir haben eine Welt zu verändern.«

Donnerstag, der 6. Mai 2004, sollte auch der bis dato größte Tag im Leben von Nummer zwei werden. Die Verteidigung seiner Doktorarbeit war für elf Uhr angesetzt.

Als er kurz nach neun Uhr morgens in Anzug und Krawatte loszog, um in den alten Toyota der Blomgrens zu steigen – war das Auto verschwunden.

Nummer zwei war sofort klar, dass dahinter nur sein unseliger Bruder stecken konnte, garantiert unter der Regie von Celestine. Da man in Sjölida in einem Funkloch saß, konnte er sie auch nicht auf dem Handy anrufen und sie bitten, sofort umzukehren. Oder auch nur ein Taxi rufen. Bis zur Landstraße, wo man wieder Netz hatte – je nachdem, wie das Netz aufgelegt war –, waren es mindestens fünfhundert Meter. Ein Sprint zur Straße kam allerdings nicht infrage, er konnte schließlich nicht schweißgebadet zur Verteidigung seiner Doktorarbeit erscheinen. Also nahm er den Traktor.

Um 9.25 Uhr erreichte er sie endlich. Celestine nahm das Gespräch an.

»Ja, hallo?«

»Habt ihr das Auto genommen?«

»Wie? Bist du das, Holger?«

»Verdammt noch mal, beantworte meine Frage! Ich brauche das Auto, sofort! Ich habe um elf einen wichtigen Termin in der Stadt.«

»Ach, tatsächlich?«, sagte Celestine. »Deine Termine sind also wichtiger als unsere?«

»Das hab ich nicht gesagt. Aber ich hatte mir das Auto extra für heute reserviert. Und jetzt dreht um, verdammte Hacke. Ich hab's wirklich eilig.«

»Mein Gott, du kannst vielleicht fluchen.«

Nummer zwei sammelte seine Gedanken. Und änderte die Taktik.

»Bitte, liebe Celestine. Wir können uns bei Gelegenheit gerne hinsetzen und die Autofrage diskutieren. Und wer es für heute reserviert hatte. Aber jetzt bitte ich dich, dreht um und holt mich ab. Mein Termin ist wirklich wicht…«

Da legte Celestine auf. Und schaltete das Handy aus.

»Was wollte er?«, fragte Holger 1, der am Steuer saß.

»Er hat gesagt: ›Bitte, liebe Celestine. Wir können uns bei Gelegenheit gerne hinsetzen und die Autofrage diskutieren.‹ Kurz zusammengefasst.«

Das fand Nummer eins nun nicht so weltbewegend. Er hätte eine heftigere Reaktion von seinem Bruder befürchtet.

Holger 2 stand in seinem Anzug auf der Landstraße und versuchte verzweifelt mehr als zehn Minuten lang, jemand anzuhalten, der ihn mitnahm. Doch um damit Erfolg zu haben, hätten überhaupt erst Autos vorbeikommen müssen, und es kamen keine. Als Nummer zwei einsah, dass er gleich ein Taxi hätte rufen sollen, fiel ihm ein, dass er Mantel und Aktentasche an der Garderobe im Flur hatte hängen lassen. Mit hundertzwanzig Kronen in der Brusttasche beschloss er, mit dem Traktor bis Norrtälje zu fahren und von dort den Bus zu nehmen. Wahrscheinlich wäre es schneller gegangen, noch einmal zurückzufahren, die Aktentasche zu holen, wieder zur Straße zu fahren und dann ein Taxi zu rufen. Oder noch besser: zuerst ein Taxi zu rufen und, während es unterwegs war, mit dem Traktor schnell zum Haus und zurück zu fahren.

Doch so klug Nummer zwei auch war, er hatte gerade einen Adrenalinspiegel, der dem des Töpfers damals – Gott hab ihn selig – in nichts nachstand. Er war auf bestem Wege, die Verteidigung seiner Doktorarbeit zu verpassen. Nach jahrelangen Vorbereitungen. Wenn das nicht zum Wahnsinnigwerden war!

Aber das war erst der Anfang.

Das erste und letzte Quäntchen Glück an diesem Tag hatte Holger, als er in Norrtälje vom Traktor in den Bus umstieg. In vorletzter Sekunde konnte er den Bus an der Weiterfahrt hindern und gerade noch zusteigen. Der Fahrer stieg aus, um den Treckerfahrer zusammenzustauchen, überlegte es sich dann aber anders, als sich der vermeintliche Bauerntölpel als sorgfältig frisierter Mann mit Anzug, Krawatte und Lackschuhen entpuppte.

Als Holger endlich im Bus saß, rief er den Rektor an, Professor Berner, und erklärte, dass er aufgrund außergewöhnlich unglücklicher Umstände fast eine halbe Stunde zu spät kommen würde.

Der Professor erwiderte pikiert, dass Verspätungen im Zusammenhang mit Disputationen nicht ganz im Einklang mit den Traditionen der Universität stünden, aber nun gut. Er versprach, sowohl Kommission als auch Zuschauer um Geduld zu bitten.

* * * *

Holger 1 und Celestine waren unterdessen in Stockholm angekommen und hatten auch schon ihre Flugblätter abgeholt. Celestine, die Strategin des Duos, beschloss, als erstes Ziel das Naturhistorische Reichsmuseum anzusteuern. Dort hatte man Charles Darwin und seiner Evolutionstheorie gleich eine ganze Abteilung gewidmet. Darwin hatte den Ausdruck »survival of the fittest« einem Kollegen geklaut und umschrieb damit, dass es ganz natürlich war, wenn der Starke überlebte und der Schwächere unterging. Darwin war also Faschist, und dafür würde er jetzt, hundertzweiundzwanzig Jahre nach seinem Tod, seine Strafe bekommen. Celestine und Holger wären nie auf den Gedanken gekommen, dass auch ihre Flugblätter deutlich faschistoide Züge trugen. Hier wollten sie die Wände also heimlich mit ihren Zetteln pflastern. Im ganzen Museum. Im Namen der heiligen Anarchie.

Und so geschah es denn auch, ohne irgendwelche Zwischenfälle. Holger 1 und Celestine konnten ganz ungestört arbeiten. In schwedischen Museen herrscht nämlich weiß Gott nicht immer Gedränge.

Nächste Station war die Universität Stockholm, nur einen Steinwurf entfernt. Celestine marschierte in die Damentoiletten und überließ Holger die Herrentoiletten. Da passierte es: Nummer eins begegnete in der Tür Professor Berner.

»Ach – sind Sie doch schon hier?«

Dann packte er den verdutzten Holger und schleifte ihn durch die Flure zu Saal 4, während Celestine weiter die Damentoiletten tapezierte.

Bevor Nummer eins wusste, wie ihm geschah, stand er auch schon an einem Rednerpult vor einem Publikum von mindestens fünfzig Personen.

Professor Berner sprach ein paar einführende Worte auf Englisch und verwendete ebenso viele wie schwierige Wörter, was es Holger nicht eben leicht machte, ihm zu folgen. Offenbar sollte er etwas zum positiven Effekt einer Atombombendetonation sagen. Freilich konnte man sich fragen, was das Ganze sollte.

Aber er tat es gern, auch wenn sein Englisch nicht ganz so gut war. Es kam doch schließlich mehr darauf an, was man meinte, als wie man es sagte, oder etwa nicht?

Nummer eins hatte auch so manchen Tagträumen nachgehangen, wenn er Kartoffeln klaubte, und war zu dem Ergebnis gelangt, dass es am besten war, wenn man die schwedische Königsfamilie in die lappländische Wildnis karrte und die Bombe dort zündete, wenn sie nicht freiwillig abdanken wollten. Mit so einem Manöver würde man fast keinen Unschuldigen treffen und ansonsten nur minimale Schäden anrichten. Ein eventueller Temperaturanstieg wäre außerdem gar nicht schlecht, denn da oben im Norden war es doch ohnehin so scheußlich kalt.

Sich mit solchen Gedanken zu tragen, wäre schon schlimm genug gewesen, aber jetzt brachte Holger 1 sie an seinem Rednerpult auch noch öffentlich zum Ausdruck.

Der erste Gegner war Professor Lindkvist von der Linné-Universität Växjö. Er begann in seinen Notizen zu blättern, während Holger redete. Auch Lindkvist formulierte seine Äußerungen auf Englisch, und er begann mit der Frage, ob man das, was man gerade gehört hatte, als eine Art Einleitung zu dem Vortrag verstehen sollte, der gleich noch folgen würde.

Eine Einleitung? Ja, so könnte man es nennen. Denn mit Verschwinden der Königsfamilie würde ja eine Republik entstehen und wachsen. Oder was meinte der Herr genau?

Professor Lindkvist meinte, dass er nicht ganz kapierte, was hier los war, aber er sagte, dass es ihm unmoralisch vorkam, ein ganzes Königshaus hinzumeucheln. Ganz abgesehen von der Methode, die Herr Qvist geschildert hatte.

Jetzt war Holger aber gekränkt. Er war doch kein Mörder! Der Ausgangspunkt war einfach der, dass der König und sein Gefolge abtreten sollten. Erst wenn sie sich weigerten, würde es kernwaffenmäßige Konsequenzen geben, und das war dann eben eine direkte Folge der Entscheidung der Königsfamilie selbst, da war niemand anders schuld.

Als Nummer eins von Professor Lindkvist nichts als Schweigen entgegenschlug (dem fehlten nämlich schlicht und einfach die Worte), beschloss er, seiner Argumentation noch eine Dimension hinzuzufügen, nämlich die Alternative, dass man die Monarchie nicht abschaffte, sondern jeder, der wollte, König werden durfte.

»Das ist zwar keine Variante, die ich persönlich befürworten würde, aber interessant ist sie trotzdem«, sagte Holger 1.

Professor Lindkvist war da vielleicht nicht unbedingt seiner Meinung, denn jetzt sah er seinen Kollegen Berner flehend an, welcher wiederum überlegte, ob er jemals einen so unglücklichen Moment wie diesen erlebt hatte. Diese Disputation war in erster Linie als Schauspiel für die zwei Ehrengäste im Publikum gedacht, nämlich den schwedischen Hochschul- und Forschungsminister Lars Leijonborg und seine französische Kollegin Valérie Pécresse. Die beiden schmiedeten Pläne, ein gemeinsames Ausbildungsprogramm mit der Option auf ein binationales Diplom zu initiieren. Leijonborg hatte persönlich Kontakt mit Professor Berner aufgenommen und ihn gebeten, eine passende Disputation vorzuschlagen, der er mit seiner Ministerkollegin beiwohnen konnte. Der Professor musste sofort an seinen Vorzeigestudenten Holger Qvist denken.

Und jetzt das.

Berner beschloss, dem Spektakel ein Ende zu setzen. Offenbar war dieser Doktorand ein Fehlgriff gewesen, und der verließ jetzt wohl am besten sein Rednerpult. Und dann den Saal. Und dann die Universität an sich. Seinetwegen auch gleich das Land.

Doch da er es auf Englisch sagte, verstand Nummer eins nicht ganz.

»Soll ich noch mal von vorne anfangen?«

»Nein, das sollen Sie nicht«, sagte Professor Berner. »Ich bin in den letzten zwanzig Minuten um zehn Jahre gealtert, dabei war ich vorher schon alt genug, also machen wir an dieser Stelle lieber Schluss. Gehen Sie einfach. Bitte.«

Das tat Nummer eins dann auch. Auf dem Weg hinaus fiel ihm ein, dass er gerade in der Öffentlichkeit aufgetreten war, obwohl er seinem Bruder ja eigentlich versprochen hatte, so etwas zu unterlassen. Ob Nummer zwei jetzt wohl wütend auf ihn wurde? Aber vielleicht musste er ja gar nichts davon erfahren?

Auf dem Korridor entdeckte Nummer eins seine Celestine. Er hakte sie unter und schlug einen Ortswechsel vor. Unterwegs würde er versuchen, ihr alles zu erklären.

Fünf Minuten später kam Holger 2 durch die Tür ins Universitätsgebäude gepprescht. Professor Berner hatte sich gerade beim schwedischen Hochschulminister entschuldigt, der seinerseits seine französische Kollegin um Entschuldigung bat, welche erwiderte, dass sie es nach diesen Erlebnissen für passender hielt, wenn sich Schweden auf der Suche nach einem ebenbürtigen Kooperationspartner an Burkina Faso wandte.

Da entdeckte der Professor den verfluchten Holger Qvist auf dem Flur. Glaubte dieser Qvist etwa, dass er einfach nur die Jeans gegen einen Anzug eintauschen musste und damit alles vergessen war?

»Ich muss mich wirklich entschuldigen …«, begann der gut gekleidete und atemlose Holger 2.

Professor Berner schnitt ihm das Wort ab und erklärte, das sei ganz zwecklos und er solle einfach verschwinden. Wenn möglich, für immer.

»Die Disputation ist beendet, Qvist. Fahren Sie nach Hause. Und denken sie über den volkswirtschaftlichen Nutzen Ihrer eigenen Existenz nach.«

✳ ✳ ✳

Holger 2 fiel also durch. Aber er brauchte vierundzwanzig Stunden, bis ihm klar war, was eigentlich geschehen war, und weitere vierundzwanzig Stunden, bis ihm die ganze Tragweite dieser Geschehnisse aufging. Er konnte den Professor nicht einfach anrufen und ihm auseinandersetzen, wie die Dinge lagen – dass er nämlich all die Jahre unter dem Namen eines anderen studiert hatte und dass eben dieser andere zufällig am Tag seiner Disputation in die Universität geplatzt war. Damit würde er die Sache nur noch schlimmer machen.

Am liebsten hätte Nummer zwei seinen eigenen Bruder erwürgt. Aber da war nichts zu machen, weil der gerade auf dem samstäglichen Treffen der Anarchistischen Vereinigung war, als bei Holger 2 der Groschen fiel. Und als Nummer eins und Celestine am selben Nachmittag zurückkehrten, war der Zustand von Nummer zwei bereits in eine Depression umgeschlagen.

18. KAPITEL

Vom kurzen Erfolg einer Zeitschrift und von einem Ministerpräsidenten, der plötzlich doch zu sprechen war

So schrecklich es auch stehen mochte, begriff Holger 2 nach einer Woche doch, dass es keinen Zweck hatte, im Bett liegen zu bleiben. Nombeko und Gertrud brauchten Hilfe bei der Ernte. Dabei waren auch Nummer eins und Celestine ein bisschen nützlich, also gab es rein unternehmenstechnische Gründe, beide nicht zu erwürgen.

Das Leben in Sjölida ging weiter wie gehabt, inklusive der gemeinsamen Abendessen mehrmals pro Woche. Doch die Stimmung bei Tisch war angespannt, obwohl Nombeko ihr Bestes tat, um vom großen, unangesprochenen Thema abzulenken. Sie berichtete, was in der Welt geschehen war und weiter geschah. Unter anderem konnte sie eines Abends erzählen, dass Prinz Harry von Großbritannien in Nazikostüm auf ein Fest gegangen war (was fast einen genauso großen Skandal auslöste wie das Fest einige Jahre später, das er gleich gänzlich unbekleidet feierte).

»Merkt ihr denn nicht, wie es um die Monarchie bestellt ist?«, sagte Holger 1.

»Doch«, sagte Nombeko. »Die demokratisch gewählten Nazis in Südafrika haben ihre Uniform lieber zu Hause gelassen.«

Holger 2 sagte gar nichts. Er sagte seinem Bruder nicht mal, dass er zur Hölle fahren sollte.

Nombeko war klar, dass sich etwas ändern musste. Mehr als alles andere brauchten sie jetzt eine neue Idee. Es begann damit, dass sich ein potenzieller Käufer für den Kartoffelhof meldete.

Inzwischen sah es so aus, dass die Gräfin Virtanen AG zweihundert Hektar Kartoffeläcker und einen modernen Maschinenpark besaß, guten Umsatz machte und fast schuldenfrei dastand. Das war dem größten Bauern Mittelschwedens aufgefallen, der sich die Sache überlegt hatte und für alles zusammen ein Angebot von sechzig Millionen auf den Tisch legte.

Nombeko ahnte, dass sich der schwedische Kartoffelboom seinem Ende zuneigte. Der Promi mit der Kartoffeldiät war wieder dick geworden, und nach Angaben der Nachrichtenagentur ITAR-TASS sah es mit der russischen Kartoffelernte endlich mal wieder gut aus.

Ganz abgesehen davon, dass Gertruds Kartoffelhof sowieso nicht der Sinn des Lebens sein konnte, gab es also gute Gründe, auf das Angebot einzugehen.

Nombeko unterbreitete die Angelegenheit der offiziellen Eigentümerin des Unternehmens, welche daraufhin meinte, dass sie tatsächlich gerne umsatteln würde. Die Kartoffeln stünden ihr nämlich schon bis hier.

»Gibt es heutzutage denn nicht diese Spaghetti oder wie die heißen?«, überlegte sie.

Doch, doch, nickte Nombeko. Spaghetti gab es schon eine ganze Weile. Seit dem zwölften Jahrhundert ungefähr. Aber die ließen sich nicht so leicht anbauen. Nombeko fand, dass sie mit dem Geld etwas anderes anfangen sollten.

Und plötzlich fiel ihr auch ein, was das sein könnte.

Was würde Gertrud dazu sagen, wenn sie eine Zeitschrift gründeten?

»Eine Zeitschrift? Prima! Was soll denn da drinstehen?«

* * * *

Holger Qvists Ruf war zerstört, nachdem man ihn aus der Universität Stockholm mehr oder weniger hinausgeschmissen hatte. Nichtsdestoweniger verfügte er über umfassende Kenntnisse der

Wirtschaft und der Staatswissenschaften, und sich selbst schätzte Nombeko auch nicht gerade als Dummkopf ein. Sie konnten also beide hinter den Kulissen arbeiten.

Nachdem sie ihrer Nummer zwei ihre Argumente unterbreitet hatte, erklärte er sich bereit mitzumachen. Aber an was für Kulissen hatte Nombeko da gedacht? Und was für ein Ziel verfolgten sie überhaupt?

»Unser Ziel, mein lieber Holger, besteht darin, die Bombe loszuwerden.«

Die erste Ausgabe der Zeitschrift *Schwedische Politik* erschien im April 2007. Das aufwendige Monatsmagazin wurde kostenlos an fünfzehntausend einflussreiche Personen im ganzen Land verschickt. Vierundsechzig vollgeschriebene Seiten, ohne eine einzige Anzeige. Ein Geschäft, das sich freilich nicht richtig rechnen wollte, aber das war ja auch nicht Sinn der Sache.

Sowohl *Svenska Dagbladet* als auch *Dagens Nyheter* berichteten über das Projekt. Das Magazin wurde offenbar von einer exzentrischen ehemaligen Kartoffelbäuerin geleitet, der achtzigjährigen Gertrud Virtanen. Frau Virtanen war nicht bereit, Interviews zu geben, aber in ihrer eigenen Kolumne auf Seite zwei erklärte sie, warum die Zeitschrift das Prinzip verfolgte, sämtliche Artikel und Analysen anonym zu veröffentlichen. Jeder Text sollte nach seinem Inhalt beurteilt werden, nach keinem anderen Kriterium.

Abgesehen von Frau Virtanen war das Interessanteste an diesem Magazin die Tatsache, dass es ... so interessant war. Die erste Ausgabe wurde in einer Reihe schwedischer Zeitungen in den höchsten Tönen gelobt. Zwischen den Hauptartikeln fand sich auch eine genaue Analyse der Sverigedemokrater, die bei der Wahl 2006 ihren bisherigen Stimmenanteil von anderthalb Prozent verdoppeln konnten. Die Analyse war aus einer internationalen Perspektive und zudem äußerst kenntnisreich geschrieben, mit Verweisen auf nazistische historische Strömungen in Afrika. Das Fazit war vielleicht ein wenig dramatisch ausgefallen: Es war schwer zu glauben, dass sich eine Partei, die ihren Parteivorsitzenden mit dem Hitler-gruß grüßte, nach außen hin so auf Hochglanz polieren konnte, dass sie es bis in den Reichstag schaffte, aber nun ja.

Ein anderer Artikel beschrieb bis ins Detail die menschlichen, politischen und finanziellen Konsequenzen eines schwedischen Atomunfalls. Nicht zuletzt die zahlenbasierten Aspekte ließen jeden Leser schaudern. Wenn man Oskarshamn wieder aufbaute, achtundfünfzig Kilometer von seinem vorherigen Standort entfernt, würden damit für die nächsten fünfundzwanzig Jahre zweiunddreißigtausend Arbeitsplätze geschaffen.

Abgesehen von den Artikeln, die sich fast von selbst schrieben, schrieben Nombeko und Nummer zwei auch ein paar Dinge, die dem neuen konservativen Ministerpräsidenten gute Laune machen mussten. Wie zum Beispiel einen historischen Rückblick auf die europäische Union, anlässlich des fünfzigsten Jahrestags der Unterzeichnung der Römischen Verträge, bei denen eben dieser Ministerpräsident zufällig dabei gewesen war. Oder eine scharfsinnige Analyse der Sozialdemokratie in der Krise. Die Partei hatte gerade das schlechteste Wahlergebnis seit 1914 eingefahren und mit Mona Sahlin nun eine neue Parteivorsitzende gekürt. Das Fazit lautete, dass Sahlin sich entweder mit den Grünen zusammentun und sich von der Linken distanzieren konnte – und so die nächste Wahl verlor. Oder sie konnte die ehemaligen Kommunisten ins Boot holen und eine Dreiparteien-Koalition bilden – und genauso verlieren (sie versuchte beides und … verlor nicht nur die Wahl, sondern auch ihren Posten).

Die Räumlichkeiten der Zeitschrift befanden sich in Kista bei Stockholm. Auf Wunsch von Nummer eins war sowohl Holger 1 als auch Celestine jede redaktionelle Beteiligung verboten. Außerdem hatte Nummer zwei einen Kreidekreis mit einem Radius von zwei Metern um seinen Schreibtisch auf den Boden gemalt und Nummer eins befohlen, diese Linie niemals zu überschreiten, außer wenn er den Papierkorb ausleeren wollte.

Eigentlich hätte er seinen Bruder überhaupt nicht in die Redaktion lassen wollen, aber erstens weigerte sich Gertrud, sich mit dem Projekt zu befassen, wenn ihre geliebte Celestine nicht mitmachen durfte, und zweitens mussten die beiden Unglücksraben abgelenkt werden, nachdem es nun keine Kartoffeln mehr zu klauben gab.

Gertrud, die offizielle Geldgeberin, hatte ein eigenes Büro in der Redaktion, in dem sie saß und sich über ihr Türschild mit der Aufschrift »Verantwortliche Herausgeberin« freute. Das war so ungefähr alles, was sie machte.

Nach der ersten Ausgabe hatten Nombeko und Nummer zwei ein zweites Heft für 2007 ins Auge gefasst, sowie ein drittes, das direkt nach den Ferien erscheinen sollte. Danach – so dachten sie – wäre der Ministerpräsident bestimmt für eine Anfrage empfänglich. Die Zeitschrift *Svensk Politik* würde ihn um ein Interview bitten, und er würde Ja sagen. Früher oder später jedenfalls, wenn sie nur weiterhin alles richtig machten.

Doch dieses eine Mal entwickelten sich die Dinge nicht schlechter, sondern besser, als Holger und Nombeko gedacht hatten. Der Ministerpräsident wurde nämlich bei einer Pressekonferenz, die sich eigentlich um seinen bevorstehenden Besuch in Washington und im Weißen Haus drehte, auf das neue Magazin *Svensk Politik* angesprochen. Und er antwortete, er habe die neue Zeitschrift mit Interesse gelesen, stimme in den wesentlichen Punkten mit der Europa-Analyse überein und freue sich schon aufs nächste Heft.

Besser ging's nicht. Nachdem sie das gehört hatte, schlug Nombeko vor, dass Holger 2 sofort Kontakt mit der Regierungskanzlei aufnahm. Warum warten? Was hatten sie zu verlieren?

Nummer zwei meinte, sein Bruder und dessen Freundin schienen ein überirdisches Talent dafür zu haben, alles zu zerstören, und er wolle lieber nicht zu viel hoffen, solange diese beiden nicht irgendwo sicher weggesperrt waren. Aber seinetwegen. Was hatten sie zu verlieren?

Holger 2 rief also zum soundsovielten Mal die derzeitige Assistentin des Ministerpräsidenten an, nun aber mit einem anderen Anliegen, und – Donnerkeil! – die Assistentin antwortete, sie werde sich mit dem Pressechef darüber abstimmen. Der rief tags darauf zurück und erklärte, der Ministerpräsident stehe am 27. Mai um zehn null null für ein fünfundvierzig Minuten langes Interview zur Verfügung.

Dieser Bescheid bedeutete, dass das Gespräch schon fünf Tage nach Erscheinen des zweiten Heftes stattfinden würde. Also brauchte man keine weiteren Ausgaben.

»Oder willst du weitermachen?«, fragte Nombeko. »Ich hab dich noch nie so glücklich gesehen.«

Nein, die erste Ausgabe hatte vier Millionen gekostet, und die zweite würde nicht billiger werden. Das Geld vom Kartoffelhof brauchten sie für das Leben, das sie sich jetzt aufbauen wollten, wenn alles gut lief. Ein Leben, in dem sie beide existierten, mit Aufenthaltsgenehmigung und allem Pipapo.

Holger und Nombeko wussten, dass es immer noch schwer genug werden würde, auch wenn es ihnen nun endlich gelang, die Existenz der Bombe dem Mann mitzuteilen, der das Land regierte, in dem sie sich befanden. So stand ja zum Beispiel kaum zu hoffen, dass der Ministerpräsident sich darüber freuen würde. Und es war auch nicht sicher, ob er Verständnis für die Situation aufbringen würde. Oder Holgers und Nombekos zwanzigjährige Diskretion zu schätzen wüsste.

Doch so bestand immerhin die Chance. Wenn sie nichts taten, nicht.

Die zweite Ausgabe war internationaler ausgerichtet. Unter anderem enthielt sie eine Analyse der aktuellen politischen Lage in den USA anlässlich des anstehenden Treffens des Ministerpräsidenten mit George W. Bush. Und einen historischen Rückblick auf den Völkermord in Ruanda, bei dem eine Million Tutsi abgeschlachtet wurden, weil sie dummerweise keine Hutu waren. Der Unterschied zwischen den beiden Volksgruppen bestand angeblich darin, dass die Tutsi im Allgemeinen vielleicht ein bisschen größer waren als die Hutu.

Des Weiteren einen Flirt mit dem Ministerpräsidenten betreffend die bevorstehende Aufhebung des Apothekenmonopols.

Holger 2 und Nombeko gingen jeden Buchstaben gemeinsam durch. Hier durfte jetzt nichts schiefgehen. Die Zeitschrift sollte immer noch Substanz haben, immer noch interessant sein – aber ohne dem Ministerpräsidenten auf den Schlips zu treten.

Nichts durfte schiefgehen. Wie konnte Nummer zwei also auf die Idee verfallen, mit seiner lieben Nombeko ins Restaurant zu gehen, um die Fertigstellung der zweiten Ausgabe zu feiern? Hinterher verfluchte er sich selbst so ausgiebig, dass er ganz vergaß, seinen Bruder zu erschlagen.

Gertrud war nämlich immer noch in der Redaktion und schlief auf ihrem Chefsessel, während Holger 1 und Celestine Inventur des Vorrats an Klebeband, Kulis und anderen Büromaterialien machen sollten. Und das, während die fertige Zeitung ihnen von Nummer zweis PC entgegenleuchtete.

»Die sitzen jetzt und schlemmen in ihrem Luxusladen, während wir hier Büroklammern zählen«, klagte Celestine.

»Und in dieser Ausgabe steht auch wieder kein verdammtes Wort zum Scheißkönigshaus«, sagte Holger 1.

»Oder auch bloß zur Anarchie«, sagte Celestine.

Nombeko schien zu glauben, dass das Geld von Gertruds Kartoffelhof ihr allein gehörte. Für wen hielt sie sich eigentlich? Jetzt wollten Nummer zwei und sie anscheinend die Millionen auf den Kopf hauen, indem sie dem konservativen Ministerpräsidenten, der den König so liebte, in den Arsch krochen.

»Komm, meine Liebe«, sagte Holger 1 und betrat die verbotene Zone rund um Nummer zweis Schreibtisch.

Er setzte sich auf den Platz seines Bruders und klickte sich bis zu Gertruds Kolumne auf Seite zwei. Irgendein Quark über die Unfähigkeit der Opposition. Natürlich verfasst von Nummer zwei. Holger 1 konnte sich nicht dazu aufraffen, den ganzen Dreck durchzulesen, bevor er ihn löschte.

Während er stattdessen das hineinschrieb, was in diesem Moment sein Herz erfüllte, murmelte er, dass Nummer zwei gerne über die anderen dreiundsechzig von vierundsechzig Seiten bestimmen durfte. Aber die vierundsechzigste war hiermit annektiert.

Als er fertig war, schickte er die neue Version an die Druckerei, mit einem Kommentar an den Chef der Setzerei, dass man noch einen schwerwiegenden Fehler ausgebessert hatte.

* * * *

Am nächsten Montag wurde die zweite Nummer der Zeitschrift *Svensk Politik* gedruckt und an dieselben fünfzehntausend mächtigen Persönlichkeiten ausgeliefert wie das erste Heft. Auf Seite zwei erklärte die verantwortliche Herausgeberin:

Es wird Zeit, dass der König – diese Sau – endlich abdankt. Dann kann er seine Königin – diese Sau – gleich mitnehmen. Und die Kronprinzessin auch – diese Sau. Und den Prinzen und die Prinzessin auch noch – diese Säue. Und Lilian, die alte Krähe.

Die Staatsform der Monarchie ist nur was für Säue (und vielleicht Krähen). Schweden muss eine Republik werden – JETZT!

Mehr fiel Holger 1 nicht ein, aber da in den zwei Spalten noch fünfzehn Zentimeter frei waren, malte er mit einem Zeichenprogramm, das er nicht richtig beherrschte, ein Männchen mit der Aufschrift »König« auf der Brust an einem Galgen. Aus seinem Mund kam eine Sprechblase – offenbar war der Gehenkte noch nicht so gehenkt, dass er nicht noch sprechen konnte. Und in der Sprechblase stand:

»Oink.«

Als würde das noch nicht reichen, durfte Celestine unten noch eine Zeile hinzufügen:

Für weitere Informationen nehmen Sie bitte Kontakt mit der Anarchistischen Vereinigung Stockholm auf.

Fünfzehn Minuten nachdem das zweite Heft der Zeitschrift *Svensk Politik* in der Regierungskanzlei gelandet war, rief die Assistentin des Ministerpräsidenten an, um Bescheid zu geben, dass das vereinbarte Interview hiermit abgesagt war.

»Warum das denn?«, fragte Holger 2, der die neueste Ausgabe noch nicht in der Hand gehabt hatte.

»Was, zum Teufel, glauben Sie wohl?«, fragte die Assistentin zurück.

* * * *

Ministerpräsident Fredrik Reinfeldt weigerte sich, den Vertreter der Zeitschrift *Svensk Politik* zu treffen. Trotzdem sollte er binnen Kürze genau das tun. Und eine Atombombe würde er gleich noch gratis dazu kriegen.

Der Junge, der einmal Ministerpräsident werden sollte, war der älteste von drei Söhnen einer Familie, in der Liebe und Ordnung herrschten. Alles immer schön an seinem Platz. Wenn jemand Unordnung geschaffen hatte, räumte er grundsätzlich hinter sich auf.

Das prägte den jungen Fredrik in so hohem Maße, dass er als Erwachsener einräumen musste, Staubsaugen mache ihm viel mehr Spaß als Politik. Trotzdem wurde er Ministerpräsident und nicht Raumpfleger. Talent hatte er jedenfalls für beides. Und für andere Dinge noch dazu.

Unter anderem wurde er schon als Elfjähriger zum Schulsprecher gewählt. Ein paar Jahre später war er Kursbester, als er seinen Militärdienst beim Jägerregiment in Lappland leistete. Wenn der Russe denn kommen sollte, würde er einem Mann gegenüberstehen, der wusste, was es hieß, bei achtundvierzig Grad minus zu kämpfen.

Aber der Russe kam nicht. Dafür kam Fredrik nach Stockholm, wo er sich an der Universität seinem Wirtschaftsstudium, dem Studentenkabarett und der militärischen Ordnung in seinem Wohnheimzimmer widmete. Nach kurzer Zeit war er fertiger Betriebswirtschaftler.

Sein Interesse an Politik hatte er auch von zu Hause mitbekommen. Schon Papa war Kommunalpolitiker. Fredrik trat in seine Fußstapfen. Kam in den Reichstag. Wurde Präsident der jungen Moderaten.

Seine Partei trug in der Reichstagswahl 1991 den Sieg davon. Der junge Fredrik spielte immer noch keine zentrale Rolle, und er hatte sich auch keinen Gefallen getan, als er Parteiführer Bildt als Diktator bezeichnete. Bildt untermauerte Reinfeldts Feststellung rein sachlich, indem er ihn die nächsten zehn Jahre parteiintern kaltstellte, während Bildt selbst ins ehemalige Jugoslawien fuhr, um bei den Friedensverhandlungen zu vermitteln. Es gefiel ihm eben besser, die Welt zu retten, als bei der Rettung Schwedens zu scheitern.

Sein Nachfolger Bo Lundgren konnte fast genauso gut rechnen wie Nombeko, aber da das schwedische Volk keine Zahlen hören will, sondern hie und da auch noch mal ein hoffnungsvolles Wort, scheiterte er ebenfalls.

Und dann wurde es Zeit für eine Neuerung in der moderaten Partei. Man holte den fröstelnden Fredrik Reinfeldt aus seinem Kühlschrank, taute ihn auf und wählte ihn am 25. Oktober 2003 einstimmig zum Parteivorsitzenden. Keine drei Jahre später bescherten er, seine Partei und seine bürgerliche Allianz der Sozialdemokratie eine Niederlage, die sich gewaschen hatte. Fredrik Reinfeldt wurde Ministerpräsident und entfernte eigenhändig alle Spuren, die sein Vorgänger Persson in der Regierungskanzlei hinterlassen hatte. Dabei benutzte er vor allem grüne Seife, denn die hinterlässt auf der behandelten Oberfläche eine schmutzabweisende Schicht. Als er fertig war, wusch er sich die Hände und läutete eine neue Ära in der schwedischen Politik ein.

Reinfeldt war stolz auf seine Errungenschaften. Und zufrieden. Eine Zeit lang.

* * * *

Nombeko, Celestine, Nummer eins, Nummer zwei und Gertrud waren wieder auf Sjölida. Wenn die Stimmung in der Gruppe vor dem Abenteuer mit der *Svensk Politik* angespannt gewesen war, so war sie nun als geradezu ungesund zu bezeichnen. Holger 2 weigerte sich, mit seinem Bruder zu sprechen oder auch nur mit ihm an einem Tisch zu sitzen. Nummer eins wiederum fühlte sich missverstanden und übergangen. Celestine und er hatten sich aufgrund des Hinweises auf die Vereinigung im Leitartikel außerdem mit den Anarchisten überworfen. Die meisten Politikjournalisten des Landes hatten der Aufforderung nämlich tatsächlich Folge geleistet und waren in den Versammlungsraum der Anarchisten geströmt, um sich die Argumente für einen Vergleich des Königshauses mit einem Schweinestall darlegen zu lassen.

Holger 1 indessen saß tagelang auf dem Heuboden und starrte auf Gertruds Kartoffellaster hinunter. In dem immer noch eine Atombombe mit einer Sprengkraft von drei Megatonnen lag. Die dafür sorgen würde, dass der König abdanken würde, so oder so. Allerdings hatte er ja versprochen, sie nicht anzufassen.

Nun hatte er sein Versprechen all die Jahre gehalten, und sein Bruder war trotzdem tierisch wütend auf ihn. Das war so ungerecht!

Celestine hingegen war wütend auf Nummer zwei, weil er wütend auf Nummer eins war. Sie sagte, Nummer zwei sei entgangen, dass man Zivilcourage nicht an der Uni studieren konnte, die hatte man, oder man hatte sie nicht. Und der Bruder von Nummer zwei, der hatte sie!

Holger 2 bat Celestine, doch bitte irgendwoanders hinzustolpern und sich dabei so oft wie möglich anzustoßen. Er für seinen Teil würde jetzt spazieren gehen.

Er ging an den See hinunter, setzte sich auf die Bank am Bootssteg und blickte aufs Wasser. Ihn erfüllte ein Gefühl der ... nein, ihn erfüllte überhaupt nichts mehr. Er war vollkommen leer.

Er hatte Nombeko, und dafür war er auch dankbar. Aber ansonsten – keine Kinder, kein Leben, keine Zukunft. Und er war sicher, dass er den Ministerpräsidenten nicht treffen würde, weder den jetzigen, noch den nächsten, noch irgendeinen von denen, die danach kommen sollten. Von den sechsundzwanzigtausendzweihundert Jahren, die es dauerte, bis die Bombe ihre Sprengkraft verlor, blieben immer noch fünfundzwanzigtausendeinhundertachtzig. Plus minus drei Monate. Da konnte er doch gleich hier auf seiner Bank bleiben und die Zeit absitzen.

Kurzum, die Dinge standen so fürchterlich, wie sie nur stehen konnten. Dreißig Minuten bevor alles noch schlimmer wurde.

19. KAPITEL

Von einem Galadiner im Schloss und
einem Kontakt mit dem Jenseits

Präsident Hu Jintao begann seinen dreitägigen Staatsbesuch in Schweden damit, dass er das nachgebaute Ostindienschiff *Götheborg* begrüßte, welches just an diesem Tag von seiner Chinafahrt in die gleichnamige Stadt zurückkehrte.

Das Original hatte vor zweihundertfünfzig Jahren die gleiche Fahrt unternommen und das Abenteuer mit all seinen Stürmen, Piraten, Krankheiten und Hunger gut überstanden. Nur um dann neunhundert Meter vor dem heimatlichen Hafen bei bestem Wetter auf Grund zu laufen und unterzugehen.

Gelinde gesagt ärgerlich. Aber die Revanche kam, am Samstag, dem 9. Juni 2007. Der Nachbau bewältigte alles, was das Original damals geschafft hatte, und dazu auch noch den letzten Kilometer der Reise. So wurde die *Götheborg* von Tausenden jubelnder Zuschauer empfangen, unter ihnen der chinesische Präsident, der dann auch noch die Volvo-Werke in Torslanda besuchte, wo er schon mal in der Gegend war. Darauf hatte er bestanden, und das hatte verschiedenste Gründe.

Die Sache war nämlich die, dass man bei Volvo ganz schön sauer auf die schwedische Regierung und den gesamten Staatsapparat war, weil die hartnäckig BMW kauften, wann immer ein besonders sicheres Fahrzeug gefragt war. Dass die Mitglieder des schwedischen Königshauses bei jedem offiziellen Anlass in ein deutsches Auto stiegen, brachte die Unternehmensleitung von Volvo ganz gewaltig auf die Palme. Man hatte sogar ein gepanzertes Exemplar gebaut und der Sicherheitspolizei vorgeführt – alles vergebliche Liebesmüh. Tatsächlich kam dann einer der Ingenieure auf die geniale Idee, dem Präsidenten der Volksrepublik China die cremefarbene Spezialanfertigung eines Volvo S80 mit Vierradantrieb und V8-Motor mit 315 PS anzubieten. Eines Präsidenten mehr als würdig.

Fand der Ingenieur.

Und die Unternehmensleitung von Volvo.

Und – wie sich herausstellte – auch der betreffende Präsident.

Die Sache war also im Vorweg über diskrete Kanäle abgemacht worden. Das Auto wurde dem Präsidenten am Samstagmorgen im Torslanda-Werk stolz vorgeführt und sollte tags darauf offiziell am Flughaften Arlanda übergeben werden, kurz bevor er nach Hause flog.

Dazwischen war noch ein Galadiner im Königlichen Schloss angesetzt.

* * * *

Nombeko hatte im Lesesaal der Bibliothek Norrtälje eine Zeitung nach der anderen durchgearbeitet. Sie begann mit dem *Aftonbladet*, das sich auf vier Seiten mit dem Konflikt zwischen … nein, nicht zwischen Israel und Palästina, sondern zwischen dem Teilnehmer einer Talentshow und einem boshaften Jurymitglied beschäftigte (Letzterer hatte nämlich behauptet, der betreffende Künstler könne nicht singen).

»Soll der doch hingehen, wo der Pfeffer wächst«, konterte der Künstler, der erstens wirklich nicht singen konnte und zweitens keinen Schimmer hatte, wo auf der Welt denn nun eigentlich der Pfeffer wächst.

Die zweite Zeitung, die Nombeko sich vornahm, war *Dagens Nyheter*, die hartnäckig daran festhielt, über wirklich wichtige Dinge zu schreiben, und der es deswegen schlechter denn je ging. Typisch *DN*, dass man die erste Seite einem Staatsbesuch widmete, statt vom Gezeter in einem Fernsehstudio zu berichten.

So berichtete man von Präsident Hu Jintao, vom Einlaufen der *Götheborg* – und davon, dass der Präsident im Laufe des Samstags zu einem Galadiner im Königlichen Schloss in Stockholm fahren würde, wo unter anderem auch der Ministerpräsident und der König zugegen sein sollten.

Diese Information an sich wäre vielleicht gar nicht so interessant gewesen, wäre da nicht Nombekos Reaktion gewesen, als sie das Bild von Präsident Hu sah.

Sie musterte das Gesicht. Sie musterte es ein zweites Mal. Und dann sagte sie laut zu sich selbst:

»Sieh mal einer an – ist der Herr Chinese doch glatt Präsident geworden!«

Sowohl der schwedische Ministerpräsident als auch der Präsident von China sollten also noch am selben Abend das Schloss betreten. Wenn sich Nombeko unter die Schaulustigen mischte, die dort standen, und den Ministerpräsidenten rief, würde man sie bestenfalls abführen, schlimmstenfalls verhaften und dann ausweisen.

Wenn sie hingegen dem chinesischen Präsidenten etwas auf Wu-Chinesisch zurief, dürfte das Ergebnis ganz anders ausfallen. Wenn Hu Jintao kein allzu kurzes Gedächtnis hatte, würde er sie auf jeden Fall wiedererkennen. Und wenn er auch nur ein Minimum von Neugier besaß, würde er zu ihr gehen, um sie zu fragen, wie um alles in der Welt es kam, dass die südafrikanische Dolmetscherin von damals plötzlich auf dem Vorplatz des schwedischen Schlosses stand.

Und dann stünde zwischen dem Ministerpräsidenten (beziehungsweise dem König) und Nombeko und Holger 2 nur noch ein einziger Mensch. Präsident Hu erfüllte alle Voraussetzungen, eine Brücke zwischen den Atombombenbesitzern wider Willen und den Persönlichkeiten zu schlagen, die sie seit zwanzig Jahren vergeblich zu kontaktieren versuchten.

Wohin das Ganze dann führen würde, musste sich zeigen, aber es war doch recht unwahrscheinlich, dass der Ministerpräsident sie wieder wegschickte, wenn er erst einmal von der Bombe wusste.

Vielleicht würde er eher die Polizei rufen und sie einsperren lassen. Oder irgendetwas dazwischen. Auf jeden Fall wollten Nombeko und Holger 2 die Chance ergreifen.

Freilich war es ziemlich eilig. Es war nämlich schon elf Uhr vormittags. Nombeko musste nach Sjölida zurückradeln und Holger 2 einweihen – aber auf keinen Fall die beiden Vollpfosten oder auch bloß Gertrud –, den Kartoffellaster rausholen und es bis sechs Uhr zum Schloss schaffen, wenn der Präsident vorfuhr.

* * * *

Und es ging prompt schief. Holger 2 und Nombeko hatten sich in die Scheune geschlichen und schraubten die allzu echten Nummernschilder ab, um sie durch die vor Jahren gestohlenen Schilder zu ersetzen. Doch Nummer eins saß, wie so oft, auf dem Heuboden schräg darüber und erwachte aus seinem geistigen Dämmer, als er hörte, wie unten am Auto herumgewerkelt wurde. Heimlich, still und leise schlüpfte er hinaus und rannte zum Haus, um Celestine zu holen. Bevor Holger 2 und Nombeko mit den Kennzeichen fertig waren, hatten Nummer eins und seine Freundin die Scheune gestürmt und sich ins Führerhäuschen gesetzt.

»Aha, ihr wolltet also ohne uns abhauen, mit Bombe und allem«, sagte Celestine.

»Aha, abhauen wolltet ihr also«, sagte Holger 1.

Da platzte seinem Bruder endgültig der Kragen.

»Irgendwann reicht es!«, brüllte er. »Steigt sofort aus, ihr verdammten Parasiten! Ihr braucht nicht zu glauben, dass ich euch die Möglichkeit gebe, uns auch noch diese Chance kaputtzumachen. Nie im Leben!«

Woraufhin Celestine ein Paar Handschellen herausholte und sich am Handschuhfach festkettete. Was so ein alter Demonstrant ist, der verlernt eben nichts.

Holger 1 durfte fahren. Celestine saß neben ihm, wenn auch in etwas unnatürlicher Haltung, weil sie ja festgekettet war. Nombeko saß neben ihr und ganz rechts Nummer zwei, in ausreichendem Abstand von seinem Bruder.

Als der Kartoffellaster am Haus vorbeifuhr, kam Gertrud auf die Treppe.

»Könntet ihr wohl beim Supermarkt vorbeifahren? Wir haben nichts mehr zu essen im Haus!«

Nummer eins und Celestine wurden von Nombeko darüber informiert, dass diese Reise zum Ziel hatte, die Bombe loszuwerden, weil sich zufällig eine Gelegenheit ergeben hatte, direkten Kontakt zu Ministerpräsident Reinfeldt aufzunehmen.

Holger 2 ergänzte, dass er sowohl seinen Bruder als auch dessen grauenerregende Freundin durch den achtreihigen Kartoffelsetzer zu jagen gedenke, wenn sie ihre Hintern auch nur einen Millimeter von den Sitzen wegbewegten.

»Den achtreihigen Kartoffelsetzer haben wir doch verkauft«, versuchte es Holger 1.

»Dann kauf ich einen neuen«, sagte sein Bruder.

Das Galadiner im Königlichen Schloss begann um 18 Uhr. Die Gäste wurden im Inneren Trabantensaal empfangen, dann wurde die ganze Gesellschaft elegant in den Ballsaal, genannt Vita havet, geleitet, wo das Diner stattfinden sollte.

Es war nicht leicht für Nombeko, sich so auf dem Schlossplatz zu positionieren, dass sie auf jeden Fall Präsident Hu Jintaos Aufmerksamkeit erregen konnte. Die neugierigen Zuschauer wurden mit sanftem Nachdruck an die Längsseiten des Hofes geschoben, so dass niemand näher als fünfzig Meter an die eintretenden Gäste herankommen konnte. Würde sie ihn auf diese Entfernung überhaupt erkennen? Er hingegen würde sie sicher wiedererkennen. Wie viele schwarze Afrikaner sprachen schon Wu-Chinesisch?

Doch wie sich herausstellte, war das Wiedererkennen für beide Seiten kein Problem. Die Sicherheitspolizei wuselte um den chinesischen Präsidenten Hu und seine Frau Li Yongqing herum, als die beiden eintrafen. Nombeko holte tief Luft und rief im Dialekt des Präsidenten:

»Hallo, Herr Chinese. Lange her, dass wir zwei in Afrika auf Safari gegangen sind!«

Vier Sekunden später war Nombeko schon von zwei Sicherheitspolizisten in Zivil flankiert. Weitere vier Sekunden später hatten sich die Herren schon wieder etwas beruhigt, denn die Schwarze wirkte nicht allzu gefährlich, man sah, wo sie ihre Hände hatte, und konnte feststellen, dass sie offensichtlich nicht beabsichtigte, Wurfgeschosse auf das Präsidentenpaar loszulassen. Nichtsdestoweniger musste sie natürlich sofort von hier weggebracht werden.

Oder?

Aber – was war das?

Der Präsident hatte seine Frau auf dem roten Teppich stehen lassen und kam nun direkt auf die Schwarze zu. Und... und... *er lächelte sie an!*

Manchmal hatte man es schon ganz schön schwer als Sicherheitspolizist. Jetzt sagte der Präsident irgendetwas zu der Demonstrantin – sie war doch eine Demonstrantin, oder? Und die Demonstrantin antwortete.

Nombeko entging die Verwirrung unter den Sicherheitskräften nicht. Also sagte sie auf Schwedisch:

»Die Herren brauchen nicht so verschreckt dreinzugucken. Der Präsident und ich sind alte Freunde und wollen nur ein paar Worte miteinander wechseln.«

Dann wandte sie sich wieder an Präsident Hu und sagte:

»Ich glaube, wir müssen unsere Erinnerungen ein andermal austauschen, Herr Chinese. Aber ich muss wohl eher sagen: Herr Präsident, nachdem Sie so einen rasanten Aufstieg hingelegt haben.«

»Ja, allerdings«, lächelte Hu Jintao. »Vielleicht war das auch ein bisschen Ihr Verdienst, Fräulein Südafrika.«

»Zu freundlich, Herr Präsident. Aber ich will Ihnen ganz kurz die Lage schildern – wenn Sie erlauben, dass ich so ohne Umschweife zum Punkt komme: Sie erinnern sich doch sicher noch an diesen strohdummen Ingenieur in meiner alten Heimat, der Sie auf die Safari und zum Abendessen eingeladen hatte? Genau. Dem ist es am Ende nicht so gut ergangen, und das mit Recht, aber mithilfe von mir und seinem Team ist es ihm vorher doch gelungen, ein paar Atombomben zu bauen.«

»Ja, sechs Stück, wenn ich mich recht erinnere«, sagte Hu Jintao.

»Sieben«, sagte Nombeko. »Er war unter anderem nämlich auch im Rechnen schwach. Die siebte Bombe sperrte er in einen geheimen Raum, und dann geriet das Ding auf Abwege, wenn man so will. Oder ... eigentlich geriet es in mein Gepäck ... also hierher, nach Schweden.«

»Was? Schweden hat Kernwaffen?«, staunte Hu Jintao.

»Nein, Schweden nicht. Aber ich. Und ich bin nun mal in Schweden. Sozusagen.«

Hu Jintao schwieg einen Moment. Dann sagte er:

»Und was soll ich nun eigentlich für Sie ... sagen Sie, wie heißen Sie überhaupt, Fräulein Südafrika?«

»Nombeko«, sagte Nombeko.

»Was soll ich für das Fräulein Nombeko in dieser Sache tun?«

»Tja, wenn Sie so freundlich sein könnten, diese Information an den König weiterzugeben, dem Sie demnächst die Hand schütteln werden, dann könnte der wiederum so nett sein, die Information an den Ministerpräsidenten weiterzuleiten, der dann vielleicht rauskommen und mir erzählen könnte, was wir mit eben dieser Bombe anfangen sollen. Mit dem Ding kann man nämlich nicht so einfach beim Wertstoffhof aufschlagen.«

Präsident Hu Jintao wusste zwar nicht, was ein Wertstoffhof ist (der chinesische Klimaschutz war noch nicht ganz so weit fortgeschritten), aber er begriff den Ernst der Lage. Und er begriff auch, dass es die Umstände erforderten, sein Gespräch mit Fräulein Nombeko nun zu beenden.

»Ich verspreche Ihnen, Fräulein, ich werde die Sache dem König und dem Ministerpräsidenten mitteilen, und ich werde mich auch für Sie verbürgen, denn ich bin ziemlich sicher, dass Sie eine unmittelbare Reaktion zu erwarten haben.«

Daraufhin ging Präsident Hu zurück zu seiner verwunderten Frau und dem roten Teppich, der in den Trabantensaal führte, wo bereits Ihre Königlichen Majestäten warteten.

Die Gäste waren eingetroffen, es gab nichts mehr zu sehen. Die Touristen und Schaulustigen zerstreuten sich in alle Winde, um an diesem schönen Juniabend anno 2007 in Stockholm ihren diversen Beschäftigungen nachzugehen. Nombeko blieb allein stehen und wartete auf irgendwas, wenn sie auch nicht recht wusste, was das war.

Nach zwanzig Minuten kam eine Frau auf sie zu. Sie reichte Nombeko die Hand und stellte sich mit gedämpfter Stimme vor. Sie war die Assistentin des Ministerpräsidenten und sollte die Dame zu einer diskreteren Ecke des Schlosses führen.

Das fand Nombeko gut, aber sie fügte hinzu, sie wolle den Laster mitnehmen, der vor dem Schlosshof parkte. Die Assistentin meinte, das ließe sich einrichten, denn das liege ohnehin auf dem Weg.

Holger 1 saß immer noch am Steuer und Celestine neben ihm (die Handschellen hatte sie in ihrer Handtasche versteckt). Die Assistentin setzte sich auch noch ins Führerhäuschen, wo es nun endgültig zu eng wurde, und Nombeko und Holger 2 wechselten in den Laderaum.

Die Fahrt ging nicht allzu weit. Erst die Källargränd und den Schlosshügel hinunter. Dann nach links auf den Parkplatz und den ganzen Weg wieder hinauf. Vielleicht wäre es besser, wenn der Fahrer das letzte Stückchen rückwärts fahren könnte? Stopp! Ja, wunderbar.

Die Assistentin stieg aus, klopfte an eine unscheinbare Tür und schlüpfte hinein, als geöffnet wurde. Wenig später kam erst der Ministerpräsident heraus, gefolgt vom König, und dann Präsident Hu Jintao nebst Dolmetscher. Der chinesische Präsident hatte sich offenbar wirklich für Nombeko und ihre Freunde verbürgt, denn die Sicherheitskräfte blieben alle an der Schwelle stehen.

Nombeko erkannte den chinesischen Dolmetscher wieder, obwohl ihre Begegnung schon über zwanzig Jahre zurücklag.

»Na, nun sind Sie ja doch nicht gestorben«, sagte sie.

»Kann ja immer noch passieren«, antwortete der Dolmetscher säuerlich. »Nachdem man gehört hat, was Sie da so in Ihrem Lkw spazierenfahren.«

Holger 2 und Nombeko forderten den Ministerpräsidenten, den König und den Präsidenten auf, den Laderaum des Kartoffellasters zu besichtigen. Der Ministerpräsident zögerte nicht. Diese schreckliche Behauptung musste überprüft werden. Der König folgte ihm. Der chinesische Präsident hingegen war der Meinung, dass es sich hier um ein innenpolitisches Problem handelte, und ging wieder ins Schloss. Im Gegensatz zu seinem neugierigen Dolmetscher, der noch einen kurzen Blick auf die Kernwaffe werfen wollte. Die Leibwächter wanden sich auf der Schwelle. Was hatten König und Ministerpräsident im Laderaum eines Kartoffellasters zu suchen? Das wollte ihnen gar nicht gefallen.

Die Ironie des Schicksals wollte es, dass in diesem Augenblick eine Gruppe chinesischer Touristen samt Fremdenführer erschien, die sich verlaufen hatte. Daher musste die Tür des Laderaums schleunigst geschlossen werden, und dummerweise wurden dem Dolmetscher dabei die Finger eingeklemmt. Nombeko und die anderen hörten ein »Hilfe, ich sterbe!« von draußen, und Holger 2 klopfte gegen die Scheibe zum Führerhäuschen, um Nummer eins zu bitten, das Licht im Laderaum anzuschalten.

Holger 1 knipste brav die Lampe an, drehte sich um und – erblickte den König! Und den Ministerpräsidenten.

Doch vor allem den König. Du liebe Güte!

»Das ist der König, Papa«, flüsterte Holger 1 Ingmar Qvist im Himmel zu.

Und Papa Ingmar antwortete:

»Fahr zu, mein Sohn! Fahr zu!«

Da fuhr Holger zu.

.

6. TEIL

Ich habe niemals in meinem Leben einen Fanatiker mit Sinn für Humor gesehen.

Amos Oz

20. KAPITEL

Davon, was Könige tun
und was sie nicht tun

Der Kartoffellaster war eben erst losgefahren, als Nombeko auch schon am Zwischenfenster zum Führerhäuschen war und Holger 1 mitteilte, wenn er diesen Tag überleben wolle, solle er den Lkw augenblicklich zum Stehen bringen.

Doch Nummer eins, der sich nicht sicher war, ob er das wollte, bat Celestine, die Trennscheibe zuzuschieben, damit er das Gequatsche von da hinten nicht mehr hören musste.

Das tat sie gern, und sie zog auch noch die Gardine vor, damit sie Seine Majestät in seinem dunkelblauen Marinejackett, der weißen Weste, der dunkelblauen Hose mit Goldlitzen, dem weißen Frackhemd und der schwarzen Fliege nicht mehr sehen musste.

Sie war so stolz auf ihren Rebellen.

»Wir fahren zurück zu Oma, oder?«, sagte sie. »Oder hast du eine bessere Idee?«

»Schatz, du weißt sehr gut, dass ich keine bessere Idee habe«, sagte Holger 1.

Der König wirkte am überraschtesten von der Wendung der Dinge, während der Ministerpräsident sich schrecklich aufregte.

»Was, zum Teufel, geht hier vor?«, fragte er. »Wollen Sie den Ministerpräsidenten und den König kidnappen? Zusammen mit einer Atombombe! Eine Atombombe in meinem Schweden, wer hat Ihnen das überhaupt genehmigt?«

»Na, das Königreich Schweden ist ja wohl eher meins«, sagte

der König und setzte sich auf die nächstbeste Kartoffelkiste. »Im Übrigen teile ich natürlich die Empörung des Ministerpräsidenten.«

Nombeko erwiderte, dass es vielleicht gar nicht mehr sonderlich wichtig war, wessen Land es nun war, wenn es am Ende in die Luft flog. Diese Äußerung bereute sie im nächsten Moment, denn nun wollte der Ministerpräsident mehr über die verfluchte Bombe wissen.

»Wie groß ist denn die Sprengkraft dieser Bombe? Raus mit der Sprache!«, sagte er streng.

Doch Nombeko fand, dass die Stimmung im Laderaum schon gedrückt genug war, und wollte sie nicht noch weiter drücken. Wie hatte sie bloß so dumm sein können, dieses Thema überhaupt anzusprechen? Also versuchte sie, dem Gespräch eine neue Wendung zu geben.

»Ich bedaure diese Situation ganz außerordentlich. Der Herr Ministerpräsident und Seine Majestät sind natürlich nicht gekidnappt worden, jedenfalls nicht von meinem Freund und mir. Sowie das Auto stehen bleibt, verspreche ich Ihnen, dass ich dem Kerl am Lenkrad die Nase umdrehen werde – wenn nicht noch mehr – und alles wieder in Ordnung bringe.«

Und um die Situation zu entschärfen, fügte sie hinzu:

»Bei so schönem Wetter im Laderaum eines Lkws eingesperrt zu sein, ist ja ganz besonders ärgerlich.«

Dieser Kommentar rief dem naturverbundenen König wieder den Seeadler in Erinnerung, den er am Nachmittag am Strömmen in Stockholm gesehen hatte, und er berichtete von seiner Beobachtung.

»Nicht möglich! Mitten in der Stadt?«, rief Nombeko und hoffte eine Sekunde lang, dass ihr Ablenkungsmanöver erfolgreich gewesen war.

Doch nach dieser Sekunde fuhr ihr der Ministerpräsident auch schon in die Parade und forderte, dass die Gruppe doch bitte aufhören solle, sich über Wetter und Ornithologie zu unterhalten.

»Erzählen Sie lieber, wie viel Schaden die Bombe anrichten kann. Wie schlimm ist es?«

Nombeko versuchte, sich um eine konkrete Antwort zu drücken, und erklärte, es handle sich um eine, vielleicht sogar mehrere Megatonnen.

»Wie viele?«

»So zwei oder drei ... mehr nicht.«

»Und das bedeutet?«

Dieser Ministerpräsident war schon ein harter Knochen.

»Drei Megatonnen entsprechen ungefähr zwölftausendfünfhundertzweiundfünfzig Petajoule. Und der Herr König ist wirklich sicher, dass es sich um einen Seeadler gehandelt hat?«

Der Blick, den Fredrik Reinfeldt seinem Staatsoberhaupt zuwarf, war so beeindruckend, dass Letzterer von einer Antwort absah. Dann dachte Reinfeldt darüber nach, ob er wusste, wie viel ein Petajoule war und wie übel sich wohl über zwölftausend von der Sorte auswirken könnten. Um am Ende zu dem Schluss zu kommen, dass sich diese Frau nur um eine Antwort drücken wollte.

»Jetzt rücken Sie endlich raus mit der Sprache!«, sagte er. »Aber so, dass es jeder verstehen kann.«

Da entsprach Nombeko seinem Wunsch und sagte die Wahrheit. Dass diese Bombe nämlich bei ihrer Detonation alles in einem Radius von achtundfünfzig Kilometern mit sich in die Luft reißen würde und schlechtes Wetter mit viel Wind den Schaden schlimmstenfalls sogar verdoppeln könnte.

»Dann haben wir ja richtig Glück, dass heute die Sonne so schön scheint«, sinnierte der König.

Nombeko gefiel seine positive Einstellung, und sie nickte anerkennend, doch der Ministerpräsident sagte, dass Schweden vor der vielleicht größten Krise seit Gründung der Nation stehe. Staats- und Regierungschef befanden sich mit dieser gnadenlosen Vernichtungswaffe auf Irrfahrt durch Schweden, mit einem Mann am Steuer, dessen Absichten immer noch im Dunkeln waren.

»Könnte sich der König vor diesem Hintergrund wohl vorstellen, dass es passender wäre, ans Überleben der Nation zu denken als an Seeadler und daran, was wir für ein Glück mit dem Wetter haben?«, sagte der Ministerpräsident.

Doch der König war schon eine ganze Weile dabei und hatte die Ministerpräsidenten kommen und gehen sehen, während er selbst bestehen blieb. Der neue war sicher auch nicht unrecht, wenn er sich nur endlich ein bisschen beruhigen würde.

»Na, na, immer mit der Ruhe«, sagte er. »Jetzt setzen Sie sich erst mal auf eine Kartoffelkiste wie alle anderen auch, und dann bitten wir Herrn und Frau Kidnapper um eine Erklärung.«

* * * *

Eigentlich wäre er gern Bauer geworden. Oder Baggerführer. Oder irgendwas anderes, wenn es nur mit Autos oder Natur zu tun hatte. Am liebsten beides.

Doch dann wurde er König.

An und für sich kam es ja nicht überraschend. In einem frühen Interview hatte er sein Leben einmal als eine pfeilgerade Linie beschrieben, beginnend mit seiner Geburt. Mit den zweiundvierzig Kanonenschüssen, die am 30. April 1946 über Skeppsholmen dröhnten.

Er wurde auf den Namen Carl Gustaf getauft, Carl nach seinem Großvater mütterlicherseits, Carl Eduard von Sachsen-Coburg und Gotha (der spannenderweise gleichzeitig Nazi und Brite war), und Gustaf nach seinem Vater, seinem Großvater väterlicherseits sowie dessen Vater.

Der kleine Prinz hatte einen schlechten Start ins Leben. Als er gerade mal neun Monate alt war, verlor er seinen Vater durch einen Flugzeugabsturz. Damit entstand eine dramatische Lücke in der Thronfolge. Sein Großvater, Gustaf VI. Adolf, musste nun nämlich das Alter von neunundachtzig Jahren erreichen, um zu verhindern, dass eine Leerstelle entstand, die den Republikanern im Reichstag enormen Auftrieb gegeben hätte.

Daher argumentierten die Ratgeber bei Hofe, dass der Erbprinz bis zur Sicherung der Thronfolge hinter den meterdicken Schlossmauern eingesperrt werden sollte, doch seine liebevolle Mutter Sibylle weigerte sich. Ohne Freunde würde ihr Sohn schlimmstenfalls verrückt, bestenfalls aber ein unausstehlicher Mensch werden.

Daher durfte der Prinz eine ganz normale Schule besuchen, in seiner Freizeit seinem Interesse für Motoren nachgehen und sich bei den Pfadfindern engagieren, wo er lernte, Kreuzknoten, Schotstek und Halbmastwurf schneller und besser zu knüpfen als alle anderen.

In der Mittelschule Sigtuna konnte er jedoch keine befriedigende Note in Mathematik erzielen, und in allen anderen Fächern erreichte er auch nur mit Müh und Not sein Genügend. Die Erklärung war die, dass ihm die Buchstaben und Ziffern heillos durcheinandergerieten – der Kronprinz hatte Dyslexie. Dass er Klassenbester im Mundharmonikaspielen war, verschaffte ihm höchstens bei den Mädels einen Pluspunkt.

Dank Mutter Sibylles Fürsorge hatte er nun aber doch eine ganze Reihe von Freunden in der richtigen Welt, auch wenn keiner von ihnen zur radikalen Linken gehörte, zu der sich im Schweden der Sechzigerjahre so gut wie alle anderen bekannten. Die Haare wachsen zu lassen, in einer WG zu wohnen und der freien Liebe zu frönen, war nichts für einen zukünftigen Regenten, auch wenn er fand, dass Letzteres eigentlich ganz gut klang.

Sein Großvater väterlicherseits, Gustaf Adolf, hatte »Die Pflicht über alles« zu seinem Wahlspruch erkoren. Vielleicht lebte er deswegen bis zu seinem 90. Geburtstag. Erst im September 1973 entschlief er, als sein Enkel alt genug war, die Regierung zu übernehmen, und das Königshaus somit gerettet war.

Da man sich mit der Königin von England nicht unbedingt über Kreuzknoten oder vollsynchronisierte Wechselmotoren unterhalten kann, fühlte sich der junge Regent nicht immer so ganz wohl in den feinen Salons. Im Laufe der Jahre wurde es aber besser, vor allem weil er sich immer mehr traute, einfach er selbst zu sein. Nach über drei Jahrzehnten auf dem Thron war ein Galadiner auf dem Schloss zu Ehren von Hu Jintao eine Routineangelegenheit, die er im Schlaf absolvieren konnte. Doch am liebsten wäre er solchen Sachen ganz aus dem Weg gegangen.

Die momentane Alternative, eine Entführung per Kartoffellaster, war natürlich nichts, worum der Mensch sich reißen würde, aber der König war überzeugt, dass sich das auch irgendwie regeln ließ.

Wenn bloß der Ministerpräsident sich wieder einkriegen würde.

Und hinhören würde, was die Kidnapper zu sagen hatten.

* * * *

Ministerpräsident Reinfeldt hatte nicht vor, sich auf eine von diesen schmutzigen Kartoffelkisten zu setzen. Außerdem war es überall staubig. Und auf dem Boden lag Erde. Aber zuhören konnte er immerhin.

»Na gut«, sagte er und wandte sich Holger 2 zu. »Hätten Sie wohl die Freundlichkeit, uns zu erklären, was hier eigentlich vor sich geht?«

Seine Worte waren höflich, sein Ton herrisch, und seine gereizte Stimmung gegenüber dem König legte sich auch nicht.

Nummer zwei hatte sein Gespräch mit dem Ministerpräsidenten zwanzig Jahre lang einüben können. Er war eine fast unendliche Anzahl von Szenarien durchgegangen – doch keines davon berücksichtigte die Möglichkeit, dass er mit dem Ministerpräsidenten in einen Kartoffellaster eingesperrt sein könnte. Mit der Bombe. Und dem König. Und seinem königsfeindlichen Bruder am Steuer. Auf dem Weg zu einem unbekannten Ziel.

Während Holger 2 nach Worten und der richtigen Idee suchte, saß sein Bruder vorne und überlegte laut, was sie als Nächstes anfangen sollten. Papa hatte ganz deutlich gesagt: »Fahr zu, mein Sohn, fahr zu«, mehr aber auch nicht. Sie konnten den König ja nicht einfach so vor die Wahl stellen, entweder abzudanken und dafür zu sorgen, dass ihm niemand nachfolgte, oder sich auf die Bombe zu setzen, damit Nummer eins und Celestine den König, Teile seines Königreichs und sich selbst in die Luft jagen konnten.

»Mein mutiger, mutiger Schatz«, kommentierte Celestine seine Überlegungen.

Das hier war weiß Gott die verbarrikadierteste Barrikade, auf der ein Mensch nur stehen konnte. Und außerdem ein schöner Tag zum Sterben, wenn es denn nötig werden sollte.

Im Laderaum hinter ihnen fand Holger 2 schließlich die Sprache wieder.

»Ich glaube, wir müssen ganz von vorn erzählen«, meinte er.

Also erzählte er von Papa Ingmar, von sich selbst und seinem Bruder, wie der eine beschlossen hatte, den Kampf seines Vaters weiterzuführen, während der andere nun dummerweise hier saß und erzählen musste, was er gerade erzählte.

Als er fertig war und Nombeko ihre eigene Lebensgeschichte hinzugefügt hatte, inklusive der Erklärung, wie es dazu kam, dass diese eigentlich gar nicht existente Bombe auf Tour gehen konnte, dachte sich der Ministerpräsident, das könne alles gar nicht wahr sein. Aber zur Sicherheit wollte er lieber davon ausgehen, dass es trotzdem wahr war. Den König seinerseits beschäftigte der Gedanke, dass er langsam wirklich Hunger kriegte.

* * * *

Fredrik Reinfeldt versuchte, sich ein Bild von den Geschehnissen zu machen. Sie zu analysieren. Er dachte an den Alarm, der jetzt jede Minute losgehen dürfte, wenn er nicht sogar schon losgegangen war, und wie es eine landesweite Panik geben würde, mit Eingreiftruppe und Hubschraubern, die über Kartoffellaster und Bombe kreisten. Aus den Hubschraubern würden nervöse junge Männer mit Automatikwaffen hängen, die jederzeit Warnschüsse durch die Wand des Laderaums feuern konnten und weiter durch die schützenden Metallschichten, die diese ganzen Megatonnen und Petajoules umgaben. Es war auch möglich, dass sie einfach nur den Idioten am Steuer provozierten, so dass er etwas Unüberlegtes tat. Zum Beispiel von der Straße abkommen.

All das lag in der einen Waagschale.

In der anderen lagen die Erzählungen des Mannes und der Frau, mit denen er hier saß. Und Präsident Hu, der sich für Letztere verbürgt hatte.

In Anbetracht der Umstände fragte er sich, ob der König und er nicht alles tun sollten, um zu verhindern, dass die Dinge außer Kontrolle gerieten und die Katastrophe ganz von selbst eintrat?

Fredrik Reinfeldt hatte fertig überlegt und sagte zu seinem König: »Ich habe nachgedacht.«

»Sehr gut«, antwortete der König. »Für so was haben wir unsere Ministerpräsidenten ja auch, wenn er mich fragt.«

Reinfeldt stellte Seiner Majestät die rhetorische Frage, ob sie wirklich wollten, dass die Eingreiftruppe über ihren Köpfen ihr Unwesen trieb. Verlangte eine Kernwaffe von drei Megatonnen nicht etwas mehr Respekt?

Der König lobte seinen Ministerpräsidenten, dass er die Formulierung »drei Megatonnen« statt »zwölftausend Petajoule« verwendet hatte. Doch der Schaden wäre so oder so ganz massiv, so viel war dem König klar. Außerdem war er alt genug, um sich an die Berichte vom letzten Einsatz des Spezialverbands zu erinnern, in Gnesta war das gewesen, wenn sich der König recht erinnerte. Der erste und bis jetzt einzige Einsatz der Truppe. Da hatten sie ein halbes Wohnviertel abgefackelt, während die mutmaßlichen Terroristen davonspazierten.

Nombeko sagte, davon habe sie auch schon gelesen.

Damit war die Sache entschieden. Der Ministerpräsident holte sein Handy hervor und rief den diensthabenden Chef der Sicherheitskräfte an, um ihm mitzuteilen, dass eine Angelegenheit von nationalem Interesse dazwischengekommen sei, dass es sowohl ihm als auch dem König gut gehe, dass das Galadiner stattfinden solle wie geplant und man verbreiten solle, sowohl das Staatsoberhaupt als auch der Regierungschef seien unpässlich. Im Übrigen solle der Chef der Sicherheitskräfte nichts unternehmen, sondern weitere Befehle abwarten.

Dem diensthabenden Sicherheitschef brach vor Nervosität der Schweiß aus. Glücklicherweise war auch sein Vorgesetzter, der Chef der Sicherheitspolizei, zu dem Diner eingeladen. Der stand nun neben seinem Untergebenen und ließ sich das Telefon reichen. Übrigens war der Chef genauso nervös.

Vielleicht begann er deswegen mit einer Kontrollfrage, deren Antwort er selbst nicht wusste. Aber der schreckliche Gedanke, dass der Ministerpräsident vielleicht unter Androhung von Gewalt gesprochen hatte, war eben nicht von der Hand zu weisen.

»Wie heißt Ihr Hund?«, fragte er.

Daraufhin antwortete der Ministerpräsident, er habe gar keinen Hund, verspreche aber, sich schnellstmöglich einen anzuschaffen, einen großen mit scharfen Zähnen, den er dem Chef der Sicherheitspolizei auf den Hals hetzen würde, wenn dieser jetzt nicht gut zuhörte.

Die Dinge verhielten sich genau so, wie der Ministerpräsident gesagt hatte. Der Chef der Sicherheitspolizei konnte ja Rücksprache mit Hu Jintao halten, wenn er Zweifel hegte. Ansonsten konnte er gerne versuchen, die Anweisungen des Ministerpräsidenten zu ignorieren, nach dem Namen seines Aquariumsfisches fragen (einen solchen besaß er nämlich tatsächlich), auf der Suche nach ihnen das ganze Land auf den Kopf stellen – und sich für morgen gleich einen neuen Job suchen.

Der Chef der Sicherheitspolizei mochte seinen Job. Der Titel war hübsch und das Gehalt auch. Und die Pensionierung in greifbarer Nähe. Kurz, er hatte überhaupt keine Lust, sich eine neue Arbeit zu suchen. Und so beschloss er, dass der Aquariumsfisch des Ministerpräsidenten heißen mochte, wie er wollte.

Außerdem stand neben ihm Ihre Majestät die Königin, die auch ein Wörtchen zu sagen hatte.

Fredrik Reinfeldt reichte seinem König das Handy weiter.

»Hallo, mein Schatz. Nein, mein Schatz, ich bin nicht am Rumhuren...«

Damit war die Bedrohung eines Angriffs durch die Spezialeinheit der Polizei abgewehrt. Im weiteren Verlauf der Reise erläuterte Holger 2 eingehend die Problematik. Sein Zwillingsbruder, der am Steuer saß, hatte – ebenso wie vordem sein längst verstorbener Vater – die fixe Idee, dass Schweden eine Republik werden musste, wozu man die Monarchie freilich abschaffen musste. Die Frau rechts von ihm war seine reizbare und nicht weniger wirrköpfige Freundin. Was die Staatsform anging, teilte sie unglücklicherweise die Ansichten seines Bruders.

»Der guten Ordnung halber möchte ich bekanntgeben, dass ich diese Auffassungen nicht teile«, sagte der König.

Der Kartoffellaster fuhr weiter. Die Gruppe im Laderaum hatte gemeinsam beschlossen, erst mal abzuwarten und zu sehen, wie sich die Dinge entwickelten. Hauptsächlich warteten sie ab, denn sehen konnten sie rein gar nichts, seit Celestine die Gardine vorgezogen hatte.

Auf einmal schien die Reise zu Ende zu sein. Der Kartoffellaster blieb stehen, der Motor wurde abgestellt.

Nombeko fragte Nummer zwei, wer von ihnen seinen Bruder zuerst erschlagen sollte, aber Nummer zwei überlegte eher, wo sie sich wohl befinden mochten. Der König neben ihm sagte, er hoffe, dass jetzt eine Mahlzeit zu erwarten sei. Der Ministerpräsident beschäftigte sich unterdessen damit, die Türen des Laderaums zu untersuchen. Die musste man doch wohl auch von innen öffnen können, oder? Während das Auto noch fuhr, hätte das ja nicht viel Sinn gehabt, doch nun sah Fredrik Reinfeldt keinen Grund mehr, warum er in diesem schmutzigen Laderaum bleiben sollte. Er war der Einzige, der die ganze Fahrt über gestanden hatte.

In der Zwischenzeit war Holger 1 in die Scheune auf Sjölida gerannt und auf den Heuboden, wo er einen Eimer hochhob, unter dem seit fast dreizehn Jahren die Pistole von Agent A versteckt gewesen war. Nummer eins war zurück, bevor der Ministerpräsident austüfteln konnte, wie der Türmechanismus von innen funktionierte.

»Keine Dummheiten«, sagte Holger 1. »Steigen Sie einfach bloß aus, schön ruhig und langsam.«

Die Orden des Königs klirrten, als er vom Laderaum auf den Boden hopste. Das Geräusch und der Anblick des ganzen Glitzerkrams verlieh Nummer eins neue Kräfte. Er hob die Waffe, um gar keine Zweifel daran aufkommen zu lassen, wer hier die Befehle gab.

»Du hast eine *Pistole*?«, staunte Nombeko und beschloss, das Nasenumdrehen und Erschlagen auf einen späteren Zeitpunkt zu verschieben.

»Was ist denn da los?« Gertrud hatte aus dem Fenster gesehen, dass sich die Gruppe vergrößert hatte, und war herausgekommen, um sich die Leute anzusehen – wie immer mit Papa Tapios Flinte in der Hand, da die Situation nicht ganz klar war.

»Das wird ja immer besser«, sagte Nombeko.

* * * *

Gertrud war überhaupt nicht glücklich darüber, dass Celestine und die anderen einen Politiker mitgebracht hatten – für diese Typen hatte sie nämlich gar nichts übrig. Der König hingegen war in Ordnung. Und wie! Sie hatte seit den Siebzigerjahren ein Bild von ihm und seiner Königin im Plumpsklo hängen, und das Paar hatte ihr mit seinem warmen Lächeln immer nett Gesellschaft geleistet, wenn sie bei fünfzehn Grad minus dasaß, um zu tun, was sie tun musste. Anfangs war es ihr etwas unangenehm gewesen, sich vor den Augen ihres Königs den Hintern abzuwischen, doch die Vorteile überwogen, und nach einer Weile hatte sie sich daran gewöhnt. Nachdem Sjölida 1993 ein richtiges WC bekommen hatte, hatten ihr die Momente mit Seiner Majestät richtig gefehlt.

»Wie schön, dass wir uns wiedersehen«, sagte sie und gab ihrem König die Hand. »Geht es der Königin gut?«

»Das Vergnügen ist ganz meinerseits«, sagte der König und fügte hinzu, dass es der Königin gut ging, während er angestrengt überlegte, wo er dieser Dame schon einmal begegnet war.

Holger 1 scheuchte alle in Gertruds Küche, um das ultimative Verhör mit dem König zu beginnen. Gertrud fragte, ob sie daran gedacht hatten, ein paar Lebensmittel einzukaufen, vor allem jetzt, wo sie ja Gäste hatten. Noch dazu den König, und dann auch noch diesen anderen da.

»Ich bin Ministerpräsident Fredrik Reinfeldt«, sagte Ministerpräsident Fredrik Reinfeldt und streckte ihr die Hand hin. »Angenehm.«

»Beantwortet mir doch lieber meine Frage«, sagte Gertrud. »Habt ihr was zu essen eingekauft?«

»Nein, Gertrud«, sagte Nombeko. »Uns ist was dazwischengekommen.«

»Dann müssen wir jetzt alle verhungern.«

»Können wir nicht den Pizzaservice anrufen?«, überlegte der König und dachte daran, dass sie auf dem Galadiner wahrscheinlich gerade die gebratenen Jakobsmuscheln mit Zitronenmelissepesto verspeist hatten und nun beim pochierten Heilbutt an Spargel mit gerösteten Pinienkernen angekommen waren.

»Hier draußen funktionieren keine Handys, daran sind die Politiker schuld. Ich mag Politiker nicht«, wiederholte Gertrud.

Und zum zweiten Mal dachte sich Fredrik Reinfeldt, dass das alles nicht wahr sein konnte. Da hatte er soeben hören müssen, wie sein König vorschlug, für sich und seine Kidnapper eine Pizza beim Lieferservice zu bestellen.

»Wenn ihr ein paar Hühnern den Hals umdreht, kann ich uns was zu essen machen«, fiel Gertrud ein. »Meine zweihundert Hektar Kartoffelland habe ich zwar leider verkauft, aber Engström merkt es garantiert nicht, wenn wir ihm fünfzehn von seinen fünfzehn Millionen Kartoffeln klauen.«

Mittendrin stand Holger 1 mit der Pistole in der Hand. Pizzaservice? Hühner? Was ging hier eigentlich ab? Der König sollte schließlich vor die Wahl gestellt werden, entweder abzudanken oder sich in Atome aufzulösen.

Nummer eins flüsterte Celestine zu, dass es Zeit wurde, Klartext zu reden. Sie nickte und beschloss, zuerst einmal ihrer Großmutter die Situation zu erklären. Und das tat sie dann auch in aller Kürze. Sie hatten den König gekidnappt, und den Ministerpräsidenten hatten sie bei der Gelegenheit noch gratis dazugekriegt. Und jetzt mussten Holger und sie ihn zwingen, von seinem Amt zurückzutreten.

»Den Ministerpräsidenten?«

»Nein, den König.«

»Wie schade«, meinte Gertrud und fügte hinzu, dass aber niemand auf leeren Magen zurücktreten sollte. Sie machte jetzt erst mal Hähnchenpfanne, oder?

Hausgemachte Hähnchenpfanne, das klang dem König ebenso handfest wie lecker in den Ohren. Doch wenn er bald was in den Magen bekommen wollte, musste er wohl selbst zur Tat schreiten.

Im Laufe der Jahre hatte er so manche Fasanenjagd mitgemacht, und zu Anfang, als der König nur ein Kronprinz war, standen die Leute nicht gerade Schlange, um ihm seine Beute zu zerlegen – der junge Mann sollte ruhig mal ein bisschen abgehärtet werden. Nun dachte er sich, wenn er vor fünfunddreißig Jahren einen Fasan schießen und rupfen konnte, dann konnte er heute wohl auch ein Huhn schlachten und rupfen.

»Wenn sich der Ministerpräsident um die Kartoffeln kümmert, erledige ich das mit den Hühnern«, sagte er.

Da Fredrik Reinfeldt zu diesem Zeitpunkt schon fast sicher war, dass das alles gar nicht wirklich passierte, marschierte er mit der Heugabel auf den Kartoffelacker – mit seinen Lackschuhen und dem Frack von Corneliani. Aber immer noch besser als die Alternative, sich das Hemd und wer weiß, was sonst noch alles, mit Hühnerblut zu bekleckern.

Der König war für sein Alter ziemlich behände. Innerhalb von fünf Minuten hatte er drei junge Hähne eingefangen und ihnen mit der Axt die Köpfe abgehauen. Sein Marinejackett hing an einem Haken an der Wand des Hühnerhauses, wo nun in der Abendsonne der Königliche Seraphinenorden, das Jubiläumsabzeichen von Gustav V., die Gedächtnismedaille von Gustav VI. Adolf, der Schwertorden und der Königliche Nordsternorden glitzerten. Der Vasaorden en collier wurde auf eine rostige Mistgabel gehängt.

Das weiße Hemd bekam, genau wie der Ministerpräsident gemutmaßt hatte, lauter rote Sprenkel.

»Ich hab noch eins zu Hause«, sagte der König zu Nombeko, die ihm anschließend beim Rupfen behilflich war.

»Hab ich mir fast schon gedacht«, sagte Nombeko.

Als sie wenig später mit drei gerupften Hähnchen in die Küche kam, verkündete Gertrud ganz eifrig und vergnügt, jetzt werde sie eine richtig leckere Hähnchenpfanne kochen!

Holger 1 und Celestine wirkten am Esstisch noch verwirrter als sonst. Und es wurde nur schlimmer, als der Ministerpräsident mit lehmverkrusteten Füßen hereinkam und einen Eimer Kartoffeln brachte. Und danach der König mit dem ganzen Hühnerblut auf dem Frackhemd. Sein Marinejackett und den Vasaorden en collier hatte er beim Hühnerhaus und auf der Mistgabel vergessen.

Wortlos nahm Gertrud die Kartoffeln entgegen, sparte aber nicht mit Lob für den König, der so geschickt mit der Axt umzugehen wusste.

Holger 1 war sauer, dass Gertrud mit der verfluchten Majestät fraternisierte. Celestine ging es ebenso. Wäre sie siebzehn gewesen, wäre sie sofort auf und davon gegangen, aber jetzt hatten sie einen Auftrag zu erfüllen, und sie wollte sich nicht noch einmal im Bösen von ihrer Großmutter trennen. Falls sie sich nicht doch noch gezwungen sahen, alle Menschen und Hühner in die Luft zu sprengen, aber das stand auf einem anderen Blatt.

Nummer eins hatte noch immer seine Pistole in der Hand, und es nervte ihn, dass das niemand weiter zu beeindrucken schien. Nombeko fand, dass er mehr denn je eine umgedrehte Nase verdiente (obwohl sie schon nicht mehr wütend genug war, um ihn erschlagen zu können), aber sie wollte sich auch unbedingt noch einmal an Gertruds Hähnchenpfanne gütlich tun, bevor im schlimmsten Fall ihrer aller irdisches Leben beendet wurde. Und die größte Bedrohung war eben nicht die Bombe, sondern dieser Wirrkopf, der hier in der Küche ständig mit seiner Waffe herumfuchtelte.

Also beschloss sie, dem Bruder ihres Freunds mit Logik zu helfen. Sie erklärte, wenn der König nicht floh, bräuchte man die Pistole gar nicht, und wenn er es doch tat, hatte Holger ja immer noch die achtundfünfzig Kilometer gut, die die Bombe reichte. Nicht mal ein König konnte in drei Stunden so weit wegrennen, auch wenn er seine kiloschweren Orden inzwischen abgelegt hatte.

Holger musste also nur eines tun: den Schlüssel des Kartoffellasters verstecken. Damit war das Gleichgewicht des Schreckens auf Sjölida wiederhergestellt. Niemand brauchte den anderen misstrauisch zu beäugen, und alle konnten endlich in Ruhe und Frieden ihr Essen genießen.

Nummer eins nickte nachdenklich. Was Nombeko da sagte, schien wirklich Hand und Fuß zu haben. Außerdem hatte er den Schlüssel des Kartoffellasters tatsächlich schon in seinen einen Strumpf geschoben, ohne zu kapieren, wie schlau das gewesen war. Nach ein paar Sekunden Bedenkzeit schob er die Pistole in die Innentasche seiner Jacke.

Ohne sie vorher zu sichern.

Während Nombeko Nummer eins zur Vernunft brachte, hatte Celestine von ihrer Großmutter die Aufgabe zugeteilt bekommen, das Hähnchenfleisch in mundgerechte Stücke zu schneiden. Unterdessen wurde Holger 2 instruiert, wie er den Schnaps zu mischen hatte, nämlich *exakt* nach Gertruds Angaben: einen Schuss Gordon's Gin, zwei Schuss Noilly Prat und den Rest Wodka und Skåne Akvavit zu gleichen Teilen. Nummer zwei wusste nicht recht, was sie mit

»einem Schuss« meinte, aber als er zu einem Ergebnis gekommen war, dachte er sich, dass zwei Schuss wohl ungefähr das Doppelte sein mussten. Als er die fertige Mischung heimlich kostete, war er so zufrieden mit dem Ergebnis, dass er gleich noch mal kostete.

Schließlich saßen alle am Tisch, bis auf Gertrud, die mit dem letzten Abschmecken ihres Gerichts beschäftigt war. Der König musterte die beiden Holgers und fand, dass sich die zwei enorm ähnlich sahen.

»Wie soll man euch eigentlich auseinanderhalten, wenn ihr auch noch den gleichen Namen habt?«

»Ein Vorschlag wäre, dass man den mit der Pistole ›Idiot‹ nennt«, sagte Holger 2 und empfand eine gewisse Befriedigung, es mal ausgesprochen zu haben.

»Holger und der Idiot – ja, das könnte funktionieren«, meinte der König.

»Niemand nennt meinen Holger einen Idioten!«, sagte Celestine.

»Warum denn nicht?«, fragte Nombeko.

Der Ministerpräsident spürte, dass keiner etwas davon hatte, wenn es jetzt Streit gab, also beeilte er sich, Holger dafür zu loben, dass er die Waffe weggeräumt hatte, was Nombeko veranlasste, Waffenstillstand zu erklären.

»Wenn wir Holger fangen – den Holger, den wir nicht ›den Idioten‹ nennen, wenn seine Freundin zuhört – und an einen Baum binden, besteht das Risiko, dass dann stattdessen seine Freundin die Bombe zündet. Und wenn wir sie an den Baum daneben binden, wer weiß, was dann ihrer Großmutter mit der Flinte einfällt?«

»Gertrud«, sagte der König beifällig.

»Wenn ihr meine kleine Celestine anrührt, fliegen die Kugeln hier in alle Richtungen, dass ihr's nur wisst!«, sagte Gertrud.

»Ja, da hört ihr's«, sagte Nombeko. »Die Pistole ist völlig unnötig, und das habe ich vor einer Weile sogar dem Idioten klarmachen können.«

»Essen ist fertig«, verkündete Gertrud.

Auf dem Speisezettel standen Hähnchenpfanne, selbst gebrautes Bier und die spezielle Schnapsmischung der Gastgeberin. Hähnchen und Bier durfte sich jeder selbst nehmen, aber um den Schnaps kümmerte sich Gertrud. Jeder bekam sein Glas, inklusive dem Ministerpräsidenten, auch wenn er lahm protestierte. Gertrud schenkte bis obenhin ein, und der König rieb sich die Hände:

»Dass das Hähnchen nach Geflügel schmeckt, davon dürfen wir wohl ausgehen. Aber jetzt wollen wir doch mal sehen, wie es um den Rest steht.«

»Ja dann – auf Sie, lieber König«, sagte Gertrud.

»Und wir?«, fragte Celestine.

»Auf euch natürlich auch.«

Und dann leerte sie ihr Glas. Der König und Holger 2 folgten ihrem Beispiel. Die anderen nippten eher vorsichtig, nur Holger 1 konnte sich nicht überwinden, auf den König zu trinken, und der Ministerpräsident goss seinen Schnaps rasch in eine Pelargonie, als niemand guckte.

»Marschall Mannerheim, bei meiner Ehr!«, sagte der König liebenswürdig.

Außer Gertrud verstand niemand, wovon er sprach.

»Wunderbar, lieber König! Aber auf einem Bein kann man nicht stehen – darf ich Ihnen noch einen anbieten?«

Holger 1 und Celestine fanden Gertruds Begeisterung für diesen Mann, der doch endlich abdanken sollte, immer unangenehmer. Außerdem saß er da in seinem blutgesprenkelten Frackhemd mit hochgekrempelten Ärmeln statt in seiner Marineuniform. Nummer eins mochte es gar nicht, wenn er nicht durchblickte, auch wenn er diesen Zustand ja im Grunde gewohnt war.

»Was hat das eigentlich zu bedeuten?«, fragte er.

»Dass dein Freund, der König, soeben den besten Schnaps der Welt erkannt hat«, sagte Gertrud.

»Das ist nicht mein Freund«, sagte Holger 1.

* * * *

Gustaf Mannerheim war kein Bluff, sondern ein ganzer Kerl. Er tat mehrere Jahrzehnte lang Dienst in der Armee des Zaren und zog in dessen Auftrag zu Pferde durch Europa und Asien.

Als Lenin und der Kommunismus die Macht in Russland übernahmen, kehrte er heim ins freie Finnland, wo er Reichsverweser, Oberbefehlshaber der Armee und zu guter Letzt auch noch Präsident wurde. Er galt für alle Zeit als der größte Soldat Finnlands und erhielt Orden und Auszeichnungen von der ganzen Welt – und obendrein den einmaligen Titel »Marschall von Finnland«.

Im Zweiten Weltkrieg kam die »Marschallmischung« auf: ein Teil Wodka, ein Teil Aquavit, ein Schuss Gin und zwei Schuss Wermut. Die Mischung wurde zum Klassiker.

Zum ersten Mal hatte der König das vor über dreißig Jahren bei einem Staatsbesuch in Finnland zu kosten bekommen, als er gerade mal ein knappes Jahr König war.

Der Achtundzwanzigjährige, nervös und mit zitternden Knien, wurde vom routinierten finnischen Präsidenten Kekkonen empfangen, der selbst schon gut über siebzig war. Mit dem Vorrecht des Älteren verlangte Kekkonen, dass der König sich erst mal einen hinter die damals schon metallbeschwerte Binde kippen sollte. Gesagt, getan – und schon lief der Rest des Besuches wie am Schnürchen. Nun serviert ein finnischer Präsident nicht einfach irgendein Getränk, es musste schon die Marschallmischung sein, und damals entstand eine lebenslange Liebe zwischen dem König und diesem Drink, während Kekkonen und er Jagdkameraden wurden.

Der König leerte auch das zweite Glas, schnalzte mit der Zunge und sagte:

»Wie ich sehe, ist das Glas des Ministerpräsidenten leer. Möchten Sie nicht auch noch einen? Nun ziehen Sie doch endlich Ihren Frack aus, Mann. Und Ihre Lackschuhe sind ja völlig mit Matsch beschmiert, und die halben Hosenbeine auch noch.«

Der Ministerpräsident entschuldigte sich für seine Verfassung. Hätte er vorher gewusst, was er jetzt wusste, wäre er in Blaumann und Gummistiefeln zum Galadiner auf dem Schloss erschienen. Er fügte hinzu, dass er auf ein zweites Gläschen gerne verzichte, es sehe ja auch ganz so aus, als würde der König für zwei trinken.

Fredrik Reinfeldt wusste nicht, wie er seinen allzu sorglosen König bremsen sollte. Einerseits sollte das Staatsoberhaupt diese äußerst vertrackte Situation ernstnehmen, statt hier eimerweise den Alkohol in sich reinzuschütten (zwei Gläser mit jeweils 3 cl entsprachen in den Augen des moderaten Ministerpräsidenten durchaus einem Eimervoll).

Andererseits schien der König Verwirrung in den republikanisch-revolutionären Reihen am Tisch zu stiften. Dem Ministerpräsidenten war nicht entgangen, wie der Revolverheld und seine Freundin miteinander tuschelten. Offensichtlich störten sie sich an irgendetwas. Am König natürlich. Aber nicht auf die Art, wie sich der Ministerpräsident an ihm störte. Und anscheinend auch nicht auf diese einfache Nieder-mit-der-Monarchie-Art, mit der wahrscheinlich alles begonnen hatte.

Irgendetwas musste da sein. Wenn der König so weitermachte, erfuhren sie vielleicht bald, was es war. Im Übrigen konnte man ihm ja sowieso keinen Einhalt gebieten.

Immerhin war er ja der König.

* * * *

Nombeko hatte ihren Teller als Erste leer gegessen. Sie war fünfundzwanzig Jahre alt gewesen, als sie sich zum ersten Mal satt essen konnte, auf Kosten von Präsident Botha, und hatte sich seither keine sich bietende Gelegenheit entgehen lassen.

»Dürfte man sich wohl noch einen Nachschlag nehmen?«

Man durfte. Gertrud war zufrieden, dass Nombeko mit dem Essen zufrieden war. Wie es aussah, war sie überhaupt rundum zufrieden. Irgendwie schien der König ihr Innerstes berührt zu haben. Mit irgendetwas.

Mit sich selbst.

Marschall Mannerheim.

Oder seiner Schnapsmischung.

Oder von allem ein bisschen.

Egal, was es war, vielleicht war es von Nutzen. Denn wenn es dem König und Gertrud gelang, die Umstürzler zu verwirren, war es gut möglich, dass deren Bild von dem, was als Nächstes zu geschehen hatte, ins Wanken geriet.

Sand ins Getriebe streuen, so nannte man das.

Nombeko hätte dem König gern gesagt, dass er aus strategischen Gründen weiter beim Thema Marschall Mannerheim bleiben sollte. Aber sie kam nicht an ihn heran, denn er war völlig gebannt von der Gastgeberin – und umgekehrt.

Seine Majestät besaß eine Fähigkeit, die dem Ministerpräsidenten gänzlich abging: Er konnte den Augenblick genießen, ungeachtet aller äußeren Bedrohungen. Der König fühlte sich wohl in Gertruds Gesellschaft und verspürte aufrichtige Neugier auf diese alte Dame.

»Wenn die Frage gestattet ist – was hat die Frau Gertrud eigentlich für einen Bezug zum Marschall von Finnland?«, wollte er wissen.

Genau diese Frage hätte Nombeko ihm in den Mund gelegt, wenn sie gekonnt hätte.

Sehr gut, König! Bist du etwa so gescheit? Oder haben wir einfach nur Glück?

»Mein Bezug zum Marschall von Finnland? Das will der Herr König gar nicht wissen«, sagte Gertrud.

Und ob du das willst, König!

»Und ob ich das will«, sagte der König.

»Das ist eine lange Geschichte«, sagte Gertrud.

Wir haben doch jede Menge Zeit!

»Wir haben doch jede Menge Zeit«, sagte der König.

»Tatsächlich?«, sagte der Ministerpräsident gallig, wofür er einen bösen Blick von Nombeko kassierte.

Mischen Sie sich jetzt bloß nicht ein!

»Die Geschichte begann 1867«, sagte Gertrud.

»Im Geburtsjahr des Marschalls«, nickte der König.

König, du bist ein Genie!

»Hui, Sie kennen sich aber aus!«, staunte Gertrud. »Ganz recht, das war das Geburtsjahr des Marschalls.«

Für Nombeko klang die Schilderung von Gertruds Stammbaum rein botanisch betrachtet genauso widersprüchlich wie beim ersten Mal. Doch die Laune des Königs hatte unter ihrer Erzählung nicht im Geringsten gelitten. Er hatte in der Mittelschule Sigtuna ja auch ein Ungenügend in Mathematik bekommen. Vielleicht hatte er sich deswegen nicht ausrechnen können, dass Freiherren – ob nun falsche oder echte – keine Gräfinnen hervorbringen.

»Sie sind also eine Gräfin!«, sagte er anerkennend.

»Ach ja?« Der Ministerpräsident hatte es sich ausrechnen können und kassierte einen weiteren bösen Blick von Nombeko.

Tatsächlich gab es Seiten an diesem König, die es Holger 1 und Celestine richtig schwer machten. Auch wenn sich dieses Gefühl schwer in Worte fassen ließ. Vielleicht war es sein blutiges Hemd? Die hochgekrempelten Ärmel? Die goldenen Manschettenknöpfe, die der König bis auf Weiteres in ein leeres Schnapsglas auf dem Küchentisch gelegt hatte? Oder die Tatsache, dass das widerlich metallbeschwerte Marinejackett jetzt an einem Haken im Hühnerhaus hing?

Oder dass der König gerade drei Hühner geschlachtet hatte?

Könige schlachten doch keine Hühner!

Ministerpräsidenten klauben natürlich auch keine Kartoffeln (zumindest nicht im Frack), aber in erster Linie schlachten Könige keine Hühner.

Während Nummer eins und Celestine versuchten, mit diesen Widersprüchen klarzukommen, gelang es dem König, alles noch schlimmer zu machen. Gertrud und er kamen auf das Thema Kartoffelanbau und dann auch auf den alten Traktor, den die Gruppe eigentlich nicht mehr brauchte, was auch ganz gut war, weil er ja sowieso nicht mehr funktionierte. Gertrud beschrieb ihrem König das Problem, und er antwortete, dass der MF35 wie eine hübsche Frau sei, der man immer ein bisschen schöntun muss, damit alles reibungslos läuft. Dann schlug er eine Reinigung des Dieselfilters und der Einspritzdüse vor. Solange noch Spannung auf der Batterie war, würde der Traktor dann schon wieder anspringen.

Dieselfilter und Einspritzdüse? Könige reparieren keine Traktoren.

Das Abendessen war beendet. Nach dem Kaffee spazierten der König und Gertrud zu zweit zur Scheune, wo sie einen Blick auf den MF35 warfen, und kehrten dann ins Haus zurück, um einen letzten Mannerheimer zu kippen.

In der Zwischenzeit räumte Ministerpräsident Reinfeldt den Tisch ab und machte die Küche sauber. Um seinen Frack nicht schmutziger zu machen als nötig, band er sich eine Küchenschürze der Gräfin um.

Holger 1 und Celestine saßen in einer Ecke und tuschelten, während sein Bruder und Nombeko dasselbe in einer anderen Ecke taten. Sie besprachen flüsternd, wie die Lage aussah und welche strategischen Schritte wohl als Nächstes angebracht waren.

In diesem Moment flog die Tür auf. Ein älterer Mann mit Pistole kam herein und brüllte auf Englisch, dass niemand sich vom Fleck rühren oder plötzliche Bewegungen machen sollte.

»Was ist denn jetzt schon wieder los?«, fragte Fredrik Reinfeldt mit der Spülbürste in der Hand.

Nombeko antwortete dem Ministerpräsidenten auf Englisch: dass der Mossad gerade ins Haus eingedrungen war, in der Absicht, die Atombombe im Kartoffellaster für sich zu beanspruchen.

21. KAPITEL

Von einer verlorenen Fassung und einem Zwilling, der auf seinen Bruder schießt

Dreizehn Jahre sind eine lange Zeit, wenn man sie hinter einem Schreibtisch absitzt, ohne etwas Sinnvolles zu tun zu haben. Aber jetzt hatte Agent B auf jeden Fall den letzten Tag seiner Karriere hinter sich gebracht. Er war fünfundsechzig Jahre und neun Tage alt. Vor neun Tagen hatte er mit Mandeltorte und einer Rede Abschied von seinen Kollegen genommen. Da die Rede seines Chefs schön, aber falsch war, hatten die Mandeln für ihn allerdings einen bitteren Geschmack.

Nach einer Woche als Rentner hatte er einen Entschluss gefasst. Er packte seinen Koffer und fuhr nach Europa. Nach Schweden.

Der Fall mit der Putzfrau, die mit der Bombe verschwand, die sie Israel gestohlen hatte, hatte ihm immer weiter zugesetzt, und das wollte sich auch auf seine alten Tage nicht legen.

Wer war sie eigentlich? Sie hatte nicht nur diesen Diebstahl begangen, sondern hatte aller Wahrscheinlichkeit nach auch seinen Freund A auf dem Gewissen. Der ehemalige Agent B wusste nicht, warum ihn diese Geschichte so umtrieb, aber wenn einem etwas keine Ruhe lässt, dann lässt es einem eben keine Ruhe.

Er hätte mehr Geduld haben sollen, als er damals das Postfach in Stockholm beobachtete. Und er hätte auch mal bei Celestine Hedlunds Großmutter nachsehen müssen. Wenn er denn gedurft hätte.

Das war jetzt alles schon lange her. Und die Spur war von Anfang an keine besonders gute gewesen. Egal. Rentner B wollte zuerst in den Wald nördlich von Norrtälje fahren. Wenn sich dabei nichts ergab, würde er dieses Postamt mindestens drei Wochen lang observieren.

Hinterher konnte er eventuell wirklich in Pension gehen. Er würde sich immer noch dieselben Fragen stellen und niemals die Antwort finden. Doch zumindest hätte er dann das Gefühl, alles Menschenmögliche unternommen zu haben. Gegen einen überlegenen Gegner zu verlieren, war erträglich. Aber das Match aufzugeben, bevor der Schlusspfiff ertönt war, dass hätte Michael Ballack nie gemacht. Das beidfüßige Talent des FC Karl-Marx-Stadt war inzwischen übrigens bis in die Nationalmannschaft aufgestiegen und Kapitän geworden.

B landete in Arlanda, wo er sich ein Auto mietete und geradewegs zu Celestine Hedlunds Großmutter fuhr. Er hatte sich wohl vorgestellt, das Haus leer stehend oder verschlossen und verriegelt vorzufinden – vielleicht hatte er das sogar gehofft. Die Reise hatte eigentlich das Ziel, dem Agenten seinen Seelenfrieden wiederzugeben, nicht eine Bombe zu finden, die ja doch unauffindbar war.

Aber nun stand ein Kartoffellaster auf der Straße direkt vor dem Haus der Großmutter und – im Haus waren alle Fenster erleuchtet! Warum stand der Laster da? Und was mochte sich in ihm verbergen?

Der Agent stieg aus, schlich zum Lkw, warf einen Blick in den Laderaum und – es kam ihm vor, als würde die Zeit stillstehen: Da drin stand die Kiste mit der Bombe! Außen angesengt, wie beim letzten Mal.

Da die Welt nun schon mal verrückt geworden zu sein schien, sah er nach, ob vielleicht sogar noch der Zündschlüssel steckte, aber so weit ging es dann doch nicht. Er musste also doch ins Haus gehen und sich mit den Leuten da drinnen auseinandersetzen – wen auch immer er dort antreffen mochte. Garantiert eine alte Dame von achtzig Jahren. Und ihre Enkelin. Den Freund der Enkelin. Und die verdammte Scheißputzfrau. Noch jemand? Tja, wahrscheinlich den unbekannten Mann, den er im Auto der Blomgrens gesehen hatte, als er vor dem abgebrannten Gebäude in der Fredsgatan in Gnesta stand.

Agent B zog die Dienstwaffe, die er hatte mitnehmen können, als er am letzten Tag im Dienst seine Sachen packte, und drückte probeweise die Klinke der Haustür herunter. Sie war unverschlossen. Er brauchte nur noch einzutreten!

* * * *

Fredrik Reinfeldt (mit der Spülbürste in der Hand) hatte verlangt zu erfahren, was hier eigentlich los war, und Nombeko hatte ihm auf Englisch mit der Wahrheit geantwortet, dass nämlich der Mossad gerade ins Haus eingedrungen war, in der Absicht, die Atombombe aus dem Kartoffellaster zu requirieren. Und vielleicht noch die eine oder andere anwesende Person um die Ecke zu bringen. In dieser Hinsicht sah sie sich selbst derzeit in größter Gefahr.

»Der Mossad?«, sagte der Ministerpräsident (ebenfalls auf Englisch). »Mit welchem Recht darf der Mossad mitten in meinem Schweden mit Waffen herumfuchteln?«

»In *meinem* Schweden«, korrigierte der König.

»In *Ihrem* Schweden?«, hörte Agent B sich selbst sagen, während er den Blick zwischen dem Mann mit Schürze und Spülbürste und dem Mann auf dem Sofa mit blutbespritztem Hemd und leerem Schnapsglas in der Hand hin- und herwandern ließ.

»Ich bin Ministerpräsident Fredrik Reinfeldt«, sagte der Ministerpräsident.

»Und ich bin König Carl XVI. Gustaf«, sagte der König. »Der Chef des Ministerpräsidenten, könnte man sagen. Und das hier ist Gräfin Virtanen, die Gastgeberin dieses Abends.«

»Danke, danke, zu viel der Ehre«, sagte die Gräfin stolz.

Fredrik Reinfeldt war fast genauso außer sich wie vor ein paar Stunden im Kartoffellaster, als ihm aufging, dass er entführt worden war.

»Legen Sie sofort die Waffe aus der Hand, sonst rufe ich Ministerpräsident Olmert an und frage ihn, was hier los ist. Ich kann doch
davon ausgehen, dass Sie in seinem Auftrag handeln, oder?«

Agent B rührte sich nicht vom Fleck. Ihn hatte so eine Art Hirn-
stillstand befallen. Er wusste nicht, was schlimmer war: dass dieser
Mann mit Schürze und Spülbürste behauptete, Ministerpräsident
zu sein, dass der Mann mit dem blutbespritzten Hemd und dem
Schnaps behauptete, König zu sein, oder die Tatsache, dass Agent B
tatsächlich glaubte, die beiden wiederzuerkennen. Sie *waren* Ministerpräsident und König. In einem Haus mitten im Wald, am Ende
der Welt im schwedischen Roslagen.

Ein israelischer Geheimagent verliert niemals die Fassung. Aber
genau danach sah es bei Agent B gerade aus. Er verlor die Fassung.
Er ließ die Waffe sinken und steckte sie wieder in das Halfter unter
seiner Jacke. Und sagte:

»Könnte ich wohl was zu trinken bekommen?«

»Gott sei Dank haben wir die Flasche noch nicht weggeräumt«,
sagte Gertrud.

Agent B setzte sich neben den König und bekam umgehend eine
Marschallmischung serviert. Er leerte sein Glas, schüttelte sich und
nahm dankbar ein zweites entgegen.

Bevor Ministerpräsident Reinfeldt seine ganzen Fragen an den Ein-
dringling loswerden konnte, wandte sich Nombeko an Agent B und
schlug vor, dass sie Chef Reinfeldt und dessen Chef, dem König, haar-
klein erzählten, was passiert war. Von Pelindaba bis heute. Agent B
nickte lahm.

»Fang du an«, sagte er und bedeutete der Gräfin Virtanen mit
einer Geste, dass sein Glas schon wieder leer war.

Da begann Nombeko. Die Schnellversion hatten der König und
der Staatsminister ja schon gehört, als sie mit der Bombe im Laderaum saßen. Jetzt ging sie ein bisschen mehr ins Detail. Der Ministerpräsident lauschte aufmerksam, während er Küchentisch und
Spüle trocken wischte. Der König auf dem Küchensofa lauschte

ebenfalls – auf der einen Seite die bezaubernde Gräfin, auf der anderen den nicht ganz so bezaubernden Agenten.

Nombeko begann mit Soweto und Thabos Diamanten und ihrem Unfall in Johannesburg. Der Prozess. Der Ingenieur und seine Leidenschaft für Klipdrift. Pelindaba und seine Elektrozäune. Das südafrikanische Kernwaffenprogramm. Die anwesenden Israelis.

»Das kann ich so nicht bestätigen«, sagte Agent B.

»Jetzt komm, ich bitte dich«, sagte Nombeko.

Agent B überlegte. Sein Leben hatte er ohnehin verspielt. Entweder er bekam lebenslänglich in einem schwedischen Gefängnis. Oder der Ministerpräsident rief Ehud Olmert an. Der Agent zog lebenslänglich vor.

»Okay, ich hab's mir anders überlegt«, sagte er. »Das kann ich so bestätigen.«

Während sie weitererzählte, musste er noch so einiges bestätigen. Das Interesse an der siebten Bombe, die offiziell gar nicht existierte. Die Abmachung mit Nombeko. Die Idee mit der Diplomatenpost. Agent As Jagd, als die Verwechslung entdeckt wurde.

»Was ist überhaupt mit ihm passiert?«, fragte Agent B.

»Er ist mit einem Hubschrauber in der Ostsee gelandet«, sagte Holger 1. »Bruchlandung, befürchte ich.«

Nombeko erzählte weiter. Holger & Holger. Die Fredsgatan. Die Chinesenmädchen. Der Töpfer. Der Tunnel. Der Einsatz des Spezialverbands der Polizei. Und wie die Truppe einen mehrstündigen Krieg gegen sich selbst geführt hatte.

»Alle, die überrascht sind, bitte die Hand heben«, murmelte der Ministerpräsident.

Nombeko erzählte weiter. Von Herrn und Frau Blomgren. Von dem Diamantengeld, das in Flammen aufging. Von der Begegnung mit B vor dem Abbruchhaus. Von all den erfolglosen Anrufen bei der Assistentin des Ministerpräsidenten.

»Sie hat nur ihren Job gemacht«, sagte Fredrik Reinfeldt. »Hätte die Frau Gertrud wohl auch einen Handfeger da? Ich müsste nur noch kurz den Boden auffegen.«

»Die Gräfin, wenn ich bitten darf«, sagte der König.

Nombeko erzählte weiter. Vom Kartoffelanbau. Vom Studium, das Nummer zwei absolviert hatte. Von dem Idioten, der bei der Disputation dazwischenfunkte.

»Welcher Idiot?«, fragte Agent B.

»Das bin wohl ich«, sagte Holger 1 und hatte das dumpfe Gefühl, dass vielleicht doch ein Körnchen Wahrheit in dieser Bezeichnung steckte.

Nombeko erzählte weiter. Von der Zeitschrift *Svensk Politik*.

»Das war ein gutes Magazin«, sagte der Ministerpräsident. »Aber nur das erste Heft. Wer von Ihnen hat den Leitartikel der zweiten Ausgabe verfasst? Nein, sagen Sie nichts, lassen Sie mich raten.«

Jetzt war Nombeko fast fertig. Sie erzählte noch von der Verbindung zu Hu Jintao. Von ihrer Idee, vor dem Schloss seine Aufmerksamkeit zu erregen. Und wie Holger 1 – der Erzidiot – sie anschließend alle miteinander kidnappte.

Agent B leerte seinen dritten Schnaps und merkte, dass er vorerst hinreichend betäubt war. Dann fügte er seine eigene Erzählung hinzu, angefangen bei seiner Geburt. Nach seiner Pensionierung hatte die Geschichte ihm keine Ruhe gelassen, also war er hierhergekommen. Mitnichten in Ministerpräsident Olmerts Auftrag. Ganz auf eigene Faust. O Gott, wie er das jetzt bereute!

»Was für ein Schlamassel!«, sagte der König und lachte.

Der Ministerpräsident musste zugeben, dass Seine Majestät die Lage ziemlich treffend zusammengefasst hatte.

* * * *

Gegen Mitternacht hielt es der Chef der Sicherheitspolizei fast nicht mehr aus.

Der König und der Ministerpräsident waren nach wie vor verschwunden. Zwar behauptete der Präsident der Volksrepublik China, dass die beiden in guten Händen seien, aber das behauptete er sicher auch von den Menschen in Tibet, oder?

Da zählte es schon eher, dass der Ministerpräsident selbst angerufen und mitgeteilt hatte, dass alles in bester Ordnung war und man nichts unternehmen sollte. Aber das war nun schon ein paar Stunden her. Jetzt ging er nicht mehr ans Telefon, und es war unmöglich, via Handy seine Position zu bestimmen. Und der König hatte gar kein Handy.

Das Galadiner war längst vorüber, und die Gerüchteküche brodelte. Journalisten riefen an und fragten, warum die Gastgeber nicht teilgenommen hatten. Die Presseteams des Hofs und des Ministerpräsidenten hatten geantwortet, dass König und Ministerpräsident unglücklicherweise – und gänzlich unabhängig voneinander – unpässlich geworden waren, dass aber keiner von beiden ernstlich erkrankt war.

Leider liegt es Journalisten nicht in den Genen, an derartige Zufälle zu glauben. Der Chef der Sicherheitspolizei spürte, dass sie alle ungeduldig auf etwas warteten, während er selbst dasaß und Däumchen drehte. Denn was, zum Teufel, hätte er schon unternehmen können?

Er hatte an ein paar Stellen diskret vorgefühlt, indem er zum Beispiel mit dem Kommandanten der Spezialeinheit gesprochen hatte. Er sagte nicht, worum es ging, er deutete nur an, dass sich da vielleicht eine heikle Angelegenheit anbahnte, die darauf hinauslaufen könnte, dass man ein Gebäude stürmen und Menschen befreien musste. So ähnlich wie in Gnesta vor knapp zehn Jahren. Schweden war ein friedliches Land. Ein Einsatz der Eingreiftruppe alle zehn bis fünfzehn Jahre entsprach wohl ungefähr dem, was man hier erwarten konnte.

Der Kommandant der Spezialeinheit hatte stolz erzählt, dass Gnesta sein erster und bis dato einziger Einsatz gewesen war und dass seine Truppe und er allzeit bereit waren.

Der Chef der Sicherheitspolizei war damals noch nicht dabei gewesen, als Teile von Gnesta niederbrannten. Und er hatte auch die Berichte über die Vorfälle von damals nicht gelesen. Er hatte ein gutes, sicheres Gefühl mit diesem Spezialverband. Umso trauriger, dass eine der grundlegenden Voraussetzungen für die Befreiung des Königs und des Ministerpräsidenten nicht erfüllt war:

Niemand wusste, wo zur Hölle sie sich aufhielten.

* * * *

B bat um einen vierten Schnaps. Und dann noch einen fünften. Der Agent wusste nicht viel über schwedische Gefängnisse, war sich aber ziemlich sicher, dass freier Alkohol nicht zum Angebot gehörte. Da bediente er sich doch lieber jetzt, solange er noch konnte.

Der König äußerte sich anerkennend über das Tempo, das der Agent da vorlegte.

»Vierzig Minuten, und Sie haben uns nicht nur eingeholt, sondern sogar überholt.«

Der Ministerpräsident blickte vom Boden auf, den er gerade wischen wollte. Solche Scherze machte man nun wirklich nicht mit dem Geheimdienst eines anderen Landes.

Die Gräfin Virtanen strahlte in Gesellschaft des Königs. Dass er König war, war schon mal ein guter Anfang. Obendrein konnte er Hühner schlachten wie ein echter Kerl, er wusste, wer Mannerheim war, er kannte die Schnapsmischung des Marschalls und hatte mit Urho Kekkonen Elche gejagt. Und dann nannte er sie auch noch »Gräfin«. Es kam ihr vor, als würde sie endlich jemand richtig wahrnehmen, als wäre sie wieder eine finnische Mannerheim, nachdem sie ihr ganzes Erwachsenenleben lang unter dem Namen Virtanen Kartoffeln angebaut hatte.

Egal, was kam, wenn die Mannerheim'sche Mischung den Körper verlassen hatte und der König wieder weg war – in diesem Moment, auf dem Sofa zwischen dem König und dem unendlich müden Agenten, beschloss Gertrud:

Ab jetzt würde sie Gräfin sein. Mit allen Schikanen!

Holger 1 hatte völlig den Boden unter den Füßen verloren. Er begriff, dass in all den Jahren nur eines seine republikanische Gesinnung aufrechterhalten hatte, nämlich sein Bild von Gustaf V. in Paradeuniform, mit seinen Orden, dem Monokel und dem Spazierstock mit Silberknauf. Auf dieses Bild hatten er und sein Bruder in ihrer Kindheit mit Papa Dartpfeile geworfen. Und dieses Bild hatte er an seine geliebte Celestine weitergegeben. Und sie hatte es voll und ganz so übernommen.

Sollten sie deswegen jetzt den Enkel von Gustaf V. in die Luft sprengen, zusammen mit sich selbst, Holgers Bruder und Celestines Großmutter?

Wenn er nicht diese Hühner geschlachtet hätte. Und die Uniform ausgezogen und aufgehängt hätte. Die Ärmel seines blutbespritzten Hemdes hochgekrempelt. Gertrud erklärt, wie man einen Traktor repariert. Und einen Schnaps nach dem anderen gekippt hätte, ohne auch nur einmal die Nase zu rümpfen.

Dass der Ministerpräsident in diesem Moment auf allen vieren herumrutschte, um einen Fleck vom Boden zu scheuern, nachdem er vorher abgeräumt, gespült und abgetrocknet hatte, half Holger und Celestine auch nicht wirklich. Aber das war nichts im Vergleich mit der Behauptung, die vor ihren Augen demontiert worden war.

Dass Könige angeblich keine Hühner schlachten.

Was Holger jetzt mehr als alles andere brauchte, war die Bestätigung, dass die reine Lehre immer noch ihre Berechtigung hatte. Wenn er die hatte, hatte er auch Celestine sicher auf seiner Seite.

Der Obermonarch in Papa Ingmars Erzählungen war immer Gustaf V. gewesen: Dieser Mann war vom Teufel selbst gesandt worden, um Mutter Erde zu verpesten. Holger wusste, dass er sich erkundigen musste, was der jetzige König von diesem Teufelsspross hielt. Er ging also zu dem Mann, der auf dem Küchensofa mit der achtzigjährigen Dame turtelte und sagte:

»Hör mal her, König.«

Der König brach mitten im Satz ab, blickte auf und sagte:

»Ja, das bin ich.«

»Ich muss da mal was mit dir klären«, sagte Holger 1, der Seine Majestät ganz bewusst duzte.

»Also, es geht nämlich um Gustaf V.«

»Meinen Urgroßvater«, sagte der König

»Genau. Das wird bei euch ja auf die Art weitervererbt«, sagte Holger, ohne selbst so richtig zu kapieren, was er damit eigentlich meinte. »Ich will wissen, was der Herr König – also, was du von ihm hältst.«

Nombeko war diskret ein Stückchen näher herangerutscht, um das Gespräch zwischen dem König und dem Idioten zu verfolgen. Jetzt flüsterte sie in sich hinein: *Du hast bis jetzt alles perfekt gemacht, König, gib jetzt bloß die richtige Antwort!*

»Gustaf V.?« Der König witterte eine Falle.

* * * *

Der König ließ die Gedanken kurz um die Generationen vor ihm kreisen. Staatsoberhaupt zu sein, war nicht immer so leicht, wie die niederen Stände glauben mochten. Er dachte nicht zuletzt an Erik XIV., den man erst verrückt nannte (gut, zum Teil auch aus gutem Grund) und der dann von seinem Bruder eingesperrt wurde, um zum Schluss eine mit Gift abgeschmeckte Suppe serviert zu bekommen.

Oder Gustav III., der auf einen Maskenball ging, um sich ein wenig zu amüsieren – und prompt erschossen wurde. Das war nicht besonders lustig. Außerdem zielte der Schütze so schlecht, dass der arme König noch zwei Wochen weiterlebte, bis er endlich starb.

Und vor allem Gustaf V., an dem der Republikaner Holger sich offenbar besonders festgebissen hatte. Der Vater seines Großvaters war ein schmächtiges Kind gewesen, schlurfte auffällig beim Gehen und wurde deswegen mit der neuen Erfindung Elektrizität behandelt. Wenn man ihm ein paar Volt durch den Körper jagte, würden die Füße schon in Schwung kommen, dachte man damals.

Ob es nun die Volt waren oder etwas anderes, ließ sich im Nachhinein nicht mehr sagen, aber Gustaf V. lotste anschließend das neutrale Schweden aufrecht durch beide Weltkriege. Mit einer Königin aus Deutschland an der einen Seite und einem Sohn und Kronprinzen an der anderen, der nicht nur einmal, sondern gleich zweimal britisch heiratete.

Kurz vorm Ersten Weltkrieg ging Gustaf V. ein Stückchen zu weit, als er so lautstark eine schlagkräftigere Armee forderte, dass Ministerpräsident Staaf erbost von seinem Amt zurücktrat. Staaf fand es wichtiger, das allgemeine Wahlrecht einzuführen, als noch ein oder zwei Kanonenboote bauen zu lassen. Dass Urgroßvater seine Forderung kurz vor den Schüssen in Sarajewo geäußert und somit im Grunde ganz richtig gelegen hatte, wurde völlig übersehen, denn als König hatte man den Mund zu halten. Das hatte der König selbst erfahren müssen, als er den Sultan von Brunei als einen patenten Kerl bezeichnete.

Nun gut. Urgroßvater regierte fast dreiundvierzig Jahre und wusste alle politischen Umschwünge geschickt zu bewältigen. So schaffte er es ja auch, die Monarchie zu bewahren, obwohl eines Tages Krethi und Plethi das Wahlrecht bekamen und es dergestalt missbrauchten, dass die Sozialdemokraten an die Macht kamen. Doch die befürchtete Revolution blieb aus, und Ministerpräsident Hansson, der eingefleischte Republikaner, schlich sich tatsächlich hie und da zu einer abendlichen Bridgerunde aufs Schloss.

In Wirklichkeit war Gustaf V. in erster Linie der Retter der Monarchie gewesen. Aber hier ging es darum, einer Herausforderung ganz im Geiste von Großvaters Vater zu begegnen, nämlich mit einer Mischung aus Entschlossenheit und Realitätssinn.

Der König hatte gespürt, dass hinter der Frage dieses Mannes, den er nicht ›den Idioten‹ nennen durfte, etwas Wichtiges steckte. Doch da ebendieser Idiot wahrscheinlich noch nicht mal auf der Welt gewesen war, als des Königs Urgroßvater 1950 starb, konnten sie kaum etwas miteinander zu tun gehabt haben. Es musste also weiter zurückreichen. Um ehrlich zu sein, hatte der König nicht so genau hingehört, als Fräulein Nombeko ihren Vortrag hielt, dafür war er viel zu sehr mit der Gräfin beschäftigt gewesen. Aber der zweite Holger hatte im Kartoffellaster ja die Bemerkung gemacht, dass der Vater der Zwillingsbrüder die republikanische Idee erst in die Familie gebracht hatte.

Ziemlich erfolgreich, wie es aussah.

Hatte der Vater der Zwillingsbrüder vielleicht irgendwie unter Gustaf V. zu leiden gehabt?

Hmm.

Da kam dem König ein verbotener Gedanke.

Der Gedanke der Liebesheirat war noch nicht bis in die königlichen Kreise vorgedrungen, als sich Urgroßvater und Urgroßmutter im September 1881 das Jawort gaben. Trotzdem war Urgroßvater ziemlich traurig gewesen, als seine Königin nach Ägypten fuhr, um sich in wärmerem Klima auszukurieren, und sich dort in einem Beduinenzelt in ein delikates Abenteuer mit einem einfachen Baron stürzte. Einem Dänen noch dazu.

Von dem Tag an soll der König sich nicht mehr für Frauen interessiert haben. Wie es hingegen mit Männern aussah, ist nicht ganz klar. Im Laufe der Jahre gab es das eine oder andere Gerücht. Nicht zuletzt diese Erpressergeschichte, als ein Scharlatan dem König Geld abnahm, in einer Zeit, als Homosexualität noch gesetzeswidrig war und die Monarchie gefährden konnte. Der Hof tat alles, um den Scharlatan bei Laune zu halten und – vor allem – sein Schweigen zu erkaufen.

Man gab ihm Geld und noch ein bisschen Geld, und dann noch ein bisschen mehr. Er wurde unterstützt, als er ein Restaurant und eine Pension betrieb. Aber ein Scharlatan kann schlecht aus seiner Haut, und das Geld rann ihm durch die Finger, und er kam immer wieder und verlangte noch mehr.

Eines Tages stopfte man ihm sämtliche Taschen mit Geld voll und verschiffte ihn nach Amerika, aber es ist ungeklärt, ob er jemals dort ankam, bevor er wieder mit neuen Forderungen vor der Tür stand. Ein andermal – mitten im tobenden Weltkrieg – wurde er nach Nazideutschland geschickt, mit dem Versprechen in der Tasche, lebenslang eine Leibrente aus Schweden zu bekommen.

Aber der Mann fing an, kleine Jungs zu begrapschen, und verhielt sich auch ansonsten genau so, wie es Hitlers arischem Männerideal zuwiderlief, und so wurde er postwendend nach Schweden zurückgeschickt, nachdem er die Gestapo so weit gereizt hatte, dass er um ein Haar im KZ gelandet wäre (was für den schwedischen Hof zweifellos seine Vorteile gehabt hätte).

Als er wieder in Stockholm war, schrieb der Scharlatan ein Buch über sein Leben. Jetzt würde es die ganze Welt erfahren! Nein, die wird es ganz sicher nicht erfahren, dachte sich da der Polizeichef in Stockholm, kaufte die gesamte Auflage auf und sperrte sie in eine Zelle im Polizeirevier.

Am Ende war es nicht mehr möglich, diese ungute Geschichte zu vertuschen (in Brunei wäre das sicher anders gewesen). Da wurde die Gesellschaft tätig und verurteilte den Scharlatan zu acht Jahren Gefängnis für diverse Vergehen. Zu diesem Zeitpunkt war Gustaf V. bereits verstorben, und der Scharlatan sorgte eigenhändig dafür, dass er es ihm gleichtat, nachdem man ihn wieder freigelassen hatte.

Eine traurige Geschichte. Aber es wäre ja nicht unmöglich, dass der Scharlatan mehr war als nur ein Scharlatan. Zumindest was die Schilderung seines Verhältnisses zu Gustaf V. betraf. Und es war nicht auszuschließen, dass der König ihn und andere Jungen und Männer auf diese – damals – illegale Art in seiner Nähe gehabt hatte.

Und wenn nun ...

Und wenn nun der Vater der beiden Holger von ihm missbraucht worden war? Wenn er aus diesem Grunde seinen Kreuzzug gegen die Monarchie im Allgemeinen und Gustaf V. im Besonderen begonnen hatte?

Und wenn nun ...

Denn irgendetwas musste ja dahinterstecken.

* * * *

Der König hatte fertig überlegt. Auch wenn er nicht in allen Teilen richtig gedacht hätte, waren seine Überlegungen doch klug.

»Was ich von Gustaf V. halte, dem Vater meines Großvaters?«, wiederholte der König.

»Ja, jetzt gib mir doch endlich eine Antwort!«, rief Holger 1.

»Ganz unter uns?«, sagte der König (während die Gräfin Virtanen, Celestine, Holger 2, Nombeko, der Ministerpräsident und ein mittlerweile schlafender israelischer Exgeheimagent danebensaßen).

»Bitte«, sagte Holger 1.

Der König bat den Vater seines Großvaters im Himmel um Verzeihung, und dann sagte er:

»Das war ein richtiger Mistkerl.«

Bis jetzt hätte man alles damit erklären können, dass der König einfach ein Naturkind war und dass ein glücklicher Zufall für das sofortige Einverständnis zwischen ihm und Gertrud verantwortlich war. Doch als er die Ehre von Gustaf V. so einfach mit Füßen trat, begriff Nombeko, dass auch dem König klar war, in was für einer Situation sie hier steckten. Er hatte die Ehre seines Urgroßvaters befleckt, weil damit offenbar den Interessen der Gemeinschaft am besten gedient war.

Jetzt konnte man nur noch gespannt auf die Reaktion von Nummer eins warten.

»Komm, Celestine«, sagte Holger 1. »Wir gehen ein Stück spazieren, runter zum Bootssteg. Wir müssen reden.«

Nummer eins und Celestine setzten sich auf die Bank am Bootssteg am Vätösund. Es war kurz nach Mitternacht, dunkel in der kurzen schwedischen Sommernacht, aber nicht sonderlich kalt. Celestine nahm Holgers Hände in die ihren, sah ihm in die Augen und begann mit der Frage, ob er ihr verzeihen könne, dass sie beinahe adelig sei.

Holger murmelte, das könne er, und wenn er das recht verstanden habe, sei es ja auch nicht ihr Fehler, dass Gertruds Vater ein Freiherr gewesen war, abgesehen von seiner ehrbareren Tätigkeit als Fälscher von Wechseln. Aber sie könne unbesorgt sein. Im Grunde sei ja nicht mal sicher, dass die Geschichte stimmte, die sei ja doch ein bisschen schwach auf der Brust. Außerdem könne man es als mildernde Umstände werten, dass sich Großvater Gustaf Mannerheim auf seine alten Tages eines Besseren besonnen hatte und Präsident geworden war. Ein zarentreuer Adliger, der in einer Republik an die Macht kam. Puh, das war aber auch alles ganz schön kompliziert.

Celestine stimmte ihm zu. Sie hatte sich während ihrer ganzen Kindheit und Jugend als Versagerin gefühlt, bis eines Tages Holger vor ihr stand, der, wie sich herausstellen sollte, genau der Richtige war. Und der in sechshundert Metern Höhe aus einem Helikopter sprang, um ihr das Leben zu retten. Dazu kam nun noch, dass sie gemeinsam den schwedischen König gekidnappt hatten, um ihn zum Abdanken zu zwingen oder ansonsten mit ihm und all seinen Orden in die Luft zu fliegen.

Eine Weile kam es Celestine so vor, als wäre ihr Leben klar umrissen und richtig sinnvoll.

Doch dann kam das mit dem Hühnerschlachten. Und wie der König nach dem Kaffee beim Reparieren des Traktors geholfen hatte. Jetzt hatte er nicht bloß Blut auf dem Hemd, sondern auch Motoröl.

Und gleichzeitig hatte sie beobachten können, wie ihre Großmutter auflebte. Da hatte Celestine sich auf einmal dafür geschämt, wie sie damals einfach abgehauen war, ohne ein Abschiedswort – nur weil ihre Großmutter zufällig den falschen Großvater gehabt hatte.

Sich schämen? Das war ein ganz neues Gefühl.

Holger meinte, er verstehe sehr gut, wie Celestine nach diesem Abend zumute sei, er sei ja selbst ganz durcheinander. Man wollte ja nicht bloß den König und die Monarchie ausrotten, sondern alles, was die Monarchie repräsentierte. Und da konnte sie ja nicht plötzlich etwas völlig anderes repräsentieren. Der König hatte ja sogar mehr oder weniger einmal geflucht. Weiß der Teufel, ob er im Moment nicht gerade mit Gertrud heimlich eine rauchte.

Nein, das glaubte Celestine nicht. Sie waren zusammen rausgegangen, das wohl, aber das war sicher wegen dem Traktor.

Holger 1 seufzte. Wenn sich der König doch nicht auch noch so deutlich von Gustaf V. distanziert hätte.

Celestine fragte, ob sie ihn holen sollten, um einen Kompromiss zu finden, und im nächsten Moment wurde ihr klar, dass sie dieses Wort zum ersten Mal in den Mund genommen hatte.

»Du meinst, wir sollen die Bombe bloß ein bisschen zünden?«, sagte Holger 1. »Oder der König soll bloß Teilzeit abdanken?«

Aber im Grunde konnte es ja wirklich nicht schaden, wenn sie ihn mit auf den Bootssteg nahmen und die Situation einmal friedlich und in aller Ruhe besprachen. Nur der König, Holger 1 und Celestine. Ohne Nummer zwei, ohne Gertrud, ohne den Ministerpräsidenten und ganz bestimmt ohne diese Giftschlange von Nombeko beziehungsweise den schlafenden Agenten aus Israel.

Wo das Gespräch beginnen und wo es hinführen sollte, wusste Holger nicht und Celestine noch weniger. Doch wer weiß, vielleicht ließ sich ja doch eine Lösung finden, wenn ihnen die richtigen Worte einfielen?

Der König riss sich ungern von seiner Gräfin los, aber natürlich konnte er sich ein nächtliches Gespräch mit Fräulein Celestine und dem Mann, den er nicht »den Idioten« nennen durfte, vorstellen – wenn sie es denn wünschten und sich die Dinge damit in die richtige Richtung lenken ließen.

Holger 1 begann das Gespräch auf dem Bootssteg damit, dass er dem König erklärte, er solle sich schämen, sich nicht wie ein König benommen zu haben.

»Wir alle haben unsere Fehler«, sagte der König.

Nummer eins fuhr fort, er müsse zugeben, dass seine Freundin, Celestine, sich durchaus über die … lebhafte Beziehung freute, die der König zu Gertrud aufgebaut hatte.

»Zur Gräfin«, korrigierte der König.

Nun, wie auch immer sie in den verschiedenen Lagern genannt wurde, sie war einer der Gründe, warum es nicht mehr selbstverständlich war, König und Teile des Vaterlandes in die Luft zu sprengen, auch wenn der König sich weigern sollte abzudanken.

»Sehr gut«, sagte der König. »Dann entscheide ich mich dagegen.«

»Gegen den Thron?«

»Nein, gegen die Abdankung. Nachdem das ja nicht mehr die dramatischen Konsequenzen hat, die Sie zuvor formuliert hatten.«

Holger 1 verfluchte sich im Stillen. Er hatte es völlig verkehrt angepackt und gleich zu Anfang die einzige Trumpfkarte abgeworfen, die er in der Hand hatte – die Drohung mit der Bombe. Dass ihm auch immer alles in die Hose gehen musste, was er anfing! Ihm wurde immer klarer, dass er seinem Spitznamen tatsächlich alle Ehre machte.

Der König sah, wie es im Inneren von Holger 1 aussehen musste, und fügte hinzu, der Herr Idiot solle nicht allzu traurig über die Entwicklung der Dinge sein. Die Geschichte zeige nämlich, dass es nicht reiche, einen König vom Thron zu jagen. Es reiche nicht mal aus, wenn ein ganzes Königsgeschlecht ausstürbe.

»Nein?«, fragte Holger 1.

* * * *

Während es in Roslagen hell wurde, raffte sich der König auf, die lehrreiche Geschichte von Gustav IV. Adolf zu erzählen, dem es nicht sonderlich gut ergangen war.

Es begann damit, dass Gustav Adolfs Vater in der Oper erschossen wurde. Sein Sohn hatte zwei Wochen Zeit, sich an seine neue Rolle zu gewöhnen, während sein Vater im Sterben lag. Wie sich herausstellte, war diese Zeitspanne viel zu kurz. Außerdem hatte der Vater seinem Sohn eingetrichtert, dass der schwedische König seine Stellung durch Gottes Gnaden bekommen hatte, dass der König und Gott also quasi Hand in Hand arbeiteten.

Wer das Gefühl hat, den Herrn an seiner Seite zu haben, der zieht natürlich schnell mal in den Krieg und besiegt Kaiser Napoleon und Zar Alexander – gleichzeitig. Leider nahmen auch der Kaiser und der Zar diesen göttlichen Schutz für sich in Anspruch und verhielten sich entsprechend. Für den Fall, dass alle drei recht hatten, hatte Gott wohl zu vielen Leuten zu viel versprochen. Da blieb dem Herrn nichts anderes übrig, als die tatsächlichen Kräfteverhältnisse entscheiden zu lassen.

Vielleicht bezog Schweden deswegen doppelt und dreifach Dresche, musste zusehen, wie Napoleon Pommern besetzte, und wurde Finnland komplett los. Gustav selbst wurde von erbosten Grafen und verbitterten Generälen vom Thron verjagt. Ein Staatsstreich.

»Schau mal einer an«, sagte Holger.

»Ich bin noch nicht fertig«, sagte der König.

Der ehemalige Gustav IV. Adolf bekam Depressionen und griff zur Flasche – was blieb ihm schon anderes übrig? Als er den Titel nicht mehr tragen durfte, den er nicht mehr hatte, begann er sich stattdessen Oberst Gustavsson zu nennen. Und so irrte er durch Europa und beschloss seine Tage einsam, alkoholisiert und verarmt in einer Schweizer Pension.

»Ist doch prima«, sagte Holger 1.

»Wenn Sie mich nicht dauernd unterbrechen würden, hätten Sie schon gemerkt, dass ich auf etwas ganz anderes hinauswill«, sagte der König. »So wurde zum Beispiel gleich wieder ein anderer König auf den Thron gesetzt.«

»Ich weiß«, sagte Holger 1. »Deswegen muss man ja auch das ganze Geschlecht auslöschen.«

»Aber das hilft doch auch nichts«, sagte der König und fuhr fort.

Wie der Vater, so der Sohn, heißt es, und das Risiko wollten die Umstürzler nicht eingehen. Also erklärte man, dass die Verbannung des unfähigen Gustav IV. Adolf nicht nur den König selbst betraf, sondern sich auf seine gesamte Familie erstreckte, inklusive den damals zehnjährigen Kronprinzen. Man erklärte ihnen, dass sie des schwedischen Throns für immer verlustig gegangen waren.

Auf den Thron setzte man den Bruder des damals ermordeten Vaters von Gustav IV. Adolf.

»Nun wird es aber langsam ein bisschen viel«, meinte Holger 1.

»Ich komme jetzt bald zum Punkt«, sagte der König.

»Das wäre gut.«

Tja, also der neue König hieß Karl XIII., und nun hätte es Friede, Freude, Eierkuchen geben können, wäre nicht sein Sohn schon nach einer Woche gestorben. Und weitere Söhne wollten sich einfach nicht einstellen (das heißt, vielleicht wollten sie schon, aber eben nicht mit der richtigen Frau). Das Königsgeschlecht stand kurz vorm Aussterben.

»Aber er wusste natürlich eine Lösung?«, fragte Holger.

»O ja, er adoptierte zunächst einen fürstlichen Verwandten, der aber auch den schlechten Geschmack besaß, einfach zu sterben.«

»Und wie sah die Lösung dafür aus?«

»Er adoptierte einen dänischen Prinzen. Aber der starb auch gleich wieder, an einem Schlaganfall.«

Holger sagte, wenn er es nicht besser wüsste, würde er sagen, dass sich die Erzählung des Königs in eine gute Richtung entwickelte.

Statt zu antworten, fuhr der König fort, dass man sich nach dem Fiasko mit dem Dänenprinzen an Frankreich wandte, und es stellte sich heraus, dass Kaiser Napoleon tatsächlich noch einen Marschall zu vergeben hatte. So führte eins zum anderen, und schon war *Jean Baptiste Bernadotte* schwedischer Kronprinz.

»Und?«

»Das war der Erste einer ganz neuen Dynastie. Ich bin auch ein Bernadotte. Jean Baptiste war der Urgroßvater meines Urgroßvaters, Gustafs V., Sie wissen schon.«

»Pfui, allerdings.«

»Der Versuch, königliche Dynastien zu beenden, ist aussichtslos, Holger«, sagte der König in verbindlichem Ton. »Solange das Volk eine Monarchie haben will, wird man sie auch nicht los. Aber ich respektiere Ihre Meinung wirklich, wir leben ja schließlich in einer Demokratie. Warum treten Sie nicht der größten politischen Par-

tei bei und versuchen, sie von innen zu beeinflussen? Oder schließen sich dem Republikanischen Verein an und werden meinungsbildend tätig?«

»Ich könnte auch eine Statue von Ihnen anfertigen und sie auf
mich drauffallen lassen, dann wäre ich meine Sorgen auf einen
Schlag los«, murmelte Holger 1.

»Wie meinen?«, sagte der König.

✳ ✳ ✳ ✳

Die Sonne ging auf, bevor irgendjemand auf Sjölida auch nur daran
gedacht hätte, sich ins Bett zu legen. Nur Agent B schlief einen un-
ruhigen Schlaf, allerdings im Sitzen auf dem Küchensofa.

Nombeko und Holger 2 lösten den König auf dem Bootssteg am
Vätösund ab. Es war das erste Mal, dass Holger und Holger seit der
Entführung ein paar Worte miteinander wechselten.

»Du hattest mir doch versprochen, die Bombe nicht anzurüh-
ren«, sagte Holger 2 wütend.

»Ich weiß«, sagte Holger 1. »Und ich hab mein Versprechen all
die Jahre gehalten, oder etwa nicht? Bis das Ding zusammen mit
dem König im Laderaum landete, als ich gerade am Steuer saß. Da
ging es dann nicht mehr.«

»Aber was hast du dir dabei gedacht? Und was denkst du jetzt?«

»Ich hab nichts gedacht. Du weißt doch, das tue ich selten. Papa
hat gesagt, dass ich fahren soll.«

»Papa? Aber der ist doch seit zwanzig Jahren tot!«

»Ja. Komisch, oder?«

Holger 2 seufzte.

»Am komischsten ist sicher, dass wir Brüder sind«, meinte er.

»Red meinen Schatz nicht blöd an!«, sagte Celestine.

»Ach, halt du doch bloß die Klappe«, sagte Holger 2.

Nombeko sah, dass Nummer eins und Celestine nicht mehr so felsenfest davon überzeugt waren, der Nation am besten zu dienen,

wenn sie sich mitsamt einem ganzen Landstrich in die Luft sprengten.

»Was denkt ihr denn jetzt?«, fragte sie.

»O Mann, immer reden alle von denken, denken, denken«, sagte Holger 1.

»Ich finde, wir können niemand töten, der meine Großmutter zum Lachen bringt«, sagte Celestine. »Sie hat in ihrem ganzen Leben nichts zu lachen gehabt.«

»Und was denkst du, Idiot, wenn du es nun doch mal versuchen könntest?«

»Hey, ich hab dir schon mal gesagt, red meinen Schatz nicht blöd an«, sagte Celestine.

Holger 1 schwieg kurz, ehe er fortfuhr:

»Soweit ich denken kann, denke ich jetzt, dass es einfacher gewesen wäre bei Gustaf V. Der hatte einen Spazierstock mit Silberknauf und ein Monokel und kein Hühnerblut auf dem Hemd.«

»Plus Motoröl«, ergänzte Celestine.

»Wenn ich das richtig verstanden habe, wollt ihr also auf möglichst geräuschlose Art von eurem Unternehmen Abstand nehmen?«, fragte Nombeko.

»Ja«, sagte Holger 1 leise und wagte ihr nicht in die Augen zu sehen.

»Dann fang doch damit an, dass du mir die Autoschlüssel und die Pistole aushändigst.«

Holger gab ihr erst die Schlüssel, und dann brachte er es fertig, die Pistole auf den Steg fallen zu lassen, woraufhin sich ein Schuss löste.

»Aaah, verdammt!«, rief Holger 2 und brach zusammen.

22. KAPITEL

Davon, wie man fertig aufräumt
und aufbricht

Es war schon fast drei Uhr morgens, als der Ministerpräsident nach einem Ausflug zur Landstraße auf dem Moped der Gräfin wieder nach Sjölida kam. An der Straße hatte sein Handy Netz, so dass der Ministerpräsident mittels mehrerer kurzer Telefonate sowohl seinem Stab als auch dem des Königs – nicht zu vergessen dem schrecklich erleichterten Chef der Sicherheitspolizei – mitteilen konnte, dass bei ihm alles unter Kontrolle war, dass er damit rechnete, irgendwann im Laufe des nächsten Morgens in die Regierungskanzlei zu kommen, und dass er wünschte, von seiner Assistentin mit Anzug und sauberen Schuhen erwartet zu werden.

Die Akutphase des Dramas schien überstanden, ohne dass jemand zu Schaden gekommen war. Abgesehen von Holger 2, der den versehentlich aus der Waffe seines Bruders abgefeuerten Schuss in den Arm bekommen hatte und nun fluchend im Schlafzimmer neben der Küche der Gräfin lag. Die Fleischwunde war beachtlich, aber mithilfe von Marschall Mannerheims Spezialmischung (als Kombipräparat zur Betäubung und Desinfektion) und einem Verband war wohl doch gesichert, dass Nummer zwei in ein paar Wochen wiederhergestellt sein würde. Nombeko stellte liebevoll fest, dass Holger 2 sich kein bisschen anstellte. Vielmehr lag er im Bett und übte sich an einem Kissen in der Kunst, einen Menschen einhändig zu erwürgen.

Das potenzielle Opfer hielt jedoch sicheren Abstand zu ihm. Celestine und er hatten sich unter einer Decke auf dem Bootssteg schlafen gelegt. Agent B, der ein paar Minuten lang so bedrohlich aufgetreten war, schlief immer noch in der Küche. Zur Sicherheit hatte Nombeko ihm die Waffe aus seinem Halfter unter der Jacke genommen. Ohne weitere Unfälle.

Der König, die Gräfin Virtanen, Nombeko und der Ministerpräsident versammelten sich in der Küche neben dem schlafenden Agenten. Der König erkundigte sich fröhlich, was denn nun als Nächstes auf der Tagesordnung stehe. Der Ministerpräsident war viel zu müde, um noch wütender auf ihn zu werden, als er ohnehin schon war. Stattdessen wandte er sich an Nombeko und bat sie um ein Gespräch.

»Wollen wir uns in den Kartoffellaster setzen?«, schlug sie vor.

Der Ministerpräsident nickte.

Wie sich zeigte, war der schwedische Regierungschef ebenso klug, wie er geschickt beim Geschirrtrocknen war. Er gab zu, dass er die ganze Bande am liebsten bei der Polizei angezeigt hätte, inklusive den allzu sorglosen König.

Aber bei näherem Überlegen sah er die Sache schon pragmatischer. Erstens konnte man einen König ja gar nicht anklagen. Und es wäre vielleicht auch nicht ganz gerecht, wenn man versuchte, Holger 2 und Nombeko hinter Gitter zu bringen, denn die beiden hatten ja eigentlich ihr Bestes gegeben, um wieder Ordnung in das ganze Chaos zu bringen. Die Gräfin hatte sich wohl auch keines Vergehens schuldig gemacht, dachte sich der Ministerpräsident. Vor allem wenn man nicht nachkontrollierte, ob sie einen gültigen Waffenschein für das Elchgewehr besaß, mit dem sie noch vor Kurzem herumgefuchtelt hatte.

Blieb nur der Agent des ausländischen Geheimdienstes. Und natürlich der Idiot und seine Freundin. Diese beiden verdienten jeweils mehrere hundert Jahre Gefängnis, in einer Anstalt, die so geschlossen war wie nur irgend möglich, aber vielleicht war es doch besser, wenn die Nation auf diese süße Rache verzichtete. Denn bei jeder Anklage musste der Staatsanwalt Fragen stellen, und in diesem Fall würden die Antworten dafür sorgen, dass Zehntausende von Bürgern lebenslange Traumata erlitten, ganz gleich, wie man die Dinge formulierte. Eine Atombombe auf der Flucht. Mitten in Schweden. Zwanzig Jahre lang.

Der Ministerpräsident schauderte, bevor er weitersprach. Ihm war nämlich noch ein Grund eingefallen, warum er von juristischen Maßnahmen absehen wollte. Als er mit dem Moped an der Landstraße stand, hatte er als Erstes den Chef der Sicherheitspolizei angerufen, um ihn zu beruhigen, und dann seine Assistentin, um eine rein praktische Bitte vorzubringen.

Aber er hatte nicht Alarm geschlagen.

Ein übereifriger Ankläger, den die Opposition hinreichend aufgehetzt hatte, konnte nur zu leicht ein Szenario konstruieren, in dem der Ministerpräsident die dramatischen Ereignisse verlängert und sich an einer ungesetzlichen Handlung beteiligt hatte.

»Hm«, machte Nombeko nachdenklich. »Zum Beispiel Begünstigung eines Explosions- oder Strahlungsverbrechens, nach Paragraf 3, Absatz 9 des Strafgesetzbuches.«

»Zwei Jahre?«, fragte der Ministerpräsident, dem allmählich dämmerte, dass es nichts gab, was Nombeko nicht wusste.

»Genau«, sagte Nombeko. »Und im Hinblick auf die potenziellen verheerenden Folgen dürften Sie nicht hoffen, auch nur einen Tag weniger zu bekommen. Außerdem sind Sie ohne Helm Moped gefahren. So wie ich Schweden kenne, könnte das gleich noch mal fünfzehn Jahre draufgeben.«

Der Ministerpräsident dachte an seine Zukunft. Er hoffte, im Sommer 2009 EU-Ratspräsident zu werden. Bis dahin hinter Gittern zu sitzen, konnte kaum als optimale Vorbereitung gelten. Ganz abgesehen davon, dass er sowohl seinen Posten als Ministerpräsident als auch den des Parteivorsitzenden räumen müsste.

Daher bat er die kluge Nombeko um ihre Meinung, wie sie sich alle am besten aus der Lage herausmanövrieren und so viel wie möglich von den Geschehnissen der letzten vierundzwanzig Stunden dem ewigen Vergessen anheimfallen lassen könnten.

Nombeko entgegnete, ihr sei niemand bekannt, der so gut aufräumen könne wie der Herr Ministerpräsident. Die Küche war nach Hähnchenpfanne, Bier, Schnaps und Kaffee ja wieder blitzblank. Blieb nur noch ... das Aufräumen des schlafenden Agenten?

Der Ministerpräsident runzelte die Stirn.

Außerdem dachte Nombeko, dass es auf jeden Fall die Bombe vom Idioten und seiner Freundin zu trennen galt. Und sie dann in irgendeinem Bergwerksstollen wegzuschließen.

Der Ministerpräsident war müde. Mittlerweile war es so spät, dass man es schon eher früh nennen musste. Er gab zu, dass er sich schwertat, seine Gedanken in Worte zu fassen. Aber die Idee mit dem Stollen war ihm tatsächlich auch gekommen, als sein Hirn noch funktionierte. In ihrem Versteck konnte man die Bombe dann entschärfen oder zumindest einmauern und die Erinnerung an ihre Existenz verdrängen.

Die Zeit geht mit Ministerpräsidenten nicht nachsichtiger um als mit anderen Menschen. Manchmal eher umgekehrt. Als Nächstes stand auf Fredrik Reinfeldts offiziellem Terminkalender ein Treffen mit Präsident Hu, um 10 Uhr in der Regierungskanzlei, danach Mittagessen im Sager'schen Haus. Vorher wollte er noch eine Dusche nehmen, damit er nicht gar so sehr nach Kartoffelacker roch, und anschließend lehmfreie Kleider und Schuhe anziehen.

Wenn die Gruppe demnächst aufbrechen konnte, war das vielleicht zu schaffen. Etwas schwieriger würde es sicher werden, unterwegs einen hinreichend tiefen und abgelegenen Stollen zu finden, in dem die Atombombe versteckt und vergessen werden konnte. So wichtig die Sache auch war – die musste nun doch noch bis zum Nachmittag warten.

Der Ministerpräsident konnte normalerweise gut zuhören und redete selten zu viel. Jetzt war er selbst überrascht, wie offenherzig er mit Nombeko Mayeki sprach. Andererseits war das vielleicht gar kein Wunder, denn wir alle brauchen jemand, dem wir unsere innersten Gedanken anvertrauen können, und wer hätte sich in dieser Situation mit dem Drei-Megatonnen-Problem ansonsten angeboten, wenn nicht diese Südafrikanerin und vielleicht noch ihr Freund?

Der Ministerpräsident wusste, dass er die Zahl der Personen, die dieses größte aller Geheimnisse teilten, noch vergrößern musste. Er gedachte mit dem Oberbefehlshaber der schwedischen Streitkräfte anzufangen, der die Verantwortung für diesen Stollen übernehmen musste, wo auch immer der nun liegen mochte. Da der Oberbefehlshaber die Bombe höchstwahrscheinlich weder selbst entschärfen noch einmauern konnte, mussten noch ein, zwei Personen hinzugezogen werden. Damit wussten mindestens die folgenden Personen das, was sie nicht wissen durften:

1. der Oberbefehlshaber der schwedischen Streitkräfte,

2. Bombenentschärfer A,

3. Maurer B,

4. die illegale Einwanderin Nombeko Mayeki,

5. der nichtexistierende Holger Qvist,

6. sein nur zu existenter Bruder,

7. die cholerische Freundin dieses Bruders,

8. eine ehemalige Kartoffelbäuerin, nunmehr zur Gräfin avanciert,

9. Seine sorglose Majestät der König, sowie

10. ein pensionierter Mossadagent.

»Das kann kein gutes Ende nehmen«, sagte Ministerpräsident Reinfeldt.

»O doch«, sagte Nombeko. »Die meisten Leute, die Sie da eben aufgezählt haben, haben alle Gründe der Welt, den Mund zu halten. Außerdem sind einige von ihnen so wirr im Kopf, dass ihnen sowieso keiner die Geschichte abkaufen würde, wenn sie sie erzählen würden.«

»Denken Sie da an den König?«, fragte der Ministerpräsident.

Das Mittagessen im Sager'schen Haus sollten der Ministerpräsident und Hu Jintao in Gesellschaft einiger der wichtigsten Wirtschaftsbosse Schwedens einnehmen. Danach wollte Präsident Hu geradewegs zum Flughafen Arlanda fahren, wo seine private Boeing 767 für den Flug nach Peking bereitstand. Erst danach konnte Reinfeldt den Obersten Befehlshaber in die Kanzlei bestellen.

»Darf ich es wagen, die Bombe noch ein Weilchen in Fräulein Nombekos Obhut zu lassen, während ich mich mit Hu treffe beziehungsweise bis der Oberste Befehlshaber unserer Streitkräfte eingeweiht ist?«

»Tja, was der Herr Ministerpräsident wagt oder nicht wagt, weiß er wohl selbst am besten. Aber ich war schon zwanzig Jahre mitverantwortlich für dieses Ding, und es ist die ganze Zeit nicht in die Luft geflogen. Ein paar Stunden kriege ich jetzt sicher auch noch hin.«

In diesem Augenblick sah Nombeko, wie der König und die Gräfin die Küche verließen und sich auf den Weg zum Bootssteg machten. Hatten die beiden am Ende irgendwelche Dummheiten im Sinn? Nombeko überlegte schnell.

»Lieber Herr Ministerpräsident, gehen Sie jetzt bitte in die Küche, und kümmern Sie sich um den Mossadagenten. Nach allem, was ich bis jetzt beobachten konnte, sind Sie ein Mann von Verstand, also werden Sie auch dieses Problem sicher zur allseitigen Zufriedenheit lösen. Ich gehe unterdessen zum Anleger hinunter und kümmere mich darum, dass der König und die Gräfin keine Dummheiten aushecken.«

Fredrik Reinfeldt begriff, was Nombeko vorhatte. Sein ganzes Wesen lehnte sich dagegen auf, die Dinge so zu handhaben, wie sie vorschlug.

Dann seufzte er – und ging ins Haus, um die Dinge genau so zu handhaben.

»Aufwachen!«

Der Ministerpräsident schüttelte Agent B, bis der die Augen aufschlug und ihm mit Schrecken klar wurde, wo er sich befand.

Als Fredrik Reinfeldt merkte, dass der Agent aufnahmefähig war, sah er ihm in die Augen und sagte:

»Ich habe gesehen, dass der Herr Agent sein Auto vor dem Haus stehen hat. Nun schlage ich vor – im Namen des brüderlichen Verhältnisses des schwedischen und des israelischen Volkes –, dass Sie sich in Ihren Wagen setzen, wegfahren und auf direktem Wege das Land verlassen. Des Weiteren schlage ich vor, dass Sie niemals hier gewesen sind und auch niemals hierher zurückkommen.«

Dem rechtschaffenen Ministerpräsidenten wurde ganz blümerant bei dem Gedanken, dass er im Laufe weniger Stunden nicht nur den Kartoffeldieb abgegeben hatte, sondern nun auch noch einen alkoholisierten Mann in den Straßenverkehr schickte. Von all den anderen Sachen ganz zu schweigen.

»Und Premierminister Olmert?«, fragte Agent B.

»Mit dem habe ich nichts zu bereden, da Sie ja nie hier gewesen sind. Oder?«

Agent B war zwar nicht nüchtern, und er war auch eben erst aus dem Schlaf gerissen worden. Doch er begriff, dass er da gerade sein Leben zurückbekommen hatte.

Und dass er sich besser beeilte, bevor es sich der schwedische Ministerpräsident noch anders überlegen konnte.

Fredrik Reinfeldt war einer von Schwedens redlichsten Menschen – so einer, der schon Fernseh- und Rundfunkgebühren gezahlt hatte, als er noch im Studentenwohnheim lebte. Der schon als Kind eine Quittung anbot, wenn er seinem Nachbarn ein Bund Porree für fünfundzwanzig Öre verkaufte.

Kein Wunder, dass es ihm gar nicht gut damit ging, Agent B laufen gelassen zu haben. Und beschlossen zu haben, dass die ganze Angelegenheit vertuscht werden sollte. Begraben. Genau wie die Bombe. In einem Bergstollen. Wenn irgend möglich.

Nombeko kam mit einem Ruder unterm Arm zurück und berichtete, sie habe die Gräfin und den König gerade noch davon abhalten können, hinauszurudern und ohne Genehmigung zu angeln. Als der Ministerpräsident nicht antwortete und sie die Rücklichter des davonfahrenden Leihwagens von Mossadagent B sah, fügte sie hinzu:

»Manchmal kann man nicht das Richtige tun, Herr Ministerpräsident. Dann gibt es nur das mehr oder weniger Falsche. Mit dem Aufräumen in der Küche der Gräfin haben Sie im Interesse der Nation gehandelt, deswegen sollten Sie kein schlechtes Gewissen haben.«

Nach kurzem Schweigen sagte der Ministerpräsident:

»Danke, Fräulein Nombeko.«

Nombeko und der Ministerpräsident gingen hinunter zum Anleger, um ein ernstes Wort mit Holger 1 und seiner Celestine zu reden. Die beiden waren unter ihrer Wolldecke eingeschlafen, und neben ihnen lagen seit ein paar Minuten der König und die Gräfin und taten es ihnen gleich.

»Steh auf, Idiot, sonst tret ich dich, dass du ins Wasser fällst«, sagte Nombeko und schubste ihn mit den Füßen an (ihr Frust war so stark, dass sie nur Frieden gefunden hätte, wenn sie ihm mindestens einmal die Nase umgedreht hätte).

Die beiden ehemaligen Kidnapper setzten sich auf, während der Rest der Outlaws zum Leben erwachte. Der Ministerpräsident begann mit der Erklärung, dass er die Entführung, die Bedrohungen und so weiter nicht bei der Polizei anzeigen werde – vorausgesetzt, Holger und Celestine seien ab jetzt ohne Einschränkung zur Zusammenarbeit bereit.

Die beiden nickten.

»Was geschieht jetzt, Nombeko?«, fragte Holger 1. »Wir haben doch kein Zuhause mehr. Meine Einzimmerwohnung in Blackeberg wird nicht reichen, denn Celestine will ihre Großmutter mitnehmen, wenn die einverstanden ist.«

»Wollten wir nicht schwarz angeln?«, fragte die gerade erwachte Gräfin.

»Nein, in erster Linie wollten wir die Nacht überleben«, sagte der Ministerpräsident.

»Guter Plan«, sagte der König. »Ein bisschen defensiv, aber gut.« Dann fügte er hinzu, es sei vielleicht gar nicht so schlimm, dass die Gräfin und er nicht ins Boot gestiegen und rausgefahren waren. »König beim Schwarzangeln erwischt« wäre eine Überschrift, die sich böswillige Journalisten nicht würden verkneifen können.

Der Ministerpräsident dachte sich, dass bestimmt kein Journalist der Welt – bösartig oder nicht – freiwillig auf diese Schlagzeile verzichtet hätte, solange sie auf Fakten beruhte. Er sagte, dass er es wirklich zu schätzen wüsste, wenn Seine Majestät sich jetzt jeden Gedanken an kriminelle Handlungen aus dem Kopf schlagen wollte, denn die Menge der begangenen Verbrechen der letzten Nacht allein könnte schon ein ganzes Amtsgericht beschäftigen.

Der König fand, dass er in seiner Eigenschaft als König so viel schwarz angeln konnte, wie er lustig war, aber er besaß doch genug gesunden Menschenverstand, um das dem Ministerpräsidenten nicht unter die Nase zu reiben.

So konnte Fredrik Reinfeldt fortfahren, die Situation und die ganze Nation zu retten. Er wandte sich an die Gräfin Virtanen und bat sie eindringlich, ihm kurz und aufrichtig die Frage zu beantworten, ob sie Sjölida mit ihrer Enkelin und deren Freund verlassen wolle.

O ja, die Gräfin merkte, dass sie wieder richtig Spaß am Leben hatte. Das lag wohl daran, dass sie so lange mit ihrer geliebten Celestine hatte zusammensein dürfen und dass der König so gut über die finnlandschwedische Geschichte und ihre Traditionen Bescheid wusste. Die Kartoffeläcker hatte sie ja sowieso schon verkauft, und verantwortliche Herausgeberin einer Zeitschrift zu sein, war ehrlich gesagt ganz schön langweilig gewesen.

»Im Übrigen habe ich mein Singledasein satt. Kennen Sie nicht irgendeinen gebrauchten Baron, den Sie mir vorstellen könnten, Herr König? Er muss auch nicht schön sein.«

Der König meinte, ausgerechnet Barone seien eher Mangelware, aber weiter kam er nicht, denn der Ministerpräsident unterbrach ihn mit den Worten, jetzt sei nicht die rechte Zeit, das Vorkommen gebrauchter Barone zu diskutieren, hässlich oder nicht. Jetzt werde es Zeit, dass sie alle zusammen aufbrachen. Die Gräfin wolle also mitkommen?

Ja, allerdings. Aber wo sollten sie wohnen? Alte Damen konnte man in jeder Hütte einquartieren, aber Gräfinnen mussten schließlich auf ihren Ruf Rücksicht nehmen.

Nombeko dachte sich, dass das alles ganz schön schnell ging. Na ja, es war ja noch eine ganze Menge Geld vom Verkauf der Kartoffeläcker übrig, das reichte sicher für eine angemessene Behausung für die Gräfin und ihren Hofstaat. Und noch mehr.

»Solange wir auf ein verfügbares Schloss warten, müssen wir Sie wohl in einem respektablen Etablissement unterbringen. Wie wäre es mit einer Suite im Grand Hôtel in Stockholm?«

»Ja, für die Übergangszeit«, sagte die Gräfin, während die ehemalige KPML(R)-Rebellin Celestine ganz fest die Hand ihres grimassierenden Freundes drückte.

* * * *

Es war schon sechs Uhr morgens, als der Kartoffellaster mitsamt Atombombe wieder über die Straßen ratterte. Am Steuer saß der Ministerpräsident, der Einzige der Truppe, der sowohl einen Führerschein hatte als auch nüchtern genug zum Fahren war. Rechts außen saß Nombeko und in der Mitte Holger 2 mit dem Arm im Dreieckstuch.

Hinten im Laderaum waren der König und die Gräfin Virtanen immer noch ins Gespräch vertieft. Der König hatte eine ganze Reihe von Tipps, was ihr zukünftiges Heim anging. Das klassizistische Schloss Pöckstein in der Nähe des österreichischen Straßburg stand zum Verkauf und könnte der Gräfin durchaus würdig sein. Nur leider lag es zu weit von Drottningholm entfernt, als dass man sich auf einen kurzen Nachmittagstee hätte treffen können. Da wäre Schloss Södertuna schon besser, das lag tatsächlich gar nicht so weit von Gnesta. Was ganz Altehrwürdiges. Aber vielleicht ein wenig zu schlicht für die Gräfin?

Das konnte die Gräfin nicht mit Sicherheit sagen, sie mussten wohl alle verfügbaren Behausungen besichtigen und dann feststellen, was zu schlicht war und was nicht.

Der König fragte, ob die Königin und er zu einer der geplanten Besichtigungen mitkommen dürften. Gerade die Königin konnte ihr sicher mit Rat und Tat zur Seite stehen beim Anlegen eines Schlossgartens, der diesen Namen verdiente.

Ja, natürlich, wenn sie wollten. Es wäre sicher schön, die Königin mal in einer anderen Umgebung zu treffen als auf dem Plumpsklo, wenn man gerade seine Notdurft verrichtete.

Um halb acht Uhr morgens ließ man als Erstes den König vor Schloss Drottningholm aussteigen. Er klingelte und musste eine ganze Weile argumentieren, dass er derjenige war, der er zu sein behauptete, bis ihn ein beschämter Wächter endlich einließ. Als der König an ihm vorbeiging, sah der Mann die dunkelroten Flecken auf seinem Frackhemd.

»Ist Seine Majestät verletzt?«, fragte der Wächter seinen König.

»Nein, das ist Hühnerblut«, sagte der König. »Und ein bisschen Motoröl.«

Nächster Halt war das Grand Hôtel. Aber jetzt wurde es schon langsam schwieriger mit der Logistik. Holger 2 hatte Fieber wegen der Schusswunde, die sein Bruder ihm versehentlich beigebracht hatte. Nummer zwei musste also ins Bett gesteckt werden und Schmerztabletten bekommen, da die Flasche mit der Mannerheimmischung inzwischen leer war.

»Du bildest dir also ein, dass ich in einem Hotel einchecke und mich von diesem Trottel versorgen lasse, der mich vor Kurzem fast erschossen hätte?«, sagte Holger 2. »Da lege ich mich doch lieber auf eine Parkbank und verblute.«

Doch Nombeko redete mit Engelszungen auf ihn ein, versprach, dass er seinen Bruder auch gern erwürgen dürfe oder ihm zumindest die Nase umdrehen (wenn sie ihm da nicht zuvorkam), aber das könne er eben alles erst, wenn sein Arm wieder heil war. Sich aber ausgerechnet an dem Tag hinzulegen und zu verbluten, an dem sie die Bombe endlich loswerden sollten, das wäre doch wohl die ärgste Ironie des Schicksals, oder nicht?

Holger 2 war zu müde, um ihr zu widersprechen.

Um zwanzig vor neun lag Nummer zwei im Bett und hatte zwei

Brausetabletten gegen Fieber und Schmerzen bekommen. Er leerte das Glas in einem Zug und war nach fünfzehn Sekunden eingeschlafen. Holger 1 legte sich aufs Sofa im Salon, um dasselbe zu tun, während die Gräfin Virtanen sich daran machte, die Minibar im Schlafzimmer der Suite zu erforschen.

»Geht ihr nur, ich komm schon allein zurecht.«

Der Ministerpräsident, Nombeko und Celestine standen vor dem Hoteleingang, um die einzelnen Schritte, die in den nächsten Stunden unternommen werden mussten, bis ins Detail abzusprechen.

Reinfeldt wollte sich zu seinem Treffen mit Hu Jintao begeben. Nombeko und Celestine sollten unterdessen so vorsichtig wie möglich mit der Bombe durch Stockholm fahren.

Celestine musste ans Steuer, da kein anderer Fahrer verfügbar war. Holger 2 war ja angeschossen und ins Bett gepackt worden, und der Ministerpräsident selbst konnte nicht weiter mit der Todeswaffe herumkurven, während er sich mit dem chinesischen Präsidenten traf.

Übrig blieb also nur die unberechenbare, ehemals junge, aber wahrscheinlich immer noch nicht weniger Zornige. Zwar unter Nombekos Aufsicht, aber trotzdem.

Während das Trio noch am Hoteleingang stand, rief die Assistentin des Ministerpräsidenten an, um ihm mitzuteilen, dass in der Regierungskanzlei schon ein Anzug und neue Schuhe auf ihn warteten. Leider habe sich aber auch der Stab des chinesischen Präsidenten mit einem Problem an die Regierungskanzlei gewendet: Der Dolmetscher des Präsidenten hatte sich am Abend zuvor heftig die Hand eingeklemmt und lag mit vier gebrochenen Fingern und einem gequetschten Daumen frisch operiert im Karolinska-Krankenhaus. Der Präsident hatte über seine Mitarbeiter ausrichten lassen, er hoffe, dass der Ministerpräsident vielleicht eine passende Dolmetscherlösung für das vormittägliche Treffen und das Mittagessen parat habe. Die Assistentin ahnte, dass er damit die Schwarze meinte, mit der er sich vor dem Schloss schon kurz unterhalten hatte, nicht wahr? Ob der Herr Ministerpräsident wisse, wo sich die betreffende Person aufhalte?

Ja, das wusste der Herr Ministerpräsident sehr gut. Er bat seine Assistentin, einen Augenblick am Apparat zu bleiben, und wandte sich an Nombeko.

»Könnte das Fräulein Nombeko sich wohl vorstellen, bei meinem Treffen mit dem chinesischen Präsidenten zugegen zu sein? Der Dolmetscher des Präsidenten liegt nämlich im Krankenhaus.«

»Und jammert, dass er demnächst sterben wird, stimmt's?«, sagte Nombeko.

Bevor der Ministerpräsident fragen konnte, was sie damit meinte, fügte sie schon hinzu:

»Natürlich kann ich das. Aber was machen wir in der Zwischenzeit mit dem Auto, der Bombe und Celestine?«

Celestine mehrere Stunden mit Auto und Bombe allein zu lassen, fühlte sich ... gar nicht gut an. Erst verfiel Nombeko auf die Idee, sie mit ihren Handschellen ans Lenkrad zu ketten. Aber ihre nächste Idee war noch besser. Sie ging noch einmal kurz zu ihrer Suite hoch und war wenig später zurück.

»Jetzt ist dein Freund ans Sofa gekettet, wo er vor sich hinschnarcht. Wenn es dir einfallen sollte, mit dem Laster und der Bombe Dummheiten zu machen, während der Ministerpräsident und ich den chinesischen Präsidenten treffen, schmeiße ich den Schlüssel zu den Handschellen am Nybroviken ins Wasser.«

Celestine schnaubte nur.

Ministerpräsident Reinfeldt rief zwei von seinen Leibwachen an und bat sie, Nombeko und ihn am Grand Hôtel abzuholen. Und die Fensterscheiben des Autos bitte so dunkel getönt wie möglich. Celestine erhielt Order, sich den erstbesten Parkplatz zu suchen und dort zu bleiben, bis Nombeko oder er sich meldeten. Es würde nur ein paar Stunden dauern, versprach der Ministerpräsident und sehnte von ganzem Herzen das Ende des gestrigen Tages herbei, der einfach nicht enden wollte.

23. KAPITEL

Von einem wütenden Oberbefehlshaber
und einer schön singenden Frau

Fredrik Reinfeldt setzte sich mit einem belegten Brot und einem dreifachen Espresso auf den einen Sessel in seinem Büro. Frisch restauriert mittels Dusche, neuen Kleidern und lehmfreien Schuhen. Auf dem anderen Sessel saß seine südafrikanische Chinesischdolmetscherin mit einer Tasse schwedischem Tee in der Hand. In den Kleidern vom Vortag. Aber die war freilich auch nicht auf dem Kartoffelacker zugange gewesen.

»So sah der Herr Ministerpräsident also aus, bevor er sich so eingesaut hat« sagte Nombeko.

»Wie spät ist es?«, fragte Fredrik Reinfeldt.

Es war zwanzig vor zehn. Also noch Zeit genug, um die Dolmetscherin zu briefen.

Der Ministerpräsident erzählte von seinen Plänen, Hu Jintao zum Klimagipfel 2009 in Kopenhagen einzuladen, nachdem er selbst hoffentlich Ratspräsident der EU geworden war.

»Man wird sich viel über Umwelt und Investitionen in diesem Bereich unterhalten«, meinte er. »Und ich möchte, dass China beim nächsten Klimaprotokoll mit an Bord ist.«

»Sieh an«, sagte Nombeko.

Ein anderer kontroverser Punkt, den der Ministerpräsident anschneiden wollte, war die Vermittlung schwedischer Auffassungen zu Demokratie und Menschenrechten. Gerade hier war es besonders wichtig, dass Nombeko wortwörtlich übersetzte und keine selbst gewählten Formulierungen einstreute.

»Sonst noch was?«, fragte Nombeko.

Ja, natürlich werde man auch über Geschäfte sprechen, Import wie Export. China wurde auch als Exportland immer wichtiger für Schweden.

»Jährlich exportieren wir schwedische Waren im Wert von zweiundzwanzig Milliarden Kronen«, sagte der Ministerpräsident.

»Zwanzig Komma acht«, korrigierte Nombeko.

Der Ministerpräsident trank seinen Espresso aus und sagte sich noch einmal, dass er gerade den mit Abstand seltsamsten Tag seines Lebens erlebte.

»Sonst noch irgendwelche Anmerkungen von Dolmetscherseite?«, fragte er.

Ohne jede Ironie.

Nombeko fand es gut, dass es bei diesem Treffen um Demokratie und Menschenrechte gehen sollte, denn dann konnte der Herr Ministerpräsident hinterher behaupten, dass es bei den Gesprächen um Demokratie und Menschenrechte gegangen sei.

Zynisch ist sie also auch noch, in all ihrer Brillanz, dachte Fredrik Reinfeldt.

* * * *

»Herr Ministerpräsident. Es ist mir eine Ehre, Sie zu treffen – diesmal unter etwas weniger chaotischen Umständen«, lächelte Präsident Hu und hielt ihm die Hand hin. »Was Sie angeht, Fräulein Nombeko – unsere Wege kreuzen sich ja immer wieder. Und das auf angenehmste Art, muss ich hinzufügen.«

Nombeko erwiderte, dass sie das genauso sah, aber sie müssten ihre Erinnerungen an die Safari in Südafrika später austauschen, sonst würde der Herr Ministerpräsident ungeduldig.

»Ansonsten wird er gleich mit der einen oder anderen Bemerkung zu Demokratie und Menschenrechten anfangen, weil er findet, dass es da noch ein bisschen hapert bei Ihnen. Und damit liegt er ja gar nicht mal so weit daneben. Aber der Herr Präsident muss sich keine Sorgen machen, ich glaube, er wird das ganz vorsichtig anschneiden. Also, wenn Sie bereit sind – können wir loslegen?«

Hu Jintao verzog das Gesicht ein wenig, verlor aber trotzdem nicht die gute Laune. Dafür war diese Südafrikanerin viel zu charmant. Außerdem war es das erste Mal, dass eine Dolmetscherin die Dinge schon übersetzte, bevor sein Gegenüber sie sagte. Nein, falsch, es war doch schon das zweite Mal. Dasselbe war ihm ja schon mal vor vielen Jahren in Südafrika passiert.

Tatsächlich schnitt der Ministerpräsident die heiklen Themen sehr behutsam an. Er beschrieb die schwedische Einstellung zur Demokratie, unterstrich die schwedische Wertschätzung der freien Meinungsäußerung und bot den Freunden in der Volksrepublik an, ihnen bei der Entwicklung ähnlicher Traditionen behilflich zu sein. Und dann forderte er mit gedämpfter Stimme, dass die politischen Gefangenen des Landes auf freien Fuß gesetzt werden sollten.

Nombeko übersetzte, doch bevor Hu Jintao antworten konnte, fügte sie auf eigene Faust hinzu, was der Herr Ministerpräsident eigentlich sagen wolle, war, dass man Schriftsteller und Journalisten nicht einfach einsperren konnte, bloß weil sie unangenehme Dinge schrieben. Oder Leute zwangsumsiedeln oder das Internet zensieren...

»Was sagen Sie denn da alles?«, fragte der Ministerpräsident.

Er merkte, dass die Übersetzung doppelt so lang geriet, wie sie eigentlich hätte sein müssen.

»Ich habe nur das vermittelt, was der Herr Ministerpräsident gesagt hat, und dann habe ich verdeutlicht, was damit gemeint war, um das Gespräch anzukurbeln. Wir sind doch wohl beide ein bisschen zu müde, um noch den ganzen Tag hier zu sitzen, oder?«

»Verdeutlicht, was damit gemeint war? Habe ich mich bei unserer Vorbesprechung nicht klar genug ausgedrückt? Das ist hier Diplomatie auf höchstem Niveau, da kann die Dolmetscherin nicht einfach frei dazuerfinden!«

Na, ihretwegen. Nombeko versprach, so wenig wie möglich dazuzuerfinden, und wandte sich an Präsident Hu, um ihm zu erklären, dass der Ministerpräsident gar nicht glücklich über ihre Einmischung war.

»Das kann ich verstehen«, sagte Hu Jintao. »Aber übersetzen Sie jetzt doch bitte, und sagen Sie ihm, dass ich die Worte des Herrn Ministerpräsidenten und die des Fräuleins Nombeko gehört habe und genug politisches Urteilsvermögen besitze, beides voneinander zu unterscheiden.«

Daraufhin setzte Hu Jintao zu einer längeren Antwort an, in der er die Guantánamo-Basis auf Kuba erwähnte, in der manche Gefangene seit fünf Jahren darauf warteten, überhaupt zu erfahren, wie die Anklage lautete. Unglücklicherweise war der Präsident auch bestens informiert über die misslichen Vorfälle von 2002, als Schweden auf Verlangen der CIA schön brav zwei Ägypter ausgewiesen hatte, die daraufhin ins Gefängnis geworfen und gefoltert wurden, wobei sich im Nachhinein herausstellte, dass mindestens einer der beiden dummerweise unschuldig gewesen war.

Der Präsident und der Ministerpräsident tauschten sich noch weiter aus, bis Fredrik Reinfeldt irgendwann fand, dass es jetzt genug war. Und sich dem Umweltthema zuwandte. Dieser Teil des Gesprächs gestaltete sich wesentlich reibungsloser.

Eine Stunde später wurden Tee und Kuchen serviert, auch für die Dolmetscherin. In der formlosen Stimmung, die an der Kaffeetafel gerne mal entsteht, ergriff der Präsident die Chance, diskret seine Hoffnung zu äußern, dass die dramatischen Ereignisse des Vortages sich in Wohlgefallen aufgelöst hatten.

Ja, danke, durchaus, meinte der Ministerpräsident, auch wenn er dabei nicht ganz überzeugend wirkte. Nombeko sah Hu Jintao an, dass er gerne mehr gewusst hätte, und fügte aus reiner Höflichkeit hinzu, dass Reinfeldt zu der Lösung neige, die Bombe in einen Bergstollen wegsperren und den Eingang für immer zumauern zu lassen. Im nächsten Moment dachte sie, dass sie das wahrscheinlich gar nicht hätte sagen dürfen, aber immerhin hatte sie diesmal nichts dazuerfunden.

Hu Jintao hatte sich in jüngeren Jahren mit dem Thema Nuklearwaffen beschäftigt (das hatte mit der Südafrikareise begonnen), und er hätte im Interesse seines Landes gern noch mehr über die Bombe erfahren. Sie war zwar schon ein paar Jahrzehnte alt, und die Bombe an sich brauchte China auch gar nicht, denn in den chinesischen Streitkräften hatte man mehr Megatonnen, als ein Mensch sich vorstellen konnte. Doch wenn die Angaben seines Nachrichtendienstes korrekt waren, könnte die Bombe – in demontiertem Zustand – China einen einzigartigen Einblick in die südafrikanische und damit auch israelische Kernwaffentechnologie geben. Und das konnte sich wiederum als wichtiges Puzzleteilchen bei der Analyse des Kräfteverhältnisses zwischen Iran und Israel erweisen. Die Iraner waren übrigens gut Freund mit China. Beziehungsweise so halb gut. Öl und Erdgas flossen aus dem Iran Richtung Osten, während China niemals heiklere Bundesgenossen gekannt hatte als die in Teheran (gut, Pjöngjang vielleicht mal ausgenommen). Unter anderem waren sie schrecklich schwer zu durchschauen. Bauten die nun ihre eigenen Atomwaffen? Oder war das alles nur Säbelrasseln, hinter dem nicht mehr steckte als konventionelle Waffen und dick aufgetragene Rhetorik?

Nombeko unterbrach Hu Jintaos Überlegungen.

»Wie ich das sehe, spekuliert der Herr Präsident eventuell auf die Bombe. Soll ich den Ministerpräsidenten fragen, ob er bereit ist, sie Ihnen zu überlassen? Als Geschenk, um Frieden und Freundschaft zwischen Ihren Ländern zu festigen?«

Während Präsident Hu dachte, dass es vielleicht passendere Friedensgeschenke gab als eine Atombombe von drei Megatonnen Sprengkraft, fuhr Nombeko mit dem Argument fort, dass China schon so viele Bomben von der Sorte besaß, dass eine mehr oder weniger kaum einen Unterschied machen dürfte. Und sie war sicher, dass Reinfeldt die Bombe nur zu gern auf die andere Seite der Erdkugel verschwinden sähe. Oder noch weiter weg, wenn das möglich wäre.

Hu Jintao antwortete, es liege zwar in der Natur der Atombombe, Schaden anzurichten, obwohl das natürlich nicht wünschenswert war. Doch obwohl Fräulein Nombeko sein Interesse an der schwedischen Bombe ganz richtig erkannt hatte, war es wohl kaum passend, den Ministerpräsidenten um einen Gefallen dieser Art zu bitten. Daher bat er Nombeko, weiter zu dolmetschen, bevor der Ministerpräsident Grund hatte, sich wieder zu ärgern.

Doch es war bereits zu spät.

»Worüber reden Sie da, verdammt noch mal?«, rief der Ministerpräsident zornig. »Sie sollen dolmetschen und basta!«

»Ja, entschuldigen Sie, Herr Ministerpräsident, ich habe nur versucht, ein Problem für ihn zu lösen«, sagte Nombeko. »Aber es ging nicht so recht. Also reden Sie nur weiter. Über Umweltprobleme und Menschenrechte und so.«

Den Ministerpräsident ereilte schon wieder das Gefühl, das ihn in den letzten vierundzwanzig Stunden regelmäßig überkommen hatte. Gerade war mal wieder etwas so Absurdes geschehen, dass es unmöglich schien: Seine Dolmetscherin hatte diesmal keine Menschen gekidnappt, sondern seine Unterredung mit dem Staatsoberhaupt eines anderen Landes.

Während des Mittagessens konnte Nombeko das Honorar, das sie weder verlangt noch angeboten bekommen hatte, vollauf rechtfertigen. Sie hielt ein lebhaftes Gespräch zwischen Präsident Hu, dem schwedischen Ministerpräsidenten, dem Volvochef, dem Electroluxchef und dem Ericssonchef aufrecht – und das tatsächlich fast ohne sich selbst einzumischen. Nur bei ein paar Gelegenheiten rutschte ihr die Zunge aus. Zum Beispiel, als Präsident Hu dem Volvochef zum zweiten Mal für das wundervolle Geschenk gedankt hatte. Diesmal fügte er hinzu, dass die Chinesen selbst nicht so schöne Autos bauen könnten, und Nombeko übersetzte seine Worte nicht, sondern schlug ihm vor, dass sein Land und er Volvo doch gleich komplett kaufen könnten, dann müssten sie nicht mehr neidisch sein.

Oder als der Electroluxchef erzählte, wie man sich für die Vermarktung verschiedener Produkte seiner Firma in China einsetzte, und Nombeko die Idee in den Raum stellte, Hu könne in seiner Eigenschaft als Sekretär der Kommunistischen Partei Chinas doch in Erwägung ziehen, all die loyalen Parteimitglieder zu ermuntern, sich Electroluxprodukte zu kaufen.

Diesen Gedanken fand Hu so gut, dass er den Electroluxchef sofort fragte, was für einen Rabatt er sich vorstellen könnte, wenn China eine Bestellung von sechsundachtzig Millionen siebenhundertzweiundvierzigtausend Teekochern aufgeben würde.

»Wie viele?«, fragte der Electroluxchef.

* * * *

Der Oberbefehlshaber der schwedischen Streitkräfte hielt sich gerade im Urlaub in Ligurien auf, als der Ministerpräsident ihn über seine Assistentin anrufen ließ. Er solle einfach auf direktem Wege nach Hause kommen. Das war nicht als Wunsch der Regierungskanzlei formuliert, sondern schlichtweg als Befehl. Es ging um die nationale Sicherheit. Und der Oberbefehlshaber sollte bei dieser Gelegenheit auch in der Lage sein, einen mündlichen Bericht über »den aktuellen Status militärisch genutzter Bergstollen in Schweden« abzuliefern.

Der Oberbefehlshaber bestätigte den Empfang des Befehls und überlegte zehn Minuten, was der Ministerpräsident wohl wollen könnte, ehe er es aufgab und sich eine Jas 39 Gripen bestellte, um sich mit der Geschwindigkeit nach Hause fliegen zu lassen, die der Ministerpräsident indirekt vorgegeben hatte (nämlich mit doppelter Schallgeschwindigkeit).

Doch die schwedische Luftwaffe kann auch nicht einfach auf jedem Acker in Norditalien landen, den sie sich in den Kopf gesetzt hat, sondern musste sich zum Cristoforo-Colombo-Flughafen nach Genua umleiten lassen, wohin der Oberbefehlshaber wiederum zwei Stunden brauchte, wegen des dichten Verkehrs, der wie immer und ohne Ausnahme auf der A10 und an der Italienischen Riviera herrschte. Vor halb fünf Uhr nachmittags würde er nicht in der Regierungskanzlei sein, ganz egal, wie viele Schallmauern er auf dem Flug durchbrach.

❊ ❊ ❊ ❊

Das Mittagessen im Sager'schen Haus war vorbei. Bis zum Treffen mit dem Oberbefehlshaber der Streitkräfte waren es noch ein paar Stunden. Der Ministerpräsident hatte eigentlich das Gefühl, dass er jetzt bei der Bombe sein sollte, aber er beschloss, sich noch eine Weile auf Nombeko und die unzuverlässige Celestine zu verlassen. Er war nämlich entsetzlich müde, nachdem er über dreißig Stunden so ziemlich alles mitgemacht hatte, was ein Mensch nur mitmachen kann, ohne ein Auge zuzutun. Also entschied er sich für ein kleines Nickerchen in der Regierungskanzlei.

Nombeko und Celestine folgten seinem Beispiel, allerdings im Führerhäuschen ihres Kartoffellasters auf einem Parkplatz in Tallkrogen.

❊ ❊ ❊ ❊

Unterdessen wurde es für den chinesischen Präsidenten und sein Gefolge Zeit, die Heimreise anzutreten. Hu Jintao war mit seinem Besuch zufrieden, aber nicht halb so zufrieden wie Präsidentengattin Liu Yongqing. Während ihr Mann den Sonntag mit Politik und in Butter geschwenktem gedünsteten Dorsch verbracht hatte, hatten sie und ein paar andere Damen der Delegation zwei großartige Ausflüge gemacht. Erst auf den Bauernmarkt in Västerås und anschließend auf ein Gestüt in Knivsta.

In Västerås hatte sich die Präsidentengattin erst an original schwedischer Handwerkskunst erfreut, doch dann kam sie zu einem Stand mit allem möglichen Import-Krimskrams. Und mitten in all dem Trödel – die Präsidentengattin wollte ihren Augen kaum trauen! – stand eine echte Tongans aus der Han-Dynastie!

Als Liu Yongqing dreimal in ihrem mäßigen Englisch nachgefragt

414

hatte, ob der Verkäufer wirklich den Preis meinte, den er genannt hatte, meinte er, dass sie feilschen wollte, und wurde wütend:

»Und ob! Ich verlange zwanzig Kronen für das Stück und keine Öre weniger!«

Die Gans war in einer von mehreren Kisten Gerümpel gewesen, die er aus einem Nachlass in Sörmland gekauft hatte (der Verstorbene wiederum hatte die Gans für neununddreißig Kronen von einem seltsamen Amerikaner auf dem Markt von Malma gekauft, aber das konnte der jetzige Verkäufer natürlich nicht wissen). Eigentlich hatte er die Nase voll von dem Ding, aber diese Ausländerin war so schroff gewesen und hatte mit ihren Freundinnen in einer Sprache gegackert, die kein Mensch verstehen konnte. Deswegen hielt er jetzt rein aus Prinzip an seinem Preis fest. Zwanzig Kronen, oder das Geschäft war gestorben, fertig.

Am Ende hatte die Alte dann doch bezahlt – fünf Dollar! Rechnen konnte die ja wohl auch nicht.

Der Verkäufer war zufrieden, die Präsidentengattin glücklich. Und sie sollte noch glücklicher werden, als sie sich im Gestüt Knivsta in den schwarzen dreijährigen Kaspischen Ponyhengst Morfeus verliebte. Das Pferd sah aus wie ein ausgewachsenes, normal großes Pferd, hatte aber nur ein Stockmaß von einem Meter und würde – wie alle Kaspischen Ponys – auch nicht mehr größer werden.

»Will haben!«, sagte Liu Yongqing, die seit ihrem Aufstieg zur Präsidentengattin eine herausragende Fähigkeit entwickelt hatte, ihren Willen durchzusetzen.

Aber aufgrund all dieser Einkäufe, die das Gefolge nun mit nach Hause nehmen wollte, war bei Cargo City am Flughafen Arlanda ein Papierkrieg sondergleichen entbrannt. Hier hatte man nicht nur alle praktischen Gerätschaften, die zum Be- und Entladen nötig waren, sondern auch den vollen Einblick, welche Stempel in welchem Zusammenhang erforderlich waren.

Die wertvolle Han-Dynastie-Gans rutschte gerade noch so mit durch. Schlimmer war es da schon mit dem Minipferd.

Der Präsident saß bereits auf seinem Präsidentensessel im Präsidentenflugzeug und fragte seinen Sekretär, warum sich der Abflug so verzögerte. Die Antwort lautete, das kleinere Problem sei der Transport des Präsidentenvolvos aus Torslanda, der momentan noch dreißig, vierzig Kilometer Weges vor sich hatte. Wesentlich problematischer sei es mit dem Pferd, das die Präsidentengattin gekauft habe. Die Leute hier auf dem Flughafen waren wirklich seltsam – die schienen doch glatt nach dem Motto zu leben, dass Regeln dazu da waren, befolgt zu werden. Dass es hier um die Wünsche des chinesischen Präsidenten ging, schien überhaupt nicht relevant zu sein.

Der Sekretär gab zu, dass sich die Gespräche ziemlich schwierig gestaltet hätten, denn der Dolmetscher lag ja immer noch im Krankenhaus und würde bis zum Abflug nicht wieder gesund werden. Mit den Details wolle der Sekretär seinen Präsidenten natürlich nicht belasten, aber um es kurz zu machen: Die Delegation würde gern noch ein letztes Mal diese Südafrikanerin engagieren, wenn der Präsident das für passend hielt. Ob sie wohl die Erlaubnis des Präsidenten hätten, sie zu fragen?

So kam es, dass Nombeko und Celestine von einem Anruf geweckt wurden, als sie sich gerade Kopf an Fuß zum Schlafen ins Führerhäuschen des Kartoffellasters gelegt hatten. Nun fuhren sie mit Laster, Bombe und so weiter zu Cargo City in Arlanda, um dem chinesischen Präsidenten und der Delegation mit ihren diversen Zollerklärungen zu helfen.

* * * *

Wer glaubt, dass er noch nicht genug Probleme im Leben hat, der schaffe sich in Schweden ein Säugetier an, ein paar Stunden vor dem Heimflug auf die andere Seite des Erdballs, und bestehe darauf, dass dieses Tier auf jeden Fall mitfliegen muss.

Nombeko sollte unter anderem dafür sorgen, dass das Landwirtschaftsministerium ein gültiges Exportzertifikat für das Kaspische

Kleinpferd ausstellte, welches erst vor wenigen Stunden der Präsidentengattin Liu Yongqing tief in die Augen geschaut hatte.

Außerdem mussten dem zuständigen Vertreter der Behörde mehrere Impfbescheinigungen für das Tier vorgelegt werden. Da Morfeus kaspisch war und das Reiseziel Peking lautete, kam nach den Vorschriften des chinesischen Landwirtschaftsministeriums noch ein Coggins-Test hinzu, um sicherzustellen, dass dieses Pferd, das in Knivsta, tausend Kilometer südlich vom nördlichen Polarkreis, geboren und aufgewachsen war, nicht unter der Ansteckenden Blutarmut der Einhufer litt.

Des Weiteren mussten im Flugzeug Beruhigungsmittel mitgeführt werden, Spritzen und Kanülen, mit dem man dem Tier eine Injektion verabreichen konnte, wenn es in der Luft in Panik geraten sollte. Außerdem ein Bolzenschussgerät, für den Fall, dass mit dem Pferdchen wirklich alle Pferde durchgingen.

Last, but not least musste der Distriktbeauftragte des Veterinäramtes das Tier in Augenschein nehmen und es auf dem Flugplatz identifizieren. Als sich herausstellte, dass der Chef der Veterinärmedizinischen Distriktklinik auf Dienstreise in Reykjavik war, warf Nombeko das Handtuch.

»Ich sehe schon, dieses Problem erfordert eine alternative Lösung«, sagte sie.

»Und wie soll die deiner Meinung nach aussehen?«, fragte Celestine.

Nachdem Nombeko das Pferdeproblem für Hu Jintaos Frau gelöst hatte, musste sie schleunigst zur Regierungskanzlei, um dort Bericht zu erstatten. Es war wichtig, dass sie dort ankam, bevor der Oberbefehlshaber der schwedischen Streitkräfte eintraf, daher sprang sie in ein Taxi, nicht ohne Celestine vorher streng ermahnt zu haben, mit ihrem Kartoffellaster ja kein Aufsehen im Straßenverkehr zu erregen. Celestine versprach es, und hätte sich auch sicher daran gehalten, wäre im Radio nicht plötzlich Billy Idol gekommen.

Zwanzig, dreißig Kilometer nördlich von Stockholm war es aufgrund eines Unfalls nämlich zu einem Verkehrsstau gekommen. Nombeko und das Taxi kamen noch vorher durch, aber Celestine mit dem Kartoffellaster blieb in der rasch immer länger werdenden Schlange stecken. Wie sie später erklärte, war es physisch unmöglich, in einem stehenden Auto zu sitzen, wenn im Radio *Dancing with Myself* gespielt wird. Also entschied sie sich, auf die Busspur auszuweichen.

Und so kam es, dass eine fast schon headbangende Frau nördlich von Rotebro in einem Kartoffellaster mit falschem Kennzeichen eine im Stau stehende Zivilstreife rechts überholte – und natürlich prompt an den Straßenrand gewinkt wurde.

Während der Polizeiinspektor das Kennzeichen überprüfte und herausfand, dass es zu einem roten Fiat Ritmo gehörte, dessen Nummernschilder vor Jahren als gestohlen gemeldet worden waren, ging sein Kollege, der Polizeianwärter, zu Celestine, die das Fenster heruntergekurbelt hatte.

»Sie dürfen nicht auf der Busspur fahren, auch nicht, wenn es einen Unfall gegeben hat«, erklärte der junge Polizist. »Dürfte ich bitte mal Ihren Führerschein sehen?«

»Nein, darfst du nicht, du Bullenschwein«, sagte Celestine.

Ein paar tumultartige Minuten später saß sie auf dem Rücksitz des Polizeiautos, mit Handschellen, die ihren eigenen nicht ganz unähnlich waren. Und die Leute in den stehenden Autos rundum fotografierten wie wild.

Der Polizeiinspektor hatte schon viele Dienstjahre auf dem Buckel, und er erklärte dem Fräulein ganz seelenruhig, dass sie ihnen genauso gut gleich sagen konnte, wie sie hieß, wem das Fahrzeug gehörte und warum sie mit falschem Kennzeichen durch die Gegend fuhr. Der Polizeianwärter warf unterdessen einen Blick in den Laderaum des Lasters. Darin stand eine große Kiste, und wenn man an der Seite an der richtigen Stelle ein bisschen herumfriemelte, konnte man das Ding sicher auf … na bitte, war doch schon offen.

»Was, zum Teufel …?«, sagte der junge Polizist und rief sofort den Inspektor, um ihm zu zeigen, was er entdeckt hatte.

Wenig später waren die beiden wieder bei der gefesselten Celestine, um ihr weitere Fragen zu stellen, diesmal bezüglich des Inhalts der Kiste. Aber sie hatte sich mittlerweile wieder gefangen.

»Wie war das noch, ihr wolltet wissen, wie ich heiße?«, fragte sie.

»Furchtbar gerne«, sagte der immer noch seelenruhige Polizeiinspektor.

»Édith Piaf«, sagte Celestine.

Und dann begann sie zu singen:

> *Non, rien de rien*
> *Non, je ne regrette rien*
> *Ni le bien qu'on m'a fait*
> *Ni le mal; tout ça m'est bien égal!*

Sie sang immer noch, während sie zum Polizeirevier in Stockholm gefahren wurde. Und auf der Fahrt dachte sich der Inspektor, man konnte über den Polizeiberuf ja sagen, was man wollte – aber abwechslungsreich war er.

Der Polizeianwärter erhielt den Auftrag, den Laster behutsam zu selbigem Revier zu fahren.

* * * *

Am Sonntag, dem 10. Juni 2007, um 16.30 Uhr hob das chinesische Flugzeug in Stockholm–Arlanda Richtung Peking ab.

Ungefähr zur selben Zeit war Nombeko zurück in der Regierungskanzlei. Es gelang ihr, sich bis ins Allerheiligste durchzufragen, indem sie die Assistentin des Ministerpräsidenten anrief und ihr erklärte, sie habe wichtige Informationen für den Chef betreffend Präsident Hu.

Wenige Minuten, bevor der Oberbefehlshaber der schwedischen Streitkräfte das Büro betreten sollte, wurde Nombeko vorgelassen. Fredrik Reinfeldt sah schon bedeutend munterer aus, denn er hatte fast anderthalb Stunden schlafen können, während Nombeko in

Arlanda gewesen war und mit Papieren, Pferdchen und anderem Pipapo gehext hatte. Er fragte sich, was sie jetzt wohl noch auf dem Herzen haben könnte. Er hatte sich eigentlich vorgestellt, dass sie sich erst wieder sprechen würden, sobald der Oberbefehlshaber informiert war, und der Moment für die… sagen wir mal, für die… Endverstauung gekommen war.

Tja, die Umstände hatten die Unterredung mit dem Oberbefehlshaber der schwedischen Streitkräfte aber überflüssig gemacht. Hingegen wäre es wohl passend, Präsident Hu so bald wie möglich mal kurz anzurufen.

Nombeko erzählte weiter, von dem Kaspischen Kleinpferd und der geradezu unüberschaubaren Menge bürokratischer Erfordernisse, die es zu erfüllen galt, wenn das Tier nicht zurückbleiben sollte (was sicher für große Verärgerung bei der Präsidentengattin und ihrem Mann gesorgt hätte). Stattdessen war Nombeko auf die unkonventionelle Lösung verfallen, das Pferd in dieselbe Kiste zu sperren wie den bereits ordnungsgemäß deklarierten Volvo, den der Präsident schon am Freitag von den Volvo-Werken in Torslanda bekommen hatte.

»Will ich das alles wirklich wissen?«, unterbrach sie der Ministerpräsident.

»Ich befürchte, es ist doch besser, wenn Sie das alles wissen«, meinte Nombeko.

Die Sache war nämlich die, dass das Pferdchen nicht mit dem Volvo in diese Kiste passte. Wenn man das Tier jedoch in die Kiste mit der Atombombe packte und stillschweigend die Zollpapiere der Autokiste auf die Bombenkiste übertrug, dann wurde Schweden sowohl das Kaspische Pony als auch die Atombombe in einem Aufwasch los.

»Wollen Sie damit sagen, dass…«, sagte der Ministerpräsident und stockte mitten im Satz.

»Ich bin sicher, Präsident Hu wird begeistert sein, dass er die Bombe mitnehmen durfte, die wird seinen Technikern bestimmt alle möglichen Erkenntnisse bringen. Und China ist ja schon voll mit Mittel- und Langstreckenraketen, da macht eine Drei-Megaton-nen-Bombe doch auch keinen Unterschied mehr, oder? Und stellen Sie sich vor, was für ein Glück, dass die Präsidentengattin ihr Pferd mitnehmen konnte! Zu dumm nur, dass jetzt der Volvo in Schweden geblieben ist. Der steht halt in der Kiste in unserem Kartoffellaster. Vielleicht könnte der Herr Ministerpräsident ja jemand damit beauftragen, das Ding so rasch wie möglich nach China verschiffen zu lassen. Oder was meinen Sie, wie wir da verfahren sollten?«

Fredrik Reinfeldt wurde nicht ohnmächtig von den ganzen Informationen, die gerade auf ihn eingeprasselt waren, denn dazu hatte er keine Zeit. Gerade klopfte auch schon wieder seine Assistentin an die Tür und verkündete, dass der Oberbefehlshaber der schwedischen Streitkräfte jetzt eingetroffen war und draußen wartete.

❄ ❄ ❄

Noch vor wenigen Stunden hatte der Oberbefehlshaber mit seiner lieben Frau und den drei Kindern beim späten Frühstück im Hafen der entzückenden Stadt San Remo gesessen. Nachdem ihn der Rückruf aus der Regierungskanzlei erreicht hatte, war er in einem Taxi bis nach Genua gefahren, wo ein Prachtexemplar von Kampfflugzeug, der Stolz der schwedischen Luftwaffe, auf ihn wartete: eine Jas 39 Gripen, die ihn mit doppelter Schallgeschwindigkeit und mit einem Kostenaufwand von dreihundertzwanzigtausend Kronen nach Schweden zum Militärflughafen Uppsala-Ärna brachte. Von dort wurde er im Auto weitergefahren und verspätete sich am Ende noch um ein paar Minuten, weil es auf der E4 einen Unfall gegeben hatte. Während der Verkehr stillstand, konnte der Oberbefehlshaber der schwedischen Streitkräfte ein Stück Alltagsdrama am Straßenrand beobachten. Die Polizei hatte eine Lkw-Fahrerin vor den Augen des Oberbefehlshabers angehalten. Erst hatte man der Frau Handschellen angelegt, dann hatte sie angefangen, irgendein französisches Lied zu singen. Seltsam.

Die Unterredung mit dem Ministerpräsidenten hatte sich dann noch seltsamer gestaltet. Der Oberbefehlshaber hatte befürchtet, dass fast schon Kriegszustand herrschte, da der Regierungschef ihn mit solchem Nachdruck nach Hause beordert hatte. Jetzt saß der Mann einfach da und wollte die Bestätigung, dass sich die schwedischen Bergstollen in einsatzbereitem Zustand befanden und ihre Funktion bei Bedarf erfüllen konnten.

Der Oberbefehlshaber erwiderte, soweit er wisse, konnten alle ihre Funktion erfüllen, und es gebe ganz bestimmt den einen oder anderen freien Kubikmeter, je nachdem, was der Herr Ministerpräsident dort verwahren wolle.

»Wunderbar«, sagte der Ministerpräsident. »Dann möchte ich den Oberbefehlshaber unserer Streitkräfte gar nicht länger aufhalten, er hat ja auch Urlaub und so, wenn ich das richtig verstanden habe.«

Nachdem der Oberbefehlshaber lange genug nachgegrübelt hatte, was wohl geschehen war, kam er zu dem Schluss, dass sich diese Sache seinem Verständnis entzog, woraufhin seine Verwirrung in Gereiztheit umschlug. Dass man ihm nicht mal im Urlaub seinen Frieden ließ! Zu guter Letzt rief er den Piloten des Jas 39 Gripen-Kampfflugzeugs an, der ihn am Vormittag abgeholt hatte und sich noch immer auf dem Militärflugplatz nördlich von Uppsala aufhielt.

»Hallo, hier ist Ihr Oberbefehlshaber. Hören Sie, könnten Sie wohl so nett sein, mich wieder nach Italien runterzufliegen?«

Da gingen noch mal dreihundertzwanzigtausend Kronen durch den Schornstein. Plus weitere achttausend, weil der Oberbefehlshaber beschloss, sich mit einem Helikoptertaxi zum Flughafen bringen zu lassen. Der betreffende Helikopter war übrigens eine dreizehn Jahre alte Sikorsky S-76a, die vor geraumer Zeit von der Versicherungssumme für einen gestohlenen Hubschrauber desselben Typs gekauft worden war.

Eine Viertelstunde vor dem Abendessen kam der Oberbefehlshaber an, um mit seiner Familie in San Remo Meeresfrüchte zu speisen.

»Wie war die Besprechung mit dem Ministerpräsidenten, Schatz?«, fragte seine Frau.

»Ich denke darüber nach, bei der nächsten Wahl die Partei zu wechseln«, antwortete der Oberbefehlshaber.

* * * *

Als Präsident Hu den Anruf des schwedischen Ministerpräsidenten annahm, befand er sich immer noch in der Luft. Eigentlich griff er bei internationalen politischen Gesprächen niemals auf sein mittelmäßiges Englisch zurück, aber in diesem Fall machte er eine Ausnahme. Er war viel zu neugierig, was Ministerpräsident Reinfeldt von ihm wollen könnte. Und es dauerte auch nicht lange, da brach er in schallendes Gelächter aus. Fräulein Nombeko war schon etwas ganz Besonderes, fand der Herr Ministerpräsident nicht auch?

Der Volvo wäre zwar schön gewesen, aber was der Präsident nun stattdessen bekommen hatte, war noch ein bisschen besser. Außerdem war seine geliebte Gattin so überaus zufrieden, dass sie das Pferd nun doch mit im Gepäck hatten.

»Ich werde dafür sorgen, dass Ihnen das Auto so bald wie möglich nachgeschickt wird«, versprach Fredrik Reinfeldt und tupfte sich den Schweiß von der Stirn.

»Ja. Oder mein Dolmetscher kann ihn nach Hause fahren«, überlegte Hu Jintao. »Wenn er irgendwann mal wieder gesund wird. Nein, wissen Sie was? Schenken Sie ihn Fräulein Nombeko, ich finde, das hat sie sich verdient.«

Ferner versprach Präsident Hu, die Bombe nicht in ihrem Originalzustand zu benutzen. Vielmehr würde sie unmittelbar in ihre Einzelteile zerlegt werden und damit aufhören zu existieren. Vielleicht wollte Ministerpräsident Reinfeldt ja gerne an den Erkenntnissen teilhaben, die die chinesischen Atomtechniker dabei gewannen?

Nein, das wollte Ministerpräsident Reinfeldt nicht. Das war die Art von Kenntnissen, auf die sein Land (oder das Land des Königs) jederzeit verzichten konnte.

Sprach Fredrik Reinfeldt und bedankte sich bei Präsident Hu noch einmal für seinen Besuch.

* * * *

Nombeko kehrte in ihre Suite im Grand Hôtel zurück und schloss die Handschellen des immer noch schlafenden Holger 1 auf. Danach küsste sie den ebenfalls schlafenden Holger 2 auf die Wange und breitete eine Decke über die Gräfin, die neben der Minibar im Schlafzimmer auf dem Teppich eingeschlafen war. Dann ging sie zu ihrer Nummer zwei zurück, legte sich neben ihn, schloss die Augen und – konnte sich gerade noch fragen, wohin Celestine wohl verschwunden sein mochte, bevor sie selbst einschlief.

Am nächsten Tag um Viertel nach zwölf wachte sie wieder auf, weil Nummer eins, Nummer zwei und die Gräfin ihr mitteilten, dass das Mittagessen serviert war. Gertrud, die auf dem Boden neben der Minibar gelegen hatte, hatte von allen am unbequemsten geschlafen und war deswegen auch als Erste auf den Beinen gewesen. In Ermangelung anderer Beschäftigung hatte sie im Informationsprospekt des Hotels geblättert – und dabei etwas Großartiges entdeckt. Das Hotel hatte es so eingerichtet, dass man sich erst ausdenken konnte, was man gerne hätte, dann den Hörer abnahm und es der Person am anderen Ende der Leitung mitteilte, woraufhin diese sich für den Anruf bedankte und, ohne lange zu fackeln, das Gewünschte aufs Zimmer schickte.

Roomservice nannte sich das offenbar. Der Gräfin Virtanen war egal, wie das in irgendwelchen anderen Sprachen hieß, sie fragte sich nur, ob es in der Praxis wohl wirklich funktionierte.

Also begann sie damit, sich probeweise eine Flasche Mannerheim zu bestellen – und die war gekommen, auch wenn das Hotel eine Stunde brauchte, um sie zu besorgen. Dann bestellte sie Kleidung für sich selbst und die anderen und schätzte dabei die Größen, so gut es eben ging. Diesmal dauerte es zwei Stunden. Und jetzt auch noch ein dreigängiges Mittagessen für alle, ausgenommen die kleine Celestine. Die war ja immer noch nicht hier. Ob Nombeko wohl wusste, wo sie sich aufhielt?

Das wusste die soeben aufgewachte Nombeko nicht. Aber dass irgendetwas vorgefallen sein musste, war offensichtlich.

»Ist sie mit der Bombe verschwunden?«, sagte Holger 2 und fühlte, wie allein der Gedanke seine Fieberkurve schon wieder steigen ließ.

»Nein, die Bombe sind wir ein für alle Mal los, mein Lieber«, sagte Nombeko. »Heute ist der erste Tag vom Rest unseres Lebens. Ich erklär es dir später, aber jetzt essen wir erst mal was, und dann will ich zum ersten Mal seit ein paar Tagen duschen und mich umziehen, bevor wir Celestine suchen gehen. Übrigens – das war ein toller Einfall, uns Kleidung zu bestellen, Gräfin!«

Das Mittagessen hätte wunderbar geschmeckt, wenn Holger 1 nicht die ganze Zeit gejammert hätte, weil seine Freundin verschwunden war. Wenn sie nun die Bombe gezündet hatte, ohne dass er es miterleben durfte?

Nombeko sagte zwischen zwei Bissen, dass Holger es zwangsläufig miterlebt hätte, wenn Celestine das getan hätte, aber das sei ja nicht der Fall, denn sonst säßen sie jetzt nicht hier und äßen Trüffelpastete, statt tot zu sein. Außerdem befände sich das, was sie seit ein paar Jahrzehnten gequält hatte, inzwischen auf einem anderen Kontinent.

»Ist Celestine auf einem anderen Kontinent?«, fragte Holger 1.

»Komm, iss jetzt«, sagte Nombeko.

Nach dem Mittagessen duschte sie, zog sich neue Kleider an und ging an die Rezeption, um gewisse Obergrenzen bei den zukünftigen Bestellungen der Gräfin Virtanen zu besprechen. Sie schien ein bisschen zu sehr auf den Geschmack gekommen zu sein, was ihren neuen adligen Lebensstil anging, und es war nur noch eine Frage der Zeit, bis sie sich einen Privatjet und ein Privatkonzert von Harry Belafonte bestellte.

Unten an der Rezeption sprangen ihr jedoch die Abendzeitungen ins Auge. Die Schlagzeile des *Expressen* – über einem Bild von Celestine im Clinch mit zwei Polizisten – lautete:

HIER WIRD DIE

SINGENDE FRAU

FESTGENOMMEN

Eine jüngere Frau mittleren Alters war tags zuvor auf der E4 nördlich von Stockholm wegen eines Verkehrsdelikts von der Polizei angehalten worden. Statt sich auszuweisen, hatte sie behauptet, Édith Piaf zu sein, und von da an nur noch *Non, je ne regrette rien* gesungen. Und das so lange, bis sie in ihrer Zelle einschlief.

Die Polizei wollte kein Bild veröffentlichen, aber der *Expressen* wollte sehr wohl und hatte zu diesem Zweck auch eine Reihe vorzüglicher Fotos von Privatpersonen gekauft. Erkannte jemand diese Frau wieder? Sie war offensichtlich Schwedin, denn mehrere fotografierende Zeugen hatten ausgesagt, dass sie die Polizisten auf Schwedisch beleidigt hatte, bevor sie sich aufs Singen verlegte.

»Ich glaube, ich weiß, was für Beleidigungen das waren«, murmelte Nombeko, vergaß darüber völlig, mit der Rezeption über die Obergrenzen beim Roomservice zu sprechen, und kehrte mit einem Exemplar der Zeitung in die Suite zurück.

Die Nachbarn der schwer geprüften Eltern Gunnar und Kristina Hedlund in Gnesta entdeckten das Bild auf der ersten Seite des *Expressen*. Zwei Stunden später war Celestine in der Zelle des Polizeireviers im Zentrum von Stockholm mit ihrer Mutter und ihrem Vater wiedervereint. Celestine merkte, dass sie gar nicht mehr wütend auf die beiden war, und sagte, sie wolle einfach nur raus aus der verdammten Zelle und ihnen ihren Freund vorstellen.

Die Polizei wünschte sich nichts mehr, als die lästige Frau endlich loszuwerden, aber erst gab es da noch so einiges zu klären. Der Kartoffellaster hatte falsche Kennzeichen gehabt, aber wie sich herausstellte, war das Fahrzeug nicht gestohlen. Eigentümerin war Celestine Hedlunds Großmutter, eine verrückte alte Dame von achtzig Jahren. Sie nannte sich Gräfin und meinte, als solche über jeden Verdacht erhaben zu sein. Wie die falschen Nummernschilder an ihren Wagen gelangt waren, konnte sie sich auch nicht erklären, aber sie konnte sich gut vorstellen, dass das irgendwann in den Neunzigern passiert sei, als sie ihn mehrfach an jugendliche Kartoffelpflücker aus Norrtälje ausgeliehen hatte. Dass man den jungen Burschen aus Norrtälje nicht trauen konnte, wusste die Gräfin ja schon seit dem Sommer 1945.

Nachdem Celestine Hedlund identifiziert war, gab es keinen Grund mehr, sie länger festzuhalten oder Untersuchungshaft zu beantragen. Sie hatte ein Bußgeld für ihr verkehrswidriges Verhalten zu erwarten, mehr nicht. Die Nummernschilder anderer Autos zu stehlen, war freilich ein Verbrechen, aber egal, wer nun der Dieb war – die Tat war vor zwanzig Jahren begangen worden und somit verjährt. Mit falschem Nummernschild durch die Gegend zu fahren, war ein weiteres Vergehen und überdies noch verfolgbar, aber der Polizist hatte es so satt, sich pausenlos *Non, je ne regrette rien* anzuhören, dass er beschloss, Celestine habe dieses Verbrechen nicht vorsätzlich begangen. Außerdem hatte er sein Sommerhäuschen zufälligerweise ganz in der Nähe von Norrtälje, und letzten Sommer hatte man ihm doch glatt seine Hollywood-Schaukel aus dem Garten gestohlen. Die Gräfin mochte also durchaus recht haben mit ihren Anspielungen auf den Lebenswandel der Norrtäljer Jugend.

Einzig offene Frage blieb der nagelneue Volvo im Laderaum des Kartoffellasters. Ein erster Kontakt mit dem Werk in Torslanda ergab, dass das Auto sensationellerweise dem chinesischen Präsidenten Hu Jintao gehörte. Doch nachdem die Firmenleitung Kontakt mit dem Stab des Präsidenten in Peking aufgenommen hatte, rief man zurück und teilte mit, dass der Präsident das Auto einer Frau geschenkt hatte, deren Namen er nicht nennen wollte. Celestine Hedlund, durfte man wohl vermuten. Auf einmal war man über diese bizarre Geschichte mitten aufs Parkett der internationalen Hochpolitik geschlittert. Der verantwortliche Polizist sagte sich, mehr wolle er gar nicht wissen. Und der verantwortliche Staatsanwalt schloss sich dieser Meinung an. Und so wurde Celestine Hedlund wieder auf freien Fuß gesetzt und rollte mit ihren Eltern im Volvo davon.

Der Polizist achtete aber trotzdem genau darauf, wer von den dreien sich da nun hinters Steuer setzte.

7. TEIL

Nichts währt ewig in unserer bösen Welt. Nicht mal unsere Sorgen.

Charlie Chaplin

24. *KAPITEL*

Vom Glück, wirklich existieren zu dürfen,
und von einer umgedrehten Nase

Holger 1, Celestine und die Gräfin Virtanen, die beschlossen hatte, sich von nun an Gräfin Mannerheim zu nennen, fühlten sich schon bald sehr wohl in der Suite des Grand Hôtel. Daher hatten sie es nicht allzu eilig, sich ein passendes Schloss zu suchen.

Nicht zuletzt war die Sache mit dem Roomservice einfach zu schön. Gertrud konnte sogar Nummer eins und Celestine überzeugen, es mal auszuprobieren. Und nach ein paar Tagen konnten sie gar nicht mehr ohne.

Jeden Samstag lud die Gräfin zu einem Fest im Salon, mit Gunnar und Kristina Hedlund als Ehrengästen. Ab und zu schauten auch der König und die Königin vorbei.

Nombeko ließ sie gewähren. Die Hotelrechnung war zwar gigantisch, andererseits war aber immer noch jede Menge Kartoffelgeld übrig.

Sie selbst hatte sich mit Nummer zwei eine eigene Wohnung gesucht, in sicherem Abstand zur Gräfin und ihren beiden Fans. Nombeko war in einer Wellblechhütte geboren und aufgewachsen, Holger in einer zugigen Kate. Danach hatten die beiden ein Leben in einem Abbruchhaus geführt, gefolgt von dreizehn Jahren in einem Zimmer neben der Küche in einem Haus am Ende der Welt in Roslagen.

Vor diesem Hintergrund war eine Zweieinhalbzimmerwohnung auf Östermalm in Stockholm ein Luxus, der dem etwaigen Schloss der Gräfin in nichts nachstand.

Doch um die Wohnung kaufen zu können, mussten Holger 2 und Nombeko sich erst um das Problem kümmern, dass keiner von beiden wirklich existierte.

Was Nombeko anging, reichte ein Nachmittag. Der Ministerpräsident rief den Einwanderungsminister an, welcher seinerseits den Chef der Einwanderungsbehörde anrief, welcher wiederum seinen besten Mitarbeiter anrief, der tatsächlich eine Notiz zu Nombeko Mayeki von 1987 ausgrub, beschloss, dass Fräulein Mayeki sich seitdem in Schweden aufgehalten hatte, und sie umgehend zur Bürgerin des Königreichs Schweden beförderte.

Holger 2 hingegen betrat die Räume des Einwohnermeldeamts auf Södermalm in Stockholm und erklärte, dass er nicht existierte, es aber sehr gerne tun würde. Nach ausgiebigem Hin- und Hergerenne durch die Flure, wobei man ihn von einer Tür zur nächsten verwies, wurde er schließlich zum Einwohnermeldeamt in Karlstad geschickt, zu einem Per-Henrik Persson, dem führenden Experten des Landes für komplizierte Fälle.

Per-Henrik Persson war zwar ein Bürokrat, aber ein pragmatischer. Als Holger mit seiner Erzählung fertig war, streckte der Bürokrat eine Hand aus und kniff ihn in den Arm. Dann sagte er, es wolle ihm auf jeden Fall so scheinen, als würde Holger existieren, und jeder, der das Gegenteil behauptete, läge falsch. Außerdem, meinte Per-Henrik Persson, gab es mindestens zwei Dinge, die darauf hindeuteten, dass Holger nur ein Schwede sein konnte. Zum einen die Erzählung, die er gerade vorgebracht hatte. Nach Per-Henrik Perssons umfassender Erfahrung konnte man sich so etwas unmöglich ausdenken (dabei hatte Holger die Teile mit der Atombombe wohlweislich unterschlagen).

Der zweite Punkt war nicht der, dass Holger schwedisch aussah und akzentfrei Schwedisch sprach – sondern die Tatsache, dass er gefragt hatte, ob er die Schuhe ausziehen sollte, als er Per-Henrik Perssons mit Teppichboden ausgelegtes Büro betrat.

Um den Formalitäten Genüge zu tun, wollte Persson dann aber

doch, dass Holger einen oder zwei Zeugen beibrachte, unbescholtene Bürger, die sozusagen für ihn und seine Lebensgeschichte bürgten.

»Einen oder zwei Zeugen?«, sagte Holger 2. »Ja, ich glaube, die könnte ich schon auftreiben. Wären Ihnen der Ministerpräsident und der König recht?«

Per-Henrik Persson meinte, dass einer von beiden sicher reichte.

* * * *

Während die Gräfin Mannerheim und ihre beiden Assistenten beschlossen, sich ihr neues Zuhause zu bauen, statt ein Altbau-Schloss zu suchen, das man ja doch nicht finden würde, begannen Holger 2 und Nombeko mit ihrem richtigen Leben. Nummer zwei feierte seine neu gewonnene Existenz damit, Professor Berner von der Universität Stockholm genug von seiner Geschichte zu schildern, dass dieser beschloss, ihm einen neuen Termin für seine Disputation zu geben. In der Zwischenzeit amüsierte sich Nombeko damit, in zwölf Wochen 180 Punkte in Mathematik zu erzielen (für die die Regelstudienzeit bei neun Semestern gelegen hätte), während sie gleichzeitig einen Vollzeitjob als China-Expertin in der Regierungskanzlei ausübte.

Abends und am Wochenende gingen Holger und Nombeko zu interessanten Vorträgen oder ins Theater, manchmal in die Oper oder ins Restaurant, oder sie trafen sich mit neuen Freunden. Das waren ausschließlich Leute, die man ganz objektiv als normal bezeichnen konnte. Zu Hause genossen sie es jedes Mal, wenn eine Rechnung durch den Briefschlitz gesegelt kam. Denn nur Leute, die wirklich existieren, können Rechnungen bekommen.

Holger und Nombeko führten daheim auch ein allabendliches Ritual ein: Kurz vor Schlafenszeit goss Holger zwei Gläser Portwein ein, woraufhin sie auf einen weiteren Tag ohne Holger 1, Celestine und die Bombe anstießen.

* * * *

Im Mai 2008 war das Zwölf-Zimmer-Herrenhaus in Västmanland fertig. Rundherum fünfzig Hektar Wald. Holger 1 hatte Nombekos Budget gesprengt, indem er einen nahe gelegenen See kaufte, weil die Gräfin ja immer noch das Bedürfnis verspürte, ab und zu Hechte zu angeln. Aus praktischen Gründen gab es noch einen Helikopterlandeplatz und den dazugehörigen Helikopter, mit dem Holger unerlaubterweise nach Drottningholm und zurück flog, wenn die Gräfin zum Tee oder zum Abendessen bei ihren besten Freunden vorbeischaute. Manchmal kam es vor, dass Holger 1 und Celestine auch mit eingeladen wurden, vor allem seit sie den gemeinnützigen Verein »Bewahrt die Monarchie« gegründet und ihm zwei Millionen gespendet hatten.

»Zwei Millionen, um die Monarchie zu bewahren?«, sagte Holger 2, als Nombeko und er bei ihrem Antrittsbesuch mit dem Blumenstrauß vor dem neu gebauten Herrenhof standen.

Nombeko schwieg.

»Findest du, dass es so aussieht, als hätte ich meine Meinung zu dem einen oder anderen Thema ein wenig geändert?«

»Das wäre noch vorsichtig formuliert«, meinte Holger 2, während Nombeko immer noch schwieg.

Na ja, da konnte Holger 1 ihm nun nicht so ganz zustimmen. Papas Kampf war ja gegen eine andere Monarchie zu einer anderen Zeit geführt worden. Seitdem hatte die Gesellschaft sich aber in jeder Hinsicht verändert, und neue Zeiten verlangen schließlich auch neue Lösungen, oder nicht?

Holger 2 sagte, dass Holger 1 gerade noch mehr Unsinn daherredete als sonst und dass sein Bruder nicht ansatzweise erfassen konnte, was für eine enorme Menge Unsinn das bedeutete.

»Aber red gern weiter, ich bin neugierig auf den Rest.«

Na ja, im 21. Jahrhundert war alles so schnell: Autos, Flugzeuge, Internet, alles! Da brauchten die Leute etwas Beständiges, Sicheres.

»So was wie einen König?«

Ja, so was wie einen König, meinte Holger 1. Die Monarchie war ja eine jahrtausendealte Tradition, während es Breitbandverbindungen erst ein knappes Jahrzehnt gab.

»Was haben Breitbandverbindungen denn mit der ganzen Sache zu tun?«, wollte Holger 2 wissen, doch die Antwort blieb sein Bruder ihm schuldig.

Holger 1 fuhr damit fort, dass jede Nation am besten daran tat, wenn sie in dieser Ära der Globalisierung an ihren ganz eigenen Symbolen festhielt. Er war der Meinung, dass die Republikaner unser Land ausverkaufen, unsere Identität gegen den Euro eintauschen und auf die schwedische Fahne spucken wollten.

In diesem Moment konnte Nombeko endgültig nicht mehr an sich halten. Sie ging zu Holger 1, klemmte seine Nase fest zwischen Zeige- und Mittelfinger – und drehte sie um.

»Aua!«, brüllte Holger 1.

»Mein Gott, war das schön«, sagte Nombeko.

Celestine stand nebenan in der Achtzig-Quadratmeter-Küche. Sie hörte Holgers Schrei und kam ihm zu Hilfe geeilt.

»Was machst du mit meinem Schatz?«, schrie sie.

»Komm mal her mit deiner Nase, dann zeig ich's dir«, sagte Nombeko.

Doch so blöd war Celestine nun auch wieder nicht. Stattdessen machte sie da weiter, wo ihr Holger unterbrochen worden war.

»Die schwedischen Traditionen sind ernsthaft bedroht. Wir können nicht einfach auf unseren fetten Ärschen sitzen bleiben und zusehen, wie das passiert. In dem Zusammenhang sind zwei Millionen Kronen rein *gar nichts*, denn hier stehen unglaubliche Werte auf dem Spiel, kapiert ihr das nicht?«

Sagte Celestine.

Nombeko starrte ihr auf die Nase. Doch Holger 2 kam ihr zuvor. Er hakte seine Freundin unter, bedankte sich für die Gastfreundschaft und ging.

* * * *

Der ehemalige Agent B saß auf einer Bank in Gethsemane, wo er den Seelenfrieden suchte, den ihm dieser biblische Ort immer geschenkt hatte.

Doch diesmal wollte es nicht klappen. Dem Agenten war klar, dass ihm noch eines zu tun blieb. Danach konnte er sein altes Leben hinter sich lassen.

Er ging in seine Wohnung, setzte sich vor den Computer, loggte sich auf einem Server in Gibraltar ein – und schickte eine anonyme, verschlüsselte Mitteilung in die israelische Regierungskanzlei.

Fragen Sie Ministerpräsident Reinfeldt nach dem Antilopenfleisch.

Mehr nicht.

Ministerpräsident Olmert würde sich wundern, woher diese Mitteilung kam, aber er konnte sie unmöglich zurückverfolgen. Im Übrigen würde er es auch gar nicht versuchen. Agent B hatte in den letzten Jahren seiner Karriere nicht mehr besonders hoch im Kurs gestanden. Doch seine Loyalität zur Nation war nie infrage gestellt worden.

* * * *

Während der großen Irak-Konferenz in Stockholm am 29. Mai 2008 nahm die israelische Außenministerin Tzipi Livni den schwedischen Ministerpräsidenten Reinfeldt beiseite und suchte ein paar Sekunden nach den richtigen Worten, bevor sie sagte:

»Der Herr Ministerpräsident weiß ja, wie das in unserer Position so ist. Manchmal weiß man, was man nicht wissen sollte, manchmal verhält es sich umgekehrt.«

Reinfeldt nickte, ahnte er doch, worauf sie hinauswollte.

»Die Frage, an die ich da jetzt denke, klingt vielleicht komisch, aber Ministerpräsident Olmert und ich sind nach reiflicher Überlegung zu dem Entschluss gekommen, sie dennoch zu stellen.«

»Grüßen Sie den Ministerpräsidenten doch bitte schön von mir. Und fragen Sie nur«, sagte Ministerpräsident Reinfeldt. »Ich werde Ihnen antworten, so gut ich kann.«

Außenministerin Livni schwieg noch ein paar Sekunden, ehe sie sagte:

»Ist es wohl möglich, dass der Herr Ministerpräsident etwas über zehn Kilo Antilopenfleisch weiß, für die sich der israelische Staat interessieren könnte? Ich bitte nochmals um Entschuldigung, wenn Sie diese Frage als seltsam empfinden.«

Ministerpräsident Reinfeldt lächelte steif. Und dann sagte er, von diesem Antilopenfleisch wisse er, es habe ihm gar nicht gut geschmeckt – Antilopenfleisch gehöre nicht zu seinen Lieblingsgerichten –, und inzwischen sei dafür gesorgt worden, dass auch in Zukunft keiner mehr davon kosten könne.

»Wenn die Frau Außenministerin weitere Fragen hat, befürchte ich, dass ich ihr die Antwort schuldig bleiben muss«, schloss Ministerpräsident Reinfeldt.

Nein, Außenministerin Livni musste nicht mehr weiterfragen. Sie teilte die Aversion des Ministerpräsidenten gegen Antilopenfleisch nicht (sie war ohnehin Vegetarierin), aber für Israel war es wichtig zu wissen, dass das Fleisch nicht in den Händen von Leuten gelandet war, die keinen Respekt vor den internationalen Regeln zur Ein- und Ausfuhr tierischer Produkte hatten.

»Schön zu hören, dass die guten Beziehungen zwischen unseren Völkern weiter bestehen werden«, sagte Ministerpräsident Reinfeldt.

»Ja, nicht wahr«, sagte Außenministerin Livni.

* * * *

Wenn es Gott doch geben sollte, hat er wahrscheinlich Humor.

Nombeko und Holger 2 hatten sich zwanzig Jahre lang nach einem Kind gesehnt. Nun hatte sie schon seit fünf Jahren die Hoffnung aufgegeben und war siebenundvierzig geworden, als sie im Juli 2008 merkte, dass sie tatsächlich schwanger war (am selben Tag, an dem George W. Bush in Washington beschloss, dass der Friedensnobelpreisträger und Expräsident Nelson Mandela wohl von der amerikanischen Liste der meistgesuchten Terroristen gestrichen werden konnte.)

Doch damit nicht genug der Komik. Denn bald darauf stellte sich heraus, dass dasselbe auch für die etwas jüngere Celestine galt.

Holger 2 sagte zu Nombeko, man könne von der Welt ja halten, was man wolle, aber einen Nachkommen von Celestine und seinem Bruder habe sie nun doch nicht verdient. Nombeko stimmte ihm da zu, bestand aber darauf, dass sie sich weiterhin auf sich selbst und ihr eigenes Glück konzentrierten und es den Dummköpfen und der Großmutter des einen Dummkopfes überließen, sich um ihres zu kümmern.

Und so machten sie es.

Im April 2009 bekamen erst Holger 2 und Nombeko eine Tochter, 2860 Gramm schwer und schön wie der Tag. Nombeko bestand darauf, dass das Mädchen Henrietta heißen sollte, nach Holgers Mutter.

Zwei Tage später gebar Celestine per geplanten Kaiserschnitt Zwillinge in einer Privatklinik in Lausanne.

Zwei kleine Babys, die sich ähnelten wie ein Ei dem anderen.

Die Jungen Carl und Gustaf.

✳ ✳ ✳ ✳

Nach Henriettas Geburt quittierte Nombeko ihren Dienst als China-Expertin. Ihr Job hatte ihr immer gefallen, aber sie hatte das Gefühl, dass sie hier nicht mehr viel auszurichten hatte. Der Präsident der Volksrepublik China hätte zum Beispiel nicht zufriedener mit dem Königreich Schweden sein können. Er bereute es keine Sekunde, Nombeko den schönen Volvo geschenkt zu haben, aber weil ihm der Wagen ja doch gefallen hatte, rief er seinen Freund Li Shufu in der Zhejiang Geely Holding Group an und schlug ihm vor, das ganze Unternehmen zu kaufen. Ursprünglich war das Nombekos Idee gewesen, wenn es sich der Präsident recht überlegte.

»Ich sehe zu, was ich tun kann, Herr Präsident«, sagte Li Shufu.

»Und wenn Sie danach dafür sorgen könnten, dass Ihr Präsident einen guten Preis für eine gepanzerte Limousine bekommt, wäre ich Ihnen noch dankbarer«, sagte Hu Jintao.

»Ich sehe zu, was ich tun kann, Herr Präsident«, sagte Li Shufu.

* * * *

Der Ministerpräsident war gerade auf der Entbindungsstation, um Nombeko und Holger mit einem Blumenstrauß zu gratulieren. Und um Ersterer für ihren einzigartigen Einsatz in ihrer Rolle als China-Expertin zu danken. Wenn man sich etwa vor Augen hielt, dass sie Präsident Hu davon überzeugt hatte, sich von Schweden eine Professur für Menschenrechte an der Universität Peking finanzieren zu lassen – unglaublich. Wie sie das eingefädelt hatte, überstieg den Verstand des Ministerpräsidenten. Der Präsident der EU-Kommission, José Manuel Barroso, hatte Reinfeldt angerufen und gefragt: »How the hell did you do that?«

»Ich wünsche Ihnen alles Gute mit Ihrer kleinen Henrietta«, sagte der Ministerpräsident. »Und melden Sie sich bei mir, wenn Sie wieder anfangen wollen zu arbeiten. Ich bin überzeugt, dass wir da was für Sie finden. Ganz bestimmt.«

»Versprochen«, sagte Nombeko. »Ich rufe sicher bald an. Ich habe nämlich den besten Volkswirtschaftler, Staatswissenschaftler und Hausmann der Welt an meiner Seite. Aber nun muss der Herr Ministerpräsident sich verziehen, Henrietta hat jetzt nämlich Hunger.«

* * * *

Am 6. Februar 2010 landete Hu Jintao, Präsident der Volksrepublik China, zum Staatsbesuch auf dem Oliver Tambo International bei Johannesburg.

Er wurde von der Außenministerin Maite Nkoana-Mashabane

und einer Reihe weiterer Potentaten begrüßt. Präsident Hu sagte ein paar offizielle Worte auf dem Flugplatz. Er sprach von der gemeinsamen Zukunft Chinas und Südafrikas, dass er sich voller Zuversicht auf ein gestärktes Band zwischen den beiden Nationen freute, und fügte dann ein paar Sätzchen zum Frieden und der weltweiten Entwicklung an und noch ein paar andere Dinge, die glauben konnte, wer sie denn glauben wollte.

Als das erledigt war, erwartete ihn ein umfangreiches zweitägiges Programm, bevor er ins nächste Land weiterreiste, das bei seinem Afrikabesuch auf dem Programm stand: Mosambik.

Was den Besuch in Südafrika von den vorangegangenen Besuchen in Kamerun, Liberia, Sudan, Sambia und Namibia unterschied, war der Umstand, dass der Präsident sich ausgebeten hatte, einen Abend in Pretoria ganz allein verbringen zu dürfen.

Dagegen konnten die Gastgeber natürlich nichts einwenden. Deswegen wurde der Staatsbesuch von kurz vor sieben Uhr abends bis zum Frühstück am nächsten Morgen vorübergehend ausgesetzt.

Gongschlag 19 Uhr wurde der Präsident vor seinem Hotel von einer schwarzen Limousine abgeholt, die ihn nach Hartfield in die schwedische Botschaft brachte.

Die Botschafterin höchstpersönlich empfing ihn an der Tür, zusammen mit Mann und Baby.

»Willkommen, Herr Präsident«, sagte Nombeko.

»Danke, liebe Frau Botschafterin«, sagte Präsident Hu. »Jetzt wäre es aber wirklich gelacht, wenn wir es nicht endlich schaffen würden, die Erinnerungen an unsere Safari auszutauschen.«

»Wir können ja auch noch ein bisschen über Menschenrechte plaudern«, sagte Nombeko.

»Pfui, nicht doch«, sagte Hu Jintao und küsste der Frau Botschafterin die Hand.

Im Sanitätsamt Johannesburg war es nicht mehr so lustig wie einst. Seit einer Weile hatte man per Quotenregelung auch schwarze Mitarbeiter einstellen müssen, und was da aus dem alten Jargon werden musste, war jedem klar. So konnte man die Analphabeten in Soweto nicht mehr als das bezeichnen, was sie waren, egal, ob sie es nun waren oder nicht.

Der Terrorist Mandela war zu guter Letzt aus dem Gefängnis entlassen worden, was an und für sich schon schlimm genug gewesen wäre. Doch dann wählten ihn die Schwarzen auch noch zum Präsidenten, woraufhin Mandela sich daran machte, das Land zu zerstören mit seiner verdammten Gleichheit für alle.

Piet du Toit war in seinen knapp dreißig Dienstjahren bis zum stellvertretenden Leiter des Sanitätsamts aufgestiegen.

Aber jetzt erwartete ihn ein neues Leben. Sein despotischer Vater war gestorben und hatte sein Lebenswerk dem einzigen Sohn vermacht (die Mutter war schon lange tot). Sein Vater war Kunstsammler gewesen, an sich nicht das Schlechteste, wenn er nicht so verdammt konservativ gewesen wäre. Und sich konsequent geweigert hätte, auf seinen Sohn zu hören. Er hatte einen Renoir, einen Rembrandt und den einen oder anderen Picasso. Einen Monet und einen Manet. Einen Dalí und einen Leonardo da Vinci.

Und noch so einiges anderes – und allen Objekten war gemeinsam, dass ihr Wertzuwachs minimal war. Es hätte alles ganz anders laufen können, wenn sein Vater nicht so stur gewesen wäre. Außerdem war der Alte so unprofessionell gewesen, dass er den ganzen Plunder zu Hause an die Wände hängte, statt ihn in einen klimatisierten Tresor zu sperren.

Piet du Toit musste eine Ewigkeit warten, bis er das alles übernehmen und endlich richtig aufziehen konnte. Denn sein Vater hatte sich nicht nur geweigert, in geschäftlichen Dingen auf ihn zu hören, er hatte sich auch noch geweigert zu sterben. Erst an seinem zweiundneunzigsten Geburtstag, als ihm ein Apfelbissen im Hals stecken blieb, war endlich sein Sohn dran.

Der Erbe wartete die Beerdigung noch ab, aber mehr auch nicht. Dann veräußerte er in rascher Folge sämtliche Gemälde seines Vaters. Das Kapital hatte er schon wenige Minuten später neu investiert, auf eine Art, die seinen Vater auch stolz gemacht hätte, wenn er genügend Verstand gehabt hätte. Sein Sohn war gerade in der Bank Julius Bär in der Bahnhofstraße in Zürich und hatte in diesem Moment die Bestätigung erhalten, dass das gesamte Familienvermögen – im Gegenwert von acht Millionen zweihundertsechsundfünfzigtausend Schweizer Franken – jetzt auf das Privatkonto eines Herrn Cheng Tão in Shanghai überwiesen worden war.

Und du Toit junior hatte in die Zukunft investiert. Denn in Anbetracht der raschen Entwicklung in China, wo jetzt eine Mittelklasse und eine immer größere Oberklasse entstanden, würde sich der Wert traditioneller chinesischer Kunst innerhalb weniger Jahre vervielfachen.

Über das großartige Internet hatte Piet du Toit gefunden, was er suchte, woraufhin er sich nach Basel begab und sich mit Cheng Tão und dessen drei Nichten einigte, dass er ihnen ihr gesamtes exklusives Lager von Töpferware aus der Han-Dynastie abkaufte. Das Echtheitszertifikat lag vor, Piet du Toit war es selbst mit der Lupe durchgegangen, da hatte alles seine Ordnung. Diese dummen Chinesen begriffen gar nicht, auf was für einer Goldgrube sie da saßen. Zurückgehen nach China? Statt das Leben in der Schweiz zu genießen? Piet du Toit hingegen spürte, dass er hierher gehörte. Hier musste er sich auch nicht mehr pausenlos mit diesen leseunkundigen Eingeborenen herumschlagen. Stattdessen war er in Gesellschaft gleichgesinnter Menschen der richtigen Rasse, Bildung und Klasse. Nicht wie das bucklige Schlitzauge Cheng samt Anhang. Im Übrigen taten sie gut daran, sich in den gottvergessenen Winkel der Welt zu verkriechen, in den sie gehörten. Sie waren sicher schon abgereist, und das war ja auch besser so. Auf die Art mussten sie nicht mehr erfahren, wie sehr sie übervorteilt worden waren.

Piet du Toit hatte eines der vielen hundert Stücke zur Schätzung nach London zu Sotheby's geschickt. Die Schweizer Versicherungsgesellschaft wollte es so, die begnügten sich nicht mit dem Echtheitszertifikat. Die Schweizer konnten ganz schön bürokratisch sein, wenn sie wollten, aber da er nun mal hier war, musste er das Spiel auch nach ihren Regeln spielen. Er hatte sich mit seiner ganzen Erfahrung der Echtheit dieser Stücke vergewissert. Und dann zugeschlagen, bevor ihm die Konkurrenz in die Quere kommen und den Preis in die Höhe treiben konnte. So machte man Geschäfte.

Jetzt klingelte das Telefon. Es war der Gutachter von Sotheby's. Der Anruf kam auf die Sekunde pünktlich – Leute mit Klasse waren nun mal zuverlässig.

»Ja, Sie sprechen mit Piet du Toit, aber es wäre mir lieber, wenn Sie mich *Kunsthändler* du Toit nennen würden. Was? Ob ich sitze? Wieso das denn, verdammt?«

Mein allergrößter Dank gilt meiner Agentin Carina, meiner Verlegerin Sofia und meiner Redakteurin Anna – weil ihr alle so tolle Arbeit leistet.

Ebenso großen Dank schulde ich meinen zusätzlichen Redakteuren Maria, Maud und Onkel Hans. Und Rixon natürlich.

Danke auch an die Professoren Lindkvist und Carlsson sowie Polizeiinspektor Loeffel in Växjö, die mir Fakten geliefert haben, die ich anschließend nach Lust und Laune verdreht habe. Aus demselben Grund bedanke ich mich auch bei meinem Freund, dem Afrikakorrespondenten Selander.

Hultman in Zürich hat auch ein Dankeschön verdient. Ebenso Brissman, obwohl er Fan von Djurgårdens IF ist.

Last, but not least möchte ich mich bei Mama, Papa, Östers IF und Gotland bedanken – einfach dafür, dass es euch gibt.

Jonas Jonasson

QUELLEN

Ambrose Bierce, *Des Teufels Wörterbuch*, © Manesse Verlag, München 2013, übersetzt von Gisbert Haefs.

A. A. Milne, *Pu der Bär oder wie man das Leben meistert*, © Dressler Verlag, Hamburg 1998, übersetzt von Ulrike Wasel u. Klaus Timmermann.

Amos Oz, *Wie man Fanatiker kuriert*, © Suhrkamp Verlag, Frankfurt am Main 2004, übersetzt von Julia Ziegler.

Wir danken den Verlagen für die Abdruckgenehmigungen. Da es leider nicht möglich war, alle Rechtegeber ausfindig zu machen, bitten wir darum, bestehende Ansprüche dem Verlag mitzuteilen.